Aus Freude am Lesen

btb

Buch

Henning Boëtius' außergewöhnliche Romanbiographie über
den Gnom, der »Göthe« morden wollte: Georg Christoph
Lichtenberg, 1741–1799, war sicher einer der brillantesten
und witzigsten Köpfe der Aufklärung – und ohne Zweifel
hatte er das schärfste Mundwerk seiner Zeit. Als Apho-
ristiker und Kunstkritiker ist er daher auch heute noch
jederzeit für ein Zitat gut. Daß er allerdings auch ein hervorragender Naturwissenschaftler war, ist weitaus weniger bekannt. Henning Boëtius begleitet seinen buckligen
Helden, den Pfarrerssohn, Göttinger Studiosus, Aristokra-
tenerzieher und Professor der Mathematik in Salons und
Gelehrtenzirkel, ins englische Königshaus, in wissenschaftliche Kabinette und Universitäten. Er erzählt von Liaisons,
ehelichen Pflichten, Himmelsbeobachtungen, physikalischen Experimenten und Entdeckerfreuden, von spöttischer
Gesellschaftskritik und dem Mut, die Sache der Aufklärung
voranzutreiben.

Autor

Henning Boëtius, geboren 1939, promovierte über Hans
Henny Jahnn und leitete anschließend die Herausgabe der
historisch-kritischen Brentano-Edition. Seit 1984 arbeitet
er als Musiker, Goldschmied, Maler und freier Schriftsteller. Neben seinen Kriminalromanen begründeten vor allem seine Romanbiographien über literarische Außensei-
ter seinen Ruf. Zuletzt erschienen von Henning Boëtius im
btb-Hardcover »Undines Tod« und »Das Rubinhalsband«.

Von Henning Boëtius ist bereits erschienen

Ich ist ein anderer. Das Leben des Arthur Rimbaud (72189)
Lauras Bildnis. Roman (42022)
Schönheit und Verwilderung. Roman (41187)
Undines Tod (gebunden, btb-Hardcover)
Die Piet Hieronymus-Romane
Joiken. Roman (42319)
Blendwerk. Roman (42857)
Der Walmann. Roman (72332)
Das Rubinhalsband (gebunden, btb-Hardcover)

Henning Boëtius

Der Gnom

Ein Lichtenberg-Roman

btb

Umwelthinweis:
Alle bedruckten Materialien dieses Taschenbuches
sind chlorfrei und umweltschonend.

btb Taschenbücher erscheinen im Goldmann Verlag,
einem Unternehmen der Verlagsgruppe Bertelsmann.

1. Auflage
Genehmigte Taschenbuchausgabe November 1998
Copyright © 1989 by Vito von Eichborn GmbH & Co. KG,
Frankfurt am Main
Umschlaggestaltung: Design Team München
Umschlagfoto: Artothek/Beyer
Satz: IBV Satz- und Datentechnik GmbH, Berlin
MD · Herstellung: Augustin Wiesbeck
Made in Germany
ISBN 3-442-72408-2

In einer so zusammengesetzten
Maschine, als diese Welt,
spielen wir, dünkt mich,
aller unsrer kleinen Mitwirkungen
ungeachtet, was die Hauptsache
betrifft immer in einer Lotterie.

G. Chr. Lichtenberg,
Sudelbücher Heft F, 846

INHALT

I. Die Gartentreppe

Georgs Abschied von Mutter und Schwester war still und ohne äußere Anzeichen einer heftigen Gemütsbewegung verlaufen. Auch von Bellos, seinem Hund, hatte er Abschied genommen, als würde er gerade nur in die Stadt gehen wollen.

Der aber hatte sich nicht täuschen lassen. Bellos war in wilden Sprüngen hinter der Kutsche hergelaufen und hatte Anstalten gemacht, nach den Fesseln der Pferde zu schnappen. Erst als ihn die Peitsche des Kutschers traf, gab er auf.

Nun rollten sie auf der Poststraße nach Norden. Georg hatte einen der außengelegenen Plätze ergattert und sah zu der offenen Seite der Kutsche hinaus. Um einen besseren Blick zu haben, hatte er ungeniert vor den Augen der Mitreisenden die große Decke mehrmals zusammengefaltet und unter sich auf seinen Sitz gelegt.

Die Decke war ein Abschiedsgeschenk seiner Mutter. Sie hatte nichts gesagt. Nicht einmal »Damit du nicht frierst«. »Vielleicht ist es ein Abschied auf immer«, dachte er. »Das würde seine Wortlosigkeit am besten erklären.«

Es war ein schöner Maitag. Obwohl die Sonne schien, kam es ihm vor, als gäbe es draußen keine Schatten.

Noch etwas anderes war höchst eigenartig: Die Bäume und Hecken im Vordergrund flossen, wie zu erwarten, gegen die Fahrtrichtung vorbei, und zwar um so schneller, je näher sie dem Betrachter waren. Die im Hintergrund liegenden Merkmale der Landschaft jedoch schienen sich mit der Kutsche vorwärts zu bewegen, und das um so schneller, je weiter sie entfernt waren. Die Gegenläufigkeit der beiden Bewegungen legte den Schluß nahe, daß es irgendwo zwischen Vorder- und Hintergrund eine Stelle geben mußte, wo die Dinge stillstanden.

»Es wäre interessant, diese Stelle zu berechnen«, sagte er laut. Mit sich selbst zu sprechen, war eine Angewohnheit von ihm, wenn er einen schwierigen Gedanken dachte.

Natürlich war es Unsinn, denn sie fuhren ja vorwärts durch die Landschaft und ließen alles in ihr Stück für Stück hinter sich.

Aber die Augen täuschten eine andere Wirklichkeit vor. Zum erstenmal hatte er dies erfahren, als er kaum älter als fünf Jahre war.

Es war an einem Wintertag gewesen. Sein Vater hatte ihn auf einen Spaziergang vor die Stadt mitgenommen. Dies war ein seltenes Ereignis, denn sein Vater hatte fast nie Zeit. Georg war daher aufgeregt und bereit, alles, was es zu sehen gab, für ein Wunder zu halten.

Es schneite stark. Sein Vater legte den Kopf zurück und sah den Flocken entgegen. Der Sohn ahmte dies nach.

»Was siehst du?« fragte sein Vater.

»Den Schnee. Die Flocken kommen aus dem Himmel.«

»Sieh es dir genau an. Von wo kommen die Flocken?«

»Sie kommen alle aus der gleichen Stelle.«

Der Vater hatte ihn gelobt und dann aufgefordert, nun den Schneefall von der Seite zu betrachten und seine Eindrücke zu schildern.

Da sah er ganz deutlich, daß die Flocken gar nicht aus einem Punkt herausfielen, sondern in parallelen Linien zu Boden schwebten. Kaum blickte er jedoch wieder zum Himmel empor, wirkten die Flocken wieder wie feine, weiße Blütenblätter, die im Kreis aus einem Punkt herauswuchsen und nach allen Seiten auseinanderstoben.

»Es ist eine Frage der Blickrichtung«, sagte sein Vater. »Das eine ist so wahr wie das andere.«

Diese Erklärung hatte sich Georg tief eingeprägt. Heute fragte er sich, ob die eigenartige Frömmigkeit seines Vaters auch eine Folge der Blickrichtung gewesen war. Wenn man das Gesicht hob und in den Himmel sah, war Gott im Zentrum, wenn man ihn jedoch von der Seite betrachtete, löste er sich in das Nebeneinander einzelner Teile der Schöpfung auf. Sein Vater hatte die Sterne über alles geliebt. Sie waren das Schneegestöber des Nachthimmels, das aus dem göttlichen Zentrum fiel. Auf der Erde gab es Menschen, zwischen denen kein Zusammenhang bestand, wenn man sie von der Seite betrachtete.

»Es wäre interessant, diese Stelle zu berechnen«, sagte er laut.

»Mit Verlaub, um welche Stelle handelt es sich, mein Herr, die Sie so gerne berechnen wollen?«

Georg blickte den Fragenden von der Seite an. Man saß in dem engen Wagen sehr nahe beieinander. Georg sah lauter Einzelheiten, das samtbesetzte Revers eines Rocks, einen großporigen Nasenflügel, die dicken Finger einer Hand, von der die schweren goldenen Ringe offensichtlich aus Gründen der Sicherheit entfernt worden waren. Die tiefen Kerben im Fleisch waren deutlich zu sehen.

»Die Stelle, wo zwischen zwei gegenläufigen Bewegungen Ruhe herrscht. Sehen Sie, da draußen!« Georg deutete in die Landschaft. Der Mann riß die Augen auf. Dann schüttelte er den Kopf. »Ich sehe nichts, mein junger Herr.«

Aber Georg sah. Er sah, daß dem Menschen drei Backenzähne fehlten, daß er es versäumt hatte, sich den Schlaf aus den Augen zu wischen und daß sein Schweiß Puder von der

Morgentoilette im Kinngrübchen zusammengeschwemmt hatte.

Sie fuhren in einem der modernen Sechssitzer, die neuerdings von der Thurn und Taxisschen Reichspost eingesetzt wurden. Diese Wagen wurden von drei Pferden gezogen. Sie hatten ein festes Verdeck aus gewachstem Leinen und offene Seiten. Es gab zwei Bänke mit je drei Sitzplätzen. Beide Bänke waren in Fahrtrichtung installiert. Die Federung war nicht verbessert, jedoch hatten die Bänke jetzt gepolsterte Rücken und Seitenlehnen, so daß man die Stöße der Räder auf den holprigen Wegen ein wenig besser ertrug.

Die Reisegeschwindigkeit war trotz der neuen Wagen die alte geblieben: eine Meile pro Stunde, ein ehernes Gesetz bei den Postillionen. Unterschreitungen wurden durch kräftige Geldbußen geahndet. Schneller aber ging es nicht, solange die Wege so schlecht waren. Doch selbst auf chaussierten Straßen hielten sich die Kutscher an dieses Tempo.

Es war inzwischen schwül geworden. Am Himmel türmten sich Wolken mit dunklen Unterseiten, die bedrohlich in die Höhe quollen. Bald hörte man auch den ersten Donner.

Die meisten Passagiere hätten das heraufziehende Gewitter sicher lieber in einem Gasthaus abgewartet. Der Postillion begnügte sich jedoch damit, die Leinenrollos an den offenen Wagenseiten herabzulassen.

Es wurde finster. So erging es gefangenen Vögeln, über deren Käfig man ein Tuch legt, um sie stumm zu machen oder zum Einschlafen zu bewegen.

In diesem Fall waren die Folgen der Maßnahme jedoch gegenteilig: Angst und Unruhe breiteten sich unter den Passagieren aus. Da half es auch nichts, daß Georgs Nachbar den beiden Damen erklärte, daß Blitze selten in fahrende Kutschen einzuschlagen pflegten und die Gefahr höchstens vom Scheuen der Pferde ausgehen würde.

Endlich begann es zu regnen. Der Lärm der Tropfen auf dem Verdeck übertönte bald das schwächer werdende Gewitter.

Die Insassen beruhigten sich allmählich. Auch von Georg wich die Angst, die ihn jedesmal bei Gewitter befiel. Er lehnte sich in die Polster zurück und dachte an früher. Unscharf und blaß tauchten Bilder auf wie in der künstlichen Nacht einer Camera obscura.

Irgend etwas war damals geschehen. Es hatte mit warm und kalt zu tun, auch mit hell und dunkel. Er spürte die Erinnerung wie einen leichten Druck unter der Schädeldecke. Aber diesmal stellten sich keine Bilder dazu ein.

Er wußte, daß man schwache Sterne nur wahrnehmen kann, wenn man leicht an ihnen vorbeisieht. Daher versuchte er an andere Erlebnisse mit Licht- und Wärmekontrasten zu denken.

Die früheste Erinnerung, die ihm einfiel, war noch aus den drei ersten Lebensjahren, die sie in Oberramstadt verbracht hatten.

Die Welt war damals nicht größer als ein Hügel, auf dem Kirche und Pfarrhaus lagen. Ihr Rand lag am Fuß des Hügels. Daher bestand die Gefahr, daß man hinunterrutschte und auf Nimmerwiedersehen verschwand.

Vom Rand der Welt hörte er jeden Tag ein dumpfes und regelmäßiges Dröhnen. Nur an Feiertagen fehlte es, was ihnen einen besonderen Frieden verlieh. Das Dröhnen hatte ihm damals wohl Angst gemacht. Wer wußte, was hinter dem Rand der Welt geschah.

Sein Vater trug ihn eines Tages auf den Schultern den Hügel hinunter. Sie kamen in ein großes Haus, das ganz erfüllt war von Lärm und Hitze. Georg sah ein helles Loch, aus dem

Funken sprühten, und etwas riesiges Schwarzes, das sich hob und senkte. Er wußte nicht, was den Lärm machte: das Helle oder das Dunkle. Er preßte sich so fest es ging an den Hals des Vaters und vergrub das Gesicht in dessen Haar. Dann begann er zu schreien. Sein offener, feuchter Mund schrie in den Haaren seines Vaters. Danach verschwand die Angst.

Kurze Zeit später zogen sie nach Darmstadt, wo sein Vater erster Stadtprediger geworden war. Hier fehlte das Dröhnen, von dem er später begriff, daß es von einem mit Wasserkraft betriebenen Eisenhammer herrührte.

Das Gewitter und auch der Regen waren vorbei. Die Kutsche hielt. Die Rollos wurden hochgewickelt und festgeschnürt.

Das Licht blendete Georg, und er schloß die Augen. Er hörte, wie sein Nachbar sagte: »Ich habe jemanden gekannt, der vom Blitz getroffen wurde. Alles was ihm dabei passierte, war ein Malheur mit seinem Ehering. Er schmolz nämlich, und das ganze Gold floß in den Dreck. Seine Frau hat sich später von ihm scheiden lassen.« Der Mann lachte. Georg aber dachte an ein anderes Erlebnis, das ebenfalls mit warm und kalt zu tun hatte.

Er war damals wohl acht Jahre alt gewesen.

Seine Schwester hatte ihm wie jeden Abend ein heißes Bad bereitet und sah ihm beim Auskleiden zu. Sie war schon über dreißig und unverheiratet. Er hielt sie für seine Mutter, als er noch kleiner war. Er hatte zwei Mütter und einen halben Vater, so selten, wie er ihn zu Gesicht bekam.

Als er aus dem Hemd schlüpfte und sich reckte und bog, spürte er die Blicke der Schwester. Er wußte, es war schön für sie, ihn so zu betrachten, und darum ließ er sich Zeit. Das Wasser im Zuber war so heiß, daß er es im ersten Augenblick für eiskalt hielt. Man konnte sich darin täuschen, dies war ihm schon aufgefallen. Lauwarmes Wasser hingegen erkannte man immer.

Lange blieb er nun stehen und wartete, daß sich das Wasser abkühlte. Gerade als er sich setzen wollte, stieß die Schwester einen Schrei aus und rannte davon.

Gewöhnlich blieb sie da und half ihm beim Waschen. Ihm war nicht wohl zumute, und er blieb stocksteif in der Wanne sitzen. Schließlich glaubte er, im Wasser eingefroren zu sein wie in einem großen Klumpen Eis.

Seine Schwester kam endlich mit einem großen, angewärmten Tuch zurück. Sie legte es um ihn und rieb Rücken und Brust vorsichtiger als sonst. Er fror sehr und klapperte mit den Zähnen. Dann tupfte sie seine Schenkel und sein Glied ab und rubbelte ihm anschließend zärtlich den Kopf.

Als er wieder sehen konnte, bemerkte er seine Eltern in der Tür. Sie starrten ihn wie ein völlig fremdes Wesen an. Ihm wurde angst.

Am nächsten Tag kam ein Arzt. Georg mußte sich nackt ausziehen. Dann wurde er untersucht, abgeklopft und von allen Seiten begutachtet.

Der Arzt sagte zur Mutter: »Wie alt waren Sie bei der Geburt dieses Kindes?«

»Fünfundvierzig«, sagte die Mutter. Er erinnerte sich noch genau an den ängstlichen Klang ihrer Stimme.

»Die wievielte Schwangerschaft war es?«

»Die siebzehnte.«

»War es die letzte?«

»Ja«, sagte seine Mutter.

»Wann kam der Kleine zur Welt?«

»Um fünf Uhr nachmittags«, sagte der Vater.

»Es war Sonntag. Das Kind war so schwach, daß ich sogleich eine Nottaufe vornahm.«

»Ich meine den Monat, in welchem Monat kam es zur Welt«, sagte der Arzt.

»Im Juli.«

Er entsann sich genau an jedes Wort. Ihm kam es vor, daß alle viel zu langsam redeten und außerdem unnatürlich laut, als stünden sie auf freiem Feld sehr weit voneinander entfernt.

»Er ist also ein Sommerkind«, sagte der Arzt und wiegte den Kopf. »Sommerkinder haben diese Krankheit besonders oft. Man weiß nicht, woran es liegt. Es gibt Kollegen, die glauben, daß es mit der Sonne zu tun hat. Sommerkinder werden gewöhnlich erst ausgewickelt, wenn es Winter ist.«

Dann war der Arzt auf ihn zugekommen und hatte mit ihm gesprochen. Seine Stimme hatte dabei geklungen, als käme sie hinter irgendwelchen Bergen hervor.

»Der junge Herr wird einen Buckel bekommen. Einen hier und einen dort.«

Er hatte ihm bei diesen Worten auf die Brust und auf den Rücken getippt.

»Es liegt daran, daß die Wirbelsäule nicht richtig fest geworden ist. Sie ist wie eine Schraube gekrümmt, und das wird ganz allmählich den Brustkorb drehen, bis die Rippen nach vorne und nach hinten zeigen.«

Dann wandte sich der Arzt zum Vater, und nun klang seine Stimme ganz nahe, als ob sie in Georgs eigener Kehle entstand.

»Es gibt kein Mittel dagegen. Der kleine Mann wird seine Last tragen müssen. Aber es ist keine tödliche Krankheit. Er kann, wenn er sich richtig verhält, wenn er gesund lebt und in allem Maß hält, sogar ein halbes Jahrhundert alt werden.«

Dann ging der Arzt.

Es wurde nie wieder darüber gesprochen.

Selbst er dachte nicht mehr daran.

Als das Leiden in den nächsten Monaten immer deutlicher

sichtbar wurde, hatten alle so getan, als gehöre es sich so, als sei dies genauso selbstverständlich wie das Reifen des Korns auf den Feldern.

Jahre später erst hatte er die Schwester gefragt, was sie damals so erschreckt habe, als sie ihm beim Baden zusah.

Sie habe für einen Moment den Eindruck gehabt, hieß es, daß sich in Georgs Körper ein zweiter Mensch bewegte, so als wolle er gewaltsam heraus und drehe und wende sich dabei in seiner Hülle.

An diesem Abend schlief Georg zum erstenmal seit langer Zeit wieder in einem fremden Bett. Sie waren zehn Stunden gefahren und demnach zehn Meilen nach Norden vorangekommen.

Lange konnte er nicht einschlafen. Immer noch versuchte er, jene Erinnerung aufzuspüren, die sich bisher nur als leichter Druck gegen die Schädeldecke äußerte. Es gelang nicht. Also beschäftigte er sich bald mit Bildern, die leichter zugänglich waren. Zum Beispiel mit dem Dachboden des Graupnerschen Hauses.

Graupner, der Hofkapellmeister, war Georgs Onkel. Er hatte mit ihm häufiger zu tun als mit dem eigenen Vater. Er selbst war damals neun Jahre alt. Onkel Graupner ging auf die Siebzig zu. Er vertonte die vielen Kantaten und geistlichen Lieder seines Vaters, er besorgte die Opern und Singspiele, die dem Landesherrn genausoviel Vergnügen bereiteten wie die Jagd mit der Hundemeute.

Graupner hatte eine Art, sich gleich einem Baum im Wind zu bewegen. Die Hände und Arme schwankten wie Zweige und Blätter, sein Oberkörper bog sich vor und zurück, und die weißen Haare hatten immer etwas Verwehtes, wenn er die Perücke abnahm. Wahrscheinlich kam alles vom Dirigieren.

Immer hörte man Musik im Graupnerschen Hause. Georg war am liebsten auf dem Speicher unterm Dach. Dort klangen die Stimmen und Instrumente fern und unwirklich. Sie erinnerten an Leierkastenmusik. Am schönsten aber war der Blick aus den Dachgauben. Hier konnte er über den Rand der Welt hinaussehen.

Georg traute sich auch nachts auf den knisternden und seufzenden Boden, auf dem die Mäuse ihr Tanzfest feierten.

Einmal sah er in der Nacht eine bunte Staubwolke am Himmel. Sein Vater sagte, es könne durchaus ein Nordlicht gewesen sein. Was ein Nordlicht eigentlich sei, konnte er Georg nicht sagen. Er entsann sich noch, wie enttäuscht er war, denn er glaubte, sein Vater würde alle Geheimnisse des Himmels kennen.

In dieser Zeit wurde sein Vater schwer krank. Es hieß, er habe sich überarbeitet. Er war ja nicht nur Superintendent und höchster Kirchenbeamter des Landes. Er baute auch in einem fort Gotteshäuser. Dies war seine größte Leidenschaft.

Georg wurde in das Graupnersche Haus ausquartiert. Er schlief nun in einem fremden Bett.

Eines Abends ging er auf den Speicher und deponierte einen Zettel, auf dem in seiner besten Schönschrift die Frage stand: »Was ist das Nordlicht?«

Am nächsten Morgen schlich Georg ganz früh die steile Treppe hoch. Als er den Dachboden betrat, sah er zu seinem Schreck, daß mit dem Zettel etwas geschehen sein mußte. Er lag noch genauso auf dem Stuhl in der Gaube, der sein Observatorium war.

Aber die Schrift war ausgelöscht. Das Blatt war leer.

Er hatte damals die Tür zugeworfen, war die Treppen hinuntergestolpert und verwirrt nach Hause gerannt. Hier fand er stumme und in Tränen aufgelöste Menschen vor. Sein Vater war gerade gestorben.

Er durfte den Toten sehen. Er lag mit gefalteten Händen und offenen Augen da. Man hatte schon zweimal versucht, die Augen zuzudrücken, und immer wieder waren sie aufgegangen.

Georg zeigte am wenigsten Trauer von der ganzen Familie. Er entsann sich später, daß ihm der Tod des Vaters unwirklich vorgekommen war, so als sei auch er eine Frage des Blickwinkels.

Er wohnte noch eine Weile im Graupnerschen Hause. Seine älteren Brüder zeigten nach dem Tod des Vaters wenig Interesse an den kostbaren physikalischen und astronomischen Apparaten, die er ihnen so nach und nach zusammengekauft hatte. Das meiste davon kam nun in Georgs Besitz. Es war ein unermeßlicher Reichtum.

Das Teleskop schaffte er auf den Graupnerschen Speicher. Dabei fand er den Zettel wieder. Er mußte sich überwinden, ihn in die Hand zu nehmen. Als er ihn umdrehte, entdeckte er auf der Rückseite seine Schrift.

Hatte der Wind ihn umgedreht? Dies war wohl möglich, denn es war zugig hier oben. Doch hätte der Zettel dabei nicht vom Stuhl fallen müssen?

Die Sache war nicht geheuer, und er gruselte sich noch immer. Aber er begann damals ernsthaft zu versuchen, mit Hilfe der geerbten Instrumente, dem Mikroskop, der Elektrisiermaschine, der Camera obscura, dem Leuchtstein und dem Fernrohr der Natur auf die Schliche zu kommen.

Am nächsten Morgen ging es weiter gen Norden. Als Georg seinen Platz einnahm, stellte er fest, daß ein neuer Passagier neben ihm saß. Es war eine junge Frau.

Nun wünschte er sich nichts mehr als schlechtes Wetter, damit der Wagen verdunkelt würde. So hatte er immer geliebt:

die eigene Person mußte unsichtbar bleiben. Der Gegenstand seiner Liebe durfte nicht einmal etwas ahnen.

Seine erste große Liebe war der Sohn des Schneiders Schmidt gewesen. Er war der Primus der Stadtschule. Georg entwickelte viel Phantasie, diesen Jungen heimlich zu beobachten. Er kletterte auf Mauern, in Bäume, versteckte sich in Nischen und lauerte hinter Türen und Häuserecken. Kein Tag verging, an dem sich sein Geliebter nicht im Netz seiner Blicke verfing. Wenn er mit anderen Schülern sprach, brachte Georg zuweilen das Gespräch auf den jungen Schmidt. Auch dies gehörte zu den Möglichkeiten, den Geliebten zu besitzen, ohne daß der die mindeste Kenntnis davon erhielt.

Bei einer solchen Gelegenheit erfuhr Georg, daß der Schmidt seinen Namen erwähnt habe.

Im ersten Augenblick durchströmte ihn ein Glücksgefühl so stark, daß ihm das Blut ins Gesicht schoß und er sich schnell bücken mußte, damit niemand etwas bemerkte.

Er griff nach seiner Schultasche und ging.

Auf dem Nachhauseweg wich das Glücksgefühl einer tiefen Bestürzung. Er mußte sich verraten haben. Sein Geliebter wußte nun Bescheid.

Die Liebe war vorbei. Am nächsten Tag ging er dem jungen Schmidt auf dem Schulhof entgegen. Da sah er, daß es ein häßlicher Knabe mit dicken, roten Backen und einer stumpfen, kleinen Nase war.

Mit zehn Jahren wechselte Georg von der Stadtschule aufs Gymnasium. Er war inzwischen ein guter Schüler und ein großer Possenreißer dazu. Niemand schien seinen Buckel zu bemerken. Er hatte es wohl verstanden, ihn durch sein heiteres Wesen unsichtbar zu machen.

Georgs nächste große Liebe war die Tochter des Tischlers Weyland. Es war ein dunkelhaariges Mädchen mit ruhigen, schönen Augen.

Das Auffälligste waren ihre Lippen, die die Form eines Herzens hatten, das zu lachen versuchte. Georgs Schulweg führte am Haus der Weylands vorbei. Immer wenn er durch die Fenster im Parterre sah, war die Familie beim Essen. So war es morgens, und so war es mittags, wenn er nach Hause ging. Alle hatten sie einen Löffel im Mund oder kauten und verzogen das Gesicht dabei. Nur die Tochter hatte den Löffel in der Hand, um ihn zum Mund zu führen oder zum Teller. Ihre Lippen waren geschlossen. Die Schönheit ihres Mundes wurde durch keine Bewegung gestört.

So ging es eine ganze Weile. Doch einmal ertappte er sie dabei, wie sie gerade den Löffel ableckte. Er sah ihre Zunge und einige ihrer Zähne. Es war ein furchtbarer Anblick. Seine Liebe war dahin, und er änderte seinen Schulweg.

Den ganzen Tag über vermied Georg es, seine Nachbarin anzusehen. Er blickte entweder auf den Hinterkopf seines Vordermannes, zu Boden oder zur Wagenseite hinaus in die Landschaft. Das Schaukeln des Wagens machte es jedoch unmöglich, Berührungen zu vermeiden. Sein linkes Knie stieß immer wieder gegen den Stoff ihres Rockes, der plissiert und so weich war, daß er nicht ahnen konnte, ob sie die Berührung überhaupt spürte.

Ihn aber versetzte sie in eine Erregung, die seine Erinnerungen an Schärfe und Deutlichkeit gewinnen ließen.

Es war jetzt fünf Jahre her, daß er die Oberprima mit Auszeichnung abgeschlossen hatte und in die Selekta aufgenommen worden war. In dieser Klasse sammelte sich die Elite der Schule, um sich auf das Studium an einer Universität vorzubereiten. Er sah alle vierzehn Gesichter der anderen Selektaner wieder vor sich, die er oft während des Unterrichts in sein Heft gekritzelt hatte. Er liebte es, die Gemüts- und Verstandeskräfte eines Menschen mit krakeligen Strichen einzufangen.

Hauptbeschäftigung der Selektaner war es, die Kunst des Disputierens zu erlernen. Da sie zusammen mit den Primanern in einem Raum unterrichtet wurden, nahmen sie jedoch auch am gewöhnlichen Pensum teil.

Zwischen Primanern und Selektanern gab es oft Streitereien. Es ging zuweilen in den Pausen sehr stürmisch zu. Während einer dieser Schlachten hatte er ein Erlebnis, das ihm jetzt wieder vor Augen stand.

Er war auf einen Tisch geklettert und wehrte sich mit Fußtritten gegen die Attacken eines Schülers, den er vorher mit einer Handvoll Löschsand beworfen hatte. Dabei streifte sein Blick zufällig die Wandtafel und blieb an einem Turm untereinanderstehender Wörter hängen. Es war das Wort »domus« in allen seinen zehn grammatikalischen Formen.

Wie der Blitz durchfuhr ihn ein Gedanke: Selbstmord. Selbstmord war eine legitime und moralisch gerechtfertigte Tat und wurde zu Unrecht von Kirche und Obrigkeit als strafwürdiges Vergehen angesehen. Doch was hatte dies mit »domus« zu tun? Er nahm sich vor, seine Gedanken über den Selbstmord schriftlich niederzulegen, und erhielt auch sogleich die Gelegenheit dazu. Rektor Wenck stellte den Selektanern noch am gleichen Tag die Aufgabe, eine selbstgewählte Behauptung so geschickt wie möglich zu vertreten.

Georg schrieb eine Verteidigungsrede des Selbstmordes. Er nannte sie ›domus vitae‹, ›Das Haus des Lebens‹.

Rektor Wenck ließ ihn am Tag, nachdem er sie abgegeben hatte, zu sich kommen und widerlegte Georgs Argumentation Punkt für Punkt. Den Aufsatz gab er ihm nicht wieder zurück. Georg hatte seinen Wortlaut jedoch so gut behalten, daß er ihn auch jetzt auf dem Wege nach Göttingen noch memorieren konnte.

»Man tut dem Leben zuviel Ehre an, wenn man den Tod durch die eigene Hand als unehrenhaft, ja als strafwürdig und sündhaft verurteilt. Der Umgang der Menschen miteinander widerlegt die verbreitete Meinung, im Leben des Einzelnen einen hohen Wert zu sehen.

Doch wäre dieses Argument für den Selbstmord allein nicht ausreichend. Eine zweite Überlegung vermag ihm jedoch zur Seite zu stehen: Unsere Eltern, unsere Lehrer, die Sittengesetze, die Regeln und Erfordernisse des Staates und der Kirche formen uns von Geburt an. Auch wir selbst sind dazu aufgerufen, bei der Arbeit, einen ansehnlichen und nützlichen Menschen aus uns zu machen, nach Kräften mitzuhelfen. Wir können diese Arbeit mit der eines Bildhauers vergleichen, der aus einem formlosen Lehmklumpen eine schöne Gestalt schaffen möchte.

Mißlingt diese Arbeit jedoch, ist es dann nicht das Recht des Bildhauers, sein Werk zu vernichten? So verhält sich der Staat, wenn er einen Verbrecher zu Tode befördert. Da wir selbst zumindest ab einem gewissen Alter unser eigener Bildhauer sind, sollten wir ebenso das Recht haben, die Statue zu zerstören, wenn sie mißlungen ist!

Für diejenigen, die sich immer noch nicht überzeugen lassen, füge ich ein drittes Argument hinzu.

Es ist ein alter Gedanke, den menschlichen Leib mit einem Haus zu vergleichen, in dem die Seele vorübergehend Wohnung bezogen hat. Ich sage ›vorübergehend‹, denn die Seele soll im Gegensatz zum Leib unsterblich sein.

Vertiefen wir dieses Bild: Das Haus hat Fenster. Unsere Augen, aus denen die Seele und ihr treuer Begleiter, der Verstand, hinaussehen, wann immer es ihnen beliebt.

Es hat auch dunkle Winkel und Räume, in denen die Seele sich verkriechen kann, wenn ihr danach zumute ist.

Da sind Bilder in einem solchen Haus, die wir Träume nennen. Es muß aber auch eine Tür geben, durch die man hinaus kann. Häuser ohne Türen sind Gefängnisse.

Was ist nun aber die Tür? Ist es der Mund? Sind es die Ohren? Nein! Beides sind Läden, die man öffnen kann, um sich mit Passanten und Besuchern zu verständigen. Türen sind es nicht. Es gibt nur eine Tür an diesem Haus. Das ist der Tod. Welche Tür aber verdient diesen Namen, wenn sie der Bewohner nicht auch von innen öffnen kann?

Krankheiten, Unglücke, Kriege können die Tür von außen öffnen. Es muß jedoch erlaubt sein, daß die Seele sich selbst entschließt, ihrem Freiheitsdrang nachzugeben, und das Haus aus freien Stücken verläßt. Natürlich fällt die Tür unweigerlich hinter ihr ins Schloß, so daß es keine Rückkehr mehr gibt. Wer aber weiß denn, ob es draußen im Freien nicht schöner ist als drinnen!«

Was sind dies für eigenartige Gedanken, dachte Georg. Selbstmord aus Lebenslust!

Nun war es endlich soweit. Er war dabei, wenigstens das Haus seiner Jugend zu verlassen. Die letzten Jahre in Darmstadt waren quälend gewesen. Dreimal hatte er die Selekta erfolgreich durchlaufen. Da sie zum großen Teil gemeinsam mit Unter- und Oberprima unterrichtet wurden, bedeutete dies: fünf Jahre immer den gleichen Stoff, die gleichen Vokabeln, die gleichen Zahlen und antiken Gottheiten! Die Stadt wurde ihm verleidet davon. Er konnte schließlich jeden Pflasterstein und jedes Nachbarsgesicht herunterdeklinieren.

Warum studierte er eigentlich nicht wie seine Brüder? Es lag nur zum Teil daran, daß das Geld im Hause zu knapp war, um noch einen Studenten zu finanzieren. Es lag viel eher an ihm selbst. Er wollte partout nicht an der einzigen hessischen Universität, in Gießen, studieren. Es gab eigentlich keinen vernünftigen Grund für diese Haltung.

Allerdings hatte er schon als Selektaner ein Buch in die Hand bekommen, das ihn sofort außerordentlich faszinierte. Es war 1758 erschienen und hatte den trockenen Titel »Anfangsgründe der Mathematik«. Sein Autor war ein gewisser Kästner, Professor der Mathematik in Göttingen.

Georg bettelte bei seiner Mutter so lange, bis sie ihm das Buch kaufte. Er verschlang es wie einen Roman, dessen Helden Zahlen und dessen Handlung Rechenoperationen waren.

Die Null zum Beispiel hatte eine höchst zwielichtige Rolle. Es gab auch strahlende Helden wie die Primzahlen, die sich durch keine andere Zahl teilen ließen.

Endlich begann er etwas vom Leben zu begreifen.

Die vielen Experimente, die er mit den physikalischen Apparaten durchgeführt hatte, waren Spiel gewesen. Sie hatten ihm nichts erklärt. Er war zum Beispiel dem Rätsel des Nordlichtes nicht auf die Spur gekommen. Doch mit den Zahlen war es anders. Hier, so kam es ihm vor, war vielleicht endlich fester Boden, von dem aus man die Natur und den Menschen beobachten konnte. War er nicht selbst eine Null? Wenn er sich zwischen zwei Spiegeln von der Seite betrachtete, kamen ihm die beiden Höcker auf Brust und Rücken wie die beiden Bögen einer Null vor.

Die Lehrer wurden dieses seltsamen Schülers, der mit seinen viereinhalb Fuß nicht größer war als ein Zehnjähriger, allmählich überdrüssig. Sie konnten ihm nichts mehr beibringen, und von ihm zu lernen, trauten sie sich nicht.

Schließlich gelang es Wenck, ihn von der Schule wegzuloben. Georg selbst ignorierte die vielen Komplimente. Er wußte, daß er über Anfangsgründe bislang nicht hinausgekommen war.

Georg durfte die letzte Rede der Abschlußfeier halten, mit der das zweite Semester des Jahres 1761 endete. Ihr Thema war das Verhältnis von Wissenschaft und Dichtkunst. Da seine Mutter und seine Schwester anwesend waren, hatte sich Georg erlaubt, eine Zusammenfassung seiner lateinisch gehaltenen Rede in deutscher Sprache anzufügen:

»Es herrscht gemeinhin die Neigung, in Wissenschaft und Dichtung grundverschiedene Geschwister menschlichen Geistes zu sehen. Es heißt, die Wissenschaft halte es vornehmlich mit der Wahrheit, während die Dichtkunst mehr dem Schönen zugeneigt sei.

Die eine gebe vor, sich mit der Wirklichkeit erkennend zu befassen, die andere pflege die Einbildungskraft, um sich eigene Welten zu erträumen.

Dieser Gegensatz ist künstlicher Natur. Ihn zu behaupten verrät eine schlechte Eigenschaft des Menschen, miteinander verwandte Verschiedenheiten zu Gegensätzen zu erklären.

Ich behaupte, daß Wissenschaft und Dichtung Zwillingsgeschwister sind. Sie sind sich nicht nur ähnlich, sie sind auch an einer Stelle miteinander verwachsen, so daß sie immer gemeinsam auftreten müssen.

Sie haben die gleichen Eltern. Liebe und Phantasie ist die Mutter. Ihr Charakter ist Weichheit, Fließen und Bewegung. Ihre Stimme ist das Wort. Der Vater ist das Gesetz, die Regel, die strenge Form, die Beständigkeit durch das Maß. Seine Stimme ist die Zahl.

Beide Geschwister tragen diese unterschiedlichen Erbteile in sich. Sie betonen nur jeweils das eine und verbergen das andere, ohne es ganz verleugnen zu können.

Die Wissenschaft kommt nicht ohne Liebe zu den Dingen und ohne Einbildungskraft aus. Oft genug muß sie phantastische Brücken zwischen einzelnen Phänomenen und Beobachtungen schlagen. Und bei aller Neigung zu Träumen und bildhaften Phantasien muß die Dichtung die Fähigkeit zur festen Form entwickeln. Sie muß sich sogar oft genauer um die einzelnen Elemente der Wirklichkeit kümmern als die Wissenschaft, will sie dem Schicksal entgehen, nur Täuschung und Wahnbild zu sein.

Dichtung ist ebenso Erkenntnis wie Wissenschaft Imagination. Beide dienen sie der Erforschung des Lebens, das Träume genauso umfaßt wie den festen Boden, auf dem wir uns bewegen, und die Himmelskörper über uns.«

Es wurde anhaltend applaudiert. Dann ging Georg mit seiner Mutter und seiner Schwester nach Hause.

Als er am Herd bei den Suppentöpfen saß und seiner Mutter und Schwester beim stummen Hantieren zusah, kam er sich wie einer jener Gaukler und Betrüger vor, die die Menschen auf Jahrmärkten mit ihren Tricks und Sensationen unterhielten. Sein bester Trick war, sich lebendig zu begraben.

Es dauerte noch fast zwei Jahre, bis endlich etwas geschah.

»Es liegt nicht an mir«, hatte er sich immer wieder gesagt. »Es liegt an der Politik. Es liegt an diesem Preußenfriedrich, den sie den Großen nennen.« Er haßte Politik, weil sie sich zwischen Kästner und ihn stellte.

Friedrich der Große hatte sich auf wechselnden Schlachtfeldern mit der ganzen übrigen Welt angelegt. Der Krieg ging ins siebente Jahr, wahrscheinlich weil es nichts zu verlieren und zu gewinnen gab. Es war ein Krieg wie ein Pendel. Einmal angestoßen, schwankten Siege und Niederlagen zwischen den Parteien hin und her. Dies maß auch die Zeit, die Georg hinter dem Ofen verbrachte.

Er hatte inzwischen alle Jahreszeiten zu seinem Winter erklärt und kam sich wie ein Igel vor, der sich im eigenen Buckel zusammenrollt.

Göttingen war mehrmals von französischen Truppen besetzt worden, da es zum Herrschaftsgebiet des englischen Königs, des einzigen Verbündeten des Preußenkönigs, gehörte.

27

Georg stilisierte sich zum Kriegsveteranen. Er lebte wie ein Emeritus in seiner Küchenuniversität und las die »Anfangsgründe«, während das Suppenfleisch garte.

Wunderbarerweise beendete Georg diesen Zustand ein halbes Jahr vor dem Ende des Siebenjährigen Krieges.

Er verfaßte für seine schreibunkundige Mutter einen Brief an den Landesfürsten, in dem er sein diplomatisches Geschick und seine in der Schule erlernte Fähigkeit, in Höflichkeitsfloskeln zu schwelgen, unter Beweis stellte.

In diesem Brief war nicht nur vom elfjährigen mühseligen Witwenstand der Mutter die Rede, von den großen Kosten, die durch das Studium der älteren Söhne entstanden waren, von der hervorragenden Begabung des jüngsten Sohnes, die nach dem Zeugnis seiner Lehrer eine Förderung verdiente. Die Rede war auch von Georgs festem Vorsatz, dem Vaterland dereinst auf dem Felde der gemeinen und höheren Mathematik nützlich werden zu wollen. Die Zahlen waren es, die dem siebzehnten Kind des verstorbenen Superintendenten zu einer Neugeburt verhelfen sollten. Der Schlußabsatz des Briefes lautete:

»Ich erkühne mich dahero, Ew. Hochfürstliche Durchlaucht hierdurch demüthigst anzuflehen, Höchstdieselben geruhen, die Studia ersagten meines jüngsten Sohnes durch die erforderliche Universitätskosten gnädigst zu unterstützen, dagegen aber die demüthigste Versicherung in hohen Gnaden anzunehmen, das Höchstdero Diensten mein Sohn demnächst alleine sich weihen, ich aber in tiefster Danknehmigkeit ersterben werde.«

Der Krieg war, wie gesagt, noch nicht zu Ende. Doch Georg fühlte in der Küchenecke den Frieden, ehe er ein halbes Jahr später am 15. Februar 1763 tatsächlich geschlossen wurde.

Um diese Zeit kam auch das gnädige Bewilligungsschreiben, in dem dem hoffnungsvollen Sohn der Stadt ein Stipendium von mäßigen hundert Gulden jährlich für die Dauer von vier Semestern bewilligt wurde. Die gleiche Summe sollte aus der landgräflichen Kabinettskasse fließen.

Die Zusage enthielt keinerlei Bedingungen, was den Studienort anging. Der Weg nach Göttingen zu Kästner war frei.

Als zusätzlicher Obulus wurden dreißig Gulden Reisegeld bewilligt. Der Betrag stammte von einem Pfarrer, der ihn als Dispens an die Staatskasse hatte zahlen müssen, um sich dadurch das Recht zu einer Heirat mit seiner Kusine zu erwirken.

»So ist es richtig«, dachte Georg. »Meine erste größere Bewegung auf diesem Erdball wird von einer Liebe finanziert, die halb verboten ist, weil sie in der Familie bleibt.«

Wieder schwankte die Kutsche. Dies gab ihm erneut Gelegenheit, seine Nachbarin mit dem linken Knie zu berühren. Es war ein schönes Gefühl. Es war zugleich ein wenig schmerzhaft. Hatte es nicht auch etwas mit warm und kalt, mit hell und dunkel zu tun? Wieder spürte er die Nähe dieser Erinnerung. Sie war fast greifbar nahe.

Er schloß die Augen und traute sich noch einmal, das Mädchen neben sich zu berühren, obwohl die Fahrt jetzt über einen guten Weg verlief und der Wagen ganz ruhig dahinglitt.

Ihm fielen plötzlich Zahlen ein, ungerade Zahlen.

»Die Treppe«, flüsterte er. »Wie habe ich sie vergessen können! Es muß vor meinem dritten Lebensjahr gewesen sein.«

Jetzt sah er sie deutlich vor sich.

Ein Teil der Treppe lag in der Sonne, ein Teil im Schatten.

Die Trennungslinie zwischen hell und dunkel teilte auch warm und kalt.

Er hockte still vor der untersten Stufe. Dann begann er,

die Treppe entlang der gezackten Grenze zwischen Schatten und Licht emporzukriechen. Unter der einen Hand und dem einen Knie war es warm. Die andere Seite fühlte sich kühl an. Es war, als sei er mitten durchgeteilt.

Oben erhob er sich und stolperte auf unsicheren Beinen in die grünen Schatten hinein. Er verschwand auf einem schmalen Weg zwischen hohen Büschen.

Er hatte keine Vorstellung von einer Richtung oder einem Ziel.

Die Zweige und Blätter lenkten ihn mit kleinen Berührungen. Immer tiefer verlor er sich in den grünen Schatten, auf denen einzelne kleine Sonnenflecken umherkrochen. Er gab sich Mühe, keinen von ihnen totzutreten.

Er landete wieder vor der Treppe aus rotem Gestein.

Da ihm der Sinn für die Krümmung des Gartenweges fehlte, wunderte er sich, daß es die gleiche Treppe war.

Er wiederholte das Spiel, das er mit der Treppe spielte. Er rutschte auf allen Vieren die Trennungslinie zwischen Licht und Schatten empor.

Dann tauchte er in grüne Schatten und lief so lange vor sich hin, bis er wieder vor seiner Treppe landete. Er hatte bei diesem Spiel etwas Merkwürdiges herausgefunden.

Das eine Knie tat stärker weh als das andere. Es blutete auch. Es war das warme Knie.

Der Schmerz war angenehm süß. Er war ein Teil des Spiels, das er erfunden hatte. Wenn er mit dem warmen, blutenden Knie auf der untersten Stufe begann, hörte er mit ihm später auf der obersten auf. Er konnte so schon zu Beginn des Spiels das warme oder das kalte Knie bevorzugen.

Dies war ein Wunder, denn er wechselte doch die Knie Stufe für Stufe. Erst war das eine, dann war das andere dran. Und doch konnte er sich am Anfang schon für das Ende entscheiden.

Er zog das warme Knie vor. Es war schön, daß es weh tat. Das Blut trocknete auf dem roten Gestein und bildete winzige schwarze Schatten. Er erhob sich und stolperte in den Gartenweg hinein.

»Dies ist doch ein feiner Beweis«, dachte er, nachdem er die Augen wieder geöffnet hatte und in die Landschaft sah, »daß die Mathematik etwas mit dem Leben zu tun hat. Es war eine Treppe mit einer ungeraden Anzahl von Stufen. Ich habe damals, ohne es zu wissen, ein Rätsel gelöst. Es gibt Bedingungen, bei denen der Wechsel der Verhältnisse der Möglichkeit nicht im Wege steht, sich schon früh für ein Später zu entscheiden. Dies ist wahrscheinlich eine solche Stelle, wo etwas stillsteht, obwohl sich sonst alles vorwärts und rückwärts bewegt.«

Es befriedigte ihn, endlich dieses Erinnerungsrätsel gelöst zu haben. Er war erschöpft und legte den Kopf auf die Seitenlehne.

Er erwachte erst, als es bereits dämmerte. Die Kutsche stand vor einer Poststation. Niemand war zu sehen. Man hatte ihn allein in seinem gepolsterten Sitz schlafen lassen.

Er ging in den Raum für Passagiere. Es würde ihm jetzt nichts ausmachen, sich zu diesem Mädchen an den Tisch zu setzen und ihr die Geschichte von der Gartentreppe zu erzählen.

Sie war jedoch nicht da. Als sie am nächsten Tag weiterfuhren, hatte ein anderer Mensch den Platz neben Georg eingenommen.

II. Die Kunst der Pinik

Als Georg mit seinen schweren Koffern die Kutsche verlassen hatte und mitten auf dem Marktplatz stand, ergriff ihn eine solche Erregung, daß er nach Atem rang und sich auf einen seiner Koffer setzen mußte.

Er war in einer fremden Welt. Doch war ihr dies auf den ersten Blick nicht anzusehen, und das machte es noch aufregender für ihn. Die Straßen waren hier auch nicht breiter als in Darmstadt und die Häuser nicht höher. Manche hatten Strohdächer, aber sonst sah alles nach einer normalen Stadt aus.

Doch irgend etwas war anders. Er hörte ein Lärmen, dessen Ursache er nicht sofort verstand.

Wind fuhr durch die Straßen und wirbelte allerlei Unrat auf. Sogar ein weißes Blatt Papier wehte vorbei.

Das hätte es in Darmstadt nie gegeben: Kostbares Papier, das wie Abfall herumlag.

Der Lärm kam zweifellos von den vielen Menschen. Er sah eine erstaunliche Menge elegant gekleideter Burschen, die lautstark auftraten und sich in den verschiedensten deutschen Dialekten Grobheiten und Komplimente zuriefen. Viele trugen Degen an den Hüften.

»Dies sind also die Soldaten des Geistes«, dachte Georg. »Die berüchtigten Studenten. Und ich soll nun zu ihnen gehören!«

Er kam sich wie ein Bauernlümmel vor, der mit offenem Maul und dummen Augen in die Welt glotzte. Darum erhob er sich und schleppte seine Koffer in das Gebäude der Poststation, wo er sie zur Aufbewahrung gab.

Er mischte sich tapfer in das Treiben der Stadt. Ein solches Gewimmel hatte er in Darmstadt nicht einmal bei der Kirmes gesehen. Es gab zahllose fliegende Händler und Marktschreier, die die Studenten zu übertönen versuchten. Es gab Frauen mit großen Weidenkörben voller Geschirr oder Gemüse auf dem Rücken. Männer, die ihren Laden voller Flaschen und Gläser vor dem Bauch trugen und ohne Unterlaß ihre Waren in einer Sprache feilboten, die wohl eine Art Deutsch war, jedoch völlig anders klang. Ein Mann mit einem Pferdewagen, dessen Ladung eine Plane bedeckte, schrie ohne Pause »Sohlt! Sohlt! Sohlt!«

»Um Schuhsohlen wird es wohl kaum gehen«, dachte Georg und blieb stehen, um den Vorgang näher in Augenschein zu nehmen.

Ein Mann trat hinzu, steckte die Finger unter die Plane, führte sie zum Mund und leckte sie ab. Er nickte zustimmend, worauf der Eigentümer des Fuhrwerks die Plane zur Seite schlug und mit einem Scheffel weißes, körniges Salz abwog.

Überall an den Häuserwänden lehnten Männer. In offenen Fenstern sah man Frauen, die ihre Arme auf die Simse stützten und das Treiben ebenso unbeteiligt betrachteten wie die Männer. Das waren also die Einheimischen.

Die Göttinger hatten nicht den besten Ruf. Sie galten als rückständig und fremdenfeindlich. In dieser Haltung waren sie durch die französischen Besetzungen der letzten Jahre noch bestärkt worden. Außerdem schienen viele die ausländischen Studenten für eine Art Besatzerarmee zu halten, von der sie zwar gute Geschäfte erwarten konnten, jedoch in ihrer bürgerlichen Ruhe erheblich gestört wurden.

Bis zum Abend lief Georg die meisten Straßen ab. Viele mehrfach, da er sich immer wieder verirrte. Als schließlich die Dämmerung hereinbrach – langsamer und auch später, als er es von zu Hause gewohnt war –, umrundete er die Stadt auf dem sie umgebenden Wall.

Innen drängten sich die verwinkelten Dächer. Draußen dehnten sich Wiesen und Felder, in denen nur wenige Gebäude und Wäldchen lagen.

Die Stadt mit ihrem Lärm, der auch jetzt noch nicht nachließ, lag wie in einem Suppenteller, der auf einem flachen, grünen Tischtuch stand.

Als Georg wieder in die Gassen hinunterstieg, empfand er zum erstenmal so etwas wie ein Gefühl der Geborgenheit.

Die erste Nacht verbrachte er in einem billigen Quartier für Durchreisende auf einem Sack Stroh. Lange konnte er nicht einschlafen, weil Geräusche seine Phantasie beschäftigten.

Er hörte Mäuse rascheln und das Schnarchen fremder Männer, hörte Hundegebell, Stiefelschritte und den Gesang Betrunkener.

Am nächsten Tag mietete er eine Bude im Haus des Stadtschreibers Horn in der Judenstraße.

Es war ein teures Quartier. Georg fühlte sich jedoch nicht in der Lage, sich auf eine längere Suche nach einem billigeren Zimmer zu begeben. Es strengte ihn an, nun ein neuer Mensch werden zu sollen. Jedoch stellte sich bei ihm keinerlei Heimweh ein. Eher kam er sich vor wie Robinson, der nun daranging, sich mit den wenigen Mitteln, die er aus seiner alten Welt gerettet hatte, ein neues Zuhause zu schaffen.

Das Haus des Stadtschreibers bestand nicht aus Fachwerk, sondern aus massivem Stein. Steuerrechtlich gehörte es damit in die oberste Klasse, was auch die hohe Miete erklärte.

Georgs Zimmer war klein, jedoch gut möbliert. Er packte seine Koffer aus und verwahrte seine Schätze in einem

Schrank. Er hatte die ganze Sammlung seiner physikalischen Apparate mitgenommen.

Auf den Hocker neben sein Bett legte er Kästners Einführung in die Mathematik, als sei es die Bibel. Dann zog er die Vorhänge zu und legte sich angezogen auf sein Bett.

Es war noch hellichter Tag, aber er fand, daß er für heute genug getan hatte.

Wieder lauschte er den Straßengeräuschen. Sie kamen ihm nun schon vertrauter vor.

Nach Einbruch der Dunkelheit warf die Straßenbeleuchtung einen schmalen Lichtbalken zwischen den Vorhängen hindurch ins Zimmer.

Wie schon seit seiner Kindheit dachte er sich zum Einschlafen einen grausamen Mord aus. Diese Angewohnheit wollte er auch in Göttingen beibehalten, doch diesmal mißglückte ihm seine Freveltat. Er dämmerte einfach in einen Traum hinüber. Er träumte, daß er viele Jahre wie tot im Bett gelegen hatte und sich nun erhob.

Dabei blieb sein Buckel zurück.

Er lag auf der Matratze wie ein Korb. Gern hätte er gewußt, ob er etwas enthielt. Aber er traute sich nicht, noch einmal umzukehren.

Während er mit schnellen Schritten davoneilte, tat ihm sein verlassener Buckel leid.

In den zwei folgenden Wochen bis zu seiner Immatrikulation als Student der Mathematik und Physik besichtigte Georg die sieben Kirchen, die dreizehn Garküchen, in denen man billig zu essen bekam, die vielen Weinstuben und Branntweinschenken, die Läden, das Collegiengebäude der Universität, die Bibliothek, die Walltürme, die zur alten Stadtbefestigung gehörten und durch die moderne Kriegstechnik nutzlos geworden waren. Er besuchte auch die Vergnügungslokale vor der Stadt, die sich jetzt im Frühling zu füllen begannen.

Ihm fiel auf, wie viele Mädchen es überall gab.

Es wimmelte von Aufwärterinnen, Mägden und Mamsellen. Offenbar zog das Studentenleben ein Heer von Bauerndirnen in die Stadt.

Georg erfuhr, daß drei von ihnen soviel wie ein einziger Diener kosteten und daß sie im übrigen williger und vielseitiger zu Diensten wären.

Bei seinen Entdeckungsreisen kam Georg auch in den Stadtteil, der »Klein-Paris« genannt wurde. Hier, im Süden der Stadt, lebten die Ärmsten der Armen in Bretterbuden, die wie Schwalbennester an der Innenseite der alten Stadtmauer klebten. Der Gestank in dieser Straße war unerträglich. Überall lag Hunde- und Menschenkot.

Er sah ein Mädchen in einer kaum mannshohen Tür einer der Bretterbuden lehnen. Sie hob den Rock bis über die Hüften, als Georg vorbeischlich. Sie war nackt darunter bis auf einen länglichen Gegenstand, der von ihren Schenkeln baumelte.

Er nahm all seinen Mut zusammen und trat näher. Nun erkannte er, daß es eine der berühmten Göttinger Mettwürste war, die das Mädchen sich umgebunden hatte.

»Sie ist umsonst«, sagte sie und deutete auf die Wurst. »Sie ist umsonst, wenn du zu mir kommst.«

Dann brach sie in Gelächter aus, und er sah, daß sie trotz ihrer Jugend keine Zähne mehr im Mund hatte.

Er flüchtete weiter und kam an einer Ansammlung von Leuten vorbei, die wie ein Bienenschwarm einen Menschen einhüllte. Man sah nur seinen Kopf, mit dem er alle überragte.

Der Mann schien Geldstücke zu verteilen, wie Brotstücke an einen Schwarm Enten.

Er hatte eine hohe, fliehende Stirn und eine vogelschnabelartige Nase. Da er eine Perücke trug, mußte er eine vornehme Person sein.

Georg fiel der spöttische Mund des Mannes auf. Hin und wieder sagte er etwas, das die Menge mit brüllendem Gelächter quittierte.

Einige Tage verbrachte Georg auf seinem Zimmer. Er war unfähig, zu lesen oder auch nur nachzudenken.

Während draußen randaliert und flaniert wurde, während die Schenken sich füllten und die verbotenen Glücksspiele begannen, während sich die anständigen Bürger in ihren Privaträumen hinter Mauern und zugezogenen Gardinen verbarrikadierten, lag Georg auf seinem Bett in einem Zustand zwischen Hoffen und Bangen.

Zweifellos stand er am Beginn eines aufregenden Experimentes, das sich niemals würde wiederholen lassen.

Er mußte ein neuer Mensch werden. Aber wurde man dies nicht von alleine? Was konnte er selbst dazu tun?

Ihn bedrückte, daß er so wenig Sehnsucht nach seinem Elternhaus hatte. Er liebte seine Mutter und seine Schwester. Aber es fiel ihm mit jeder Stunde schwerer, sie sich als wirkliche Personen vorzustellen. Als einziges Wesen aus seiner alten Umgebung hätte er gerne »Bellos« hier gehabt.

Was war dies für eine Welt, in der er sich nun zurechtfinden sollte? Ein Blick aus dem Fenster genügte, um ihm mindestens drei Gattungen von Menschen beiderlei Geschlechts vor Augen zu führen.

Da gab es erstens die Bürger der Stadt. Diese Gruppe konnte man, wie es die Steuer tat, ebenfalls in drei Sorten einteilen, in Arme, in Vermögende und in Reiche.

Sie alle hatten das Bürgerrecht, und die meisten zahlten Steuern und gingen ihren Berufen nach.

Da gab es Schmiede, Drechsler, Radmacher, Schneider, Apotheker, Bader, Buchbinder, Kammerjäger, Schornsteinfeger, Totengräber, Musikanten, Gärtner, Pergamentmacher, Bäcker, Schwertfeger, Schieferdecker, Weißbinder, Fenstermacher, Färber, Handschuhmacher, Seiler, Schuster, Tuchmacher, Seifensieder, Fabrikanten, Polizisten, Torwärter, Schweinehirten, Wirte, Schlachter, Pfarrer, Strumpfweber, Feldscher, Chirurgen, Lohgerber, Steinmetze, Postmeister, Ofensetzer, Köche, Graveure, Lichterzieher, Knopfmacher, Buchhändler, Tanzmeister, Portraitmaler, Friseure, Täschner, Wollkratzer und wer weiß noch was für meist handwerkliche Professionen.

Wie die vielen Zahnräder einer komplizierten Uhr griffen sie ineinander. Die kleinen drehten sich schneller, die großen langsam, aber keines war überflüssig. Wies nun ein einziges schadhafte Zähne auf, konnte die ganze Uhr stehenbleiben.

Das Pendel aber waren die Jahre, von denen gute mit schlechten wechselten, und die Zeiger zeigten jeweils den Grad des Wohlstandes an.

Georg kam es vor, als lebten in Göttingen viel mehr Menschen als in Darmstadt. Dies stimmte nicht. Die Zahlen hielten sich in etwa die Waage. Jedoch steckte der siebentausendköpfige Menschenhaufen hier in einem viel engeren Anzug. Die Einwohnerzahl Göttingens hatte sich im letzten halben Jahrhundert verdoppelt. Wohnungen waren knapp und teuer, da die Bautätigkeit mit dieser Entwicklung nicht Schritt hielt.

Die Gründung der Universität im Jahre 1734 hatte das ihre zu diesem Zustand beigetragen. Seitdem der erste Professor für Philosophie und Physik in einem ehemaligen Kornlager mit seinen Vorlesungen begonnen hatte, wurden die Bürger der Stadt von zwei ständig wachsenden Armeen innerhalb ihrer Mauern belagert: Das eine waren die nun bereits über siebenhundert Studenten, samt dem Lehrpersonal und den

Dienst- und Handwerksleuten, die zum akademischen Betrieb gehörten. Das andere waren die Bettler, Dirnen, Tagelöhner und Kriminellen, die vom neuen Wohlstand der Stadt angezogen wurden wie die Bienen vom Blütenstaub.

Beide Armeen genossen keine Stadtrechte. Sie hatten jedoch den größten Einfluß auf das Leben und Treiben am Ort. Wer studieren konnte, war zumeist Kind wohlhabender Eltern. Nicht nur die Mieten, nicht nur die Perückenmacher und Buchbinder, nicht nur die Hörgelder forderten ihren Tribut. Auch andere, weniger edle Bedürfnisse der Studiosi trugen zur Zirkulation des Geldes bei, das hier bei weitem reißender durch die Börsen strömte als in Georgs Heimatstadt.

Georg hatte nur ein einziges Buch, seinen Kästner, aus Darmstadt mitgebracht. Er entschloß sich deshalb, einen Antiquar aufzusuchen. Man empfahl ihm eine Adresse in der Gotmarstraße.

Hier traf er einen Menschenauflauf an, der den Zugang zum Laden versperrte.

Er konnte durch die Mauer der Leute nichts erkennen, aber den Rufen, dem Lärm und den Kommentaren entnahm er, daß hier eine ernsthafte und gründliche Prügelei im Gange war.

Als die Scharwache erschien, lichtete sich der Zuschauerkreis, und er sah, wie ein großer Mensch auf zwei Kerlen hockte. Obwohl sie um sich schlugen, drückte er beide mit seinen Knien auf das Pflaster. Nach einem kurzen Palaver mit den Scharwächtern kam es zum Friedensschluß.

Die beiden Besiegten entfernten sich in einem Zustand, der ihnen wenig Ansehen verlieh. »Es ist erstaunlich, wie ein geschwollenes Auge und eine aufgeplatzte Lippe die Reputation eines Menschen zu schwächen vermögen«, dachte Georg.

Der Sieger aber betrat hoch erhobenen Hauptes den Laden. Auf seinem breiten Rücken hingen Stroh- und Kotreste wie Orden, die nur die Gosse verleiht.

Daß er humpelte, schien nicht an den Folgen der Schlacht zu liegen, sondern an einer Unregelmäßigkeit seines Körperbaus. Georg sah, daß das eine Bein des Mannes seine volle Länge nur mit Hilfe eines anderthalb Hände breiten Holzklotzes erreichte, der ihm als Schuhsohle diente.

»Wenn dieser Rüpel und Gewaltmensch ein Buch kaufen will, muß es schon ziemlich weit gekommen sein mit der Bildung in dieser Stadt«, dachte er und folgte ihm in das Ladeninnere.

Hier war es überraschend dunkel. Es roch wie in einer Kneipe oder einem Branntweinlager.

Die Dunkelheit rührte daher, daß das ganze Fenster bis zur Decke mit Büchern wie mit Ziegelsteinen vermauert war. Auch Wände und Tische waren mit Büchern bedeckt.

Aus dem höllenschwarzen Hintergrund kamen Geräusche. Eine Flasche wurde geöffnet; etwas stieß an ein Glas. Schließlich näherten sich Schritte, die sich wie der Hufschlag des Teufels anhörten. Es war der Mann, der die Schlägerei siegreich für sich entschieden hatte.

Er hatte die Flasche und zwei gefüllte Gläser dabei. Er stellte sie auf einem Bücherturm ab und zog einen Band aus der Büchermauer am Fenster, so daß ein Balken Sonnenlicht in die Höhle drang.

»Wir haben einen Sieg zu feiern«, sagte er.

Georg hatte noch nie ein so wildes Gesicht gesehen, in dem grobe Züge, schlecht vernarbte Wunden und die Spuren der Trunksucht mit den physiognomischen Merkmalen der Nachdenklichkeit und Menschenliebe ineinanderflossen.

»Ich habe zwei Banausen gelehrt«, fuhr der Mann fort, »daß der Kauf von Büchern etwas mit ihrem Inhalt zu tun hat. Sie wollten für einen Shakespeare weniger zahlen als für einen Haller! Wir gerieten darüber in Streit. Hier liegen die Bücher noch. Es handelt sich um eine schlechte Übersetzung des Leardramas und um einen ledergebundenen Band der Haller-schen Gedichte.

Ja, es ist wahr, Haller hat viel für unsere Stadt getan. Er hat nicht nur die reformierte Kirche gebaut. Er hat nicht nur die Ausstattung der Anatomie gefördert. Er hat auch den Tod seiner geliebten Frau besungen. Sie starb, kurz nachdem dieser große Schweizer Arzt und Dichter der Alpen hier seinen Lehrstuhl angetreten hatte. Es war ein Schlagloch vor dem Groner Tor. Sie saß auf der Seite, auf die die Kutsche stürzte, nachdem das Rad gebrochen war. Sie brach sich die Wirbelsäule. Die Bücherkiste, die sie im Wageninneren verstaut hatten, war auf sie gefallen. Vornehmlich Bände des guten Ehemannes, eigene Werke, eine ganze Auflage seiner Schweizerischen Gedichte. Trinken wir auf den Sieg!«

Sie leerten die Gläser. Georg kam sich vor wie in einem Hörsaal. Offensichtlich war dies ein Mann der schönen Literatur, was man ihm weiß Gott nicht ansah.

»Gleich nach dem Ableben seiner geliebten Mariane, die er in seinen Gedichten sonst Doris nannte, ließ er eine Trauerode drucken. Hier haben wir den Text. Doch nehmen wir zuerst einen auf den Tod.«

Nachdem die Gläser leer waren und Georg das Brennen des Fusels bis in den Magen spürte, hob der andere Flasche und Gläser von einem Buch und quartierte sie auf das danebenliegende um. »Auf Shakespeare stehen sie besser«, sagte er. Dann schlug er den anderen Band auf und begann, übertrieben laut vorzulesen. Georg wurde fast übel von dem penetranten Schnapsgeruch, der ihn dabei anwehte.

»Soll ich von deinem Tode singen?
O Mariane, welch ein Lied,
Wann Seufzer mit den Worten ringen
Und ein Begriff den andern flieht!
Die Lust, die ich an dir empfunden,
Vergrößert jetzund meine Not;
Ich öffne meines Herzens Wunden
Und fühle nochmals deinen Tod.

Ich überspringe jetzt vierzehn weitere Strophen, die ähnlich mittelmäßig sind, und lese die letzte, nachdem wir ein Glas auf die Liebe getrunken haben.«

Den Schnaps im Leibe, fühlte Georg es gewaltig in sich steigen und quellen, während der Rezitator mit tremolierender Stimme fortfuhr:

»Vollkommenste, die ich auf Erden
So stark und doch nicht genug geliebt!
Wie liebenswürdig wirst du werden,
Nun dich ein himmlisch Licht umgibt.
Mich überfällt ein brünstigs Hoffen,
O sprich zu meinem Wunsch nicht nein!
O halt die Arme für mich offen!
Ich eile, ewig dein zu sein!«

Es entstand eine längere Pause, in der nur der schnelle Atem des einen und der langsame des anderen zu hören waren.

»Nun, die Sache ist die«, schrie der Gastgeber plötzlich in höchster Wut, wobei Georg nur deshalb keine Angst bekam, weil er dazu schon zu betrunken war. »Die verdammte, zum Himmel vor Ungerechtigkeit stinkende Sache ist die.«

Er senkte die Stimme und flüsterte nun fast. »Haller lebt noch in seiner Heimat. Er hat sein Schlagloch noch nicht gefunden, und seine geliebte Mariane muß warten. Das Unglück liegt nun siebenundzwanzig Jahre zurück. Von Eile kann also keine Rede sein. Und darum habe ich diese Burschen verprügelt. Sie haben sich nämlich mit einer Literatur einlassen wollen, die nur Schaum ist, der entsteht, wenn man in den Wahrheiten des Lebens allzu heftig herumrührt.«

Georg betrachtete die Myriaden von Staubteilchen, wie sie im Lichtbalken, der vom Fenster hereinfiel, durcheinanderwirbelten. Im Schatten verschwanden sie genauso schlagartig, wie sie im Licht aus dem Nichts zu entstehen schienen. »Mit uns Menschen geht es genauso«, dachte er. »Wir kommen und gehen und sind nur im Licht zu sehen, aber wir existieren gleichwohl vorher und nachher. Und wer weiß, ob wir nicht wieder einmal in den Lichtstrahl geraten.«

Seine Gedanken waren in Wirklichkeit trunkener und ungenauer, aber sie kamen ihm selbst wie saubere Lettern einer guten Druckschrift vor.

Plötzlich verlor er den Boden unter den Füßen.

Er glitt durch den Raum und geriet dabei in den Lichtstrahl, der ihn wie ein Blitzschlag traf. Er schloß die Augen und ließ sich weiter treiben. Als es wieder dunkel um ihn wurde, glaubte er, nun endlich ohnmächtig zu sein.

Der Mann, der ihn wie ein Kleinkind auf den Armen trug, roch nach Fusel und Schweiß und Erde. Er war jetzt Gottvater mit einem Teufelsfuß. Georg war ein buckliger Christus. Klein und häßlich und müde und trunken wurde er hinter dem Vorhang in einen alten Ledersessel gelegt und schlief ein.

Als er erwachte, sah er im Licht einer Kerze seinen neuen Freund über einen Herd gebeugt. Es roch nach Kaffee und gebratenem Fleisch. An einem Tisch war gedeckt, und bald saßen sie beide dort, tranken und aßen.

»Du hast den ganzen Tag verschlafen«, sagte der Antiquarius. »Der Schnaps muß in dir recht wenig Platz gefunden haben, um sich fein zu verteilen. Ich bin da besser dran, obwohl ich meine, etwas weniger zu vertragen, seitdem mir dieses Stück aus dem Schenkelknochen fehlt. Es hat mich mindestens den Platz für zwei Gläser gekostet.«

Kaffee und Braten wirkten Wunder. Georg wurde munter und begann, ausführlich von seinem Leben, von seinen Plänen und von seiner Liebe zu den fernsten und kleinsten Dingen zu erzählen.

»Es gibt so viele Rätsel, die ich lösen möchte. Ich will wissen, was ein Nordlicht ist. Ich will auch wissen, ob es einen Weg gibt, der zufrieden macht. Gibt es zum Beispiel eine ausgewogene Mischung von Abenteuer- und Philisterdasein, die wir als den rechten Mittelweg empfinden könnten?«

»Gott hat den Menschen symmetrisch geschaffen«, setzte der andere das philosophische Kaffeegespräch fort. »Er besteht von vorne gesehen aus zwei gleichen Hälften. Nur das Herz hat er ausgenommen. Es befindet sich bekanntlich seitlich verrückt auf der linken Seite. Wenn sich also zwei Liebende umarmen, berühren sie sich überall in einer vierfachen Symmetrie, nur an den Herzen nicht. Das sollte zu denken geben. Die Liebe zwischen Mann und Frau scheidet demnach aus. Da ich selber meine Frau zu lieben vorgebe und es vielleicht auch wirklich tue, muß ich sie immer prügeln. Es scheint mir die einzige, verdammte Zärtlichkeit zu sein, die ehrlich ist. Übrigens siehst du mit deinem Buckel auf der Brust so aus, als herrschten bei dir andere Symmetrieverhältnisse. Vielleicht ist das Herz bei dir ja in die Mitte gerückt. Wenn ich recht mit dieser Annahme habe, wirst du mehr als eine Frau zur gleichen Zeit lieben können.«

Georg konnte es nicht verhindern, daß es zum Kaffee wieder Schnaps gab. Das warme Gefühl in ihm begann erneut wie aus einem Quelltopf zu steigen.

»Zu dem Stelzfuß bin ich gekommen, als ich mit meinem

damaligen Geschäft Schiffbruch erlitt. Ich war Glasverkäufer wie mein Bruder, der jetzt statt meiner diesen Beruf hier ausübt.

Mein Laden war ein großer Weidenkorb, den ich vor dem Bauch trug. Er war voll mit Gläsern, Vasen und Schalen aller Art. Natürlich verstellte mir dieser Laden den Blick vor die Füße, und so kam es, daß ich eines Tages über selbige stolperte und wie ein entwurzelter Baum in meine Auslagen fiel.

Ich spürte es beinahe wie eine heftige Liebkosung, als mir die Scherben Gesicht und Arme zerschnitten. Das Blut lief mir in die Augen, und so sah ich die Welt durch einen roten Vorhang. Die Leute, die um mich herumstanden, sahen aus, als bluteten sie stärker als ich. Ja. So gefielen sie mir beinahe besser. Sie sahen aus wie abgestochene Schweine. Und ich wußte plötzlich, daß ich sie bislang nicht gründlich genug verachtet hatte. Dieser Gedanke sollte mich auf die Beine bringen. Aber es ging nicht. Mein eines Bein war gebrochen.

Die Chirurgen brachten mich beinahe um. Erst wuchs es falsch zusammen, so daß mein einer Fuß immer woanders hinwollte als der andere. Dann sägten sie mir ein Stück Knochen heraus in der Hoffnung, daß ich am Wundfieber stürbe. Aber ich wurde wieder gesund. Wahrscheinlich wirkte mein Haß wie ein weiser Arzt, der die richtigen Kuren verschrieb.

Später bin ich auf diese Ware hier umgestiegen. Ich dachte, gebrauchte Bücher sind weniger nutzlos als neue. Man braucht sie nämlich weder binden noch aufschneiden. Es stehen außerdem noch genug Aufschneidereien in ihnen.«

Der Mann redete sich wieder in Zorn. Dazu trank er ein Glas Fusel nach dem anderen. Georg wurde es allmählich doch ein wenig angst. Einem solchen Kerl war kaum standzuhalten.

»Ich habe mir auch eingebildet, die alten Autoren wären besser als die neuen. Dabei stimmt das nur für Shakespeare.

Ansonsten haben sie genauso geschwollenes Zeug verzapft wie heute ein Wieland, ein Haller und wie sie alle heißen. Halt. Einen guten gab es noch. Einen armen Schlucker namens Günther. Er hat Gedichte gemacht wie Morgenrot.«

Er schlug mit der Faust auf den Tisch.

»Oder wie Abendrot. Je nachdem , wann ich sie lese, geht die Sonne in meinem Kopf auf oder unter. Er war ein Säufer. Das hat ihn vor allzuviel Vernunft und Dummheit bewahrt. Trinken wir auf ihn!«

Georg hielt abwehrend die Hand über sein Glas, aber sein Gastgeber kannte keine Gnade.

»Dies ist die erste Lehrstunde in Pinik, die du von mir erhältst. Pinik ist die Kunst des Trinkens. Du bist doch hierhergekommen, um zu studieren, du grüner Halm. Sei froh, daß du hier kein Hörgeld zahlen mußt. Trink aus und laß dir neu einschenken.«

Georg gehorchte und goß heimlich, als sein Gegenüber eine neue Flasche holte, sein Glas auf den Boden aus.

»Ich heiße übrigens Jonas. Jonas Kunkel. Bin Antiquarius zu Göttingen und Professor für Pinik«, sagte der andere, als er wieder Platz genommen hatte. »Wo war ich stehengeblieben? Ach ja, bei den alten und neuen Büchern. Die alten Bücher sind kein Stück besser, sage ich dir. Ich habe mich getäuscht. Die meisten Bücher werden schlechter, wenn man sie liest. Sie nehmen den Modergeruch der Gehirne an, die sich über sie beugten.« Als Georg nach Hause ging, war es bereits stockfinster. Er sah einen Sternenhimmel über sich, in dem er sich weniger verlaufen konnte als in den Gassen dieser Stadt.

Sein Freund hatte ihm beim Abschied noch einmal ausdrücklich ans Herz gelegt, die Menschen, mit denen er zu tun bekäme, entweder gründlich zu hassen, zu verachten oder zu betrügen.

Die, die er unbedingt lieben wolle, solle er prügeln oder

sich am besten zusammenträumen. Georg versprach, sich an diese Lebensregeln zu halten, wobei er nicht wußte, ob er sie auf ihren Verkünder ebenfalls anwenden sollte. Jedenfalls besuchte er nun den Antiquarius Jonas Kunkel regelmäßig und mit niemals nachlassendem Interesse.

Bald ließ ihn die Idee nicht mehr los, über Kunkel einen Roman zu schreiben, der die Geheimnisse dieser widersprüchlichen Seele und dieses dunkel- und hellsichtigen Kopfes enthüllen würde.

Er hielt den seltsamen Antiquarius für das Musterbeispiel eines aus Mittelmäßigkeit und Halbwissen aufgestiegenen Genies. Dieser Trunkenbold und Liederjahn, dieser brutale Schläger und Freund der schönen Literatur war seiner Meinung nach das beste ihm bekanntgewordene Beispiel dafür, daß die Helligkeit von Sternen auch unter den Menschen keine objektive Eigenschaft ist, sondern von der Entfernung abhängt, aus der man sie sieht.

Jonas Kunkel hatte zwei Konkurrenten in seinem Metier. Sie hießen Bossiegel und Ackermann.

Bossiegel war klein und dick. Ackermann bestand nur aus ledriger Haut und langen Knochen. Zwischen den drei Buchhändlern herrschte eine Art Dauerkrieg, wobei die Kampfhandlungen nicht immer so harmlos waren wie das wechselseitige Einschmeißen der Ladenfenster.

Alle drei waren so gut wie nie nüchtern.

So trocken wie ihre Handelsware war, so feucht hielten sie ihre Kehlen. Diese drei Krakeeler bildeten gemeinsam dabei den lärmenden Kontrapunkt zu den hochgelehrten Monologen der Universitätsprofessoren.

Bossiegel war ein schmieriger Teufel, der neben Büchern auch gewisse Adressen verhökerte. Ackermann war der leibhaftige Tod, der seinen Kunden endlose Moralpredigten hielt, während er sie zu bestehlen versuchte.

Georg spielte in diesem Buchhändlerkrieg den Adjutanten und Späher Kunkels.

Die beiden anderen hatten sich gewöhnlich zu einer Allianz gegen Kunkel zusammengetan, denn dieser war deutlich stärker und trinkfester als sie.

Dies meinte er jener Wissenschaft zu verdanken, die auf dieser Erde bislang nur höchst stümperhaft ausgeübt wurde und in der er allein, Jonas Kunkel, einige wenn auch unzureichende Kenntnisse besaß – nämlich der Pinik, der Kunst des Trinkens.

Georgs Studentenlaufbahn begann also damit, daß er in Kunkels Hinterzimmerhörsaal ein Proseminar in Pinik belegte. Ansonsten hörte er bei dem großen Kästner Astronomie, reine und angewandte Mathematik, bei verschiedenen anderen Professoren belegte er außerdem Experimentalphysik, Naturgeschichte, Wappenkunde, Numismatik oder Münzkunde und Zeichnen, vor allem Bau- und Aktzeichnen.

Als er sich bei Kästner vorstellte und um Aufnahme in seine Hörerschaft bat, erkannte er in ihm jenen Mann wieder, den er in Klein-Paris hatte Geld verteilen sehen.

Kästner musterte seinen neuen Schüler ausgiebig und konnte sich eine Bemerkung über dessen Mißgestalt nicht verkneifen.

»Mens sana in corpore sano«, sagte er, »diese Weisheit gilt hier wohl nicht.«

»Ich bin übrigens auch nicht schön«, fuhr er fort, als er sah, daß Georg errötete.

»Ich denke mir, die einzige Schönheit, die wir als Mathematiker und Astronomen gelten lassen sollten, ist die der Venus, sei es nun eine irdische oder eine himmlische Dame.«

Als Georg an diesem Abend zu Kunkel ging, hatte er selber große Lust, sich zu betrinken. »Du lernst schnell«, sagte sein Freund. »Welche Laus ist dir über die Leber gelaufen? Wir werden sie gemeinsam verprügeln.«

Georg erzählte von seinem Besuch bei Kästner und dessen Bemerkung.

»Mach dir nichts draus. Dieser Kerl ist hier noch der ehrlichste. Seine Frau ist ihm nach einem halben Jahr Ehe gestorben. Das hat ihn säuerlich gemacht, was nur der versteht, der nicht länger als er verheiratet war.«

Nach diesem Trost ging es Georg wieder besser. Kunkels Rauflust war allerdings geweckt, und so zogen sie beide nach Klein-Paris. Hier gab es eine Kaschemme, in der der Schnaps am schlechtesten und am billigsten war.

Über der Stadt lag ein klarer Sternenhimmel.

Kunkel ließ sich von Georg Sternbilder zeigen. Gegen einige schüttelte er drohend die Faust und machte sie für sein elendes Schicksal verantwortlich.

Ehe sie die Schenke betraten, sagte Kunkel: »Wenn du mit einer von hier ins Bett gehst oder es in einer Häuserecke treibst, bekommst du mit ziemlicher Sicherheit die Französische. Wenn dich nach einer Frau gelüstet, halte dich an die jüngsten Aufwärterinnen. Sie sind meistens noch in Ordnung.«

Offensichtlich hatte Kunkel seine Schlägerei in dieser Nacht noch angezettelt. Als Georg am nächsten Mittag mit brummendem Schädel in seinem Zimmer aufwachte, bemerkte er, daß seine Hose zerrissen war und seiner Jacke ein Knopf fehlte.

Er hatte jedoch keine Erinnerungen mehr.

Dafür nahm er sich vor, den Unterricht in Pinik in Zukunft ein wenig einzuschränken und mehr für andere Studienfächer zu tun.

Wenn Jonas Kunkel vorhatte, anstatt sich zu prügeln, Weisheiten von sich zu geben, hatte er stets eine rote Weste an. Er hielt viel auf die Form. Auf jeder Theaterbühne hätte er als glänzender Schauspieler gegolten.

Als Piniker vertrat er die These, es komme hauptsächlich darauf an, die negativen Eigenschaften des Alkohols mit seinen positiven zu liquidieren.

Der Rhythmus des Trinkens sei daher entscheidend für Erfolg oder Mißerfolg. Er persönlich halte es mit der ungeraden Zahl. Richtig betrunken werde man nur, wenn man mit dem entsprechenden Glas endete. Mit dem siebzehnten zum Beispiel. Falsch betrunken bleibe man gewißlich nach dem sechzehnten oder achtzehnten. Das komme natürlicherweise daher, daß das erste Glas einen gierig nach dem nächsten mache. Das zweite aber enttäusche, immer wieder, er habe es oft genug durchprobiert. Denn es bewirke gar nichts, mache eher nüchtern. Es hebe sozusagen die Wirkung des ersten auf. Erst das dritte Glas spüre man wieder ein wenig. Im Kopf und in den Gliedern. Man entspanne sich bereits und warte weniger ungeduldig auf die folgenden Glieder der Kette. Aus diesem Rhythmus werde man jedoch bis zum letzten Glas nicht entlassen. Auch das zehnte Glas enthalte neben seinem Schnaps noch ein Quentchen Enttäuschung, während das elfte durchaus die Himmelstür einen Spalt öffnen könne.

Georg gelang es, in der folgenden Zeit den Besuch der Kurse in praktischer Pinik ein wenig einzuschränken. Es kam allerdings mindestens einmal in der Woche vor, daß er mit den Symptomen der Seekrankheit Bekanntschaft machte, die man an Land nur dann erlebt, wenn man sich einen künstlich schwankenden Boden schafft.

Er schrieb einen Brief an seine Mutter. Es gehe ihm gut, und er sei fleißig und lerne viel auf seinem Zimmer.

Warum er Aktzeichnen bei dem Kunstprofessor Kaltenhofer belegt hatte, wußte er nicht genau. Sein Freund Kunkel erklärte es ihm:

»Es ist die einzige in dieser Stadt mögliche Art, sich mit dem weiblichen Körper zu beschäftigen, ohne seine Gesundheit zu ruinieren.«

Georg meinte, der weibliche Körper würde sich, wenn er schön sei, nicht zeichnen lassen.

»Er enthält in seinen Formen zuviel Bewegung«, ergänzte er nach einem fünften Glas, das ihm nach Kunkels Theorie den Verstand zurückgab, den er während seiner vorigen Äußerung gerade verloren hatte.

Zuweilen ließ er sich von Kunkel überreden, in eines der verbotenen Glücksspielzimmer mitzugehen. Beim Qualm der Pfeifen wechselte hier viel Geld den Besitzer. Georg spielte einige Male ein Münzspiel, bei dem es darauf ankam, einen Einsatz zu wagen, der über die Anzahl der Würfe bestimmte. Hohe Einsätze bedeuteten viele Würfe. Je nachdem ob Kopf oder Zahl erschien, hatte man verloren oder gewonnen.

Das Spiel faszinierte ihn.

Er riskierte nur geringe Einsätze und verlor oder gewann entsprechend wenig. Dabei nahm er sich vor, irgendwann der mathematischen Struktur dieses Glücksspiels auf den Grund zu gehen. Vielleicht könnte man höhere Einsätze riskieren, wenn man etwas davon verstand.

Georg fing an, sich in Göttingen immer wohler zu fühlen. Zu seinem Erstaunen blieb das Heimweh, unter dem viele seiner Mitkommilitonen zu leiden schienen, bei ihm aus.

»Vielleicht liegt es daran, daß ich meine Heimat in mir habe«, schmeichelte er sich.

In Wirklichkeit hatte er sich einfach in seinem bisherigen

Leben aus allem so herausgehalten, daß es ihm nicht schwer gefallen war, die Bühne zu wechseln.

Einige Male nahm er seine Geräte aus dem Schrank und stellte sie auf dem Tisch zusammen, wie er es einst als Kind getan hatte. Er drehte an der Elektrisiermaschine und ließ einen Funken zwischen den Konduktoren entstehen. Dann packte er alles wieder weg.

»Ich muß erst lernen, ehe ich das alles richtig benutze«, sagte er laut.

Doch der physikalische Unterricht, den er belegt hatte, enttäuschte ihn tief. Er war kaum besser als auf dem Pädagogium zu Darmstadt. Der Lehrer war ein Ignorant. Die Experimente mißlangen meist.

In die Vorlesung Kästners ging Georg mit besonderen Erwartungen. Er kannte dessen Anfangsgründe der Mathematik fast auswendig und hoffte, bei dem wegen seiner Spottlust gefürchteten Mann schnell sein Glück zu machen.

Gleich während der ersten Vorlesung forderte Kästner Georg auf, die Venus zu spielen. Als sich Gelächter erheben wollte, verbat Kästner sich dies. Er habe den neuen Studenten zu dieser Rolle bestimmt, weil er ihm eine besonders gleichmäßige und konzentrierte Art der Bewegung zutraue. Genau darauf komme es bei dem astronomisch-geometrischen Experiment an, das nun stattfinden solle.

»Es gilt, den Begriff der Parallaxe so zu veranschaulichen, daß ihn jeder der hier Anwesenden wirklich begreifen kann. Man muß lernen, dieses Phänomen sinnlich wahrzunehmen, denn es ist uns so selbstverständlich, daß wir es gewöhnlich übersehen. Haben wir diesen Schritt gemacht und die Parallaxe verstanden, dann können wir uns dem eigentlichen Thema zuwenden: dem Venusdurchgang.

Dieses seltene Ereignis pflegt nur zweimal in einem Jahrhundert mit einem Abstand von jeweils acht Jahren aufzutreten. Wir befinden uns gerade in einer solchen Phase. Vor zwei Jahren hatten wir einen Venusdurchgang. In sechs Jahren wird er sich wiederholen, und dann wird die Wissenschaft wieder hundert Jahre warten müssen. Der Venusdurchgang ist aber außerordentlich wichtig für die exakte Bestimmung der Sonnenentfernung. Und nicht nur das, er ist so etwas wie ein Prüfstein für die Genauigkeit unserer Uhren und anderer Instrumente und zu guter Letzt auch der Bereitschaft der Regierungen verschiedenster Nationen, für den Fortschritt keinerlei Mühen und Ausgaben zu scheuen.

Ich bitte also unsere Venus nun zu mir ins All zu kommen und dort ihre Position einzunehmen.«

Kästner zeigte auf einen imaginären Punkt auf dem Fußboden und fuhr mit seinem Vortrag fort, während der bucklige Planet zum angewiesenen Standort ging. Es schien ihm nichts auszumachen, daß jetzt wieder gekichert wurde.

»Meine Wenigkeit stellt in aller Bescheidenheit die Sonne vor. Der Herr dort ganz rechts auf dem äußersten Stuhl ist ein Beobachter, der sich in den eisigen Regionen des hohen Nordens befindet. Sie dort links in der ersten Reihe halten sich derzeit irgendwo in einer sonnigen Gegend der südlichen Hemisphäre auf. Ich bitte nun beide Beobachter, eine Seite ihrer Mitschrift zu einem Tubus zusammenzurollen und durch dieses Fernrohr hindurch die Venus anzuvisieren.

Die Venus bitte ich, in einer möglichst gleichmäßigen und gleitenden Bewegung zwischen dem Publikum und mir vorbeizuziehen.

Die beiden Herren Astronomen mögen den Moment, da die Venus den Rand der Sonne berührt, und ebenso den Moment, da sie ihn auf der anderen Seite wieder verläßt, nachdem sie vor der Sonnenscheibe vorbeigezogen ist, so exakt wie möglich durch den Tubus bestimmen und durch einen scharfen Ausruf markieren, und zwar ›Eins‹ für den Eintritt der Venus und ›Zwei‹ für ihren Austritt.

Wer von ihnen über eine Taschenuhr mit Sekundenzeiger verfügt, messe den Abstand der vier Signale. Wir werden nach Beendigung des Versuchs über die Ergebnisse und ihre Deutung diskutieren. Und nun bitte!«

Georg setzte sich in Bewegung. Er war geübt in Tippelschritten. Es sah aus, als glitt er auf Schlittschuhen über das Parkett.

Bald erscholl der Ruf »Eins«, dann »Zwei«, und nach einer längeren Pause hörte man noch einmal »Eins«, gefolgt von »Zwei«.

Kästner ließ die Papierfernrohre von zwei näher beieinander sitzenden Kommilitonen nehmen und den Vorgang wiederholen. Diesmal folgten die zwei »Eins«-Rufe unmittelbar aufeinander, ebenso die Rufe »Zwei«.

Dann variierte Kästner den Abstand von Venus zur Sonne. Seine Vergrößerung führte zu einer Verlängerung der Pausen zwischen den beiden Einsen bzw. den beiden Zweien.

Auch die Veränderung des Abstandes der Sonne zu den Beobachtern brachte Verschiebungen.

Ganz allmählich begriffen auch die Schwerfälligsten, was eine Parallaxe war, nämlich der Winkel, unter dem ein und dasselbe Ereignis von zwei verschiedenen Beobachtern wahrgenommen wird.

Wieso nun ein Venusdurchgang dazu dienlich ist, den Abstand der Erde von der Sonne zu bestimmen, war nicht so einfach zu verstehen.

Kästner mußte eine Menge Bekehrungsarbeit leisten, bis auch der letzte Student begriffen hatte, daß die Keplerschen Gesetze die relativen Abstände der Planeten zur Sonne festlegen und daß es daher reiche, die Venusparallaxe zu ermitteln.

Das sei wegen deren größerer Nähe zur Erde erheblich leichter als bei anderen Himmelskörpern.

Georg hatte keine Mühe, den Ausführungen zu folgen. Der Professor sparte im übrigen nicht mit spöttischen Bemerkungen zum Thema »Liebesgöttin«.

So sagte er: »Es könnte fast symbolischen Wert haben, daß die Venus in ihrer wichtigsten Position am Himmel, wenn ihre Bahn nämlich die Sonne schneidet, für uns unsichtbar ist. Denn sie kehrt uns dann ihre sonnenabgewandte, dunkle Seite zu. Man sieht sie erst in dem Augenblick, wo sie vor die leuchtende Sonnenscheibe tritt. Genauer gesagt, man sieht erst daran, daß man sie nicht sieht, daß man sie sieht. Sie ist nicht mehr als ein dunkler Schatten. Ergo gewinnt die Liebe gewöhnlich erst ihre Form, wenn man sie gegen etwas Helleres sieht. Ergo: es gibt bei der Liebe zwei Möglichkeiten. Erstens, man sieht sie nicht, da sie etwas Dunkles im Dunkeln ist. Zweitens, man sieht, daß man sie nicht sieht, weil sie sich gegen etwas Helles abhebt.«

Vielleicht spürte Kästner, daß er sich mit diesen Bemerkungen auf ein zu ernstes Themenfeld begeben hatte. Jedenfalls schloß er abrupt die Vorlesung zum »Venusdurchgang«, indem er eines seiner berühmten Epigramme aufsagte:

> »Auf der Sternwarte.
> Den Sternturm mußt ein Jüngling oft besteigen,
> Sein Lehrer wollt ihm da die Venus zeigen,
> Und das bei hellem Sonnenschein.
> Als beide manchen Weg sich nun umsonst gemacht,
> Fand, ohne Lehrer, ganz allein,
> Der Jüngling sie bei Nacht.«

Während sich der Saal unter allgemeinem Gelächter leerte, trat Kästner zu Georg und bedankte sich für dessen Mitwirkung. Daran schloß er das Angebot, Georg könne beim Betreiben der kleinen Universitätssternwarte helfen.

Die Sternwarte befand sich in einem der alten Wachtürme der Stadtmauer und war, wie Georg bald feststellen konnte, in einem mehr als dürftigen Zustand.

So wurde Georg bereits zu Beginn seines Studiums eine Art Assistent des weitgerühmten Kästner. Dies war natürlich mit keinerlei finanziellen Vergünstigungen verbunden, jedoch immerhin eine Ehre, die für Georgs Leumund in der Stadt nicht ohne Wirkung blieb.

Hätte man den Professor gefragt, warum er ausgerechnet jenen buckligen Neuling mit diesem Amt betraute, wäre er vermutlich um eine spöttische Antwort nicht verlegen gewesen, wie zum Beispiel: »Wer Großes leisten will, sollte möglichst klein beginnen.«

Alles schien sich nun ineinander zu fügen. Georg fand seine kühnsten Träume vom Studieren übertroffen.

Da die meisten Professoren in ihren Privaträumen lehrten, gab es zwischen den Stunden genügend Spaziergänge durch die Stadt, die einem den Kopf wieder freimachten für neue Gedanken.

Manchmal jubelte er innerlich auf diesen Wegen. Er ging an einem Weingarten vorbei. Es war warm. Er setzte sich an einen Tisch und trank schnell einen Schoppen, auch wenn dies die Gefahr barg, zu spät zu kommen.

Solche Abstecher in die Sinnenlust unternahm er zum Beispiel gerne vor den Vorlesungen, die ein gewisser Professor Büttner in seinem großen Haus abhielt.

Er wußte, daß es in diesem Fall überhaupt nicht darauf ankam, pünktlich zu sein.

Büttners Vortrag war so konfus, daß es nie einen rechten Zusammenhang, geschweige denn einen Anfang oder ein Ende seiner Ausführungen gab.

Büttner las Naturgeschichte. Das sah folgendermaßen aus: Er hielt irgend einen Knochen aus seiner unendlich großen Naturaliensammlung hoch und beschwor mit glänzenden Augen einen Tag aus grauer Vorzeit, in dem ein armes Urweltwesen mit wechselndem Erfolg auf Nahrungssuche gegangen war.

Man lernte viel bei Büttner und gleichzeitig im Grunde auch gar nichts.

Der Mann hatte schlohweiße Haare und schien überall persönlich dabeigewesen zu sein.

Georg mochte Büttner. Er war ein Original wie Kunkel. Originale schienen ihm inzwischen nichts anderes zu sein als Menschen, die das Schicksal nicht übermäßig verstümmelt hatte. Büttners größter Traum war es, aus allen Sprachen der Völker eine Ursprache herauszudestillieren, die allein wahre Verständigung unter Menschen ermöglichen konnte.

Büttners gewaltige Sammlung war in einem chaotischen Zustand. Sie hatte schon seinem Großvater und seinem Vater gehört und war inzwischen durch die Sammelleidenschaft des Enkels ins Uferlose gewachsen.

Alle Büttners waren Apotheker gewesen. Man hatte diesem letzten Büttner nur deshalb eine Professur für Naturgeschichte in Göttingen angeboten, weil die Universität hoffte, nach seinem Tod die Sammlung zu bekommen.

Büttner lebte in einem riesigen Haus mit einer Menagerie von Katzen, Hunden, Vögeln und sogar einigen Affen zusammen. Hier irrte er tagsüber durch die Räume und betrachtete voller Verzückung seine Objekte.

Georg begleitete Büttner immer häufiger auf diesen Expeditionen. So kam es, daß er die uferlose Aufgabe übernahm, ein wenig Ordnung in die verwahrloste Arche Noah dieses Mannes zu bringen.

Ganze Tage verbrachte er nun damit, halb verfallene Kuriositäten zu säubern und zu bestimmen. Er lernte ungeheuer viel dabei, vor allem, wenn der Professor die Arbeit mit lehrreichen Kommentaren begleitete.

Einmal entdeckte Georg auf einem der zahllosen Regale einen Glasbehälter mit einer Flüssigkeit, in der ein dunkles, verschrumpeltes Gebilde schwamm. Zufällig kam Büttner vorbei.

Auf Georgs Frage erklärte er, daß es ein Negerembryo sei. Es sei sogar königlichen Geblüts. Irgendwo habe er eine Notiz über die Verwandtschaftsbeziehungen dieses Wesens, das menschlich sei, auch wenn man es jetzt nicht mehr so ohne weiteres vermuten würde.

Georg versuchte noch einmal, einen möglichst genauen Blick auf den Gegenstand zu werfen. Er fand, daß er noch nie in seinem Leben etwas so Verlorenes gesehen hatte.

Darmstadt war ein Hinterhof. Göttingen war eine Insel.

Georg war mit dem Wechsel von der einen in die andere Welt rundum zufrieden, auch wenn es einige Rückschläge und Dämpfer gab. So zeigte es sich bald, daß seine Mitarbeit am Kästnerschen Observatorium wenig Erfreuliches bot. Die Ausrüstung der Sternwarte war höchst mittelmäßig. Kästner rückte den Schlüssel zu den Räumen nur ungern heraus und wachte eifersüchtig darüber, daß auf seine Helfer kein allzugroßer Widerschein seines Ruhmes fiel. Eigentlich war er Mathematiker und Epigrammatiker. Der Himmel interessierte ihn wenig.

Spottlust und Güte, Menschenverachtung und Menschenliebe hatten sich in seiner Person so merkwürdig verbunden, daß sich jeder, auch Georg, schwer tat, mit diesem Manne auszukommen.

Die wenigen Nächte, die Georg allein auf der Sternwarte verbringen konnte, waren trotz aller widrigen Umstände unvergeßliche Erlebnisse für ihn.

Zum erstenmal in seinem Leben richtete er ein großes Teleskop auf den Nachthimmel. Auch wenn seine Linsen nicht optimal korrigiert waren und die Sterne farbige Ränder hatten, das Gefühl der Unendlichkeit des Alls und der eigenen Lächerlichkeit wurde Georg auch so genügend intensiv vermittelt, um ihn ins Philosophieren zu bringen.

Da er ein Fläschchen von Kunkels Spezialgetränk dabei hatte, angeblich, um sich warm zu halten, kamen seine Gedanken schnell ins Fließen. »Gewiß, ich bin weniger als ein Nichts. Doch ist dies nicht eine Gunst? Sprüht nicht auch das Elmsfeuer nur an Spitzen, und haben Punkte nicht überall den Vorzug, die Kraft zu konzentrieren? Warum dringt der Nagel ein ins Holz? Weil er eine punktförmige Spitze hat!

Wäre ich nur ein wenig größer in diesem endlosen kalten Weltall, ich wäre stumpf.

Keine Funken würden von mir ausgehen können.

Ich würde nichts begreifen, weil ich in nichts eindringen könnte!«

So tröstete er sich auf der Sternwarte. Er war einsam, auch wenn er ein paar Bekannte wie Kunkel und Büttner hatte. Aber er hielt seine Einsamkeit für eine Eigenschaft der Stärke.

Georg war kein normaler Student. Er trug keinen Degen, er nahm keinen Fechtunterricht, er ritt nicht, er tanzte nicht, er nahm nicht an den üblichen Trinkritualen der Studenten teil, er prügelte sich nicht mit den Scharwächtern, die als Ordnungspolizei der Bürger in ewigem Kampf mit den Hitzköpfen unter den Akademikern lagen.

Er hatte, was vielleicht schwerer wog, auch keine Aufwärterin, die seine Mätresse war. Doch sah er sich bald in eine Liebesgeschichte verwickelt, die einen weiten Schritt über seine bisherigen Erfahrungen auf diesem Gebiet hinausging.

In dem Abendkurs für Aktzeichnen, den er bei Kaltenhofer, einem würdigen Endvierziger und hervorragenden Kupferstecher, belegt hatte, gab es ein Modell, das sich bei den Kursteilnehmern vor allen anderen höchster Beliebtheit erfreute.

Es war ein Mädchen namens Justine.

Sie gehörte zu den zahllosen Aufwärterinnen in der Stadt und hatte trotz ihrer Schönheit einen untadeligen Ruf.

Was sie als Modell so anziehend machte, war ihre Fähigkeit, nackt zu sein. Anders als die meisten Modelle trug sie ihre Nacktheit wie ein Kleid von vollkommenem Sitz. Nichts Schamloses, nichts Unkeusches ging von ihr aus. Dabei hatte ihr Körper, wie jeder mit einer gewissen Betroffenheit bemerkte, eine sinnliche Ausstrahlung, die so stark war, daß sie augenblicklich Verlangen weckte.

Diese bis an die Grenzen des Erträglichen gehende Spannung zwischen Distanz und Begierde führte dazu, daß alle beim Zeichnen ihr Bestes gaben und Kaltenhofer mit Zufriedenheit feststellen konnte, welch ein Glücksfall Justine für die Belange der Kunst war.

Wie alle anderen verliebte sich auch Georg unsterblich in dieses Modell. Es hieß, daß sie einen festen Freund auf dem Lande habe und ihn eines Tages zu heiraten beabsichtige. Niemand machte außerhalb des Kurses einen Versuch, dem Mädchen näher zu kommen.

Georg war der einzige, der auch bald privat ihre Bekanntschaft machte.

Er traf Justine eines Tages auf der Straße, und da er zuvor bei Kunkel gewesen war und theoretisch und praktisch über Pinik diskutiert hatte, fand er den Mut, das Mädchen anzusprechen.

Zu seinem Erstaunen, ja Schrecken, reagierte sie freundlich und mit größter Bereitwilligkeit, als er sie fragte, ob sie ihm auch zu Hause Modell sitzen würde.

Sie vereinbarten den folgenden Abend, und Georg verbrachte eine schlaflose Nacht und versäumte am nächsten Tag sämtliche Vorlesungen.

Er besorgte zwei Flaschen Wein und heizte seine Bude so stark ein, daß er immer wieder den Oberkörper zum Fenster hinauslehnen mußte, um die Wärme zu ertragen.

Justine kam pünktlich. Sie nippte am Wein und setzte sich auf den Bettrand.

Während Georg mit zitternden Händen seine wertvollen Geräte auf dem Tisch zur Seite schob, um Platz für den Zeichenblock zu schaffen, fragte das Mädchen ihn, in welcher Stellung er sie haben wolle.

»Als Venus«, stammelte er.

»Ich meine, mehr sitzend oder mehr liegend, mehr von hinten oder mehr von vorn?«

»Ein bißchen liegend. Etwas schräg von der Seite und ein bißchen von hinten«, sagte Georg verwirrt. Er fühlte, wie er rot wurde, und trat zum Fenster.

»Ich finde es auch besser, die Vorhänge zuzuziehen«, sagte Justine.

Als er sich wieder umdrehte, hatte sie sich bereits ausgezogen. Es war ziemlich dunkel, und er zündete eine zweite Kerze an und schob sie an das Zeichenpapier. Justine legte sich aufs Bett und begab sich in Positur.

»Ist es so richtig?«

Er starrte auf das leere Papier und hielt die Feder krampfhaft, als sei sie Teil eines Geländers. Dann blickte er vorsichtig auf.

Sie hatte den Oberkörper aufgestützt. Ihre schweren Brüste hatten so eine runde, harmonische Form bekommen. In die

Furche ihres Rückens fiel ein Streifen ihres dunklen Haares. Ein anderer Teil des Haares verbarg ihr Gesicht. In der Taille hatte sie sich ein wenig zur Wand gedreht, so daß ihr Hintern in seiner symmetrischen Form die Komposition beherrschte.

Er wußte, daß er jetzt zeichnen mußte. Es gab keinen anderen Ausweg.

Er kritzelte so schlecht wie nie zuvor in seinem Leben. Die Linien wollten seinem Augenmaß nicht gehorchen. Ihr Gesäß hatte sich auf dem Papier von der übrigen Gestalt gelöst und all seine feste Schönheit verloren. Es sah aus wie ein zweigeteilter Mehlsack. Ihre Brüste waren ähnlich schlecht geraten.

Zweimal ging die Kerze aus, weil sein Atem heftig und stoßweise ging. Wachs tropfte aufs Papier. Er trank ein Glas nach dem anderen. Justine wagte er nichts anzubieten. In dem gelben Kerzenlicht hatte sie eine Haut wie Aprikosen.

Schließlich zerknüllte er das Blatt. Was er gezeichnet hatte, kam ihm wie Hohn auf diesen Leib vor.

Justine hatte ihre Haltung inzwischen verändert. Sie lag jetzt auf ihren Unterarmen, und ihre Brüste berührten das Bettlaken. Er nahm ein neues Blatt und legte es vor sich auf den Tisch. Aber ihm war klar, daß er nicht mehr zeichnen würde. Er starrte auf sein Modell. Wenn er dann die Augen schnell auf das Blatt richtete, glaubte er, das Nachbild ihres Körpers zu sehen. Die schwarzen Haare waren ein heller Fleck.

Das brachte ihn auf eine Idee. Er holte seine Camera obscura und richtete sie auf Justine. Ihr Körper war auf der Mattscheibe nicht größer als ein Finger. Aber das verlieh ihm eine Vollkommenheit, wie er sie von Venusdarstellungen alter Meister kannte.

Ihm fiel auf, daß Justine ganz ruhig atmete. Er selber hielt den Atem an und lauschte. Ihr Oberkörper hob und senkte sich gleichmäßig. Es gab nur eine Erklärung, sie schlief.

Jetzt traute er sich näherzukommen. Er roch sie sogar. Sie roch nach Stall. Vielleicht schlief sie bei Tieren. Vielleicht war sie arm und wohnte in Klein-Paris.

Er setzte sich wieder an seinen Tisch, und während er kleine Schlucke Wein trank und die Kerze langsam niederbrannte, ruhte sein Blick auf dem schlafenden Mädchen.

Es kam ihm so vor, als löse sich ihre Gestalt von ihrer Schwere, als schwebe sie über dem Bett und als genüge ein Lufthauch, um sie zu ihm zu treiben.

Er fühlte sich jetzt ruhig und zufrieden. Justine gehörte ihm nicht. Sie war nicht einmal seine Geliebte. Aber sie waren beieinander. Indem er sie ansah, besaß er sie mehr, als sein Körper es je vermocht hätte.

Später, als sie mit mehreren Seufzern erwacht war und sich angezogen hatte, gab er ihr ein Geldstück. Dies war weder ihm noch ihr peinlich. Sie verlangte auch nicht, seine Arbeit zu sehen. Sie fragte nur, ob sie wiederkommen solle. Er nickte, und sie vereinbarten Tag und Stunde.

Als Georg die Nachricht vom plötzlichen Tod seiner Mutter erhielt, reagierte er zunächst überhaupt nicht.

Er hatte nun zwei Semester hinter sich, und es sah gut aus mit seinen Fortschritten. Er war nicht sehr fleißig. Eher lernte er sprunghaft und beschäftigte sich mit mehreren Themen zugleich. Aber die Professoren schätzten ihn wegen seiner fröhlichen und klugen Art, vielleicht auch wegen seiner Neigung, sich aus den üblichen Launen und Auswüchsen des Studentenlebens herauszuhalten.

Er hatte den Brief seiner Schwester mehrmals überflogen, als werde ein unwichtiger Inhalt in einer schwer verständlichen Sprache mitgeteilt.

Er verließ sein Zimmer und ging auf dem Wall spazieren.

Selten hatte er sich so ruhig gefühlt. Die warme Luft floß in die Stadt hinein und sammelte sich zwischen den Häusern. Bei seiner im Kreise führenden Wanderung änderten sich die Gerüche. Auf der dem Wind zugewandten Seite roch es nach Blumen, Wiesen und Feldern, auf der entgegengesetzten Seite roch es nach Menschenkot und Essensdünsten. Er hätte mit geschlossenen Augen seine Position bestimmen können.

Der Satz »Mutter ist gestern von ihrer Krankheit erlöst worden« ergab keinen Sinn.

Gewiß, sie war leidend gewesen. Aber ihre Krankheit war Teil ihrer selbst. Man konnte sie demnach nicht davon erlösen.

Je unglaubhafter ihm die Nachricht erschien, um so deutlicher spürte er ihre Nähe. Er blieb stehen und sah über die Felder. Die Augenlider senkte er so weit, daß sich das Sonnenlicht in den Wimpern zu farbigen Mustern brach, in denen die Formen der Dinge verschwammen.

»Eine Schnecke baut ihr Haus nicht, sie läßt es aus ihrem Leib herauswachsen«, flüsterte er.

»Ich bin aus ihrem Leib herausgewachsen, so wie mein Buckel aus meinem Leib herausgewachsen ist. Dies ist kein Unglück, sondern ein großes Glück. Was man nicht gebaut hat, kann man auch nicht niederreißen.«

Gegen Abend saß er auf seiner Bude und versuchte zu arbeiten. Es ging nicht. Jetzt kam der Schmerz doch. Die Angst, ihre Nähe nicht mehr zu spüren, wuchs in ihm. Das erst würde ihren Tod bedeuten. Schließlich hielt er das Alleinsein nicht mehr aus. Er ging zu Kunkel.

Sein Freund spürte, daß mit Georg etwas nicht stimmte. Er führte ihn ins Hinterzimmer und schob zwei Stühle zurecht, so daß sie sich nahe gegenübersaßen.

Kunkel sah Georg fest in die Augen. Der Antiquarius verfügte über die wunderbare Fähigkeit, die Pupillen seiner Augen nach Belieben erweitern oder verengen zu können. Georg hatte oft mit diesem Talent experimentiert und herausgefunden, daß Kunkel bei kleiner Pupille die Dinge, die man ihm zeigte, nicht mehr unterscheiden konnte, bei großer Pupille hingegen unscharf sah, hierbei jedoch erstaunliche Eigenschaften der Objekte bemerkte, die man bei normaler Sehschärfe leicht übersah.

Kunkel behauptete, er könne mit erweiterten Pupillen ein Stück in die Dinge hineinsehen. Weil ihre klaren Linien und Formen sich auflösten, würde der Blick nicht mehr durch deren Oberfläche aufgehalten. Ein solches Vernebeln der Gegenstände erlaube es ihm, sich gewissermaßen erkennend in sie vorzutasten.

Kunkel sah also Georg in die Augen und erweiterte seine Pupillen dabei so gewaltig, daß die Iris zu einem schmalen Ring wurde.

»Ich sehe, daß dir etwas fehlt, mein Freund«, sagte Kunkel. »Dir scheint etwas Wichtiges abhanden gekommen zu sein. Es sollte dich aber die Tatsache trösten, daß etwas durch sein Fehlen oft erst die angemessene Bedeutung gewinnt. So ist es mit dem Inhalt dieser Gläser, so ist es mit Menschen oft, und vor allem ist es so mit den Werken des Geistes, die wir Bücher nennen.«

Sie tranken beide die Gläser leer, die der Gastgeber sofort wieder füllte, als wolle er diese Theorie der Pinik experimentell überprüfen: Ein nicht getrunkenes Glas ist ein beliebiger Gegenstand, der sich kaum von einer Vase oder einem anderen mehr oder weniger nutzbringenden Artikel unterscheidet. Ein getrunkenes Glas aber wirkt im Inneren der Person fort und gewinnt so erst seine eigentliche Substanz.

»Ein Antiquarius hat schon seine besondere Last mit den geschriebenen Büchern. Sie rauben seinen Platz und belästigen sein Wohlbefinden. Auch der gute Geschmack und die

Wissenschaften werden von den meisten geschriebenen Büchern mehr in die Irre geführt als auf den richtigen Weg gelenkt. Ich sage dir, ein ungeschriebenes Buch ist allemal besser als ein geschriebenes. Dies gilt natürlich um so mehr, je gründlicher und klüger ein Buch nicht geschrieben wurde. Ich glaube, daß es in dieser Gattung, die man allerdings nie auf den Messen bemerkt, wirkliche Meisterwerke gibt. Manche sind von erstaunlichem Umfang und können in ihrer vollständigen Ausgabe mit Register- und Supplementband ein ganzes Regal wie dieses füllen.«

Kunkel wies auf ein leeres Fach in der sonst vollgestopften Bücherwand.

»Ich habe diese Stelle für eine ungeschriebene Gesamtausgabe reserviert. Vielleicht bist du das Genie, auf das sie wartet. Oder trägst du dich etwa mit dem Gedanken, richtige Bücher, Romane und ähnlichen Plunder zu schreiben?«

Georg hob seinen Blick zum leeren Regal. Er sah die gläsernen, durchsichtigen Bände der vollständigen Ausgabe seiner Werke. Es schien ihm an der Zeit, endlich mit der Arbeit zu beginnen. Er würde sie seiner Mutter widmen.

Wenige Wochen später kaufte Georg sich eine Kladde. Lange blieb dieses Heft aus lose zusammengenähten Seiten billigen Papiers unbenutzt auf seinem Tisch liegen. Erst gegen Ende des Jahres begann er mit den Eintragungen. Er hatte sich eine Methode überlegt, wie man vielleicht einen umfangreichen nicht existierenden Roman schreiben konnte. Er durfte nichts Romanhaftes enthalten, keine Handlung, keine liebevoll ausgemalten Personen. Der Roman mußte frei bleiben und leer wie die weißen Partien einer Zeichnung. Aber wenn man mit spitzer Feder nur fein genug Schraffuren um die ausgesparte Fabel anlegte, könnte ein Bild entstehen, so etwas wie das Negativ eines Romans.

Anfangs tat er sich schwer. Er machte nur selten Notizen.

Sie waren zumeist schwerfällig und zu lang. Der erste gelungene Versuch lautete:

»Die Schnecke baut ihr Haus nicht, sondern es wächst ihr aus dem Leib.«

Nein, dies war keine Erkenntnis, keine Lebensweisheit, schon gar kein Aphorismus. Es war ein winziger feiner Strich, neben dem die Leere seines großen Romans begann.

In dieser Zeit bezog Georg eine Bude im dritten Stock eines Hauses in der Paulinerstraße, das dem Goldschmied Knauer gehörte. Er hatte ein billiges Zimmer genommen, da nun die kleinen zusätzlichen Geldbeträge ausblieben, die ihm sonst seine Mutter geschickt hatte.

Er lebte hier zugleich zurückgezogener und geselliger. Er ging weniger oft aus. Auch die Häufigkeit der Besuche bei Kunkel nahm ab. Dafür hatte er nun engeren Kontakt zu den Kommilitonen im gleichen Haus.

Das Fachwerkhaus mit dem großen ausgebauten Dachgiebel wurde nun sein Kosmos. Die vielen halbdunklen Ecken, die Stiegen und Handläufe, die Dielen und Treppenstufen hingen zusammen wie Teile einer Landschaft oder auch eines komplizierten Instrumentes, auf dem die verschiedenen Menschen durch ihre Anwesenheit eine leise und monotone Musik erzeugten.

Manchmal stand er lange hinter seiner angelehnten Zimmertür und lauschte auf das Knarren und Wispern der Nebengeräusche, wenn irgendwo im Haus ein Mensch sich bewegte. Es gelang ihm immer besser, die Personen an diesen Geräuschen zu identifizieren und auch die Stelle, an der sie sich gerade aufhielten. Schließlich glaubte er, sich auf diese Weise Zugang zu ihren Launen und Gedanken verschaffen zu können.

So wurde er mehr und mehr aus selbstgewählter innerer Einsamkeit zu einem virtuosen Lauscher.

Ein normaler Beobachter dieses bescheidenen und strebsamen Studenten hätte ihm einen gesunden Verstand verbunden mit einem maßvollen Ehrgeiz attestiert. Er selbst zweifelte immer weniger daran, wahnsinnig zu sein.

Es war, als ob sich das gewöhnliche Verhältnis, in dem Außenwelt und Ich zueinander stehen, zugunsten des letzteren verschob.

»Es ist mein Buckel«, dachte er. »Er frißt die Wirklichkeit und verdaut sie zu diesen unansehnlichen Resten, die ich mein Leben nenne.«

Seine Kladde wurde ihm mehr und mehr zu einer Medizin, die verhinderte, daß er ganz und gar der Krankheit der Subjektivität verfiel. Hier trug er seine Beobachtungen ein, auch diejenigen, die seine Schwierigkeiten betrafen, zwischen Ich und Wirklichkeit zu unterscheiden.

Einmal schrieb er:

»Am 4ten Juli 1765 lag ich an einem Tag, wo immer heller Himmel mit Wolken abwechselte, mit einem Buche auf dem Bette, so daß ich die Buchstaben ganz deutlich erkennen konnte, auf einmal drehte sich die Hand, worin ich das Buch hielt, unvermutet, ohne daß ich etwas verspürte, und weil dadurch mir einiges Licht entzogen wurde, so schloß ich, es müßte eine dicke Wolke vor die Sonne getreten sein, und alles schien mir düster, obwohl sich doch nichts vom Licht in der Stube verloren hatte. So sind oft unsere Schlüsse beschaffen, wir suchen Gründe in der Ferne, die oft in uns selbst ganz nahe liegen.«

Eins war sicher. Er brauchte ein menschliches Korrektiv zu seiner Ichsucht. Kunkel mit seiner Pinik und seiner Menschenverachtung konnte ihm diesen Beistand nicht gewähren. Der war selbst ein in sich Ertrinkender.

Georg verhielt sich also wie eine Schnecke, die sich in ihr Haus zurückgezogen hat. Dies geschieht normalerweise bei Gefahr. In diesem Falle mußte die Gefahr so allgemein, so wenig spektakulär gewesen sein, daß sie niemandem aufgefallen war. Vielleicht handelte es sich um nichts anderes als die Gefahr zu leben, die Georg in sein Schneckenhaus zurücktrieb. Vielleicht duckte er sich auch nur mehr als sonst unter der Wölbung seines Buckels. Menschen gegenüber verhielt er sich weiterhin offen, und er schien auch nichts von seiner alten Fröhlichkeit verloren zu haben. Dies war kein Widerspruch. Es gab kein besseres Mittel, sich vor anderen zu verstecken, als ein freundliches und offenes Wesen.

Es gab jedoch Öffnungen in seiner verschanzten Welt.

Eine dieser Perspektiven ins Weite war die englische Sprache. Sie wurde ihm so etwas wie das Latein des Meeres. Latein hatte er schon auf der Schule wegen der klaren, mathematischen Struktur geliebt. Das Englische aber hatte eine andere Art von Klarheit. Es war die von Wind und Wasser, eine blaue Klarheit, auf der eine schöne Nebelbank lag.

»Vielleicht braucht der liebe Büttner nach der Ursprache gar nicht mehr zu suchen. Vielleicht haben wir sie längst in dem Idiom, das ein gewisser Shakespeare so großartig zu nutzen verstand.«

Dieser Gedanke kam ihm, als er kurz nach dem Tod seiner Mutter eine Vorstellung der Ackermannschen Schauspielgesellschaft in Göttingen besuchte. Vielleicht machte ihn seine sprach- und farblose Traurigkeit besonders empfänglich für die Situation.

Es gab kein festes Theater in Göttingen. Aufführungen durchreisender Theatertruppen fanden im ehemaligen Zeughaus statt. Der profane Charakter des Raumes ließ sich auch durch die phantasievollsten Dekorationen nicht verleugnen.

Das paßte vielleicht sogar zu dem Stück, das diesmal geboten werden sollte. Ihm ging der Ruf eines neuen Realismus voraus, der in bisher nie dagewesener Radikalität die nackte Wirklichkeit menschlicher Schicksale und Verwicklungen offenlegte. Das Stück hieß »Miss Sara Sampson«. Ein gewisser Lessing hatte mit ihm fast zehn Jahre zuvor die Bühnenwelt erobert und revolutioniert.

Georg kam neben den dickbäuchigen und gutmütigen Professor Tompson zu sitzen, der in Göttingen seine Heimatsprache, das Englische, lehrte. Die Neugier im Publikum war groß, nicht zuletzt weil die Hauptrolle vom großen Ekhof, dem Star der Ackermannschen Gesellschaft, gespielt wurde.

Der Ort der Handlung war England. Es ging um Verführung, um Verrat und Betrug und Vaterliebe, es ging um Laster und List, um Intrigen, Mord und Selbstmord, Gift, Dolch, Liebe und Vergebung.

Die Personen auf der Bühne sprachen eine langatmige Prosa. Georg war enttäuscht, und seine Enttäuschung verwandelte sich mehr und mehr in Müdigkeit. Sein Nebenmann atmete schnaufend. Er hatte die speckigen Hände über der Weste gefaltet und schien bereits zu schlafen.

Zu Beginn des fünften Aufzuges sah man die entkräftete Heldin des Stückes, Miß Sara Sampson, im Lehnstuhl hängen. Sie glich einer geschnittenen Rosenblüte, die schon lange aus der Vase genommen worden war und nun ohne Wasser verwelken mußte. Ihre Zofe Betty beugte sich über sie mit dem Satz: »Fühlen Sie nicht, Miß, daß Ihnen ein wenig besser wird?«

Woraufhin Miß Sara die Augen in einem trostlosen Blick aufschlug und seufzend antwortete:

»Besser, Betty?«

Als sei dies ein Stichwort aus dem Souffleurkasten, fuhr Tompson in seinem Sitz hoch und sagte:

»›Better, Betty?‹ klingt besser!«

Es schien fast, als habe Miß Sampson diese Bemerkung bis auf die Bühne gehört, denn auch sie kam in einem Ruck aus ihrem Lehnstuhl hoch und warf einen verzweifelten Blick in Tompsons Richtung, ehe sie sich darauf besann, mit dem deutschen Text fortzufahren:

»Wenn nur Mellefont wiederkommen wollte. Du hast doch nach ihm ausgeschickt?«

Georg war sich nach der Aufführung sicher, daß es nie einen deutschen Shakespeare geben würde und daß dies an einer Sprache läge, die zwar schön ist, sich aber allen Gegenständen auf Stelzfüßen nähert.

Er schrieb sich im folgenden Wintersemester bei Tompson ein und wurde sein fleißigster Schüler.

Im Jahre 1765 entstand am Ende der Allee, jener Prachtstraße, deren Linden aufgrund des feuchten Bodens nicht recht gedeihen wollten, eine andere erstaunliche Öffnung in Georgs Göttinger Welt. Die Allee war so etwas wie der Exerzierplatz der Universitätsangehörigen. Hier lustwandelten vor allem die Professoren und genossen die Würde ihres Amtes unter freiem Himmel. Man sah sich, nickte sich zu und dachte schlecht voneinander. Die Studenten, die hier flanierten, befleißigten sich einer andächtigen Bescheidenheit.

Das Ende der Allee bildete der Stadtwall. Hier stieß der Blick auf einen steilen Grashang, und so kam es, daß die Herren Professoren sich ein wenig wie Strafgefangene auf ihrem Hofgang vorkommen mußten.

Diesem Umstand entgegenzuwirken, beschloß die Stadt, den Wall am Ende der Allee abzutragen. Die Erde würde man im übrigen zur Bodenverbesserung verwenden und dann Ulmen an Stelle der Linden pflanzen.

So geschah es. Der Effekt war ungeheuer. In Verlängerung

der breiten Straße glitt der Blick in die Weite der Landschaft, um erst beim grünen Holz, einem beliebten Wäldchen, und dem Elligehauser Berg Halt zu finden.

Nicht nur der Blick wanderte hinaus. Studenten, ja sogar Professoren strömten durch die Öffnung ins Freie, statt sich wie sonst am Ende der Allee auf dem Absatz umzudrehen. Vorlesungen wurden versäumt, Schulden zurückgelassen.

Die Lage war so besorgniserregend, daß der Magistrat schleunigst beschloß, diesem Dammbruch eine Schranke zu setzen, die einerseits die optische Wirkung weitgehend erhielt, andererseits jedoch die Fluchtmöglichkeit der Menschen beschränkte.

Man ließ den Walldurchbruch durch ein schönes, schmiedeeisernes Gitter schließen. Nun konnte der Blick ohne seinen Besitzer hinausspazieren, und das war schließlich der eigentliche Sinn der ganzen baulichen Neuerung.

Georg hielt später eine Weile die Zeit vom August 1765 bis Februar 1766 für die glücklichste Phase seines Lebens. Dieses Urteil ist richtig, wenn man unter Glück den Ausgleich von Wunsch und Erfüllung bei freiwilliger Mäßigung der Bedürfnisse versteht.

Während in der Stadt die Ausschweifungen studentischen Lebens, vor allem das verbotene Hazardspiel in geheimen Hinterzimmern, immer mehr zunahmen, während die Obrigkeit immer strengere Vorschriften erließ, die den Spaß an ihrer Übertretung nur noch steigerten – so wurde zum Beispiel das Ausgießen von Pißpötten aus den Fenstern mit einem Gulden Strafe belegt –, gewöhnte der Studiosus Georg sich mehr und mehr daran, die eigentliche Wirklichkeit in den kosmischen Rahmen seiner Stube zu verlegen.

Zwar ging er zuweilen aus und besuchte im Sommer wie

alle anderen die Gartenwirtschaften vor der Stadt, aber er hielt sich dort still und im Hintergrund. Er übertrieb es auch nicht mit dem Lernen. Selbst in seinen Träumen schien er sich einer maßvollen Phantasie zu befleißigen.

Sein Geschlechtsleben beschränkte sich auf das Betrachten einzelner Bilder in seinem Kopf. Dort verfügte er nun seit Justines Besuchen über eine ansehnliche Auswahl gelungener Laterna-magica-Platten. Das Mädchen selbst ließ er nicht mehr kommen.

Georgs Begeisterung für Kunkel und seine Pinikforschung hatte ebenfalls nachgelassen, wenn sie auch keineswegs gänzlich verschwunden war und er seinen alten Freund immer noch wenigstens einmal die Woche aufsuchte.

Manchmal zweifelte er an Kunkels Verstand. Genauer gesagt, er kam immer mehr dahinter, was der Hauptgrund für manchen von ihm geäußerten Tiefsinn war: Kunkel war ein unsystematischer Vielleser. Wenn er keine Kunden hatte oder in keine privaten Kriegsaktionen verwickelt war, vertrieb er sich die Zeit mit wahllosen Studien in den Bücherbergen auf seinen Tischen. Seine Beziehung zu Texten war eine kuriose Mischung aus Verachtung und Zuneigung. Ähnlich wie bei Professor Büttner entstand in Kunkels Kopf im Laufe der Zeit ein ebenso enormes wie chaotisches Wissen, eine Art umfassende, wenn auch völlig verwahrloste Zentralbibliothek der Begriffe und Meinungen. Vor allem die Position der einzelnen Begriffe wich dabei immer mehr vom üblichen ab. Kunkel nahm sie aus Büchern, stellte sie in seinem Kopf ab, griff sie nach Belieben heraus und vergaß, sie nach Gebrauch an die alte Stelle zurückzusetzen. Allmählich geriet das riesige Archiv seiner Wörter in eine solche Unordnung, daß man ihn kaum mehr verstand oder seinen Formulierungen einen Tiefsinn unterstellte, der in Wahrheit nur dem Zufall falscher, jedoch schöner Wortwahl zu verdanken war.

Georg kam in seinem späteren Leben immer mehr der Verdacht, daß dieser eigenartige und faszinierende Effekt ungenauer oder sogar verkehrter Wortwahl im Grunde auch den Reiz aller Philosophen ausmachte. Ein Kant war von einem Kunkel möglicherweise gar nicht so weit entfernt. Damals allerdings schien Georg ein allzu intensiver Umgang mit solcher Begriffsverwirrung nicht sehr fruchtbar zu sein. Er war in jenen Tagen ein frommer Anhänger jeglicher Mäßigung.

Entsprechend gut war sein Leumund bei den Obrigkeiten. Seine Geldgeber bekamen nur Gutes von Georg zu hören. Schon Ende 1764 hatte Kästner an das hessische Staatsministerium in Darmstadt über Georg berichtet, er habe »sich ein paar Jahre über, da er sich hier aufhält, mit großem Eifer auf die mathematischen Wissenschaften gelegt. Er hat sich darin, und in der Naturlehre, meines Unterrichts bedienet und nachgehends bei dem hiesigen Professor Meister in architektonischen und andern zur praktischen Mathematik gehörigen Kenntnissen fernere Unterweisung genommen. Sein eigener Fleiß aber übertrifft fast, was man sonst von eigenem Fleiße auf Akademien zu erwarten gewöhnt ist. Ich bin davon teils durch den Gebrauch der Bücher aus meiner und der hiesigen öffentlichen Bibliothek, teils durch Proben zulänglich versichert und zweifele nicht, daß seine Bemühungen einmal durch eine nützliche Verbindung gründlicher theoretischer Einsichten mit großen praktischen Geschicklichkeiten sehr viel Vorteil bringen werden. Als einen Nebenumstand habe ich noch zu erwähnen, daß er außer diesen tiefsinnigen und ernsthaften Beschäftigungen in den schönen Wissenschaften, der neueren Sprachen, der Dichtkunst viel Geschicklichkeit besitzt, welches ihn zu einem angenehmen Vortrage solcher Kenntnisse, die sonst sehr trocken scheinen, fähig machen kann und allezeit für einen Gelehrten ein sehr erwünschter Zierat ist.«

Aus Georgs Sicht war dieses Gutachten zweckorientiert und geschönt. Er selber schrieb später Bruchstücke einer wesentlich anders klingenden Expertise:

»Ein großer Fehler bei meinem Studieren in der Jugend war, daß ich die obere Etage nicht ausbauen konnte, ja, ich konnte nicht einmal das Dach zubringen. Am Ende sah ich mich genötigt, mich mit ein paar Dachstübchen zu begnügen, die ich so ziemlich ausbaute; aber verhindern konnte ich doch nicht, daß es mir bei schlimmem Wetter nicht hineinregnete.«

»Ich habe den Weg zur Wissenschaft gemacht wie die Hunde, die mit ihrem Herren spazieren gehen: hundertmal dasselbe vorwärts und rückwärts, und als ich ankam, war ich müde.«

»Ich hatte in meinen Universitätsjahren viel zu viel Freiheit und leider etwas überspannte Begriffe von meinen Fähigkeiten und schob daher immer auf und das war mein Verderben. In den Jahren 1763 bis 1765 hätte ich müssen angehalten werden, täglich wenigstens sechs Stunden die schwersten und ernsthaftesten Dinge zu treiben, so hätte ich es weit bringen können. Auf einen Schriftsteller habe ich nie studiert, sondern bloß gelesen, was mir gefiel, und behalten, was sich meinem Gedächtnis gleichsam ohne mein Zutun, wenigstens ohne eine bestimmte Ansicht eingedrückt hat.«

Beide Gutachten waren falsch.

Georg war nicht fleißig, wie Kästner meinte, schon gar nicht waren ihm die literarischen Kenntnisse Zierat. Er studierte auch nicht zu lax, zu wenig gründlich, zu sehr nach Lust und Laune, wie es im eigenen Gutachten steht. Nein, es war einfach so: Georg ähnelte in dieser, seiner angeblich glücklichsten Zeit einem Hazardspieler, der einen Würfel ohne Augen in den Becher steckte und sich dennoch nicht getraute, ihn zu schütteln.

Wenn er kurz vor seiner ersten großen Reise 1770 rückblickend in sein Lebenslogbuch eintrug: »Ein paar dumme Streiche im August 1765 hätte er weniger machen sollen«, dann war dies eine so leise Art von Selbstironie, daß sie nicht einmal ihr Urheber bemerken konnte.

Um ein Beispiel zu geben: In jenem Monat August hatte er sein erstes sexuelles Abenteuer. Er verliebte sich in ein weibliches Wesen, das in einem der Ausflugslokale vor der Stadt bediente. Er erfuhr ihren Namen. Sie hieß Lorchen, und er bewunderte den feinen Bogen ihrer Augenbrauen unter dem niedrigen Haaransatz. Auf Lorchens weißen Armen gab es viele Sternbilder kleiner brauner Sommersprossen. Wenn sie den Wein aus einem kühlen Steinkrug nachschenkte, dann versuchte er, auf diesem Himmel günstige Konstellationen auszumachen.

Lorchen erhörte ihn bald, nachdem er ihr mehrmals ein besonders gutes Trinkgeld gegeben hatte.

Sie verabredeten sich insgesamt viermal zu jeweils sehr später Stunde. Es war stockfinster, als Georg Lorchen auf einem von Büschen und Unkraut überwucherten Trümmergrundstück mitten in der Stadt traf. Solche sogenannten wüsten Stellen gab es trotz der regen Bautätigkeit der letzten Jahrzehnte immer noch genug in Göttingen.

Er sah Lorchen nicht, er spürte sie auch kaum. Um überhaupt mit ihr schlafen zu können, bemühte er eines der vielen Laterna-magica-Bilder von Justine, die er auf den nackten Leib des Mädchens unter sich projizierte.

Es roch nach Lilien und Kaffee. Nicht allzuweit hörte man das Lärmen der Studenten auf den Straßen, und ganz in der Nähe kläffte ein Köter.

Danach glitt Georg an Lorchen hinab und bemerkte dadurch, daß dieser schwarzweiße, betäubende Geruch aus dem spitzen Winkel ihrer Schenkel kam. Diese Verbindung von Duft und Geometrie war das Schönste an seinem Abenteuer.

Es ließ sich im übrigen nicht mehr als viermal wiederholen. Das Desinteresse war gegenseitig. Aber als er später an diese Liebschaft dachte, hatte er ein Gefühl, das wie Wellen durch seinen ganzen Körper ging. Wären Justine und Lorchen zu einer einzigen Person zu vereinigen gewesen, hätte er damals wohl die große Liebe seines Lebens erlebt.

Als er wieder einmal Büttner aufsuchte, gab dieser vor einem großen Glaskasten voller getrocknetem Seegetier seine Theorie der Meeresstürme zum besten.

Georg hörte aufmerksam zu, denn Büttners Ansichten zu diesem Phänomen berührten ihn aus einem besonderen Grund stärker, als es sonst mit gelehrten Themen der Fall war.

Faßte man die Büttnersche Theorie zusammen und entkleidete man sie der zahllosen und konfusen Abschweifungen, ergab sich folgende Vorstellung: Die mächtige Dünung, die bei Meeresstürmen auftritt, kann unmöglich alleinige Folge des Windes sein, ja, es ist überhaupt zu fragen, woher dieser Wind kommt. Man sollte davon ausgehen, daß die Erde einem Schwamm mit seinen vielen Löchern gleicht. Sie saugt sich voll, indem hin und wieder der Meeresboden einbricht und das Wasser in tiefergelegene Höhlen stürzt. Dabei wird das Meer von Strudeln so aufgewirbelt, daß hohe Wellen entstehen. Außerdem wird die Luft aus der unterirdischen Höhle schlagartig herausgepreßt und tritt als Sturmwind an die Meeresoberfläche. Der Urheber des Meeresturmes ist also das Meer selbst.

»Bei mir ist es ganz ähnlich«, dachte Georg, »auch in mir gibt es Höhlen, in die Teile von mir immer wieder einbrechen. Merkwürdig nur, daß dabei kein Sturm und keine Welle entstehen, sondern eher Windstille und Glätte der Oberfläche. Sollte diese Stille vielleicht in mir sein und durch solche Einbrüche und tektonischen Katastrophen nach außen gelangen?

Fast möchte ich diese psychologische Theorie als wahrscheinlich ansehen!«

Je häufiger er das Leben in seiner Bude und den Beobachterposten am Fenster dem Aufenthalt draußen vorzog, um so mehr hielt er dies für den einzig möglichen Weg, sein Schicksal zu beeinflussen oder zu gestalten. Waren die Abmessungen des Zimmers, seine Lage zur Straße, das Stockwerk und der Blick aus dem Fenster nicht jene Faktoren, die in Wahrheit bestimmten, was man einst ›sein Leben‹ nennen würde?

Kurz vor seiner ersten großen Reise schrieb er in seine Kladde:

»Ich habe allezeit von einer Stube größere Begriffe gehabt als der gewöhnliche Teil der Menschen. Ein großer Teil unserer Ideen hängt von ihrer Lage ab, und man kann sie als eine Art von zweitem Körper ansehen.«

»Du mußt bedenken, daß hätte ich 50 Schritte weiter hinunter, um die Ecke herum, gewohnt, ich so wenig der Mensch wäre, der ich jetzo bin, als wenn ich 100 Meilen mehr mittäglich wäre empfangen worden. Einen gewissen herrschenden Grundsatz meines Tuns hätte ich noch nicht gefunden, wenn damals der Tisch vor meinem einen Fenster gestanden hätte, der jetzo da steht, so leicht läßt sich das Fahrzeug drehen, das wir, mit unserer zeitlichen und ewigen Glückseligkeit an Bord durch diese Zeit fortzutreiben haben; die mindeste Bewegung teilt sich dem Steuerruder mit.

Morgen ist es Sonntag, wenn ich wüßte, wo diejenige Stube sein wird, die für die beste Observation vom Fenster die glücklichste Lage hat, ich böte dem Menschen, der darauf wohnt, 100 Taler für einen Platz.«

Was Observationen anbelangt, hatte er schließlich auch einmal außerhalb seines Zimmers Glück. Er entdeckte als erster den Kometen, der Anfang April über dem Göttinger Himmel erwartet wurde.

Dies führte zu seiner ersten öffentlichen Erwähnung in der gelehrten Welt. Kästner ließ als Leiter der Göttinger Sternwarte eine Nachricht im Hannoverschen Magazin erscheinen, in der Georg ausdrücklich lobend erwähnt wird, nicht nur als Entdecker des Kometen, sondern auch als ein Mensch, »der sich hier mit glücklichem Eifer auf die Mathematik gelegt«.

Diese Bemerkung, die kaum etwas mit dem öffentlichen Interesse an Himmelserscheinungen zu tun hatte, machte deutlich, daß Kästner seinen Schüler behutsam protegierte. Dabei konnte er keineswegs immer zufrieden sein mit dessen Leistungen als astronomischer Assistent. Denn Georg war für diese Aufgabe ein wenig schwach. Er tat sich schwer, lange Nächte zu durchwachen. Es kam vor, daß er vor Entkräftung auf seinem Posten einschlief, woran allerdings Kunkels Elixier die Hauptschuld trug.

Am Ende dieser ›glücklichsten Epoche‹ seines Lebens wurde Georg ernsthaft krank. Es handelte sich um eine Auswirkung seines Lebenswandels, dem allzusehr die Tugend des Wandelns fehlte.

Im Sommer 1766 lag er drei volle Monate darnieder. Er spürte Stiche unter dem Herzen. Es war, als ob er sich selbst zu eng wurde. Ein Druck von innen, der das Schneckenhaus zu sprengen drohte.

Er fühlte sich weich und häßlich. Seine Beine schrumpften unter der Decke, wenn der Schmerz zu groß wurde. Tapfer nahm er Kampferpulver ein. Bis zu zwanzig Mal am Tag hatte er diesen bitteren Geschmack im Mund. Die Krämpfe breiteten sich radial vom Herzen aus. Er spürte sie wie Wellen bis in den Kopf, in die Füße und Arme.

Er hatte zu lange in der Stube navigiert, wobei die Stube nur eine zweite Hülle seines Körpers war. Der Arzt verordnete nicht nur Kampfer, er empfahl auch Bewegung. Georg blieb im Bett und ließ sich bedienen. Die Vorhänge blieben zugezogen. Draußen war heller Sommertag.

Er lag in der blauen Stubendämmerung und observierte die Decke. Er hatte sein Zimmer blau streichen lassen, denn er liebte diese Farbe, die Himmel und Meer in sich vereinte. Das Meer hatte er noch nie gesehen, aber er dachte es sich als eine Art flüssigen Himmel, dessen Wolken Segel waren.

An der Zimmerdecke bewegten sich helle Flecken und schmale Schatten. Sie wanderten parallel zu den Ringen der Vorhangstange. Er wußte, daß es Menschen auf der Straße waren, die durch die feinen Ritzen und Lücken zwischen Fenster und Vorhang in einer Art Camera-obscura-Effekt umgekehrt an die Decke projiziert wurden.

Während er so lag, wie ertrunken in diesem Unterwasserlicht, fühlte er sein Herz pochen. Es gelang ihm, seine Schmerzen so in sich zu verteilen, daß fast ein wohliges Gefühl dabei entstand.

Plötzlich sah er, daß die Schattenmenschen an der Zimmerdecke zunahmen. Auch hörte er wachsenden Lärm, Schreie, Gejohle. Irgendwo klirrte Glas. Es klang nach Aufstand, nach Revolution, nach Tumult.

Rasche Schritte waren zu hören, Pferdegetrappel, wütendes Hundegebell. Steine flogen. Ganz in der Nähe gingen Fensterscheiben zu Bruch.

Der Krieg draußen sah in seiner Camera obscura wie ein Strudel der Schatten und Lichtflecken aus. Sie flossen ineinander und teilten sich wieder. Er lag ganz starr und hatte die Decke bis an die Nasenspitze gezogen.

Zweifellos handelte es sich um einen Aufruhr der Studenten, in die die Scharwache und die akademische Polizei, die Schnurren, verwickelt waren. Sicher prügelten auch Bürger und Handwerksburschen nach Kräften mit.

Die Krawalle dauerten vier Tage. Später erfuhr Georg, daß

es um ein ominöses Gesetz ging, das den Studenten untersagte, ohne Erlaubnis des Rektors Kästner zu den Toren hinauszureiten.

Wie in solchen Fällen üblich, kam es schließlich zu einem Auszug der Studentenschaft, die sich geschlossen vor der Stadt in einem Wäldchen versammelte und dort zu zechen begann.

Solche negativen Belagerungen bildeten ein wirksames finanzielles Druckmittel, das augenblicks in den Kassen aller Berufsstände spürbar wurde und die Obrigkeit sehr schnell zum Einlenken bewog. Bald herrschte wieder Friede in der Stadt.

Kurze Zeit nach diesem Zwischenfall erhielt Georg Besuch von einem Kommilitonen, den er bereits vor seiner Krankheit in den Kästnerschen Vorlesungen als eine der auffälligen Personen registriert hatte.

Es war ein sehr junger Mann, von dem jedoch eine größere Autorität und ein männlicheres Verhalten ausging, als es die meisten seiner wesentlich älteren Kommilitonen besaßen.

Er sprach ein tadelloses Deutsch mit ausländischem Akzent. Seine Redebeiträge hatten eine Präzision und Kühle des Gedankens, hinter der sich, wie es Georg schien, ein ungezügeltes und leidenschaftliches Wesen nur unvollkommen verbarg.

Er war ein Schwede namens Jöns Ljungberg.

Sein Äußeres entsprach dem Menschentyp seiner Nation. Er war mager und hochgewachsen, hatte ein scharf geschnittenes Gesicht mit geradem Profil und steilem Hinterkopf. Er war blond und trug nur selten eine Perücke. Seine Lippen waren schmal und bildeten zumeist eine geschwungene Linie, die dem Physiognomen die Wahl ließ, ob sich Spott oder Freundlichkeit in ihr ausdrückte.

Seine Augen waren eisblau und hatten die Angewohnheit, scheinbar am Gegenstand ihres Interesses vorbeizusehen.

Dieser Jöns Ljungberg, der, als er nach Göttingen kam, bereits ein abgeschlossenes Medizinstudium hinter sich hatte, war inzwischen für den kranken Georg als Kästners astronomischer Assistent eingesprungen, und dies war offenbar auch der Grund seines Besuchs.

Er nahm in der Ecke des dämmrigen Zimmers auf einem Stuhl Platz und schlug die Beine übereinander. Eine zeitlang sprachen beide nicht miteinander.

Sie observierten sich. Des einen Sternwarte war ein Stuhl mit steiler Lehne, die des anderen ein Bett mit weichen Kissen.

»Ich bezweifle, daß Sie krank sind«, begann der Gast das Gespräch. »Sie sollten sich erheben und ein wenig auf und ab gehen. Sie liegen, weil Sie meinen, krank zu sein, und das eben ist die Ursache Ihrer Krankheit.«

Sie gerieten in einen Disput über Krankheiten und ihr Wesen.

Georg verteidigte sich. Er sei zwar ein Hypochonder, aber einer, der wirklich krank sei. Es sei ein typischer Fall von dummer Kategorisierung, im Hypochonder und im wirklich Kranken Gegensätze zu sehen. Die Hypochondrie könne zum Beispiel so etwas wie der Humor sein, den die Krankheit entwickelt, wenn sie wirklich ernst sei.

Jöns lachte und zog dem Kranken die Decke weg.

Dann half er ihm auf die Beine und ging ein paar Schritte mit ihm auf und ab, wobei er ihn untergehakt hielt.

Georg atmete hastig und fühlte sich schwindlig. Sein Besuch zog ihn zum Fenster und streifte den Vorhang zur Seite.

Beide sahen hinaus auf die sonnige Straße, auf der der Schatten der gegenüberliegenden Häuser lag.

In der Schattenhälfte ging ein Mädchen vorbei. Der Kopf mit den sorgfältig frisierten Haaren bewegte sich im Bereich der Lichtstrahlen.

»Ein umgekehrter Venusdurchgang«, sagte Jöns Ljungberg. »Die Venus leuchtet, und die Sonnenscheibe ist dunkel!«

Georg fühlte, wie die Stiche unter der Herzgegend nachließen. Dieser Kerl neben ihm verstand es, einen zum Leben zu erwecken. Er spürte, daß sie bereits Freunde waren, und es fiel ihm leicht, sich mit Ljungberg für den nächsten Tag zu einem kleinen Spaziergang zu verabreden.

Es war dem neuen Freund zu verdanken, daß Georg allmählich wieder auf die Beine kam. Jöns führte ihn am Arm durch die Stadttore hinaus auf die Felder. Alle Dinge hatten einen seltsamen Glanz, als ob sie frisch gefirnist seien.

Sie unterhielten sich lebhaft über Gott und die Welt und die Mädchen. Während Georg nach und nach seinen alten Witz wiedergewann und sein Talent, in einem einzigen Satz die voneinander entferntesten Dinge in einen Zusammenhang zu bringen, zeigte es sich, daß Jöns Ljungberg über eine eigene Art zu reden und zu denken verfügte.

Er zweifelte.

Er zweifelte gründlich und mit Lust, wie es schien. Er war ein Künstler des Zweifels. Es gab nichts, vor dem diese seine Kunst Halt machte. Auch vor sich selbst nicht. Jöns bezweifelte auch seinen Zweifel. Dabei war er keineswegs ein Nörgler und Kritikaster. Seine Zweifelsucht war leidenschaftlich und von großer sinnlicher Kraft. Er liebte die Gegenstände seiner Kritik.

»Es gibt eine Art, sich aus dem Staube zu machen, die darin besteht, keinen aufzuwirbeln«, sagte Jöns einmal während einer ihrer langen Punschabende im folgenden Winter.

»Du hast es in dieser Hinsicht bereits recht weit gebracht. Es hat den Anschein, jeder kennt dich, aber keiner nimmt dich wahr. Was willst du überhaupt mit deinem weiteren Leben anfangen. Warum studierst du noch? Warum schreibst du nicht mehr und mutiger?«

Jöns spielte auf die beiden ersten Veröffentlichungen Georgs an. Es waren zwei Zeitschriftenartikel. Einer mit dem Titel »Versuch einer natürlichen Geschichte der schlechten Dichter, hauptsächlich der Deutschen» war noch während Georgs Krankheit im Mai erschienen.

Im August war sein Aufsatz »Von dem Nutzen, den die Mathematik einem Bel Esprit bringen kann« veröffentlicht worden.

Ljungberg kritisierte beide Arbeiten außerordentlich scharf.

»Du hast einen bestimmten Witz, einen natürlichen Hang zur Satire, der vielversprechend ist. Du kannst leicht und spielerisch schreiben und dabei zugleich ernste Themen in ein ihnen angemessenes Licht rücken. Das ist in Deutschland ein höchst seltenes Talent. Gewöhnlich findet man es nur in England, wo niemand ein vernünftiges Wort zu sagen vermag, ohne es mit einer feinen Schicht aus Spott zu glasieren. So solltest du schreiben. Du bist immer noch zu akademisch. Wahrscheinlich liegt das daran, daß du ein Stubenhocker und Büchernarr bist. Dir fehlt es an Reisen. Du bist nur mit den Augen unterwegs. Die Beine jedoch gehören auch dazu. Immer nur Sterne in weiter Ferne. Du solltest dich mehr für Politik interessieren. Von den Menschen deiner Umgebung scheinen dich nur die Aufwärterinnen zu beschäftigen. Es gibt viele Wege zur Wahrheit. Aber es ist leichtsinnig, immer nur diesen einen und schmalen Durchschlupf zu suchen, der in eine Frau führt. Dort gibt es wahrscheinlich nichts anderes zu sehen als eine dumpfe, rötliche Dämmerung, die nur ein Träumer für die Morgenröte hält.«

Sie sprachen immer häufiger über das Reisen. Je kräftiger sich Georg fühlte, um so mehr wuchs die Reiselust in ihm. Sein Freund bestärkte diese Entwicklung.

Georg hatte die üblichen sechs Semester Regelstudium längst hinter sich. Im abgelaufenen Jahr hatte er nur noch bei Kästner regelmäßig gehört und, wenn es sein Gesundheitszustand zuließ, seinen Dienst auf der Sternwarte versehen. Im neuen Jahr mußte etwas geschehen.

Den Magistertitel würde er automatisch erhalten. Eine Abschlußprüfung gab es in der philosophischen Fakultät nicht. Sie galt noch immer als die unterste Fakultät.

Dann würden sich auch bald seine Gönner und staatlichen Mäzene aus Darmstadt melden. Sie hatten zwei Jahre seines Studiums finanziert. Sie hatten also insgesamt vierhundert Gulden in seinen mathematischen Kopf investiert.

Mathematik galt als Geheimwissenschaft, als die Alchimie der Zukunft. Es gab Leute, die ihren möglichen militärischen Nutzen als außerordentlich hoch veranschlagten.

Eins stand fest. Er war kein Student mehr. Er verzögerte seine Karriere, ähnlich wie er es bereits in den letzten Darmstädter Schuljahren getan hatte.

Er wollte seinen Lebenslauf nicht begradigen lassen. Er wollte überhaupt nichts. Er wollte nur zusehen. Er fühlte sich zu schwach, um sich aktiv ins Leben einzumischen. Jöns Ljungberg begann, ihn immer schärfer wegen dieser Haltung anzugreifen.

»Du verschwendest dich und deine Tage. Du gehörst in den Lehrberuf. Du bist der ideale Lehrer. Denn du redest so unglaubhaft und zugleich einleuchtend von den Dingen, daß man zuerst zweifelt und dann nachzudenken beginnt.

So verschaffst du den von dir Belehrten das Gefühl, sie hätten ihre Erkenntnisse selbst gewonnen. Nur so können sie sich Wahrheiten merken. Das hat schon Plato gewußt. Ein guter Lehrer ist ein begabter Reiter, der die Dummheit nicht mit der Peitsche oder mit Sporen, sondern mit sanftem Schenkeldruck zureitet. Hier liegt dein eigentliches Talent. Vielleicht hast du auch darin recht, daß du keine Bücher, sondern lieber Menschen formen willst. Aber dieser neunmalschlaue Erxleben, der hundertfach dümmer ist als du, wird es vor dir schaffen. Er wird bald Vorlesungen halten und in der gelehrten Welt die Anerkennung finden, die eigentlich dir gebührt.«

»Weißt du, was uns von den Tieren unterscheidet?« sagte Georg. »Es ist die merkwürdige Balance zwischen Glück und Schmerz, in der wir uns ein Leben lang befinden. Dieses Gleichgewicht ist so empfindlich, daß es durch die geringsten Einflüsse schon der Natur gestört werden kann. Ein falscher Luftzug, ein widriger Geruch, und wir empfinden tiefsten Schmerz.

Da wir dies nicht verstehen können, suchen wir nach triftigen Gründen, die den plötzlichen Schmerz erklären können.

Ähnlich ist es mit dem Glück. Wir gehen vielleicht über eine Wiese und fühlen uns auf eine ruhige und unübertreffliche Art glücklich. Auch jetzt suchen wir nach Gründen.

Haben wir zum Beispiel ein Mädchen dabei, dann sehen wir in ihr den Grund für unser Wohlbefinden. In Wahrheit war es nur der flüchtige Schatten einer Wolke. Er hat das Glücksgefühl hervorgezaubert, indem er die merkwürdige Balance von Glück und Schmerz für kurze Zeit störte.

Wenn ich einen Beruf ergreife, befürchte ich, jene empfindliche Waage in mir zu zerstören. Die meisten Menschen werden im Verlauf ihres Lebens von den Pflichten wieder zu Tieren gemacht.«

Jöns hatte aufmerksam zugehört. Dann lächelte er und schüttelte den Kopf.

»Du wirst diese Waage, von der du sprichst, ein Leben lang in dir haben. Ich sehe ihre beiden Schalen deutlich. Du trägst eine auf dem Rücken und eine auf der Brust. Dein Kopf aber scheint mir der Zapfen zu sein, in dem der Waagebalken gelagert ist.«

Vorerst blieb alles beim Reden. Die wirklichen Verhältnisse des Lebens änderten sich nicht so schnell, wie es den Überzeugungen entsprochen hätte.

Georg lebte von Freitischen und von Nachhilfeunterricht. Er las Korrekturen für die Buchdrucker. Er repetierte mit den faulen Söhnen wohlhabender Eltern alle möglichen Stoffe für die verschiedensten Examina.

So etwas wie Bewegung kam erst in der Nacht vom 12. zum 13. April in sein Leben, und dies ist wörtlich zu verstehen.

Es war kurz vor Mitternacht, als er ungewöhnliche Geräusche hörte. Gläser und Geschirr klirrten in seinem Schrank, als sei ein Poltergeist hineingefahren. Die Kerzenflamme begann zu tanzen. Auch in den Tisch schien Leben zu kommen. Er bewegte sich ruckweise von seinem Platz, und einige Mineralien, die auf ihm lagen, polterten zu Boden.

Georg sprang auf und ging zum Fenster.

Sein erster Gedanke war, daß draußen ein schwerbeladener Wagen vorbeifahren mußte. Aber die Straße war leer und still. Kein Wind, kein vorbeirollender Wagen. Dafür schwankte der ganze Zimmerboden, und die Scheiben klirrten. So mußte es auf einem Schiff bei stürmischer See sein. Hatte seine innere Reiselust den Raum in Bewegung versetzt?

Ihm wurde übel, als sei er seekrank. Dabei hatten die Erdstöße höchstens sechs oder sieben Sekunden gedauert, wie er später rekonstruierte.

Vor der Fensterscheibe, draußen auf dem Sims, stand eine Flasche Wein zum Kühlen. Wie durch ein Wunder war sie nicht hinunter aufs Straßenpflaster gefallen.

Er holte sie herein und öffnete sie.

Inzwischen war wieder alles still und unbewegt. Dennoch bewegte er sich ungeschickt, als würde das Schwanken der Welt in ihm selbst noch andauern.

Er wollte ein Glas aus dem Schrank holen. Dabei stellte er fest, daß sie alle beschädigt waren. Zwischen Scherben ragten einige Glasstiele wie umgedrehte Eiszapfen in die Luft.

Es hielt ihn nicht mehr in seiner Stube.

Er eilte die Treppe hoch, mit der Flasche Wein in der Hand, und klopfte an der Tür seines Kommilitonen Christian Erxleben. Erxleben öffnete. Er war im Hemd und blickte etwas verstört.

Georg mochte diesen Menschen, der der Sohn einer sehr berühmten Mutter war. Sie war die erste Frau in Deutschland, die es zur promovierten Ärztin gebracht hatte.

Christian hatte es schwer im Schatten einer solchen Persönlichkeit. Er studierte ebenfalls Medizin, aber auch Physik. Nun stand er da in der Türöffnung und lächelte freundlich.

»Du hast recht«, sagte er, »wenn Mutter Erde sich so heftig im Bett bewegt, sollte man nicht auf ihr einschlafen. Man tut besser daran zu trinken. Leider sind meine Gläser kaputt. Aber da gibt es noch kräftigere Gefäße, die uns die gleichen Dienste erweisen können.«

Erxleben holte zwei große Teetassen aus seinem Schrank und füllte sie mit Wein.

Es wurde eine lange Nacht. Während sie auf ein Nachbeben warteten, das sich nicht einstellte, schwankte der Boden bald aus anderen Gründen unter ihnen.

Erxleben war zwei Jahre jünger als Georg. Er war freundlich und fleißig. Jeder mochte ihn. Er hatte sich in kürzester Zeit ein ungeheures Wissen angeeignet. Eigentlich war er wie Büttner und wie Kunkel ein wandelndes Konversationslexikon, aber eins, das keine Absonderlichkeiten enthielt, sondern den vernunftgemäßen Wissensstand der gegenwärtigen Naturlehre repräsentierte.

Nun war Erxleben betrunken. Er hielt Georg umklammert und weinte.

»Meine Mutter hat mir das Leben geschenkt, um es mir zu nehmen«, schluchzte er. »Ich spüre, daß sie mich ruft. Ich werde bald sterben. Ich habe nur noch wenig Zeit. Nur darum arbeite ich so viel. Du hast mehr Zeit, Georg. Du sollst mein Werk fortsetzen. Du bist mein Freund. Deine Mutter hat dir das Leben geschenkt, um es dir zu geben, nicht um es dir zu nehmen. Versprichst du mir, mein Werk zu vollenden?«

Sie stießen die mit Wein gefüllten Tassen aneinander.

Georg löste Erxlebens Umarmung und trat ans Fenster. Tiefhängende Wolken zogen von Süden herauf. »Ich werde mich jetzt auch bewegen«, flüsterte er. »Koste es, was es wolle!«

Wenige Tage später trat Georg mit Ljungberg seine erste wirkliche Reise an. Sie fuhren mit der Post nach Clausthal im Harz.

Sie stiegen im Gasthof zur Goldenen Krone ab und begannen, die Sehenswürdigkeiten der Stadt und der Umgebung zu besichtigen.

Sie hatten dieses Gebirge als Reiseziel gewählt, weil Mutter Erde hier sozusagen zugänglicher und offener war als anderswo. Viele Schlünde, Grotten und Bergwerksstollen führten in ihr Inneres. Hier war die Erdkruste nicht so solide wie anderswo. Vielleicht war das Erdbeben von Göttingen nichts anderes als die Wehen dieser Region.

Der Harz war düster. Er hatte eine schwermütige und spröde Atmosphäre, und es wehte ein kalter Wind. Überall gab es Eisränder an den Bächen. Den Wiesen sah man noch die Schneelast des Winters an.

Es gab hier etliche Pochwerke, die dem der Oberramstädter Hammermühle glichen. Wenn man sich Erzhütten näherte, erkannte man dies an der kranken Natur. Dürre, schwarze Baumgerippe ragten zwischen Schlackenhügeln in den Himmel. Sogar die Wiesen wirkten ausgebrannt, und überall zeigte sich der nackte Boden.

Sie fuhren zum Brocken.

Je höher sie kamen, desto mehr schienen sie sich der Unwirtlichkeit des Weltraums zu nähern. Von hier oben konnte man die Kugelgestalt der Erde ahnen.

Schließlich mußten sie zu Fuß weiter. Georg fand, daß dies eine genauso spannende wie strapaziöse Form der Astronomie war. Noch schützten dichte Tannenwälder sie vor dem Sturm. Dann aber erreichten sie die kahle Kuppe des Berges.

Der Wind packte ihre Kleider und zerrte an ihren schweren Wettermänteln. Sie mußten die Hüte festhalten. Immer wieder machten sie Halt im Windschatten mannshoher Felsbrocken, die wie überdimensionale Würfel auf diesem unwirtlichen Spieltisch verstreut lagen.

Sie hatten sich eine Flasche Branntwein mitgenommen und ließen ein kleines inneres Feuer gegen all diese Weltraumkälte glimmen.

Schließlich erreichten sie das Brockenhaus.

Hier brannte ein wirkliches Feuer.

Sie saßen in der finsteren Wirtsstube an einem Holztisch, der übersät war mit eingeritzten Namen.

Sie hatten bald Bier vor sich stehen und eine Mahlzeit.

»So kalt und düster es draußen ist«, sagte Jöns, »so sehr mich auch die Windhexen und Eisteufel an meine Heimat im Norden erinnern, ich habe dennoch hier oben das eigenartige Gefühl, den Süden zu spüren. Vielleicht liegt es an der Richtung des Windes, der winzige Gischtspritzer des mittelländischen Meeres über die Alpen trägt. Er bringt einen Duft, wie wir ihn hier nicht kennen. Es ist Bläue und Lavendel in ihm, vielleicht auch Thymian und das Aroma von Limonen.«

»Du träumst«, sagte Georg, »wir haben Ostwind. Er kann höchstens nach Wölfen riechen.«

Es war der Ostertag, der 19. April des Jahres 1767. Georg und Jöns versprachen einander, einst einen solchen Feiertag an der Küste des Mittelmeers zu verbringen. »Das Licht südlich der Alpen wird alle Finsternis aus unseren Seelen vertreiben«, sagte Jöns. »Wir haben zu lange unter germanischen Gottheiten gelebt. Jesu Himmelfahrt war nur im Süden denkbar. Hier bei uns hätte er sich den greulichsten Schnupfen dabei geholt.«

Sie gerieten immer mehr ins Schwärmen. »Die Wolken an den mediterranen Stränden sind aus weißem Marmor. Aphrodite hat ihren Arm nur verloren, weil wir in unserer Sehnsucht nach ihm gegriffen haben, ohne uns von der Stelle zu bewegen.«

Immer wieder gingen sie hinaus vor die Tür, um ihre Freundschaftshieroglyphen in den tauenden Schnee zu pinkeln.

»Einmal am Rand des Ätnas stehen und das Feuer der Hölle auspissen und auf der Dampfwolke in den Götterhimmel fahren«, sagte Georg.

Innerlich schalt er sich, denn er mochte diese pathetische Sprache nicht, zu der ihn die Situation hinriß.

Sie trugen sich unter falschen Namen ins Hüttenbuch ein. Hier oben wollten sie um der Reinheit ihrer Träume willen incognito bleiben.

III. Der Hofmeister

Nach seiner Rückkehr von der Harzreise nahm Georg sein Studium nicht mehr auf. Er wollte endlich mit dem Leben beginnen. Und er setzte sich eine Zeitspanne, in der sich sein Schicksal entscheiden sollte: bis zum nächsten Venusdurchgang wollte er warten. So lange mußte er sich in einem provisorischen Dasein einrichten. So lange würden die Würfel brauchen, um auf dem Spieltisch auszurollen.

Der nächste Venusdurchgang wurde von aller Welt mit großer Spannung erwartet. Diesmal würde er am dritten Juni 1769 stattfinden. Er hatte also zwei Jahre Zeit.

Zunächst galt es, sich für die Interimszeit ein festes Einkommen zu sichern.

Er wollte in Göttingen bleiben. Zunächst jedenfalls. Er wußte nicht genau, warum. Vielleicht war es wegen Kunkel oder Justine, vielleicht wegen Jöns. Vielleicht war es auch nur, weil Göttingen ihm mit seinem Wall rundherum wie die Null im Weltgeschehen vorkam. War dies nicht die verrückte Unzahl, mit deren Hilfe man alles mögliche bei anderen Zahlen anrichten konnte?

Rechts angebracht, verzehnfachte die Null einen Zahlenwert, links angebracht, dezimierte sie ihn auf ein Zehntel. Durch Multiplikation konnte man gar jede Zahl mit Hilfe der Null vernichten. Sie war ein Moloch, ein Gnom der Zahlenwelt. Georg war der Meinung, von Göttingen aus seine Lebensziele am besten verfolgen zu können.

Als sie damals den Brocken wieder herabstiegen, hatte der Wind nach Nordosten gedreht.

Sein Freund lenkte das Gespräch wieder einmal auf die Politik. Georg spürte allzu deutlich, daß Jöns ihn hier zu mehr Interessen animieren wollte. »Bei aller Liebe und Sehnsucht nach dem Süden«, hatte Ljungberg bemerkt, »der Nordostwind trägt doch den eigentlichen modernen Geist in sich. Ich habe den Eindruck, daß seine Stöße diese Tannenwipfel besonders regelmäßig und diszipliniert bewegen.«

Sie sprachen über Preußen und den neuen Geist. Georg mußte zugeben, daß seine bisherige Lebenszeit im Schatten der Macht eines einzigen wirklich großen Herrschers stattgefunden hatte: Friedrichs des Großen von Preußen. Es hatte nur zwei nennenswerte Kriege gegeben: den schlesischen und den siebenjährigen. Beide hatte Friedrich vom Zaun gebrochen. Beide hatte er weder verloren noch gewonnen, wenn man nur die territorialen Verhältnisse betrachtete. Preußen war aber zu einer Großmacht geworden, in der ein völlig neuer Wind wehte, wie Jöns sich ausdrückte.

Nicht allein militärisch oder organisatorisch.

Es war da auch noch etwas anderes, schwer Wägbares. Ein anderer Geist eben. »Da beginnt eine neue Epoche der Menschheit«, orakelte Ljungberg. »Das ist ein kühler, frischer Wind, der auch die letzten Hexen und Teufel vom Blocksberg wehen wird. Oder sie werden sich erkälten und an der Influenza sterben. Wir werden es bis in unsere Wissenschaften spüren. Du weißt, wieviel mittelalterliches Gerümpel da noch herumsteht. Ein wenig fürchte ich mich vor diesem neuen Geist, und vielleicht ist es gut, daß meine Heimat noch nördlicher liegt und von diesem Wind deshalb nicht direkt betroffen ist.«

»Zunächst hat dieser Sturm des siebenjährigen Krieges bei mir bewirkt, daß sich mein Studium um zwei Jahre verzögert hat«, entgegnete Georg. »Du siehst, deine Brise konnte sich auch hemmend auf den modernen Geist auswirken. Ich glaube an den Westwind. Er weht von England. Von dort her kommt das neue Denken. Newton. Um nur einen Namen zu nennen. Ich liebe den Westwind, weil er feucht ist und ein wenig salzig. Er treibt die dunkelsten Wolken mit sich und die blauesten Himmelsflecken, wenn ein Regenschauer vorbei ist. Ich liebe den Westwind mehr als deinen Südwind und deinen Nordost, Jöns. Ganz zu schweigen vom eisigen Ostwind, der nur ein Gutes hat. Er präpariert den Nachthimmel für die Astronomen am vorteilhaftesten.«

Sie stritten noch eine Weile über die verschiedenen Vorzüge und Nachteile der Windrichtungen und waren sich schließlich nur darin einig, daß eine völlige Windstille von übel ist, weil sie die Trägheit und die Verbreitung ansteckender Krankheiten begünstige.

Im Juni machte Georg mit dem englischen Westwind in Form eines jungen Mannes namens Thomas Swanton Bekanntschaft, dem sechzehnjährigen Sohn eines Admirals.

Dieser Swanton war ein Wirbelwind besonderer Art. Er hatte etwas Durchsichtiges und hielt keinen Augenblick still. Seine Hände wehten beständig über irgendwelche Dinge, und seine hellblauen Augen ähnelten Wassertropfen, die an einer Scheibe hinunterrinnen. Wenn der junge Swanton etwas ansah, dann begann er oben und ließ seinen Blick am Gegenstand des Interesses hinabgleiten. So kam es, daß er schließlich auch das Schuhwerk Georgs observierte. Es war im Salon des Professors Tompson, der in einem vornehmen Steinhaus in der Weender Straße wohnte.

Dieses Haus gehörte zu den Bauten der ersten Kategorie. Es war keine Fachwerkkonstruktion, sondern in großzügiger und neumodischer Manier aufgemauert. Die Räume waren imposant, die Decken verziert, und die Fenster und Türen bildeten größere Öffnungen in den Wänden als bei gewöhnlichen Häusern.

Georg pflegte seinen Englischlehrer zuweilen zu besuchen. So kam es, daß er an diesem Tag dem jungen Swanton und seiner Mutter vorgestellt wurde, eine wichtige Konstellation, die sein weiteres Schicksal bald zu lenken begann.

Die Witwe des Admirals war eine im höchsten Maße resolute und dennoch anziehende Frau. Sie hatte ihren Sohn eigens herübergebracht, damit er hier eine kontinentale Schulung in Lebensart und Mathematik erhielt, wie sie nur die berühmte junge englische Universität Göttingen gewähren konnte. Göttingen gehörte zum Kurfürstentum Hannover, und dies war seit der Wahl des Kurfürsten Georg Ludwig zum englischen König im Jahre 1714 ein Trabant der Großmacht.

In England dachte man spätestens seit dem Regierungsantritt Georgs III. im Jahre 1760 in der besseren Gesellschaft, daß in den Stammlanden zwar bäurische, jedoch korrektere Verhältnisse als auf der britischen Insel herrschten.

Jenes kleine Land Hannover war aus englischer Sicht eine eher altmodische und vulgäre Provinz, aber daß es dort nicht so drunter und drüber ging wie im Inselreich mit seiner explodierenden Hauptstadt, machte den Trabanten ganz zum pädagogisch empfehlenswerten Exil für die labilen Stammhalter der besser gestellten Familien.

Statt Unzucht und Nebel herrschten in Hannover und seiner akademischen Dependance Göttingen vermutlich Zucht und klare Luft. Genau das richtige für einen vaterlosen Admiralssohn wie Thomas Swanton.

Da aber aus der Sicht des Englischprofessors Tompson Göttingen mitnichten dieser Idealisierung gerecht wurde, denn allein das horizontale Gewerbe blühte hier in einem durchaus englischen Ausmaß, hatte er die Idee, Georg als Hofmeister, Dolmetscher und pädagogischen Leithammel für den Admiralssprößling zu empfehlen. Er bot sogar sein Haus als Domizil für dieses Projekt an. Es könne hier in der Weender Straße eine britische Enklave entstehen.

Georg willigte ein. Bereits in der folgenden Woche zog er zusammen mit dem jungen Swanton in die herrschaftlichen Räume. Von nun an verfügte er über eine gute Apanage, denn Lady Swanton war es einiges wert, ihren windigen Sohn in ein stilleres Wesen verwandeln zu lassen. Der junge Swanton hatte in seiner Flatterhaftigkeit einen bezwingenden Charme. Man konnte mit ihm kein ernsthaftes Wort reden, aber Georg bot sich durch die Unterhaltung mit seinem Zögling eine hervorragende Gelegenheit, seine eigene überkorrekte Aussprache des Englischen mit einer Modulation zu versehen, die in ihrer Musikalität bald auch einen kritischen Hörer wie den alten Tompson begeisterte.

Tompson war der Typ des saturierten älteren Herrn der besseren Londoner Gesellschaft. Er redete viel und gern über alles mögliche, wobei der Inhalt des Gesprächs keinerlei Einfluß auf seine Ausdrucksweise hatte. Er konnte über das Wetter in derselben Weise sprechen wie über den Tod eines nahen Verwandten. Immer wirkte er in einem dezenten Maße geistesabwesend, immer umgaben ihn Tabakschwaden aus seiner Zigarre, immer drohte er einzunicken. Aber die kleinen Augen in seinem roten Gesicht bekamen alles mit.

Besonders gerne unterhielt er sich über seinen König.

Er ahmte ihn geradezu nach, indem er ein imponierendes, jedoch ein wenig stupides Gesicht aufsetzte und von den traditionellen Ehrbegriffen wie Treue, Vaterlandsliebe, Tapferkeit parlierte.

Das Haus Tompson war eine Art Hotel für besser gestellte Studenten. Es wurde von den Schwestern Marie und Angelique Connor bewirtschaftet, die zu dem Hausbesitzer in einer nicht ganz eindeutigen Beziehung standen. Es waren zwei hagere Damen irischer Abstammung. Sie kochten, servierten und hielten die Zimmer sauber. Sie bewegten sich dabei leise und unauffällig wie dunkle Katzen.

Einen gewissen Teil der Abende verbrachten beide Damen im Zimmer des Englischprofessors. Manchmal hörte man undeutliches Stimmengemurmel durch die Tür, meistens aber war es mucksmäuschenstill, selbst wenn man ein Ohr an die Tür legte, wie Georg es in seiner Neugier manchmal tat.

Von den anderen Bewohnern im Haus interessierte Georg vor allem ein junger Studiosus der Jurisprudenz. Er war etwa so alt wie Swanton, sonst aber in jeder Hinsicht dessen Gegenteil. So ein beherrschter, so genau sich bewegender und präzise redender Mensch war ihm noch nie begegnet. Er wirkte wie eine kunstvoll konstruierte Maschine. Georg war dieser Mensch ein wenig unheimlich. Er suchte jedoch sein Gespräch, da man dabei immer für die eigene Klarheit der Gedanken profitierte.

Georg konnte nicht ahnen, daß er hier einem wichtigen Repräsentanten des nächsten Jahrhunderts begegnet war, nämlich Carl August von Hardenberg vom Schlosse Hardenberg bei Nörten. Der spätere Staatskanzler, Baumeister und wichtigste Politiker Preußens schien sich in ein veraltetes Jahrhundert verirrt zu haben. Wenn Carl August mit seinem jüngeren Bruder, der bei ihm wohnte, durch die großen, von prunkvollen Wandleuchtern erhellten Flure des Hauses Tompson ging, schien ihm ein kühler Luftzug zu folgen, der die Kerzen zum Flackern brachte.

»Das Gespenst der Neuzeit«, dachte Georg manchmal.

Es kam, wie er es geahnt hatte: Über seinen Bruder Friedrich Christian begann man Druck auf ihn auszuüben. Dieser Bruder stand in hessischen Diensten. Man befragte ihn nach Georgs Plänen und erfuhr, daß er offenbar dabei war, sich in Göttingen einzunisten wie im Fell eines fremden Hundes.

Man legte dem Bruder, der Appellationsrat beim Darmstädter Gericht war, nahe, brieflich auf den hoffnungsvollen Magister in Göttingen einzuwirken, er möge so bald als möglich eine ordentlich dotierte Professur für Mathematik und Englisch an der Gießener Universität annehmen.

Der Kurator dieser Universität höchstpersönlich, Freiherr Herrmann von Riedesel, geruhte in dieser Sache aktiv zu werden.

Friedrich Christian schrieb dringlich. Er appellierte an das Verantwortungsgefühl Georgs, an dessen Dankbarkeit, an sein Ehrgefühl, an seine Verbundenheit mit der hessischen Heimat, an seine Treuepflicht dem Landesherrn gegenüber, an die Verbundenheit mit dem Vater, der schließlich ihren Familiennamen im hessischen Land zu seinem Wohlklang gebracht habe.

Georg spürte, daß er sich nun entscheiden mußte. Er war an einer Weggabelung angelangt, ohne daß er sich in letzter Zeit besonders bewegt hatte.

Entscheidungen aber waren ihm unangenehm. Sie bedeuteten, daß aus dem Spiel Ernst wurde, daß er nicht mehr abwartend am Spieltisch sitzen konnte, sondern die Münze in den Becher stecken, schütteln und werfen mußte. Gewinnen oder verlieren, beides behagte ihm nicht. Am liebsten hätte er ewig zugesehen in diesem Spielsalon des Lebens.

Um eine Entscheidung zu treffen, unternahm er eine Reihe von Experimenten.

Er redete mit Kunkel, er besuchte Büttner, er verbrachte

eine Nacht auf dem Observatorium, er ließ Justine zu sich kommen, er philosophierte mit Jöns, er machte einen Ausflug mit dem jungen Swanton.

Kunkel ging es in letzter Zeit nicht sehr gut. Es schien, daß er allmählich ein Opfer der Pinik wurde. Er thronte im Hinterzimmer seines Ladens und starrte mit glasigen Augen vor sich hin. Sein Gesicht war aufgedunsen.

Vor sich hatte er ein aufgeschlagenes Buch und ein halb gefülltes Glas Branntwein. Was das Buch enthielt, begann Kunkel nun mit schwerer Zunge zu erklären, als er begriffen hatte, daß Georg der Besuch war, und seine aufwallende Wut sich schnell wieder gelegt hatte.

»Es ist von einem Sch...Sch...weden namens Osbeck. Os...beck. Ein sch...wedischer Weltreisender namens Osbeck, der in China war. Hör gut zu, Georg, wenn du irgendwelche Fragen an mich hast, bedenke folgendes. Osbeck, dieser hirnverbrannte, unglückselige schwedische Weltreisende schreibt über China und die Chineser: Es ist kein Wunder, wenn den Chinesern selbst die chinesische Sprache so schwer wird, daß die allerfeinsten Köpfe sie vor ihrem Ende gar nicht einmal ganz verstehen lernen können!

Ich selbst habe es nie weit in dieser Sprache gebracht. Alles, was ich weiß, sind außer den Namen einiger Hauptstädte zwei Substantiva! Das eine ist mir seit einigen Jahren wieder sehr ungewiß geworden. Um es zu erraten, müßte ich wenigstens sechs Wörter hersetzen, zum Exempel müßte ich sagen, es klingt fast so wie ›Sterben‹ oder ›Ficken‹ oder ›Saufen‹ oder ›Leben‹ oder ›Schlafen‹ oder ›Fressen‹. Ein ›n‹ ist drin, das weiß ich gewiß, aber ich weiß nicht einmal, ob es sich am Anfang, in der Mitte oder am Ende befindet. Und doch würde kein Mensch aus diesen sechs Wörtern das richtige herausbringen, selbst wenn es die sechs wichtigsten Wörter der deutschen Sprache wären. Und so ist es auch mit den jungen neuen Schriftstellern.« Kunkel stieß mit einer groben Bewegung einen Stapel Bücher vom Tisch. Dann leerte er sein Glas und setzte seine Rede fort, wobei er mit immer größerer Leichtigkeit sprach und Georg wieder einmal zu der Ansicht kam, daß dieser seltsame Mensch die schwerste Kunst der Pinik beherrschen gelernt hatte, nämlich die eigene Besoffenheit unter den Tisch zu trinken.

»Die jungen neuen Schriftsteller sind des Deutschen ebensowenig mächtig wie die Chineser des Chinesischen. Der Unterschied ist nur der, daß es bei ihnen nicht an der Schwierigkeit der Sprache liegt, sondern an der Leichtigkeit ihrer Köpfe. Und doch schwätzen sie drauflos in einer Sprache, die sie gar nicht beherrschen, und belästigen die Leser, auch wenn sie ihnen in jenen halbdutzend wichtigsten Dingen des Lebens nicht das Wasser reichen können.

Das andere Wort aber weiß ich jetzt noch so gewiß, daß ich gegen alle Pekingschen Journalisten behaupten wollte, daß ich es gewiß weiß, und sollte ich auch die Frau desjenigen Mitarbeiters dieses vermaledeiten chinesischen Journals...«

Kunkel hielt das zerfledderte Exemplar irgendeines Magazins, dessen Titel Georg nicht erkennen konnte, anklagend empor.

»...dieses seiner eigenen Sprache nicht mächtigen Mitarbeiters, der am Ende jedes Stückes hinten die kleinen Schwärmer-Rezensionen unter die Leser wirft, sollte ich dessen Frau – denn unsere schlaueste deutsche Eifersucht ist nur ein Kinderspiel gegen die des gutherzigsten chinesischen Hahnreis – sollte ich sie einmal gesehen haben, wie sie durch das Hinterhöfchen wackelt, dann riefe ich ihr zu ›Sterben‹, ›Ficken‹, ›Saufen‹, ›Leben‹, ›Schlafen‹, ›Fressen‹ und wüßte, daß sie mich augenblicks verstanden hat, und ich weiß, sie drehte sich um und fiele mir augenblicks in die Arme und bewiese mir, daß sie die Bedeutung aller sechs Wörter ebenso kenne, wie ich es tue, und dann verriete ich ihr mein zweites chinesisches Wort, das ich soeben aus der deutschen Übersetzung dieses schwedischen Buches gelernt habe. Es heißt ›Tchu‹ und hat just so viele Bedeutungen als Buchstaben. Es heißt nämlich ›ein Hausherr‹, ›ein Schwein‹, ›eine Küche‹ und ›ein Pfeiler‹.«

Nach dieser langen Rede starrte Kunkel wieder so glasig und abwesend vor sich hin wie am Anfang, als Georg den Raum betreten hatte. Der wußte, daß es keinen Sinn hatte, den Freund in diesem Zustand näher zu befragen.

Georg zog sich also leise zurück, so, als wollte er eine heilige Handlung nicht stören.

Der Besuch bei Büttner war für Georgs Problem auch nicht viel ertragreicher. Büttner führte ihn durch seine Sammlung und zeigte ihm die neueste Erwerbung, einen Vogel, eine Art Huhn oder Ente, ziemlich groß und mit weißem Gefieder. Das Tier hatte vier Beine. Die Füße der beiden Beinpaare waren mit den Zehen gegeneinander gerichtet.

»Wie mag es sich wohl bewegt haben?« sagte Büttner. »Es hat den Anschein, daß dieses Wesen auf sich selbst zuging. Vielleicht hat es sich bei der Nahrungssuche auch beständig im Kreis gedreht.«

Georg hielt das Ganze für den Scherz eines geschickten Präparators und verabschiedete sich.

Während der Nacht, die er allein auf dem Observatorium verbrachte, blieb der Himmel bedeckt. Es gab keinerlei Möglichkeiten, aus den Sternbildern die Zukunft zu lesen oder bei fallenden Sternschnuppen sich etwas zu wünschen.

Es war warm und schwül auf dem Turm. Klein-Paris war nicht weit weg, und er hörte noch lange nach Mitternacht das Grölen und Gelächter der Menschen, die sich mit einem schäbigen Vergnügen die Absolution von der Strafe des wirklichen Lebens einzuhandeln versuchten.

Er kam sich vor wie der Kapitän auf dem erhöhten Teil eines Achterschiffs. Von hier aus bestimmte er den Kurs und steuerte die ganze Stadt wie ein Schiff durch die trübe Sommernacht.

Dies würde für ihn Geborgenheit und Reise zugleich bedeuten. Er hätte es nicht nötig, sich zu entscheiden, ob er nun Professor in Gießen werden oder lieber hier privatisieren sollte.

Er bestellte Justine zu sich.

In seinen Merkheften nannte er sie sein ›ionian girl‹.

Justine würde wahrscheinlich bald heiraten. Ihre Arbeit als Aktmodell hatte sie inzwischen aufgegeben. Aber sie kam doch vorbei, als Georg sie darum bat. Wie immer zog sie sich schweigend aus und legte sich aufs Bett. Wie immer bereitete er alles vor, um sie zu zeichnen, legte das Papier auf den Tisch, holte Feder und Tinte, schenkte sich ein Glas Wein ein und zündete eine Kerze an, nachdem er die Vorhänge geschlossen hatte.

Und wie gewöhnlich blieb es bei diesen Vorbereitungen.

Er zeichnete keinen Strich, sondern blickte ihren Körper an und trank in kleinen Schlucken den Wein. Es dauerte nicht lang, und Justine schien eingeschlafen zu sein.

Er erhob sich leise und setze sich neben sie an den Rand des Bettes. So nahe bei ihr fand er die Symmetrie ihres vollendeten Körpers noch unwirklicher als aus der Ferne.

Er berührte sie leicht mit dem Finger am Kopf, dort, wo ihr Haar gescheitelt war. Dann fuhr er mit dem Finger die Furche ihres Rückgrats hinab. Er wagte sich so bis zur Spalte ihres Hinterns.

Schlief sie wirklich, oder tat sie nur so? Ihr Rücken hob und senkte sich jedenfalls gleichmäßig. Er spürte mit dem Finger, wie warm und feucht die Haut dort war, wo er sich hingetraut hatte. Es kam ihm vor, als hatte er sie mit dieser Bewegung seiner Hand entlang ihrer Mittelachse zweiteilen wollen. Es war wie bei den zwei Seiten einer Münze. Die Symmetrie war perfekt. Beide Hälften glichen sich. Dies war gerecht, was die Wahrscheinlichkeit anbelangte, mit der sie in einem Glücksspiel über Sieg oder Niederlage entschieden.

Er, Georg, mußte endlich wissen, was er wollte. Er konnte nicht erwarten, daß die Münze auf der Kante stehen blieb. Er konnte auch nicht mit dem Finger an dieser Stelle bleiben, wo nicht entschieden war, zu welcher Hälfte er in Beziehung trat.

Justine war vollkommen in ihrer Symmetrie. Sie war ihr eigenes Spiegelbild.

Ihm selbst fehlte diese axiale Symmetrie. Sein verdrehter Oberkörper hatte den Spiegel zerbrochen. War er darum aus jener Entscheidungsqual zwischen rechts und links, zwischen Kopf oder Zahl entlassen? Galt deshalb auch die Alternative Göttingen oder Gießen nicht? Das war natürlich Unsinn. Nach allem, was die Anatomen wußten, war das Gehirn genauso symmetrisch wie der übrige Körper. Er war ein Kopfmensch. Er war es wegen dieses lächerlich verkrümmten Körpers vielleicht sogar noch mehr als die meisten anderen.

In den Körper unter ihm kam plötzlich Bewegung. Justine drehte sich um, Georg zog erschrocken seine Hand zurück. Sie aber lächelte ihn frei und offen an. »Ich muß jetzt gehen«, sagte sie, »sonst wird mein Freund eifersüchtig. Ich habe ihm gesagt, daß ich nur auf eine Stunde wegbleibe.«

Sie zog sich hastig an und eilte die Treppe hinab.

Georg ging zu Jöns Ljungberg.

Er las seinem Freund die Briefe des Bruders vor und besprach mit ihm die Qual, sich vor einem sich gabelnden Lebensweg für eine Richtung zu entscheiden. »Zurück geht es nicht mehr«, sagte Jöns. »Deine Mutter ist tot. So wie du auf mich derzeit wirkst, würdest du dich am liebsten wieder in sie hineinverkriechen.«

»Gibt es keine Möglichkeit, Zeit zu gewinnen?« sagte Georg. »Ich könnte doch einfach um ein wenig Aufschub bitten.«

»Du hast mir einmal etwas von einer Treppe im Garten deines Geburtshauses erzählt«, sagte Jöns. »Ich meine, mich zu erinnern, daß du damals sagen wolltest, es gebe keinen Aufschub. Man würde sich schon in frühester Kindheit für seinen Lebensweg entscheiden müssen.«

»Das ist richtig. Das ist auch jetzt noch meine Meinung. Von diesem Gedanken gibt es nichts zurückzunehmen. Das Dumme ist nur, daß man in der Regel nicht weiß, in welche Richtung der Lebensweg verläuft. Daher kommt es, daß man oft abseits von ihm lebt. Die meisten Menschen sind nur deshalb so unglücklich, weil sie ihren inneren, vorherbestimmten Lebensweg verlassen und falschen oder eingebildeten Zielen nachrennen.

Weißt du, was entsteht, wenn richtiger und wirklicher Lebensweg auseinanderklaffen? Es entsteht eine Ebene zwischen ihnen. Auf diese Ebene tritt ein Mensch gewöhnlich spätestens mit dem fünfunddreißigsten Lebensjahr. Er hat plötzlich klare Sicht und muß zu seinem Schrecken erkennen, daß er weit vom ihm gemäßen Weg abgewichen ist.

Den rechten Weg zu erreichen, ist es nun meistens zu spät, wenn man nicht sehr gut zu Fuß ist. Du weißt, ich bin es auf keinen Fall. Das einzige, was dann noch bleibt, ist das Trinken.

Das richtige, moralisch oder sittlich gerechtfertigte Trinken ist nichts anderes als die Folge des weiten Blicks, den man hat, wenn man jene Hochfläche erreicht.

Denk an Kunkel, er macht es uns vor. Die Schnapsflasche ist sein Teleskop, das ihm hilft, die weiten Räume zwischen richtigem und wirklichem Lebensweg zu verringern, wenigstens durch einen optischen Trick. Ich finde, hierin liegt ein gewisser Trost, und ich wäre froh, ich hätte jenes Alter des gerechtfertigten Trinkers bereits erreicht. Eine andere Möglichkeit, den falschen Lebensweg zu verlassen, ist Selbstmord. Er führt zwar nicht zum richtigen zurück, beendet aber wenigstens die unsinnige Anstrengung einer weiteren mühseligen Wanderschaft in die falsche Richtung.«

Jöns redete diesmal erstaunlich wenig und stimmte Georg zu dessen Verblüffung in fast allem zu.

Plötzlich zog er seinen Freund in den Arm und klopfte ihm auf den buckligen Rücken.

»Ich bleibe vorerst noch in Göttingen, wenigstens bis zum Ende dieses Jahrzehnts. Mir wäre es also lieb, wenn auch du noch hier bliebest.«

Dies war zwar kein Argument, was die Planung seines Lebensweges anbelangte, aber Georg fühlte sich von Ljungbergs Bitte doch mehr beeinflußt, als es ein umfassender Disput vermocht hätte.

Die letzte Probe bot sich bei einem Spaziergang mit dem jungen Swanton. Sie gingen zur Kegelbahn außerhalb der Stadt und spielten dort einen ganzen Nachmittag. Das schöne Wetter hatte viele Menschen vor die Tore gelockt. Man sah überall glückliche und zufriedene Gesichter. Nur sein Zögling hatte eine düstere Miene aufgesetzt.

Er beobachtete Swanton heimlich aus den Augenwinkeln. Manchmal gewann er den Eindruck, daß dieser die Kugel absichtlich daneben warf. Als er Swanton fragte, was mit ihm los sei, bekam er zur Antwort, daß er sich heute besonders wohl in Deutschland fühle, jedoch auch gerne in England sein würde.

Diesem flatterhaften Menschen schien sich die Frage nach dem richtigen Weg offenbar nicht zu stellen. Er war in einem Schwebezustand, der Georg mit Neid erfüllte. Es gab wohl echte Ziellosigkeit bei diesem Menschen, die er vielleicht der Tatsache verdankte, daß seine soziale und finanzielle Stellung so überaus gefestigt war. Dies machte ihn so federleicht, so übermütig bei schlechtem Wetter und so düster bei gutem. Hier gab es im Grunde wenig zu erziehen, wenig zu lenken, wenig Steine aus dem Weg zu räumen, denn der Lebenslauf dieses Jünglings würde in engstem Kreise verlaufen.

Statt nun von dieser Erkenntnis inspiriert zu werden, seine Hofmeisterrolle aufzugeben, um in Gießen die angebotene akademische Laufbahn anzutreten, war es genau umgekehrt. Georg fühlte sich plötzlich von Swanton fast noch mehr angezogen als von Ljungberg. Ja, er wollte sich unbedingt noch eine zeitlang in der Nähe dieses Lebensschmetterlings aufhalten, um ihm bei seiner Nektarsuche beizustehen.

Schon am nächsten Tag schrieb er in seiner schönsten Schreibschrift einen Brief an den Kurator der Gießener Universität, Freiherr von Riedesel, in dem es unter anderem hieß:

»Ich empfinde das große Vergnügen, das mit der Pflicht, seinem Vaterland zu dienen, verbunden ist, hier so lebhaft, daß ich nichts so sehnlich wünsche, als Ew. Hochfreiherrlichen Exzellenz die Dankbegierde persönlich ausdrücken zu können, wozu mir hier die Worte fehlen. Allein ich werde mich mit allen Kräften bemühen, das durch die Dienste selbst, wozu ich mich täglich brauchbarer zu machen suche, zu tun, wozu alle Worte und Ausdrücke zu schwach sein würden. Dieses hauptsächlich und meine übrigen Umstände haben gemacht, daß ich vor einigen Monaten die Aufsicht über den Sohn eines englischen Admirals übernommen habe, wobei ich ihm zugleich Unterricht in einigen Teilen der Mathematik gebe. Er ist noch sehr jung: kennt hier noch niemanden als Herrn Professor Tompson und mich; seine noch allein lebende Mutter hat ihn uns übergeben und will ihn wieder aus Deutschland zurücknehmen, sobald er einen von uns verliert; ich werde England mit ihm sehen, ein Vorteil, der für einen angehenden Mathematiker von unendlichem Nutzen ist ...

Die große Gnade also, womit Ew. Hochfreiherrliche Exzellenz mich ansehen, läßt mich hoffen, die gnädige Erlaubnis zu erhalten, mich, wenn ich das Glück haben sollte, ein Hochfürstliches Dekret zu erlangen, noch einige Zeit ohne den Genuß einiger Besoldung hier aufhalten zu dürfen. So werde ich mich ohne Unkosten von Ew. Hochfürstlichen Durchlaucht, durch Besehung der englischen Kabinette und Sternwarten, zu meiner Stelle geschickter machen können und zugleich auf der andern Seite einer Pflicht Genüge tun können, wozu mich keineswegs schriftliche Verpflichtungen, sondern allein das Zutrauen, das die Lady Swanton auf mich gesetzt hat, indem sie mir ihren einzigen Sohn übergeben, gewissermaßen verbindlich machen. Ich unterwerfe mich ganz dem geneigten Willen Ew. Hochfreiherrlichen Exzellenz und verharre unter den eifrigen Wünschen für Hochderoselben Hohes Wohlergehen mit tiefster Ehrfurcht...«

Dieses Schreiben ging am 18. Juli 1767 auf die Post. Es war höchst geschickt, um nicht zu sagen schlitzohrig, zu beteuern, man würde dem Vaterlande durch Abwesenheit dienen können.

Ergänzt um den Hinweis, der Landeskasse würden durch diese Art des Dienstes keine Unkosten entstehen, verfehlte Georgs Brief seine Wirkung nicht.

Bald darauf erhielt er von Riedesel einen Brief mit der gnädigen Erlaubnis von höchster Stelle, seine Englandpläne in die Tat umzusetzen. Gleichzeitig erhielt er die offizielle Ernennung zum zweiten Professor für Mathematik und die englische Sprache an der Universität Gießen mit einem Gehalt von vierhundert Gulden im Jahr, inklusive der ab sofort in Kraft tretenden Beurlaubung von dieser Stelle für zwei Jahre, während denen die Zahlung des Gehaltes selbstredend zu entfallen hatte.

Georg fühlte sich mit Recht wie ein Spieler, dem es durch einen taktischen Zug gelungen war, Gewinn und Verlust mit

Vorteilen für sich auszugleichen. Er verzichtete zunächst auf gutes Geld, aber er erhielt sich seine persönliche Freiheit. Er durfte sich jetzt öffentlich Professor nennen und hatte dennoch alle Privilegien eines privatisierenden Gelehrten. Swanton blieb sein einziger Hörer. Der Hörsaal war eine Kegelbahn, ein Feldweg oder ein Kneipenzimmer.

Die Englandpläne waren in Wirklichkeit ganz und gar aus der Luft gegriffen. Lady Swanton hatte kein Wort in diese Richtung verlauten lassen.

Georg aber träumte nun häufig, sein mit weißem Leinen bezogenes Bett sei ein Schiff, das durch das Fenster und über die roten Dächer der Stadt nach Westen segelte.

Nach außen war das Leben, das Georg nun im Hause Tompson als Professor ohne Amt, aber mit neuer Würde begann, fast noch ereignisloser als die zurückliegende Studentenzeit.

Was seinen Umgang mit Menschen anbelangte, begann jedoch eine neue Entwicklung durch eine Freundschaft.

Es war keine philosophisch-pinische Freundschaft wie zu Kunkel.

Es war keine Freundschaft der Visionen und Reisepläne wie zu Ljungberg.

Es war eine Freundschaft des Behagens, des guten Weines, der Genüsse des Leibes.

Allerdings spielten Bücher in ihr auch eine hervorragende Rolle, aber eher so wie es Gemüsepflanzen tun, die durch die glatte Ackerkrume brechen und auf deren Verzehr man sich zu freuen beginnt.

Georgs neuer Freund war Buchhändler wie Kunkel.

Ansonsten war er in allem so ziemlich das Gegenteil des menschenverachtenden Pinikers. Er verabscheute billigen Fusel, wußte jedoch einen guten Tropfen zu schätzen. Das Prinzip seiner Pinik war nichts anderes als jene behagliche Steigerung des allgemeinen Lebensgefühls, die sich durch einige Gläschen Wein bewirken läßt.

Georg lernte den ehemaligen Seidenhändler und späteren Buchhändler Johann Christian Dieterich und seine Frau Christiane anläßlich eines Empfangs im Hause Tompson kennen.

Dieterich lebte mit seiner Familie seit einem Jahr in Göttingen. Er war ein großer, jovialer Mann. Nichts war eigentlich interessant an ihm. Dennoch fesselte er jeden.

Man wußte nicht, woran es lag. Wo er zugegen war, lief das Gespräch leichter, wobei er sich weder allzu häufig noch durch besonders kluge Bemerkungen daran beteiligte. Ebenso aß, trank und rauchte man genußvoller und unbeschwerter in seiner Nähe.

Dieterich war fünfundvierzig. Er wirkte stark auf Frauen aller Altersstufen. Vielleicht war es sein väterliches Wesen, ergänzt um ein nicht benennbares gewisses Etwas.

Wenn der junge Swanton zufällig neben ihm stand, begriff man es noch am ehesten. Dieterich hatte nichts Flatterhaftes an sich. Er wirkte schwer und höchst irdisch, jedoch nicht etwa schwerfällig und dumm. In seinen Ansichten und Meinungen blieb er immer auf dem Boden, ohne dabei langweilig zu sein. Frauen ahnten den stürmischen Liebhaber in ihm, ohne je davon Kenntnis zu erhalten.

Seine Frau Christiane behandelte ihren Mann mit einer ausgewogenen Mischung von Distanz und Anhänglichkeit. Es war beinahe ein ideales Paar. Vielleicht liebten sie sich so, daß sie es nicht zu zeigen brauchten.

Georg fühlte sich wie ein häßliches kleines Mädchen, als er Dieterich zum erstenmal die Hand gab. Seine ganze verborgene Sehnsucht nach einem Vater brach auf, so plötzlich, daß er errötete, als Dieterich mit zwei gefüllten Weingläsern zurückkam und sich neben Georg stellte, um ihn nach den be-

rühmten Gemüsefeldern in der Umgebung Darmstadts aus-
zufragen.

Sie unterhielten sich auch über Bücher und ihre Verfasser,
aber Georg hatte dabei immer den Eindruck, daß sie in Wahrheit über Gerichte und ihre Köche redeten.

Am Ende des Abends bei der Verabschiedung erhielt Georg
eine Einladung in das Haus Dieterichs, die er gerne annahm.

Dieterich war erst spät zu den Büchern gekommen. Vorher hatte er wie Kunkel Gegenstände des täglichen Gebrauchs
verkauft. Vielleicht hatten deshalb beide ein nicht ganz nor-
males Verhältnis zu ihrer neuen Ware. Kunkel wollte Bücher
am liebsten vernichten und obendrein ihre Leser auf die eine
oder andere Weise zugrunde richten. Dieterich trug sich mit
großen Plänen. Er wollte Bücher herstellen wie Stoffballen.
Er wollte aus seiner Buchhandlung einen Verlag machen.

Georg gewann in den Gesprächen mit ihm den Eindruck,
daß sein neuer Freund sich für den Inhalt von Büchern keineswegs so interessierte wie für ihre materielle Existenz. Man
konnte fast sagen, daß Dieterich ein ungebildeter Mann war.
Aber hatte er nicht Herzensbildung, und war dies nicht letztlich wichtiger? Außerdem hatte er einen sicheren Geschmack
auch in literarischen Dingen.

Georg tauchte ein in die Genüsse und Nebengeräusche dieser Wohnung, in der er bald einen Stammplatz auf dem Kanapee hatte. Da duftete und kicherte und schmatzte es irgendwo
immer. Der Hausherr hatte drei Kinder im Alter von sieben,
sechs und fünf. Die väterliche und mütterliche Liebe hatte sie
so durchtränkt, daß man sie schwierig und verwöhnt nennen
mußte. Sie erzeugten viel Lärm und Unsinn und wirkten dabei wie kleine Wirbel und Wetterentladungen einer warmen
Atmosphäre.

»Ich habe die Absicht, bald hier in Göttingen ein größeres
Haus zu kaufen«, sagte Dieterich und trank schlürfend sei-

nen Kaffee, den er mit einem Schuß spanischen Branntweins versetzt hatte.

»Wir werden sehen, ob sich dann nicht auch Bücher machen lassen. Man braucht Platz dazu. Das Drucken ist nun einmal aufwendiger als das Lesen. Die Buchstaben in Reih und Glied aufs Papier bringen, das ist es, was mir gefallen würde. Bücher bestellen wie Gemüsebeete!« Dieterich lachte und schaukelte seine jüngste Tochter auf den Knien. Georg schien es, daß er mit seiner Leseunlust ein wenig kokettierte. Es machte nichts, solange der Rauch aus ihren Pfeifen aufstieg und sie in langsamen Sätzen mit großen Pausen dazwischen über Punschrezepte sprachen, obwohl es Sommer war.

Georgs Zimmer lag direkt neben dem des jungen Swanton.

Es war, wie es seiner Stellung entsprach, kleiner als das andere, aber immerhin noch geräumiger als seine alte Bude in der Pauliner Straße. Sein Zögling schnarchte wie ein Bierkutscher. Das war sicherlich das einzige, was er von seinem Vater geerbt hatte, vom Geld einmal abgesehen.

Ansonsten gab Thomas Swanton kaum Geräusch von sich. Tagsüber hörte Georg höchstens ein trockenes Rascheln von nebenan. Anfangs glaubte er, daß sein Zögling las und daß dies Geräusch vom Umblättern der Seiten kam. Als er aber einmal neugierig durch den Spalt der klaffenden Flügeltür blickte, sah er, wie Swanton ein von ihm selbst gefaltetes Papierschiffchen auf der Tischplatte hin und her schob.

Er selbst hatte inzwischen seine alte Sammlung physikalischer Geräte wieder aufgebaut; und da er hier über mehr Platz verfügte und ihm wahrscheinlich auch die gewohnten Anforderungen des akademischen Betriebes zu fehlen begannen, arbeitete er ernsthafter denn je mit diesen Geräten.

Vor allem interessierte ihn neuerdings die Elektrizität.

Was war dies für ein wunderbarer Stoff? War es eine Art Gas, eine durchsichtige, gewichtlose Substanz, die unter bestimmten Umständen die Dinge durchwehte und ihnen die eigenartigsten Reaktionen abverlangte? Vielleicht war es wie Färben. Der Stoff der Materie nahm eine bestimmte Farbe an, wenn man ihn elektrisierte.

Es gab positive und negative Elektrizität, genauso wie es Nord- und Südpol bei einem Magneten gab. Letztere aber traten immer gemeinsam auf.

Wenn man einen Stabmagneten mitten durchsägte, dann entstanden an der Bruchstelle neue entgegengesetzte Pole, und man hatte nun zwei statt einen kompletten Magneten. Das erinnerte ihn an Paare, wie es das Ehepaar Dieterich darstellte. Sie traten immer gemeinsam auf, selbst wenn sie für einige Zeit räumlich getrennt waren. Dann wirkte zwischen ihnen sogar besonders stark jene geheimnisvolle Bindekraft, wie sie zwischen unterschiedlichen magnetischen Polen herrscht.

Mit der Elektrizität war es anders. Hier konnte man die beiden verschiedenen Formen voneinander isolieren. Man konnte positive Elektrizität in einer Leidener Flasche sammeln wie Bier in einem Bierkrug. Genauso konnte man ein an einem Seidenfaden aufgehängtes Kügelchen aus Holundermark über eine Leidener Flasche mit einer kleinen Fracht Elektrizität der einen oder anderen Natur beladen. Sie blieb dort, auch ohne daß ihr Partner in der Nähe war. Man konnte die Vorrichtung mit dem Holunderkügelchen durch den Raum tragen, und es blieb immer die gleiche Ladung positiver oder negativer Elektrizität darauf. Das war ein großer Unterschied zur magnetischen Ladung; es gab aber auch genügend Verwandtes.

Zwei gleich geladene Holunderkügelchen stießen sich genauso ab wie zwei gleiche Magnetpole.

Das größte Rätsel der Elektrizität aber war, daß sie in der Natur in solchen Extrema auftrat, wie in einem Gewitter oder beim Kämmen der Haare mit einem Kamm aus Horn.

Er teilte mit vielen Gelehrten die Ansicht, daß Blitze in Gewittern, die eine fürchterliche Kraft besaßen, elektrische Phänomene waren, daß sie vollkommen den Funken glichen, die beim Kämmen entstanden oder die man mit einer Elektrisiermaschine zwischen ihren Polen erzeugen konnte. Und diese Blitze wiederum wurden durch nichts anderes bewirkt als durch Reibung auf bestimmten nicht leitenden Substanzen wie Glas oder Harz.

Dies war die geheimnisvolle Kraft des fossilen Harzes, auch Bernstein oder Electrum genannt, die der Elektrizität ihren Namen gegeben hatte. Rieb man einen Bernstein an einem wollenen Tuch, konnte man mit ihm kleine Papierschnipsel anziehen. Sie blieben am Bernstein kleben.

Mit den aufgehängten Holunderkügelchen konnte man zeigen, daß der Bernstein elektrisch geladen war. Er zog das Holunderkügelchen an oder er stieß es ab, je nachdem ob sich hierbei zwei entgegengesetzte oder zwei gleiche Ladungsarten nahekamen. War es nicht so ähnlich wie mit den Geschlechtern?

Gewitterwolken aber mußten riesige Elektrisiermaschinen sein. Doch wer rieb hier die Stoffe und lud sie, bis Blitze entstanden? War es der Wind? Es gab auch Blitze, die aus völlig stillstehender Luft herniederfuhren. Wind gab es oft erst am Ende von Gewittern. Wie aber war es mit den leitenden Substanzen? Man wußte, daß Blitze gerne in Metalle fuhren. Genauso war es mit den Funken der Elektrisiermaschinen.

Und was war mit dem Nordlicht! War es etwa auch ein elektrisches Phänomen?

Er mußte gestehen, daß er im dunkeln tappte, wie übrigens die ganze Gelehrtenwelt. Niemand wußte etwas Konkretes vom Wesen dieser rätselhaften Erscheinungen.

Wie immer angesichts von Rätseln gab es zwei sich befehdende Lager: die Monisten und die Dualisten. Die Monisten redeten von einem einzigen elektrischen Stoff, einem Fluidum, das im Zustand des Mangels oder Überflusses auftrat.

Die Dualisten unterschieden zwei verschiedene, selbständige elektrische Fluida mit entgegengesetzten Eigenschaften.

Er selbst konnte sich für keine der beiden Parteien entscheiden. Hier stießen offenbar nur ungeklärte Meinungen aufeinander, die sich abstießen, wahrscheinlich, weil sie sich im Grunde sehr ähnlich waren.

Je mehr er die Nächte wegelektrisierte, wie er es nannte, desto tiefer verstrickte er sich in die Geheimnisse einer Natur, die ihn anzuziehen begann wie eine Geliebte. Vielleicht lag dies ein wenig auch an den Umständen seiner Experimentiernächte.

Die Vorhänge waren zugezogen, um nicht einmal das Mondlicht hereinzulassen. Kein Luftzug durfte auftreten, um die Holunderkügelchen nicht mechanisch zu bewegen. Es war stickig und schwül und roch süßlich nach den Funken, die er erzeugte. Die Finsternis brauchte er, um den Verlauf der Blitze zu beobachten.

Dann wieder zündete er eine Kerze an, um etwas aufzuzeichnen oder neue Versuchsanordnungen herzurichten. Zwischendurch trank er Wein oder ruhte sich ein wenig auf dem Kanapee aus. Ja, es war wie in einem Liebeskabinett, und seine Geliebte war von höchster Flüchtigkeit und einem so verzauberten Wesen, daß er sie nicht verstand.

Doch wenn er sie absichtlich oder aus Versehen berührte, zuckte er zusammen. Die elektrischen Schläge brannten kleine Wunden in die Fingerhaut, und manchmal, wenn die Muskelkontraktionen durch den ganzen Körper liefen, entstand im Mund ein fader, säuerlicher Geschmack.

Zuweilen ging nachts, wenn er dabei war, sich immer tiefer in das Labyrinth der Fragen, Versuche und Hypothesen zu verirren, leise die Flügeltür zum Nebenzimmer auf und der junge Swanton erschien in einem weißen Nachthemd.

Vielleicht hatte er das Surren der Elektrisiermaschine gehört, oder Georg war ein Ausruf des Staunens entschlüpft.

Georg beachtete seinen Gast nicht weiter. Anfangs hatte er versucht, ihm die Phänomene zu erklären und die verschiedenen Thesen laut vor Thomas Swanton zu erörtern. Der aber hatte nie eine Reaktion des Interesses oder gar Begreifens gezeigt. Er hatte sich nur still auf die Bettkante gesetzt und mit den großen Augen eines Kindes zugesehen, wenn Georg hantierte.

Für Swanton schien es sich um eine Art Kasperletheater zu handeln, in dem Blitze, Knistern und Gestank und andere Figuren auftraten. Wenn er genug von der Vorführung hatte, schlich er wieder in sein Zimmer hinüber. Georg schloß dann die Tür hinter ihm und fuhr mit der Arbeit fort. Jedesmal spürte er in solchen Momenten eine Welle der Zärtlichkeit für diesen jungen englischen Fant. Manchmal legte er wie zum Abschied behutsam seine Hand auf dessen Schulter. Swantons Ahnungslosigkeit, sein Aufgehen in kindlicher Neugier und sein gänzlicher Mangel an wissenschaftlichem Interesse zogen Georg an. Swanton war so etwas wie ein Holunderkügelchen mit einer kleinen negativen Ladung. Und er, er hielt sich damals in den wegelektrisierten Nächten für eine sehr stark positiv aufgeladene Substanz.

Georg gewann mehr und mehr den Eindruck, daß die inneren Rätsel der Person die äußeren Rätsel der Natur spiegelten. Also konnte die Beschäftigung mit letzteren sehr wohl der Selbsterkenntnis dienen. In dieser Ansicht bestärkte ihn auch die Lektüre Kants, an die er sich nun wagte. Zwar kam ihm dessen hölzerne Sprache wie ein nur schwer übersteigbarer Palisadenzaun vor. Er bewunderte jedoch, wie genau die einzelnen Teile aneinandergefügt waren.

Der kantische Rigorismus bedrückte ihn und befreite ihn zugleich. Es war ein merkwürdig zwiespältiges Gefühl. Er stellte auch fest, daß seine Sexualität sehr angestachelt wurde, wenn er längere Passagen von Kant las.

Kant wies überzeugend nach, daß es keine wahre Erkenntnis der Gegenstände außerhalb des Subjekts gab. Die Welt blieb dunkel. Sie wurde nur erleuchtet von dem Lichtstrahl, den die Subjektivität des einzelnen Menschen in diese endlose Nacht warf. Alle Ichs stolperten orientierungslos durch tote und leere Moräste. Nur manchmal leuchtete eine bunte Blume auf, die jedoch nicht in diesem strukturlosen Sumpfgelände der Objektivität gewachsen war, sondern im eigenen Ich wurzelte.

Es war eine trostlose, eine selbstmörderische Philosophie. Und sie war genauso grausam wie richtig. In sein Sudelbuch schrieb er: »Alles, was ich empfinde, ist mir ja nur durch mich selbst gegeben, und jede Einwirkung eines Dinges außer mir auf mich ist ja Wahrheit: was wollen die Menschen weiter.«

Es gab also eine Trostlosigkeit der Erkenntnis, die zugleich Trost spendete. Der Mensch konnte der eigenen Subjektivität niemals entkommen. Sie war das Gefängnis, aus dem es kein Entrinnen gab. Alles, auch die Liebe, auch der Tod, fanden innerhalb dieser Gefängnismauern statt.

Seine alten Selbstmordgedanken erhielten durch seine Kantlektüre neue Nahrung. Die Grenze zwischen dem Ich und der Welt konnte man statt als Zaun oder Gefängnismauer auch als Theatervorhang deuten. Man selbst war mit seinem Leben nichts anderes als ein kurzes Theaterstück. Das Publikum war eine wesen- und gesichtslose Natur, die man nicht sah und die einen ebenso nicht sehen konnte, da während des ganzen Stückes der Vorhang geschlossen blieb.

Man konnte die Qual dieser Aufführung, die man als einziger wahrnahm, abkürzen, indem man den Vorhang aufzog und sich in das dahinterliegende Nichts begab.

Dies war der Sinn des Selbstmordes, erkannte er jetzt. Das Stück abkürzen, weil es langweilig wird. In sein Sudelbuch schrieb er folgenden Text eines Theatermonologs:

»Rede eines Selbstmörders kurz vor der Tat aufgesetzt.

Freunde! Ich stehe jetzt vor der Decke im Begriff, sie aufzuziehen, um zu sehen, ob es hinter derselben ruhiger sein wird als hier. Es ist dies keine Anwandlung einer tollen Verzweiflung, ich kenne die Kette meiner Tage aus den wenigen Gliedern, die ich gelebt habe, zu wohl. Ich bin müde weiter zu gehen, hier will ich ganz ersterben oder wenigstens über Nacht bleiben. Hier nimm meinen Stoff wieder, Natur, knete ihn in die Masse der Wesen wieder ein, mache einen Busch, eine Wolke, alles was du willst aus mir, auch einen Menschen, aber mich nicht mehr. Dank sei es der Philosophie, daß mich jetzt keine frommen Possen in dem Zug meiner Gedanken stören. Genug, ich denke, ich fürchte nichts, gut, also weg mit dem Vorhang!«

Ging es ihm wirklich schlecht in dieser Zeit?

Nein, verzweifelt war er eigentlich nicht. Er war sogar ziemlich guter Dinge. Sein Hauptkummer war, daß er beim Elektrisieren nicht weiterkam. Ihm wurde immer klarer, daß niemand etwas vom Wesen der Elektrizität verstanden hatte. Wenn es eine bestimmte Materie war – und war nicht alles Materie? –, dann verfügte sie über ganz widersprüchliche Eigenschaften.

Sie mußte sehr leicht sein. Es war ihm nicht gelungen, mit seiner Präzisionswaage einen Gewichtsunterschied zwischen einem nichtelektrisierten und einem elektrisierten Stück Harz festzustellen.

Elektrizität mußte dennoch eine ungeheure Kraft besitzen, wie die zerstörerische Wirkung von Gewitterblitzen bewies.

Die kläglichen Blitze seiner eigenen Elektrisiermaschine suchte er zu verstärken, indem er sich Leidener Flaschen baute, in denen sich die von der Maschine erzeugte Elektrizität wie in Gefäßen sammeln ließ. Es waren innen und außen mit Zinnfolie beklebte Glasbehälter. Der innere Belag war mit einem Messingstab leitend verbunden, der die Mittelachse der Flasche bildete und am oberen Ende in eine Messingkugel auslief. Der äußere Belag hatte mit der inneren keinen Kontakt.

Mit einer solchen Vorrichtung konnte man auf rätselhafte Weise Elektrizität anhäufen. Man lenkte hierzu positive und negative Elektrizität vom Konduktor oder der Basis einer Elektrisiermaschine mittels eines Drahtes auf die Messingkugel. Zugleich berührte man kurz mit der Hand die äußere Ummantelung der Flasche und leitete dadurch elektrisches Fluidum in den Boden ab.

Dieses Fluidum entstand offenbar durch Abstoßung mit dem von der Elektrisiermaschine stammenden Fluidum auf der inneren Folie.

War diese zum Beispiel positiv geladen, so leitete man ebenfalls positive Elektrizität von der Außenfolie durch die Hand in den Boden ab.

Zurück blieb dann negatives Fluidum auf der äußeren und positives Fluidum auf der inneren Folie.

Beide Fluida zogen sich an, aber der Glasmantel der Flasche verhinderte ihre Vereinigung. Dadurch blieb sie geladen und konnte bei Bedarf Funken abgeben.

Verband man mehrere Leidener Flaschen, indem man sie auf einen mit Stanniol beklebten Tisch stellte und ihre Messingknöpfe ebenfalls mit Drähten oder Stangen verband, konnte man die Wirkung fast beliebig erhöhen. Das Entladen der Außenfolien war dann so schmerzhaft, daß man einen mit einem isolierenden Griff versehenen Messingdraht als künstlichen Auslader verwenden mußte.

Solche Flaschen waren teuer; Georg verfertigte sie aus Zuckergläsern.

Bald erreichte er Blitze von ein bis zwei Zoll Länge. Es gab in seinem Zimmer und seiner Umgebung bald keinen Gegenstand mehr, den er nicht diesen Funken ausgesetzt hatte.

Die Löcher, die er zum Beispiel in Papier schlug, betrachtete er unter dem Mikroskop. Ebenso machte er es mit Blütenblättern, mit Insektenflügeln, mit Wurstscheiben, mit menschlichen Haaren, mit einem Stückchen Swantonschen Fingernagels.

Er wußte nicht, was er eigentlich suchte mit seinen Experimenten, bei denen es manchmal erbärmlich stank. Er hoffte nur auf das Wunder einer unerwarteten Regelmäßigkeit.

Ein Gedanke ließ ihn nicht los. Es mußte irgendeinen Zusammenhang zwischen Magnetismus, Elektrizität, Licht und Feuer geben. Hier hatte man anzusetzen.

Er besorgte sich eine Reihe von Magneten unterschiedlichster Stärke und Form. Dann dunkelte er in einer mond- und sternenlosen Nacht das Zimmer so vollkommen wie möglich ab und beobachtete die Magneten, die unsichtbar vor ihm auf dem Tisch lagen. Er konnte nicht das geringste Leuchten an ihnen feststellen. Er sah nur, daß es keine vollkommene Schwärze gab. Es war dunkelgrau vor seinen Augen, und in dieser unvollkommenen Finsternis tanzten winzige Lichtpünktchen wie Myriaden mikroskopisch kleiner Leuchtkäfer.

Es war ein Phänomen, das zweifellos der Restaktivität seiner Sehnerven zu verdanken war, denn es hielt an, wenn er in all der Dunkelheit auch noch die Hände fest vor die Augen preßte.

Wenn er den Druck erhöhte, nahmen die Farbvisionen sogar zu und glichen schließlich dem brillantesten Feuerwerk oder den herrlichen Farbspielen der Nordlichter.

Dies, befand Georg, war eine Art experimenteller Beweis der Kantischen Lehre, daß alles, Farben, Formen, Raum und Zeit und Düfte, Projektionen des menschlichen Subjekts waren.

Er elektrisierte sodann Magneten und beobachtete die Wirkung mit Hilfe von Eisenpulver, das er auf ein auf den Magneten gelegtes Blatt Papier streute.

Es gab kein Ergebnis.

Er erhitzte Magneten bis zur Weißglut. Sie verloren dadurch ihre magnetische Kraft.

Dies brachte ihn auf die Überlegung, daß für den Magnetismus etwas Verbrennliches verantwortlich sei, ein Stoff, der vielleicht dem glich, der auch Bernsteinen ihre Anziehungskraft verlieh. Denn auch diese ließen sich verbrennen und büßten ihre elektrische Kraft dabei ein.

Verschwand sie mit dem Rauch? War sie in der Wärme des Feuers? War sie ein unsichtbares Licht?

Eins war gewiß, schnell mußte die elektrische Kraft sein, schnell wie der Blitz, schnell wie das Licht.

Im Hause Tompson wurde mit modernen Kachelöfen, sogenannten schwedischen Öfen, geheizt. Ihm schien, daß deren Hitze viel angenehmer war als die der gewöhnlichen gußeisernen Öfen und sich auch langsamer ausbreitete. Die Hitze von den Gußöfen war schneller und schneidender.

Hier war es wieder, das Prinzip der Geschwindigkeit.

Ein alter Gedanke fiel ihm ein. Er hatte ihn schon oft gedacht: das Anhalten des Flüchtigen.

...das Anhalten des Flüchtigen war das Geheimnis der Wärme. Es war vielleicht auch das Geheimnis der Elektrizität.

Wärme war ein Fluidum, das mit großer Geschwindigkeit, vielleicht sogar mit der des Lichtes, frei durch den Raum und die Körper strömte. Es handelte sich in seiner Vorstellung um eine kalte Wärme, die nur dort wärmte, wo sie aufgehalten wurde. Sie wurde in den Körpern durch Reibung aufgehalten, und dies ergab die Wärme, die man spürte.

Genauso war es mit dem Licht. Man sah es nicht im luftleeren Raum, man sah es erst, wenn es durch Körper aufgehalten wurde.

Und mit der Elektrizität mußte es ähnlich sein. Sie war ein der Wärme und dem Licht verwandtes Fluidum, das mit Lichtgeschwindigkeit durch die Welt strömte – nur wenn es auf Widerstand stieß, wurden jene Phänomene bewirkt wie Blitze, Funken oder die Anziehung von leichten, idioelektrischen Dingen wie Papier oder Holunderkügelchen.

Hatte das Anhalten des Flüchtigen etwas mit dem Nordlicht zu tun? Im Anhalten des Flüchtigen lag jedenfalls das Wesen der Liebe.

Liebe war überall im Raum, aber spürbar wurde sie nur, wenn sie von einzelnen Seelen aufgehalten wurde, die nicht völlig durchlässig für sie waren.

Menschen, die überhaupt nicht lieben konnten, und davon gab es offenbar genug, hatten für die Liebe so durchlässige Seelen, daß keine Reibung entstand.

Mit dem Frühjahr 1768 ließ sein Interesse am Elektrisieren nach.

Es gab noch einen flüchtigeren Stoff als die Elektrizität oder die Liebe. Dies war die Zeit. Und es schien keinen anderen Stoff zu geben, mit dem man versuchen konnte, sie aufzuhalten, als das Leben selbst, und an diesem Stoff verspürte er nach wie vor großen Mangel. Er ging wieder häufiger aus.

War er Monist oder Dualist in der Liebe? Er jedenfalls sah in der Philosophie und in den Aufwärterinnen nach wie vor die beiden entgegengesetzten Pole einer Kraft, in deren Einfluß er sich befand.

Philosophie, das war ein Mangel an Aufwärterinnen, diese hingegen waren ein Mangel an Philosophie. Er hätte gar zu gerne beide Pole zusammengebracht. Das würde wahrscheinlich die schönsten Funken erzeugen.

Seit dem Sommer 68 besserte sich seine finanzielle Lage. Er hatte nämlich einen zweiten Engländer, den achtzehnjährigen Sohn des Lord Boston, William Henry Irby, zu betreuen.

Der junge Swanton hatte begeisterte Briefe über seinen Hofmeister nach Hause geschrieben, die selbstverständlich in befreundeten Kreisen der besseren Londoner Gesellschaft die Runde machten.

So kam es, daß Georg, dem man in Göttingen wenig Beachtung schenkte, in der Weltstadt London bald in einem erheblichen Ansehen stand.

Die deutsche Kur, die dem jungen Swanton offenbar so gut bekam, wollte Lord Boston auch seinem Stammhalter zukommen lassen, und natürlich kam als begleitender Arzt nur jener außerordentliche Professor aus Göttingen in Frage, von dem Thomas Swanton unter anderem berichtet hatte, daß er niemals schlafe, sondern tagsüber in allen wichtigen Dingen des Lebens und Wissens den vorzüglichsten Unterricht erteilte, während er nachts dem Geheimnis des Goldmachens oder gar noch Größerem auf der Spur war.

William Irby war weniger flatterhaft als Thomas Swanton.

Er zeigte sich gutwillig und sogar in gewissen Grenzen lernbereit.

Es war für Georg sogar einfacher, mit beiden zusammen umzugehen, als zuvor nur mit dem einen. Denn Thomas schloß sich sogleich eng an seinen Landsmann an, und es schien auch, daß ein wenig von dessen gesetzterem Wesen auf jenen überging.

Es geschah wenig. Der Tod kassierte in Georgs Nähe den gewöhnlichen Tribut. Im Oktober 1768 starb ihr Hausherr Johannes Tompson im würdigen Alter von fünfundsiebzig Jahren. Im Dezember starb Jonas Kunkel im weniger würdigen Alter von einundfünfzig Jahren. Beides änderte nicht viel.

Tompson hatte drei Wochen vor seinem Tod die Sprache verloren. Wer ihn kannte, wußte, daß dies bereits sein eigentliches Ende war. Drei Wochen lag er in seinem Bett mit offenem Mund und brachte keinen Ton heraus.

Georg besuchte ihn täglich. Manchmal hielt er sein Ohr an den Mund des Fünfundsiebzigjährigen. Er glaubte, es in dessen Innerem rauschen zu hören wie in einer Seemuschel.

Kunkels Tod war schöner und angemessener gewesen, wie er hoffte.

Es hieß, daß er in einer Kaschemme in Klein-Paris tot vom Stuhl gefallen sei.

Als die Leiche abtransportiert wurde, hatte sie keine Schuhe mehr an.

Als Georg dies hörte, konnte er nicht anders als laut loslachen, so traurig ihn die Todesnachricht auch stimmte.

Der Dieb würde an diesem ungleichen Paar Schuhe kein Vergnügen haben.

Die englischen Ladies irischer Abstammung führten das Haus, das sie von Tompson geerbt hatten, in gewohnter Weise weiter. Sie verschwanden auch wie immer jeden Abend für eine Weile im leerstehenden Zimmer des Verstorbenen. Man hörte dann die alten undefinierbaren Geräusche durch die Tür, und manchmal schien es Georg, als ob er in dem Gescharre und Gewisper der beiden Damen das Gebrummel oder Schnarchen des alten Tompson ausmachen konnte.

Kunkels Tod löste bei Georg ein extremes Experiment in der

Pinikforschung aus. Er versuchte, sich trinkend mit dem Verstorbenen zu vereinigen. Aber je mehr er betrunken wurde, desto unbegreiflicher und ferner schien Kunkel zu sein.

Vier Monate später unternahm er einen anderen Versuch, gegen die Verflüchtigung seines Freundes vorzugehen.

Er machte sich daran, dessen Biographie zu schreiben.

Aber wurde er nicht durch diesen Versuch seinem Freund untreu oder fremd? Hatte Kunkel nicht immer gegen Romane gewettert? Und sollte ihm jetzt ausgerechnet von seinem Freund das Schicksal widerfahren, in einen solchen Mumiensarg eingesperrt zu werden?

Georg kam über ein paar Entwürfe, eine Rede und eine Vorrede zur Rede nicht hinaus. Am besten gefiel ihm noch folgende Passage aus seinen Kunkeliana:

»Wenn man nicht selbst in der Welt lebte, so sollte man kaum glauben, daß alles wahr sei, was die Menschen von einem so angenehmen Ding, als das Leben ist, behauptet haben. Einige haben gesagt, es sei nichts als ein Marionettenspiel, andere, es sei nicht besser als die schlechteste Seifenblase, noch andere haben es gar mit Gras oder Wind verglichen. Aber es ist wirklich an dem, und wie ich nach eigner Erfahrung weiß, so ist es kaum die Hälfte, was die Leute sagen. Alle diese Gleichnisse gehen meistens nur auf die Vergänglichkeit, und nur das einzige von dem Marionettenspiel scheint von etwas größerem Umfang. Allein, wenn man alles wohl zusammennimmt, so wird man finden, daß der Mensch außer den vielen Vorzügen, die er vor anderen Kreaturen besitzt, auch noch diesen hat, daß er mit nichts recht verglichen werden kann, als mit sich selbst.«

Ihm war klar, daß er dieses Kompliment den Menschen nur halbherzig und aus einer Gefühlswallung heraus machte, daß es aber dem verstorbenen Kunkel mit vollem Recht gebührte.

Im neuen Winter hatte er das Elektrisieren nicht mehr so recht aufgenommen. Er mußte einsehen, daß seine Ausrüstung zu wenig taugte.

Je größer die Phänomene waren, desto besser ließen sie sich in Augenschein nehmen und analysieren. Er würde also warten, bis er sich eine stärkere Elektrisiermaschine leisten konnte, die mehrfach so lange Funken produzieren konnte als seine jetzige.

Er wandte sich wieder verstärkt der Astronomie zu. Leider war auch die Kästnersche Sternwarte noch immer in einem ziemlich erbärmlichen Zustand. Dabei sollte in diesem Jahr der von aller Welt sehnsüchtig erwartete Venusdurchgang stattfinden.

Es hieß, daß England gewaltige und teure Anstrengungen machte, den wissenschaftlichen Wert dieser seltenen Konstellation für sich zu nutzen. Man sprach viel in den Salons darüber, und Georg debattierte mit Jöns Ljungberg die spärlichen Informationen, die man in Göttingen erhielt, in aller Ausführlichkeit.

Der englische König Georg III. hatte eine Belohnung in Höhe von 4000 Pfund für eine erfolgreiche Beobachtung des Venusdurchgangs ausgesetzt. Es sollten zu diesem Zweck drei Observatorien eingerichtet werden. Eins am Nordkap, eins in der Hudson Bay und eins auf einer Insel des Stillen Ozeans, am besten dem sagenhaften Paradies Otahiti, das Kapitän Wallis gerade entdeckt hatte.

Seit Ende Mai war ein gewisser James Cook mit einem vom König finanzierten Schiff unterwegs zu diesem Ziel. Es war auch Georgs König, in dessen deutschen Stammlanden Göttingen lag!

Georg überkam die Reiselust wie nie zuvor.

Ljungberg erzählte etwas von einem Landsmann namens Solander, einem Schüler des großen Linné, der in Diensten

Joseph Banks, eines englischen Adeligen und Botanikers, die Cooksche Venusexpedition als Zeichner und Gehilfe mitmachen durfte. Er würde von Banks persönlich bezahlt. Banks habe überhaupt die Kosten der ganzen botanischen Ausrüstung übernommen, die Mikroskope, die Fanggeräte, die Substanzen zum Präparieren gekauft. Es sei eben Geld, das hier das Abenteuer und den geistigen Ruhm ermögliche.

Sie verloren sich in den grauen Vorfrühlingstagen des Jahres 1769 in blau- und goldfarbene Phantasien von jenen Inseln im Pazifik. Sie trieben in erotischen Bildern und glaubten, den Tang der Strände zu riechen und den süßen, betäubenden Duft der Mädchen, von denen die Mannschaft des Kapitäns Wallis wahre Wunder berichtet hatte.

Liebe sollte auf diesen glücklichen Inseln etwas wie Essen, Trinken und Atmen sein, etwas, das man ohne das steife gesellschaftliche Ritual der zivilisierten Gegenden ausübte. Er stellte sich eine Insel voller nackter philosophischer Aufwärterinnen vor.

In diesen Tagen sah Georg einmal fünfhundert Golddukaten auf einem Tisch. Sie waren sorgfältig in zehn Türmchen gestapelt.

Ihr Besitzer Dieterich hatte vor, mit diesem Kapital endlich sein Verlagsprojekt zu verwirklichen.

Georg starrte die glänzenden Bauwerke mit seinen reiselüsternen Augen an. Dann verließ er das Haus und ging allein vor die Stadt. Es war der sechzehnte April und der erste warme und sonnige Tag seit langem.

Er ging so entspannt wie schon ewig nicht mehr in Richtung Westen. Auch so konnte man reisen. War dies nicht eine wahre Pazifikluft? Auch hier gab es Schönheiten, die aus der Liebe kein Zeremoniell machten. Die Venus konnte man auch von hier aus beobachten. Vielleicht hatte Cook sogar Wolken an jenem Tag.

Er spürte die würzige Luft an Gesicht und Hals; er griff dorthin und stellte fest, daß sein Halstuch verrutscht war.

Er rückte es zurecht. Augenblicks ließ sein Glücksgefühl nach. Der Knoten saß nun richtig, und er war wieder vor den Toren Göttingens, und es war durchaus vernünftig, nach Hause zu gehen und sich um seine Verpflichtungen zu kümmern.

In der Nacht trug er folgenden Text in sein Merkheft ein, das er in letzter Zeit wieder regelmäßiger führte:

»Den 16ten April 1769 habe ich 500 Dukaten auf einem Tisch gesehen, und habe, Dank sei es meiner Philosophie, nichts von dem dunkeln Gefühl empfunden, das sich hernach in allerlei Betrachtungen auflöst, die für die menschliche Glückseligkeit beinahe die nämliche Wirkung tun als zuweilen ein verrücktes Halstuch, das hernach trotz unserem Bemühen sich doch nur erst durch einen Zufall oder vielleicht nie wieder so und für uns so verschiebt.«

Ljungberg erzählte ihm die neuesten Gerüchte über die Cooksche Expedition.

Ihr Leiter solle ein Mann einfacher Herkunft sein, der Sohn eines Landarbeiters. Dieser habe ihn zu einem Krämer in die Lehre gegeben. Und der junge James wäre wohl immer ein Krämer mit Leib und Seele geblieben, wäre da nicht ein besonderer Umstand gewesen: die Lage des Krämerladens, in dem dieser Lehrling arbeitete.

Es war ein niedriges Haus, weiß gestrichen, sauber und schindelgedeckt, mit zwei Schloten an den Seiten, mit denen es an ähnliche Häuser stieß.

Ljungberg beschrieb es, als ob er es selbst gesehen hätte.

Das Besondere war, daß die ganze Häuserreihe an einer halbkreisförmig gebogenen Straße lag und daß ihr gegenüber keine parallel verlaufende Häuserzeile war. Vielmehr war da nichts, oder genauer gesagt, eine Weite, die man als unendlich empfinden konnte.

Der Krämerladen lag am Rande einer felsigen Bucht, die einen natürlichen Fischereihafen bildete. Und der Lehrling James Cook blickte, wenn er die Kunden bediente, Zucker, Kaffee oder getrocknete Erbsen abfüllte, durch das Ladenfenster, das er zur Freude des Ladenbesitzers freiwillig immer besonders sauber hielt, nach Osten auf die offene See hinaus.

Er tat dies Tag für Tag und mit immer größerem Eifer, so daß die Vorfälle sich häuften, bei denen er Waren verwechselte oder Erbsen an der Tüte vorbeischüttete, die dann über den Boden sprangen und kullerten.

Der Ladenbesitzer mußte seinen Lehrling immer häufiger zur Rede stellen und mahnen, er solle nicht so viel träumen.

James Cook ließ solche Predigten mit erhobenem Haupt über sich ergehen. Er blickte dabei über die Schulter seines Arbeitgebers aufs Meer hinaus. Seine Augen verengten sich zu Schlitzen, und seine Phantasie fuhr dem Horizont entgegen.

Sein Herr bemerkte dies sehr wohl. Da er bald begriffen hatte, daß seine Vorhaltungen nichts fruchteten, und er dennoch seinem Lehrling wohlgesonnen war, verhalf er James zu einer Anstellung als Gehilfe bei einem Schiffseigner im nahegelegenen Kohlen- und Fischereihafen Whitby.

So kam James Cook zur Seefahrt.

»Du hast es selbst oft genug gesagt: Die Lage eines Fensters kann über das ganze Leben entscheiden«, schloß Jöns seine Erzählung.

Georg entsann sich, daß er in seiner Jugend in Darmstadt nie auf etwas anderes als auf Häuser, Dächer, Giebel und Schornsteine gesehen hatte. Und auf Wolken und Sterne natürlich. Und auf einen Teich. Doch vom Graupnerschen Dachboden hätte er beinah England sehen können!

Am Morgen des 3. Juni 1769 sollte endlich der Venusdurchgang stattfinden. Kästner hatte seine beiden Assistenten Georg und Ljungberg wie folgt instruiert: Ljungberg sollte den Sonnenrand genauestens im Blickfeld seines Teleskopes haben und den exakten Zeitpunkt der äußeren Berührung feststellen. Kästner würde diesen Augenblick mit Hilfe eines zweiten Fernrohres kontrollieren. Georg wurde die Verantwortlichkeit für die Uhren übertragen.

Da die Sonne zum Zeitpunkt des erwarteten Venusdurchgangs bereits so niedrig stand, daß sie vom alten Stadtmauerturm, auf dem sich das Observatorium befand, wegen einiger ungünstig gelegener Häusergiebel vermutlich nicht mehr zu sehen war, entschloß Kästner sich, den Beobachtungsposten auf den Dachstuhl seines Hauses zu verlegen. Einige Dachziegel wurden entfernt und aus ein paar Balken und Brettern eine Art Bühne gezimmert, auf der die Teleskope installiert wurden.

Die Hauptuhr sollte auf dem Observatorium bleiben, da ihr Transport unweigerlich eine Ungenauigkeit des Ganges zur Folge haben würde.

Georg erhielt den Auftrag, diese Uhr genauestens im Blick zu haben und mittels eines optischen Signals die exakte Justierung einer zweiten Uhr auf dem Dachboden zu ermöglichen.

So war Georg an diesem Morgen allein auf dem Turm damit beschäftigt, eine rote Pappscheibe im Sekundenrhythmus vor einem Schlitz in einer Bretterwand vorbeizubewegen.

Es war eine erbärmliche Aufgabe.

Er mußte so genau wie möglich den Rhythmus des Sekundenzeigers der astronomischen Uhr einhalten. Die Arme taten ihm bald weh, und er verfluchte Kästner. So hatte er sich seine Beteiligung an diesem weltweiten Forschungsunternehmen nicht vorgestellt.

Später erfuhr er von den beiden anderen, daß sie nur die erste äußere Berührung beobachtet hatten. Dann seien Wolken aufgezogen.

Die so wichtigen anderen Daten der beiden inneren Berührungen und der zweiten äußeren Berührung des Venusschattens waren verloren. Wahrscheinlich hätten nicht nur die Wolken, sondern auch Häuserdächer ihre Beobachtung verhindert.

Die Bestimmung der ersten äußeren Berührung war von Kästner um drei bis vier Sekunden später als von Ljungberg gesehen worden. Dies entsprach wahrscheinlich ihrem Temperament, dachte Georg. Bis der Venusschatten eine sichtbare Kerbe aus der Sonnenrundung gebissen hatte, zögerte und spöttelte Kästner, während Jöns in seiner Phantasie dem Ereignis wie ein Liebhaber entgegenflog.

Die Wahrheit lag vermutlich in der Mitte.

Bei solchen Beobachtern war seine eigene Funktion als Zeitkontrolleur wahrhaftig überflüssig gewesen. Da hätte auch eine einfache Uhr auf dem Dachboden genügt.

Das Ganze war also eine Niederlage, und er hatte eine beinahe lächerliche Rolle dabei gespielt.

Wie sehr wünschte er sich zu Banks, Solander und Cook. Er konnte ja nicht ahnen, daß auch hier trotz günstigster Wetterbedingungen ein Fehlschlag der Unternehmung eintrat. Die Daten der drei Beobachter auf Otahiti wichen noch stärker voneinander ab als die zwischen Ljungberg und Kästner und waren deshalb als Grundlage zur Berechnung der Erdentfernung zur Sonne unbrauchbar.

Die Zeit verflog.

Was half es da, an der Scheibe seiner Elektrisiermaschine zu drehen und den Funken zuzusehen. Es lehrte ihn nur, daß alles aufhörte, wenn die Bewegung zum Stillstand kam.

Manchmal haßte er die Natur dafür, daß sie soviel Moral enthielt.

Die beiden verschiedenen Arten von Elektrizität nannte er Plus und Minus. Auch darin steckte etwas Wertendes. Dabei war dies bloß Scharlatanerie. Plus konnte genausogut auch Minus heißen und umgekehrt.

Er stellte nun seine elektrischen Versuche gänzlich ein und blieb bei der Astronomie. Deren Gegenstände hatten den Vorzug, daß man sie nicht berühren konnte.

Gab es nicht auch elektrische und astronomische Liebe? Liebe des Berührens und Liebe der Beobachtung? Er würde es ein Leben lang nur mit letzterer zu tun haben.

Die Aufwärterinnen eigneten sich besonders gut als Beobachtungsobjekte. In seiner Stammkneipe gab es zwei, die abwechselnd bedienten und die er ›Stella mirabilis‹ und ›Planet‹ nannte. Er vergnügte sich damit, ihre Bahnen zu berechnen.

Zu diesem Zweck legte er die wertvolle, vom Vater geerbte Taschenuhr auf den Tisch und notierte sich so genau wie möglich die Zeiten, die die beiden Himmelskörper für ihre verschiedenen Gänge und Verrichtungen benötigten.

Warum sollte er nicht ein Kepler oder Newton der Kneipenwelt werden?

›Stella mirabilis‹ und der ›Planet‹ waren unterschiedlich schnell in ihren Bewegungen.

Außerdem hing einiges von den Gästen ab, von den Positionen der Tische und Stühle, von der Stärke des Besuchs, von der Frische des Biers und der allgemeinen Stimmung.

Manchmal gelangen ihm erstaunlich exakte Berechnungen, wenn zum Beispiel ›Stella mirabilis‹, dieses große Mädchen mit der schönen Nase und den auffallend geschwungenen Lippen, zu einem von ihm vorhergesagten Zeitpunkt hinter der Mantelecke hervorkam und in sein Blickfeld trat.

Er sorgte dafür, daß die Mädchen nichts von seiner Astronomie merkten. Ihr verdankte er es ja gerade, daß er in irgendeine Ecke starren konnte und dennoch plötzlich einer der beiden Himmelskörper seinen Blick kreuzte.

Es war aus seiner Sicht eine sehr unverfängliche Form von Liebe.

Da er ein so regelmäßiger, stiller und zurückhaltender Gast war, begannen die Mädchen ihn zu mögen. Sie sahen besonders oft nach ihm und bedienten ihn besser als andere.

Dies brachte wiederum seine Astronomie ins Wanken.

Als er Dieterich betont scherzhaft von seinem Kneipenplanetarium erzählte, machte der seine üblichen anzüglichen Witze und versprach, die Angelegenheit für ihn in die Hand zu nehmen.

Er würde erst einmal Erkundigungen einziehen, ob die Mädchen auch sauber seien.

Georg protestierte gegen solche handfesten Maßnahmen. Er wollte seinen Himmel behalten.

Er ging wieder hin und verbrachte Stunden mit neuen Beobachtungen.

›Stella mirabilis‹ war langsam und majestätisch. Der ›Planet‹ war schnell und hatte rote Haare. Er lebte mit beiden in seiner Phantasie, und eigentlich ging es ihm gut dabei.

Einmal nach einer solchen Sternennacht – es war soviel Betrieb gewesen, daß beide Aufwärterinnen bedienen mußten – schrieb er folgendes in sein Heft:

»Mein Verstand folgte heute den Gedanken des großen Newton durch das Weltgebäude nach, nicht ohne den Kitzel eines gewissen Stolzes. Also bin ich doch auch von dem nämlichen Stoff, wie jener große Mann, weil mir seine Gedanken nicht unbegreiflich sind, und mein Gehirn Fibern hat, die jenen Gedanken korrespondieren, und was Gott durch diesen Mann der Nachwelt zurufen ließ, wird von mir gehört, während es

132

über die Ohren von Millionen unvernommen hinschlüpft. An diesem Ende folge ich der ehrwürdigen Philosophie, während am anderen Ende zwo Aufwärterinnen (Die Stella mirabilis und der Planet) eben diesen Verstand, der sich so über die Erde zu schwingen glaubt, in einem Winkel nicht einmal für wichtig genug halten, allen ihren Witz zu gebrauchen, sondern, ohne ihn erst unter den focum desselben zu bringen, schon mit seinem gemeinen Licht schmelzen.

Die Einbildungskraft, mit welcher ich der subtilsten Wendung einer Wielandschen Beschreibung folge, mir selbst meine eigene Welt schaffe, durch die ich wie ein Zauberer wandele, und die Körper eines kleinen Leichtsinns in ganze Gefilde geistiger Lust aufblühen sehe, diese Einbildungskraft wird oft von einer fein gebogenen Nase, von einem aufgestreiften gesunden Arm in ihrem schnellsten Schwung so heftig angezogen, daß von der vorigen Bewegung nicht ein flüchtiges Zittern übrig bleibt. So hänge ich in der Welt zwischen Philosophie und Aufwärterinnen-List, zwischen den geistigen Aussichten und den sinnlichen Empfindungen in der Mitte, taumelnd aus jenen in diese, bis ich nach einem kurzen Kampf zur Ruhe meines beiderseitigen Ichs dereinst völlig geteilt hier faule und dort in reines Leben ausdunsten werde. Wir beide, Ich und mein Körper, sind noch nie so sehr zwei gewesen als jetzt. Zuweilen erkennen wir einander nicht einmal. Dann laufen wir so wider einander, daß wir beide nicht wissen, wo wir sind.«

Die zwei Jahre Urlaub oder Gnadenfrist, die er von der Darmstädter Obrigkeit zugebilligt bekommen hatte, waren längst verstrichen. Aber niemand ließ sich aus den Kanzleien vernehmen.

Hatte man ihn vergessen? Fehlte es denen an Geld, und waren sie höheren Ortes deshalb froh, wenn er seine Gießener Stelle nicht antrat?

Er jedenfalls war es froh und verhielt sich still wie ein Hase in der Ackerfurche während der Jagd.

Leider war es bisher auch nichts mit einer Englandreise geworden. Anscheinend waren die Familien seiner beiden Zöglinge mit dem Gang der Dinge so zufrieden, daß man Swanton und Irby möglichst lange in seiner Obhut lassen wollte.

Die beiden waren in der Tat auch recht manierliche Personen geworden. Zwar waren sie keine großen Kirchenlichter, aber sie vermochten sich inzwischen mit einer gewissen Anmut und natürlichen Selbstverständlichkeit zwischen den zahllosen Klippen der Bildung und Wissenschaft zu bewegen.

Thomas Swanton war ein wenig fester und gegenständlicher geworden. Er hatte sich beinahe materialisiert.

Irby wirkte gelassen und selbstsicher. Georg mochte beide sehr, nicht zuletzt, da sie ihm die Möglichkeit boten, in englischer Konversation zu schwelgen.

Dennoch standen die Dinge in letzter Zeit nicht zum besten.

Seine Gedanken an Selbstmord nahmen zu. Ja, es gab eine neue Variante. Er litt so sehr unter seinen sexuellen Bedürfnissen, daß er immer häufiger daran dachte, sich zu kastrieren.

»Wessen Stimme«, schrieb er in sein Sudelbuch, »war es, die mir zurief, dieses Mädchen wird dein zeitliches Glück ausmachen, eine Stimme, die noch immer tief in mein ganzes Wesen hineinhallt? Ich glaubte, es wäre die deinige, Natur, und es ist sie nicht?

Mir graut in mir selbst, wie in einer von Geistern bewohnten Halle, wem soll ich denn folgen, wenn mich mein eigner Trieb schändlich belügt? (Er zieht das Messer)

Hier, schmeichelhafter Lügner, zittere! Ein einziger Schnitt könnte dich ewig verstummen und deine tückische Zunge so stille machen wie eine Nacht auf dem Kirchhof.«

Er nannte diesen fiktiven Theatermonolog seiner Seele »Rede eines Menschen, der sich aus Verzweiflung, weil ihn ein Mädchen nicht erhört, kastrieren will«.

Er dachte dabei, als er ihn schrieb, nicht an ein bestimmtes Mädchen, nicht an Lorchen oder Justine, an Stella mirabilis oder den Planeten.

Er dachte an alle vergangenen und zukünftigen Mädchen, die ein Verlangen weckten, das zu befriedigen ihm niemals möglich sein würde. Er war zu häßlich, und er war zu klug. Er stieß ab, und er beobachtete zu genau.

Einmal in jenen Winternächten des neuen Jahres, mit dem ein neues Jahrzehnt begann, versetzte er mit Hilfe einer geladenen Leidener Flasche seinem Geschlechtsorgan einen kräftigen Schlag. Erstaunlicherweise tat es kaum weh. Nur im Magen war eine Übelkeit entstanden.

Er ging zu Jöns. Dort erfuhr er, daß sein Freund eine Stelle als Professor für Mathematik in Kiel angeboten bekommen habe. Er werde sie auch annehmen.

Jöns umarmte Georg. »Ich muß es tun. Ich darf nicht auf der Stelle treten«, flüsterte er Georg ins Ohr. »Unter Kästner kann ich nichts werden. Wir müssen uns bewegen. Leben ist Bewegung. Auch du mußt dich bewegen, Georg. Du kannst nicht ewig hier in Göttingen hofmeistern. Du bist zu schade für solch ein Leben. Du bist doch kein geistiger Aufwärter für junge Lords!«

Georg war immer noch schlecht. Er nickte und erwiderte heftig die Umarmung seines Freundes.

»Wann gehst du?« frage er.

»Ostern.«

»Dann werde ich noch vor dir weg sein. Beim Abschied will ich es sein, der verläßt.«

Er wußte nicht, wie aus dieser Prophezeiung Wirklichkeit werden konnte.

Als er mit schwerem Kopf und unsicheren Beinen nach einer mit Jöns durchzechten Nacht nach Haus kam, schlief er
lange und traumlos. Er erwachte erst am folgenden Nachmittag von einem Klopfen an der Tür.

Thomas Swanton kam herein mit einem Brief in der Hand
und setzte sich zutraulich auf den Rand des Bettes. Dann las
er ihm den ganzen englisch geschriebenen Text vor.

Der Brief enthielt die Aufforderung zur Rückkehr der beiden Studenten in die Heimat und einen ausführlichen Dank
an ihren Betreuer. Außerdem die herzliche Einladung, mit
den beiden Söhnen auf Kosten der Familie deren Heimat zu
besuchen.

»Wann?« flüsterte Georg, der rasende Kopfschmerzen
hatte.

»Mit dem Ende des Semesters. Im März noch«, sage Thomas Swanton.

»Also noch vor Ostern. Vor der Abreise von Jöns.« Georg
legte sich in die Kissen zurück und schlief noch einmal für
einige Stunden ein.

IV. Das gelobte Land

Am 25. März 1770 reisten sie ab. Sie hatten eine Kutsche gemietet und sich darin, so gut es ging, zu dritt eingerichtet.

Wider Erwarten war Georg in einer miserablen Laune. Dies war nun seine erste wirklich große Reise, und das Reisefieber hatte nicht viel mehr als starke Halsschmerzen bei ihm bewirkt.

Er jammerte und klagte über die Unbequemlichkeiten der Fahrt. Sie ging über Hannover und Osnabrück. Kurz vor Ippenbüren brach die hintere Wagenachse. Insassen und Gepäck rutschten in der Kabine zu einem monströsen Durcheinander zusammen.

Georg sah darin ein Beispiel für die Sinnlosigkeit von Ortsbewegungen auf diesem Planeten. Sie mußten einen neuen Wagen mieten, um ihre Fahrt fortsetzen zu können.

Als sie hinter Bentheim die holländische Grenze passierten, besserte sich seine Laune keineswegs. Sie wurde eher noch schlechter. Sie waren nun bereits acht Tage unterwegs. Der Hals schmerzte immer noch. Seine beiden Mitreisenden gingen ihm auf die Nerven, da sie sich zusehends wie Heimkehrer benahmen, die nichts anderes im Kopf hatten, als private Einzelheiten ihrer patriotischen Existenz auszutauschen.

Alle Vorurteile, die er über die Holländer hegte, fand Georg durch die Wirklichkeit mehr als bestätigt. Nicht nur war das

Land flach und grün wie ein Billardtisch. Es wurde auch ähnlich sorgfältig gepflegt. In den Ortschaften wurden die Straßen nicht einfach nur gekehrt, wie in Deutschland üblich. Sie wurden mit harten Bürsten traktiert und wie die Wohnstuben der Häuser gescheuert.

In einer Wirtschaft, in der sie sich für zwei Stunden aufhielten, putzten die ganze Zeit über drei Mägde. Sie machten dabei finstere, humorlose Gesichter und schienen es den Gästen bitter übel zu nehmen, wenn sie auch nur die geringsten Spuren ihrer Anwesenheit hinterließen.

Je weiter sie Richtung Westen fuhren, um so mehr kam Georg das ganze Land wie eine Glasvitrine vor, in der possierliche Häuschen, Zinnsoldaten und künstliche Alleen aus fein geschnitzten Bäumen ausgestellt waren. Selbst der Himmel hatte etwas Poliertes, und die ziehenden Wolken wirkten wie große Wolltücher, mit denen er fortwährend gereinigt wurde.

Im Gegensatz zu dieser penetranten Sauberkeit wirkte das moralische Wesen der Einwohner auf Georg im höchsten Maße schmutzig und verderbt. Seiner Meinung nach waren alles Gauner, Beutelschneider und Betrüger. Er mußte sich allerdings eingestehen, daß man in diesen Eigenschaften auch die Tugend einer vollkommen ausgebildeten Geschäftstüchtigkeit sehen konnte.

Auch das zuvorkommende Wesen einiger gelehrter Herren konnte Georgs schlechte Laune nicht heben.

In Utrecht zum Beispiel zeigte man ihm die Einrichtungen des dortigen Observatoriums und behandelte ihn wie einen berühmten Astronomen.

Dies lag nur daran, daß er aus Göttingen kam. Göttingen war offenbar ein Zauberwort. Zumindest im Ausland hielt man diese Stadt für ein Rom der Forschung. Wenn er an die schlechte Verfassung des dortigen Observatoriums dachte und an den teilweise verwirrten Geisteszustand der Lehrer an seiner Universität, dann schien ihm im Nachhinein der Ruf dieser Stadt nur durch manche angenehme Eigenschaften ihrer Lokale und Vernügungsstätten und natürlich des zuvorkommenden und keineswegs putzsüchtigen Wesens ihrer Aufwärterinnen gerechtfertigt.

In Utrecht stieg die Reisegesellschaft von der Kutsche auf eine Kanalschute um. Statt der unbequemen Fahrt, bei der sie von den heftigen Stößen des Wagens durcheinandergeschüttelt worden waren, hatten sie es nun mit einem lautlosen Gleiten zu tun, das die Ortsveränderung zu einem traumähnlichen Vorgang machte.

Das von Pferden getreidelte Schiff schwebte durch einen engen Kanal. An einer der Schleusen sah Georg im rosa Abendlicht ein schönes holländisches Mädchen stehen. Sie winkte, und er glaubte, in einem kurzen Augenblick voll unermeßlicher Tiefe vor Sehnsucht nach Liebe zu vergehen.

Nachts um drei passierten sie die berühmte Universitätsstadt Leiden. Georg hatte sich extra wecken lassen.

Fröstelnd stand er an Deck und sah, wie die hohen und schmalen Giebel der Häuser vorbeidefilierten. Es war eine wunderliche Prozession unter einem geheimnisvoll schimmernden Nachthimmel.

Außer einem Glockenspiel von einem der siebzehn Kirchtürme war kein Laut zu hören. So ausgestorben kam ihm die Welt vor, daß er wieder unter Deck flüchtete, um wenigstens die Atemgeräusche der Schläfer in den Kojen zu hören.

»Ich reise nun schon etliche Tage«, dachte er auf seinem Bett, »und bin dennoch nicht vorwärts gekommen. Woran mag es liegen? Vielleicht bin ich für die mechanische Fortbewegung nicht geschaffen. Vielleicht sollte ich nur in Gedanken unterwegs sein.«

Er schlief bald ein und träumte vom Meer. Er hatte es noch nie gesehen. Sein Traum konnte sich auf keine Erinnerung berufen.

Das erfundene Meer war sehr seltsam. Später, als er es endlich leibhaftig gesehen hatte, fiel ihm der Traum wieder ein, vielleicht weil der Kontrast zwischen wirklichem und geträumtem Meer so groß war.

Das geträumte Meer lag nicht endlos und flach da. Es stand senkrecht vor ihm, gleich einer gläsernen Mauer.

Den Haag gefiel ihm über die Maßen gut. Es war ihm auch, als ob die Einwohner hier weniger sauber und ordentlich, die Straßen und Häuser dafür prachtvoller und großzügiger waren als sonst im Land. Hier hätte er leben können.

Vom Haag aus fuhren sie nach Scheveningen, einem kleinen Fischerdorf, direkt am Meer gelegen und so nahe bei der Stadt, daß sie auch zu Fuß in einer guten halben Stunde dorthingelangt wären.

Sie nahmen sich jedoch eine Chaise, da ein heftiger Wind wehte und der düstere Himmel nichts Gutes ahnen ließ.

Es ging durch eine prächtige Doppelallee. Die Bäume bogen sich beinahe wie Schilfrohr, und die Pferde hatten Mühe, die Richtung zu halten. In besonders heftigen Böen legten sie die Köpfe schief und wieherten in das Heulen der Luft.

Swanton und Irby wirkten äußerst gelassen. Sie saßen in die Polster zurückgelehnt und rauchten. Georg aber hatte jetzt eine Unruhe und Spannung gepackt, die seine gedrückte, ja fast gereizte Stimmung von einem Augenblick zum anderen vertrieb.

Sandkörner knirschten zwischen den Zähnen. Es waren die ersten Vorboten des Meeres. Nun würde er bald wirklich sehen, wovon er seit seiner frühen Kindheit immer wieder geträumt hatte, im Wachen wie im Schlaf. Er kam sich vor wie ein Bräutigam vor der Hochzeitsnacht.

Im Haag hatte man ihnen gesagt, daß das Meer bei Scheveningen durch den besonderen Verlauf der Küste so außerordentlich präsentiert sei, daß immer wieder hervorragende Kenner, ja sogar Herzöge und Könige hierher kämen, um diesem Schauspiel beizuwohnen. Jetzt war es auch für ihn soweit.

Sie verließen die Kutsche und folgten einer engen Gasse zum Strand.

Er hatte bisher nicht gewußt, welche Kraft Wind haben konnte. Selbst auf dem Brocken hatte es nicht so geweht.

Die Luft war wie ein zäher, schwerer Gegenstand, der sie mit seinem Gewicht niederzwang. Die Hüte festhaltend und tief nach vorne gebückt, mühten sie sich voran. Alles, was er bisher mit den Augen wahrnahm, waren feine Schleier feinsten Sandes, die über das Pflaster wogten und durch Strümpfe und Beinkleider wie mit tausend Nadeln stachen.

Schließlich hörte das Pflaster ganz auf, und sie betraten den Strand.

Georg schmeckte nun immer deutlicher Salz auf den Lippen. Auch nahm der Höllenlärm zu. Er versuchte, so gut es ging, die Neigung des Strandes zu erraten, denn er fürchtete, jeden Augenblick von einer See verschlungen zu werden. Es war der Rand der Welt.

Von seinen Reisegenossen war nichts mehr zu sehen.

Immer wenn er versuchte, nach vorne zu schauen, preßte der Sturm ihm Tränen in die Augen, und alles verschwamm in unscharfen, wässrigen Wolken. So hatte er sich die erste Begegnung mit dem Meer nicht vorgestellt. Sein Anblick verlor sich in den eigenen Tränen!

Also sah er weiter auf seine sandbedeckten Stiefelspitzen und plagte sich tapfer voran.

Ganz allmählich verlor sich seine Blindheit.

Als er endlich das Meer erkannte, verwunderte er sich, wie

weit weg es noch war. Er sah in der Ferne mächtige Wellen, die gegen die Festung des Kontinents Sturm liefen.

Die Wut des Meeres erschreckte ihn. Es schien ihm auch keine blinde oder ohnmächtige Wut zu sein. Vielmehr kam sie ihm vor wie von einer unbekannten, jedoch richtigen Überlegung getrieben.

Bald erkannte er auch, daß der Wind lange Sandschwaden von den Dünenkämmen riß und sie ins Land verschleppte.

Die Meereswellen selbst konnten unmöglich ihre animalische Kraft allein von diesem Wind erhalten haben, wie manche Naturforscher meinten. Da mußten noch ganz andere Gewalten aus der Tiefe der unbekannten Erde an die Oberfläche gedrungen sein.

Glich dieser Planet vielleicht tatsächlich, wie der gute Büttner meinte, einem porösen Schwamm, vollgesogen mit Wasser? Und konnte es nicht sein, daß die Anziehungskraft der Erde diesen Schwamm hin und wieder an bestimmten Stellen zusammendrückte und auf diese Weise solche wilden Fluten hervorgebracht wurden?

Sie setzten ihre Reise noch am selben Tag fort.

Eine Schute brachte sie über Delft nach Rotterdam.

Hier sah Georg zum erstenmal in seinem Leben die schwimmenden Wälder aus Masten und Rahen großer Schiffe, die dicht gedrängt im Hafen lagen.

Was hier ausgeladen wurde, kam aus der ganzen Welt. Als Georg die Hand auf eine der vielen Kisten legte, glaubte er das Schaukeln zu spüren, dem sie auf ihrer langen Seereise ausgesetzt gewesen war.

Sie mieteten eine komfortable Jacht und segelten die Maas hinunter. Georgs Hochgefühl nahm noch zu, als er die Bewegung des Schiffes spürte.

Das stürmische Wetter hielt an. Das letzte Stück bis zu ihrem Ziel Helvoetsluis ging es über Land in einem Wagen, der nur unvollkommen Schutz gegen die Witterung bot. Sie waren völlig durchnäßt und schmutzig, als sie den Schankraum des »Goldenen Löwen« betraten.

Sie nahmen in der Nähe des Torffeuers Platz und bestellten gebackene Muscheln. Dazu tranken sie aus großen Krügen englisches Bier und kosteten einen Branntwein, der süß und faulig schmeckte und bei den Niederländern sehr beliebt zu sein schien.

Um sie herum wurde englisch und holländisch durcheinander gesprochen. Verwegen aussehende Seeleute gab es hier genauso wie würdige Kaufmannsgestalten und sogar eine junge, hübsche Dame, die auf die Abfahrt des Paketbootes nach England wartete, das wegen des schlechten Wetters schon seit einigen Tagen im Hafen festlag.

Am Nachmittag klarte das Wetter auf. Auch drehte der Wind über Nord nach Nordost, was für die Reiseroute von Vorteil zu sein schien, denn Georg entnahm den Gesprächen einiger Seeleute, daß an Bord bereits entsprechende Vorbereitungen getroffen wurden.

Es hieß, man würde kurz nach Mitternacht zum Ablegen bereit sein. Die Passagiere sollten um 10 Uhr abends an Bord gehen.

Sie hatten also Zeit, sich die nähere Umgebung anzusehen.

Georg machte mit seinen beiden Begleitern einen langen Spaziergang über den Deich. Sie sprachen über die Meisterschaft der Holländer im Bau dieser gegen die See errichteten Bollwerke.

Georg brachte das Gespräch auf die neuesten Ansichten über die Heilwirkung des Meerwassers. Sie waren von ihrem Kneipenbesuch noch in der mutigsten Stimmung, und so krochen sie über die Steine am Fuße des Deiches zum Wasser hinab und kosteten einige Schlucke davon, wobei sie sich bäuchlings niederlegten wie Hirten an einen Quell.

Die Folge dieses Experiments war ein quälender Durst nach englischem Bier, und so eilten sie zum »Goldenen Löwen« zurück.

Hier begrüßte man sie bereits wie alte Bekannte. Bei Bier, Genever und abenteuerlichen Geschichten verging die Zeit in einem sehr komfortablen Tempo.

Als das schöne Mädchen, das für sich an einem kleinen Tisch gesessen hatte, nach draußen in die Nacht verschwand, folgte Georg ihr. Er sah sie vor sich auf dem Deich davongehen. Er beeilte sich nicht zu sehr, damit er sie nicht einholte. Über ihnen schien ein wäßriger Mond mit einem Hof, der nichts Gutes verhieß.

Das Mädchen wirkte in ihrem flatternden Kleid auf der Deichkrone wie eine Geistererscheinung.

Endlich blieb sie stehen und wandte sich um. Sie hielt ihren Hut mit einer Hand fest und winkte Georg mit der anderen herbei.

Als er mit seinem klopfenden Herzen nahe genug war, fragte sie ihn nach der Uhrzeit.

Er nestelte seine Taschenuhr hervor und stellte fest, daß sie sich würden beeilen müssen, um noch rechtzeitig an Bord zu gelangen.

Sie liefen eng nebeneinander auf der Deichkrone entlang zurück. Manchmal berührte ihn ihr Kleid wie ein loses Segel. Einzelne Sterne blinkten in der dunstigen Nacht. Er kannte alle ihre Namen. Aber ihm fehlte es an Atemluft, um sie seiner Begleiterin zu erklären.

Es war halb elf, als sie an Bord gingen.

In einer Kabine wurden außer Georg Irby, Swanton, ein englischer Offizier, ein reicher englischer Kaufmann und ein junger Student untergebracht.

In der anderen weniger eleganten Kabine quartierten sich die Bediensteten, drei andere Kaufleute und das schöne Mädchen ein.

Um ein Uhr legten sie ab. Eine Stunde später hatten sie offenes Wasser erreicht.

»Erst das Mädchen am Kanal, dann das Mädchen auf dem Deich«, dachte er. »Es ist vielversprechend, nach Westen zu fahren, wie es die Sonne jeden Tag tut, jedenfalls dachte man dies in ptolemäischen Zeiten. Seit Kopernikus wissen wir, daß sich in Wahrheit die Erde unter der Sonne nach Osten dreht. Wenn ich dies auf mich übertrage, dann müßte ich mich eigentlich nur in diesem Bett von einer Seite auf die andere rollen, um nach England zu kommen.«

Sie versuchten zu schlafen in ihren engen Kojen, aber die Bewegungen des Schiffes wurden immer heftiger.

Bretter vor den Betten verhinderten, daß man hinausfiel. Aber auch so wurde man beständig hin- und hergeworfen und stieß sich die Knochen wund.

Der englische Offizier, ein gewisser Kapitän Douglas, redete laut in die Dunkelheit des Raumes hinein. Er versuchte unter Aufbietung seiner interessantesten Geschichten, die sinkende Stimmung der Kabineninsassen zu heben:

»Ich habe, wie ich bereits im ›Goldenen Löwen‹ andeutete, ganz andere Unbequemlichkeiten erlebt als diesen kleinen Sturm. Als ich im Juni letzten Jahres einige Landsleute von mir, Astronomen und Mathematiker waren es, die wenig von unserer Welt verstanden, da sie nur in Zahlen oder den unglaublichen Dimensionen des Weltalls zu denken vermochten, zum Nordkap begleitete, meine Herren, was glauben Sie, welche Unbilden uns damals auf dieser Reise begegneten! Wir mußten zur Beobachtung des Venusdurchgangs unser Ziel mindestens eine Woche vor Eintritt des seltenen Ereignisses erreicht haben.

Solange wir mit dem Schiff fuhren, ging alles recht angenehm. Wir passierten die Lofoten, ohne vom Mahlstrom verschluckt zu werden. Wir fuhren in immer heller werdende Nächte hinein. Zuletzt ging die Sonne nicht mehr unter. Sie brannte die ganze Nacht hindurch wie eine tief hängende Lampe und hinderte uns am Schlafen. Ja, sie war eine unerbittliche Begleiterin, die uns keine Finsternis mehr gönnte.

Sie sollten wissen, meine Herren, daß ohne Dunkelheit unsere Seele wie unser Verstand mehr als in jedem Londoner Nebel die Orientierung verlieren. In ewiger Helligkeit ist man genausowenig wert wie in ewiger Nacht. Wir brauchen den Wechsel, meine Herren, wir gleichen Blüten, die hin und wieder die Kelche schließen müssen . . .«

Georg mußte zugeben, daß der Offizier eine erstaunliche Sprache führte. Dies konnte ihn jedoch nicht von dem Gedanken an das schöne junge Mädchen abbringen, das nebenan in seiner Koje lag und nun genauso grob wie er in ihrem Bett hin- und hergeworfen wurde.

Georg preßte seinen Körper mit der Bauchseite gegen die Kajütenwand, indem er seine Beine gegen das Schlingerbrett der Koje stemmte. So war es besser auszuhalten.

Kapitän Douglas war soeben dabei, die gefährliche Fahrt über Land zum Nordkap zu schildern, wobei er fast schreien mußte, um den Lärm des Sturmes zu übertönen, als Georg unter sich Würgen und Stöhnen vernahm.

Kein Zweifel, den jungen Swanton hatte es erwischt. Nun roch Georg den ekelhaften, süßsäuerlichen Gestank von Erbrochenem. »Es sind die Muscheln«, dachte er, »der arme Kerl hätte die Reste wieder dem Meer übergeben sollen.«

Auch ihm selber war mulmig. Aber erstaunlicherweise, wie

er fand, war er schließlich der letzte, den die Seekrankheit besiegte.

Es war bereits zehn Uhr morgens, als ihm so schlecht wurde, daß er sein Bett verließ, um sich in einem kleinen Nebenraum, der sonst der Erledigung normaler menschlicher Bedürfnisse diente, in einen Eimer zu erbrechen.

Vielleicht verdankte er seine Seefestigkeit, die sogar die vieler Mitglieder der Schiffsbesatzung übertraf, einem besonderen Vorfall, der sich wenige Stunden vorher ereignet hatte.

Direkt über seiner Koje befand sich ein winziges Fenster oder »Bullauge«, wie man solche verglasten Öffnungen in Schiffswänden kurioserweise nannte.

Während das Schiff sich in einer mächtigen Welle so weit auf die Seite legte, daß alle im Raum glaubten, ihr letztes Stündlein habe geschlagen, sprang dieses Fenster plötzlich auf, und ein baumdicker Strahl von Salzwasser schoß herein und übergoß Georg und sein Bettzeug.

Zwar richtete sich das Schiff nun wieder auf, doch begriff jeder, daß von diesem Leck eine große Gefahr drohte.

Kapitän Douglas war mit einem Sprung aus seiner Koje und brüllte etwas durch die Kajütentür in den Gang hinaus. Dann beugte er sich über Georg und mühte sich, das Bullauge zu verschließen und fest in seinem Rahmen zu verkeilen. Bald waren da noch andere Arme, schwarze Hände, die nach Teer rochen. Sie halfen und brachten es schließlich fertig, daß kein Wasser mehr eindrang.

Es war jemand von der Mannschaft. Ein wild aussehender Neger, der nun Georg aus der Koje half und ihm neues Bettzeug brachte, das leidlich trocken war. Er kroch wieder hinein, nachdem er sich ein neues Hemd übergeworfen hatte.

Obwohl es stockfinster war und der Lärm der Naturgewalten und der Gegenstände, die im Schiffsinneren hin- und hergeschleudert wurden, einem die Sinne betäubte, glaubte er,

daß sein Beschützer sich über ihn beugte, um ihm etwas zu-
zuflüstern. Es war ein spanisches Wort, das er nicht verstand.

Der Kopf des Negers war ein schwarzer Fleck, nur um we-
niges dunkler als die Umgebung.

Der Sturm hatte das Schiff weit nach Norden bis auf die
Höhe von Yarmouth geworfen. Doch nun ließ er nach und
drehte in eine günstige Richtung, was sie ihr Reiseziel Harwich bereits am Abend des 9. April erreichen ließ.

Während die meisten anderen Passagiere noch unter der
Seekrankheit litten, kam sich Georg in den letzten Stunden
der Fahrt leer, leicht und ausgeräumt vor.

Er stand an Deck und sah in die grauen Wellen.

Auch die junge Frau war erschienen. Sie wirkte schwach
und angegriffen.

Sollte er zu ihr gehen?

Er wagte nicht, das straff gespannte Tau loszulassen, denn
die Bewegungen des Schiffes waren immer noch heftig, obwohl der Wind nachgelassen hatte. Die Frau im Mantel warf
ihm einen langen Blick zu. Dann kam sie die Reling entlang
und blieb schließlich dicht neben ihm stehen.

Er sah, daß ihre Nasenflügel beim Sprechen bebten und
fand dies Detail so aufregend, daß er für einen Moment vergaß, sich festzuhalten.

Er wäre wie ein loser Gegenstand über das Deck geschleu-
dert worden, wenn sie ihn nicht blitzschnell am Kragen gepackt hätte.

Sie lachte.

»Ist es das erstemal, daß sie auf einem Schiff sind?« Er
nickte beschämt.

Sie lachte wieder.

Sie lachte nach jedem Satz. Dies schien ihr Punkt zu sein,

ihr Satzzeichen, mit dem sie ihre Aussagen voneinander trennte.

»Wir sind mit knapper Not davongekommen«, erzählte sie. »Nur weil der Kapitän so klug war, in tiefes Wasser zu laufen, sind wir davongekommen.« Sie lachte wieder.

»Ein Vorsegel riß. Vielleicht hat das den Mast davor bewahrt, zu brechen.«

Sie verkündete noch eine ganze Reihe anderer Hiobsbotschaften und schien sich köstlich dabei zu amüsieren.

Dann ging sie, nachdem sie ihm wieder diesen Blick geschenkt hatte. Er blieb verliebt und verwirrt zurück.

Die erste Nacht auf englischem Boden verbrachten sie in einem Gasthaus in Harwich.

Die vierundsiebzig Meilen bis London legten sie in der Postkutsche in einem atemberaubenden Tempo zurück.

Georgs erster Eindruck von diesem Land war, daß hier alles schneller, lauter und verrückter ablief.

Je näher sie London kamen, um so mächtiger wurde ein Getöse, das die Luft erfüllte, ohne daß eine bestimmte Geräuschquelle auszumachen war.

Immer mehr Menschen säumten die Straßen. In den Ortschaften, wo die Pferde gewechselt wurden, drängten sich zahllose Jungen um die Kutsche, die Grimassen schnitten und den Reisenden die größten Frechheiten entgegenriefen.

Es ging jedoch keinerlei Bedrohung von ihren Beleidigungen aus. Als Georg sich zeigte und für einen Moment die Kutsche verließ, hub ein allgemeines Gelächter und Gepfeife an. Einige krümmten die Rücken und staksten als bucklige Zwerge herum. Es waren ausgezeichnete Pantomimen dabei. Überhaupt schien die Schauspielerei das Hauptvergnügen aller zu sein.

Und dann die Mädchen! Georg hatte noch nie in seinem Leben so viele bildhübsche Mädchen gesehen.

Es waren nicht nur ihre Gesichter und Figuren, es war auch die Art, wie sie sich gaben. Es war schwer auszumachen, zu welchem Stand sie jeweils gehörten, denn auch die ärmsten Dinger schienen größten Wert auf ihre Kleidung zu legen.

Sie erreichten ihr Ziel, das vornehme Haus von Irbys Vater Lord Boston in Lower Grosvenor Street, erst um Mitternacht.

Auch jetzt waren die Straßen noch voller Menschen.

Diener beleuchteten die Treppenstufen mit Laternen, nahmen ihnen Mäntel und Gepäck ab und führten sie an einen festlich gedeckten Tisch.

Man nahm das Nachtessen oft um diese Zeit ein. Georg mußte in den Wochen seines Aufenthaltes in England feststellen, daß hier das ganze Leben um viele Stunden verschoben war. Alles begann später und hörte später auf.

Lord Boston behandelte seinen Gast wie einen Freund der Familie. Georg konnte sich nicht erinnern, jemals in seinem Leben mit solch einer noblen und unaufdringlichen Höflichkeit in den Mittelpunkt des Interesses gerückt worden zu sein.

Später hatte er kaum Erinnerungen an jene vier Wochen seines ersten Aufenthaltes in der englischen Hauptstadt. Er schrieb während dieser Zeit auch ganz gegen seine Gewohnheit keine einzige Zeile in sein Merkbuch.

Es waren der Eindrücke zu viele. Das wimmelte und rauschte ohne Pause um ihn herum. Die Aufwärterin, die jeden Morgen in seinem Zimmer den Kamin anzündete und abends sein Bett mit einer Bettpfanne wärmte, kam ihm vor wie eine Königin. Die wirkliche englische Königin Sophie Charlotte wirkte wie eine Aufwärterin, als er sie kennenlernte.

Im Parlament führten die Lords sich wie der Pöbel auf, auf den Straßen gab es genug Menschen aus dem Pöbel, die man für Lords halten konnte.

Das Gewimmel auf den Straßen sah Georg in diesen Tagen nur durch die Fensterscheibe von Lord Bostons Kutsche. Dies schien auch angeraten zu sein, denn es herrschten tumultartige Zustände wegen eines gewissen John Wilkes. Auch in den Salons und Clubs war wegen dieses Journalisten und Politikers mehr Unruhe als gewöhnlich. Er war das Tagesgespräch, weil er aufrührerische Ansichten vertrat.

Er war Libellist. So nannte man die frechen Anhänger aller möglichen gegen die Krone gerichteten Freiheiten, wozu z.B. die Pressefreiheit gehörte.

Wilkes war der Held des Pöbels. Dieser Sohn eines Bauern war genauso trinkfest wie gebildet.

Er war geschieden, er war ein Spieler, er war ein Frauenheld und ein liebender Vater seiner einzigen Tochter. Er hatte in seiner Zeitung die alte Ordnung und sogar den König verunglimpft. Dafür kam er, obwohl er als Abgeordneter im Unterhaus saß, für zwei Jahre hinter Gitter. Nun hatte die allgemeine Stimmung im Volk ihn wieder freigepreßt. Ihr geliebter John sollte ins Parlament zurück. Auch der Bürgermeister war für ihn. Er war sein Freund.

Ein Volksfest bahnte sich an, in das Georg zufällig, in der Kutsche mit den Wappen des Hofes sitzend, hineingeriet. Der Menschenstrom nahm das Gespann mit wie ein treibendes Hölzchen.

Georg hatte keine Angst. Er ließ sogar das Fensterglas herunter und steckte seinen Kopf hinaus in das Geschrei und den Jubel.

Dieses Menschengetümmel enthielt alles, was es an Möglichkeiten gab, häßlich oder schön, zerlumpt oder vornehm gekleidet zu sein. Halbnackte Matrosen und dezent gekleidete Bürger, Fischweiber und Damen vom Adel, Kinder, Ganoven, Heilige, Mörder, Irre und Kanzlisten schienen ihre Gliedmaßen und Stimmen zu vereinen.

Er bemerkte, wie sehr dieses Volk es genoß, daß auch eine solche königliche Kutsche wie seine mit von der Partie war. Auf die Idee, Furcht zu haben, kam er erst gar nicht. Dafür war alles zu bunt, zu grotesk und zu traumartig neu für ihn.

Später, beim Tee, der jeden Nachmittag zur gleichen Zeit wie eine heilige Handlung eingenommen wurde, war Georg natürlich wieder Royalist. So schien es überhaupt mit diesem England zu gehen. Man war in einem Theaterstück und spielte immer die Rolle, die zu der jeweiligen Kulisse paßte.

Es gab auch andere aufwühlende Neuigkeiten, die die Familie Boston wie Zucker in den goldfarbenen Tee einrührte.

Da hatte doch ein genialer Ingenieur in der Nähe von Birmingham ein riesiges Areal ödes Heideland namens Soho gekauft. Irgend etwas tat sich dort. Gebäude waren entstanden. Niemand wußte so recht, worum es ging. Sollte Gold gemacht werden? Es gab auch Gerüchte über eine riesige Feuer und Rauch speiende Maschine, deren Dröhnen bis in die Stadt hinein zu hören war.

Ein anderes aufregendes Thema waren die Vorgänge in den amerikanischen Kolonien. Erst im letzten Monat hatte es in Boston einen Aufstand gegeben. Der Mob hatte auf Soldaten eingeprügelt, die das Zollhaus bewachten. Die Soldaten hatten schließlich in die Menge schießen müssen. Fünf Menschen waren tot auf dem Pflaster geblieben.

Dabei ging es doch nur um lächerliche 3 Pence, die diese Wilden als Einfuhrzoll auf das Pfund Tee bezahlten sollten!

Lord Boston rührte den Tee nicht selbst um. Dies tat ein Diener für ihn. Aber er schüttelte selbst den Kopf, als er all diese Neuigkeiten beklagte.

Georg fragte sich, ob er hier leben könnte.

Zweifellos müßte er sich zweimal jeden Tag umziehen und sein Nachtessen so spät einnehmen, daß es darüber zu außergewöhnlichen Träumen kommen würde. Es wäre auch schön, dieser Aufwärterin beizubringen, daß es noch andere Arten gab, ein Bett vorzuwärmen, als eine Pfanne mit glühenden Kohlen darin zu schwenken.

Aber einen vernünftigen Gedanken fassen, das wäre wohl für immer vorbei. Denn Gedanken hatten hier zarte Henkel aus Porzellan, und sie waren weniger vernünftig als goldfarben und schmeckten bittersüß.

Am 22. April, einem Sonntag, fand Georg sich auf dem königlichen Observatorium ein.

Ein Kammerdiener des Königs hatte die Einladung überbracht. Nun empfing ihn der königliche Hofastronom mit so sonderbaren Ehrbezeugungen, daß Georg an eine Verwechslung zu glauben begann. Er konnte sich nicht entsinnen, jemals in seinem Leben bedeutende Leistungen auf dem Gebiet der Astronomie hervorgebracht zu haben. Aber genau dies mußte er den Komplimenten des königlichen Hofastronomen entnehmen.

Während er noch mit der Bewunderung der hervorragenden Instrumente beschäftigt war, trat ein Ereignis ein, das ihn dazu brachte, noch Jahre später diesen Tag als den glücklichsten seines Lebens zu bezeichnen.

Der König erschien.

Seine Gestalt war majestätisch. Wiewohl er ohne großen Prunk und fast bürgerlich gekleidet war, ging von diesem großen, zur Fülle neigenden Körper eine Würde aus, die den kleinen Göttinger Englandreisenden vor Scham fast in den Boden versinken ließ.

· Der König trat auf ihn zu und reichte ihm eine Hand, die sich weich wie ein frischgebackener Brotlaib anfühlte.

»Sie sind also der Mann, der den Venusdurchgang am...«

»3. Juni 1769, Ihro Majestät«, fiel der Hofastronom hilfreich ein, als er bemerkte, daß der König in seiner Rede stockte.

»Venusdurchgang am selbigen Tag persönlich beobachtete«, fuhr der König ungerührt fort. »Ich habe die höchste Achtung vor einer solchen wissenschaftlichen Leistung und werde dafür sorgen, daß sie in angemessener Weise belohnt wird. Bitte erzählen Sie mir von jenem wunderbaren Moment.«

Georg fiel mit Schrecken das jämmerliche Loch im Dach von Kästners Haus ein. Und er hatte im übrigen nur die Uhr beobachtet.

»Es war eine schwierige Beobachtungssituation«, stammelte er. Er bemühte sich, sein bestes Englisch zu sprechen, wurde jedoch vom König unterbrochen.

»Tun Sie mir einen Gefallen«, sagte Georg III. »Lassen Sie mich das wunderbare, klangvolle Idiom meiner Vorfahren hören. Sprechen Sie Deutsch!«

Georg mußte sich sehr mühen, daß ihm überhaupt die wichtigsten Wörter seiner Muttersprache wieder einfielen.

»Es war eine schwierige Beobachtungssituation«, wiederholte er, wobei er ins Hessische verfiel und »schwierische« sagte. »Der Tag ging schon zur Neische.«

Wieder unterbrach ihn seine Majestät. In gebrochenem Deutsch echote er: »Der Tag ging schon zur Neische. Wunderbar, so etwas haben wir im Englischen nicht!«

Dann vergaß er den Venusdurchgang zu Georgs Erleichterung und verkündete statt dessen eine Einladung. Georg möge sich doch um fünf Uhr zum Tee auf dem königlichen Sitz einfinden. Seine Frau, die Königin, habe ein großes Interesse daran, die wunderbaren Klänge ihrer Muttersprache ebenfalls zu hören.

Georg verneigte sich. Georg III. aber zauberte ein Lächeln auf sein großflächiges Antlitz, das darin gesteckt haben mußte wie die Füllung in einer Teigtasche.

Aus dem Gefolge des Königs blieb ein Mensch zurück, der abgerissen und ärmlich wie ein Bettler gekleidet war.

Als er sich jedoch vorstellte, erstarrte Georg erneut in Ehrfurcht.

Es war niemand anderes als Peter Dollond, der berühmte Sohn des nicht weniger berühmten John Dollond. Vater und Sohn waren die besten Optiker und Glasschleifer der Welt. Dem Vater war die Erfindung der achromatischen Linse zu verdanken. Sie war aus einer Schicht Flint- und einer Schicht Crownglas zusammengesetzt. Da beide Glassorten entgegengesetzte Brechungseigenschaften hatten, ließen sich so die lästigen Farbränder beseitigen, die den Astronomen bisher ihre Teleskope verdorben hatten.

Georg war froh, nun wirklich fachsimpeln zu können.

Peter Dollond überreichte ihm einen schön polierten, handlichen Mahagonikasten.

»Es ist ein Geschenk des Königs«, sagte er. »Er will damit ihre hervorragenden Leistungen als Astronom anerkennen.«

Georg tat sein Bestes, den feinen Spott in dieser Bemerkung zu überhören. Er öffnete den Kasten und sah die in Samt gebetteten Einzelteile eines Reisefernrohrs vor sich. Sein Schöpfer stand neben ihm und beobachtete mit Vergnügen die offenbare Freude des Beschenkten.

Im königlichen Landsitz zu Kew stank es zum Gotterbarmen nach menschlichen Exkrementen. Georg stellte sehr schnell die Ursache fest. Der König hatte, wiewohl erst 31 Jahre alt, mit seiner Frau Sophie-Charlotte von Mecklenburg-Strelitz in neun Jahren Ehe bereits sieben Kinder gezeugt. Sie wuselten und tollten in ihren verschiedenen Entwicklungsstadien in den königlichen Gemächern umher.

»Er hält es mit den Frauen wie mein Vater«, dachte Georg.

Man hatte ihm den jüngsten Prinzen mitsamt seinen vollgeschissenen Hosen in den Arm gelegt.

Die Königin war genauso lieb wie häßlich. Georg III. hatte sie aus Gründen der Staatsraison nach einer heftigen Leidenschaft zum schönsten Mädchen Englands, der damals fünfzehnjährigen Lady Sarah Lennox, geehelicht.

Als er Sophie-Charlotte zum erstenmal zu sehen bekam, soll er einen Schrei des Entsetzens ausgestoßen haben. Nun machte er den Eindruck eines stolzen und zufriedenen Ehemannes und Vaters.

Er zeigte seinem deutschen Gast alle Räume, ehe man sich zum Tee begab. »Sieht sie nicht wahrhaft scheußlich aus?« flüsterte er, als beide vor einem schmeichelhaften Portrait der Königin standen. Georg war entsetzt wegen des vertraulichen Tons, den sein Gastgeber ihm gegenüber anschlug.

»Und das ist genau das, was an ihr so schön ist. Sie ist mir treu und das für immer. Kein normaler Mann würde eine solche Frau zweimal ansehen. Ich kann mich vollkommen auf ihre Treue verlassen. Eine bessere Ehe gibt es nicht im ganzen Land. Seien Sie gewarnt, lieber Professor, vor den hübschen Frauen. Sie haben keine Seele. Sie sind Automaten. Wenn sie gebären, dann ist es Falschgeld. Man weiß nie, aus welcher Prägerei es kommt.«

Der König lachte und legte seinen fleischigen Arm um die schmale Schulter seines Gastes. Er führte ihn in den Teesalon.

Georg hatte nun nichts anderes zu tun, als für die Ohren der Königin Göttinger Klatsch zu erzählen. Sie genoß es mit sichtlichem Behagen, vor allem, als er ihr, so gut er es vermochte, vom derzeitig beliebtesten Kopfputz der Göttinger Aufwärterinnen berichtete.

Auch die Rückreise, die Georg Mitte Mai antrat, währte zwei Wochen. Sie verlief weniger stürmisch als die Hinfahrt. Diesmal war kein hübsches Mädchen unter den Passagieren.

Noch während Georg unterwegs war, schrieb der berühmte Professor Christian Gottlob Heyne, Altphilologe, Direktor der Göttinger Universitätsbibliothek, Herausgeber der Göttinger gelehrten Anzeigen und überhaupt das am weitesten strahlende Licht der Universität, an den in Hannover ansässigen zweiundachtzigjährigen Kurator dieser Institution Adolf von Münchhausen.

Es ging um eine mögliche Übernahme des vor über zwei Jahren zum Professor in Gießen ernannten Georg Christoph Lichtenberg in den Dienst des hiesigen Landes.

Heyne hatte bereits Wind bekommen von der Gunst, in dem jener bucklige Hofmeister englischer Studenten beim Landesherrn zu stehen schien. Nicht der Zufall, sondern die königliche Fügung wollte es, daß Georg auf seiner Rückreise in Hannover beim Kurator vorbeischaute, um die allergnädigsten Grüße seiner Majestät auszurichten.

Der Greis war keineswegs besonders begeistert von diesem Gnom. Er wußte jedoch, was seines Amtes zu sein hatte.

Wenige Tage nach der Visite wurde Georg zum außerordentlichen Professor der Philosophie in Göttingen ernannt.

Privat schrieb Münchhausen ziemlich skeptisch an Heyne: »Wenn Herr Lichtenberg sich zu einem Professor Astronomiae schickte, und Herr Kästner damit zufrieden wäre, so wäre dieses das beste. Ich weiß aber nicht, ob sein Körper und seine Gesundheit zum beständigen Observieren sich schicke; dieses machet allein einen Professorem Astronomiae berühmt. Meines Wissens hat Herr Lichtenberg noch nichts geschrieben.«

Zugleich veranlaßte Münchhausen den Gönner des Neulings, Professor Heyne, das in Aussicht gestellte Jahresgehalt auf die schäbige Summe von 200 Talern zu drücken. Es war die Hälfte des Gehaltes, das die hessische Landesregierung dem Professor Lichtenberg angeboten hatte.

Inzwischen verfaßte die Hannoveraner Behörde einen umständlichen Bericht über den Vorgang an den englischen König, wobei man hervorzuheben geruhte, daß jener Lichtenberg sich nicht nur in der Astronomie, sondern vor allem im Vorsitz bei einem Mittagstisch für englische Studenten bewährt habe.

Man betonte auch, daß dieser Mensch die Neigung habe, für ganze 200 Taler in Göttingen zu bleiben, obwohl er zu Gießen als ordentlicher Professor das Doppelte verdienen könnte.

Das königliche Einverständnis kam postwendend aus London, wobei nicht zu überlesen war, daß es in einem herzlicheren Ton als in solchen Fällen üblich abgefaßt wurde.

Georg zog nun innerhalb des Tompsonschen Hauses in ein größeres Zimmer um. Es sollte ihm als Hörsaal für seine erste Vorlesung im Wintersemester 1770/71 dienen. Er würde jeden Tag außer Sonntag ab elf Uhr über verschiedene Themen der Geometrie und Algebra lesen.

Als Einladungsschrift zu seinen Vorlesungen ließ er ein Programm im Druck erscheinen, das den folgenden umständlichen Titel trug:

»Betrachtungen über einige Methoden, eine gewisse Schwierigkeit in der Berechnung der Wahrscheinlichkeit beim Spiel zu beheben.«

Es ging hierbei um das sogenannte »Petersburger Problem«, das nach Meinung des frischgebackenen Professors nichts anderes war, als das Problem zu existieren.

»Meine Herren«, sagte eine Stimme, die er noch nie gehört hatte, obwohl es seine eigene war. Er vermied es, in die Handvoll Gesichter zu blicken, die ihm zugewandt waren.

»Meine Herren«, wiederholte die Stimme.

So mußte es seinem Vater bei seinen ersten Predigten ergangen sein.

Er kämpfte mit der Angst, nicht weiterreden zu können.

Zum drittenmal setzte er an: »Meine Herren.«

Zu seinem Erstaunen zitterte seine Stimme nun nicht mehr. Vielmehr sah er klar vor Augen, was er sagen wollte. Es war, als könne er den Text von einem unsichtbaren Manuskript ablesen.

»Wenn sie die Einladungsschrift zu meiner Vorlesung aufmerksam studiert haben sollten, müßte sich eine nochmalige Erörterung der darin enthaltenen Betrachtungen zur Berechnung der Wahrscheinlichkeit beim Spiel erübrigen.«

Er machte eine Pause und räusperte sich. Nun machte ihm nur noch ein leichter Husten zu schaffen. Er konnte in aller Ruhe die Gesichter vor sich zählen. Es waren tatsächlich nicht mehr als neun.

Am liebsten hätte er ihnen von seinen Erfahrungen in Göttinger Spielstuben erzählt, von seinen Nächten mit Kunkel und seiner Englandreise.

»Da ich mich jedoch möglicherweise zu umständlich und verworren ausgedrückt habe, erscheint es mir angemessen, heute die von mir in dem kleinen Aufsatz geäußerten Gedanken noch einmal zusammenzufassen und auf den eigentlichen Kern des Problems und seine Lösung zu reduzieren.

Sie werden sich den Namen des Problems gemerkt haben. Es hat einen Namen, der nichts weiter über seinen Inhalt besagt. Und das ist von großem Nutzen. Denn Namen sollten niemals allzuviel über ihren Träger verraten. Sie sollten hingegen klangvoll sein, was es erleichtert, sich die Sache zu merken, die sich hinter dem Namen verbirgt. Unser Problem heißt das ›Petersburger Problem‹.

Es heißt einzig und allein deswegen so, weil es in der schönen Stadt Petersburg zum erstenmal in einer deutlichen Form ausgesprochen wurde. Und zwar von Nikolaus Bernoulli, einem Mitglied der berühmten Mathematikerfamilie, der damals Professor der Mathematik in Petersburg war.

Nikolaus Bernoulli legte das Problem seinem jüngeren Bruder Daniel vor, der ebenfalls in Petersburg lehrte, und dieser schlug eine Lösung vor, die ganz erstaunliche Eigenschaften hat. Ich würde sagen, Eigenschaften, die den Rahmen der Mathematik sprengen und jenes Problem zu einem des allgemeinen menschlichen Lebens macht.

Sie, meine Herren, sind – genauso wie ich – sozusagen Opfer des Petersburger Problems. Was wir auch tun oder unterlassen, es gibt schlechterdings nichts in unserem Leben, das nicht von ihm bestimmt wird. Aus diesem Grunde möchte ich seine Erläuterung auch so gestalten, daß wir es wirklich begreifen und die nötigen Schlußfolgerungen aus ihm ziehen.«

Er füllte eine klare Flüssigkeit, die jeder der Anwesenden für Wasser hielt, aus einer Karaffe in ein Glas und trank einen großen Schluck. Das Getränk bestand zur Hälfte aus klarem Kornbrand. Er war zwar nicht mehr aufgeregt, aber er wünschte sich ein Feuer in seine Rede, eine Tiefe auch, die sich mit Nüchternheit nicht recht vertrug.

»Gestatten Sie mir eine Zwischenbemerkung, meine Herren.

Wissen Sie, warum es unter den legendären Bernoullis so viele ausgezeichnete Mathematici gibt?

Mir fällt nur eine Erklärung ein. Die Null taucht in ihrem Namen auf. Die Null, diese teuflische Zahl, die nichts ist, nichts enthält und nichts bedeutet und dadurch alles ist. Es ist die Null, die unser Dezimalsystem beherrscht. Sie ist ein Monstrum. Ein wahrer Teufel unter den Zahlen. Sie lachen?«

In der Tat hatte seine Bemerkung ein Schmunzeln auf die Gesichter gelockt.

»Das Petersburger Problem läßt sich am einfachsten mit Hilfe eines kleinen Glücksspiels demonstrieren.

Person A wirft eine Münze.

Kommt Kopf, zahlt sie einen Taler an B, kommt Zahl, wirft sie noch einmal.

Sie wirft so lange, bis Kopf kommt.

Kommt Kopf im zweiten Wurf, zahlt A zwei Taler an B, kommt Kopf im dritten, zahlt A vier Taler, dann acht, dann sechzehn und so fort.

Auch der mathematisch Ungebildete begreift, daß sich der Gewinn für B jedesmal verdoppelt, je später Kopf kommt.

Dies führt eventuell zu außerordentlich hohen Beträgen. Kommt Kopf zum Beispiel erst im 20. Wurf, gewönne B über fünfhunderttausend Taler und wäre ein gemachter Mann, A hingegen vermutlich ruiniert.«

Er unterbrach seinen Vortrag und blickte in die Gesichter, die nun wieder einen schafsmäßigen Ausdruck angenommen hatten. Er fürchtete nicht zu Unrecht, daß er als frischgebackener Professor der Mathematik zu Göttingen für seine erste Vorlesung nicht gerade die intelligentesten Schüler hatte gewinnen können.

Er füllte sein Glas erneut und trank es leer. Dann legte er eine Münze hinein, ließ sie gehörig klappern und stürzte das Behältnis auf die Katheterplatte.

»Zahl«, sagte er laut. Er spürte den Alkohol wie eine weiche Masse, die ihn von allen Seiten umgab und in der sein Körper einen ungenauen Abdruck hinterließ. Wieder kam die Münze ins Glas.

»Zahl«, hieß es erneut,

»Es scheint sich eine Serie zu entwickeln. Mir ist es bereits einmal gelungen, neunmal hintereinander ›Zahl‹ zu werfen.

Dies ist natürlich höchst unwahrscheinlich. Der naive Mensch hat hierfür auch eine Erklärung. Er denkt sich, die Münze müsse, wenn sie so oft hintereinander Zahl produziert hat, auf eine geheimnisvolle Weise wissen, daß nun Kopf kommen müsse. Ihre Neigung zu Kopf müsse sich um so mehr verstärken, je länger die Serie von ›Zahl‹ ist.

Dies ist natürlich Unsinn, meine Herren. Die Münze hat kein Gedächtnis. Sie ist vollkommen dumm. Die Chance für Kopf ist immer, und gleichgültig wie lang vorher die Serie war, gleich 1/2. Man kann sich diesen logischen Umstand, der in der symmetrischen Konstruktion einer Münze begründet ist, leicht sinnlich plausibel machen, wenn sie sich vorstellen, man mache nach einer Serie von, sagen wir, achtmal Zahl eine Pause von zehn Jahren und werfe dann die Münze nicht hier, sondern meinetwegen in Australien. Auch der Naive wird denken, daß dieser neue Wurf, was die Chancen für eine Seite anbelangt, genauso gut ist wie der allererste.«

Er hatte keineswegs vor, sich zu betrinken. Dennoch schenkte er sich ein neues Glas voll und leerte es zur Hälfte. Er mußte an Kunkel denken. Wie oft hatten sie zusammen getrunken, um die Verhältnisse schärfer zu sehen. Man verstand nur, wenn man im richtigen Maße betrunken war.

Dies war ein Glaubenssatz seines alten Freundes, der nun schon fast drei Jahre tot war. Ein Opfer zwar seiner Philosophie, der Pinik, der Kunst des Trinkens, aber ein siegreiches Opfer, denn Kunkel konnte mit Bestimmtheit von sich behaupten, im Leben keine durch übertriebene Nüchternheit bedingten Fehler gemacht zu haben.

Er setzte noch einmal das Glas an die Lippen und leerte es völlig. Er spürte nun den Abdruck seines Körpers immer deutlicher, als wäre er sorgfältig von der ihn umgebenden Luft modelliert.

Dies galt auch für die Teile, deren er sich hin und wieder

schämte. Gewiß, er verbarg seinen Buckel nicht. Er drehte den Hörern sogar die Seite zu, wenn er die Münze schüttelte. Aber es war doch für alle Anwesenden nicht völlig selbstverständlich, daß er bei aller Würde seines Amtes ein Krüppel war.

»Wir haben bei unserem Spiel bislang nur A betrachtet. Natürlich kann es nicht sein, daß A immer nur an B zahlt. So einseitig ist es nie im Leben eingerichtet. Jeder hat seine Chance, wenigstens zu Beginn. Und ich sagte ja, daß unser Spiel dazu angetan ist, ein wichtiges Merkmal unseres Lebens zu beschreiben.

B muß, um die Chancen gerecht zu verteilen, an A eine bestimmte Summe vorweg bezahlen, von der er je nach Verlauf des Spiels nichts, ein wenig, alles oder mehr zurückgewinnen kann. Die Höhe dieses Betrages berechnet sich nach dem Wahrscheinlichkeitswert des einzelnen Wurfes. Da die Chance, Kopf zu werfen, aufgrund der flachen, symmetrischen Form der Münze gleich 1/2 ist, hat jeder Wurf den Wert von 1/2 Taler.

Zahlt B also einen halben Taler an A, hat er das Recht zu *einem* Wurf. Dieser kann Kopf bringen, worauf A einen Taler an B zahlen muß und letzterer einen Gewinn von einem halben Taler einstreicht.

Es kann jedoch auch Zahl kommen, und zwar mit der gleichen Wahrscheinlichkeit. In diesem Fall erhält B nichts, und A hat einen halben Taler gewonnen.

Wie man sieht, ist das Spiel vollkommen gerecht.

Die finanzielle Vorleistung B's bestimmt über die Anzahl der *möglichen* Würfe. Zahlt B zum Beispiel drei Taler, sind sechs Würfe möglich. Zahlt B zehn Taler, gar zwanzig. In diesem Fall könnte B im Höchstfall die gigantische Summe von 524.288 Taler gewinnen, natürlich nur, wenn Kopf erst im letzten Wurf, dem zwanzigsten kommt.

Kommt Kopf jedoch bereits im ersten, hätte B in diesem Falle neun Taler an A verloren.

Soweit sieht alles ganz einfach, plausibel und gerecht aus.

Nun kommen wir jedoch zum eigentlichen Problem des Ganzen, zum Petersburger Problem.«

Es war nur noch ein Rest in der Karaffe. Dennoch hielt er jetzt den Zeitpunkt für gekommen, diesen Einsatz zu riskieren. Das Glas wurde halbvoll dabei. Auch dies entsprach dem Spiel. Die eine Hälfte war Luft, die andere Flüssigkeit. Er trank nicht, sondern sparte sich den Rest für später auf.

Es war nun tatsächlich so etwas wie gespannte Erwartung in den Gesichtern zu lesen. Er hatte es also geschafft, diese harmlosen Menschen aus ihrer Lethargie zu wecken. Es lohnte sich, sie von ihrer Dummheit zu bekehren. Es war sogar eine Lust, diesen sicherlich anstrengenden Versuch zu unternehmen. Nun konnte er es sich sogar vorstellen, ihn nicht nur einmal, sondern ein Leben lang zu wiederholen.

»Das Petersburger Problem. Es besteht in nichts anderem als in dem folgenden Widerspruch: B hat trotz kleiner Einsätze die Möglichkeit, riesige Summen zu gewinnen. Was sind schon zehn Taler angesichts einer halben Million! Und dennoch wird sich jeder normale Mensch dreimal überlegen, zehn Taler in einem Glücksspiel zu riskieren. Das ist ein Widerspruch, den der Mathematiker nicht begreift.

Für A liegt der Fall anders. A kann immer nur kleine Summen gewinnen oder verlieren.

Alles hängt hingegen von der Risikobereitschaft des Spielers B ab. Riskiert er nur kleine Beträge, kann er lange spielen, auch wenn er nicht allzuviel Geld in der Tasche hat. Er wird aber nie reich dabei werden.

Riskiert er höhere Beträge, dann sieht die Sache schon anders aus.

Hat er Pech, zehren diese immer noch relativ kleinen Summen über die Zeit hin an seinem Kapital. Hat er Glück, kann er A Beträge abknöpfen, die diesen wahrscheinlich in höchste Verlegenheit bringen.

Sie sehen, meine Herren, die Risikobereitschaft hat gewaltige Konsequenzen für den Verlauf des Spiels. Es kann lang und langweilig verlaufen, es kann kurz und kurzweilig sein, geradeso wie das Leben selbst.

Das Petersburger Problem ist eine Folge der Tatsache, daß wir nur eine begrenzte Zahl von Jahren leben und nur über eine begrenzte Menge Kredit, Geld, Jugend, Kraft, Schönheit, oder was auch immer wir für wertvoll halten, verfügen. Wäre es nicht so, könnten wir ewig spielen, jede Krise durchstehen, könnten irgendwann durch hohe Einsätze jede Bank des Lebens sprengen. Es gäbe kein Petersburger Problem, keinen Widerspruch zwischen theoretischer und wirklicher Existenz.

Weil wir aber vielleicht nur noch dreißig oder gar zehn Jahre vor uns haben, weil unsere Knochen alt werden, weil unser Verstand nachläßt, weil uns die Haare ausgehen und die Lust am Leben, müssen wir rechnen, müssen wir kalkulieren, müssen wir Risikotaktik betreiben, so schrecklich dies auch sein mag.

Der Mathematiker begreift dies nicht, er hält seine Zahlen für die Wirklichkeit. Mathematisch zeigt sich immer hohes, ja höchstes Risiko auf die Dauer überlegen. Der Philosoph und Menschenkenner aber sollte ihm klar machen, daß seine theoretische Welt mit unserem irdischen Leben wenig zu tun hat.

Bedenken Sie also, meine Herren, bei allem was sie tun, welchen Beruf sie ergreifen, welche Frau sie sich wählen, sie kommen nicht drum herum: Sie müssen ihr Spiel spielen, und sie müssen ihre Mittel dabei überprüfen. Es gilt immer, das bestmögliche Risiko zu finden. Dies ehrlich von sich zu erkennen, ist der große Nutzen, den uns Bernoullis Petersburger Problem gebracht hat.«

Er sah in die Gesichter und ihm schien, daß er gegen eine Wand geredet hatte. Von den Anwesenden würden wahrscheinlich alle das kleinstmögliche Risiko in ihrem Leben spielen. Deshalb waren sie vermutlich auch zu ihm in die Vorlesung gekommen. Ein neuer Professor, achtundzwanzig Jahre jung, klein, bucklig und unbekannt, das versprach leichte Arbeit und gute Noten.

Er trank den Rest seines Elixiers und begann nun, an der Tafel die mathematischen Formeln und Zahlenreihen niederzuschreiben, die die Regeln des Wahrscheinlichen explizierten.

Er drehte dabei notgedrungen seinen Hörern seinen Buckel zu. Er hatte das Gefühl, daß er mit dieser Ausbuchtung seines Körpers ihre Blicke sammelte. Sie stachen dort hinein wie in ein Nadelkissen.

Später am Tag lief er vor die Stadt aufs Feld.

Er fühlte sich immer noch ein wenig betrunken. Würden morgen alle wiederkommen? Wahrscheinlich hatte er die Hälfte abgeschreckt. Das machte nichts. Vorerst hatte er sein Auskommen.

Er würde nicht auf die Hörgelder spekulieren. Lieber sagen, was er sagen wollte. Kleiner durfte das Risiko nicht sein. Es war schon klein genug. Wenn alles gut ging, hatte er nun die Hälfte seines Lebens hinter sich.

War es ein Hügel oder war es ein Tal? War es bergab gegangen und ging es nun dementsprechend wieder bergauf? War er gar auf dem Gipfel angelangt? Er sollte sich keine Gedanken darüber machen. Aber träumen wollte er schon. Träumen von früher und träumen von der Zukunft.

Merkwürdig, daß Träume zwischen Vergangenheit und Zukunft keinen Unterschied machen. Für Träume steht die Zeit still. Deshalb liebte er sie so.

V. Ortsbestimmung

Nach seiner Rückkehr aus England gewöhnte er sich nicht wieder so recht an die Stadt, die er als seine Heimat betrachtete.

Dies lag nicht daran, daß man ihm hier so viel weniger Beachtung schenkte, als es im fernen London der Fall gewesen war.

Vielmehr spürte er nun erst richtig, was ihm in der Theorie längst klar war, nämlich die Notwendigkeit, sich für einen Lebensweg zu entscheiden.

Er war an einem Scheideweg angelangt, und jeder Schritt vorwärts würde ihn in der einen Richtung weiterbringen, von der anderen jedoch entfernen. Wollte er wirklich deutscher Professor der Mathematik werden? Oder lieber als Hauslehrer und Privatlehrer nach England gehen?

Er betreute nun neue englische Studenten. Irby und Swanton waren in ihrer Heimat geblieben.

Unter den Neuen freundete Georg sich schnell mit einem jungen Baron an, der ihm schon bald damit in den Ohren lag, später mit ihm auf die Insel zu ziehen.

»Dort entsteht das neue Jahrhundert«, sagte Sir Francis Clerk. Es war ein schneidiger Bursche, dessen soldatisch straffe Haltung mit einem weichen, phantasievollen Gemüt in eigenartigem Einklang stand.

»Wir haben die besten Ingenieure, die besten Astronomen, die besten Glasschleifer, die fähigsten Schriftsteller, die modernste Verfassung und den schlechtesten König, was ein Segen für uns ist, denn Georg III. behindert den Fortschritt nicht durch königliche Machtgier, wie es in Frankreich der Fall ist.«

Georg stimmte seinem neuen Freund in allem zu.

»Und ihr habt die hübschesten Mädchen«, ergänzte er.

»Sie müssen mit mir nach England kommen, wenn ich hier fertig bin. Dort werden Sie der neue Franklin. Sie haben einen englischen Geist und einen deutschen Verstand. Das könnte wunderbare Folgen haben. Mein Vater wird Ihnen ein Laboratorium einrichten, wie es kein zweites auf der Welt gibt.

Wir haben einen Park, in dem sich ein stattlicher Hügel befindet. Dort sollen Sie Ihr Observatorium bekommen.«

Georg gefielen diese Phantasien über die Maßen gut.

Sie lähmten ihn jedoch zugleich. Er mochte sich nicht entscheiden. Ihm fehlte der Mut zum Risiko; er war ein schlechter Spieler des Lebens.

Hier in Göttingen sich als kleiner Professor hochzudienen mit einem Auskommen, das gerade reichte, und einem Beruf, mit dem es sich aushalten ließ, das paßte wohl besser zu ihm als der kühne englische Traum.

Er würde ein besonders williges Opfer des Petersburger Problems sein. Was sollte man auch erwarten von solch einer verbogenen Münze, wie sie sein Leib im Würfelbecher des Lebens darstellte.

Er war so ratlos wie noch nie zuvor in seinem Leben.

Seine Vorlesung schleppte sich dahin. Er explizierte die Kästnerschen Lehrbücher der Mathematik und versuchte, in den schafsmäßigen Gesichtern seiner neun Studenten Momente von Erleuchtungen zu beobachten. Er beließ es zumeist bei dieser Form der Astronomie. Denn Kästner rückte nach wie vor nur ungern den Schlüssel zur Sternwarte heraus, und so kam es, daß nicht er, sondern sein Freund Kaltenhofer mit seinem Amateurinstrument den neuen Kometen des Jahres 1770 am Göttinger Nachthimmel entdeckte.

In dieser Zeit trug Georg sich mit der Absicht, einen Roman zu schreiben. Er wollte sich damit Luft verschaffen, aber er wußte auch, daß ihm gerade dazu die Luft fehlte. So kam es nur zu zwei Skizzen von Romanprojekten, die vielsagend genug waren. In dem einen Projekt ging es um einen Helden namens Christoph Seng. Dieser Mann studiert wahllos, wird Hofmeister, wird Soldat. Als sein Herr erstochen wird, verlegt er sich auf die schönen Wissenschaften, verliert über einem Mädchen den Verstand, schreibt einige Bücher, macht einen Spezereienladen auf, legt sich auf die Mathematik und erhält wegen seiner Verdienste bei der Flußbegradigung von einem Fürsten eine Pension von tausend Talern zuerkannt, will anfangs seinen Laden nicht verlassen, geht schließlich doch in jenes Land, wo ihm die Pension ausgesetzt wurde, und stirbt unterwegs.

Dies war so ziemlich seine Biographie, wie er sie sich vorstellte, wenn er nicht mit allzu niedrigem Risiko spielte.

Inzwischen rumorte es nämlich in hessischen Landen, was seine Sache anbelangte. Briefe gingen an ihn und an das königliche Ministerium zu Hannover, in denen in scharfem Tone die Erfüllung seiner vaterländischen Pflichten angemahnt wurden. Die zwei Jahre Urlaub waren um zwei weitere Jahre überschritten. Noch wurde ihm die gut dotierte Stelle in Gießen freigehalten. Eigentlich hatte er keine Wahl, er mußte sich auf den Weg machen.

»... und stirbt unterwegs.« Immer wieder klang ihm dies im Ohr. Er steigerte sich so in eine nebelhafte Angst hinein, daß er sich kaum aus dem Hause traute.

Er hatte sich am Licht seines eigenen Schicksals versengt. Den Haupt-Charakter seines Helden »Christoph Seng« schilderte er als lähmenden Mittelzustand zwischen Denken und Genießen. Auch dies waren zwei Seiten der Münze wie Kopf und Zahl. Deshalb war sein Held »zum Nachdenken ziemlich aufgelegt, nur selten eines Vergnügens fähig, weil seine Gedanken sehr selten da waren, wo seine Begebenheiten sich zu einem Vergnügen zuspitzten, und da doch nur ein Vergnügen stattfindet, wenn die Seele auch sich dazu schickt...«

Das andere Romanprojekt hieß schlicht und einfach »Der Oberförster«. Diese Gestalt war der typische deutsche Provinzcharakter, war der Mensch, der immer mit dem niedrigsten Risiko spielt.

Ihm sind nur drei Dinge wirklich wichtig: die Pfeife, die Flasche und das Bett. Dickbäuchig, konservativ und kinderreich erzählt er immer die gleichen Schwänke aus seinem Leben. Wenn er das Wort Mädchen in den Mund nimmt, zupft ihn seine Frau mahnend am Ärmel, um ihn abzuhalten, so in Gegenwart seiner Kinder zu sprechen.

War er nicht auf dem besten Weg zu dieser lächerlichen Alternative? Ein Seng, der über dem höheren Risikospiel zu einem Opfer der Mißverständnisse wird, um schließlich »unterwegs« zu sterben. Eine Art Landstreicher des Lebens also?

Oder ein Oberförster, also »einer von denen, die immer einen grünen Rock und ein rotes Gesicht haben, bei denen, wenn sie grad stünden, die Richtung des Mittelpunkts der Schwere 6 Zoll vor die große Zehe fallen müßte, deswegen sie den Bauch sehr vorstrecken und den Kopf zurückbiegen müssen...«

Vor Angst, entweder zu einem solchermaßen gebauten Seßhaften des Lebens oder zu einem Seng zu werden, hielt er still und duckte sich wie ein Hase eng an den Boden, um abzuwarten, bis die Gefahr vorüber war.

Natürlich wußte er, daß dies nicht die richtige Taktik war, und so war er froh, als im Frühsommer des Jahres 1771 eine Entwicklung begann, die ihn erst einmal aus seinem Lebensversteck wieder hervorscheuchte.

Sein Bewegungsdrang hatte gerade dazu ausgereicht, einen der innerstädtischen Gärten aufzusuchen, um einen schönen und warmen Abend mit Hilfe einer Flasche Wein zu observieren.

Diesmal war es der Garten seines Freundes Kaltenhofer, eben jenes Mannes, der vor ihm den Kometen des Vorjahres entdeckt und durch den er einst die schöne Justine kennengelernt hatte.

Es hatte sich an dem langen Holztisch eine lustige Runde bei Wein, Brot und Göttinger Mettwürsten eingefunden. Die Stimmung riß auch Georg mit, und bald war er derjenige, der mit seinen Bemerkungen und Geschichten die Gesellschaft unterhielt.

»Durch meine Reise nach England ist mir deutlich geworden, daß die berühmte fliegende Insel Laputa, der der berühmte Gulliver einen Besuch abstattet, nichts anderes ist als ein ziemlich genaues Portrait dieser sonderbaren Gegend, die solche hervorragenden Geister wie Shakespeare, Swift und Fielding hervorbrachte. Ja, als wir uns mit dem Schiff der britischen Insel näherten, sah ich deutlich, daß sie mindestens eine Handbreit über dem Wasser schwebte. Meine Mitreisenden deuteten dies Phänomen als Auswirkung eines Nebelstreifens, ich jedoch wußte es besser, es war Laputa.«

Wein wurde nachgeschenkt. Das Kerzenlicht beschien lauter Gesichter, die voller Spannung seiner Erzählung lauschten. Er selber hörte sich reden, als säße er neben sich unter den anderen. So war es oft, wenn er sich in einer Geschichte verfing.

»Der beständige Westwind, der es den Schiffen so schwer

macht, vom Kontinent aus die Küste Laputa zu erreichen, pfeift nicht nur *über* die Insel hin, sondern zugleich auch *unter* ihr hindurch wie unter einem schwebenden Teppich.«

Im Hintergrund des dunklen Gartens zog eine matt schimmernde Erscheinung vorbei.

»Wie ein Komet«, dachte er, ohne dabei den Faden seiner Erzählung zu verlieren. Die Gestalt kam näher und trat schließlich in den Lichtkreis der Runde.

Es war eine junge Frau, eine Verwandte von Kaltenhofer. Georg hatte sie bislang nur aus der Ferne gesehen. Jetzt setzte sie sich auf die schmale Holzbank ihm genau gegenüber. Sie tat dies in aller Ruhe, wie eine Frau, die nicht an ihrer Person und deren Bewegungen zweifelt.

»Wie allgemein bekannt ist«, fuhr er fort, »spricht man in Laputa und dem von ihm regierten Balnibarbi eine gemeinsame Sprache, das ›Balnibarbische‹. Gemeinsam ist sie allerdings nur dem Klang nach. Ganz anders sieht es auf der Seite der Bedeutungen aus. Hier erweist sich das auf Laputa gesprochene Idiom als feiner. Ich nenne es daher das Hochbalnibarbische. Das Niederbalnibarbische wird auf dem Festland gesprochen.«

Er stockte ein wenig an dieser Stelle, denn ihm war aufgefallen, wie teilnahmslos das Gesicht seines Gegenübers wirkte. Dies fiel um so mehr auf, als die anderen Gesichter allesamt den Ausdruck von Neugier und Spannung in ihrer Miene trugen.

Mit leicht erhobener Stimme, als wolle er die Überzeugungskraft seiner Worte steigern, fuhr er fort.

»Es ist zum Erstaunen, wie verschieden zuweilen die Bedeutung eines Wortes des Balnibarbischen ist, je nachdem ob es eine Person des gemeinen Volkes aus Balnibarbi oder eine der höfischen Kreise von Laputa verwendet.

So bedeutet bei diesen Leuten das Wort ›molom‹ zum Beispiel
›ein Gelehrter‹, während der nämliche Ausdruck im Nieder-
balnibarbischen ›ein Schwätzer‹ meint.«

Am Tisch wurde gelacht. Sie jedoch, die vor ihm saß, verzog
keine Miene.

»Ein anderes Beispiel wäre das Wort ›zorr‹. Es bedeutet
einmal ›ein artiges Frauenzimmer‹, ein andermal jedoch ›eine
Hure‹!«

Wieder wurde gelacht. Er jedoch saß wie versteinert da,
denn er spürte ihren Fuß auf seinem Schuh.

Es konnte kein Zufall sein, denn es war ein fester Druck,
der sich zweimal wiederholte. Kein Zweifel, es war ein ein-
deutiges Signal. Er traute sich nicht, es in der gleichen Weise
zu beantworten. Er versuchte vielmehr, in ihrem Gesicht zu
lesen, aber das glich einer Seite in einem unaufgeschnittenen
Buch. Er redete weiter, als gelte es das Leben. Und er wurde
immer mutiger dabei.

Er erzählte von den temperamentvollen Frauen von Laputa,
die sich nicht scheuen würden, sich offen vor den Augen ihrer schläfrigen Ehemänner mit ihren Liebhabern abzugeben.
Er behandelte auch die Theorie der Kometen, vor denen die
Laputianer große Angst hätten.

»Ihrer Meinung nach drohen uns von den Himmelskörpern
immerfort irgendwelche Gefahren«, zitierte er. »Die Erde sei
dem letzten Kometen, der an ihr vorbeiflog, nur um ein Haar
entkommen und wäre beinahe zu Asche verbrannt.«

Er spürte plötzlich ihre Hand unter dem Tisch auf seinem
Knie. Er trank mit einem Schluck sein Glas leer und schob
seine Hand sein Bein entlang, bis ihre Finger sich berührten.

Währenddessen wurde er von Fragen über den neuesten
Kometen bestürmt, den diesmal nicht Kaltenhofer, sondern
er selbst mit seinem Dollond am Göttinger Maihimmel entdeckt hatte.

»Wie gefährlich sind eigentliche solche Himmelsboten?«
wollte jemand wissen.

»Sie sind nur gefährlich, solange sie mit dem Schweif voran
fliegen«, sagte er. Diese Zweideutigkeit erntete den lebhaftesten Beifall.

Unter dem Tisch hatte ihre Hand die seine mit sanftem
Druck gepackt und führte sie über ihren Schenkel. Er fühlte,
wie weich die Haut dort war.

Dann war es vorbei. Sie rückte ein wenig zur Seite, weil ein
neuer Gast gekommen war, und saß ihm nun schräg gegenüber. Es gab keine Möglichkeit mehr, sich heimlich zu berühren.

Dafür wurde sie nun immer lustiger und beteiligte sich an-
geregt an den Gesprächen, wobei sie deren frivole Untertöne
häufig durch kluge Bemerkungen zum Verstummen brachte.

Er war fasziniert von ihr.

Ihr Gesicht bestand aus zwei Hälften, fand er heraus, einer
strengen und einer lieblichen. Je nachdem wie sie den Kopf
drehte, änderte sich ihr Charakter.

Nur wenn sie ihn voll ansah, hatte er es mit beiden Seiten
ihres Wesens zu tun. Dies fand er am schönsten.

Als er spät in der Nacht betrunken in seinem Zimmer an-
langte, schrieb er in sein Tagebuch, das er seit zwei Wochen in
englischer Sprache führte: »Wir aßen in Kaltenhofers Garten
zu Abend. Ich und der Komet waren sehr vergnügt zusammen. Häng mich, wenn du das verstehst. Kam um ein Uhr
nach Haus.«

Er schlief mit dem Gedanken ein, daß der Himmelskörper ihm bald ganz allein, ohne lästige Zeugenschaft anderer
Astronomen, erscheinen würde.

Schon zwei Tage später begegnete er ihr um elf Uhr mittags
auf der Straße. Sie nickte ihm mit einem Lächeln zu, das er
als Bestätigung ihrer Gefühle deutete.

Seine Verliebtheit wuchs mit jeder Stunde und raubte ihm nun den Schlaf. Doch es verging fast eine Woche, ehe er sie wiedersah.

Es war ein Sonntag. Die alte Runde hatte sich wieder in Kaltenhofers Garten versammelt.

Diesmal war sie schon vor ihm da. Es war schwierig, sich einen Platz ihr gegenüber zu ergattern. Seine Vorfreude währte nicht lange, denn sie erhob sich plötzlich und setzte sich woanders hin. Auch schien sie ihn absichtlich zu übersehen.

Diesmal ging er noch betrunkener nach Hause. Ihm war übel vor Verzweiflung.

In sein Tagebuch trug er folgendes ein:

»21. Juni. An dem Kometen beobachtete ich eine erstaunliche Veränderung, die ich nicht erklären kann; alles scheint vorbei zu sein. Doch bedeutet das nicht: ›Alles ist nur ein Traum‹; der Mensch ist sicher nicht in derselben Art zum Vergnügen geschaffen, wie das Auge zum Sehen oder das Ohr zum Hören.«

Es ging ihm nun stündlich schlechter. Die alten Selbstmordgedanken kamen wieder, und er entsann sich plötzlich jener Szene, als ihm die Möglichkeit, sich das Leben zu nehmen, zum erstenmal angesichts eines deklinierten lateinischen Wortes an einer Schultafel klar geworden war.

Wurde man nicht selbst dekliniert und bis zum Überdruß durch die verschiedenen Fälle des Daseins buchstabiert?

Er sah sie wieder, und auch diesmal nahm sie keine Notiz von ihm. Das steigerte sein Verliebtsein zu einem körperlichen Schmerz.

»Ich wollte, ich wäre tot«, schrieb er ins Tagebuch, »ich habe die Linie passiert und darüber hinaus ist nichts. Wenn ich nur Herr über mich selbst werden könnte! Doch halt: wenn ich Herr über mich selbst wäre, wer wäre dann der Sklave? Ich selbst! Verwünscht sein sollen dann alle Herren.«

Er wunderte sich, daß er mitten in seinen höllischen Schmerzen klar denken konnte, ja, sie schienen seinen Verstand sogar noch zu schärfen. Trotzdem mußte die Qual ein Ende haben. Sie währte nun schon einen ganzen Monat.

Es gab nur einen Weg, er mußte den Grund für ihr Verhalten herausfinden.

Zwei Tage später nahm er allen Mut zusammen und ging zu Kaltenhofer. Natürlich verriet er sich durch seine Frage nach dem künftigen Schicksal jener Dame. Es machte ihm aber nichts mehr aus.

So erfuhr er, daß sie noch am Ende dieses Monats heiraten und die Stadt verlassen würde. Diesen Grund zu kennen, verschaffte ihm tatsächlich Trost.

»Nun habe ich es endlich heraus. Ich weiß, was mit dem weißen Kometen los ist. Er ist für immer verloren. Nun kann ich hoffen zu genesen. Nicht wissen, *wo* ein Ding steckt, ist zehnmal schlimmer, als es ganz verlieren, nicht wahr? Er hatte ein weiches Herz, und, bei meiner Seele, eine weiche Haut.«

Neuerdings pflegte er sein Geschlechtsteil Lion zu nennen. Dies war ihm in England eingefallen.

Er schrieb in sein Tagebuch: »Mir bleibt nur übrig, meinen alten Lion wieder liebevoll zu hegen und zu pflegen. Er enttäuscht mich niemals, er ist der gutmütigste Teufel, der jemals einen sterblichen Wicht in Stücke zerriß.«

Es tat gut, in solcher Weise zu beichten. Die Sprache war doch der beste Schröpfkopf für schlechtes Blut.

Sie war auch ein guter Schröpfkopf und Aderlaß für Dummheit und aufgeblasene Köpfe.

Da hatte sich in den letzten Jahren ein ärgerliches Schauspiel ereignet, dessen Initiator ein Schweizer Prediger namens Caspar Lavater war. Er hatte den großen Juden Moses Mendelssohn, den Philosophen und Freund Lessings, in einer öffentlichen Schrift aufgefordert, entweder die Wahrheit der christlichen Religion zu widerlegen oder sich taufen zu lassen.

Mendelssohn hatte sehr gelassen mit einer Gegenschrift geantwortet.

Im Verlauf des Jahres 1770 verselbständigte sich die Fehde um das Proselytenmachen in einer ganzen Reihe von Streitschriften verschiedener Autoren.

Lavater verbuchte es als Triumph, daß tatsächlich zwei Berliner Juden sich bei ihm persönlich taufen ließen. Das Ganze bekam einen ekelhaften Beigeschmack.

Nun war etwas ähnliches im Sommer 71 in Göttingen geschehen. Auch hier gab es eine doppelte Judentaufe, die von den einen als Sieg des Christentums gefeiert, von anderen aber als geschicktes Manöver zweier Personen mit unsauberer Weste verstanden wurde.

Georg griff zur Feder und schrieb eine größere Satire mit dem Titel »Timorus, das ist Verteidigung zweier Israeliten, die, durch die Kräftigkeit der Lavaterischen Beweisgründe und der Göttingischen Mettwürste bewogen, den wahren Glauben angenommen haben, von Conrad Photorin...«.

›Photorin‹ war die Übersetzung von ›Lichtenberg‹.

Eine Weile überlegte er, ob er die Schrift zum Druck geben solle. Dann aber legte er sie beiseite. Sie hatte ihren Zweck erfüllt. Er hatte sich selbst am eigenen Witz unterhalten und darüber den Kometen fast vergessen.

Bald aber merkte er, daß die ganze Angelegenheit noch längst nicht ausgestanden war. Er sah sie noch mehrmals aus der Ferne, und als sie weggezogen war, erschien sie ihm in ihrem weißen Kleid im Traum. Es dauerte noch ein ganzes Jahr, bis er von dieser Krankheit geheilt war. Und er hätte wahrscheinlich noch länger unter dieser seltsamen Liebe, die nur in einem einzigen Augenblick bestanden hatte, gelitten, wenn ihm nicht von höherer, ja, allerhöchster Stelle eine Kur verschrieben worden wäre, mit der niemand und am allerwenigsten er gerechnet hatte.

Es war schon verwunderlich, daß sich die hessische Regierung nach jenem bedrohlich klingenden Schreiben vom März nicht wieder gerührt hatte.

Er selber hatte sich totgestellt und die Unverschämtheit begangen, einfach nicht zu antworten.

Nun kam Anfang September ein Brief, der wahrhaftig in sein Leben eingriff.

Ohne diese Wendung hätte er vielleicht in seiner Not tatsächlich begonnen, den Roman über Kunkel zu schreiben, um seine Seele aus den Qualen des langweiligen Vorlesungsalltags und einer sich in Tagträumen verkapselnden unglücklichen Liebesgeschichte zu retten.

Der Brief bot einen besseren Ausweg. Schon der Absender hatte ihn jubeln lassen. Er kam aus London von der königlichen Deutschen Kanzlei.

Ihm wurde in lakonischen Worten angekündigt, daß ein astronomischer Quadrant unterwegs sei, ein Geschenk seiner Majestät des Königs an die Göttinger Universität. Bevor er jedoch in deren Besitz gelange, sei es seiner Majestät gnädigster Wille, daß er, Georg, mit Hilfe des Präzisionsinstrumentes die geographische Lage zweier Orte, Osnabrücks und Hannovers, bestimmen solle.

Ausdrücklich betonte der Brief, daß nicht Kästner, den der König nicht von seiner Beschäftigung abhalten wolle, wie es augenzwinkernd hieß, sondern er allein diesen Auftrag erfüllen solle.

Das war die Lösung! Wollte er nicht auch endlich seinen eigenen Standort im Leben bestimmen? Und war es nicht eine wunderbare Fügung, daß er nun zu Lagebestimmungen auf Reisen geschickt wurde?

Selbst wenn er gewollt hätte, hätte er diesen königlichen

Auftrag nicht zurückweisen können. Endlich war etwas geschehen, das ihn zur Eindeutigkeit zwang. Am liebsten wäre er sofort aufgebrochen.

Kästner reagierte natürlich eifersüchtig. Er schickte einen langen, umständlichen Aufsatz an die königliche Regierung, in dem er darlegte, daß aus meteorologischen und astronomischen Gründen eine entsprechende Observation und Lagebestimmung jener Städte erst im Frühjahr in Frage käme. Georg widerlegte all diese Gründe in einem knappen Schreiben an das Geheime Rats-Kollegium des Königs.

Im Dezember war er bereits unterwegs nach Hannover, um den dort inzwischen eingetroffenen Quadranten zusammenzubauen. Seine Vorlesungen hatte er mit Vergnügen abgebrochen.

Im übrigen konnte er nicht wissen, daß sein Gönner Georg III. inzwischen die von der hessischen Regierung gezahlten Stipendiengelder zurückgezahlt hatte, um seinen Schützling aus den alten Verpflichtungen auszulösen.

»Hat es geschneit in Petersburg, als Bernoulli sein Problem zum erstenmal ins Auge faßte?«

Er saß am Fenster in seinem Göttinger Zimmer und beobachtete Schneeflocken. Ihm gefiel der Gedanke, daß Schneeflocken so lange ihrer Form und Reinheit sicher sein können, wie sie in der Luft unterwegs sind. Gefahr besteht für sie erst, wenn sie auf einem Boden zu liegen kommen. Sie werden tauen oder vom Frost zusammengeklumpt. Es ist vorbei mit ihrer eigentlichen Gestalt.

Er hatte Angst, sich aufzulösen, wenn er noch lange hier hockte und auf seine Reise wartete. Kästner hatte Recht behalten, es war vom Wetter her zu früh für seine Mission. Aber er hatte alle Vorbereitungen getroffen, hatte sich einen wunderbaren Kompaß bauen lassen, wobei seine Geldmittel draufgegangen waren. Und er hatte sich, wie es einem im königlichen Auftrag reisenden Gelehrten geziemte, einen Diener besorgt.

Kästner hatte ihm den seinen aufgedrängt, wohl um ein wenig die Finger in dem Projekt zu behalten.

Es war ein hagerer, lederner Mensch namens Heinrich. Ein idealer Name für einen Diener, wie Georg fand. Außerdem war er in verschiedener Hinsicht brauchbar, denn er war ehemals Schneider gewesen, und die Reise würde sicherlich das Wenige an Kleidung, das Georg besaß, arg strapazieren.

Er hielt diese Wochen des Wartens überhaupt nur aus, weil er immer öfter bei dem Verleger Dieterich zu Gast war.

Die Freundschaft war enger geworden. Fast täglich saß er auf seinem Stammplatz, dem mit zahllosen Kissen beladenen Kanapee in der guten Stube. Dort sank er hinein und ließ es sich in der Bratäpfelwärme bei Tabak und Glühwein gut ergehen.

Dieterich war ein großer Junge, der sich am liebsten über kleine Unanständigkeiten unterhielt. In der Mütterlichkeit seiner Frau war das Mädchen noch erkennbar. Am liebsten hätte Georg Tag und Nacht bis zur Abreise auf diesem Kanapee verbracht.

Es traf sich gut, daß Dieterich im Februar nach Gotha zu seinem Sohn wollte.

Georg fuhr mit. Es war, als hätte man das Kanapee auf einen Schlitten gestellt. Sie rauchten und tranken und erzählten weiter frivole Geschichten.

Selten hatte er so viel gelacht in seinem Leben. Die Kutsche war eng. Er saß neben seinem Freund mit dem Rücken in Fahrtrichtung.

Vor ihnen saßen zwei junge Damen. Bei dem Geschaukel blieb es nicht aus, daß es zu einer heftigen Diskussion und

Zwiesprache der wie Zinken zweier Gabeln ineinander geschobenen Knie kam.

Einmal blieben sie im Dreck stecken. Der Postillion ging fort, um Hilfe zu holen. Die vier Passagiere breiteten Decken und Mäntel über sich und wuchsen unter dieser Hülle förmlich zu einem achtbeinigen Wesen zusammen, während die Köpfe in den Eckpolstern der Sitze ruhten und die Augen sich über die Gespenstergeschichten zu schließen begannen, die Dieterich mit seiner Brummbaßstimme zum besten gab.

Nach der Rückkehr aus Gotha gab Georg seine Wohnung im Tompsonschen Hause auf.

Dieterich hatte ihm eine kleine Kammer in seinem Haus angeboten. Sie ging nach dem Hinterhof und enthielt nicht viel mehr als ein schmales Bett, einen kleinen Tisch und einen Schrank. Hier stapelte Georg seine Sachen, seine Bücher und Geräte, hier schlief er noch ein paarmal wie in einer Schiffskabine. Dann ging es endlich los.

Am 2. März fuhr er mit der Post nach Hannover ab. Wieder gab es einen Achsbruch, wieder schüttelten ihn die Stöße des Gefährts durcheinander. Aber diesmal blieb seine Laune anhaltend gut.

Er reiste im Auftrag des Königs von England, seines Gönners, Freundes und Befreiers. Er kam sich vor wie ein Fisch, den man endlich aus dem engen Glas befreite und dem Meer zurückgab. Als Gegenleistung würde er nun die genaueste Lagebestimmung eines festen Punktes auf dieser Erde bewerkstelligen, die je einem Menschen gelungen war.

So fand er die Verhältnisse erträglich: er mußte sich bewegen können, der Punkt, den es zu bestimmen galt, jedoch nicht.

In Hannover machte er es sich gemütlich, so wie er dieses Wort nun verstand. Gemütlich war eine Mischung aus Einsamkeit und Geselligkeit, aus Trauer und Vergnügen, aus Eigenem und Fremdem.

Die Bedingungen zu einer solchen Balance waren günstig wie nie zuvor in seinem Leben. Er hatte genügend Geld, denn sein kümmerliches Professorengehalt lief weiter und wurde nun durch Reisekosten und den Lohn für seine neue Arbeit ergänzt.

Er wohnte in einer Pension. Er mietete außerdem ein Gartenhaus vor der Stadt in der Nähe der Stelle, wo er sein Observatorium bauen ließ. Zumeist war er dort, heizte den kühlen Frühling über den Ofen und beobachtete die Gegend mit seinem Dollond. Er observierte Liebespaare und Spaziergänger, er ließ sich bei zahllosen Einladungen als des Königs vertrauter Geograph feiern und beköstigen. Er besorgte sich ein Bettelmädchen für jene Nächte, in denen sein Zärtlichkeitsbedürfnis ein körperliches Maß erreichte, das nur auf diese ein wenig grobe Weise gestillt werden konnte.

Er schrieb Briefe an seine Freunde und Freundinnen in Göttingen, in denen er mit den Begebenheiten seines Lebens schäkerte. Im Grunde unterhielt er sich in diesen Briefen mit sich selbst. Das machte auch ihre Glaubwürdigkeit aus. Er hatte ausreichend Abstand zur eigenen Person gewonnen, um sich selbst nun ein überzeugender Dialogpartner zu sein.

Er hatte viel Zeit, und das war ihm mehr als recht. Er war in einem Schwebezustand, bei dem das Vertun von Zeit so etwas wie eine Kraft war, die der natürlichen Schwere entgegenwirkte.

Das Wetter war schlecht. Die Bauarbeiten an seinem Observatorium gingen langsam voran, obwohl es sich nur um einen simplen Wetterschutz für seine Geräte handelte. Wichtig war allerdings, daß der Boden sehr exakt mit der Wasserwaage gerichtet wurde, um die Justierung des Quadranten zu ermöglichen.

Er hatte seinen vielen Zuschauern, die an der Baustelle vorbeiflanierten und dann stehenblieben, um sich die geheimnisvolle Tätigkeit dieses Gnoms anzusehen, immer wieder die Verhältnisse und Probleme einer exakten Ortsbestimmung erklärt. Vor allem Offiziere schienen mathematische Spaziergänge durch das Weltall zu lieben.

»Wissen Sie, meine Herren, der Himmel ist allein durch seine unermeßliche Größe eine Festung, die sich selbst mit dem Fernrohr nur unvollkommen erobern läßt. Denken Sie sich das All als ein dunkles Zimmer ohne Wände und die Erde als einen kleinen Kreisel, der sich ewig um seine Achse dreht, alle vierundzwanzig Stunden einmal.

Diese Achse behält, wie es bei Kreiseln üblich ist, ihre Lage gegenüber dem Zimmer bei – jedenfalls solange die Kreiselbewegung nicht zu sehr abnimmt, was zu einem Trudeln und letztlichen Umpurzeln des Spielzeugs führt.

Wir aber drehen uns immer noch schnell genug, meine Herren, und wenn die Erde zu trudeln scheint, dann kann es dafür nur einen Grund geben: Wir haben zuviel getrunken.«

Diese Bemerkung wurde mit soldatischem Gelächter quittiert.

»Die Achse des Kreisels behält ihre Lage bei, sagte ich. Die geographische Breite eines Ortes ist nun nichts anderes als der Winkel zwischen einer Linie, die Sie von Ihrem jeweiligen Standort vom Kopf über die Beine bis zum Erdmittelpunkt ziehen, und der Fläche, die von jenem Kreis gebildet wird, den wir Äquator nennen.

Stehen Sie nun irgendwo auf diesem Kreis, nehmen wir an, auf den sagenhaften Encantados, den ›verzauberten Inseln‹ im stillen Ozean, wo es, wie man hört, nicht ganz geheuer sein soll, dann bildet jene gedachte Linie mit der Äquatorebene den Winkel Null, d.h. wir finden uns auf Null Grad nördlicher oder südlicher Breite, was in diesem Fall dasselbe besagt, denn Norden und Süden stoßen hier zusammen und werden eins. Vielleicht ist die Leidenschaftlichkeit dieser Vereinigung der Grund dafür, daß es in jenen Gegenden so heiß ist.«

Wieder schmunzelten die umstehenden Offiziere, wohl wissend, daß die Umständlichkeit der Erklärungen dieses Winzlings den Ohren der wenigen anwesenden Damen galt.

»Befinden wir uns hingegen an einem der Pole, dann bildet die gedachte Linie, die an unserem Leib entlang senkrecht nach unten führt, zur Äquatorebene einen Winkel von 90°, was schlicht heißt, daß wir uns auf 90° nördlicher oder südlicher Breite befinden.

Soweit erscheint alles ganz einfach. Wozu aber dient mir dieses seltsame, kostbare Instrument, welches mir der englische König zu schenken die Güte hatte?«

Er merkte nicht einmal, daß er hier ein wenig übertrieb.

»Es wird doch wohl kein Grab- oder Bohrgerät sein, mit dem ich jene gedachte Linie zum Erdmittelpunkt treiben soll! Sehen Sie, meine Damen, es ist ein Viertelkreis – daher der Name Quadrant –, wobei ein Schenkel, dieser nämlich mit dem Tubus, um den Mittelpunkt drehbar ist. Diese Einrichtung ermöglicht es, den Winkel zwischen zwei Objekten über große Entfernungen zu messen.

Denken Sie sich die Unterkante des Quadranten auf einer idealen Fläche, die vollkommen eben und rechtwinklig zu jener senkrechten Beinlinie konstruiert wurde. Dann weist die Unterkante auf nichts anderes als auf den Horizont. Nun visiere ich ein Objekt am Himmel durch das Fernrohr an, wobei ich den Schenkel bewege, bis ich es im Blickfeld habe. Sagen wir, es ist ein Stern. Nun kann ich an der Gradeinteilung auf dem Viertelkreis den Winkel zwischen Horizont und Stern ablesen. Diesen Winkel nennt man auch die Höhe.

Soweit werden sie alles verstanden haben. Was hat dies jedoch mit der geographischen Ortsbestimmung zu tun? Auch dies ist einfach zu begreifen. Denken Sie sich die Achse des Kreisels Erde in das Weltallzimmer hinaus verlängert, oder, wenn ihnen dieses Bild lieber ist, stellen sie sich einen unendlich langen Bratspieß vor, auf dem sich unser Planet wie ein Spanferkel dreht. Dieser Bratspieß ist gleichsam im Unendlichen gelagert an Punkten, die man die Himmelspole nennt. Da, wie vorhin schon erläutert, die Achse ihre Stellung im Kosmos nicht ändert, kommt jener Zusammenhang von Höhe und geographischer Breite zustande.

Wenn Sie am Nordpol stehen, liegt der Himmelspol genau senkrecht über ihnen. Sie können jene gedachte Linie von dort über ihren Körper zum Erdmittelpunkt ziehen. Die Polhöhe ist, gemessen am Horizont, 90°, genauso groß also wie der Winkel zwischen der gedachten Linie und der Äquatorebene. Merken Sie sich, Polhöhe ist gleich geographischer Breite!

Am Äquator würden sie den Himmelspol in Höhe des Horizontes sehen. Die Polhöhe wäre hier also Null.

In allen Gegenden zwischen Äquator und Pol wächst die Polhöhe und damit die Breite, je näher sie dem Pol kommen. Nun verstehen Sie, warum ich diesen Quadranten brauche. Ich messe mit ihm die Polhöhe von Hannover. Und da man den Himmelspol nicht genau sehen kann, der Polarstern befindet sich nämlich ein wenig daneben, peile ich andere Sterne an, und zwar solche, die nicht untergehen, sondern so nahe dem Pol sind, daß sie im Verlaufe von 24 Stunden einen Kreis um den Himmelspol herum durchwandern. Da der Himmelspol schräg über uns steht, gibt es einen tiefsten und einen höchsten Punkt dieser Umlaufbahn eines Sternes. Ich peile sie beide an, zähle die erhaltenen Winkelmaße zusammen und halbiere die Summe. So erhalte ich die Polhöhe.«

Er hatte sich wieder einen Hörsaal zusammengeredet. Der war schön und geräumig und hell. Er hörte die Vögel, und wie ihm schien, sogar die Luft. Sie summte vor Sommer. Er beschattete die Augen, denn sie schmerzten ihm sehr in der letzten Zeit.

Dann fuhr er fort.

»Sie werden auch sofort begreifen, daß die kleinste Ungenauigkeit in der Gradeinteilung des Quadranten bei ihrer Übersetzung in die gewaltigen Entfernungen auf der Erdoberfläche oder gar ins All hinein zu riesigen Fehlern führt. Und Sie möchten doch nicht, daß ich Ihre Stadt wegen solcher Mängel um Meilen nach Süden oder Norden verlege und Sie dadurch in einer Einöde zurücklasse.

Ein Hauptteil meiner Arbeit wird also nach der Fertigstellung des Observatoriums darin bestehen, daß ich Tabellen von verschiedensten Höhenmessungen anlege und die in ihnen enthaltenen Fehler ermittle, wodurch ich dann wiederum die Gradeinteilung des Quadranten korrigieren kann.

Mit der Ermittlung der geographischen Länge ist es übrigens wesentlich schwieriger bestellt, und ich sage nicht zuviel, daß man niemals je auf diesem Sektor der Vermessungskunst eine genauso große Exaktheit wie im Falle der Breite erreichen wird.

Die Länge ist nämlich etwas völlig anderes als die Breite, astronomisch gesehen. Geographisch verstehen wir darunter jene Linien, die man senkrecht zu den Breitenkreisen zieht. Sie gehen also wie die Schnitze einer Orange allesamt durch beide Pole.

Da die Erde sich um sich selber dreht, wandern alle Längengrade oder Meridiane, wie man auch sagt, in vierundzwanzig Stunden einmal rundherum. Dies macht es unmöglich, sie mit ähnlichen Methoden zu bestimmen wie die Breiten, die ihre Lage im Weltall nicht verändern.

186

Die Längen kann man nur mit Hilfe sehr genauer Uhren bestimmen, denn es gilt, den Unterschied zwischen zwei Zeiten zu messen, unter denen ein bestimmtes Himmelsereignis beobachtet wird. Sagen wir, ich nehme als Ereignis eine Sonnenfinsternis oder das Auftauchen des größten Jupitermondes, wenn er nach einer Umkreisung hinter dem Vaterplaneten wieder hervorkommt. Solche Phänomene sind zeitlich sehr genau vorhersagbar.

Es gibt nun aufgrund der Erddrehung große Unterschiede in den Ortszeiten. Die russischen Uhren gehen anders als die englischen, will sagen, sie sind anders gestellt. Da die Engländer so frech waren, für alle Seeleute den Nullmeridian, d. h. den Längengrad Null, durch die Stelle hindurch zu verlegen, wo die Admiralität ihr Mittagsfernrohr in Greenwich stehen hat, bestimmen einige Leute die Längengrade östlich davon dadurch, daß man die Differenz zwischen der Ortszeit von Greenwich und der Ortszeit des zu bestimmenden Längengrades mit Hilfe eines jener zeitlich bekannten Himmelsphänomene mißt. Andere legen den Nullmeridian durch Paris.

Wenn ich aus einer astronomischen Berechnung oder einem Sternenkalender weiß, daß die nächste Sonnenfinsternis dann und dann um diese Sekunde nach Greenwicher Ortszeit eintritt, dann brauche ich nur von hier aus, von diesem Punkt, an dem wir stehen, die exakte Ortszeit zu ermitteln, unter der ich selbst jene Finsternis beobachte.

Da die Erde sich bekanntlich von West nach Ost dreht, in Greenwich also alles noch schläft, wenn hier schon die Hähne krähen, werde ich das Ereignis um soundsoviel Stunden, Minuten und Sekunden später auf meiner Uhr registrieren als der Astronom in jenem englischen Städtchen.

Aus der Differenz läßt sich die geographische Länge berechnen. Da Uhren jedoch im allgemeinen ihre Gangabweichungen haben, die zum Beispiel vom Wetter und den Temperaturen abhängen, ist hier die Fehlerquelle größer. Außerdem ist es schwerer, jene seltenen astronomischen Ereignisse zu beobachten, deren Eintritt genau zeitlich berechenbar ist.«

Erschöpft brach er ab. Das Publikum umstand ihn im Halbkreis und applaudierte und beglückwünschte ihn zu diesem lehrreichen Ausflug in die Weiten des Weltalls. Er hatte sie mitgenommen wie ein Rattenfänger die Kinder.

Der Juni war heiß. In dieser Zeit machte er eine Reihe von Experimenten, die mit seinem eigentlichen Auftrag sehr wenig zu tun hatten, dafür um so mehr mit seinem eigenen Leben.

Er fing in verschiedenen Gewässern, wie zum Beispiel dem Stadtgraben, stecknadelkopfgroße, bräunliche Gallertwesen, sogenannte Kopffüßler oder Süßwasserpolypen, primitive Geschöpfe, die nur aus einem schlauchähnlichen Magen und einem Kopf, den ein Kranz von Fangarmen oder –füßen umgab, bestanden.

Er mochte diese Tierchen, die er unter einem Vergrößerungsglas betrachtete. Er fand sich in ihnen wieder. Sie waren von einer ganz erstaunlichen Überlebenstüchtigkeit. Die Experimente, die er mit ihnen anstellte, waren grausam, und er war den Tränen nahe, als er sie ausführte.

Er riß sich einzelne Haare aus und ging dann folgendermaßen vor: Er fischte eine Meerlinse aus dem Glas, an deren Wurzeln meistens solche Kopffüßler hingen, drehte sie um, daß die Wurzeln nach oben zeigten, und schlang das Haar in einer Knotenschleife um den winzigen, glänzenden Gallertklumpen. Dann zog er zu und machte einen zweiten Knoten.

Den so gefesselten und eingeschnürten Polypen brachte er zurück ins Wasser. Durch das Vergrößerungsglas sah man, wie er zappelte und sich nicht befreien konnte. Die Abschnürung des Magentraktes führte dazu, daß der Polyp seine Nah-

rung, die sich noch im oberen Teil des Körpers befand, her-
auskotzte.

Es war klar, daß alles Zappeln dem gefangenen Tier nichts
half. Aber etwas anderes geschah, ein Wunder sozusagen, das
ihn schließlich befreite.

Das Fleisch quoll um die Einschnürung herum auf und
wuchs wieder zusammen. Dies geschah nur auf einer Seite.
Gleichzeitig zerrte der Polyp am eingeschnürten Teil solange,
bis dieser zerriß und der Knoten auf solche Weise auf der
anderen Seite des Tierchens zum Vorschein kam.

Er hatte sich also befreit, indem er um seine Fessel herum
zusammengewachsen war. Georg fand, daß dies eine geniale
Art war, in Freiheit zu gelangen.

In einem anderen Experiment knotete er das Haar der
Länge nach um den Polypen, so daß sich dessen Kopf und
Schwanzende unnatürlich zusammenbogen.

Auch diesmal befreite sich der Kerl auf die gleiche Weise.
Er wucherte um seine Fessel herum, bis er sie ausgeschieden
hatte. Allerdings kam er dabei nur arg verstümmelt davon.
Maul und Magen hatte er verloren. Aber die Arme waren noch
da, und kaum war er frei, stürzte er sich verfressen auf Was-
serinsekten, ohne daß er sie verschlingen konnte.

Georg wußte, daß diese Groteske nicht ohne Sinn war,
denn zweifellos würde dem Tier wieder Maul und Magen
wachsen, wenn es nur lange genug am Leben blieb.

Der dritte Versuch interessierte ihn besonders.

Er band zwei Tiere mit dem Haar eng zusammen. Auch
diesmal begann das Fleisch um die Einschnürung zu wuchern.
Es wucherte zwischen beiden Tieren ineinander. Als der Knoten freikam, hingen sie wie monströse Zwillinge zusammen.

Sie rissen sich jedoch nach heftigem Kampf wieder auseinander, wobei ein Klumpen Fleisch des einen am anderen hän-
genblieb.

Mehrmals wiederholte Georg diesen Versuch. Dabei fand er heraus, daß das Paar um so fester zusammenwuchs, je tiefer am Leib er den Knoten machte. »Ja«, dachte er, »solche einigen Paare erzeugt man wohl nur durch Fesseln, die man um den Unterleib zu schlingen versteht.«

Am 13. Juli war Georg in der Lage, die gewünschten Daten über Länge und Breite der Landeshauptstadt Hannover an das Geheime Rats-Kollegium in London brieflich mitzuteilen. Nun konnte er eigentlich weiter nach Osnabrück fahren. Er hatte es auch vor, wie er an Dieterich schrieb, denn er hatte schon zuviel Zeit verloren.

Doch die Tage vergingen, ohne daß er sich von der Stelle rührte. Er saß im Gartenhaus und träumte oder experimentierte mit Polypen.

Nachts kam das Bettelmädchen, dem er eines seiner Hemden geschenkt hatte. Sie schlief wie eine Katze zusammengerollt an seinem Fußende.

Er ließ sich weiter einladen von den Honoratioren, tafelte mit dem eitlen Hofmedicus Zimmermann, ließ sich durch Naturalienkabinette führen, überwachte den Abbau des Quadranten, korrespondierte. Aber all diese Tätigkeiten bewerkstelligte er in einem Tempo, das um ein gewisses Maß verzögert war – um die Zeit, die verstreicht, wenn eine Münze geworfen wird und sie sich in der Luft dreht, ohne daß entschieden ist, auf welche Seite sie fällt. Er hatte in dieser Zeit eine große Angst vor Endgültigkeiten.

Am 8. August bekam er Antwort vom Geheimen Rats-Kollegium. Der König schien höchst zufrieden zu sein, obwohl man ihm weniger Geld für seine Arbeit in Aussicht stellte, als er erwartet hatte. Nur 350 Reichstaler hatte man bewilligt, das waren über fünfzig weniger, als es die ursprüngliche Absprache eines Honorars von drei Talern pro Tag ausgemacht hätte.

Aber hatte er sich nicht auch überreichlich Zeit gelassen?

Er protestierte nicht, denn er wollte sich nicht sein zögerndes Abwarten im Sessel des Gartenhauses vom König bezahlen lassen.

Wie zufrieden Georg III. war, konnte er der Tatsache entnehmen, daß er mit jenem Schreiben den königlichen Auftrag erhielt, noch eine dritte Stadt zu vermessen.

»Zugleich haben Ihre Königliche Majestät beliebt, daß wenn Ihr zuvörderst die Länge und Breite von Osnabrück astronomisch bestimmet, ihr euch auch zu eben diesem Endzwecke nach Stade verfügen sollet.«

Stade war eine Festung an der Elbe. Sie war über den Fluß mit jenem Meer verbunden, hinter dem sein geliebtes England lag.

Er freute sich besonders auf diesen Auftrag. Anschließend würde er über das Wasser gehen und den Auftraggeber persönlich besuchen.

Er schrieb an Kästner auf Englisch – so sehr packte ihn jetzt doch das Reisefieber –, er möge im Vorlesungsverzeichnis erwähnen, daß er vorläufig nicht wieder seine Unterrichtsverpflichtungen aufnehmen könne.

Am 31. August reiste er endlich nach Osnabrück ab.

Obwohl es von Hannover nach Osnabrück wenig mehr als 100 Kilometer oder 14 deutsche Meilen sind, brauchte die Kutsche fünf Tage.

Georg schien es, daß sie, obwohl es Richtung England ging, in eine Welt der Finsternis fuhren.

Es war eine Pumpernickelwelt, ein düsteres Gemälde aus Mooren und schärfer werdenden Trinksitten. Auch sollte es hier mehr Mord und Totschlag geben als anderswo. Es hieß, daß die Menschen schwermütiger seien und daher eher zur Gewalt neigten als in südlicheren Gegenden.

Der Norden war wohl grausamer als der Süden. Vielleicht lag es am Wetter oder den langen Wintern. Göttingen kam ihm jetzt vor wie eine heitere italienische Kolonie.

In Bückeburg besuchte Georg den berühmten Herder, der dort Hauptprediger und Superintendent war.

An Herder fiel ihm sofort der Blick auf. Ein kaltes Feuer ging von diesen Augen aus.

Sie unterhielten sich über die neuen Moden des Geistes. Herder war auf nichts gut zu sprechen, auf die Physiognomik so wenig wie auf die vielen dichtenden Schwarmgeister, die zur Zeit im Lande herumflatterten.

»Es sind Motten, die sich für Schmetterlinge halten. Sie zerfressen das Kleid der Poesie. Sie haben vom Geist der Sprache nichts begriffen.

Ich habe diesen Geist gesehen, vom Meer aus, als ich die graue Küste Schottlands entlangsegelte. Es ist die Kargheit, in der sich wahre Glut sammelt.«

»Vielleicht ist er wahnsinnig«, dachte Georg, aber ihm gefiel der Mann.

»Die einzige Empfindung, zu der wir fähig sind, ist der Verstand«, sagte Herder. »Alles andere ist Täuschung.« Als es weiterging, fühlte Georg sich ein wenig dümmer als gewöhnlich.

In Osnabrück mietete er sich im ersten Haus am Platz ein. Es war der »Römische Kaiser« am Marktplatz, schräg gegenüber dem Rathaus, wo 1648 das Ende des dreißigjährigen Krieges im Westfälischen Frieden besiegelt worden war. Von dieser historischen Bedeutung sah man dem Nest wahrlich nichts an.

Georg wohnte mit seinem Bedienten direkt über der Toreinfahrt. Es war ein hervorragender Beobachtungsplatz, um die vornehmen Gäste zu observieren, die zum Lokal heraus- und hereinströmten.

Das Wetter war grausig. Er meinte, noch nie in seinem Leben so dunkle Wolken gesehen zu haben.

Während draußen zweitausend Schritte entfernt drei Maurer und vier Zimmerleute mit westfälischer Gründlichkeit an seinem Observatorium arbeiteten, saß er im Schankraum bei Arrakpunsch. Das Glas mit dem dampfenden Inhalte wurde ihm von einer robusten Person gebracht, die, wie er schnell erkannte, die Seele dieser Innenwelt war.

Mieken Tietermann, Haushälterin und Mädchen für fast alles im »Römischen Kaiser«, hatte keinerlei Respekt vor dem »lüttchen Professor«. Und er begriff, daß er sich wahrscheinlich noch nie in seinem Leben so vernünftig und ohne Abschweifungen mit jemandem hatte unterhalten können.

Schinken und Pumpernickel hatten sich bei Mieken Tietermann in festes weißes Fleisch verwandelt, das so ganz zu ihrer wohlgeformten Seele paßte.

Er hätte sie gerne dabehalten, wenn sie mit dem Bettenmachen fertig war. Aber ihre Moral schien so fest zu sein wie ihr Fleisch. Sie hatte jedoch soviel Sinn für seine Sehnsüchte, daß sie ihn knuffte und puffte und manchmal über die Wange streichelte, wie man es bei Kindern tut, die solche Gesten noch richtig deuten können.

»Was ist ein Gnom?« frage sie ihn einmal. Vermutlich hatte sie dieses Wort in einer abfälligen Äußerung über ihn zu Ohren bekommen.

»Mieken, Sie haben da ein Wort am Wickel, in dem gleich drei Bedeutungen stecken«, antwortete er.

Sie stand da mit dem vollen Nachtgeschirr in der Hand und sah ihn mit neugierigen Augen an. »Alle drei Bedeutungen haben etwas mit mir zu tun. Es ist wie ein Rätsel. Stellen Sie doch den Pißpott ab und hören Sie zu, Mieken.«

Sie tat, wie er befahl. Auch nahm sie Platz, strich sich die Schürze glatt und stützte den hübschen Kopf in die Hand.

»Ein Gnom ist ein Berggeist, Mieken. Das ist die eine Bedeutung.

Dann gibt es ein Ding, das man Gnomon nennt. Es ist einfach ein Stab, der gerade in der Erde steckt. Wenn die Sonne ihn bescheint, dann wirft dieser Stab einen Schatten, der um so kürzer ist, je höher die Sonne steht. Genau um die Mittagszeit ist er am kürzesten. Dies ist ein uraltes, schon bei den Ägyptern gebräuchliches astronomisches Instrument. Auch Sonnenuhren haben etwas mit dieser simplen Einrichtung zu tun.«

Sie sah ihn fragend an. Ihm schien, daß sie wissen wollte, was ein Gnomon mit ihm zu tun habe.

»Sehen Sie, Mieken, nicht nur der Berg, auch das Licht spielt in meinem Namen eine Rolle. Auch habe ich einen Stab, der um so längere Schatten wirft, je später am Tag es ist.«

Sie lachte und verbat sich solche unanständigen Sprüche.

Er aber nahm das Stichwort auf.

»Sprüche, Mieken, haben etwas mit der dritten Bedeutung zu tun. Gnome nennt man auch sinnreiche, bildhafte Sprüche, in denen jemand öffentliche oder private Lehren erteilt. Diese Kunst hat eine Tradition, die genauso alt ist wie das Gnomon der Astronomen. Auch ich widme mich zuweilen dieser Kunst. Ja, ich schreibe Gnome in ein Büchlein, das ich niemandem zeige. Übrigens habe ich schon lange keine Gnome mehr geschrieben. Ich denke, das liegt an ihrem guten Arrakpunsch, Mieken.«

»Sie sind wirklich ein Gnom, Professor«, sagte Mieken.

Dann erhob sie sich, nahm den Topf, ging auf Georg zu, küßte ihm die Stirn, wobei sie sich herabbeugte und den Topf genau unter seine Nase hielt, und ging aus dem Zimmer.

Sie hatten die ganze Zeit über Englisch geredet. Mieken

Tietermann war nämlich einige Jahre Kammermädchen am englischen Hof gewesen. Daß sie diese Sprache fließend beherrschte, machte sie ihm noch lieber.

Später saß er wieder im Schankraum und trank Arrakpunsch. Jedesmal, wenn sie vorbeischwebte, schenkte sie ihm einen Verschwörerblick.

Später schrieb er ein Gedicht an Mieken, das er ihr bei einer ihrer Venusdurchgänge am Tisch vorbei mit einer schnellen Bewegung in die Schürzentasche steckte.

> »Sehnsucht und Tugend sannen beide
> An einem Wunsch an dich für heute.
> Sie stritten lang, und was mir übrigblieb
> War bloß ein Ach als beide sich verglichen,
> Denn was die Sehnsucht sonst noch schrieb
> Das hat die Tugend weggestrichen.«

Sie las es in der Küche. Als sie wieder bei ihm vorbeikam, legte sie ihren Arm um seinen Rücken und beugte sich zu seinem Ohr herab, um zu flüstern:

»Wissen Sie, was Sie sind, Professor? Sie sind ein Gnom!«

So ging es Tag um Tag. Das Wetter blieb stürmisch. Der Herbst kam früh. Georg besichtigte jeden Morgen um sieben die Baustelle. Sie war auf der Petersburg. War dies ein Wink des Schicksals? Der Turm des Observatoriums wuchs wie ein Schwalbennest an einem Pavillon hoch, in den er später mit seinem Diener Heinrich einziehen sollte.

Inzwischen saß er im Schankraum des »Römischen Kaisers« und sammelte Ausdrücke für den Zustand der Trunkenheit. Über hundert hatte er schon. Er teilte sie in hochdeutsche und plattdeutsche Redensarten.

Es war eine Arbeit, die er für Kunkel tat. Kunkel wäre vielleicht der einzige gewesen, der ihm hätte sagen können, ob seine neue Lebensform richtig für ihn war.

Anfang Oktober war das Bauwerk fertig. Er zog mit Heinrich in den Pavillon um und heizte nun mit Steinkohlen, die viel länger brannten als alles, was er bisher in einem Ofen verfeuert hatte. Eigentlich wollte er so schnell wie möglich seine Arbeit erledigen. Er wollte weg aus dieser Pumpernickel- und Schinkenwelt, obwohl sie auf ihre Art angenehm war.

Die Stürme nahmen kein Ende. Georg staunte, wie schnell Wind welkes Laub aus den Bäumen kämmen konnte. Die unwirtliche Zeit ließ nur wenige astronomische Beobachtungen zu. Dafür war sie geeignet, den Verzehr von Punsch am Ofen sehr zu steigern. Georg gewann allmählich den Eindruck, daß sich Gemütlichkeit sehr wohl mit Apathie und Resignation verbinden ließ. Er seufzte viel, ohne zu wissen warum, und schenkte aus dem heißen Kessel nach.

Fünf Monate brauchte er, um an das Geheime Rats-Kollegium die Koordinaten von Osnabrück melden zu können. Auch danach blieb er noch zwei Wochen, um seinen bösen Husten am Ofen und in der Schankstube bei Mieken auszukurieren.

März und April war er in Göttingen.

Er fühlte sich fremd. Mit ihm war nichts anzufangen. Er war aus der Welt.

Dieterich druckte auf Wunsch einiger Freunde einen kleinen »Beitrag zur Pinik«, 144 Redensarten, »womit die Deutschen die Trunkenheit einer Person andeuten«.

Er hatte diese Nichtigkeit eigentlich nur auf Kunkels Grab legen wollen, den die Wut gepackt hätte angesichts der neuesten literarischen Modesucht, die in Göttingen ausgebrochen war, als er im düsteren Land der Schinken und Pumpernickel weilte.

Im September des letzten Jahres waren eine Handvoll Göttinger Literaten in das nahegelegene Dörfchen Weende gezogen und hatten dort einen heiligen Dichterbund gegründet. Es soll in einem Eichenwald gewesen sein. Die Kerle bekränzten sich mit Eichenlaub, warfen sich ins hohe Gras, deklamierten Oden, betranken sich mit billigem Wein, rauften sich die Haare und verdrehten die Augen bei dem Namen Klopstock. So stellte er sich die Aktion jedenfalls vor nach den Bemerkungen, die Dieterich darüber machte.

Ausgerechnet der biedere Boie, den er wegen seines Dithmarscher Plattdeutsch schätzte, war der Auslöser dieser Torheit. Natürlich mußte er als Herausgeber des Göttinger Musenalmanachs diese odendichtenden Jünglinge namens Voß, Hölty, Miller bei Laune halten. Kunkel hätte alle der Reihe nach verprügelt und damit der Literaturgeschichte einen Dienst erwiesen. Er selbst war höchst ungehalten, als Dieterich seinen Piniktext heimlich unter dem Ladentisch verkaufte. Da gab es doch Besseres von ihm.

Er entsann sich seiner Satire auf das Lavatersche Proselytenmachen und holte sie aus der Schublade hervor. Dann schickte er sie an Boie mit der Bitte um die Vermittlung eines Verlages.

Sollte Boie doch auch einmal etwas Nützliches für die Literatur tun. Er bat sich im übrigen strengste Anonymität aus. Denn nun, da er vielleicht wirklich am Beginn einer Karriere als Professor und königlicher Ortsbestimmer war, konnte er öffentliches Aufsehen dieser Art nicht gebrauchen.

War er feige? Ja, er war feige, befand er. Dies war auch eine Art Einsatz im Glücksspiel des Lebens.

Eigentlich hatte er nur nach einem einzigen Menschen Sehnsucht: nach Mieken Tietermann.

Sie standen im Briefwechsel miteinander. Es war erstaunlich, wie gebildet sie war, wie klug und ohne Allüren sie schrieb. Mieken war die erste Frau, die er gerne geheiratet hätte.

Aber sie war liiert mit einem gräßlichen Doktor der Rechte. Sie war seine Mätresse. Es war zum Verzweifeln.

Am 26. April 1773 reiste er endlich ab, um seinen dritten Vermessungsauftrag zu erledigen. Er war reizbar und düsterer Stimmung. Dieses Zwischending aus Bewegung und Seßhaftigkeit war auf die Dauer ein unhaltbarer Zustand.

In Hannover machte Georg erst einmal für zwei Wochen Station. Wieder hatte er es nicht eilig. Immer wenn er längere Zeit unterwegs war, siegte die Erkenntnis, wie lächerlich jede zurückgelegte Meile war, wenn man sie gegen den Hintergrund des Himmelsgewölbes betrachtete.

Da die ehemalige Ackermannsche Truppe aus Hamburg hier im Schloßtheater gastierte, versäumte er keine Aufführung. Der Künstlichkeit des Lebens auf der Bühne zuzusehen, erschien ihm wie eine Medizin gegen die Krankheit des wirklichen Lebens.

Auf der Weiterreise nach Celle saß in der vollen Postkutsche ein Mann neben ihm, der ihm zuerst nicht aufgefallen war.

Er sprach kein einziges Wort.

Er war so dauerhaft stumm über ganze vier Stunden, daß Georg sich fragte, ob dies natürliche Ursachen wie das Fehlen der Zunge habe, oder ob es ein Ausländer sei, der die Landessprache nicht verstand.

Schließlich konnte Georg dem Bedürfnis nicht mehr widerstehen, die Sache zu klären. Er begann, dem Mann Fragen zu stellen.

Zunächst kam keine Reaktion. Dann ballte jener schließlich

die Faust und hob sie vor sein Gesicht, wie um mit ihr zu drohen.

Dazu rief er in einer für seine Körpergröße viel zu hohen Stimme: »Sie hat sich geballt, nachdem sie am Boden lag. Ich habe es deutlich gesehen, mit meinen eigenen Augen.«

»Zweifellos meinen Sie eine Hand«, sagte Georg.

»Doch welche? Hätten Sie die Güte, mir Näheres mitzuteilen?«

»Es war nicht Wut«, fuhr der andere fort. »Jeder unaufmerksame Beobachter würde es für Wut gehalten haben. Ich sah jedoch an seinem milden Gesichtsausdruck, mit dem er die übermenschlichen Schmerzen ertrug, daß es keine Wut sein konnte.

Ein dicker Strom von Blut schoß aus dem Armstumpf. Aus der Hand aber kam kein Tropfen! Ist dies nicht von höchster Merkwürdigkeit? Ich weiß, warum sich die Hand ballte. Sie wollte etwas in sich verbergen! Darum krümmte sie ihre Finger, was höchst erstaunlich ist, weil sie mit Kopf und Seele des Mannes in keinerlei Verbindung mehr stand.«

Georg versuchte noch einmal vergeblich, etwas über die näheren Umstände des geheimnisvollen Vorfalles zu erfahren, aber er hatte keinen Erfolg dabei.

»Wer so lange stumm war, muß wohl Monologe halten«, dachte er.

»Doch was wollte er in seiner Handfläche verbergen?« fuhr sein Nachbar nach längerer Pause fort. »War es ein kostbarer kleiner Gegenstand, ein Diamant? Dies war jedoch offenbar nicht der Fall, denn der Henker hob die Hand auf und bog die Finger auseinander. Er betrachtete die Handfläche sehr genau, ohne das mindeste zu entdecken.

Dann setzte er die Hinrichtung fort. Die Vorbereitungen zur Enthauptung wurden getroffen. Der Delinquent ließ sie mit größter Gleichmut über sich ergehen. Solange noch der

Kopf auf seinem Halse saß, wandte er den Blick nicht von der Hand, die der Henker in einen Korb geworfen hatte. Auch ich sah hin und bemerkte, daß sie sich wieder zur Faust geschlossen hatte.«

Der Mann schwieg erneut. Er hatte den Blick auf die ihm zugewandte Fläche seiner rechten Hand gesenkt. Auch Georg betrachtete nun seine Hand und ballte sie mehrmals zur Faust. Nach einer Weile setzte sein Nachbar seine Rede fort.

»Die Philosophen irren, wenn sie die Wahrheit im Kopf suchen. Die ganze Philosophie entbehrt der Grundlage, weil sie sich in der Lokalität irrt. Der Kopf ist nur ein armseliger Kanzlist, der die Eindrücke ablegt und verwaltet, die ihm von jenem Organ zugeschickt werden, das die Wahrheit zu ihrer Behausung gewählt hat. Philosophen sollten nicht reden. Sie sollten schweigen. Wenn sie etwas sagen wollen, dann sollten sie höchstens deuten.«

Der Mann deutete mit dem Finger seiner rechten Hand auf verschiedene Insassen, die von den Stößen der Straße hin- und hergeworfen wurden.

Dann flüsterte er: »Schon dadurch, daß ich Ihnen dies alles mitteile, betrüge ich die Wahrheit. Aber wie mir scheint, gehören Sie auch zu den armen Irren, die ihren Kopf überschätzen. Sie sperren die Ohren auf. Statt dessen sollten sie lieber die Faust ballen. Wissen Sie, was jener arme Delinquent, der die ganze Grausamkeit und Ungerechtigkeit der Mächtigen am eigenen Leibe erfuhr, in seiner Hand verbarg? Ich werde es sagen, obwohl ich es lieber mit einer Geste ausdrückte, die Sie jedoch nicht verstehen würden!

Er verbarg ein Gefühl! Er verbarg den winzigen, unsichtbaren Abdruck einer Zärtlichkeit, die sich in seiner Hand erhalten hatte!

Sehen Sie, ich bin bereits ein Opfer der Philosophie, denn ich habe mich falsch ausgedrückt. Nicht ›er‹ verbarg das Gefühl, sondern die Hand. Sie tat dies, wohlgemerkt, nachdem sie abgetrennt war vom Körper und vom Kopf ihres Besitzers. Jetzt erst spürte sie den äußerst zarten Abdruck einer letzten Zärtlichkeit, mit der sie in seinem Auftrag die Geliebte berührt hatte. Er selbst hatte diesen Moment schon vergessen, aber seine Hand nicht. Darum sage ich Ihnen, trauen Sie keinem Philosophen. Sie lügen immer, weil sie mit dem Kopf reden. Nur einem Liebhaber können sie trauen, und das auch nur, wenn er den Kopf verloren hat und nur seine Hände für ihn sprechen!« Nun hüllte sich der Mann wieder in sein altes Schweigen. Er brach es nicht mehr.

Als sie durch das Celler Tor rumpelten, nickte er Georg vielsagend zu. Dann verließ er als erster die Kutsche und verschwand in der Dämmerung, die über dem Marktplatz lag.

In Celle hatte Georg vier Stunden Aufenthalt bis zur Abfahrt der Postkutsche nach Hamburg um Mitternacht.

Es war zu wenig, um zu schlafen. Also fragte er nach den hiesigen Sehenswürdigkeiten. Vom Wirt erfuhr er den merkwürdigen Umstand, daß man der dänischen Königin beim Abendessen zusehen könne. Jedermann habe Zugang zum königlichen Eßzimmer im Schloß. »Die ganze Welt ist ein Büttnersches Raritätenkabinett«, dachte Georg. »Warum nicht also auch solch ein Exponat.«

Er ließ sich zur angegebenen Stunde von einem Hausknecht zum Celler Schloß bringen. Mit ihnen strömte noch anderes Volk, Mägde, Handwerksburschen, auch Individuen, die sehr arm und abgerissen aussahen, neben Kaufleuten und Schulmeistern die festlich erleuchtete Treppe hinauf in den Flügel, in dem seit einem halben Jahr die unglückliche Karoline-Mathilde von Dänemark ihre Exilwohnung genommen hatte.

Sie war eine Schwester des englischen Königs, und nur dieser Tatsache hatte sie ihr Leben zu verdanken. Georg III. hatte sogar seine Flotte vor Kopenhagen aufkreuzen lassen, um die Freigabe seiner Schwester aus dem Arrest zu erzwingen.

Die Skandalgeschichte hatte in allen Zimmern und Schenken Europas für das ganze letzte Jahr Gesprächsstoff geliefert. Es war ein Stoff, wie für einen Roman geschaffen. Die fantastische und steile Karriere des unbekannten Altonaer Armenarztes Struensee unter dem dänischen König Christian VII. hatte nur drei Jahre gedauert. Erst Leibarzt und Vorleser, dann Kabinettssekretär, dann als Geheimer Kabinettsminister wichtigster Mann nach dem König.

Wie war so etwas möglich? Der König war ein Rabauke gewesen, er hatte sich nachts in den Straßen der Hauptstadt herumgeprügelt, er hatte Zustände tiefster Depression und Zerrissenheit. Ja, er war ein wahrer Dänenkönig wie Hamlet.

Struensee hatte ihn aufgeheitert und seiner Seele Frieden gebracht. Er hatte die Ehe mit Karoline-Mathilde gerettet. Der König hatte sich nach der Heirat mit der Fünfzehnjährigen nicht mehr oft um sie gekümmert. Seine Huren waren ihm wichtiger und die Scherze seiner trinkfesten Offiziere.

Nun, nachdem er die höchste Macht im Staat lenkte, ging Struensee an Reformen, die ganz ungeheuerlich waren und Adel und Beamtenschaft gegen ihn aufbrachten.

Er schaffte die Folter ab, führte die Pressefreiheit ein, setzte die Gleichheit vor den Gerichten durch, verringerte die Frondienste der leibeigenen Bauern, beschränkte die kirchliche Aufsicht über die Moral, löste die teure Leibgarde auf, mit anderen Worten, er tat Dinge, die ihm nur der Teufel hatte eingeben können.

Dieser Teufel hieß nach Meinung vieler und vor allem der Entmachteten: Karoline. Für sie stand fest, daß das Paar den seelisch kranken König in ihrer Gewalt hatte und daß es auch die Ehe des Königs brach.

Im Januar 1772 wurde ein Hofball zur Palastrevolte genutzt. Man legte Struensee in Ketten, folterte ihn, schlug ihm lebendig die rechte Hand ab, dann den Kopf, der auf einen Pfahl gesteckt wurde. Den Körper vierteilte man und band die Teile aufs Rad.

Es war eine sehr gründliche Beseitigung des Reformers, was für die Gefährlichkeit der von ihm ausgehenden Neuerungen sprach.

Karoline-Mathilde war ebenfalls gefangengenommen worden. Die Ehe wurde geschieden. Sie selbst sollte den vermutlich langen Rest ihres Lebens ohne Rechte und Titel als Verbannte auf einem dänischen Schloß verbringen.

Ihr Bruder, der englische König, erzwang ihre Freilassung ins Celler Exil. Er ließ sich die dortige Hofhaltung 3.000 Pfund Sterling kosten. Vom Dänischen Reich hatte er durch die Kanonen seiner Schiffe eine jährliche Apanage von 30.000 Talern erpreßt.

So konnte seine Schwester also weiter wie eine Königin leben.

Ein Teil der Hofhaltung war öffentlich. Auf dem Wall hatte sie im Sommer zwei offene Zelte aufschlagen lassen. Unter einem frühstückten sie, unter dem anderen wurde die Teatime vollzogen. Hauptattraktion aber waren die Abendessen im Schloß.

Hinter einer Holzballustrade, die quer durch den Raum verlief, saß Karoline-Mathilde mit sieben Hofdamen und zwei Kavalieren und aß. Besser gesagt, sie preßte ohne Pause das Essen in sich hinein, lachte zu den Witzen ihrer Höflinge, grunzte und krümelte und kleckerte die meiste Zeit und brachte ihren kleinen Körper dazu, im blauen Seidenkleid wie ein kochender Hirsebrei zu quellen.

»Sie ist überflüssig«, dachte Georg, der sich schämte, Zeuge dieser Vorführung zu sein, und sich daher nach Kräften hinter seinen Nebenleuten versteckte. »Sie stopft sich so, weil ihr bei ihren zweiundzwanzig Jahren nur noch nutzloses Fleisch übriggeblieben ist.«

Er war froh, als er wieder in der Kutsche saß, die durch die Nacht gen Hamburg rumpelte.

Die Königin starb nur zwei Jahre später.

Es war kalt und feucht im Wagen. Er hatte seinen Fußsack bis unter die Arme gezogen und fror dennoch erbärmlich.

Sein seltsamer Schweigepartner war wieder mit von der Partie. Doch er war wie verwandelt. Georg fragte sich, ob der Mann den Aufenthalt im Posthaus genutzt hatte, um sich zu betrinken. Dann verwarf er diese Vermutung wieder, denn sein Begleiter erzählte ruhig und in angemessenen Worten seine Geschichte.

Er war Gehilfe von Struensee gewesen. Man hatte ihn verschont, da er mit einer dänischen Frau verheiratet war. Er mußte jedoch zur Strafe und Abschreckung die Hinrichtung aus nächster Nähe mit ansehen. Seine Frau war inzwischen an einer Krankheit gestorben. Georg nahm an, daß dies der eigentliche Grund für die sonderbaren Theorien und Verhaltensweisen des Mannes war. Als er sich in Lüneburg von Georg verabschiedete, deutete er zum Himmel und ballte dann noch einmal die Faust. Georg tat es ihm nach. Es sah aus wie ein Dialog zwischen Taubstummen.

In Hamburg hielt Georg sich vier Tage auf.

Die Stadt gefiel ihm. Sie war durch ihren Hafen so etwas wie die gesetzte Schwester Rotterdams und Londons.

An einem schönen Frühlingsnachmittag segelte Georg mit einem Zweimaster von Hamburg ab. Er stand an Deck, in der einen Hand die Pfeife, in der anderen ein Glas mit englischem Bier und guckte sich die Augen aus dem Kopf. Der Prospekt des Ufers zog vorbei wie die transparenten Glasbilder einer Laterna magica.

Eine sanfte Brise kräuselte das blaue Wasser. Vom Bug des Schiffes lief ein wie mit dem Lineal gezogenes Wellendreieck rechts und links gegen die Ufer.

So konnte man das Leben aushalten.

Nach sechs Stunden Fahrt langten sie in Stade an. Die Marschen schimmerten wie Grünspan im Abendlicht. Das Rot der Dächer schien aus einem inneren Feuer zu leuchten.

Er bot dem Kapitän von seinem Bier an. Dies machte den Mann so leutselig, daß er auf der Höhe der Stader Schanze drei Kanonenschüsse abgab, die mit einem Dankesschuß beantwortet wurden.

Sie waren mit dem Ebbstrom gesegelt. Nun zeigte es sich, daß die Einfahrt in die Schwinge, den Fluß, der Stade mit der Elbe verband, wegen Niedrigwasser versperrt war.

Georg kam erst gegen Mitternacht an seinem Ziel an.

Als er endlich in seinem Bett lag, träumte ihm, wie Struensees Hand die Elbe hinabschwamm in den Ozean hinaus, um den Gegenstand ihrer Zärtlichkeit zu suchen. Das blaue Wasser aber war das Kleid der armen Königin Karoline-Mathilde.

Daß Wind und Sonne sich so gut vertragen konnten, war ihm neu. Alle Farben und Linien wirkten blankgeputzt. Es waren ungewöhnliche Farben dabei. Tümpel und Gräben waren gelb. Die Leute sagten, es habe Schwefel geregnet.

Er aber wußte es besser. Überall blühten die Kastanien, und der Wind hatte die Pollen über das flache Land und die stehenden Gewässer verteilt.

Es faszinierte ihn, daß man so weit sehen konnte.

Der Horizont war hier wirklich die Linie, die von der Erdkrümmung gezogen wurde. Die Leute aber kamen ihm eng vor. Ihr geistiger Horizont mußte so nahe vor ihren Augen liegen, daß er vermutlich wie ein Zaun wirkte. Sie waren unfreundlich und mißtrauisch gegen alles Fremde. Er hatte es bereits mehrmals zu spüren bekommen.

Eine Ausnahme machte das Militär. Einige Offiziere hatten ihm bei der Suche nach einem Platz für sein Observatorium geholfen. »Es ist doch eigenartig«, dachte er, »daß die Kriegskunst in dieser Gegend offenbar am meisten Herzensbildung hervorbringt.«

Das Observatorium sollte auf dem Ravelin oder Uferwerk der Festungsanlage errichtet werden, mitten auf einer kleinen Insel im teichartig erweiterten Stadtgraben.

Er hoffte, so besonders ungestört arbeiten zu können. Als Beobachtungsgebäude hatte er sich ein kutschenähnliches Gestell ausgedacht mit einem aus Leinwand gefertigten Verdeck, das man bei schönem Wetter zur Seite klappen konnte.

Es würde reichen, ihn, den Quadranten, den großen Tubus und die Pendeluhr gegen Wind und Regen zu schützen. Man konnte auch eine kleine Pritsche hineinstellen und notfalls dort übernachten. Diesmal sollte alles provisorischer sein. Denn innerlich war er schon auf der Weiterreise.

Dies fühlte er auch jetzt, als er die Mäander der Schwinge entlang zu dem an der Mündung gelegenen Wirtshaus ging, ein Spaziergang, den er besonders liebte. Er hatte seinen Taschentubus und einige Briefe von Mieken dabei.

Später saß er am Fenster und blickte auf die Elbe hinaus. Er konnte Stunden so zubringen und die vorbeiziehenden Schiffe mit seinem Glas observieren. Er konnte Briefe schreiben und lesen und Pläne machen, die meistens darauf hinausliefen, das Angebot von Clerk anzunehmen und endgültig nach England zu gehen.

Diesmal war er jedoch nicht allein. Ihm saß ein Mensch gegenüber, den er soeben erst kennengelernt hatte.

Georg hatte sich in einem Boot über die Schwinge setzen lassen. Dabei war der andere herbeigerannt, um die Gelegenheit, ans andere Ufer zu kommen, auch für sich zu nutzen.

Georg hatte ihn auf der Fähre angesprochen. Der andere schien kein Deutsch zu verstehen. Es stellte sich heraus, daß es ein englischer Matrose aus Newcastle war. Dies traf sich gut, denn es gab Georgs Reiseträumen eine realistische Note.

Sie benutzten den Tubus abwechselnd.

Die dänische Küste auf der anderen Seite der Elbe war ganz deutlich zu erkennen. Es sah dort genauso aus wie hier. Dies war ein Platz, von dem man die Willkür politischer Grenzen besonders gut erkannte.

Er machte dem Matrosen gegenüber eine entsprechende Bemerkung. »Ich liebe Ihr Land vielleicht auch deshalb so, weil es eine ehrliche Grenze rundherum hat. Wo das Meer beginnt, fängt eine andere Herrschaft an.«

Der Matrose protestierte. »England ist überall. Es beherrscht auch die Meere. Wir haben einen eigenen König der Meere. Ich habe ihn selbst gesehen. Er hat das Meer für England erobert. Um den ganzen Globus herum. Sie müßten seine Hände sehen und seine Augen. Ich habe sie gesehen. Aus nächster Nähe sogar. In seinen Augen ist Meerwasser. Deshalb sind sie unbestechlich auf See. An Land soll er halbblind sein. Und seine Hände sind aus Holz. Aus bestem Schiffsholz. Man sagt unter uns Seeleuten, wenn einmal ein Schiff des Kapitän Cook ein Leck hat, dann nagelt er einfach seine Hand darauf.«

Georg genoß es, über Cook zu reden, dessen erste Weltumseglung zwischen 1768 und 1771 immer noch Gespräch in allen Salons war. Nun war Cook auf seiner zweiten Reise.

»Wissen sie, wo Cook jetzt ist?« fragte er.

Der Matrose aus Newcastle schloß die Augen und wiegte den Kopf hin und her, als versuchte er, den Seegang zu erahnen, der Cooks Schiff im Augenblick zum Schwanken brachte.

»Irgendwo im Pazifik. Zwischen Neuseeland und Amerika. Vielleicht südlich von den Pitcairn-Inseln. Da ist England jetzt.«

Hin und wieder segelte Georg für vier Groschen nach Hamburg, um sich von dem Stumpfsinn der Stader Eingeborenen zu erholen.

Bei einem dieser Besuche lernte er den großen Klopstock kennen. Der Hohepriester der modernen Literatur hatte sich selbst um ein Treffen bemüht. Dies überraschte Georg außerordentlich, denn er wußte nicht recht, was seine Person für einen Dichterfürsten vom Range Klopstocks interessant machen konnte.

Klopstock nahm ihn mit in ein vornehmes Haus, wo eine von ihm selbst gegründete Lesegesellschaft tagte. Damen und ihre Kavaliere saßen in einem prunkvoll ausgestatteten Saal in bequemen Stühlen und lauschten. Sie lauschten so sehr, wie es Georg schien, daß ihre Ohren sich unnatürlich vorstülpten. Vielleicht lag dies an der Vortragsart, denn die Texte schienen ihm allesamt nichts zu taugen.

Zwei oder drei Frauenzimmer lösten sich beim Vorlesen ab. Sie sprachen leise und dennoch innerlich bewegt. Ihre Wangen waren unnatürlich gerötet. Nach jedem Vortrag wurde ergriffen und heftig applaudiert. Georg fühlte sich in eine ästhetische Kirche versetzt. Die Situation löste bei ihm einen quälenden Durst nach englischem Bier aus.

Klopstock saß mit heiterer Miene im Hintergrund. Er wirkte unbeteiligt, selbst wenn die Damen Oden vortrugen, die zweifelsohne seiner Feder entstammten oder zumindest den seinen nachgeschneidert waren.

Als Rahmenprogramm wurde musiziert. Klopstock sagte kein Wort. Er applaudierte auch nicht. Ein mildes Desinteresse ging von ihm aus. Georg wußte, daß er an diesen Lesestunden gutes Geld verdiente. Irgendwie verstand er den Mann. Er hatte im Grunde nichts zu sagen. Deshalb blieb ihm nichts anderes übrig, als möglichst vielsagend ins Leere zu blicken.

Später brachte ihn Klopstock zum Schiff. Es war eine ganz ungewöhnliche Ehre. Ein feiner Nieselregen fiel. Da Hochwasser war, wies die Leiter ziemlich steil die Bordwand nach oben. Georg hatte ein wenig Angst, dort hochzuklettern. Aber Klopstock, der die ganze Zeit mit einem leutseligen Schweigen neben ihm über das Pflaster geglitten war, packte ihn überraschend von hinten an den Hüften und hob ihn ein Stück empor, so daß er wenigstens sieben Sprossen an der Leiter sparte.

Als er tapfer über die Reling geklettert war und sich nach dem Mann umsah, von dem all das Odenrauschen ausging, das neuerdings den deutschen Eichenwald erfüllte, war der bereits verschwunden.

»Starke Hände hat er«, dachte Georg, »zweifellos hat er seinen Beruf verfehlt.«

Das Observatorium war inzwischen fertig.

Georg weihte es bei einem kräftigen Regenschauer ein und stellte fest, daß die mehrfach mit Lackfarbe gestrichene Leinwand dichthielt. Es war ein schönes Gefühl, in dem Verschlag im Trockenen zu sitzen, während das Unwetter draußen rumorte.

Rund um das Observatorium lag der Garten des Major Isenbart.

Isenbart war ein jovialer Mann mit gewinnendem Wesen, der Georg ein wenig an seinen Freund Dieterich erinnerte.

Der Major liebte das gesellige Leben und feierte bei schönem Wetter Feste auf der Insel. Nun, da er einen so interessanten Gast hier beherbergte, häuften sich solche Einladungen.

Georg wurde dadurch in seiner Arbeit sehr aufgehalten, aber es lenkte ihn ab von seiner manchmal recht trübseligen Stimmung. Bisweilen waren über dreißig Paare beisammen. Man trank Kaffee und Wein, ließ sich Obst und gebackenen Fisch servieren und dazu die Sensationen, die der kleine bucklige Astronom parat hielt.

Einmal hatte er versprochen, den Damen die Venus bei Tage zu zeigen.

Die Vorbereitungen kosteten ihn viel Zeit und Mühe, denn er mußte mehrere Positionen der am Tage nur schwach sichtbaren Planetensichel berechnen.

Es wurde ein großer Erfolg.

Am windigen Sommerhimmel zogen nur wenige Wolken vorbei. Sie waren sehr weiß und hatten scharf begrenzte Formen. Die Boote mit den Damen und Offizieren langten an. Sie brachten Essen, Getränke und sogar einige Musiker mit.

Später stand Georg neben dem Teleskop und bat der Reihe nach die Damen ans Okular. Während er die Venus wie eine Jahrmarktsattraktion vorführte, visierte er selbst durch das Zielfernrohr mit dem Fadenkreuz und führte den Tubus nach.

So kam er mit den Köpfen der Damen in engste Berührung. Er roch die verschiedenen Parfums, wurde manchmal von Haarsträhnen im Gesicht gekitzelt und äußerte wissenschaftliche Erklärungen, an denen die Ahs und Ohs der Damen auf die reizendste Weise abperlten.

Das Ganze war eine interessante Mischung aus Gefühlen der Verliebtheit, der Einsamkeit, der Fremdheit und Zugehörigkeit zu den Menschen. Er genoß den Wind, die Farben, den Nachgeschmack des Branntweins, das Aroma des starken und süßen Kaffees, den Geruch der Frauen.

Als alles vorüber war, kam sein alter Überdruß wegen der derzeitigen Lebenssituation zurück.

Schon kurz nach seiner Ankunft in Stade begann Georg von einem Unternehmen zu träumen, das nach Meinung einiger Leute, die er hier kennengelernt hatte, nicht frei von Risiken war.

Er wollte ein Schiff mieten, um damit nach Helgoland zu segeln.

Er hatte einiges gelesen über diesen seltsamen roten Felsen weit draußen vor der Küste, der geologisch so gar nicht zu dieser flachen, morastigen Gegend paßte.

Er stellte sich einen roten Buckel vor.

Am liebsten hätte er die Reise allein unternommen. Da aber die Schiffsmiete vier Louisdor kosten sollte, blieb ihm nichts anderes übrig, als eine Gesellschaftsreise aus dem Abenteuer zu machen.

Die erste Reisegruppe, die er für den Plan gewinnen konnte, löste sich wieder auf, da die Ehefrauen der Männer zu große Bedenken wegen der möglichen Gefahren hatten.

Schließlich fand Georg unter den Militärs unverheiratete und mutige Männer, so daß man endlich Mitte Juli in See stechen konnte.

Mit dem Schiffer, zwei Matrosen, den Bediensteten, worunter auch Heinrich war, bestand die Gesellschaft aus sechzehn Personen. Einzige Frau an Bord war eine Köchin.

Die große Kajüte wurde durch zwei Reihen Tonnen in drei Teile unterteilt. In der Mitte war der Speiseraum, an Backbord schlief das Personal, an Steuerbord die neun Ausflügler.

Wein, Schnaps, Champagner, Fleisch, Brot, Butter, Flinten, Schwärmer, ein Käfig voller Hühner, Angeln, Netze, Kaffee und Tee wurden in erheblichen Mengen an Bord gebracht.

Es war, als würden sie ausfahren, um am Ende der Welt den sagenhaften Südkontinent zu kolonialisieren.

Eine Frau war wenig für diesen Zweck. Ein Teil der jüngeren Militärs wollte seine Mätressen mitnehmen, aber der Hauptmann von Hinüber, der das ganze Abenteuer organisierte, war strikt gegen diese Idee. Er fand, daß sie den Geist des Unternehmens unterminiere. Georg fand dies auch. Eine Köchin würde zweifellos genügen, um eine neue Menschheit ins Leben zu rufen.

Wegen eines kräftigen Westwinds mußten sie mühsam die Elbe hinabkreuzen. Dies war wegen der zahlreichen Untiefen und Sände, die oft ihre Lage veränderten, nicht ganz ungefährlich.

Kurz hinter Glückstadt wurden sie Zeuge eines unheimlichen Phänomens. Der Kapitän hatte es ihnen prophezeit, und Georg sah es durch seinen Reisedollond zuerst.

Das Wasser des hier schon sehr breiten Flusses schäumte weiß. Kurze Wellen mit Gischtkämmen liefen aus allen Richtungen durcheinander. Wenn sie frontal zusammenprallten, bildeten sich Fontänen, die vom Wind abgerissen wurden und als Tropfenschauer über die Wasseroberfläche jagten.

Diese Stelle wurde treffend ›Kälbertanz‹ genannt.

Der Schiffer erzählte, daß hier schon manches Unglück geschehen sei. Ein Schiff, das dort auf Grund lief, würde binnen kurzem in tausend Stücke zerschlagen. Strömung, Riffe und Wirbel seien die Ursache. Die letzte Katastrophe sei passiert, als hier ein Fischerboot mit sechsundzwanzig Helgoländer Lotsen gescheitert sei. Niemand hätte das Unglück überlebt. Kurz vor Erreichen des ›Kälbertanzes‹ wendeten sie und passierten die Stelle in sicherer Entfernung.

Georg stand an der Reling und genoß die Gefahr nicht viel anders als Dieterich sein Buttergemüse.

In Cuxhafen hatten sie Aufenthalt. Sie mußten auf einen

Lotsen warten. Daß es so lange dauerte, brachte Georg ein wenig naiv mit dem Kälbertanz-Malheur in Verbindung.

Als sie von ihrem Schiff aus winzige, besegelte Nußschalen bemerkten, mit denen sich einzelne Personen offenbar ohne Angst in die hohen Wellen trauten, bekam Georg Lust, dieses Experiment selbst zu riskieren.

Sonst im allgemeinen ein ziemlich vorsichtiger Mensch, benahm Georg sich nun offenbar wie berauscht. Er ließ sich von einem Einheimischen kaum die Handhabung einer der Jollen erklären und begab sich dann zum Gaudi und Entsetzen seiner Reisekameraden mitten in das Chaos von Wind und Wellen. Er wurde augenblicks hin- und hergeworfen wie ein Korken. Wellentäler verschlangen sein Boot, so daß die anderen nur die Mastspitze sehen konnten. Gleich danach präsentierte ein Wellenberg den buckligen Seemann mit seinem Boot in schwindelnder Höhe.

Ihm geschah nichts. Mit dem Glück eines Kindes gelang ihm das Kunststück, heil, wenn auch naß bis auf die Haut, an Land zurückzukehren.

Als sie später aus der Flußmündung herauskamen, frischte der Wind so gewaltig auf, daß der Lotse den Schiffer dazu drängte, auf der Höhe der Insel Neuwerk vor Anker zu gehen, um günstigeres Wetter abzuwarten.

Die meisten Mitglieder der Reisegesellschaft waren inzwischen seekrank. Nicht so Georg, der sich immer mehr für den geborenen Seemann zu halten begann. Er rauchte Pfeife und stand breitbeinig in der Nähe des Ruders.

Zwei Nächte und einen Tag brachten sie auf Reede vor Neuwerk zu. Bei Ebbe lagen sie auf dem Trockenen und konnten Wanderungen übers Watt unternehmen.

Georg faszinierte diese amphibische Welt.

Während die Herren Militärs von Deck aus die Vogelwelt unter Musketenbeschuß nahmen, begab sich Georg, ausgerüstet mit Dollond, Schaufel, einer Lupe und einer Botanisiertrommel, auf Entdeckungsreise.

Das Watt knisterte und sang. Es roch und atmete. Er hatte das Gefühl, sich auf der Haut eines Wales zu bewegen.

Er beobachtete Garnelen, die wie Mückenschwärme in von der Flut zurückgelassenen Tümpeln standen. Sie hatten eine höchst preußisch-militärische Art, sich zu bewegen. Störte man sie, indem man die Hand in ihrer Nähe ins Wasser stieß, dann wichen sie in wohlkoordinierten und blitzschnellen Paradefiguren aus.

Georg sammelte Muscheln und Krebse. Er grub seltsame Würmer aus, die offenbar so genügsam waren, von Sand zu leben. Sie fraßen Sand und schieden Sand wieder aus.

Er zerschnitt mit seiner Schaufel die buntschillernden Gallertwesen, die zahlreich herumlagen und auf die Rückkehr der Flut warteten. Er beobachtete ein eigenartiges Flimmern und Zerfließen der Luft dicht über dem fernen Wattboden. Auch sah die Insel Neuwerk aus, als schwebe sie losgelöst und frei in der wogenden Atmosphäre.

Georg fühlte sich in eine ausgedachte, Defoe'sche Welt versetzt. Er spürte, daß er inzwischen so frei atmen konnte, wie noch nie zuvor.

Seine Haut rötete sich, obwohl immer noch Wolken den Himmel überzogen. Seine Lippen brannten und schmeckten nach Salz.

Als es weiterging, hatten sie einen warmen Südwind, der die Seefahrt zu einem Salonvergnügen machte, das auf einem glatten, perlmuttfarbenen Parkett stattfand.

Die Herren saßen an Deck und ließen Kaffee servieren. Später gab es ein Essen aus selbstgesammelten Muscheln und Krebsen. Die Köchin servierte unter dem Kreuzfeuer der männlichen Blicke. Unbestreitbar wurde sie mit jeder Stunde an Bord hübscher und begehrenswerter.

Dann vertrieb man sich die Zeit mit Schießübungen auf Tümmler und Seehunde.

In der Abenddämmerung tauchte schließlich am westlichen Himmel die Silhouette ihres Zieles auf. Gegen den roten Schimmer, den die untergegangene Sonne hinterlassen hatte, wirkte die Insel wie ein dunkelblauer Fisch, der dort aufgetaucht war und regungslos im Wasser lag.

Es war tiefe Nacht, als sie in der Nähe der Küste Anker fallen ließen. Dabei sprühten Funken die Bordwand empor, und um die hinabgleitende Kette schimmerten grüne Wirbel. Sie waren Zeugen eines besonders intensiven Meeresleuchtens. Jede noch so kleine Welle brach in einem Feuerwerk von kalter Glut.

Georg ließ von einem der Matrosen einen Eimer Wasser hochholen und tauchte die Hand hinein. Sie phosphoreszierte so stark, daß er glaubte, man habe sie abgetrennt und mit einer Paste aus pulverisiertem Leuchtstein eingerieben. Er ballte die Faust und dachte an Struensee.

Später füllte er mehrere Krüge mit Seewasser, verkorkte sie sorgfältig und versiegelte sie mit Wachs. Er hatte vor, seine Bekannten in Göttingen und Hannover damit zu beglücken.

Tatsächlich schickte er die mit Meerwasser gefüllten ehemaligen Selterswassergefäße nach ihrer Rückkehr per Post ins Inland, wohl wissend, daß das Leuchten inzwischen erloschen war.

Doch sollten seine Freunde wenigstens davon kosten.

Es war so etwas wie eine wunderbare Flaschenpost, die das Meer mit seiner Hilfe als Gruß in Gegenden schickte, die anders nicht mit ihm in Berührung kommen konnten.

Am nächsten Morgen waren sie zeitig an Deck. Es war ein herrlicher Sommertag.

Das Meer um ihr Schiff herum wimmelte von zahllosen einheimischen Kindern, die nackt ihre Tauch- und Schwimmkünste vollführten. »Anders kann es auch Cook in Otahiti kaum ergangen sein«, dachte Georg.

Er warf kleine Münzen von geringem Wert über Bord, nach denen die Knaben tauchten.

»Kopf oder Zahl«, dachte er. »Ich würde gerne wissen, wie das Meerwasser sie jeweils geschüttelt hat.«

Wenn Träume sich der Verwirklichung nähern, ist die Gefahr besonders groß, daß sie scheitern. Diese Erfahrung hatte Georg schon einigemale in seinem Leben machen müssen.

Diesmal war es nicht anders.

Seine mit so viel Vorfreude bedachte Besteigung dieses Buckels Helgoland scheiterte in einer Weise, die er später als Groteske empfand, die ihn aber zunächst mit Wut erfüllte.

Helgoland war, so hieß es, in grauer Vorzeit eine Kultstätte der Friesen gewesen. Später gehörte es zum Herzogtum Schleswig. Nach dessen Unterwerfung unter dänische Oberhoheit zu Beginn des Jahrhunderts war Helgoland nun ebenfalls dänisch. Doch hatte dieser rote Felsen von tausendachthundert Metern Länge, sechshundert Metern Breite und fast siebzig Metern Höhe sich eine archaische Wildheit bewahrt, die jeder politischen Verwaltung widerstand.

Menschen wirkten hier oben auf dem Felsen allemal wie Seevögel, die eigentlich zu nichts anderem fähig waren, als zu balzen, zu brüten und ihren Kot zu hinterlassen.

Die Reisegesellschaft durchquerte das Vorland, wobei sie von einer Meute von zwei- bis dreihundert Einheimischen das Geleit erhielt. Diese schnatterten in ihrer fremdartigen friesischen Sprache durcheinander und schienen vor allem an der kleinen buckligen Gestalt an der Spitze des Zuges interessiert zu sein. Vielleicht hielten sie ihn für den immer noch heimlich verehrten Friesengott Fosite.

So gelangten sie zum Fuß der hölzernen Treppe, deren einhundertneunzig Stufen zum Oberland führten.

Die Offiziere ließen Georg den Vortritt. Sie wußten, wie gespannt er auf die Inspektion dieses Eilands war, auf dem es so wenig einen Brunnen wie ein Gefängnis gab.

Georg begann den Aufstieg. Er zählte die Stufen mit. Vielleicht war es ja doch eine ungerade Zahl. Außerdem mußte er immer wieder Halt machen, um Luft zu holen.

Alle folgten in dichter Reihe. Auf halber Höhe ging es nicht weiter.

Der Inselkommandant hatte offenbar die Invasion mit seinem Perspektiv beobachtet und vertrat mit seinen dänischen Wachen den Eindringlingen den Weg.

In luftiger Höhe kam es zu einem längeren Disput.

Der Kommandant verlangte Pässe und eine Aufenthaltsgenehmigung. Mit beidem konnten die Neuankömmlinge nicht dienen. Alles Reden und Beschwören der Harmlosigkeit der Visite half nichts.

Hatten sie das Mißtrauen deshalb geweckt, weil sie nachts bei ihrer Ankunft mehrere Böllerschüsse aus den Bordkanonen abgegeben hatten?

Der Kommandant war ein Krüppel.

Wahrscheinlich hatte er im nordischen Krieg einige verdienstvolle Wunden davongetragen und war deshalb mit der Aufsicht über diesen kargen Fleck des dänischen Territoriums beauftragt worden.

Während Georg immer wieder sein rein wissenschaftliches Interesse an einer Inselbesichtigung beteuerte, befand sich sein Kopf wegen der Treppenstufen auf der Höhe des vorgewölbten Bauches des Kommandanten. Der hörte nicht zu, sondern bellte schließlich ein scharfes Kommando an seine Leute, die daraufhin ihre Musketen luden und in Anschlag brachten.

Es kam, wie es kommen mußte. Die Menschenschlange machte kehrt und kroch die Treppe wieder hinab. »So schnell wird aus einem Kopf ein Hinterteil«, dachte Georg.

Er war ärgerlich, bald aber auch amüsiert über den Auftritt.

Auf dem Unterland kehrten sie in ein Wirtshaus ein.

Georg schrieb einen Brief an den deutschen Pastor der Insel und beschwerte sich über den kriegsmäßigen Empfang.

Der Pastor kam mit dem Landvogt. Sie hatten von der ganzen Angelegenheit gehört und drückten ihr höchstes Bedauern aus. Erstaunlicherweise war dem Pastor Georgs Ruf als großer Astronom und Landvermesser bekannt.

Sie schlugen vor, noch einen zweiten Versuch zu unternehmen und wenigstens Georg als nichtmilitärischer Person Zutritt zum Oberland zu verschaffen.

Wieder kam es auf halber Höhe der Treppe zu einem Disput. Der Pastor beschrieb, welche Ehre es eigentlich für Helgoland sei, von diesem Gelehrten besucht zu werden. Der Kommandant ließ inzwischen die Bajonette auf die Gewehre stecken.

Sie wollten schon wieder aufgeben, als der Invalide plötzlich seine Meinung änderte und Georg erlaubte, unter Bewachung dem Pastor zu dessen Haus und Kirche zu folgen.

So kam es zu einem seltsamen Pilgerzug.

Umgeben von Soldaten mit aufgepflanzten Bajonetten zog Georg durch ein Spalier von Neugierigen mit dem Pastor zu dessen Haus. Dort wurde er mit Tee bewirtet, während eine Wache vor der Tür postiert war.

Unter den gleichen Bedingungen besichtigte Georg die unscheinbare Kirche.

Als die Reisegruppe am Abend wieder vereint war und trinkend und rauchend an Deck saß, brach Georg plötzlich in ein nichtendenwollendes Gelächter aus. Schließlich erklärte er seinen Heiterkeitsausbruch mit den Worten: »Die schon oft gemachte Betrachtung, daß einem jeden das seine am besten gefällt, ließe sich noch einmal recht lebhaft und mit vieler Philosophie betrachten. Diesem Kommandanten ist sein Helgoland das, was mir mein Perückenständer ist. Wie soll man unter solchen Umständen noch entdecken!«

Nach acht Tagen waren sie wieder in Stade zurück. Wegen der langen Reede vor Neuwerk waren sie in den Zeitungen als vermißt gemeldet worden. Vielleicht war dies auch nur der Scherz eines eifersüchtigen Ehemannes, der einem der Offiziere ein amouröses Abenteuer heimzahlen wollte.

Georg erhielt wegen dieser Meldung besorgte Briefe aus Göttingen. Die Wirklichkeit seiner Heimat wurde ihm dadurch wieder bewußt.

Seine Haut war sonnenverbrannt. Er sah so gut aus wie nie zuvor. Doch innerlich fühlte er sich krank.

Während er nun ernsthaft mit den astronomischen Beobachtungen zur Ortsbestimmung Stades begann, wurde ihm immer klarer, wie wenig er bisher mit dem Ermitteln seiner eigenen inneren Koordinaten vorangekommen war.

Vor allem wußte er nicht, was er von sich als Liebhaber halten sollte. Offenbar gab es zwei Prinzipien auf diesem Gebiet. Das eine war das Prinzip der Laterna magica. Man hat die Leuchtquelle in sich und projiziert mittels einer bemalten Glasscheibe seine Sehnsüchte nach außen gegen eine weiße, leere Fläche.

Seine Beziehung zu Justine entsprach diesem Verfahren am reinsten.

Die andere Möglichkeit war das Prinzip der Camera obscura.

Hier ist der leuchtende Gegenstand draußen und bildete sich durch ein kleines Loch in der dunklen Kammer der eigenen Seele seitenverkehrt und unscharf ab.

So ging es ihm mit seiner Liebe zu Mieken Tietermann.

Konnte man nicht beide Formen der Liebe miteinander verbinden? Allerdings bestand dann die Gefahr, daß sich beide Prinzipien gegenseitig auslöschten und weder drinnen noch draußen ein Bild entstand, sondern nur graue Dämmerung übrig blieb.

Bei seinen Hamburgfahrten bemühte er sich, an calzinierten bonensischen Leuchtstein zu kommen. Er hatte die Idee, sich eine Paste zu fertigen, mit der man eine Platte bestreichen konnte. Es gab ja auch solches Spielzeug, Sterne, die im Dunklen leuchteten, wenn vorher Licht darauf gefallen war.

Eine solche Platte, auf der Rückwand einer Camera obscura installiert, würde eine wenn auch flüchtige Malerei bewirken, mit der sich ein Bild von der Wirklichkeit eine Zeitlang festhalten ließe.

Dieser Gedanke hatte etwas Tröstliches an sich. Doch es gelang ihm nicht, an entsprechendes Material zu kommen.

Statt dessen legte er Gurken in Meerwasser ein und machte sie haltbar. Sie schmeckten seiner Meinung nach besser als in gewöhnliches Salzwasser eingelegte Gurken.

Er hatte in dieser Zeit eine unstillbare Sehnsucht nach ein wenig Unvergänglichkeit. Doch das einzige, was sich zu halten schien, war ein böser Husten, der ihn mit dem einsetzenden Herbstwetter befallen hatte. Nur ein Mittel schien gegen den unerträglichen Reiz auf der Brust zu helfen: Kirschen.

Solange er eine Kirsche im Mund hatte, war es zu ertragen. Kaum hatte er den Kern ausgespuckt, kam der Reiz wieder.

Kirschen gab es in dieser Gegend und in dieser Jahreszeit in Hülle und Fülle. Er aß sie den ganzen Tag. Wo er ging und stand oder saß, überall spuckte er Kirschkerne.

Es war ein wollüstiges Gefühl, die kleinen, harten Kerne zwischen den Lippen zu spüren und sie von sich zu spucken. Gleich darauf setzte das Kratzen in der Brust wieder ein.

Bei einer seiner Hamburgfahrten lernte er einen eigenartigen Menschen kennen, der ihm großen Eindruck machte. Es war ein braungebrannter Mann, breitschultrig und offensichtlich stark wie ein Bär. Er hieß Grell und war Seemann.

Als er ihm nach einem langen Gespräch über die Kunst der Navigation die Hand zum Abschied gab, war es, als ob er den Kopf einer geladenen Leidener Flasche berührte. Er spürte ein Zucken in allen Gliedern.

Die Hand des Mannes war hart und hornig. Vielleicht hatte sie sich wirklich wie eine Elektrisierscheibe durch Reibung aufgeladen.

Dieser Grell, der auch öfter in den Hamburgischen Intelligenzblättern erwähnt wurde, besuchte ihn eines Tages überraschend in Stade und ließ sich sein Observatorium zeigen. Georg hätte gerne mehr mit ihm zu tun gehabt. Vielleicht wäre er gern wie Grell gewesen.

Nicht nur die Hand dieses Mannes, die ganze Person war von unglaublicher Festigkeit. Jedes Wort, das er sagte, jede Geste, jeder Schritt, alles an Grell wirkte eindeutig und unbezweifelbar.

Dieser Mensch war das genaue Gegenteil von ihm. Er kannte das Petersburger Problem nicht, und so, wie es aussah, kannte dieses Problem auch ihn nicht.

Grell mußte keine Risiken einschätzen, denn sein Leben schien jenseits aller Glücksspielerei mit der gleichen Präzision zu verlaufen wie eine Planetenbahn.

Unterdessen spielte Georg in der Lotterie. Genauer gesagt, er ließ einen Freund in Hannover für sich spielen. Es sollte angeblich die Chancen verbessern, wenn man selber nichts von seinen Einsätzen wußte. Natürlich war dies Aberglaube. Auch war er zur Zeit nicht in Geldschwierigkeiten. Dennoch fand er es angemessen, diesen schwachen Faden in eine andere Zukunft zu knüpfen.

In den letzten Stader Wochen häuften sich die Einladungen aus England. Lord Boston schrieb. Auch Clerk natürlich. Selbst von englischen Adressen, die er weniger gut kannte, wurden ihm kostenloses Logis und leibliche Versorgung avisiert.

Er konnte jedoch nicht sogleich fahren, wie er es am liebsten getan hätte. Am besten natürlich mit einem von Hamburg auslaufenden Schiff.

Er hatte sich nämlich in den eigenen Fallstricken verfangen, die er bereits ein Jahr zuvor während seiner Zeit in Hannover gelegt hatte.

Vorgänger Kästners am Göttinger Observatorium war der Autodidakt Tobias Mayer, der schon mit neununddreißig Jahren gestorben war und dennoch ein Opus an Aufzeichnungen, Tabellen und Karten hinterlassen hatte, das seine Genialität als Erfinder, Mathematiker und Astronom unter Beweis stellte.

Seine Fixsternverzeichnisse und vor allem seine Mondtabellen, nach denen man bis auf die Minute genau die Stellung des Mondes vorhersagen kann, außerdem zwei exakte Mondkarten, waren erstaunliche Leistungen, vor allem, wenn man die minderwertige Ausrüstung des Göttinger Observatoriums in Rechnung stellte.

Als Georg 1772 in Hannover war, informierte er das dort ansässige Geheime Rats-Kollegium über den Skandal, daß der wertvolle handschriftliche Nachlaß Mayers in den von Kästner verwalteten Schubladen des Observatoriums und der Göttinger Societät liege.

Im März 1773 verschaffte Georg sich kurz nach seiner Rückkehr aus Osnabrück einen Überblick über den Inhalt des Nachlasses und teilte das Ergebnis seiner Recherchen dem Geheimen Rats-Kollegium schriftlich mit. Zugleich bot er an, die Herausgebertätigkeit zu übernehmen, falls sich ein Verleger in Göttingen fände.

Dies war natürlich eine Intrige, die sich gegen Kästner richtete. Dieterich stand als Verleger längst fest.

Das Geheime Rats-Kollegium reagierte postwendend und schrieb an das Kuratorium der Königl. Societät, welches wiederum an Kästner schrieb:

»Wir haben längst gewünschet, daß die, von Weiland dem Professor Tobias Mayer hinterlassene... Schriften und Zeichnungen der Welt bekannt gemacht werden möchten, und dieser Wunsch ist durch verschiedene neuerliche Anregungen, besonders aus England, bei uns erneuert worden. Es ist uns also äußerlich sehr gern zu vernehmen gewesen, daß der Professor Lichtenberg sich dieser Aufgabe unterziehen wolle, und erteilen wir, da ihr mit uns an dessen Fähigkeiten hiezu nicht zweifeln werdet, solcherhalb hiemit unsere Genehmigung.« Es blieb Kästner nichts anderes übrig, als seinen Segen zu dem Projekt zu geben.

Georg nahm einen Teil der Handschriften nach Stade mit. Die Hauptarbeit wartete jedoch in Göttingen auf ihn.

Als er dort endlich am 24. November 1773 eintraf, hustend und, wie er meinte, unheilbar an Schwindsucht erkrankt, ging er sofort ans Werk.

Er zog vorübergehend wieder in seine alte Wohnung im Tompsonschen Haus und begann, in mühseliger Kleinarbeit aus den fast unleserlichen Mayerschen Handschriften Druckmanuskripte herzustellen.

Sein alter Freund Kaltenhofer bekam den Auftrag, die Mayersche Mondkarte zu stechen.

Die Herausgeberarbeit tat Georgs Augen nicht gut. Manchmal hatte er das Gefühl, daß die Kerzen auf dem Tisch in seinem Kopf brannten.

Während Georgs Stader Zeit war der »Timorus« tatsächlich erschienen und hatte einigen Staub aufgewirbelt. Es gab Zustimmung, aber auch einige scharfe Verrisse.

Das tat ihm weh.

In einer höchst eigenartigen Hartnäckigkeit leugnete er in vielen Briefen von Stade aus seine Autorenschaft. Selbst Dieterich hatte er erbost geschrieben: »Ich möchte nur wissen, was den ersten Verleumder dazu gebracht hat, mich für den Verfasser auszugeben. Habe ich denn je in Göttingen über etwas gespottet?«

Dieses Versteckspiel war nun so durchsichtig, daß alle bald Bescheid wußten. Und im Grunde war Georg auch höchst geschmeichelt, daß so berühmte Leute wie Nicolai seiner Satire applaudierten und letzterer ihn sogar aufgefordert hatte, an der von ihm herausgegebenen »Allgemeinen Deutschen Bibliothek«, der wichtigsten Bildungszeitschrift des ganzen Landes, mitzuarbeiten.

Aber was wollte er eigentlich? Wollte er Satiriker, Rezensent, Schriftsteller werden? Oder Astronom? Oder Physiker? Freund des Königs?

Er wußte es nicht.

Vorerst wollte er am liebsten auf Dieterichs Kanapee in weichen Kissen ruhen und mit Dieterichs schöner Köchin Marie schäkern.

Ach, wieviel mehr Ehrlichkeit hatte Küchenpersonal. Hier Zoten machen enthielt mehr Philosophie als die beste literarische Streitschrift.

Es kam schon mal dazu, daß Marie sich in einem heimlichen Augenblick zu ihm aufs Sofa setzte und sich drücken und kneifen ließ.

Er dachte sich eine phantastische Insel namens Zezu aus, auf der es zuging wie im offiziellen Leben.

In Zezu gibt es Puppen von höchster Künstlichkeit. »Ich habe sie öfters auf der Straße gehen sehen«, schrieb er in sein Sudelbuch, »und allemal, ehe ich es noch wußte, und noch oft nachher für wahre Menschen gehalten. Die Verehrung dieser Puppen geht so weit, daß man einigen sogar Ehren-Titel gegeben hat. Eine davon, die sehr leserlich schreiben konnte: es lebe der Fürst, hatte den Titel eines geheimen Kabinetts-Sekretärs bekommen.

Eine andere, die ein Hygrometer, Barometer und Thermometer und eine kleine Elektrisiermaschine beständig leierte, hatte den Titel Professor Physices und war Mitglied der Akademie der Wissenschaften.«

Zur Zezuanischen Philosophie gehörte im übrigen die Frage, ob es bereits strafbarer Selbstmord sei, sich in einen Ochsen zu verwandeln.

Streitigkeiten zwischen Professoren wurden in Zezu auf folgende Weise erledigt:

»Der Kurator der Universität hat außerhalb der Stadt ein kleines, niedliches Gebäude errichten lassen. Hier wird im Streitfall einer Statue der Rock des einen Professors angezogen, und der andere zankt sich ganz allein ohne Zuschauer und Hörer mit ihr, schimpft, schlägt, stößt, kneipt, reißt, zupft sie wie er will.«

Im Sudelbuch wie in seinen Träumen tauchte nun auch Kunkel wieder auf.

»Wetter, was ist das? (die Augen reibend) Staub, Schlaf oder Schnupftabak? Ich fürchte es ist tiefer, wehe, wehe und wehe, ist verdammt tief. Es ist soviel Zusammenhang, soviel nexus in der tollen Geschichte, keine Lücke so breit als ein Aber, oder ein Wie befinden sie sich oder ein Amen –«

Diesmal prügelte Kunkel nicht, sondern er sagte die Wahrheit. Er rezitierte Georgs eigenen Hamletmonolog.

Denn so war es wirklich mit seinem Leben: es gab zuviel

Zusammenhang, zuviel Ansätze, zuviel Verliebtheiten, zuviel Begonnenes und nicht Zuendegeführtes. Er mußte endlich eine Lücke finden, durch die er hindurchschlüpfen konnte in ein deutlicheres Dasein.

Seine ganze Hoffnung war, diesen Durchschlupf in England zu finden. Hier in Zezu war seine Standortbestimmung gründlich mißlungen.

So genau er die Koordinaten dreier deutscher Städte ermittelt hatte, so ungenau waren seine eigenen geblieben.

Er mußte seine persönliche Höhe ermitteln. Sein Gnomon, der zuviel Schatten warf, irritierte ihn am meisten. Die körperliche Sehnsucht nach einer Frau nahm zu. Vielleicht würde er die Frau für sein Leben in England finden.

England war nicht Zezu. Dort waren Satiren möglich.

Dort war der Unterschied von Wirklichkeit und Satire verwischt.

Wenigstens gab es zur Zeit am Göttinger Himmel eine himmlische Satire: Der Komet, der im Winter 73/74 aufgetaucht war, hatte so gut wie keinen Schwanz.

Immer unruhiger wurde er. Immer elender fühlte er sich.

Dieser schwierige Zustand seiner Seele, der er mittlerweile absprach, aus einem Stück zu sein, dauerte neun Monate.

Dann, im August 1774, war die Arbeit am Mayerschen Nachlaß endlich getan. Urlaub und Reisegeld waren von höchster Stelle bewilligt.

Die zweite Reise ins gelobte Land konnte beginnen.

VI. Kopf oder Zahl

Die Reise verlief ohne äußere Komplikationen. Dafür fehlten die inneren nicht.

Georg machte in Osnabrück Zwischenstation. Seine alte Liebe und Freundin Mieken Tietermann hieß inzwischen Madame Endris. Sie war in das »Leben des Ehestandes dahingefahren«, wie Georg sich ausdrückte. Er machte kein Hehl daraus, daß er dieses Leben in ihrem Fall für eine recht leblose Angelegenheit hielt. Er war eifersüchtig.

Dennoch wollte er Mieken sehen. Ihre Stimme und ihr Gesang fehlten nun im »Römischen Kaiser«, in dem Georg logierte. Er besuchte sie zu Hause. Die Visite verlief so steif, daß beide Seiten recht unglücklich waren. Georg betrank sich abends im Gasthaus bei dem Versuch, ihren Gesang herbeizuzaubern, so gewaltig, daß er krank wurde und erst nach vier Tagen die Reise fortzusetzen vermochte.

Obwohl auch diesmal die Überfahrt bei stürmischem Wetter verlief, wurde Georg nicht seekrank. Allerdings litt er noch Wochen an Übelkeit und Appetitlosigkeit, so daß er einen Arzt konsultieren mußte, der ihm Rhabarberpulver verschrieb. Die Ursache des Unwohlseins war nicht das Schaukeln eines Schiffes, sondern seiner Seele, das seit dem Wiedersehen mit Mieken erst langsam abklang.

Lord Boston war nicht in seiner Londoner Wohnung, hatte

jedoch das Logis für Georg vorbereiten lassen. Der spielte für einige Tage den Hausherren und zog dann auf Einladung Clerks in dessen Haus um. Er wollte Gesellschaft, die er bei seinem Freund Clerk auch reichlich bekam.

Sir Francis schleppte Georg von Sehenswürdigkeit zu Sehenswürdigkeit. Als sie die Kuppel der Paulskirche bestiegen, nahmen sie eine Flasche Kirschbranntwein aus einem Kaffeehaus mit. Der Blick über die Themsebrücken, den Fluß, die Schiffe und das Häusermeer verschaffte Georg das Gefühl, seinen alten Traum einer Italienreise verwirklicht zu haben. Der Branntwein half, das Blau des englischen Herbsthimmels entsprechend zu vertiefen.

Lord Boston drängte Georg, auf seinen Landsitz zu kommen. Er lag sechs deutsche Meilen von der Hauptstadt entfernt in einer der schönsten Gegenden Englands.

Lord Boston ging es gesundheitlich nicht gut. Dies dämpfte Georgs Freude über den Aufenthalt in Hedsor. Es traf sich für ihn günstig, daß er vom König eingeladen wurde, nach Kew zu ziehen. Bei freier Kost und Logis solle er dort so lange wohnen können, wie es ihm beliebe. Dieses Angebot war eine so ungeheuerliche Ehre, daß Georg minutenlang in seinem Zimmer herumhüpfte und nicht aufhören wollte zu lachen. Am 25. Oktober, einen Monat nach seiner Ankunft in England, nahm Georg Quartier in einem der Kavaliershäuser in unmittelbarer Nachbarschaft des Königlichen Landsitzes.

Kew war ein idyllisches kleines Dorf etwa anderthalb deutsche oder sieben englische Meilen flußaufwärts.

Nirgends war die Themse so schön wie zwischen Richmond und Kew. An den Ufern des sanft gewundenen Flusses lagen die riesigen Parks von Richmond und Kew. Kew-garden war ein Kunstwerk. Zwischen exotischen Bäumen gab es künstliche Wasserfälle, Obelisken, Pagoden. Natur- und Menschenwerk waren auf das Vollkommenste ineinander verwoben.

Georg erhielt die Erlaubnis, wann immer es ihm beliebte, die Sternwarte zu Richmond zu nutzen. Einzige Bedingung Georgs III. war, daß sein Gast ihm täglich einige Stunden zum Gespräch zur Verfügung stehen sollte.

Georg überreichte dem König ein besonders schön gebundenes Exemplar der Mayerschen Opera inedita. Dann bezog er ein herrschaftliches Zimmer mit Blick auf die melancholisch-liebliche Landschaft des sanfthügeligen Themsetals.

Er aß täglich mit zwei anderen Mitgliedern des Hofes, wanderte viel im Park umher und ging nachmittags zum Tee hinüber zum königlichen Ehepaar.

Häufig holte der König ihn auch zu einem Spaziergang ab. Dies konnte zu ungewöhnlichen Zeiten, sogar in der ersten Morgendämmerung geschehen.

Der König schien die Unterhaltung mit dem deutschen Gast zu genießen. Sein oft von einem namenlosen Kummer verdüstertes Gesicht, das in den letzten Jahren noch fleischiger geworden war, entspannte sich dann.

Gesprächsthemen gab es genug. Meistens fragte der König wie ein Kind.

»Warum, lieber Professor, fallen die Sterne nicht herunter? Wie sind sie am Firmament befestigt?«

Georgs Erklärungen waren oft so bizarr und witzig, daß der König sich veranlaßt sah, seine große Hand dem Freund auf den Buckel klatschen zu lassen.

Eigentlich war es das Paradies.

Er fühlte sich nicht gefangen. Wann er wollte, konnte er mit einer Droschke nach London fahren. Er ging viel ins Theater, sah alle großen Mimen. Selbst den berühmten Garrick persönlich kennenzulernen, fiel ihm als Günstling des Königs nicht schwer.

Mehrmals sah er Garrick in seiner größten Rolle: als Hamlet. Wie kein Schauspieler sonst auf der Welt vermochte dieses Genie der Bühne Wahnsinn und Klugheit des Helden darzustellen. Hamlet war doppelt. Er war ein doppelter Prinz. Und zugleich war er eins mit sich. Diesen wunderbaren Widerspruch, der so anrührte, wenn man ihn verstanden hatte, weil er das eigene Wesen traf, konnte Garrick mit wenigen Bewegungen skizzieren und mimisch so ausmalen, daß die schwierige Sprache des großen Shakespeare an Klarheit gewann und selbst für den einfachsten Menschen verständlich wurde.

Viertausend Menschen saßen und standen bei solchen Aufführungen dicht gedrängt im Halbrund des Drurylane-Theaters. Wenn Hamlet vor dem Geist seines Vaters erschrak, im Schauder die Hand erhob und eisiges Entsetzen sein Gesicht zu einer schrecklichen Maske formte, dann stöhnten die Viertausend auf, als seien sie alle kleine Hamlets auf ihren eigenen schmalen Bühnen des Lebens.

Als Hamlet am Schluß der Szene seine Freunde wegschickte und tapfer zum Geist des Vaters sprach: »Go on – I follow thee«, hätte man eine Stecknadel fallen hören können. Langsam, in beinahe nachdenklichen Schritten ging Garrick hinter dem Geist her und verschwand in der Kulisse. Da brach eine Begeisterung los, daß das Spiel für geraume Zeit unterbrochen werden mußte.

Diesmal vermied Georg den Fehler, den er bei seinem ersten Englandbesuch gemacht hatte. Er ließ sich nicht in den Kreisen seiner adligen Gönner gefangen halten. Immer wieder unternahm er Expeditionen im Häuserozean dieser mit 700 000 Einwohnern größten Stadt der Erde. Dabei ließ er sich zuweilen von Irby oder Clerk begleiten. Sie waren Gleichgesinnte. Sie verkleideten sich gern und genossen es, unerkannt an den Leidenschaften und Geschäften des Straßenpöbels teilzuhaben.

Es war nicht ganz ungefährlich, sich in diesem Revier zu bewegen. Die Kunst des Taschendiebstahls war genauso verbreitet wie die Sucht, sich auf Wetten einzulassen, die die Gemüter so erhitzten, daß es nicht selten dabei um Tod oder Leben ging.

Eine heitere Grausamkeit schien allgegenwärtig. Selbst Mörder schienen Anhänger der Wettleidenschaft zu sein, indem sie mit Freiheit und Galgen spielten wie mit zwei Seiten einer Münze.

Es kam nicht selten vor, daß Todeskandidaten lächelnd zum Henker gingen und mit der Würde zu sterben verstanden, die ein echter Spieler wahrt, wenn er sein ganzes Geld auf einen Schlag riskiert und dann alles verloren hat.

Der Adel ging mit bestem Beispiel voran. Hier wurden nicht selten Wetten abgeschlossen, die selbst wieder untereinander im Wettstreit lagen, was Frivolität und grausame Phantasie anbelangte.

In einem Fall ließen sich junge Männer aus besseren Kreisen auf die Wette ein, binnen dreier Stunden dreißig Meilen zu reiten, drei Flaschen Wein zu leeren und drei Mädchen den Gürtel zu rauben.

Oder man ließ Frauen wie Pferde gegeneinander laufen. Bedingung war, daß sie älter als achtzig sein mußten und die Rennstrecke, die mit scharfkantigem Kies bedeckt wurde, barfuß zurückzulegen war.

Besonders häufig konnte man in den Straßen Londons blutige Boxkämpfe erleben, bei denen hohe Wetten abgeschlossen wurden. Die Gegner schlugen sich mit bloßen Fäusten so lange, bis einer schwer verletzt oder gar tot auf dem Pflaster liegen blieb.

Prostitution war allgegenwärtig und wurde mit viel Aufwand und Sinn für menschliches Theater betrieben. Die ungewöhnlich große Anzahl hübscher und eleganter Mädchen, die Georg bereits bei seinem ersten Englandbesuch aufgefallen war, erklärte sich aus diesen Spielregeln.

Viele der berühmten Schauspielerinnen kamen aus dem Hurenmilieu und landeten am Ende wieder dort. Die zahllosen Bordelle spiegelten in ihrer Aufmachung die sozialen Gewohnheiten und den Geschmack der verschiedenen Bevölkerungsschichten. Vom Lande strömte ständig ein Heer von Bauerndirnen in die Stadt, die bereits an ihrer Grenze von Fachleuten eingefangen wurden, die sich wie Pferdezüchter darauf verstanden, aus dem Gebiß und dem Feuer der Augen die Qualitäten der Mädchen im Bett zu erkennen.

Huren genossen gewöhnlich wegen der mit ihrem Gewerbe verbundenen Krankheiten eine recht kurze Zeit des Triumphes, ehe sie im Arbeitshaus oder in den Anatomiesälen landeten.

Diese Königinnen des Leibes waren ungeheuer selbstbewußt. Sie übten ihre Regierung über die Lüste der Kunden in einer zuweilen höchst aggressiven Weise aus.

Georg vermied peinlichst das Wettgeschäft und den näheren Kontakt mit den Londoner Vestalinnen der Unkeuschheit, obwohl diese seine Standhaftigkeit auf manche harte Probe stellten.

Es kam vor, daß ihn blutjunge Mädchen in der Menge von hinten attackierten und durch einen Griff in den Schritt ihre Absichten signalisierten.

Einmal, es war schon November und empfindlich kühl und neblig, wurde Georg in einer Straße von einem bezaubernden Mädchen aufs freundschaftlichste begrüßt. Sie trug ein dünnes, blaues Seidenkleid und hatte nichts Verderbtes an sich. Ihre feinen Gesichtszüge verrieten sogar Bildung, wenn nicht des Kopfes, so doch des Herzens.

Sie trat auf Georg zu und gab ihm fast schüchtern die Hand. Dann erkundigte sie sich höflich nach seinem Befinden. Sie ließ dabei Georgs Hand nicht los. Er bedankte sich für die

Nachfrage. Sie sagte darauf »Du mußt mit mir gehen. Du wirst mit mir gehen.«

Das Mädchen hörte nicht auf, diesen einen Satz zu wiederholen. »Du mußt mit mir gehen.«

Georg versuchte, seine Hand aus ihrer zu lösen. Da packte sie ihn unter dem Arm und versuchte, ihn fortzuziehen. Sie verfügte über eine erstaunliche Kraft, und Georg mußte in diesem Ringkampf alle seine Kräfte aufbieten, um sich aus ihrer Umklammerung zu befreien.

Zuletzt griff sie seinen Spazierstock und zerrte an ihm. Dabei summte sie und sang »Du mußt mit mir gehn, mit mir gehn«.

Schließlich gelang es Georg, ihr den Stock zu entwinden. Sie lachte nun lauthals und höhnisch und verspottete ihn.

Inzwischen waren sie von Neugierigen umgeben, und Georg blieb nichts anderes übrig, als sich zu davonzustehlen.

So gut es Georg ging, es war nicht zu leugnen, daß er keineswegs glücklich dabei war.

Oft saß er abends vor dem Kaminfeuer seines Zimmers und starrte in die Flammen. In der züngelnden Glut glaubte er überall Fratzen zu sehen, die ihn verhöhnten. Was schon in seinen Jahren als königlicher Geograph begonnen hatte, setzte sich in England fort: Er lebte als Gast. Er hatte kein Zuhause. Das Schneckenhaus auf seinem Rücken war leer.

Im Frühjahr des neuen Jahres lernte er die wichtigsten Mitglieder der ersten Cookschen Weltreise kennen. Er frühstückte bei Joseph Banks, der allerdings gerade auf der Jagd war. Doch war sein Gehilfe, der schwedische Zoologe Solander, anwesend und vor allem der erstaunliche Omai, den man von Otahiti mitgebracht hatte. Omai lebte nun bald ein Jahr in London. Er war ein etwa zwanzigjähriger Südseeinsulaner mit olivfarbener Haut und nachtschwarzen Haaren. Man hatte ihm Schach beigebracht und wie man eine Teetasse hielt. Auf zahllosen Gesellschaften war er die Sensation.

Nun saß Georg neben Omai, der mit übertriebener Sorgfalt den Tee zubereitete, jedoch selbst nur rohen Lachs zu sich nahm.

Georg fühlte sich zu diesem Menschen, der wie ein Zootier behandelt wurde, hingezogen. Er begann, mit ihm das »th« zu üben, denn Omais Englischkenntnisse waren sehr beschränkt. Als Georg seinen Tischnachbarn fragte, wie ihm der englische Winter bekommen sei, sagte Omai »cold, cold« und schüttelte dazu den Kopf.

Omai bewegte sich wie eine mechanische Puppe, künstlich und ungelenk. Es war nicht zu übersehen, daß ihn das allgemeine Interesse seitens der Londoner Gesellschaft eitel gemacht hatte. Zu Hause in seiner Heimat war er einer unter vielen. Hier war er einzigartig wegen seiner Unzivilisiertheit.

Georg überlegte sich, ob er selbst nicht eine ähnliche Rolle spielte. Mit seinem verwachsenen Körper und seiner fremden Nationalität gehörte er nicht zu den Menschen, die ihm so viel Interesse entgegenbrachten. Mischte sich etwa Mitleid unter ihre Neugier und ihre Freundlichkeit? Das glaubte er zwar nicht; man brauchte ihm auch kein »th« und nicht das zierliche Halten einer Teetasse beizubringen. Dennoch wurde er das Gefühl einer tiefen Einsamkeit unter diesen Lords und Ladies nicht los. Es schien ihm die gleiche zu sein, die er in den schwarzen Augen Omais erkannt zu haben glaubte.

Es mußte etwas geschehen.

Eine Weile trug er sich mit grotesken Plänen. Was wäre, wenn er Omai überredete, mit ihm zusammen nach Otahiti zu gehen? Auch überlegte er, ob er nicht eine Weile untertauchen sollte, um irgendwo in England als einfacher Handwerker zu arbeiten. Zu diesem Zweck kaufte er sich entsprechende Kleidung.

Anfang August reiste Georg nach Margate. Er fühlte sich seit den englischen Nebelnächten krank und litt an chronischem Husten. Auch waren seine Augen schwach und entzündet und tränten oft. Vom Aufenthalt in diesem Badeort, der der erste seiner Art war und sich seit nunmehr vierzig Jahren einer steigenden Beliebtheit erfreute, erhoffte er sich eine Besserung seines Befindens.

Bereits kurz nach seiner Ankunft lief ihm Solander über den Weg. Zuerst ärgerte sich Georg ein wenig, denn er wollte in Margate sein Inkognito gewahrt wissen. Dann aber war er froh, einen Gesprächspartner zu haben. Es ging um ein Problem, mit dem er nicht glaubte, allein fertig werden zu können.

Er bestellte Solander zu sich in sein Hotel.

»Es handelt sich um eine Obsession, Herr Solander, um eine blinde Leidenschaft.

Leidenschaften dieser Art sind immer blind, auch wenn sie ihren Gegenstand sehr genau ins Auge fassen. Sie sehen ihn dabei jedoch nicht im eigentlichen Sinne. Sie zeugen ihn vielmehr, sie scheiden ihn aus. Könnten Sie, der Sie so weite Seereisen unternommen haben, jemals die Träne in Ihrem Auge für das Meer halten? Ich kann es, Herr Solander. Das Auge arbeitet in diesem Falle wie eine Laterna magica. Es scheidet die Träne aus und wirft sie ins Riesenhafte vergrößert gegen den Hintergrund der Natur.«

Der Gastgeber erhob sich aus dem Sessel und ging zum Fenster. Dann zog er den Vorhang beiseite und deutete hinaus.

»Wie ich annehme, Herr Solander, liegt dort das wirkliche Meer. Sie werden es bei ihrer Statur von ihrem Platz aus sehen können, wenn sie sich ein wenig erheben. Ich nehme an, es hat eine kalte, graue Farbe, wenig einladend, sich zum Baden hinauszuwagen, wie ich es heute noch vorhabe.

Wenn ich hinaussehe, kommt mir das Meer jedoch angenehm warm und einladend vor. Es handelt sich um besagte Täuschung. Sie wissen, daß Tränen Körpertemperatur haben.«

Solanders Blick glitt vom Fenster zum Sessel und blieb an der Mulde hängen, die auf dem großen Kissen zurückgeblieben war und sich nun allmählich durch die Spannkraft der Federn wieder zu füllen begann. »Wenn er redet, vergißt man seinen Buckel«, dachte er.

Georg kam zurück und stellte sich vor Solander. Obwohl dieser saß, befanden sich ihre Köpfe auf gleicher Höhe. »Glauben Sie, daß es Fälle gibt, in denen das projizierte Bild und der wirkliche Gegenstand übereinstimmen? Dann wäre die blinde Leidenschaft sozusagen unfreiwillig sehend geworden. Ich denke, daß dies höchst unwahrscheinliche Zufälle sind, die Hauptgewinne im Glücksspiel des Lebens!«

Solander nickte zustimmend. Er war ein großer Mann mit einer eingedrückten Nase, wie sie Boxer oft haben, ein Sportsmann, der als Botaniker an der ersten Weltreise Cooks teilgenommen hatte. Das war drei Jahre her. Nun arbeitete er als Bibliothekar und Leiter der naturhistorischen Abteilung am Britischen Museum zu London. Seine Leibesfülle schien eine äußerliche Folge dieser wenig abenteuerlichen Tätigkeit zu sein.

»Sie sollten es auch einmal probieren, das Meeresbaden.«

Der Gastgeber setzte sich wieder in den Sessel und füllte die Kristallgläser aus einer Karaffe mit bernsteinfarbenem Sherry.

»Das Untertauchen sollte nach Meinung der meisten Ärzte nicht mehr als dreimal wiederholt werden. Man ist sich nicht sicher, wann die heilende und belebende Wirkung durch ein schädliches Übermaß zunichte gemacht wird. Mir hat das Baden bislang sehr gut getan, jedenfalls im Hinblick auf meine physische Gesundheit. Husten und Brustenge sind fast verschwunden. In anderer Hinsicht, mehr auf die Seele bezogen, hat mich das Baden krank gemacht. Ich habe ihnen bereits den Namen der Krankheit genannt. Obsession. Blinde Leidenschaft. Ich bitte Sie um Verzeihung, Herr Solander, daß ich Ihnen mit dieser Geschichte zur Last falle. Es verschafft mir eine große Erleichterung, davon zu reden. Ich werde heute mittag trotz des schlechten Wetters wieder mit dem Badewagen hinausfahren und meinen Körper, diesen häßlichen Gnom, entkleiden und ins kalte Wasser tauchen. Es wird mir warm erscheinen, wenn ich das Glück habe, den Gegenstand meiner blinden Leidenschaft wiederzusehen. Es ist ein Kopf, Herr Solander. Ein Frauenkopf, von Kopfzeug und Bändern verziert, der wie eine Boje auf dem Wasser treibt. Sie haben richtig gehört: ein Kopf und sonst nichts. Den dazugehörigen Körper habe ich noch nie gesehen.«

Solander war bei dem Wort Gnom unwillkürlich zusammengezuckt. Er mußte jedoch zugeben, daß diese Bezeichnung sehr treffend war. Sein Gastgeber hatte sich wieder erhoben und zum Fenster begeben.

»Ein Kopf, wie auf einer Münze, von der man ja auch nur die eine oder andere Seite sieht, sobald sie auf einer Fläche liegt. Vielleicht ist dies der Grund für meine Leidenschaft. In vollständige Damen war ich schon oft verliebt. Nie hat es jedoch zu einem Gefühl dieser Stärke gereicht.

Ich sah den Kopf durch ein winziges Loch in dem groben Leinenstoff, der am Ende des Wagens wie ein Reifrock heruntergeklappt wird und dadurch den eigentlichen Baderaum bildet.

Sie haben von dieser Erfindung sicher gehört. Sie soll von

einem sehr frommen Mann stammen, für den der Anblick eines Badenden, selbst wenn er in einem nassen Anzug steckt, höchst anstößig ist.

Man muß zugeben, daß die Badewagen über diesen moralischen Aspekt hinaus sehr praktisch sind.

Sie schützen gegen den Wind. Man kann sich im Inneren des Wagens in aller Ruhe entkleiden, während der Kutscher eine Wassertiefe aufsucht, die sich für die Prozedur eignet. Je nachdem, wie der Wasserstand sich bei Ebbe oder Flut ändert, und sie wissen, wie außerordentlich schnell und stark die Gezeiten hier in Margate sind, immer läßt sich das Pferd in die günstigste Zone lenken.

Ich war bereits einmal untergetaucht, als ich jenes Loch entdeckte. Ich stieg auf die oberste Treppenstufe und hielt mich am Seil fest, das von einer galgenähnlichen Verlängerung des Wagendaches im Inneren des Zeltes herabhängt. So brachte ich mein Auge an das Loch und sah hinaus. Es war windig. Der nasse Stoff klatschte mir ins Gesicht. Es waren regelrechte Ohrfeigen. Meine Wange und meine Stirn brannten. Mein Auge tränte. Doch ich sah es ganz deutlich. Vielleicht wirkte der salzige Wassertropfen wie das Objektiv eines Fernrohres. Ich sah ein ovales Gesicht mit deutlich gezogenen Augenbrauen. Ich sah sehr große Augen mit langen Wimpern. Ich bemerkte die schwarzen, gedrehten Locken, die der Kopf im Wasser nachschleppte. Ich sah einen Mund mit volleren Lippen, als es bei Engländerinnen üblich zu sein scheint.

Doch warum mühe ich mich, dieses Bild mit dürren Worten zu beschreiben. Seine Unbeschreiblichkeit war es doch gerade, die meine Gefühle weckte. Sie werden diesen Kopf selbst sehen müssen, um zu begreifen, was ich meine. Ich bin mir sicher, daß ich in diesem Fall nicht das Opfer einer Projektion geworden bin. Es handelt sich um das Wunder einer gerechtfertigten Obsession, Herr Solander. Ja, das Bild ist von draußen gekommen, nicht von drinnen. War ich nicht in diesem Badewagen wie in einer Camera obscura eingeschlossen? Ich sah durch ihre Linse das deutliche Bild eines Kopfes. Um wievieles schöner muß es sein, wenn ich ihm draußen begegne. Dazu müssen Sie mir verhelfen. Sie müssen für mich herausbekommen, zu welcher Person dieser Kopf gehört!«

Er setzte sich nun wieder in den Sessel und beugte sich zu seinem Gast vor. Flüsternd, als handele es sich um eine gefährliche Äußerung, fragte er: »Sind Sie schon einmal Zeuge einer Obsession geworden? Ich meine als Beobachter und nicht als ihr Opfer? Und erscheint es Ihnen möglich, daß man gleichzeitig Opfer und Beobachter sein kann, ja daß das Beobachten geradezu zum Mittel und Grund einer blinden Leidenschaft werden kann?«

Solander schloß die Augen. Er glaubte, im Gesicht des Fragers eine Verstörtheit entdeckt zu haben, die ihm bekannt vorkam.

Während er an seiner Tonpfeife sog und Rauchwölkchen formte, sah er plötzlich ihre Gesichter wieder vor sich. Es war der gleiche Wahnsinn, der beinahe komisch wirkte, weil man kein Mitgefühl empfinden konnte. Denn die Ursache dieser Angst war ganz und gar in der Person eingeschlossen.

Solander öffnete die Augen. Sein Gastgeber hatte sich inzwischen in den Sessel zurückgelehnt und wirkte wieder normal. Solander zündete seine Pfeife an und begann zu erzählen.

»Sie hießen Gibson und Webb. Nie sah ich so von der Leidenschaft verwirrte arme Teufel wie diese zwei. Es war vor sechs Jahren auf Otahiti. Wir hatten die Beobachtung des Venusdurchgangs abgeschlossen und rüsteten zur Weiterreise, als sich herausstellte, daß zwei Matrosen verschwunden waren. Sie waren desertiert. Es handelte sich um einfache Seeleute. Sie waren bislang nie schlecht aufgefallen. Niemand verstand, warum ausgerechnet diese beiden willigen und zum

Gehorsam fähigen Kerle verschwunden waren. Cook setzte alles daran, sie zurückzubekommen. Es ging um die Wirkung auf die allgemeine Disziplin der Mannschaft; bei den Aufgaben und Gefahren, die sicherlich noch vor uns lagen, mußte ein Exempel statuiert werden.

Es kam fast zum Krieg mit den Eingeborenen. Kapitän Cook ließ die wichtigsten Häuptlinge gefangennehmen, unsere Gegner bemächtigten sich eines Suchtrupps, der nach Gibson und Webb ausgeschickt worden war. Die beiden Faustpfänder hoben sich gegenseitig auf. Es war nur der Uneinigkeit unserer Gegner zu verdanken, daß wir die beiden Deserteure schließlich zurückerhielten.

Die Eingeborenen fingen sie und brachten sie an den Strand herunter, wo wir mit einem Boot auf die Übergabe warteten. Sie stießen unsere beiden Leute mit Speeren vor sich her. Gibson und Webb hielten jeder ein halbnacktes Mädchen an der Hand. Sie schienen wild entschlossen zu sein, ihre Bräute mit an Bord zu nehmen. Wir mußten sie mit Gewalt trennen. Die Eingeborenen zerrten an den Mädchen und wir an unseren Männern, bis die Verbindung auseinanderriß. Das Ganze ging nicht ohne Flüche und Schmerzensschreie der Opfer ab. Beide Matrosen bluteten an den Händen. Auch die Mädchen waren verletzt. Es war, als habe man einen Körper viergeteilt.

Als man Gibson und Webb an Bord brachte, sah ich ihre Gesichter aus nächster Nähe. Sie waren vollkommen leer. Sie glichen Masken. Es kam mir vor, daß diese Larven dünn und zerbrechlich wie Eierschalen waren. Doch wie bei Eiern gab es etwas Weiches in ihnen, das ihnen Stabilität verlieh.

Übrigens hatte ich bei der Exekution den Eindruck, daß sie sich über die Stockschläge freuten, als würde der Trennungsschmerz durch körperliche Qualen gemildert.«

Georg hatte aufmerksam zugehört. Er war unruhig. Er hatte sich wieder erhoben und trank seinen Sherry im Stehen.

240

»Haben ihre beiden verliebten Matrosen später noch gelitten?«

»Nein«, sagte Solander, »jedenfalls nicht sichtbar. Sie sprachen nie wieder ein Wort davon. Sie waren ganz und gar die alten: verständige, willige Leute. Gibson entwickelte sich sogar zu einem wichtigen Mitglied der Expedition. Er hatte offenbar von seinem Mädchen ein paar Worte ihrer Sprache gelernt und wurde unser Dolmetscher. Sie schienen die ganze Geschichte bald vergessen zu haben.«

»Ist ihnen sonst nichts an ihnen aufgefallen? Vielleicht an ihren Augen?«

»Jetzt, da sie es sagen. Ja, da war etwas mit ihren Augen. Vielleicht war es auch nur bei Gibson. Ich meine, wenn ich mich recht erinnere, der Ausdruck seiner Augen war verändert. Sie blickten weicher. Natürlich kann ich mich täuschen. Es ist offenbar sehr schwer, sich den Ausdruck von Augen zu merken.«

»Ich schätze Ihre Skepsis, Herr Solander. Sie erinnert mich an die Skepsis meines besten Freundes. Er ist Schwede wie sie, Jöns Ljungberg, zur Zeit Professor der Mathematik in Kiel. Ich habe leider nur brieflichen Kontakt mit ihm. Ihr Nordländer scheint über ein kaltes Feuer zu verfügen. Es ist dem Nordlicht ähnlich: kühl und dennoch bewegt. Ich bitte sie deshalb, mir beizustehen bei meinem Experiment. Es geht mir darum, das Wesen einer blinden Leidenschaft zu verstehen. Wissen Sie, was ich glaube? Gibson hatte die Erinnerung an sein Mädchen so sehr in sich behalten, daß sie es schließlich war, die aus seinen Augen herausschaute. Stecken Sie eine Laterna magica in eine Camera obscura. Ich möchte wissen, ob sich dabei die Eigenschaften beider Einrichtungen gegenseitig aufheben.«

»Was hat es eigentlich mit diesem Frauenkopf auf sich?«

»Er gehört zu einer jungen Dame, die sich ein wenig Geld

damit verdient, Badewagen zu betreuen. Sie hilft den Damen beim Auskleiden, zeigt ihnen das Badeseil und dergleichen. Es kommt vor, daß sie mehr als einen Wagen betreut, und dann muß sie durch das Wasser. Dabei habe ich sie gesehen.«

Georg trat wieder ans Fenster und schob den Vorhang beiseite. Die Regenstriche auf dem Glas sahen wie eine geheime Schrift aus. Nein, heute würde er sie nicht sehen. Das Wetter war zu schlecht. Niemand würde heute baden wollen außer ihm. Also gäbe es keinen Grund für sie, ihren Kopf übers Wasser zu tragen.

Er brachte Solander zur Tür und bat ihn, morgen wiederzukommen. »Ich weiß nicht, was es ist«, sagte er zum Abschied. »Gewöhnlich brauche ich in Liebesdingen keine Hilfe. Sie entwickeln sich zumeist so, daß ich ihrer Herr werde, was in der Regel auf Kosten meiner Gefühle geht. Diesmal ist es anders. Ich brauche Sie als Spiegel. Vielleicht, weil ich versuchen will, zwei Seiten einer Münze zugleich zu sehen.«

Solander verstand diese Worte nicht recht, versprach jedoch, am kommenden Tag um die gleiche Zeit vorbeizuschauen.

Als Solander wie verabredet am nächsten Tag den Raum betrat, kam es ihm vor, als sei er in eines der neuerdings wieder so beliebten tableaux vivants oder lebenden Bilder geraten. Alles war an seinem Platz. Selbst der Gastgeber schien gestern in der Nähe des Fensters in einer melancholischen Pose erstarrt zu sein.

Neu war nur ein lederner Würfelbecher, der mit der Öffnung nach unten neben die Gläser plaziert war.

Georg bat seinen Gast, Platz zu nehmen.

»Man redet über Sie«, begann dieser das Gespräch. »Ihr Inkognito scheint gelüftet. Es heißt, daß sie ein enger Freund des Königs sind, daß sie ihn sogar in politischen Dingen beraten.«

»Im Augenblick liegt mir nichts ferner als Politik. Haben Sie etwas herausgefunden?«

»Es gibt eine ganze Reihe junger Damen, die in Margate diesem Gelderwerb nachgehen. Am ehesten scheint mir ihre Beschreibung auf eine gewisse Dolly Parker zuzutreffen. Sie wird übrigens bald heiraten, und zwar den Sohn des hiesigen Brauereibesitzers, Mister Lionel Cobb.«

Einen Moment lang glaubte Solander in den Augen des anderen diesen Blick wiederzuerkennen, den Gibson und Webb hatten, als man sie gewaltsam von ihren Mädchen trennte.

Doch dann schien sein Gastgeber sich wieder gefaßt zu haben. Er schenkte die Gläser voll und prostete Solander zu.

»Ich danke Ihnen für die Information. Dolly paßt nicht schlecht. Dolly Cobb klingt allerdings verheerend.«

Er lächelte und griff zu dem Würfelbecher. Als er ihn aufhob, kam eine Münze zum Vorschein.

»Kopf liegt oben. Es ist der Kopf des englischen Königs. Ich sehe so etwas wie eine hilflose Traurigkeit in seiner Gestaltung. Die hängende Unterlippe, die fleischigen Backen und die schweren Lider deute ich physiognomisch als Ausdruck einer schmerzhaften Erfahrung. Der Erfahrung, daß man seine Ideale in dieser Welt nicht verwirklichen kann. Dies gilt nicht nur für die politischen, es gilt auch für die erotischen Ideale. Ich halte nicht allzuviel von physiognomischen Deutungen. Doch in diesem Fall ist es etwas anderes. Der königliche Beruf Georgs III. hat ihm ein deutbares Gesicht verliehen. Wäre er nur ein Krämer, würde man von seiner Physiognomie hinters Licht geführt.«

Er hob die Münze auf, tat sie in den Becher und begann zu schütteln.

»Ich möchte mit Ihnen ein Spiel spielen, Herr Solander, das sehr lehrreich ist. Es verrät uns mehr über die Probleme unserer Lebensführung als manches kluge Wort. Ich nenne es wegen seines Entdeckers, des Petersburger Mathematikers Bernoulli, das Petersburger Problem. Es beinhaltet den Widerspruch zwischen der mathematischen Struktur eines Spiels und seiner Handhabung durch den Spieler.

Das Spiel ist übrigens vollkommen gerecht. Ihre und meine Chancen sind mathematisch gleich. Ich will sie nicht mit den Formeln belästigen, die dies beweisen. Nur ein Hinweis: daß jeder Wurf einen halben Schilling Einsatz wert ist, liegt an der symmetrischen Konstruktion einer Münze. Kopf oder Zahl, die Wahrscheinlichkeit ist in jedem Wurf 1/2 für jede Seite. Die Münze hat kein Gedächtnis. Auch wenn sie neunmal Zahl geworfen haben. Sie empfindet dadurch keinerlei Bedürfnis oder Drang, im nächsten Wurf Kopf vorzuziehen.

Die Situation der beiden Spieler ist hingegen asymmetrisch, obwohl ihre Chancen gleich groß sind. Ich kann als der Werfende nur kleine Gewinne machen. Im Höchstfall bekomme ich Ihren gesamten Einsatz. Sie hingegen können theoretisch sehr große Beträge gewinnen, denn jedesmal, wenn Zahl fällt, verdoppelt sich Ihr möglicher Gewinn beim ersten Erscheinen von Kopf. Doch muß Kopf innerhalb der durch Ihren Einsatz festgelegten Anzahl möglicher Würfe kommen, ansonsten haben Sie alles verloren. Für mich arbeitet die Zeit, für Sie das Glück. Erinnert dies nicht an das, was eine Frau bzw. ein Mann vom Leben zu erwarten hat? Ich würde sagen, meine Spielsituation ist weiblich, die Ihre männlich. Ich bitte Sie nun, Ihren ersten Einsatz anzugeben.«

Eine Weile war nur noch das Klappern der Münze zu hören und hin und wieder das Geräusch der Sherrygläser, wenn sie auf der Tischplatte abgesetzt wurden.

Solander spielte anfangs sehr vorsichtig, dann jedoch, vielleicht unter dem Einfluß des Getränks, riskierte er immer höhere Einsätze.

Einmal sagte er: »Das Petersburger Problem. Habe ich es

richtig verstanden, wenn ich es mit einem Graben vergleiche, über den es zu springen gilt? Je höher ich meinen Einsatz wähle, um so mehr verbreitere ich den Graben. Dies zwingt mich dazu, immer weiter zu springen. Aus der Sicht des Sports, der den englischen Nationalcharakter so sehr prägt, ist dies eine Verbesserung. Zugleich aber vergrößert sich die Gefahr, daß ich zu kurz springe und in den Graben falle. Aus der Sicht des gewöhnlichen Bürgers, wie er in ihrer Nation so häufig anzutreffen ist, muß dies als Nachteil erscheinen.«

»So ist es«, sagte Georg. »Sie haben das Petersburger Problem verstanden. Allerdings fällt es schwer, in seinem Fall Partei zu ergreifen. Was nützt mir alle Kühnheit, wenn ich dabei zugrunde gehe?«

Wieder schlug die Münze auf den Tisch. Als ihr Werfer den Becher hob, zeigte sich zum sechstenmal Zahl in einer Serie. Georg strich die drei Schillinge ein, die Solander gesetzt hatte.

Der glaubte plötzlich überlaut das Geräusch der Wellen draußen zu hören. Er begriff, daß er dabei war, sich wie sein Gastgeber zu betrinken.

»Herr Solander, das Petersburger Problem zeigt sich nicht nur in Geld-, sondern auch in Liebesdingen. Sehen Sie, ich bin in der ungewöhnlichen Lage, daß meine Liebe zu Dolly Parker von ihrem Ende bedroht ist, ehe sie überhaupt recht angefangen hat. In ihrem Fall ist bislang immer nur Kopf gekommen, nie Zahl. Verstehen Sie? Sie weiß nichts von meinen Gefühlen. Es ist sehr wahrscheinlich, daß sie sie nicht erwidert, wenn sie von ihnen erfährt. Um hier Klarheit zu schaffen, muß ich der ganzen Person begegnen. Kopf *und* Zahl. Mein Einsatz kann zu groß sein oder zu gering. Sie weiß nichts von meinen Gefühlen. Deshalb sind meine Gefühle so rein. Dies ist eine Teufelei. Wenn sie von meinen Gefühlen erfährt, werden nicht nur ihre, es werden auch meine Gefühle in Mitleidenschaft gezogen. Dies ist wahrhaftig eine Teufelei, Herr Solander. Am liebsten würde ich Selbstmord begehen, wenn darin nicht die gleiche Teufelei steckte. Sie bedeutet, daß man Schluß macht, ehe man gründlich genug angefangen hat. Das stellt die Zeit auf den Kopf, verstehen Sie? Auf den Kopf, habe ich gesagt. Durch Selbstmord vernichtet man die Jahre, die eigentlich seiner Begründung dienen. Man hat gleichsam rückwärts gelebt. Oder, anders gesagt, man hat der Theorie den Vorrang vor der Praxis gegeben und beide dadurch verraten.

Das Petersburger Problem besteht in der qualvollen Erfahrung, daß der theoretische und der praktische Mensch sich unterscheiden wie der Schatten vom Gegenstand, der ihn wirft. Verstehen Sie mich? Wenn Sie lieben, führen Sie eine theoretische Existenz. Sie glauben sich im Mittelpunkt der Welt. Sie rechnen nicht mit der Zeit, weil Sie Ihre Gefühle für ewig halten. Es ist eine Täuschung, die uns das Petersburger Problem deutlich macht. In Wirklichkeit ist die Liebe eine Frage der Beleuchtung. Sie läßt unseren Schatten größer erscheinen, als wir selbst sind.«

Solander hatte zu diesem Zeitpunkt bereits eine beträchtliche Summe durch eine erstaunliche Serie von Kopfwürfen seines Mitspielers verloren. Da Solander jedesmal drei bis vier Schillinge setzte und meistens nur einen Schilling zurück erhielt, weil Kopf schon im ersten Wurf kam, hatten sich die Geldstücke vor Georg gehäuft.

»Haben Sie ihn gestern noch gesehen?«

»Sie meinen ihren Kopf? Nein, sie war nicht draußen. Wer badet schon bei Regen. Ich habe mich zu den Klippen fahren lassen. Gewöhnlich bevorzugt man Sandboden. Ich wollte jedoch zu dem Riff. Dort habe ich etwas anderes entdeckt. Einen roten Mund von unglaublicher Schönheit. Als ich untertauchte und dabei die Augen öffnete, sah ich ihn ganz nah. Man kann unter Wasser tatsächlich etwas sehen. Allerdings sind die Größenverhältnisse stark verändert. Der Mund war viel größer als in Wirklichkeit. Als ich ihn berührte, schloß er sich.«

»Sie meinen eine Aktinie?«

»Ganz recht. Ich meine eine Klippenrose, Herr Solander. Im trockenen Zustand sehen sie häßlich aus. Sie erinnern an große Warzen. Erst im Wasser blühen sie zu ihrer vollen sinnlichen Schönheit auf. Aber das wissen Sie besser als ich.«

»Es sind in der Tat ungewöhnliche Wesen. Man weiß nicht, ob sie zu den Tieren oder den Pflanzen zu rechnen sind. Ich habe einmal eine Klippenrose gesehen, die die Schale einer Jacobsmuschel verschlungen hatte. Sie saß fest eingeklemmt in ihrem Magen und teilte ihn in eine obere und eine untere Kammer. Der Körper war fast durchsichtig geworden durch die unnatürliche Dehnung. Das Tier starb jedoch nicht. An der unteren Magenhälfte bildete sich nach einigen Tagen seitlich ein Mund. Statt zu sterben, hatte sie ihre Lebensfähigkeit verdoppelt.«

»Ich habe heute nacht von einem Ihrer Beine geträumt, Herr Solander.«

»Die Aktinie atmet, trinkt, ißt und gebärt durch den Mund. Sie scheidet auch durch den Mund aus.«

»Ihr weißes Bein lief vor mir her. Es verschwand um eine Hausecke. Ich getraute mich nicht, ihm zu folgen.«

Solander fuhr fort, von den Eigenschaften der Aktinaria zu reden. Er gewann dabei eine beträchtliche Summe, denn zum erstenmal hatte es eine Serie ›Zahl‹ gegeben. Zu seinem Glück hatte er mit vier Schillingen diesmal einen Einsatz gewagt, der eine ausreichende Anzahl von Würfen zuließ. Erst beim sechsten Wurf kam wieder Kopf.

»Alles ist eine Frage der Trennung von Mund und After«, sagte sein Gegenüber, wobei er einen ganzen Berg von sechsunddreißig Münzen zu Solander hinschob. »Glauben Sie mir, diese verteufelte Trennung ist schuld daran, daß wir uns verlieben, daß wir leiden, daß wir großartige Gedanken haben, daß wir schwärmen und philosophieren. Wären wir wie die Seerosen konstruiert, gäbe es diesen ganzen Unsinn nicht. Die Dichter wüßten auch, was sie zu sagen haben, würden sie durch die gleiche Öffnung reden und ausscheiden. Können Sie mir verraten, warum ich von einem Ihrer Beine geträumt habe? Es war weiß und steckte in einem eleganten Schuh. Ich hätte gerne gewußt, was hinter der Häuserecke wartete. Denn soviel war mir klar: es ging um eine Verabredung.«

Solander zog seine Taschenuhr. »Ich habe tatsächlich eine Verabredung und muß Sie nun leider verlassen. Dabei fällt mir ein...«

Er zögerte und schien sehr verlegen zu sein.

Er zog ein gefaltetes Blatt aus der Jackentasche und legte es neben den Würfelbecher.

»Ich soll Ihnen diese Einladung überreichen. Es ist ein Maskenball, der morgen in den Assembly Rooms stattfindet. Der ehrenwerte Herr Samuel Cobb lädt ein, die Verlobung seines Sohnes zu feiern.«

Georg war bleich geworden.

Beide erhoben sich.

»Vergessen Sie Ihr Geld nicht.«

»Ich möchte es lieber dalassen als Kredit für ein neues Spiel. Ich danke Ihnen für die lehrreichen Instruktionen zum Petersburger Problem.«

Solander ging mit den fahrigen Bewegungen eines Betrunkenen.

Georg stand am Fenster und beobachtete, wie sein Gast um eine Häuserecke verschwand.

»Er hat wirklich bemerkenswert kräftige Beine«, flüsterte er. Dann warf er sich in den Sessel und öffnete die kunstvoll gestochene Einladung.

Sie zeigte einen ovalen Rahmen, den zwei Putten hielten.

Auf seinem oberen Rand hockten Vögel. Das Bild im Rahmen zeigte ein nacktes Mädchen. Sie kam über einen Strand auf den Betrachter zu. Dabei fuhr sie mit ihren Fingern durch ihre langen, aufgelösten Haare, deren Spitzen ihre Scham bedeckten. Im Hintergrund sah man das Meer.

»Die schaumgewordene Venus. Zum erstenmal sehe ich, auf welch schönem Leib sie ihren Kopf trägt.«

Georg erwachte am nächsten Morgen von der Stimme des Stadtausrufers. Es war ein Poet, der es verstand, seine Botschaften in Verse zu fassen und wie einen Bühnenmonolog vorzutragen. Er kündigte zwei Tagesereignisse an, die in keinerlei Zusammenhang miteinander standen, ja in ihrer Bedeutung eher von gegensätzlichem Wert waren. Dennoch kamen sie Georg beide wie Hiobsbotschaften vor, die der Ausrufer im düsteren Tremolo seiner Stimme angemessen intonierte.

Er kündigte die bevorstehende Ankunft des Henkers mit dem Schiff aus London an. Unmittelbar danach würde die Exekution des über den Kartoffeldieb verhängten Urteils beginnen. Die Bürger der Stadt seien ohne Unterschied von Alter und Geschlecht dazu aufgefordert, der Bestrafung zwecks Belehrung und Stärkung der öffentlichen Moral im Namen seiner Majestät des Königs beizuwohnen.

Das zweite Ereignis war die Ankündigung des Maskenballes in den Assembly Rooms und eines damit verbundenen Feuerwerks. Geladene Gäste sollten sich nach Sonnenuntergang am Ort des Geschehens einfinden.

Auch diese Botschaft des Ausrufers kam Georg vor wie die Ankündigung einer Exekution.

Um die erste Sensation zu besichtigen, kleidete er sich in der einfachen Tracht eines Leinwebers.

Er fand dies angemessen, auch wenn sein Inkognito inzwischen nicht mehr aufrechtzuerhalten war. Er genoß es, sich zu kostümieren. Kaum hatte er sich äußerlich verwandelt, milderte sich auch seine innere Erregung.

Schon von weitem sah er die ganze Pier entlang ein Spalier von Menschen. Das Londoner Boot hatte bereits festgemacht.

Er kam gerade noch rechtzeitig, um die Verlesung des Urteils mitzubekommen. Es war ein warmer Tag mit einer dunstigen, jedoch sehr hellen Atmosphäre. Das Urteil schien ganz nach dem Geschmack der Zuschauer zu sein. Es wurde viel gelacht und Beifall geklatscht. Der Delinquent hatte sich offenbar nur eines geringen Vergehens schuldig gemacht.

Diebstahl konnte durchaus mit dem Galgen geahndet werden. Das Säckchen süße Kartoffeln, das dieser Dieb entwendet hatte, brachte ihm lediglich Auspeitschen im Laufen über eine Meile Länge ein.

Der Verurteilte mußte seine Oberkleider ausziehen. Der Henker nahm eine Peitsche und ließ sie mehrfach zur Probe schnalzen.

Auf ein Kommando hin setzten sich beide in Bewegung. Unter den Anfeuerungsrufen des Publikums rannten nun Opfer und Vollstrecker hintereinander vom Kopf der Landungsbrücke in Richtung Innenstadt.

Der Dieb war ein fetter Kerl und sichtlich ein Trinker. Er stolperte mehr als er lief und bekam einen roten Kopf dabei. Der Henker war nicht besser auf den Beinen. Es war ein alter, dürrer Mann, dem es offenbar an Kraft fehlte, sein Amt noch wirkungsvoll auszuführen. Die Peitsche traf nur selten, was jedesmal mit einem Jubel der Begeisterung quittiert wurde.

»Du mußt mehr Kartoffeln fressen, John!« brüllte jemand. »Dann wirst du schneller!«

Henker und Dieb schienen heilfroh zu sein, als sie das Ende der Meile erreicht hatten. Die Zuschauer klatschten wie bei einem gelungenen Bühnenauftritt.

Georg fand seine Erfahrung wieder einmal bestätigt: Dieses ganze Volk befand sich in einem Zustand fortwährender Schauspielerei.

Am Nachmittag suchte er den Perückenmacher auf. Er trug nun einen Anzug aus blaßgrünem Samt und seine feinsten Seidenstrümpfe. Als er die violette Halsbinde vor dem Spiegel knüpfte, kam er sich wie ein Todeskandidat vor.

Die hohen venezianischen Fenster des Ballsaales im ersten Stock des Versammlungsgebäudes standen weit offen. Wegen der zahllosen Kerzen sah es im Inneren des Hauses aus, als wüte dort eine Feuersbrunst. Schon von weitem hörte er eine dunkle Frauenstimme, deren Gesang von einem Klavier begleitet wurde.

In einer Häuserecke streifte er sich die Maske über. Es war ein Affengesicht. Er hatte die Wirkung vor dem Spiegel geprüft. Durch seinen Wuchs und vor allem die langen Arme sah er nicht wie ein als Affe verkleideter Mensch aus. Der Eindruck war eher umgekehrt: er war ein als Mensch verkleideter Affe.

So betrat er den Saal.

Die Musik war in diesem Augenblick zu Ende, und Beifall brandete auf. Die Sängerin nahm die Pianistin bei der Hand. Beide verneigten sich. Er stand im Schatten einer Säule und sah gebannt zu.

Sie trug ein unter der Brust gerafftes Kleid im antiken Stil. Der Stoff floß weich um sie herab. Diese Mode war neu. Der weibliche Körper war dabei, sich aus dem Fischbeingefängnis der Schnürleiber zu befreien.

Der nach französischer Mode gekleidete Zeremonienmeister Monsieur Charles Le Bas eilte auf die beiden Damen zu und präsentierte sie mit perfekten Verbeugungen dem Publikum noch einmal. Er mußte auf einer Spieldose geboren sein, so mechanisch sah es aus, wenn er sich bewegte.

Nun nahm die Kapelle auf dem Podest Platz. Harfe, Laute, Flöte und zwei Hörner intonierten eine Anglaise. Dieser beliebte Modetanz wurde en ligne getanzt. Männer und Frauen standen sich paarweise gegenüber und führten ihre Tanzbewegungen oder Touren nacheinander aus, wobei das erste Paar nach Beendigung seiner Tour die Stelle des zweiten einnahm, dann des dritten und so weiter, bis es den ganzen Gliederfüßler bis an sein Ende durchwandert hatte.

Das erste Paar bildeten Dolly Parker und ihr zukünftiger Schwiegervater.

Während ihrer Tour schob sich eine äffische Gestalt die Wand entlang zu einem der schweren, seitlich gerafften Samtvorhänge der Fenster. Halb verborgen beobachtete sie von dort das Treiben der Gesellschaft. Die Spiegel im Raum vervielfachten die Kerzenflammen, die Personen und ihre Bewegungen. Dolly und ihr Bräutigam waren als einzige nicht maskiert. Ihre nackten Gesichter wirkten unnatürlich. Er spürte, wie ihm der Schweiß unter der Affenmaske in den Hals hinabrann. Sein Herz klopfte heftig. Er trank jedes Glas, das er den herumgehenden Aufwärtern vom Tablett fischen konnte, in einem Zug hinunter.

Plötzlich packte ihn jemand bei der Hand und zog ihn aus seinem Versteck.

Vor ihm stand ein großer Mann mit einem spitzen Wolfskopf. Er wußte sofort, wer es war. Er hatte ihn an den muskulösen Beinen erkannt.

»Kommen Sie«, sagte Solander. »Es ist Ihr Spiel. Sie haben mir gestern beigebracht, was das Risiko in einem solchen Fall für eine Bedeutung hat.«

Solander trug ein Kissen unter dem Arm.

Als die Anglaise zu Ende war, ging er in die Mitte des Parketts und begann mit seinem mächtigen Baß zu singen, wobei er sich den Musikern zuwandte:

»Der Tanz kann nun nicht weitergehn!«

Von der Bühne schallte es:

»Ich bitte, Sir, was sprecht Ihr so?«

Prompt kam die Antwort aus Solanders Mund:

»Joan Sanderson, das ist Miß Dolly Parker, Sie will nicht mit mir gehn!«

Die Musiker sangen:

»Sie muß mitgehn, und sie wird mitgehn,
Und sie muß mitgehn, ob sie will oder nicht.«

Das war die Ouvertüre zu dem populären Kissentanz, der nach der Melodie ›Joan Sanderson‹ getanzt wird. Er war auf Bällen so beliebt, weil er als sinnenreizend galt.

Dolly Parker war inzwischen in den Kreis getreten, den die Zuschauer gebildet hatten. Solander legte das Kissen vor sie hin und nahm seine Maske ab.

Sie kniete nieder, er beugte sich zu ihr herab und gab ihr einen Kuß, um gleich darauf mit dem Gesang fortzufahren:

»Joan Sanderson, ich grüße dich, willkommen seist du mir.«

Miß Parker erhob sich. Beide faßten sich bei den Händen und tanzten innerhalb des Kreises in der Runde und sangen dabei:

»Prinkum, Prankum, das ist ein schöner Tanz!
Und tanzen wir ihn noch einmal
Und noch einmal, und noch einmal,
Und tanzen wir ihn noch einmal...«

Schließlich hatten sie den Kreis abgetanzt. Solander verbeugte sich galant. Dolly Parker nahm das Kissen auf und war nun an der Reihe, sich ihren ›Joan Sanderson‹ zu suchen.

Es wurde still, während sie mit ihren dunklen Augen die maskierten Gestalten der Reihe nach ansah. Sie drehte und schaukelte dabei das Kissen im Arm und summte die Melodie.

Dann begann sie mit ihrer Altstimme zu singen:

»Der Tanz kann nun nicht weitergehn.«

»Ich bitte, Miß, was sprecht ihr so?«

»Joan Sanderson, das ist ein kleiner Affe.

Er will nicht mit mir gehn!«

»Er muß mitgehn, und er wird mitgehn.

Und er muß mitgehn, ob er will oder nicht!«

Alle Augen richteten sich auf Georg.

Er stand da und glaubte, zu keiner Bewegung mehr fähig zu sein. Da begann die Wolfsmaske zu klatschen und die anderen damit anzustecken. Bald applaudierte der ganze Saal im gleichen Takt. Es blieb ihm nichts anderes übrig: er mußte zu ihr. Als er den ersten kleinen Schritt machte, glaube er zu schweben. »Glücklicherweise habe ich genug getrunken«, dachte er. »Kunkel, du stehst mir bei.«

Sie legte das Kissen vor ihn hin. Eigentlich hätte er sich niederknien müssen, aber sie tat es für ihn, so daß beider Köpfe auf gleicher Höhe waren. Er sah ihren roten Mund. »Wie eine Aktinie«, kam es ihm in den Sinn. Als sie ihn küßte, glaubte er, in ihr zu sein.

Den Tanz nahm er kaum wahr. Das Klatschen der Umstehenden war wie ein Wellengeräusch, das sich irgendwo in seinem Inneren brach.

»Der Affe und die Göttin«, dachte Solander, »welch ein Paar!«

Georg selbst bekam wenig mit von seinem Tanz. Wenn er Dolly und sich im Spiegel sah, kam es ihm vor, als tanzten sie dort drinnen im Glas. Wahrscheinlich verhalf ihm diese Vorstellung dazu, nicht über seine eigenen Beine zu stolpern. Er war mit seiner Dame nur ein Reflex und dadurch ohne Gewicht.

Als der Tanz zu Ende war, begriff er mit Schrecken, daß er nun singen mußte, um sich seine ›Joan Sanderson‹ zu suchen. Er hatte in seinem ganzen Leben nie gesungen. Nur pfeifen konnte er. Am besten zu Leierkastenmusik.

Unruhe entstand im Saal. War es seinetwegen?

Es gab Gelächter, in das sich einige spitze Damenschreie mischten.

Da sah er die Ursache: ein häßliches kleines Geschöpf bewegte sich über das Parkett. Es schien mit seinen langen, dünnen Spinnenbeinen die Kunst des Menuetts zu beherrschen, bei der es auf die harmonisch-künstlichen Stelzschritte ankommt. Auf dem Rücken des Monstrums brannte eine Kerze.

Monsieur Charles Le Bas eilte auf den riesigen Taschenkrebs zu und begann, nach einigen neckischen Verbeugungen und Komplimenten, selbst die gezirkelten Figuren des Menuetts zu tanzen.

Dann brach er ab und rief den Beginn des Feuerwerks aus.

Die Gesellschaft setzte sich in Richtung Promenade in Bewegung. An der Spitze des Zuges gingen Dolly und ihr Verlobter. Man sammelte sich bei den Badehäusern und blickte erwartungsvoll aufs Meer hinaus. Die Nacht war warm, und es gab Meeresleuchten. Dies wurde als wunderbare Zugabe der Natur empfunden. Wenn sich größere Wellen brachen und dabei ihr eigenes pyrotechnisches Spektakel vollbrachten, wurde applaudiert.

Jemand spielte Geige, und da auch noch der Mond schien, hatte sich alles in ein gelungenes lebendes Bild verwandelt.

Georg lehnte an der Holzwand eines der Badehäuser. Er sah, wie Dolly auf einer Bank in der Nähe Platz nahm. Ihr weißes Kleid und ihr Gesicht schimmerten im Mondlicht. Der Verlobte setzte sich neben sie und legte den Arm um ihre Schultern. Da er schwarz gekleidet war, sah es aus, als ob ein Schatten ihren Kopf vom Körper trennte.

Georg spürte seine Eifersucht wie einen wohligen Schmerz. Ganz vorsichtig schob er sich an der Bretterwand entlang, bis er sich hinter dem Pärchen befand.

In diesem Augenblick ertönte ein Kanonenschlag. Es war

das Zeichen für den Beginn des Feuerwerks. Die Landungsbrücke begann in bengalischen Flammen zu brennen. Über
ihre ganze Länge wurden zwei große Puppen getragen, die
den König und die Königin darstellen sollten. Dann wurden
die Drehfeuer entzündet. Raketen stiegen auf und teilten sich
in rote, grüne und blaue Kugeln.

Die optischen Sensationen dirigierten die Ausrufe des Staunens. Flaschen wurden herumgereicht. Georg sah von dem
ganzen Spektakel nicht viel mehr als den Widerschein der
wechselnden Farben auf Dollys Kleid und Gesicht.

Er löste sich nun von der Bretterwand und bewegte sich soweit vor, daß er die Rückenlehne der Bank berührte. Da andere um ihn herum waren, fiel es nicht auf. Dollys Kopf war
nun so nahe, daß er sein Gesicht in ihren Haaren hätte vergra-
ben können. Er schloß die Augen und versuchte, ihren Duft
aufzufangen. Es roch nach Seetang und Wattboden. War dies
nicht der natürliche Geruch einer schaumgeborenen Venus?

Als draußen auf dem Wasser Kaskaden von Brillantfeuer
schäumten und alle vor Begeisterung zu klatschen und zu rufen begannen, legte Dolly ihren Kopf zurück, und als er die
Augen öffnete, umgab ihn die Finsternis ihrer Locken.

Das Feuerwerk endete mit einem ›Pfauenschweif‹ genann-
ten Höhepunkt. Raketen stiegen in dichter Folge in den Himmel und ließen Leuchtkugeln wie einen bunten Vorhang über
dem Wasser herabschweben. Das Paar vor ihm auf der Bank
erhob sich und beteiligte sich am Applaus. Dann strömten die
Ballgäste zu den Assembly Rooms zurück.

Georg wartete, bis er allein war. Er zog sich halb aus und
ging zum Strand hinab. Dann begab er sich so tief ins Wasser,
daß seine Rockschöße sich vollsogen. Mit der einen Hand trug
er Hose, Strümpfe und Schuhe, mit der anderen tauchte er die
Maske ins Wasser und fächelte mit ihr Sternbilder von Funken
zusammen.

So folgte er langsam dem Bogen der Bucht, bis er auf der Höhe seines Hotels war.

Er war berauscht vom Alkohol, aber stärker noch hatte er sich an seinem inneren Glück betrunken.

Er war sicher, die Frau gefunden zu haben, mit der er leben wollte. Er liebte ihren Kopf und ihren Leib. Beide würde er mit seiner Liebe zusammenfügen. Daß sie bald einen anderen heiraten würde, kümmerte ihn nicht. Das hatte nichts mit jener Wirklichkeit zu tun, die nur er mit ihr zu teilen vermochte.

Am nächsten Morgen war er früh auf und beobachtete mit dem Reisedollond die Promenade. Es war ein günstiger Tag zum Baden. Doch er zweifelte, daß Dolly nach dem gestrigen Fest ihrer Arbeit nachgehen würde. Hatte sie es überhaupt noch nötig als Frischverlobte eines Erben vom Range dieses Cobb?

Die Badewagen waren noch nicht eingetroffen, doch vor den drei weißen Badehäuschen hatten sich schon die ersten mutigen Gäste eingefunden.

Da sich zwischen Wasser und Strand kein dunkler Streifen frischer Nässe befand, wußte er, daß das Meer im Steigen begriffen war.

Er schwenkte das Fernrohr, und plötzlich sah er sie, wie sie die Promenade entlang zu den Badehäusern ging. Er sah ihren Kopf auf dem Kopf, denn er hatte das astronomische Okular statt des terrestrischen eingesetzt.

Er liebte es, die Welt so auf den Kopf zu stellen. Alles war dadurch gewichtloser. Doch Dollys Kopf kam ihm nicht leichter vor, auch wenn ihre schwarzen Locken in den Himmel wuchsen. Sie war achtzehn Jahre alt, aber sie kam ihm wesentlich älter vor.

Es gibt Mädchen, die schon von Kind an etwas von einer erwachsenen Frau an sich haben.

Er zog sich an und eilte hinunter.

Als er sich den Badehäusern näherte, hörte er die Klänge eines verstimmten Klaviers. Er wußte nicht, ob es wirklich verstimmt war, denn er traute sich kein Urteil in musikalischen Dingen zu. Ihm schien jedoch, daß die Akkorde und Melodien ineinander verschwammen.

Als er das größte der Badehäuser betrat, drehten sich ihm die Köpfe der Anwesenden zu. Das Affenkostüm und die Tatsache, Favorit des Königs zu sein, hatten ihm dieses Interesse eingebracht.

Er ließ sich eine Tasse heißen Punsch geben und stellte sich neben das Klavier. Die junge Dame, die es spielte, machte ein bekümmertes Gesicht. Es war die gleiche Person, die Dolly Parker auf dem Fest begleitet hatte. »Ein Ton ist kaputt«, sagte sie an Georg gewandt, »es scheint die Seeluft zu sein. Man muß beim Spielen improvisieren, um diesen Ton zu vermeiden.«

»Was spielen Sie gerade?« fragte er höflich.

»Es ist Händel, natürlich Händel. Alle sind verrückt nach ihm. Jeder will Händel hören. Als ob es keine anderen Komponisten gäbe. Ich persönlich ziehe Bach vor.«

»Den jungen oder den alten?«

»Den jungen natürlich. Er ist gegenwärtig in London.«

»Ich weiß, ich habe ihn selbst beim König gehört.«

Die Pianistin schenkte ihm einen tiefen Blick. Er wunderte sich über seine Fähigkeit, in dieser Lage Konversation zu machen.

Dolly stand in der Nähe. Sie beantwortete alle möglichen Fragen der Leute, die sie umdrängten. Die meisten wollten wissen, ob sie nicht die Schädlichkeit des Salzwassers fürchte, wenn sie sich zuweilen recht lange darin aufhielt.

Georg nutzte eine solche Frage, um sich einzumischen.

»Ich habe auf Helgoland Menschen gesehen, die sich über Stunden wie Fische im Wasser bewegten. Vor allem waren es einheimische Kinder. Sie glichen mehr Amphibien als Landgeschöpfen. Ich nehme an, es bedarf einer gewissen Gewöhnung der Haut, um sich über längere Zeit in diesem Milieu aufzuhalten. Menschen, die am Meer aufgewachsen sind, vertragen Salzluft und Salzwasser natürlich besser als unsereins.«

Dolly nickte zustimmend. »Ich habe schon als kleines Mädchen gebadet. Wir taten es heimlich, aber es kam regelmäßig heraus, weil sich auf der Haut eine feine Salzkruste hielt.«

Es war nicht zu übersehen, daß diese Bemerkung des schönen Mädchens die Phantasie der anwesenden Männer beschäftigte.

Georg ergriff noch einmal das Wort:

»Mir scheint, die Heilwirkung eines Seebades wie Margate besteht aus zweierlei. Es ist zum einen die belebende, die Blutzirkulation und die Atemwege anregende Wirkung der chemischen Verhältnisse von Luft und Wasser. Genauso hoch einzuschätzen ist jedoch die indirekte Wirkung eines Aufenthaltes am Meer. Das unbeschreibliche Schauspiel von Ebbe und Flut, der klare Sternenhimmel im Verein mit dem unendlichen Spiegel eines nächtlichen, windstillen Meeres, die dramatischen Auftritte schäumender Wogen bei Sturm, die Gerüche und besonderen Farben der Luft, all dies wirkt auf Seele und Gemüt und führt auch über diesen Zugang zu einer Reinigung und Belebung der Lebensgeister.

Es gibt einen einfachen Beweis für die doppelte Heilkraft der Badeorte: Nirgendwo sonst schmecken Gerichte und Getränke so gut!« Die Umstehenden äußerten lebhaft ihre Zustimmung.

Georg warf einen Blick zu Dolly. Sie lächelte und fragte,

ob sie auch ihm später zu seinem Wagen eine Erfrischung bringen solle. Er nickte und sprach noch einige allgemeine Worte des Dankes für die herzliche Aufnahme, die ihm als deutschem Fremdling in England und insbesondere in Margate widerfuhr.

Dann verteilten sich die Gäste auf die inzwischen eingetroffenen Badewagen.

Er saß im Wageninneren und wartete. Das Fenster hatte er mit dem Laden verschlossen. Es war drückend heiß und roch stark nach Harz. Die Bretter preßten in der Hitze gelbe Tropfen hervor.

Einzelne bleistiftdicke Sonnenstrahlen drangen durch offene Astlöcher in den Raum und erhellten ihn schwach.

Er wünschte sich nichts mehr als ihr Kommen und zweifelte zugleich daran. Sie würde es als Verlobte nicht wagen können, in den Wagen eines fremden Mannes zu steigen.

Hoffnung und Zweifel hielten sich so genau die Waage, daß sein Zeitgefühl aufgehört hatte zu existieren.

Doch irgendwann geschah es. Die vordere Tür öffnete sich, und in einer gleißenden Lichtflut erschien Dolly Parker. Sie schloß die Tür sofort wieder, so daß es durch den Kontrast völlig finster wurde.

Als seine Augen sich wieder an die Dämmerung gewöhnt hatten, sah er sie vor sich. Sie saß auf der gegenüberliegenden Holzbank. Sie war naß bis zum Hals. Ihr weitgeschnittener Badeanzug klebte faltig an ihrem Körper. Sie hatte einen Korb dabei, den sie wohl auf dem Kopf durchs Wasser getragen hatte. Sie stellte ihn zwischen sich und ihn auf den Boden.

Dann öffnete sie den Deckel und holte einen Krug mit Bier und ein gebratenes Hähnchen heraus. Das Hähnchen teilte sie mit den Fingern und reichte ihm die eine Hälfte.

Er brachte kaum einen Bissen herunter. Dafür trank er um so schneller. Es war das seltsamste Picknick seines Lebens.

Dolly benahm sich wie eine alte Bekannte. Sie redete vom Wetter, von ihrer Arbeit mit Badewagen. Kein Wort vom gestrigen Fest.

Er verschlang sie mit den Augen. In der warmen Luft trocknete ihr Anzug schnell. Überall begann sich der Stoff von der Haut zu lösen. Es war, als verflüchtige sich ihre Nacktheit wie ein Nebel im Sonnenlicht.

»Es ist heiß hier«, sagte Dolly. Sie schlug vor, ein gemeinsames Bad zu nehmen.

»Warum«, wollte er die ganze Zeit über fragen, »warum redest du mit mir wie mit einem Freund?«

Er brachte jedoch kein Wort heraus.

Dolly lachte. Sie wischte sich die Finger an ihrem Badeanzug ab und beugte sich vor. Immer weiter. Sie stützte beide Arme rechts und links neben ihm auf die Bank und näherte ihren Kopf, bis sich ihre Stirnen berührten. Er spürte den sanften Druck ihres Kopfes gegen seinen. Ihre Augen waren sich so nahe, daß sie zu schwarzen Flecken verschwammen. Ihr Mund hatte zu lachen aufgehört. Er war jedoch halb offen geblieben. Groß und rot war er und verschwommen, als sähe er ihn unter Wasser.

»Komm«, sagte Dolly. »Wir nehmen ein Bad. Zieh dich aus.« Sie griff nach seinen Kleidern und streifte sie ihm ab.

Sie selbst war plötzlich nackt. Ihre Kleider lagen da wie eine leere Schlangenhaut. Er hatte noch niemanden so nackt gesehen wie dieses Mädchen. Es war anders als bei Justine, deren Nacktheit aus einem Bild zu stammen schien.

Dolly war richtig nackt. Sie war ihm schon angezogen als nackt erschienen. Nun kam ihm ihre wirkliche Nacktheit so tief vor, daß er glaubte, in ihr Herz greifen zu können.

Sie bewegte sich neben ihm, und die Lichtstreifen glitten

über sie hin. Er versuchte vergeblich, sich ihr Bild einzuprägen, als er wieder ruhiger geworden war. Er wollte diesen Anblick behalten, doch er sah nur Einzelheiten.

Sie zog ihn die Treppe ins Wasser hinab. Dort tauchte sie so tief unter, daß nur ihr Kopf über dem Wasser blieb. Er sah jedoch diesmal auch ihren Körper. Durch die Brechung wirkte er wie eine Fahne, die unter Wasser wehte.

Es war, als sei er in Otahiti. Er war Gibson. Er badete mit seinem Mädchen in einer Quelle. Es war das Glück, wie er es sich erträumt hatte.

Nun war es Wirklichkeit, aber die Wirklichkeit war wie ein Traum beschaffen. Sie bestand aus Bildern und verfügte über keine Zeit. Dolly lachte, aber er hörte ihr Lachen nicht. Er sah es nicht einmal richtig. Er spürte es nur.

Als sie ihn umarmte, fühlte er sich wie ein kleines Kind getragen. Sie hatten beide kein Gewicht. So wenig wie ein Spiegelbild. Auch später im Wagen nicht.

Sie legte sich der Länge nach auf den Boden und fragte ihn, ob er mit ihr schlafen wolle.

Er legte sich zu ihr. Plötzlich spürte er, wie der Wagen sich in Bewegung setzte.

»Wohin fahren wir«, stammelte er.

Dolly sagte nichts. Ihr Gesicht glich einer weiten Landschaft, in der er sich verloren vorkam. Was geschah nur mit ihm? Er sah ihren Mund mit den halb offenen Lippen. Ihre Augen kamen ihm groß und blind vor, während er mit ihr schlief.

Sie erhob sich und zog sich an.

Er machte es ihr nach wie ein Affe, der eine Bewegung imitiert. »Dolly«, flüsterte er. »Was soll nun werden?«

»Du mußt mir versprechen, Margate so bald wie möglich zu verlassen. Wir werden uns nicht wiedersehen. Dies war unser ganzes gemeinsames Leben.«

Sie blickte ihn an, freundlich und ruhig.

»Es ist schon viel, solch ein Leben miteinander geführt zu haben. Ich werde jetzt mein anderes Leben beginnen. Durch dich wird es mir vielleicht besser gehen.«

Er wollte protestieren.

»Dolly, ich werde in England bleiben. Ich werde dich heiraten können. Du mußt deine Verlobung lösen.«

Sie lachte wieder, aber diesmal war ihr Lachen weit entfernt. »Du eignest dich nicht für die Ehe«, sagte sie. »Du wirst zwar eines Tages auch heiraten, aber es wird immer eine Lüge sein, die du so glaubwürdig erzählst, daß alle sie dir abnehmen werden, nur du selbst nicht. Ich würde mich nie an diesem Schwindel beteiligen. Das überlasse ich anderen.«

Sie sah ihn beinahe feindselig an und gab ihm die Hand.

»Du fährst besser morgen als übermorgen. Ich möchte nun nichts mehr zerstören zwischen uns.«

Sie verließ den Wagen mit ihrem Korb. Wieder folgte er ihr wie ein Affe, der etwas nachahmt. Die Helligkeit blendete ihn schmerzhaft. Das Gefühl, am ganzen Körper betäubt zu sein, half nichts gegen die Verzweiflung, die immer mehr Besitz von ihm ergriff. Er sah, wie sie mit dem Kutscher sprach und ihm etwas zusteckte. Bestach sie ihn? Erkaufte sie sein Schweigen? Sie ging fort mit ihrem Korb, hoch erhobenen Hauptes und ohne sich nach ihm umzudrehen. Er rannte durch die Straßen von Margate wie der Kartoffeldieb. Er spürte die Peitschenschläge auf seinem Rücken. »Sich mit birkenem Pinsel den Buckel blau malen«, dachte er.

Am nächsten Morgen ging er nach einer schlaflosen Nacht zu einer der Sehenswürdigkeiten der Stadt. Es war die auf dem Steilkliff gelegene Camera obscura, ein runder Bau aus Holz, den man für ein geringes Entgelt betreten konnte.

Der Innenraum war gut gegen Tageslicht abgedichtet. Nur an seiner Spitze befand sich eine Öffnung, durch die mit Hilfe eines drehbaren Systems von Spiegeln und Linsen ein Abbild der Außenwelt auf eine runde Fläche am Boden geworfen wurde.

Um diese Fläche herum lief eine Balustrade. Hier lehnten die Besucher und besahen sich dieses geheimnisvolle, ein wenig unscharfe Gemälde des Badelebens.

Da die dort sich bewegenden Boote, Badekarren und Menschen vollkommen geräuschlos über das Bild glitten, entstand eine zauberische Wirkung.

Hier verbrachte Georg den ganzen Tag.

Einmal meinte er, Dolly zu sehen. Sie lief über die Promenade und trug einen kleinen, weißen Sonnenschirm, der ihr Gesicht im Schatten ließ. Es war nur ein dunkler Fleck auf dem Bild der Camera obscura. Doch er glaubte, sie an ihren Bewegungen erkannt zu haben.

Dann verschwand sie in einem der Badehäuschen.

Am Abend kam Solander in sein Hotel. Er wollte das Petersburger Spiel spielen, aber Georg weigerte sich. »Sie hat alles riskiert und ich alles verloren«, sagte er.

»Hier, nehmen Sie Ihr Geld. Ich fahre morgen mit der frühen Post nach London zurück.«

Solander schüttelte den Kopf. »Ich kann mir nicht denken, daß Sie alles verloren haben. Haben Sie Dolly gesehen?«

»Ich habe sie nicht nur gesehen, Herr Solander.«

Georg spürte, wie jedes Wort, mit dem er sich einem anderen anvertrauen konnte, seine Schmerzen ein wenig linderte.

Draußen über dem Wasser war der Mond aufgegangen. Die Fenster standen offen, denn es war warm.

»Es hat einmal jemand gesagt, der Sitz der Seele befinde sich dort, wo die Schenkel sich kreuzen. Dieser Spötter hat vielleicht mehr recht gehabt, als uns lieb sein kann.

Stellen Sie sich Schenkel als in den Leib hinein verlängerte Linien vor. Dann führt ihr Spreizen zu einem Absinken der Seele. Bei fast paralleler Beinhaltung mag sie im Kopf sitzen. Während des Kopulierens nähert sich dann die Seele dem Ort des Hauptgeschehens. Dies ist eine schöne Vorstellung. Es könnte jedoch dazu kommen, daß die Seele unversehens dabei zur Welt kommt wie ein neugeborenes Kind.«

»Sie meinen, Sie sind in einem solchen Fall der Vater?«

»Es könnte so sein. Väter haben es schwer. Das Kind geht ihnen leichter verloren als der Mutter. Die Seele kehrt zur Frau zurück, nachdem der Mann gegangen ist. Es ist eine komplizierte Vorstellung, aber nur so kann ich mir erklären, warum Dolly nichts mehr von mir wissen will, nachdem wir miteinander geschlafen haben.«

Am nächsten Tag legte Georg die Reise von Margate nach London in einem Zustand zurück, den man als Lebensstarre bezeichnen könnte. Die Symptome waren ähnlich denen der Totenstarre. Die Muskeln hatten sich verhärtet. Der Körper glich einer Statue, die den Ausdruck größten Schmerzes vermittelte.

Mitte August hatte er ein Erlebnis, das ihn bewog, seine Strategie im Glücksspiel des Lebens erneut zu korrigieren.

Es war ein warmer Sommerabend. Er ging im Hyde Park spazieren und gab sich einer Stimmung hin, die er selbst als wollüstige Schwermut bezeichnete.

Der Mond schien, und die Fassaden der Londoner Häuser wirkten wie gespenstische Theaterkulissen. Er ging langsam in Richtung Whitehall. Die Stadt kam ihm erstaunlich leer vor. Hinzu trat das Gefühl, diese Situation genauso schon einmal, wenn nicht gar mehrmals erlebt zu haben. Diese Stimmung, diese Schwermut, dieses Gefühl, in einer Totenstadt zu sein, kannte er genau. Selbst einzelne Steine im Straßenpflaster kamen ihm vertraut vor.

In der Ferne hörte er einen Leierkasten. Er liebte den näselnden Klang dieses Instruments. Es war für ihn die seinem Dasein angemessene Musik, weil sie teils mechanisch war und teils zu leben schien.

Er folgte der Orgel, die ihr Besitzer mitten auf der Straße voranschob. Hin und wieder hielt der Mann an und spielte für einen Passanten gegen ein Sixpence einen Musikwunsch herunter.

Einmal spielte er den Choral »In allen meinen Taten« von Paul Fleming.

Georg liebte dieses Lied. Er sang den Text leise mit. Als die Zeile kam »Hast du es dann beschlossen, so will ich unverdrossen an mein Verhängnis gehn«, konnte er seine Tränen nicht mehr zurückhalten.

Ganz gegen seinen Willen gab er sich einer wertherschen Stimmung hin, für die er gewöhnlich nur Verachtung und Spott übrig gehabt hätte. Er holte schließlich den Leierkastenmann ein und ließ sich das gleiche Lied noch einmal spielen. »Hast du es dann beschlossen, so will ich unverdrossen an mein Verhängnis gehn.«

Mit Tränen in den Augen eilte er zu einer Droschkenstation und ließ sich nach Kew hinaus fahren.

Er saß noch lange am Fenster und sah mehr in sich hinein als in die Landschaft hinaus.

Ja, er mußte zurück. Er mußte wieder in die wohnliche Fremde seiner Heimat. Er konnte dem Drängen seines Freundes Sir Francis, sich hier endgültig niederzulassen, vorerst nicht nachgeben.

Die Zeit in England hatte einiges an seinem provinziellen Geist korrigiert. Aber er war dabei kein neuer Mensch geworden. Hier war alles zu groß, zu weit und chaotisch für ihn. Er gehörte nach Göttingen. Vorerst jedenfalls. War es Feigheit? Angst vor dem Risiko? Lag es am Korb, den Dolly ihm in Margate gegeben hatte?

All dies mochte mitspielen. Er empfand es jedoch als seine Pflicht, sich in die Enge seines früheren Lebens zurückzubegeben.

Seit dem Januar dieses Jahres war er auf Wunsch des Königs zum ordentlichen Professor ernannt worden. Dies konnte nur bedeuten, daß es auch im Interesse Georgs III. war, wenn er wieder seine Funktionen als Universitätslehrer auf sich nahm.

Er würde also im Verlauf dieses Jahres nach Göttingen zurückkehren. Es durfte jedoch nicht wie eine Flucht aussehen. Er würde vorher noch reisen und sich die Gegend nordwestlich von London ansehen, wo sich geheimnisvolle Mirakel der Mechanik und Maschinenwelt zutragen sollten.

Und er würde natürlich mit seinem Freund Georg III. über seine Pläne reden.

Anfang Oktober reiste Georg als Leinwebergeselle verkleidet über Oxford und Stratford on Avon nach Birmingham. In Stratford besichtigte er Shakespeares Geburtshaus und setzte sich auf dessen Stuhl. Von diesem Möbel konnte man gegen Geld Holzsplitter als Andenken abschneiden. Georg kaufte einen Span für einen Schilling, mit der Absicht, das Holz später in Ringe einarbeiten zu lassen.

In Soho bei Birmingham besuchte er die berühmte Manufaktur des Mister Bolton. Hier stellten 700 Arbeiter Unmengen an Galanteriewaren wie Schnallen, Knöpfe, Dosen, Uhrketten, Degenscheiden und Zierdolche her. Diese berüchtigte Birmingham-Ware überschwemmte den ganzen Kontinent und war so billig, daß Mister Bolton fast das Monopol für solche Waren hatte.

Den niedrigen Preis erzielte Bolton durch eine geschickte Aufteilung der einzelnen Arbeitsgänge. Jeder Gegenstand wanderte an vielen Arbeitsplätzen vorbei, wo jeweils ein Arbeiter spezielle Handgriffe tat. Dadurch entfiel das Hin- und Hertragen von Werkzeug, und es wurde eine Unmenge Zeit gespart.

Es war eine geniale Idee, nicht den Arbeiter, sondern das Produkt wandern zu lassen. Doch kam es Georg vor, als habe die damit verbundene Monotonie eine traurige Konsequenz für die Gesundheit.

Er stellte Vergleiche an mit seiner eigenen Lebenssituation. Reiste er nicht wie ein Werkstück durch das Land und ließ sich von Eindrücken bearbeiten?

Bald würde es umgekehrt sein. Er würde in Göttingen sitzen, an seinem Arbeitsplatz, und an den Köpfen von vorbeiziehenden Studenten herumschnitzen.

Da Georg ein Empfehlungsschreiben des Königs dabeihatte, ließ Mister Bolton sich bewegen, ihm auch seine neueste Wundermaschine zu zeigen. Man hörte ihren Herzschlag auf dem ganzen Gelände der Manufaktur.

Es war eine Feuer- oder Dampfmaschine von völlig neuer Konstruktion. Sie fraß in ungeheuren Mengen Steinkohle und konnte dafür ein Vielfaches von Wasser pumpen. Mit 112 Pfund Steinkohle ließen sich 20.000 Kubikfuß Wasser 24 Fuß hochheben, versicherte Mister Bolton.

Für den Bergbau würde diese Maschine bald von großer Bedeutung sein, denn mit ihr ließen sich die Schächte bequem von Wasser freihalten.

Bolton nahm Georg auf die Seite und flüsterte ihm zu, was offenbar für Ketzerei gehalten werden konnte: »Eines Tages werden solche Maschinen den Menschen alle groben Arbeiten abnehmen. Wir brauchen dann keine Sklaven mehr. Watt und ich werden die Maschine immer leichter und stärker machen. Vielleicht kann sie sich dereinst sogar selber in die Luft erheben. Das wird die künftigen Kriege zu einem Spektakel machen, bei dem jeder von unten zusehen kann!«

Bolton stellte Georg anschließend seinen Kompagnon, Mister James Watt, vor. Der schien, was die Zukunft von Dampfmaschinen anbelangte, von noch größerem Enthusiasmus zu sein.

Georg versuchte unterdessen, etwas von der Konstruktion der Maschine zu begreifen. Die beiden Ingenieure machten ein großes Geheimnis daraus und wichen allen genaueren Fragen aus.

Das Geheimnis der neuen Konstruktion schien nach Georgs Meinung darin zu bestehen, daß sie nicht einfach wirkend war, wie herkömliche Dampfmaschinen. Sie war vermutlich doppelt wirkend, d.h. der Dampfdruck sorgte sowohl für das Steigen wie auch das Niederdrücken des Kolbens.

Dieser Mister Watt schien ein Mittel gefunden zu haben, den Weg des Dampfes in den Zylinder entsprechend zu lenken. In seinen alten Maschinen hatte das Hochgleiten des Kolbens noch ein großes Gewicht an einem Waagebalken besorgt. Hier gab es diese Einrichtung nicht mehr.

Anschließend reiste Georg weiter nach Bath. Er glaubte, noch nie so eine schöne Stadt gesehen zu haben. Doch sah er sich alles nur flüchtig an. Er fühlte sich wie ein Antipode. Es war von Göttingen aus gesehen der westlichste Punkt, den er auf seiner Lebensbahn bisher erreicht hatte. Er war im Aphel, dem Punkt der größten Sonnenferne eines Planeten.

Als er Mitte September wieder in London ankam, hatte die Theatersaison gerade begonnen. Georg stürzte sich heftiger denn je in diese Welt der Illusionen.

Er wohnte nun nicht mehr in Kew, sondern in einem öffentlichen Kaffeehaus in der Stadt.

Lord Boston war Ende März an seiner schweren Krankheit

gestorben. Er war bis zum letzten Atemzug guter Dinge gewesen. Als Georg ihn zum letztenmal sah, sagte der Sterbende zu ihm: »Lieber Professor, ich schätze Sie als ein angenehmes Beispiel für die Wahrheit, daß man zwischen Krankheit und Gesundheit nicht zu streng unterscheiden sollte.«

Lord Boston hinterließ seinem Sohn Irby die gewaltige Summe von 120.000 Pfund. Irby hielt es für selbstverständlich, Georg genauso wie sein Vater finanziell und durch Protektion zu unterstützen. Aus dieser Richtung ergab sich also kein Grund, das Land zu verlassen.

Nun, im November, als die berühmten Londoner Nebel die Herrschaft über die Atmosphäre antraten und als zusätzliche Belästigung dicke Wolken von Steinkohlenrauch in den Straßen lagen, so daß man besser die Fenster geschlossen ließ und auch tagsüber nur bei Kerzenlicht lesen oder schreiben konnte, fiel Georg in eine Stimmung tiefer Depression.

Daß er die Rückreise immer wieder hinausschob, lag offiziell daran, daß einer der drei Studenten, die er als Betreuer mit nach Göttingen nehmen sollte, krank war. Er zögerte jedoch auch innerlich, denn er hatte nicht wenig Angst vor dem Schritt, seiner Lebensbestimmung zu folgen. Er fühlte mit großer Sicherheit, daß es mit dem Reisen für immer vorbeisein würde, wäre er erst einmal wieder innerhalb des Ringwalles von Göttingen.

In dieser Zeit traf er sich zum letztenmal mit seinem Freund, dem König.

Sie saßen auf einer Gartenbank im Park in der Nähe des Flusses. Man konnte ihn jedoch nicht sehen. Der Nebel war so dicht, daß die nächsten Bäume wie schwebende Phantome wirkten.

Die beiden Georgs fröstelten und waren eng aneinander gerückt. Vor allem dem König schien trotz seines edlen Mantels aus Bärenfell nicht wohl zu sein.

Er seufzte immer wieder tief und starrte bekümmert vor sich hin.

Georg ließ ihm Zeit. Er ahnte, daß der König bald äußern würde, was ihn bedrückte. Tatsächlich gingen die Seufzer jetzt über in halblaut gemurmelte Worte.

Georg verstand: »Zweihundertneunundachtzig Kisten Tee, es ist unglaublich. Zweihundertneunundachtzig Kisten im Wert von elftausend Pfund. So viel haben die Grobiane ins Wasser geworfen. Wollten sie den Fischen beibringen, wie echte Patrioten Tee zu trinken? Nein, sie haben es getan, um mich zu treffen. Sie wußten, daß Tee und Salzwasser sich nicht vertragen.«

Eine einzelne klare Träne rollte dem König über die fleischige Wange. Es waren also die amerikanischen Verhältnisse, die den Monarchen bedrückten.

Seit jenem Vorfall, der allgemein die »Boston teaparty« genannt wurde, hatten sich die politischen Verhältnisse in den amerikanischen Kolonien erheblich verschlechtert.

Damals hatten als Indianer verkleidete Untertanen in einer Nacht- und Nebelaktion jene zweihundertneunundachtzig Kisten Tee von einigen Schiffen der Indian Company in das Hafenwasser gekippt. Es ging nur vordergründig um Zölle, in Wirklichkeit aber um politische Unabhängigkeit vom Mutterland.

Nun hatte es in diesem Jahr die ersten militärischen Auseinandersetzungen gegeben.

»Un-ab-hän-gig-keit«, sagte der König. »Das ist es, was sie angeblich wollen.«

Er sprach im Gegensatz zu seinem Vater kaum mehr Deutsch, doch in diesem Fall zog er offenbar den deutschen Begriff vor, obwohl er sich schwer tat, ihn korrekt auszusprechen.

»Sie wollen Unabhängigkeit! Sie ahnen ja nicht, daß Un-ab-hän-gig-keit die größte Fessel des Menschen ist. Bin ich, der König von England, denn unabhängig? Sie haben es gesehn, lieber Lichtenberg, wie es bei mir zu Hause zugeht. Die Kinder, die Frau, die Geschäfte! Bin ich also unabhängig? Und wäre ich es, wenn ich keine Kinder und keine Frau und keine Untertanen hätte? Ich glaube kaum. Denn ich bin mein eigener Sklave. Ja, das ist wahr, ich bin mein eigener Sklave. Denn ich muß allen ein Vorbild sein. Gibt es eine schlimmere Tyrannei?«

Dem König rann wieder eine Träne übers Gesicht. Er wischte sie mit der behandschuhten Hand weg.

»Innerhalb meiner Landesgrenzen gibt es niemanden, der über mir steht. Und doch bin ich ein Untertan. Ich bin sogar aller Untertanen Untertan. Doch liegt es mir fern, deshalb so viele Kisten Tee ins Meer zu schütten. Ich ertrage es in Demut und Geduld, mein eigener und aller Untertan zu sein. Unabdependence, daß ich nicht lache. Habe ich etwa nicht eine häßliche Frau geheiratet, die eine gute Mutter ist? Im Vertrauen, lieber Professor, ich kann sie nicht ausstehen, aber sie ist die beste Frau der Welt. Ist das etwa Unabhängigkeit? Sie hat Füße wie eine Ente und eine wahrhaft zudringliche Art. Sie nimmt die Spiele der Liebe sehr ernst.«

Wieder begann der König zu seufzen.

Georg hielt den Zeitpunkt für gekommen, seine Reisepläne zu erläutern.

Der König nickte und starrte abwesend vor sich hin. Plötzlich sagte er: »Haben Sie schon einmal eine große und erwiderte Leidenschaft erlebt, aus der dennoch nichts geworden ist?«

Georg nickte. Auch der König nickte wieder.

Beide nickten eine Weile gemeinsam und sahen wie Hühner bei der Nahrungsaufnahme aus.

»Sie hieß Sarah. Ein schöner Name. Lady Sarah. Der Name

paßte zu ihr. Sie war das schönste Mädchen Englands. Ich liebte sie und sie liebte mich. Wir wollten heiraten. Es ist nun über ein Vierteljahrhundert her. Das war Un-ab-hän-gig-keit. Ja, eine große Leidenschaft erzeugt Unabhängigkeit, wenn sie erwidert wird. Lady Sarah Lennox war so schön, daß man kein Wort in ihrer Nähe zu sagen brauchte. Ich war unabhängig bei ihr und schlief daher oft vor Müdigkeit ein an ihrer Brust.

Mein Freund und Ratgeber Lord Bute war gegen die Verbindung. Und ich sah schließlich ein, daß er recht hatte. Mußte ich nicht Millionen von häßlichen Männern und Frauen ein Vorbild sein? Mußte ich ihnen nicht vormachen, daß es selbst dem König geziemt, abhängig zu sein? Ich habe Lady Sarah seither nicht mehr gesehn. Man sagt, sie sei immer noch schön wie ein Knospe.

Ich weiß, es ist eine Obsession, lieber Lichtenberg. Man sollte so etwas für sich behalten. Fahren Sie also, fahren Sie in Frieden. Seien Sie sich und Ihren Landsleuten ein Vorbild. Meinen Segen haben Sie. Nehmen Sie sich ein brave, häßliche Frau und haben Sie viele Kinder mit ihr. Aber verfallen Sie nie auf die wahnwitzige Idee, unabhängig sein zu wollen. Und vor allem, trinken Sie den Tee lieber, statt ihn ins Meer zu werfen!«

Nach dieser moralischen Thronrede erhob sich der König und stapfte davon. Georg folgte ihm. Er kannte hier in Kew-Garden jeden Weg und lenkte den großen, traurigen Menschen behutsam mit kleinen Winken und Berührungen der Hand durch den Nebel.

Abends gab es einen feierlichen Empfang.

Johann Christian Bach, der jüngste Sohn des großen Genies, musizierte. Er war seit vielen Jahren »Musikmeister der Königin«.

Es war ein Abschiedsfest für den kleinen Göttinger Professor. Der König schenkte ihm einige wertvolle Bücher und zwölfhundert Taler. »Sie werden es gut neben ihren vierhundertachtzig Taler Jahressalär gebrauchen können«, sagte der König. »Nur, kaufen Sie keinen Tee davon, um ihn ins Meer zu werfen. Trinken Sie ihn lieber.«

Alles lachte über den Scherz. Georg aber traute sich nicht, den König über seine wahren finanziellen Verhältnisse aufzuklären.

Anfang Dezember war Georg reisefertig. Er hatte seinen Freund Dieterich brieflich gebeten, für ihn und seine drei Studenten Logis in Göttingen zu besorgen. Jedoch wolle er keinesfalls in Dieterichs Haus wohnen. Die Gründe verriet er nicht. Sie waren ihm wohl selber nicht deutlich. Am liebsten würde er wieder im Tompsonschen Hause wohnen.

Am siebten Dezember reisten sie endlich ab. Schwere Stürme machten die Fahrt beschwerlich. Erst am letzten Tag des Jahres langten sie in Göttingen an.

VII. Der Magier

Dieterich empfing seinen alten Freund mit offenen Armen. Es traf sich gut, daß er zu Silvester eingetroffen war.

Georg wurde in die gute Stube hereingebeten. Sein erster Blick fiel auf das Kanapee. Sie hatten seinen alten Stammplatz mit einem Kranz versilberter Lorbeerblätter geschmückt.

Die Familie tat geheimnisvoll. Zu Mitternacht wurden die Champagnergläser gefüllt. Dann gab es einen kleinen Pilgerzug durch das weitläufige Dieterichsche Haus, um Glückwünsche mit den vielen Mietern zu tauschen.

Schließlich endete der Zug vor einer Tür.

Über ihr hing ein englischer Mispelzweig. In Augenhöhe befand sich eine Inschrift auf dem Türblatt: »Professor Lichtenberg. Physikalisches Institut der Universität Göttingen.«

Dieterich öffnete mit einem großen Schlüssel und ließ Georg eintreten. Unter dem Mispelzweig wurde eifrig geküßt. Dann folgten alle dem Hausherrn, der mit einem brennenden Leuchter voranging und Georg sein neues Logis zeigte. Es waren drei Räume, deren größter als Hörsaal dienen sollte.

Dieterich hatte bereits eine ganze Anzahl Stühle herbeigeschafft, die hier wie ein erwartungsvolles Publikum dem Katheder gegenüberstanden oder, wie es Georg schien, saßen, wobei die Vorstellung eines sitzenden Stuhles ihm wie ein Symbol seiner neuen Lebenssituation vorkam.

Er war traurig und gerührt zugleich. Sein schwacher Protest, er habe sich doch nicht aufdrängen wollen, wurde von Madame Dieterich und ihren beiden halbwüchsigen Töchtern in einer Flut von Wangenküssen erstickt.

Er hatte nun wieder ein richtiges Zuhause. Es waren auch schon einige Möbel da. Im Wohnzimmer standen zwei Sessel. Sie waren unterschiedlich bezogen, der eine rot, der andere blau.

Natürlich wußte Georg, was gemeint war. In der Farbenlehre seines Freundes bedeutete dies: Setz' dich nur vorerst in den blauen Sessel. Der rote wird einst von deiner Frau eingenommen werden.

Das neue Jahr 1776 verlief ruhig. Es war eins der ereignisärmsten seines ganzen Lebens. Anfangs wurde er von allen möglichen Leuten eingeladen und nach den Londoner Verhältnissen ausgefragt, so daß er sich vorkam wie eine Art Göttinger Omai. Doch bald legte sich das Interesse, und er gehörte wieder zum Alltag der Stadt.

Ostern nahm er seine Vorlesungen auf. Sie waren nun viel besser besucht. Es war nicht zu übersehen, daß sein Ruf als Gelehrter bedeutend zugenommen hatte. Seine Reisen, seine lange Abwesenheit, die Gerüchte um seine Freundschaft mit dem englischen König, all das hatte seiner Person einen geheimnisvollen Anstrich gegeben, der durch sein verwachsenes Äußeres noch verstärkt wurde.

Am Ende des Jahres zog er innerhalb des Dieterichschen Hauses in eine größere Wohnung um. Er hatte jetzt so viele Hörer, daß er eins der großen Eckzimmer des Hauses als Hörsaal benötigte. Auch brauchte er mehr Platz für seine physikalischen Apparate, in deren Kauf er ein gut Teil seines Verdienstes steckte.

Anfang 1777 erschien in Göttingen ein Mensch, dessen Ruhm als Zauberer und Taschenspieler in ganz Europa unvergleichlich war.

Es war ein Amerikaner, der den Namen seiner Heimatstadt Philadelphia als Künstlernamen angenommen hatte. Sein imposantes Aussehen, die langen schlohweißen Haare, sein gekünsteltes Benehmen, die Raffinesse, mit der er seine unerklärlichen Kunststücke darbot, all dies brachte ihm großen Zulauf. Er verdiente hervorragend auf seinen Tourneen.

Einen Teil seines Vermögens legte Philadelphia in erstklassigen physikalischen Apparaten an. Was er mit Hilfe seiner Assistenten bei seinen Aufführungen an Geräten installierte, konnte den Neid eines Physikprofessors sehr wohl erwecken.

Philadelphia hielt sich in einer Stadt von der Größe Göttingens gewöhnlich mehrere Tage auf. Er war ein geschickter Fischer, der genau wußte, wie lange er seine Netze in den Strom des zirkulierenden Geldes werfen mußte.

Georg wußte sehr wohl, wie wenig sich im Grunde seine eigenen Experimente von den Effekten Philadelphias unterschieden. Im krassen Gegensatz stand jedoch ihrer beider Verdienst.

Er war ein armer Schlucker im Vergleich mit diesem Scharlatan, der doch bei Licht besehen eigentlich ein Kollege war.

Er ging nicht zu den Veranstaltungen, sondern verfaßte einen »Anschlag-Zettel im Namen von Philadelphia«, den Dieterich sofort druckte.

Philadelphias letzte Vorstellung sollte im Kaufhaus stattfinden. Kurz vorher hingen überall in der Stadt die »Anschlagzettel« aus. Das allgemeine Gelächter war groß, denn der Text machte sich auf eine Weise über Philadelphias Kunststücke lustig, die den Geschmack der Leute traf.

Das stand zum Beispiel in einer Aufzählung verschiedener Kunststücke:

»2. Nimmt er zwei von den anwesenden Damens, stellt sie mit den Köpfen auf den Tisch, und läßt sie die Beine in die Höhe kehren; stößt sie alsdann an, daß sie sich mit unglaublicher Geschwindigkeit wie Kreisel drehen, ohne Nachteil ihres Kopfzeugs oder der Anständigkeit in der Richtung ihrer Röcke, zur größten Satisfaktion aller Anwesenden.«

Ein anderes Kunststück beschrieb der Zettel folgendermaßen:

»5. Er zieht drei bis vier Damen die Zähne sanft aus, läßt sie von der Gesellschaft in einem Beutel sorgfältig durcheinander schütteln, ladet sie alsdann in ein kleines Feldstück, und feuert sie besagten Damen auf die Köpfe, da denn jede ihre Zähne rein und weiß wiederhat.«

Obwohl der Zettel anonym erschien, sprach es sich rasch herum, wer der Urheber war.

Die Vorstellung in dem Kaufhaus war noch besser besucht als die vorangegangenen. Auch Georg erschien diesmal.

Dieterich führte ihn zu einem der vordersten Plätze, die der Diener Heinrich frei gehalten hatte.

Einige rührten die Hände und applaudierten. Alles erwartete nun offenbar einen Zweikampf der beiden Magier.

Es wurde dunkel. Eine Trommel rasselte. Dann teilte sich ein Vorhang, und Philadelphia erschien. Nur wenige Kerzen beleuchteten seine Gestalt.

Er trug einen schwarzen Umhang mit goldenen Sternen darauf. Auf dem Kopf hatte er einen überdimensional hohen steifen Hut. Das lange weiße Haar wallte unter der Krempe herab und fiel ihm bis über die Schultern. In der einen Hand trug er einen schmalen Glasbehälter, in der anderen einen schwarzen Stock. Beide hob er in die Höhe. Wieder gab es einen Trommelwirbel. Dann tippte er mit dem Stock gegen das Glas, worauf schlagartig ein Leuchten entstand, das fast schmerzhaft hell war.

Viele schlossen geblendet die Augen. Nun packte Philadelphia den Behälter mit beiden Händen. Sie schimmerten blutrot, und der Schatten ihrer Skelette trat deutlich hervor.

Georg wußte, wie dies Spektakel zustande gekommen war. Im Glas war dephlogistisierte Luft eingeschlossen. Weiter befand sich ein Draht und ein Stück Zunder oder Pulver darin. Unter dem Umhang trug Philadelphia eine Leidener Flasche, die frisch geladen war. Mittels eines isolierten Drahtes leitete er ihre Spannung auf den metallenen Zauberstab. Durch den Korken des Glasbehälters war ein feiner Draht gesteckt, der mit einem winzigen Quantum Schießpulver in Berührung stand. Tippte der Magier nun mit dem geladenen Stab gegen diesen Draht, entstand ein Funke, der das Pulver zündete. Daraufhin brannte der Draht oder auch ein Stückchen Phosphor in einem gleißenden Feuerwerk ab, das um so heller war, je reiner die dephlogistisierte Luft war.

Nach dieser Introduktion, die ihm viel Applaus brachte, schritt Philadelphia mit wehendem Mantel zu einem großen Tisch, auf dem allerlei Instrumente aufgebaut waren.

In Glaskolben schillerten bunte Flüssigkeiten. Eine außergewöhnlich große Elektrisiermaschine, deren Scheibe mit Fratzen bemalt war, verschiedene Mörser und Tiegel, Magnete und Spiralen aus Kupferdraht versprachen dem Publikum Wunder und Rätsel.

Hatte dieser Mann nicht schon Gold gemacht?

Philadelphia wandte sich nun zum Publikum und blies die Backen auf, als wollte er etwas sagen. Es gab einige Lacher, aber die meisten hielten erwartungsvoll still.

Das Gesicht des Magiers sah aus wie eine aufgeblähte Schweinsblase. Kein Laut kam über seine Lippen. Er hielt sie zusammengepreßt. Versuchte er, sich mit dem eigenen Atem zum Platzen zu bringen? Nun drehte er sich langsam zur Seite und zeigte sich im Profil. Da konnte es jeder sehen: er hatte einen gewaltigen Buckel bekommen. Sein weiter Umhang straffte sich über einen halbkugelförmigen Auswuchs auf seinem Rücken.

Es wurde gelacht, aber lauter waren die Pfiffe, die jetzt ertönten. Die Leute um Georg waren aufgesprungen. Dieterich stand auf seinem Stuhl und johlte wie ein Gassenjunge. In diesem Moment erschienen zwei Burschen auf dem Podium. Sie hatten ein Mädchen bei sich, das sie wie eine Puppe in die Luft warfen, auffingen, umdrehten und mit dem Kopf nach unten auf den Experimentiertisch des Magiers stellten. Verschiedene Gläser und Flaschen polterten zu Boden und zersprangen.

Die Burschen, der Kleidung nach offenbar Studenten, drehten nun das Mädchen wie einen Kreisel. Ihr Rock rutschte herab. Sie war nackt bis zu den Hüften.

Der Tumult war unbeschreiblich. Studenten stürmten das Podium. Die Scharwache trat in Aktion. An verschiedenen Stellen des Saales entstanden Prügeleien.

Der Magier hatte seine große Elektrisiermaschine ergriffen und floh mit ihr hinter einen Vorhang. Dieterich zog Georg zum Ausgang.

Als sie endlich draußen waren, umarmte der Verleger seinen Freund und küßte ihn auf beide Wangen.

»Jetzt weißt du endlich, wieviele Freunde du hier inzwischen hast. Dieser Scharlatan wird sich sobald nicht wieder bei uns blicken lassen.«

Tatsächlich verließ Philadelphia Göttingen noch in derselben Nacht, mit dem Rest seiner Ausstattung, der die Revolte überstanden hatte.

Dieterich mußte die »Anschlagzettel« in großer Auflage nachdrucken.

Als Philadelphia später in Berlin eintraf, wo er gute Geschäfte zu machen hoffte, hing der Anschlagzettel bereits überall aus. Daher wagte er nicht, aufzutreten, sondern zog sich für eine Weile vom Geschäft zurück.

Georgs Ruf als einer der ersten Satiriker in deutschen Landen war nun gefestigt, obwohl er immer noch leugnete, der Urheber des Anschlagzettels zu sein.

Nur wenige Tage nach diesem Ereignis, von dem man noch lange in Göttingen sprach, machte Georg eine Entdeckung, die ihn im Grunde beschämte, obwohl er sich ungemein freute. Es blieb im übrigen seine einzige wirkliche Entdeckung in seinem gesamten Forscherleben.

Sie beschämte ihn, weil sie letztlich bewies, wie gering der Unterschied zwischen einem Magier vom Schlage Philadelphias und einem Gelehrten seiner Profession eigentlich war.

Georg hatte die Lust an der Astronomie verloren. Wahrscheinlich lag dies daran, daß er in England die besten Teleskope der Welt benutzt hatte, während er hier auf veraltete und mittelmäßige Instrumente angewiesen war.

Er wandte nun seine Neugier wieder stärker den geheimnisvollen Phänomenen zu, die man unter dem Begriff der Elektrizität subsummierte.

Hier ließ sich mit geringen Mitteln ein Niveau der Untersuchungsmethoden erreichen, die dem höchsten internationalen Standard entsprachen.

Das neueste Gerät zur Erzeugung des elektrischen Fluidums war der sogenannte Elektrophor. Es war wesentlich unkomplizierter als eine herkömmliche Elektrisiermaschine und vermochte doch, größere Funken zu erzeugen.

Der Elektrophor war 1762 von einem schwedischen Physiker erfunden worden. Auch der Naturwissenschaftler Volta aus Italien hatte kurz danach ein ähnliches Instrument konstruiert, ohne von der Entwicklung des Schweden zu wissen.

Ein Elektrophor bestand aus einem metallenen Teller, der mit Harz ausgegossen wurde. Dazu gehörte ein metallener Deckel, der sich an isolierenden Seidenschnüren abheben ließ.

Je nachdem, mit welchem Gegenstand man den Harzkuchen rieb, mit der Hand, mit einem wollenen Tuch, einem Katzenfell oder dem Bart einer Schreibfeder, ließ sich der Kuchen positiv oder negativ elektrisch laden. Senkte man nun den Deckel an den Seidenschnüren auf den Harzkuchen herab, berührte ihn und den metallenen Teller kurz mit zwei Fingern einer Hand und hob ihn dann wieder auf, hatte er die entgegengesetzte Ladung. Die durch die Reibung auf der Oberfläche des Harzkuchens entstandene negative Elektrizität drückte die im Harz enthaltene positive Elektrizität nach unten zum Boden. Dadurch wurde der metallene Teller, der den Harzkuchen umgab, positiv geladen. Legte man den Deckel auf den Kuchen, wurde in ihm durch Abstoßung und Anziehung die entgegengesetzte Verteilung des elektrischen Fluidums bewirkt. Die positive Elektrizität sammelte sich auf der Innenseite, die negative an der Oberseite des Deckels. Berührte man diese nun zusammen mit dem Teller, dann flossen die negative Elektrizität des Deckels mit der positiven des Tellers über die Hand zusammen und hoben sich gegenseitig auf. Zog man nun den Deckel an den Seidenschnüren in die Luft, enthielt er nur noch positive Elektrizität, die sich augenblicks über seine ganze Masse verteilte.

Nun konnte man den auf diese Weise geladenen Deckel mit dem Kopf einer Leidener Flasche in Berührung bringen und sie dadurch ebenfalls laden. Wiederholte man diese Prozedur immer wieder: Abheben des Deckels, Berühren der Flasche – dann sammelte sich mehr und mehr Elektrizität an, als schöpfe man sie aus einem Brunnen. Schließlich konnte man auf diese Weise gewaltige Funken von bis zu zwanzig Zoll Länge erzeugen.

Je größer der Durchmesser des Elektrophors, um so mehr Elektrizität ließ sich pro Vorgang sammeln. Georg ließ sich aus diesem Grunde ein wahrhaft gigantisches Gerät bauen.

Der Harzkuchen hatte einen Durchmesser von sechs Pariser Fuß, und der Deckel war immerhin noch fünf Fuß breit. Er war so schwer, daß er an einem Flaschenzug hochgehoben werden mußte.

Eine sehr mühsame Prozedur war das Planschleifen des gewaltigen Harzkuchens. Der Rand des Deckels mußte ihn gleichmäßig berühren können.

Der beim Schleifen entstandene Harzstaub bedeckte noch tagelang Möbel und Bücher und wurde beim geringsten Luftzug herumgewirbelt. Immer wieder setzte er sich auch auf dem Deckel des Elektrophors ab.

Einmal ergab es sich, daß Georg vergessen hatte, den Deckel, der auch als Schutz der geglätteten Oberfläche des Harzkuchens diente, abzusenken.

Als er am folgenden Tag mit dem großen Elektrophor experimentieren wollte, entdeckte er, daß sich auf dem Harzkuchen feine Muster und Sterne aus Staub gebildet hatten. Er verstärkte sie, indem er weiteren Harzstaub vorsichtig aus einer fein durchlöcherten Büchse über die Fläche streute. Nun sah man einen erstaunlichen Himmel voller Sternbilder.

Wenn man sie wegwischte, entstanden sie an den gleichen Stellen wieder neu, wobei sie schöner und klarer waren als zuvor.

Georg hatte eine völlig neue Art der Astronomie entdeckt. Das Praktische an ihr war, daß man sie im Zimmer betreiben konnte und daß man statt eines teuren Teleskops nur eine billige Lupe brauchte, um die Form der Sterne näher in Augenschein zu nehmen.

Bald entdeckte er, daß es bei allen bizarren Abweichungen zwei Grundtypen von Sternen gab: solche, die von einem

Kranz zahlloser Verästelungen umgeben waren, und solche, die wenige starke Verästelungen in einem inneren Kreis zeigten, der von konzentrischen Ringen umgeben war. Es zeigte sich, daß der erste Typ durch positive, der zweite durch negative Elektrizität entstand.

Dies war nun eine Erkenntnis, die über den ästhetischen Wert der Entdeckung hinausging, denn es war eine billige und simple Methode, die beiden entgegengesetzten Arten von Elektrizität zu unterscheiden.

Im stolzen Gefühl, endlich eine wenn auch bescheidene Pionierleistung vollbracht zu haben, führte Georg die beiden mathematischen Symbole + und – zur Kennzeichnung der Arten von Elektrizität ein. Er ahnte nicht, daß diese Symbole sich einst weltweit durchsetzen würden.

Kopf und Zahl, Plus und Minus – es handelte sich wohl um die entscheidende Polarität dieses Lebens, zwischen der alle Spannung entstand.

Ja, er hatte Philadelphia zu Unrecht diffamiert. Was war er selbst denn anderes als ein Magier, dem es bislang hauptsächlich am Talent fehlte, seine Wunder, die er selbst nicht verstand, beim Publikum, und vor allem beim weiblichen, ins rechte Licht zu setzen!

Georg war niedergeschlagen. Er wurde jedoch unverhofft wieder aufgerichtet, als er Anfang März den Besuch eines außergewöhnlichen Mannes erhielt. Es war niemand anderes als der große Lessing.

Georg war der einzige in Göttingen, dem die Ehre einer Visite zuteil wurde. Dieser wortkarge, düster wirkende Mann sprach nicht viel. Er bat darum, mit einigen von Georgs physikalischen Geräten hantieren zu dürfen. Die Fragen, die er dabei stellte, verrieten, daß er ein außerordentlich scharf und nüchtern denkender Mann war. »Dies ist der Antiphiladelphia«, dachte Georg bei sich. Er hatte plötzlich ein starkes

Verlangen, Lessing zu umarmen. Doch fehlte ihm der Mut dazu. »Wenn wir den Geist in Büchern speichern könnten, wie die Elektrizität in Leidener Flaschen, wäre manches leichter«, sagte sein Gast. »Doch mir scheint, daß die Isolation im Falle der Bücher unzureichend ist. Die Ladung verliert sich meist überraschend schnell.«

Obwohl dies kein tröstlicher Gedanke war, tat er Georg wohl. Er bestätigte ihn in seiner eigenen Meinung und in seiner Abstinenz dem Schreiben gegenüber.

Lessing ging. Noch lange danach, so schien es Georg, war in den Räumen eine frische Luft, die ihm das Atmen erleichterte. »Es ist doch erstaunlich«, dachte er, »daß es Fremde gibt, deren flüchtiger Besuch eine wirkliche Lücke hinterläßt.«

VIII. Blumenmädchen

Seine Spannung war so groß, daß er den ganzen Wall ablief. Göttingen glich einem riesigen Elektrophor.

Er umrundete den Teller auf dem Tellerrand. Irgendwo dort in der Stadt war sein Glück. Er wußte, daß es dort war, daß es nicht verloren gehen konnte.

Dennoch hatte er aus einer lächerlichen Angst heraus die Tür zu seiner Wohnung abgeschlossen. Er wußte, daß es sinnlos war. Ein Glück dieser Art ließ sich nicht einschließen.

Der Gang hatte ihn ziemlich erschöpft. Aber die Spannung erwies sich als stärker. Sie hatte trotz der körperlichen Anstrengung nicht nachgelassen. Als er den Schlüssel drehte, zitterten seine Finger. Sein Gaumen war trocken. Er fuhr sich mit der freien Hand über die Stirn. Dabei verschob sich seine Perücke. Er mußte lächerlich aussehen.

Hoffentlich sah sie ihn nicht beim Eintreten.

Es war halbdunkel im Zimmer. Sein Blick schweifte über die Dinge, erfaßte hie und da eine Kontur, einen Winkel, eine Kleinigkeit.

All diese unwesentlichen Dinge häuslichen Lebens würden in der nächsten Zeit einen neuen Wert für ihn bekommen, weil sie sie mit den Händen oder Augen berühren würde.

Die Berührung ihres Körpers würde zum Beispiel den Stuhl am Fenster verändern. Partikel ihres Fluidums würden in ihn eindringen. Er würde ihn nie mehr berühren können, ohne sie dabei zu fühlen.

Flüchtig sah er im Spiegel sein Gesicht. Er sah wie ein Irrer aus. Seine Fähigkeit zu beobachten, hatte offenbar nicht gelitten.

Seine Augen waren blutunterlaufen, seine Wangen unnatürlich gerötet, sein Mund zu einem Grinsen verzogen, das ihm unbekannt war.

Er trat zum Waschtisch, über dem der Spiegel hing, zog die verrutschte Perücke vom Kopf und fuhr sich über die kurzen Haare. Sie begannen schon grau zu werden, obwohl er erst vierunddreißig war.

Er füllte Wasser aus einem Krug in die Waschschüssel und benetzte sein Gesicht. Zwischendurch lauschte er. Außer fernen Stimmen von der Straße hörte man von nebenan ein gleichmäßiges Geräusch, wie es einem mechanischen Reiben entsprach.

Die Tür zum Nebenzimmer war nur angelehnt. Er näherte sein Ohr dem Spalt und lauschte mit klopfendem Herzen. In diesem Augenblick hörte das rhythmische Geräusch auf, und ein Seufzer ertönte. Deutlich blies ein Mensch Luft mit einem kräftigen Stoß aus der Nase. Dann begann das gleichmäßige Scheuern wieder.

Vorsichtig drückte er die Tür auf. Es war ihm unerklärlich, daß seine Erregung nachließ, als er sie am Tisch sitzen sah.

Sie blickte auf und sah ihn aus ihren hellblauen Augen an. Er versuchte, in ihrem Blick zu lesen. War sie erschrocken? War sie enttäuscht? Belustigt? Er brachte es nicht heraus. Diese Augen waren wie Spiegel. Es war unmöglich, herauszufinden, welche Gedanken sie verbargen. Vielleicht spiegelten sie auch nur die Gefühle des Betrachters. Er war unsicher. Deshalb dachte er, auch sie müsse es sein. Sie hatte mit dem Putzen aufgehört, als er eingetreten war. Nun senkte sie den

Kopf und nahm ihre Arbeit wieder auf. Sie kümmerte sich nicht um ihn, sondern putzte voller Inbrunst seinen Dollond, sein geliebtes Reisefernrohr. Ihre eine Hand hielt den auseinandergezogenen, vierteiligen Tubus fest, die andere fuhr mit einem Lappen über die Messingrohre hin und her. Zuweilen tupfte sie das Tuch in eine Dose voller Putzcreme. Er hatte es ihr gezeigt, und sie machte es vorbildlich. Der vordere Teil des Dollond glänzte bereits wie poliertes Gold.

Ihre Haare waren hellblond und kraus. Auf ihren milchweißen Armen glaubte er einen goldfarbenen Flaum zu sehen. Die Proportionen ihres Körpers kamen ihm vollkommen vor. Da waren nicht die falschen Verhältnisse einer unfertigen Mädchengestalt. Selbst die kleinen Brüste stimmten mit dem Ganzen überein.

Sie würde in wenigen Wochen zwölf werden. Ihm kam sie älter vor. »So ist es recht«, hörte er sich sagen mit einer Stimme, die ihm schrecklich verzerrt vorkam. »Du machst es sehr schön. Pass' auf, daß du die Linsen nicht verschmierst.«

Sie blickte auf und sah ihn an, als sei er ein Geist, der sich eben erst im Raum materialisiert hatte. Dann nickte sie und schüttelte gleich darauf heftig ihren Lockenkopf.

Er zog sich zurück und schloß die Tür leise. Es blieb ihm nichts anderes übrig. Er war so erregt, daß er fürchtete, sie würde seinen Zustand bemerken. Er setzte sich auf den Stuhl am Fenster und versuchte zu lesen. Es ging nicht. Die Buchstaben wollten sich nicht zu Sätzen fügen. Im übrigen hatte er hier noch nie gesessen. Er fand, daß er sich ziemlich lächerlich aufführte.

Wenn sie nebenan hantierte und mit seinen Instrumenten spielte wie ein Kind, das sie schließlich noch war, versuchte er zu arbeiten. Es fiel ihm schwer. Er mußte unbedingt seine

Entdeckung beschreiben. War es nicht das erstemal, daß der Zufall ihm die Möglichkeit eröffnet hatte, Neuland zu betreten? Sonst war er mit all seinen Ideen entweder zu spät gekommen, oder sie erwiesen sich als so neu und umwälzend, daß er sie selbst nicht verstand. Diesmal aber sah er in aller Deutlichkeit den eigenen Fußabdruck auf einem unberührten Strand.

War es nicht seltsam, daß er gerade in dieser Zeit dieses Mädchen kennengelernt hatte?

Statt an seinen Aufsatz über die elektrischen Sterne zu gehen, schrieb er in sein Sudelbuch: »Über den eignen Reiz, den ein eingebundenes Buch weißes Papier hat. Papier, das seine Jungfernschaft noch nicht verloren hat und noch mit der Farbe der Unschuld prangt, ist immer besser als gebrauchtes.«

Dies war und blieb sein Dilemma: schön war das Nichtgetane. Darum reizte es zum Tun. Schön war ein weißes Papier, darum wollte er darauf schreiben, jedoch verlor es hierdurch seinen Reiz, und damit verging auch der Reiz zu schreiben.

Schön war dieses Mädchen nebenan, deshalb hatte er eine unermeßliche Sehnsucht, sie zu seiner Frau zu machen, aber wäre das nicht genauso wie mit dem Schreiben? Gäbe er ihren Reizen nach, würde sie eben diesen Reiz verlieren.

Es gab kein Entrinnen aus diesem Widerspruch. Wie immer konnte er nur abwarten, nur verzögern, nur die Entscheidung für das eine oder das andere, das leere oder das beschriebene Papier, die Jungfrau oder die Ehefrau auf später verschieben. Und deshalb kam er sich feige vor, deshalb ging es ihm schlecht, deshalb fühlte er sich krank und würde es Kästner überlassen müssen, seine neue Entdeckung vor der Sozietät bekanntzugeben.

Von nebenan hörte er ihre Stimme. Sie sang jetzt ein Lied. Sie trällerte es mehr, als daß sie Worte sang. Was mochte sie jetzt denken? Fühlte sie sich als seine Gefangene? Hatte sie ihn gern? War sie gerne hier? Es war ihm unmöglich, sich in sie hineinzuversetzen. Vielleicht hing diese Unfähigkeit mit seiner Arbeitshemmung zusammen. Vielleicht war es nicht die Scham, nicht die Erregung, die ihn lähmte, sondern diese Qual: sie zu lieben und sich nicht in sie hineinversetzen zu können. Würde er jetzt einfach hinübergehen und sie vergewaltigen, wäre der Bann gebrochen.

Er wünschte jetzt den Augenblick herbei, da ihre Mutter sie abholte. Dann würde er arbeiten können. Zugleich fürchtete er jede Trennung, denn er sehnte sich nach ihrer Nähe. Er wollte sie immer im Nebenzimmer haben. Diese Quelle sanfter Geräusche, dieses Kichern manchmal, ein Rücken des Stuhles, ihre kleinen, hübschen Seufzer, in denen die Lippen enthalten schienen, die sie formten.

Er spürte, daß er diese Geräuschkulisse genauso brauchte wie ihren Anblick, ihren Duft, in dem sich Kinder- und Frauengeruch vermischten.

Wenn er ihr Unterricht gab und sie sich über ein Heft beugte, um darin Buchstaben und Zahlen zu malen, berührte er sie manchmal oder näherte seine Nase ihrem Haar, das besonders stark roch, nach Katze, wie er fand, obwohl er wußte, daß Katzen kaum riechen. Wenn er einen so nahen Kontakt mit ihr hatte, waren seine Gefühle leichter zu ertragen, als wenn er sie nur als flüchtige Skizze von Lauten aus dem Nebenzimmer erfuhr.

Er ließ sich in seinen Sessel fallen und rief ihren Namen. Er rief ›Maria‹, obwohl sie bei ihrer Mutter und aller Welt sonst ›Dorothea‹ hieß. Er hatte es vom ersten Tag an so gehalten. Es war ein hilfloser Versuch, sich ihrer zu vergewissern.

Maria kam. Sie schlüpfte durch die Tür wie ein heller Schatten und schmiegte sich an ihn. Er strich ihr übers Haar und sagte »Kätzchen«. Das paßte weit besser zu ihr.

»Morgen erzähle ich dir von den Sternen. Du sollst wissen, was man mit dem Fernrohr alles machen kann, das du so schön geputzt hast.«

Sie schnurrte und puffte ihn am Knie. Dann lief sie wieder durch den Raum nach nebenan. In ihrem hellen Kleid kam sie ihm wie ein kleiner Komet vor. Ein kleiner Katzenkomet, der nun immer über seinen Himmel ziehen würde. Er lehnte sich zurück und schloß die Augen.

Wie verabredet, kam die Jungfer Maria Dorothea Stechardin jeden Morgen gegen acht Uhr ins Haus und verließ es um dieselbe Zeit des Abends. Sie war zwölf Stunden in seiner Wohnung. Ihre anfängliche Schüchternheit der fremden Atmosphäre und dem Professor gegenüber hatte sich schnell gelegt.

Ihre Mutter, eine derbe, gutmütige Frau, brachte und holte ihr Kind. Sie stellte nie Fragen. Dafür achtete sie streng darauf, daß ihre Tochter immer sauber und adrett gekleidet war. Der Professor steckte ihr regelmäßig kleine Summen zu, ohne dies näher zu erklären. Es wäre auch wenig glaubhaft gewesen, die Jungfer Stechardin als eine Art Hausmädchen anzusehen, die sich bei ihm ihr Geld verdiente.

Georg gewöhnte sich weniger schnell an seine neue Wohnungsgenossin. Seine Schüchternheit blieb. Sie äußerte sich als unnatürlich gravitätisches Auftreten, das nur zuweilen in sein Gegenteil umschlug, wenn er der Stechardin plötzlich übers Haar strich und sie Kätzchen nannte. Sonst gab er sich Mühe, ihren hübschen Kopf mit allem möglichen Wissen zu traktieren. Ja, es schien, daß er mehr Zeit und Kraft auf diesen häuslichen Unterricht verwandte als auf seine täglichen Vorlesungen.

Hatte Georg seinen Emile gefunden? Er liebte dieses große Werk Rousseaus, in dem die These vertreten wird, daß die ideale Erziehung die Symbiose *eines* Lehrers und *eines* Schülers ist.

Ein Beobachter hätte allerdings zweifeln müssen, wem in diesem Fall welche Rolle zukam. Denn die Jungfer Stechardin lernte zwar eine erstaunliche Menge an mathematischem, physikalischem und philosophischem Stoff, der sich augenblicks in ihrem Kopf in ein dunkles, kaum strukturiertes Durcheinander verwandelte. Georg lernte jedoch mindestens so eifrig. Seine schwarzen und namenlosen Triebe begannen sich im Umgang mit diesem Kindmädchen aufzuhellen und erkennbare Formen anzunehmen.

Es stand für ihn fest: er würde sie eines Tages zu seiner Frau machen. Er glaubte schon jetzt fest daran, sie zu lieben.

An Dolly dachte er nun überhaupt nicht mehr. Sie war in dem Meer untergegangen, in dem er zum ersten Mal ihren Kopf gesehen hatte. Er hätte sie nie zu lieben vermocht, weil er sie nicht verstand. Dolly war die vollkommene Fremde gewesen. Das hatte seinen Reiz; doch ein Spieler sollte sich nicht auf das Risiko einlassen, ein Spiel zu beginnen, dessen Regeln ihm unbekannt sind. Wenn man sich die Frau jedoch selber schuf, konnte man vielleicht mit einem Gewinn rechnen.

Er sprach immer wieder mit Dieterich darüber. Sein Freund hatte so seine Einwände. »Das Ei, das du da brütest, wird dich in die Pfanne hauen«, sagte er. »Was du in die Kleine hineinsteckst, bist du schließlich selbst. Das kann gar nicht gut gehen. Da ist das falsche Gebräu im falschen Gefäß. Laß es nur richtig gären, und das ganze Ding wird dir gehörig um die Ohren fliegen.«

Er glaubte nicht daran. Er bemerkte zwar, daß sein Kätzchen Krallen hatte und daß er selber zuweilen zu knurren begann wie ein Hund, wenn sie es zu toll trieb. Aber dies erklärte er für die schönen Vorzeichen des späteren Ehelebens. So mußte es sein. Wo man rieb, entstanden Funken.

Er konnte inzwischen wieder schreiben. Sogar in ihrer Gegenwart. Und wenn sie gegangen war, kam eine Lust zu arbeiten über ihn, die er lange nicht gekannt hatte.

Nie vergaß er den Tag, an dem er sie zum erstenmal wahrgenommen hatte.

Vielleicht hatte er sie schon früher gesehen, ohne auf sie geachtet zu haben. Es gab viele hübsche Kinder in Göttingen, die ein paar Groschen mit Blumenverkaufen verdienten. Sein Blick war jedoch mehr an Aufwärterinnen geschult.

Dieses Mädchen hatte er zuerst durch die Augen anderer gesehen. Sie waren an einem schönen Frühlingstag auf dem Wall spazieren gegangen, er und seine drei neuen Engländer. Sie hießen Allan, Murray und Tisdall und wohnten mit elf anderen Landsleuten im Hause Dieterich. Es gab hier also inzwischen eine richtige englische Kolonie. Dies war sicherlich seinem Ruf in England zu verdanken. Er war nach wie vor ihr Betreuer, aber er ließ sich dieses Amt nicht mehr so viel Zeit und Kraft kosten.

Am meisten Kontakt hatte er noch mit diesen Dreien, die ihm der König selbst übergeben hatte, wobei er Murray nicht leiden konnte, denn er war ein Tunichtgut, der allerdings ein blendendes Englisch sprach. Allan war lange auf den Tod krank gewesen und seit dieser Zeit ein wenig nachdenklicher, ja, für einen englischen jungen Mann fast ernsthaft geworden. Tisdall hatte nur Mädchen im Sinn, aber dies auf eine so ehrliche und naive Art, daß jeder es ihm nachsah.

Tisdall war es, der plötzlich ausrief: »God almighty, what a handsome girl this is!«

Er wies mit ausgestrecktem Zeigefinger auf eins der sechs Blumenmädchen, die ihnen ihre Sträuße entgegenreckten wie Köder an zierlichen Angelruten.

Georg mußte zugeben, daß auch er noch nie ein vollkommeneres Geschöpf gesehen hatte. Alles paßte so harmonisch zusammen, ihre Glieder, ihr Leib, ihr Kopf, ihre Stimme, mit der sie jetzt den Preis ihrer Blumen rief. In ihren Augen lagen Sanftmut und Spott zugleich, so schien es ihm. Er war verwirrt und nestelte Geld hervor. Sie reichte ihm den Strauß mit einem Knicks, und ihre Lippen verzogen sich zu einem Lächeln, mit dem zusammen sie ein Dankeschön hauchte.

Sie gingen weiter, und Tisdall begann, von seinen Abenteuern mit Frauen und Mädchen zu schwadronieren. Sicher würde es ihm gelingen, auch diese Blume zu knicken. Es würde ihm sogar ein menschliches Anliegen sein, ein solches Kind so bald wie möglich zu verführen, denn dies würde ihr den weiteren Lebensweg unbedingt erleichtern, gleichgültig in welche Richtung er führe, ob ins Ehebett oder ins Freudenhaus.

Georg ärgerte sich plötzlich maßlos über diesen unreifen Menschen. Ihm war jedoch völlig klar, daß so junge Dinger, wenn sie schon Blumen am Wall verkauften, sehr bald in die Gefahr geraten würden, ihre Unschuld auf irgendeiner Studentenbude oder in einem Häuserwinkel zu verlieren.

Er meinte plötzlich, eine Welle väterlicher Gefühle für dieses Mädchen zu empfinden. Er mußte sie vor solchen Gefahren schützen. Er mußte sich ihrer annehmen, sie erziehen, sie beherbergen und versorgen.

Schon am nächsten Tag ging er wieder zu der Stelle ihrer ersten Begegnung. Er war diesmal allein, und auch sie war ohne ihre Freundinnen gekommen.

Ein Wink des Schicksals?

Sie standen voreinander, und er bemerkte, daß sie etwa gleichgroß waren.

Er wollte etwas sagen und wurde rot dabei. Sie kam ihm zuvor und fragte ihn, wie es ihren Maiglöckchen ginge.

294

»Sie lassen die Köpfchen hängen«, stammelte er, »ich fürchte, ich habe nicht die rechte Hand für Blumen.«

Sie lachte jetzt laut und herzlich. »Sie müssen sie zu lange spazieren getragen haben. Ich hatte sie noch am Morgen frisch gepflückt.«

»Du mußt mich besuchen kommen und sie dir selbst ansehen«, brachte er heraus.

Sie schüttelte heftig den Kopf: »Ich gehe keinem Burschen auf die Stube.«

»Ich bin kein Bursche mehr, mein liebes Kind«, sagte Georg. Er hatte beinahe seine Fassung zurückgewonnen, denn die Selbstsicherheit dieses Kindes ihm gegenüber ärgerte ihn.

»Ich bin Professor und darum keine Gefahr für dich. Du weißt, daß ein Professor einen anständigen Lebenswandel hat, denn er soll seinen Studenten ein Vorbild sein.«

Er fand, es war ein überflüssiger und kindischer Wortwechsel geworden, und während er sie immer noch anstarrte, begann er, sich über den Wall zu entfernen, um anschließend über die nächste Treppe in die Stadt hinunter und nach Hause zu eilen.

Er ärgerte sich noch den ganzen restlichen Tag über sich und warf sogar die Maiglöckchen weg, die keineswegs die Köpfe hängen ließen, sondern in ihrer Vase ebenso gesund und munter wirkten wie ihre Verkäuferin in ihren zierlichen Schuhen.

Er begann die Begegnung erst nach Tagen zu vergessen, wobei er sich beim Einschlafen regelrecht auferlegte, nicht an dieses Mädchen zu denken. Dies rief ihr Bild gegen die Dunkelheit im Zimmer um so deutlicher hervor.

Auch hielt Tisdall seine Erinnerung durch lose Bemerkungen frisch.

Dann, als er wirklich nicht mehr an das Blumenmädchen dachte und es natürlich auch vermied, in jener Gegend spazieren zu gehen, stand sie eines Nachmittags plötzlich in Begleitung einer älteren Frauensperson vor seiner Zimmertür.

Sie machte ihren Knicks, und die Mutter begann wie ein aufgezogener Sprechautomat von ihrem schweren Schicksal und ihren Pflichten diesem Kind gegenüber zu reden, worauf er sie erst einmal zu schweigen aufforderte und über die Schwelle in seine Wohnung bat.

Hier hieß er die beiden Platz nehmen.

Sein Herz klopfte, jedoch gelang es ihm, nach außen die Fassung zu bewahren.

Er hörte sich noch einmal den ganzen Sermon von schweren Zeiten, vom natürlichen Hunger eines Kindes im Wachstum, vom davongelaufenen Vater und von den steigenden Preisen an, den die Mutter nach Art einer auswendig gelernten Predigt zum besten gab.

Nun sprach er. Seine Stimme zitterte ein wenig, wie ihm vorkam. Aber er redete mit der Autorität seiner gehobenen gesellschaftlichen Stellung und geriet dabei seinerseits in eine papierne Predigt über die Unsittlichkeit der Studenten, die losen Verhältnisse unter der Jugend, die gesundheitlichen und moralischen Risiken für junge Mädchen insbesondere in einer von Studenten überlaufenen Gegend.

Dann machte er sein Angebot.

Er würde der Jungfer Stechardin eine Art Vormund und Erzieher sein. Er würde tagsüber ihre Ausbildung und Beköstigung übernehmen und als Gegenleistung nur geringfügige Dienste oder Hilfeleistungen in seinem Haushalt erwarten. Falls die Jungfer Stechardin sich als entsprechend anstellig erwiese, würde er ihr gestatten, die Pflege seiner physikalischen Apparate, die ihn über 1.500 Taler gekostet hätten, zu übernehmen. Hierbei würde sich die Gelegenheit zu manch lehrreicher Einsicht in die Verhältnisse der Natur und Wissenschaft ergeben, eine Einsicht, die leider Frauen und Mädchen allzu sehr durch die starren Regeln der Gesellschaft vorenthalten würde.

Da die Mutter so steif und mißtrauisch auf ihrem Stuhle saß, während ihre Tochter mit niedergeschlagenen Augen auf die über einem weiß gekleideten Schoß gefalteten Hände starrte, beeilte er sich zum Schluß seiner Rede zu versichern, daß er keinerlei unangemessene Nebenabsichten mit seinem Angebot verfolge. Dieses Kind könne sich in seiner Gegenwart aufs Vollkommenste behütet und beschützt fühlen.

Die Mutter erklärte sich mit allem einverstanden.

Er brachte sie zur Tür und dann durch das winklige Treppenhaus bis auf die Straße hinab.

Er steckte ihr zum Abschied ein Geldstück zu. Dies sei für die Auslagen, die sie weiterhin für ihre Tochter haben würde, da diese nur tagsüber in seinem Hause verweilen, bis auf weiteres die Nächte aber in der Obhut ihrer Mutter verbringen würde.

Dann eilte er hinauf.

Sie saß immer noch in der alten Haltung auf ihrem Stuhl. Nachdem er eine Weile stumm vor ihr gestanden hatte, blickte sie plötzlich auf und sah ihm mit ihren blauen Augen mitten ins Gesicht.

Nun war er es, der den Blick senkte.

Er forderte sie auf, ihm zu folgen, und ging ins Nebenzimmer, wo seine Geräte standen. Er zeigte ihr dies und das.

Er nannte die Namen der verschiedenen Instrumente und machte sie in einem belehrenden Ton darauf aufmerksam, daß die Messingteile oft in einem wenig ansehnlichen Zustand waren.

»Messing, der Luft ausgesetzt, wird allmählich matt und unansehnlich. Es altert wie die Haut von Menschen. Aber man kann ihm den alten Glanz der Jugend wiedergeben, wenn man es mit dieser Paste hier und einem Lappen traktiert. Man muß dabei sehr vorsichtig sein und nach Möglichkeit andere Teile der Geräte, die aus Holz oder Glas oder Eisen sind, nicht mit dem Putzzeug in Berührung bringen.«

Er deutete nun an, noch einmal gehen zu müssen, da er eine wichtige Verabredung habe. Sie solle sich nur nicht in der großen, ihr unbekannten Wohnung fürchten.

Dann rannte er die Treppe hinab und ging mit schnellen Schritten zum Wall. Als er zu der Stelle mit den Blumenverkäuferinnen kam, sah er wie ein Traumbild ihre Gestalt zwischen den anderen Mädchen. Er eilte weiter und beachtete die Anrufe dieser Sirenen nicht.

So nach und nach gewöhnten sich die beiden aneinander. Wenn die Stechardin des Abends verschwand, sah er sie noch lange in allen Winkeln des Hauses. Er übte sich wieder wie einst in jungen Jahren in der Beschwörung von Geistererscheinungen und Nachbildern.

Wenn sie leibhaftig da war, kam sie ihm immer noch wie ein Phantom vor. Vielleicht deshalb, weil er seine Sehnsucht, sie zu seiner Geliebten zu machen, mit solcher Gewalt unterdrücken mußte. Sie hatte eine ungeheure sexuelle Anziehungskraft für ihn. Um das zu ertragen, mußte er ihre Person in Bilder verwandeln, die körperlos in den dunklen Zimmern seiner Wohnung schwebten.

Als sie bei ihm anfing, konnte sie weder lesen noch schreiben. Aber sie lernte schnell. Sie konnte sogar bald mit Zahlen umgehen, wobei sie eine eigentümliche Fähigkeit hatte, auch schwierigere Rechnungen zu lösen, ohne dabei die einzelnen logischen Zwischenschritte zu gehen.

Bald war sie allen Mädchen ihres Alters voraus, auch denen aus vornehmen Häusern.

Man sah in jungen Damen ohnehin nur Wesen, deren Bestimmung es war, ihre weiblichen Attribute und Pflichten mit ein wenig Klavierspiel und Konversation zu begleiten. Georg selbst hielt nichts von Blaustrümpfen. Seine Vorliebe für Aufwärterinnen spiegelte seine konservative Meinung, daß Bildung in weiblichen Köpfen wenig zu suchen habe und der sinnlichen Anziehungskraft der Damen eher schade.

Die Jungfer Stechardin belehrte ihn mehr und mehr eines besseren. Er begann, ihre eigentümliche Konversation zu lieben. Ja, diese erregte ihn genauso wie der Anblick ihrer sich rundenden Brüste. Sie hatte eine Art, gelehrte Meinungen aus Astronomie, Physik und Literatur, soweit sie sie aus seinen Unterweisungen behalten hatte, so kurios ineinander zu mischen, daß er bisweilen interessiert zuhörte und allmählich zur Ansicht kam, daß er es hier mit einem Kopf von erstaunlicher Kreativität zu tun hatte. Er war verliebt. Vielleicht hörte er deshalb aus diesen krausen Bemerkungen mehr heraus, als in ihnen enthalten war.

Sein Freund Dieterich war alles andere als froh über die Entwicklung. Natürlich redete man in der Stadt darüber. Und Dieterich, der ein offenes Haus führte und häufig in anderen Gesellschaften verkehrte, schnappte manch böse Bemerkung auf.

Er redete Georg zu, sich eine Mätresse zu halten, die weniger jung war und weniger lange im Hause blieb. Georg zeigte sich empört über diesen Vorschlag. Es sei nicht seine Mätresse, es sei niemand anderes als seine zukünftige Frau. Eben die, die in den roten Sessel gehörte.

Dieterich blieb nichts anderes übrig, als gute Miene zu dem seiner Meinung nach bösen Spiel zu machen, denn nicht nur schätzte er seinen Freund zu sehr, um ihm gerne dergleichen Vorhaltungen zu machen, er mußte inzwischen auch auf die Tatsache Rücksicht nehmen, daß diese kleine Hexe eine dicke Freundschaft mit seiner störrischen und eigenwilligen Tochter Frederike angefangen hatte.

Die war zwar vier Jahre älter als die Stechardin und einen guten Kopf größer. Ob dieser Kopf allerdings besser war, konnte man nicht mit Sicherheit sagen. Denn die Jungfer Stechardin führte in den Gesprächen mit ihrer neuen Freundin eindeutig das Regiment und glänzte mit Ideen und äußerst altklugen und so raffiniert kindischen Bemerkungen, daß ihre Umwelt nicht selten beeindruckt war.

Wenn sein Katzenmädchen im Haus war, führte es auch das Regiment über ihn. Wenn es des Nachts abwesend war, führte es das Regiment über seine Träume und Sehnsüchte. Georg war der Untertan seiner Liebe, auch wenn er in der wirklichen Welt draußen vorankam und man ihm immer mehr Beachtung innerhalb und außerhalb des Göttinger Walles schenkte.

Im August war Erxleben überraschend gestorben.

Er hatte sich vermutlich überarbeitet. Seine Naturlehre, dieses umfassende Kompendium des zeitgenössischen Wissens, hatte ihn genauso aufgezehrt wie sein Lehrstuhl für Experimentalphysik. Hinzu kamen noch seine Pflichten als Herausgeber des Göttinger Taschenkalenders, der seit 1776 im Dieterichschen Verlag erschien.

Georg kannte niemanden, der so viel Wissen in seinem Kopf angehäuft hatte wie dieser Mensch, den er mochte, für den er jedoch immer auch eine Art brüderliches Mitleid empfunden hatte. Nun war dieses wandelnde Lexikon für immer aus dem Handel. Man hatte ihn nie anders als in einer riesigen Wolke Tabaksqualm gesehen. Sie überlebte ihn, denn es dauerte nach dem Herzschlag noch eine Weile, bis der blaue Dunst sich in seinem Arbeitszimmer auf den Gegenständen niedergeschlagen hatte.

Erxleben hinterließ eine Frau und drei Kinder. Seine Bibliothek und seine kostbaren physikalischen Apparate kamen unter den Hammer. Auch seine beiden wichtigen Ämter waren nun vakant. Kästner sorgte dafür, daß Georg die Professur für Experimentalphysik übernahm, Dieterich beredete ihn, die Herausgabe des Kalenders zu übernehmen. Außerdem stand eine überarbeitete und erweiterte Neuausgabe der Naturlehre an. Auch sie sollte Georg bewerkstelligen. Es waren wichtige Sprossen auf der Leiter seines Berufslebens. Von nun an wuchs seine Reputation in der gelehrten Öffentlichkeit ebenso wie sein umstrittener Ruhm in der literarischen Welt, der er nun als Autor im Göttingischen Taschenkalender einige mit spitzer Nadel gestochene Illustrationen seiner Art zu denken schenkte.

Trotz seiner Erfolge nach außen war er in seinem Inneren verrückt und verdiente es eigentlich, in Ketten nach Celle in die Irren- und Strafanstalt verbracht zu werden. Des Morgens, bevor sie kam, stand er nun oft vor dem Spiegel, einzig und allein, um unter seinem Aussehen zu leiden.

Er schnitt Grimassen, prüfte sein Profil mit einem zweiten Handspiegel von der Seite und kam jedesmal zu dem Schluß, daß er wie ein Gewaltverbrecher oder wenigstens wie ein Wilder aus dem fernen Otahiti oder gleich wie ein Affe aussah.

Er verfluchte die Physiognomik, die derzeit überall hoch im Kurs stand und wie eine Seuche das ganze Land mitsamt seinen Einwohnern befallen hatte. Alle physiognomierten sie wild darauf los. Ob Köchin, ob König, ob Professor, ob Kutscher, alle musterten sie Gesichter, um die Eigenschaften der hinter ihnen verborgenen Seelen, Gemüter, Verstandeskräfte und Charaktere aus ihren äußeren Merkmalen herauszulesen.

Die Welt wimmelte plötzlich von Schattenrissen und Portraits. Wulstige Augenbrauen, kleine Nasen und grobe Kinnpartien, wie sie sein Gesicht aufwies, galten als negative Hinweise. Breite Lippen bedeuteten primitive Lüsternheit. Und trafen solche Vorurteile nicht in seinem Falle sogar zu?

Er wünschte sich nichts sehnlicher, als die Jungfer Stechardin des Titels ihrer Mädchenhaftigkeit zu berauben.

Noch wenige Wochen ehe er sie kennengelernt hatte, schrieb er an die Frau eines Kollegen einen langen Brief über die Verliebtheit und die Macht der Frauenzimmer. Damals stand er noch unter dem Eindruck seiner Aufwärterinnenepisoden.

Er tat alles ab, erklärte derlei Anwandlungen für die Schwachheiten mädchenmäßiger Jünglinge und weichlicher Gecken. Er schrieb: »Die Frage: Ist die Macht der Liebe *unwiderstehlich*, oder kann der Reiz einer Person so stark auf uns wirken, daß wir dadurch *unvermeidlich* in einen elenden Zustand geraten müssen, aus welchem uns nichts als der ausschließliche Besitz dieser Person zu ziehen im Stande ist? habe ich in meinem Leben unzählige Male bejahen hören von Alt und Jung, und oft mit aufgeschlagenen Augen und über das Herz gefalteten Händen, den Zeichen der innersten Überzeugung und der sich auf Diskretion ergebenden Natur. Ich könnte sie auch bejahen, nichts ist wohlfeiler und leichter, ich werde sie auch künftig aus Gefälligkeit wieder bejahen, oder auch, wenn künftige Erfahrungen das Cabinet bereichern, aus dem ich jetzt herausphilosophiere ...«

Eigentlich wollte er aus diesem Brief eine Abhandlung machen. Er schrieb ihn wie jemand, der sich selbst zu hypnotisieren versucht. Ahnte er bereits, was bald in diesem Cabinet geschehen würde?

»Allein ein Mädchen«, hieß es, »sollte im Stande sein, mit ihren Reizen einem Manne seine Ruhe zu rauben, daß kein anderes Vergnügen mehr Geschmack für ihn hätte, und es stehe nicht in seiner Gewalt, sich diesem Zug zu widersetzen, dem Manne, der Armut, Hunger, Verachtung seines Verdienstes ertragen, ja seiner Ehre wegen in den Tod gehen kann? Das glaube ich ewig nicht.«

Wie beschämend wurde er jetzt widerlegt.

Sie raubte ihm mit ihren Reizen seine Ruhe. Er benahm sich schlimmer, als er es je all jenen mädchenmäßigen Jünglingen unterstellt hatte. Immer wieder versuchte er, sich ihren nackten Leib vorzustellen. Es mißlang. Dieser zarte Mädchenkörper zerteilte sich augenblicks wie eine Quecksilberperle, wenn er ihn mit seiner Vorstellungskraft berührte.

Wenn die Qualen zu mächtig wurden, griff er zum Notbehelf der Selbstbefriedigung. Dabei kam ihm stets der Körper Justines vor sein inneres Auge, dem er den Kopf der Stechardin aufgeschraubt hatte.

Gerade in dieser Zeit las er viel in seinen alten Sudelbuchaufzeichnungen. Er hatte das Bedürfnis, aus den dort gesammelten Gedankensplittern sein Spiegelbild so wieder zusammenzusetzen, daß es alle Physiognomisten eines besseren belehrte.

Dabei stieß er auf einen Briefentwurf, den er vor sieben Jahren reichlich betrunken verfaßt hatte.

Es hatte ein Brief an seinen Freund Jöns werden sollen. Aber als er wieder nüchtern geworden war, hatte er die Absicht, ihn zu schreiben, verworfen. Jetzt wußte er, warum. Es war nicht Scham, es war die Einsicht, daß seine sexuellen Phantasien damals noch nicht die Glaubwürdigkeit hatten, die sie nun endlich besaßen.

»Mein lieber Freund, mehr habe ich wohl noch nie an einen Freund geschrieben als ich jetzo an dich schreibe. Und was denn? Die Beschreibung einer der schönsten Creaturen, die für uns vielleicht gelebt hat. Bedencke, der schönsten! das ist viel gesagt, aber ich kenne dich, und das macht mich so zuverlässig. Stelle dir ein Mädchen vor, nicht sehr reich, aber doch für ihren Stand wohlhabend, gutherzig und die jedermanns Vergnügen wünscht und vielleicht (ich getraue mich kaum, diese Zeile zu schreiben) auch gern *befördert* und es zuverlässig befördern *kann*. Nicht sehr groß, mehr fleischicht als fett, gewachsen wie, wie... – wie das schönste Mädchen gewachsen sein muß, wie ein Bogen, wo aber die konvexe Seite Brust, Bauch und Schenkel werden. Zart, Bescheidenheit und alle Tugenden in dem feinen Gesicht, Gutherzigkeit, Geschmack, Schätzerin von Munterkeit und liebenswürdigem Leichtsinn. Ihr Busen – O! Ljungberg, Ljungberg, wie viel, wie viel war da. Menschliche Wollust, das höchste Werk des vollkommenheitsuchenden Himmels. Wollust, du kennst dieses Wort in unserer Bedeutung, in unserer gefühlvollen Bedeutung, diese wohnt auf ihr. Verständlich sind diese Zeilen für uns, Nonsense vielleicht für alles übrige was lebt. Ihre Sprache! Engel sprecht so, ich bin fromm, ich bin gottselig, ich bin Engel... Ihr Kuß. Zu hoch sind meine Empfindungen nun gestimmt, als daß irdische Worte – Nonsense der Entzückung Nonsense Nonsense. Gedacht, gefühlt ist besser als gesprochen. Himmel gefühlt ist ausgedruckt Nonsense, Nonsense. Schweigt oder lernt besser Deutsch. Kein Deutsch für diese Empfindungen, kein Deutsch...«

Es war eine ausgedachte, trunkene, lüsterne Traumphantasie gewesen, die sich in der Zeit geirrt hatte. Jetzt war sie Wirklichkeit in diesem Mädchen geworden.

Unterdessen hielt die Jungfer Stechardin seine Kleidung und seine Gerätschaften in Ordnung. Sie tat dies manchmal auf eine höchst eigenwillige und neckische Art, die nicht gerade geeignet war, seine Seelenruhe wiederherzustellen.

Einmal drapierte sie lauter Kleidungsstücke, die zur vollständigen Montur eines Mannes gehörten, auf dem Kanapee. Von der Halsbinde bis zu den Seidenstrümpfen war alles vorhanden, so daß so etwas wie der zweidimensionale Kleiderschatten seiner Person entstand. Sie schien sich sehr über ihr Kunstwerk zu freuen, kicherte eine Weile, klatschte in die Hände und warf sich dann bäuchlings auf den Kleidermann. Er sah es durch den Türspalt und spürte, wie ihm kalter Schweiß auf Stirn und Hände trat.

Ein andermal experimentierte sie nebenan mit seiner Luftpumpe. Sie liebte dieses kostbare Instrument zur Herstellung von Vacua besonders. Er konnte sich den Grund nicht erklären. Vielleicht lag es an den Keuchlauten, die entstanden, wenn man an der Kurbel drehte.

Er hatte ihr erklärt, daß Schall die Luft benötige, um sich auszubreiten. Würde man irgend etwas, das Töne oder Geräusche erzeugt, unter die Glasglocke der Luftpumpe setzen und dann die Luft herauspumpen, würde der Schall immer leiser, bis er schließlich völlig ersticke.

Am nächsten Morgen erschien sie mit einem kleinen Stoffbündel in der Hand. Ohne bereit zu sein, ihm ›Guten Morgen‹ zu sagen oder ihre Handlungsweise zu erklären, verschwand sie im Nebenzimmer.

Er legte sein Ohr an die Tür und lauschte. Er hörte Geräusche. Das Klappern von Glas, dann ein hohes Pfeifen, wie von einem erschrockenen Tier. Schließlich das Keuchen der Pumpe.

Die ängstlichen Pfeiflaute wurden leiser, bis sie gänzlich aufhörten. Sie stieß einen Freudenschrei aus, und dann gab die Tür nach, an die er sein Ohr hielt, und sie stand mit geröteten Wangen und strahlenden Augen vor ihm.

Er hätte sie am liebsten in die Arme genommen. Sie führte ihn zum Tisch und zeigte auf die Luftpumpe. Unter dem Glas lag eine tote Nachtigall mit aufklaffendem Schnabel und winzigen Augen, die wie schwarze Schrotkugeln aussahen.

»Dein Experiment ist mißlungen«, sagte er. »Du hast nicht den Schall, sondern seine Quelle erstickt.«

Sie preßte sich an seine Brust und begann zu weinen. Ein Strom von Tränen netzte sein Hemd. Er streichelte ihr übers Haar und hob sie auf. Er trug sie zum Kanapee und bettete sie dort nieder. Dann zog er eine Decke über sie, ging zurück, nahm die Glasglocke weg, hob den Vogel mit den Fingerspitzen an einem seiner Flügel und warf ihn zum Fenster hinaus. Er sah ihn fallen wie einen kleinen, unansehnlichen Stein.

Dann schloß er das Fenster, zog den Vorhang zu und ging zu ihr. Er schlüpfte unter die Decke und begann, ihren vom Weinen krampfartig bewegten Körper zu streicheln. Während er die Augen schloß, begann er mit der Innenfläche seiner Hand ihre Haut zu sehen, wie sie sich wie ein zarter und schimmernder Stoff um alle Formen ihres Leibes schloß.

Als die Frau des Hutmachers Hackfeld, der im Dieterichschen Haus wohnte, ihren Vogel tot auf der Straße fand, gab es einige Aufregung. Auf Georgs Drängen mußte die Jungfer Stechardin gestehen, daß sie die Nachtigall aus ihrem Käfig entwendet hatte. Georg zahlte eine beträchtliche Summe, um die Besitzerin zu besänftigen. Er unterließ es jedoch, seinem Mädchen Vorwürfe zu machen. Mit dem Vogel war auch seine Angst gestorben, die Stechardin körperlich zu lieben.

Selten war er so guter Dinge gewesen wie in diesen Tagen.

In der ersten Nummer des neuen Jahres erschien im Göttingischen Taschenkalender ein Artikel mit der Überschrift »Über Physiognomik. Wider die Physiognomen. Zur Beförderung der Menschenliebe und Menschenkenntnis«.

Der Aufsatz erschien ohne volle Namensnennung des Autors. Unter der Einleitung standen nur die Buchstaben G.C.L. Es gab einigen Wirbel, es gab Streitschriften gegen den Artikel. Es gab Verteidigungen. Die literarische Landschaft hatte sich plötzlich verändert.

Noch nie hatte Georg so geschrieben!

Er füllte die Ansichten der Physiognomisten mit dem Schießpulver seiner Ideen und ließ sie in den Himmel fahren, worauf sie schließlich leer gebrannt auf der Erde landeten.

Er griff das Oberhaupt der Gesichtsdeuter, den Schweizer Pfarrer Lavater, nicht direkt an, aber es war unverkennbar, daß er diesen hageren Menschen mit der Vogelnase traf, wenn er auf dessen Esel, die Physiognomie, einschlug.

Witz wandte sich gegen Schwärmerei, Stupsnase gegen Vogelnase. Georg schrieb: »Bezieht sich denn alles im Gesicht auf Kopf und Herz? Warum deutet ihr nicht den Monat der Geburt, kalten Winter, faule Windeln, leichtfertige Wärterinnen, feuchte Schlafkammern, Krankheiten der Kindheit aus den Nasen? Was bei dem Manne Farbe wirkt, wirkte bei dem Kind Form, grünes Holz wirft sich bei dem Feuer, an dem ein trockenes bloß braun wird. Daher vermutlich die regelmäßigeren Gesichtszüge der Vornehmen und Großen, die sicherlich weder an Geist noch Herz Vorzüge besitzen, die wir nicht auch erreichen könnten. Oder ist Versehen der Seele und der Amme einerlei, und wird die erstere nach Verdrehung ihres Körpers ebenfalls verdreht, daß sie nun gerade einen solchen bauen würde, wenn sie wieder einen zu bauen kriegte? Wie? Oder füllt die Seele den Körper etwa wie ein elastisches Flüssiges, das allzeit die Form des Gefäßes annimmt: so daß, wenn eine platte Nase Schadenfreude bedeutet, der schadenfroh wird, dem man die Nase plattdrückt?«

Georg wußte sehr wohl, wovon er schrieb. Er hatte die Stimme der Mutter noch im Ohr, die seine Mißbildung dem Fehler einer Amme zuschrieb. Er erinnerte sich auch gut der Bauleidenschaft seines Vaters, dem die Proportion eines Gebäudes seine Seele hieß.

Er schrieb plötzlich so leicht, weil er sich so schwer war. Ein häßlicher Mann, der das schönste Mädchen liebte.

Er schrieb gegen ein Publikum, welches »den äußerst unüberlegten und niederschlagenden Gedanken erzeugt, die schönste Seele bewohne den schönsten Körper, und die häßlichste den häßlichsten. Also mit einer bloßen Veränderung der Metapher, vielleicht auch die größte Seele den größten und die gesundeste den gesundesten? Gütiger Himmel! Was hat Schönheit des Leibes, deren ganzes Maß ursprünglich vielleicht verfeinerte und unter Nebenideen ihre Grobheit versteckende sinnliche Lust ist, und deren Zweck hier erreicht wird, mit Schönheit der Seele zu tun, die mit dieser Lust so sehr streitet und sich in die Ewigkeit erstreckt? Soll das Fleisch Richter sein vom Geist?«

Sein eigenes Fleisch beherrschte in diesen Tagen, als er schrieb wie nie vorher im Leben, seinen Geist. Mehr denn je peinigte ihn die körperliche Sehnsucht nach diesem Mädchen, mehr denn je empfand er schlechtes Gewissen und verteidigte er den Geist schwungvoll und wider besseres Wissen gegen den Unterleib.

»Allein, ruft der Physiognom, was? Newtons Seele sollte in dem Kopf eines Negers sitzen können? Eine Engels-Seele in einem scheußlichen Körper? Der Schöpfer sollte die Tugend und das Verdienst so zeichnen? Das ist unmöglich. Diesen seichten Strom jugendlicher Deklamation kann man mit einem einzigen *Und warum nicht?* auf immer hemmen. Bist du Elender, denn der Richter von Gottes Werken? Sage mir erst, warum der Tugendhafte so oft sein ganzes Leben in einem siechen Körper jammert, oder ist ein immerwährendes Kränkeln vielleicht erträglicher als gesunde Häßlichkeit? Willst du entscheiden, ob nicht ein verzerrter Körper, so gut als ein kränklicher (und was ist Kränklichkeit anderes als innere Verzerrung?), mit unter die Leiden gehört, denen der Gerechte hier, der bloßen Vernunft unerklärlich, ausgesetzt ist? Sage mir, warum Tausende mit Gebrechen geboren werden, einige Jahre durchwinseln und dann wegsterben?«

Kein Wunder, daß sich die zahllosen Lavateranhänger über diese kämpferischen Worte empörten, kein Wunder, daß diese größte Sekte der sechziger und siebziger Jahre hämisch mit dem Gegenhieb reagierte, hier winsele ein vom Schicksal Gezeichneter gegen Einsichten, die ihm höchst gefährlich sein mußten!

Hielt dieser Wollüstling aus Göttingen nicht eine elfjährige Mätresse als Sklavin seiner perversen Gelüste im Haus? Es gab bereits Silhouetten von ihm, die man herumzeigte, und die bewiesen, daß er eine dicke Negerlippe hatte!

Die erste Nummer des Göttingischen Taschenkalenders war in wenigen Tagen ausverkauft. Über achttausend Exemplare waren es gewesen. Dieterich ließ einen Sonderdruck des umstrittenen Aufsatzes herstellen und verkaufte ihn ebenfalls gut. Die Studenten der Physik und auch anderer Wissensgebiete strömten in Georgs Vorlesung, die bald über 140 Hörer hatte. Mehr gingen nicht in den Ecksaal seiner Wohnung hinein.

Man saß und stand dichtgedrängt und beobachtete diesen Gnom mehr, als man ihm lauschte. Er hatte eine unangenehm hohe Stimme, die zudem oft im Satz abbrach, da ihr Besitzer nach Luft ringen mußte. Die, die zuhörten, waren bald hingerissen von den eleganten Wendungen seiner Sprache. Auch die Experimente waren attraktiv und interessant.

Wenn dieser bucklige Zwerg sich über seine Geräte beugte, erinnerte er an einen Virtuosen, der einem schönen Instrument erstaunliche Töne entlockt. Alle Messingteile der Luftpumpe glänzten wie Gold, und während der Professor die Kurbel drehte, die über einen Kolben das Vakuum erzeugte, erstarb die Melodie einer Spieluhr, die unter der Glashaube des Gerätes stand.

Alles sah nun recht gut aus. Draußen vor dem Haus wuchs sein Ruhm. Drinnen im Haus wuchs seine Frau heran. Er ließ sich inzwischen sein Bier aus England kommen. Zuerst in Fäßchen. Da es jedoch häufig verdorben war, erwarb er bald nur noch Flaschen. Sechs Groschen kostete der Inhalt, zwei Groschen die Flasche, vier Groschen Porto und Zoll. Das war mehr als ein halber Gulden, und da er nur etwas über vierhundert Gulden oder zweihundertachtzig Taler Jahresgehalt hatte, war es ein höchst kostspieliges Vergnügen. Er schlürfte dieses Getränk langsam und mit frommer Hingabe.

Der englische Nebel war darin, das Meer war darin, auch jene vergangene Liebe, an die er nicht mehr dachte.

Diese Bierbouteillen aus England waren so etwas wie eine poetische Flaschenpost. Die aus Dorcester waren die besten. Er konnte sich diesen Luxus im übrigen nur leisten, weil er keinen Mietzins für seine Wohnung zahlte. Er hatte mit Dieterich als Entgelt seine Herausgebertätigkeit beim Taschenkalender vereinbart. Seine Mätresse war auch umsonst. Außerdem war es nicht seine Mätresse, sondern es war seine zukünftige Frau.

Der wachsende Zulauf, den er bei seinen Vorlesungen hatte, erklärte sich aus dem gleichen Grund, der auch Philadelphia volle Säle brachte. Er verstand es wie keiner seiner Kollegen sonst, die allgemeine Unkenntnis der Wissenschaft über das Wesen der Elektrizität oder der Luft oder des Feuers in spannende Aktionen zu verwandeln.

Er demonstrierte zum Beispiel das elektrische Schreiben. Dazu fuhr er mit dem Kopf einer geladenen Leidener Flasche über einen großen Harzkuchen. Anschließend stäubte er aus einem Leinenbeutel feines Harzpulver darüber, das sich sogleich deutlich entlang der bislang imaginären Schrift sammelte und sie sichtbar machte. Jeder drängte sich zum Experimentiertisch, und jeder wollte, daß einmal sein Name geschrieben wurde.

Dieterich wurden die Verhältnisse in der Wohnung seines Freundes allmählich zu bunt. Er bangte nicht nur um dessen guten Ruf, er war vermutlich auch eifersüchtig.

Mit seinen sechsundfünfzig Jahren war Dieterich immer noch ein Mann, den die Frauen gerne ansahen. Es tat ihm weh, daß die Jungfer Stechardin ihn offensichtlich nicht leiden konnte. Dies beunruhigte ihn auch deshalb, weil er ahnte, daß er seine eheliche Treue aus der Tatsache zusammengezimmert hatte, von allen Personen weiblichen Geschlechts heimlich geliebt zu werden.

Es war einen Versuch wert, Georg für eine Weile aus dem Magnetfeld dieses Kindweibes zu entfernen. Und Dieterich hatte die richtige Idee, daß hierzu eine Reise ans Meer das beste Mittel war. Erzählte Georg nicht immer wieder vom Meer wie ein Liebhaber von seiner Geliebten?

Die Pfingstferien boten sich an. Als Dieterich eine Reise nach Hamburg und Helgoland vorschlug, war Georg sofort Feuer und Flamme.

Die Jungfer Stechardin wurde für drei Wochen ihrer Mutter übergeben. Sie machte dabei einiges Theater, aber Georg blieb unbeeindruckt, und Dieterich freute sich, daß seine Rechnung bisher so gut aufgegangen war.

Die unbequeme Reise in der schlecht gefederten Kutsche schien Georgs Laune nur noch zu bessern. Je näher sie ihrem Ziel kamen, um so lustiger und redseliger wurde er. »Du wirst sehen, Dieterich, das Meer hat eine sehr persönliche Art, unter einem zu schwanken. Keine Bewegung gleicht der anderen. Es ist, als ob du mit allen Frauen der Welt gleichzeitig schläfst.«

Als sie Hamburg erreichten, war ablaufendes Wasser. Sie segelten deshalb bis Altona die Elbe hinab, ehe die einsetzende Flut sie zu ihrem Ziel gelangen ließ. Dies war ein guter Auftakt, denn er verschaffte ihnen das Gefühl, von einer weiten Seereise in den Hafen zu kommen wie die Walfänger, die sich mit aufgegeiten Segeln an den Molen drängten.

»Mein Vater hätte solche Schiffe bauen sollen«, sagte Georg. »Dies sind die wahren Kirchen. Rum und Salzheringe werden dort zum Abendmahl gereicht.«

Dieterich wässerte der Mund. Er verspürte nach dieser Seereise einen unbeschreiblichen Hunger, der die ganzen folgenden Tage nicht nachließ. Dieterich brachte daher viel Zeit in Fischrestaurants zu und genoß Seefisch in allen Varianten und Zubereitungsarten.

Sie schlemmten und tranken und sahen den Mädchen nach. Das Leben in dieser Stadt verführte sie, sich wie kulturlose Barbaren zu fühlen. Die beiden englischen Studenten, die sie mitgenommen hatten, waren fast immer so betrunken, daß sie wahllos Passanten auf englisch anredeten.

Das Wetter war die meiste Zeit über schlecht. Regen und Sturm preßten den Damen, die ihnen entgegenkamen, die Kleider gegen die Beine. Es sah aus, als trügen sie eng anliegende Hosen. Die Reisenden bemerkten es nicht ungern. Überhaupt war über allem eine erotische Stimmung, was Georg dem Einfluß der salzigen Luft zuschrieb.

Er verfaßte einige Briefe an Dieterichs Frau Christiane und legte auch ein Schreiben an seine »kleine Tochter« bei, nicht ohne ironisch zu ergänzen: »Ich meine das kleine Mädchen, das ich schreiben gelehrt habe.« Er hatte die Jungfer Stechardin keineswegs vergessen, wie Dieterich hoffte.

Der erste Versuch, nach Helgoland zu gelangen, mißglückte kläglich, da sie sich auf eine seeuntüchtiges Schiff begeben hatten.

Der zweite Versuch ließ sich besser an. Allerdings wurde das Wetter immer schlechter, je weiter sie aufs Meer hinausgelangten.

Während Dieterich mit den beiden Engländern in der Kajüte war und vor Seekrankheit und Todesangst fast verging, hatte Georg sich am Großmast festbinden lassen. Hier stand er aufrecht und glich mehr einem Klabautermann als Odysseus.

Er verspürte keinerlei Übelkeit. Es machte ihm auch keine Angst, wenn sich das Schiff soweit überlegte, daß ihn die Wellen zu ertränken drohten. Er schrie seine Euphorie hinaus wie einer, der seine Unsterblichkeit erlebt, auch wenn sie nur Stunden dauert.

Als die roten Felsen Helgolands auftauchten, wußte er, daß Cook nicht glücklicher hätte sein können beim Anblick der Küste des sagenhaften Südlandes. Die Brandung vor dem Steilkliff war so mächtig, daß der Kapitän von einer Landung absehen mußte und sein Schiff wendete. Nun liefen sie auf den Wogen zurück in den weiten Trichter der Elbmündung hinein. Kapitän und Besatzung wähnten sich schon in Sicherheit, als ein besonders großer Wasserberg von hinten über das Deck schlug. Georg glaubte nun, daß es zu Ende sei mit diesem Leben. Grüne Wasserwände schlossen sich über ihm und preßten seinen Brustkorb zusammen.

Als er wieder sehen und atmen konnte, sah er einen Körper im Meer treiben. Ein Mensch kämpfte mit den Wellen und reckte die Arme hoch. Er schrie, aber im Toben des Sturmes sah man nur einen offenen Mund.

Für einen Augenblick meinte Georg, er selbst sei es, der dort ertrank. Wie in einem Alptraum sah er sich untergehen, und als eine zweite ähnlich große Welle über das Deck schoß und ihn verschluckte, war die Illusion vollkommen. Dann spie er salziges Wasser aus und begriff, daß er immer noch am Mast festgebunden war und lebte.

313

Der Mann im Wasser aber war verschwunden.

Ihren Schiffer, der am Ruder stand, schien dies nicht weiter zu rühren. Mit unbewegtem Gesicht starrte er geradeaus und lenkte das rollende Fahrzeug mit kleinen Bewegungen am Steuerrad.

Als sie endlich in stillerem Wasser waren, ließ Georg sich losbinden. Auf seine Fragen erfuhr er, daß in dieser Situation kein Rettungsmanöver möglich gewesen sei. Da der Wind genau von achtern kam, hätte ein Beidrehen zum Umschlagen des Baumes geführt und dies sicher den Verlust von Masten und Takelage nach sich gezogen. Man wäre auf eine Sandbank getrieben, und die Wellen hätten die Bark kurz und klein geschlagen.

Es beeindruckte Georg, daß niemand von der Mannschaft über den Tod des Matrosen besonders traurig zu sein schien.

Dieterich war seit seiner Seekrankheit der Appetit auf Fisch und Bier vergangen. Georg kaufte sich eine der neuen, von dem Holländer van Marum konstruierten Elektrisiermaschinen. Nun drängte auch er nach Hause, denn er wollte sie ausprobieren.

Die Liebe zu seinem Mädchen war durch die Reise eher größer als kleiner geworden. Sie lachte und zeigte mit dem Finger auf ihn, als sie zur Tür hereinkam.

»Wo sind Sie so lange gewesen, Herr Professor?« sagte sie. »Haben Sie sich auch anständig bei den hamburgischen Damen aufgeführt?«

»Ich wäre fast ertrunken«, sagte er. Als er sie an der Hand nahm, spürte er es wie einen Schlag.

Dann führte er sie zur Waschschüssel und goß Wasser hinein. In dieses Meer setzte er einen Fingerhut, in den er zur Stabilisierung ein paar Schrotkugeln gelegt hatte. Mit den Händen erzeugte er Wellen und blies zugleich so kräftig über das Schiff, daß es unterging. »So etwas habe ich erlebt«, sagte er. »Beinahe bin ich sogar wirklich ertrunken im Meer zwischen Helgoland und Hamburg. Aber dann hat es ein anderer für mich besorgt.«

Sie tauchte ihre Hand in die Schüssel und spritzte ihn naß. »So ist es, wenn man ertrinkt!« rief sie. Dann holte sie ein Handtuch herbei und begann ihn liebevoll abzutrocknen.

Als die heißen Augusttage kamen, verlegte Georg seine Vorlesungen zuweilen auf den Hainberg vor der Stadt. Er zog mit seinem Gehilfen und einigen seiner Studenten durchs Tor hinaus. Dabei führten sie einiges an Gepäck und Geräten mit sich. Dies weckte natürlich die Neugierde der Göttinger.

Immer mehr Leute schlossen sich diesen Umzügen an. Schließlich waren es nicht nur über hundert Studenten, sondern auch Bürger aller möglichen Berufe und Stände. An besonders schönen Tagen kamen bis zu zweitausend Menschen zusammen. Auch Kinder, Huren, Damen, Bettler und Musiker waren dabei. Es war wie auf einem Volksfest. Die Leute lagerten im Gras, picknickten, tanzten oder sahen zu.

Der kleine bucklige Wunderprofessor hantierte mit einem papiernen Drachen, den er, wenn der Wind es erlaubte, an einem dünnen Draht in den Himmel steigen ließ.

Es waren elektrische Drachen nach Art derjenigen, die der große Benjamin Franklin aus Amerika ein Vierteljahrhundert zuvor erfunden hatte. Sie hatten eine Metallspitze, die die Elektrizität aus der Luft oder den Wolken sammelte und über den Draht zu Boden leitete.

Dort konnte man mit der Luftelektrizität die Flügel eines Elektrometers auseinandertreiben; man konnte sogar Funken erzeugen und elektrische Schläge austeilen.

Manchmal klappte nichts. Der Drachen wollte nicht fliegen, weil der Wind zu schwach war, oder die Luft und die schwarzen Wolken waren zu feucht und saugten die Elektrizität weg, ehe sie zum Boden gelangen konnte.

Bei trockenem Wetter aber, auch bei strahlend blauem Himmel, gelang das Experiment.

Der Professor ließ dann eine lange Menschenkette bilden, deren Glieder sich an der Hand fassen mußten. Der Vorderste mußte den Draht berühren, an dem der Drachen zog und zerrte. Der elektrische Schlag fuhr durch die ganze Menschenkette, die mit einem Aufkreischen zerriß. Es waren Zaubereien. Solche Kräfte aus dem Himmelsblau zu ziehen, konnte nur einem Magier wie ihrem Professor gelingen.

Georg stolzierte zwischen all dem Trubel auf und ab und dozierte, was er von diesen Wundern zu wissen vorgab.

Einmal gab es einen Zwischenfall. Es war ein feuchter und windiger Tag Ende August. Georg ließ seinen größten Drachen auf die Maschwiesen schleppen. Bald stieg er so hoch, daß er in den Wolken zu verschwinden schien. Die Elektrizität war wegen der Luftfeuchtigkeit sehr schwach, aber der Anblick des großen weißen Papiervogels unter den Wolken faszinierte die Zuschauer genug.

In einer heftigen Böe brach plötzlich der Draht. Der Drachen schoß davon und zog in Pirouetten und spiraligen Sprüngen auf die Stadt zu. Lange noch hielt er sich in großer Höhe.

Die johlende Menge am Boden zog mit.

Der Drachen überquerte den Stadtgraben und die Bäume auf dem Wall und landete auf dem Dach eines der größten Häuser der Stadt, das dem reichen Juden Gumprecht gehörte.

Die Menge tobte. Jemand rief: »Der Drachen bringt Gumprecht Geld!« Ein anderer erntete Gelächter für die Worte: »Achtung, Gumprecht, der Messias kommt!«

316

Flach wie eine Flunder klebte der Drachen auf dem Schieferdach. Manchmal bewegte er sich, wenn ihn eine Bö streifte.

»Direkt dahinter ist Dieterichs Haus mit meinen Fenstern«, dachte Georg. »Dort steht jetzt mein Mädchen und lauscht dem Lärm. Vielleicht springt der Drachen noch über den First und landet in ihrem Schoß.«

Aber der Drachen rührte sich nicht.

Da auf dieser Seite des Daches keine Gauben waren, mußte ein Schornsteinfeger durch einen der Kamine steigen, um aufs Dach zu gelangen.

Es war ein seltsames Bild, als dieser schwarze Mann den weißen Papiervogel anfaßte und in die Straße hinunterstieß.

Hier packte der Wind ihn erneut und trieb ihn auf Georgs Wohnung zu, worauf jemand rief: »Er weiß doch sein Haus zu finden!«

Schließlich sank er in die Straßenschlucht hinab und zerbrach. Die Menge betrauerte sein Ende wie den Tod eines lebenden Wesens.

Georg aber saß inzwischen im Wirtshaus bei Bier und Tabakspfeife und erörterte mit einigen seiner Studenten und dem Advokaten Dr. Habernickel die Frage, wer für den eventuellen Sach- und Personenschaden aufkommen müsse, den eine wissenschaftliche Einrichtung, die der Allgemeinheit nütze wie sein Drachen, unter solchen oder ähnlichen Umständen verursachen könne.

Draußen war er berühmt. In seinen eigenen vier Wänden erging es ihm anders. Hier wurde ihm nicht der gleiche Respekt entgegengebracht. Die Jungfer Stechardin behandelte ihn inzwischen wie ihren Leib- und Geisteigenen.

Er tanzte an den Fäden ihrer Launen und Stimmungen. Je mehr er auf ihren Geist einzuwirken versuchte, je weniger er zugleich aus seinen eigenen körperlichen Wünschen ihr gegenüber ein Hehl machte, um so tiefer verstrickte er sich in die Abhängigkeit von ihr.

Dabei ertrug er sein Los keineswegs still und klaglos. Er wütete und schrie, wenn sie ihn gängelte. Er gab sich stolz und protestierte und schimpfte oft genug. Sie aber stand ihm im Gebrauch ihrer Stimme keineswegs nach.

Im Hause Dieterich wohnten etwa siebzig Mieter. Es war ein Treiben auf den Fluren wie auf den Gassen einer Stadt.

Die englische Kolonie schrumpfte leider immer mehr zusammen, weil der amerikanische Krieg seine Rekruten forderte. Georg bedauerte diese Entwicklung sehr. Er schätzte es nämlich, sich auf diesen Fluren in Shakespeares Muttersprache zu unterhalten, vor allem, wenn er sein englisches Bier getrunken hatte.

Im Oktober des Jahres 77 erreichte ihn eine Hiobsbotschaft. Einer der englischen Studenten erzählte ihm, daß Sir Francis Clerk im amerikanischen Krieg gefallen war.

Clerk war der Adjutant des englischen Generals Borgoynes gewesen, der bei Saratoga eine blutige Niederlage durch die amerikanischen Truppen erlitten hatte. Clerk war schwer verwundet in Gefangenschaft geraten. Er starb im Zelt des amerikanischen Generals und Siegers Gates. Bis zum Schluß sollen sie sich über die Sinnlosigkeit des Krieges und die Würde des Sterbens unterhalten haben. Es waren tröstliche Gerüchte. Aber Georg fragte sich, ob er die Freundschaft zu diesem Mann nicht zu leicht genommen hatte. Für ihn bedeutete dieser Vorfall jedenfalls das Ende des Traums, einst doch noch und für immer ins gelobte England zu ziehen.

Für die englische Nation bedeutete die Schlappe von Saratoga hingegen die entscheidende Wende des Krieges. Diese verlorene Schlacht war für Frankreich der Grund, sich auf die Seite der amerikanischen Freiheitskämpfer zu stellen.

Georg betrank sich in der Nacht fürchterlich. Als die Stechardin am nächsten Morgen in aller Frühe kam, mußte sie lange klopfen, bis ihr aufgemacht wurde.

Ihr Professor sah so schlimm aus, daß sie das Mitleid überkam. Sie verzichtete auf den Satz, den sie sich als Beschwerde zurechtgelegt hatte, und nahm Georg in die Arme.

Er zog sie zum Kanapee und legte sich eng an sie. Es war das erstemal, daß sie einen Weg fanden, sich zu »soulaschieren«.

Wer in dem Streit um den Wert einer moralischen Ausdeutung von Gesichtern am heftigsten gegen Georg polemisierte, war ein gewisser Johann Georg Zimmermann. Georg kannte diesen Menschen aus Hannover, der inzwischen als Leibarzt der englischen Königsfamilie und Schriftsteller zu den bevorzugten Moralaposteln der Deutschen gehörte.

Zimmermann, der über ein eindrucksvoll ebenmäßiges Profil verfügte, veröffentlichte just in dieser Zeit, als Georg und sein Mädchen in ihrer körperlichen Beziehung mit Spielen experimentierten, die der Stechardin ihre Jungfernschaft beließen, beiden jedoch Erleichterung verschafften, einen Artikel, in dem er solche Methoden, sich zu »soulaschieren«, als höchst verwerflich und gesundheitsschädlich brandmarkte.

Es war kein Wunder, daß Georg auf diesen »Don Pomposa«, wie er ihn nannte, nicht gut zu sprechen war.

Zimmermann hatte in einem der renommierten Blätter, dem Deutschen Museum, nicht nur heftig gegen Georgs Position im Physiognomistenstreit gewettert, sondern auch eine »Warnung an Eltern, Erzieher und Kinderfreunde wegen der Selbstbefleckung, zumal bei ganz jungen Mädchen« verfaßt.

Da stand zu lesen: »Durch keine Krankheit verblühet die Schönheit geschwinder; nichts nimmt der Jugend das frische

Ansehn und jeder Freude des Lebens ihre Süßigkeit so schnell hinweg; daher kommt so oft beim jungen Frauenzimmer das Kränkeln ohne Krankheit; hier liegt so oft der Grund jener Schwäche, die vor und nach der Heirat eine von den vielen Ursachen der Nervenkrankheiten wird.«

Was dann folgte, waren einige lüstern getreu berichtete Beispiele, die Georg in einem Brief an seinen Freund und Förderer, den Kanzleisekretär Schernhagen aus Hannover, zu der boshaften Bemerkung veranlaßten: »Was sagen Sie zu Z.s Abhandlung im neuesten Stück des Museums, wo er den kleinen Mamsels öffentlich Anleitung gibt, wie sie sich soulaschieren sollen?«

»Ein sächsischer Edelmann«, schrieb Zimmermann, »fragte mich vor einigen Jahren wegen einer wichtigen Krankheit seiner verheirateten Tochter um Rat. Diese Dame von überaus lebhafter Gemütsart strotzte schon in ihren Kinderjahren von Blut, hatte früh eine überaus wollüstige Physiognomie und sehr verdorbene Säfte. Schon im sechsten Jahr fing sie an, sich zu beflecken, und trieb dies bis ins siebente und achte Jahr ihres Alters. Sie verfiel von selbst darauf, indem sie sich mitten unter ihren Kinderspielen gegen einen hölzernen eckigen Stuhl in eine Lage setzte, durch die zufälligerweise dieser neue Gedanke entstand. Man verwies ihr diese Unsittlichkeit mit vielem Ernste. Sie ließ es, vergaß aber bald wieder, daß es Unrecht sei, und tat dasselbe. Nach schärferem Verbot versuchte sie verstohlenerweise es zu tun, und überließ sich allmählich diesem Trieb so stark, daß man sie oft an einem entlegenen Orte auf der Ecke eines Stuhles sitzend mit ganz verstörtem Angesichte antraf; sie trieb durch entsetzliches Drücken und Drängen das Blut so sehr nach dem Kopfe, daß sie braunrot ward, und daß die Augen stark und feurig herausdrangen. Dieses Geschäft, dem man unbemerkt zusah, weil man unablässig allen ihren Handlungen nachging, endete sich dann mit einer allgemeinen Entkräftung, die man durch das Zittern und Springen aller ihren Nerven wahrnahm. Viel Wirkung tat bei diesem sonst sehr gutartigen Kind, daß man ihr die Sünde des Ungehorsams recht ans Herz legte. Nicht wenig wirkte auch die Furcht vor körperlichen Strafen von ihrer Mutter Hand, die nur bei außerordentlichen Fällen selbst strafte; noch mehr die lebhafte Verachtung, womit sie von ihrer Erzieherin beschämt wurde; aber am allermeisten tat die Drohung, daß ein alter, rotnasiger Chirurgus, den das Kind nicht ausstehen konnte, ihr ein Pflaster auf einen gewissen Ort legen und jeden Morgen kommen müsse, durch seine Brille darnach zu sehen. Da sie sich nun schon sehr gebessert hatte und nur noch zuweilen den Schweif ihres Kleides von hinten zwischen den Beinen nach vorne zog, und zwar mit solcher Gewalt, daß die Kleider davon zerrissen, traf sichs, daß sie einmal in Gegenwart einer Mannsperson dieses zu tun anfing. Ihre Erzieherin, auf deren Gesicht sie in demselben Augenblick den plötzlichen Schrecken und die Scham bemerkte, hielt sie früh genug zurück; stellte ihr auch nachher die Möglichkeit, daß jene Mannsperson ihre Tat gesehen habe, und die daraus für sie fließende Verachtung durch Worte und Gebärden mit solchem Nachdrucke vor, daß das Kind mächtig in sich selbst ging und nachher niemals wieder in dieses Laster verfallen ist.«

»Was für eine Ausführlichkeit«, dachte Georg, als er diese Passagen las, »was für ein geiles Interesse an den Details.«

In sein Sudelbuch schrieb er den lakonischen Satz: »Die Sprache der erzürnten Impotenz. Z.«

Er führte seinen Krieg gegen die Lavaterianer nicht nur als Schriftsteller, er zog auch als Liebhaber gegen sie ins Feld.

Würde Lavaters Theorie stimmen, mußte die Stechardin bei ihrer Schönheit ein Ausbund an Tugend sein und er selber ein Teufel und Bösewicht. Es verging kein Tag, an dem sie nicht gegenseitig dem Laster frönten, das Zimmermann und Konsorten für eine Ursache der Epilepsie oder anderer Nervenkrankheiten hielten. Sein Mädchen mußte eigentlich längst die verräterischen Ringe unter den Augen haben und er selbst von jenen Symptomen gezeichnet sein, die Z. an masturbierenden Männern festgestellt haben wollte: verzerrte Gesichtszüge und blasses Angesicht wie auferweckte Leichname.

Die Jungfer Stechardin sah von Tag zu Tag schöner und gesünder aus. Auch ihm ging es so gut wie schon seit langem nicht mehr. Fast hätte er von sich sagen können, glücklich zu sein.

Im Herbst kam Jöns Ljungberg zu Besuch.

Ljungberg wirkte kühl. Er wehrte die stürmische Umarmung Georgs ab. Aber als der Schwede ihn mit seinen Händen an den Schultern packte und aus dem Abstand seiner langen Arme in aller Ruhe musterte, bemerkte Georg, daß in seinem Blick die alte Freundschaftswärme lag.

»Was macht das Petersburger Problem?« fragte Jöns.

»Ich bin dabei, es zu lösen.«

»Ehrlich oder mit Tricks?«

Die Stechardin huschte durch den Raum und warf eine Tür hinter sich zu. Dann hörte man sie nebenan trällern und lauthals zwischendurch Zahlenreihen sprechen.

»Wie ich sehe, versuchst du das Risiko dadurch zu beherrschen, daß du den Würfelbecher und die Münze selber herstellst!«

Georg antwortete nicht.

Er löste sich aus dem Griff seines Freundes und ging zum Fenster. Lange Zeit sprachen beide kein Wort. Sie hörten nur dem Singspiel zu, das nebenan aufgeführt wurde.

»Ich liebe sie«, sagte Georg schließlich. »Und ich bin mir

der Banalität einer solchen Feststellung genauso bewußt wie du. Es kann natürlich sein, daß ich mir meine Liebe nur einbilde, oder daß sie nur die Reflexion eines Gefühls ist, welches allein in mir existiert, wobei sie nur der kalte Spiegel wäre, der es zurückwirft. Mit diesem Risiko muß ich leben.«

»Ihr seid Kinder«, sagte Jöns. »Ich beneide euch um eure Narreteien.«

Sie zogen die Mäntel an und gingen vor die Stadt.

Es wurde ein langer Spaziergang durch den Herbsttag.

Georg fühlte sich angesteckt von der Melancholie seines Freundes. Ljungberg erzählte von seinem Leben als Mathematikprofessor in Kiel.

»Ich gehe oft an der Förde spazieren. Die Ostsee ist ein einsames Meer. Sie hat nur einen kleinen Ausgang zu den Ozeanen. Das merkt man ihr in jedem Wellenschlag an. Ein Zustand, mit dem ich sympathisiere.«

Dann sprachen sie über ihr altes Reiseprojekt.

»Das Mittelmeer ist auch ein gefangenes Gewässer«, sagte Jöns. »Aber es kommt damit besser zurecht als die Ostsee. Es scheint freiwillig in seinem Gehäuse zu leben. Daher kommt sein Glanz, von dem alle schwärmen, die es gesehen haben. Du ähnelst dem Mittelmeer, ich der Ostsee. Wie findest du diesen Vergleich?«

»Ich liebe die Nordsee. Vielleicht weil sie das einzige Meer ist, das ich kenne. Es ist im übrigen stürmisch und flach. Man sagt, daß es deshalb ein besonders gefährliches Gewässer ist.«

Sie gaben sich die Hand und schworen, eines Tages ihren Traum zu verwirklichen, gemeinsam nach Italien zu reisen.

Nach Ljungbergs Abreise stellte Georg fest, daß sein Freund ihm etwas dagelassen hatte – einen winzigen, schweren, gut verschnürten Zweifel.

Zwar lebte er weiter wie bisher. Hielt seine Vorlesungen, ließ nicht nach, unterhaltsam für seine Hörer zu sein, aß und trank reichlich und gut mit Dieterich, hielt in der Societät Vorträge über seine Entdeckungen, schrieb kleine Aufsätze, in denen er wissenschaftliche Themen höchst unterhaltsam präsentierte, neckte und liebte sich mit seinem Mädchen, dachte sich beim Einschlafen die finstersten Morde aus und setzte wahllos seine Ideenkeimlinge in seine Sudelbücher – aber über all dem wurde er diesen Zweifel nicht los. Vielleicht war es gut, so ein Gewicht in sich zu haben. Falschspieler pflegten mit solchen verborgenen Gewichten Würfel zu präparieren.

Wuchsen vielleicht seine Bäume in den Himmel? Das Blumenmädchen jedenfalls war inzwischen schon einen halben Kopf größer als er.

Am Ende des Jahres traf ein berühmter Gast bei ihm ein. Er logierte in seiner Wohnung und war der Anlaß zu einer ganzen Reihe von Bällen und Empfängen. Er wurde in der besseren Gesellschaft Göttingens herumgereicht und bestaunt. Und dies einzig und allein deshalb, weil er rund um die Welt gereist war. Dies war ihm keineswegs anzusehen, höchstens deutete der schlechte Zustand seiner Zähne auf jüngst erst überstandene abenteuerliche Krankheiten wie Skorbut hin.

Der junge Mann war von zarter Gestalt. Seine Konversation war recht mühselig, da er das Deutsche mit englischem Akzent sprach und des öfteren seine Erzählungen von Barbaren und den Gefahren einer Seefahrt im antarktischen Klima ins Stocken gerieten, wobei er mit melancholisch dunklen Blicken um sich sah.

Es liegt nahe, daß die Zuhörer ihre Sehnsucht, aus der Enge ihres Lebens und ihrer Person auszubrechen, in diesen Menschen hineindichteten. Er hieß Georg Forster, war vierundzwanzig Jahre alt und vor drei Jahren von einer Weltumseg-

lung unter Kapitän Cook wohlbehalten nach Europa zurückgekehrt. Er hatte sie als Zeichner und Gehilfe seines Vaters,
des berühmten Naturforschers Reinhold Forster, mitmachen
dürfen.

Georg hatte seinen Namensvetter bereits in London kennengelernt und damals wenig beachtet. Inzwischen aber war
dessen umfangreiche und ehrlich die Schattenseiten englischer Eroberermentalität darstellende Beschreibung jener
Weltreise in englischer Sprache erschienen und hatte den
Verfasser auf der britischen Insel unbeliebt, auf dem Kontinent jedoch berühmt gemacht, obwohl die Übersetzung ins
Deutsche noch nicht erschienen war.

So bequem konnte man sich in diesem Reisebericht um den
Erdball bewegen und all die Abenteuer und Absonderlichkeiten zur See und zu Lande erleben! Die Stürme, die Pa-
radiese, die Eingeborenen, all dies war dazu angetan, den eigenen Standort in einem Sessel mit einem Buch in der Hand
als unübertrefflich angenehm und erhaben zu empfinden.

Forster selbst ging es trotz seines Ruhms finanziell schlecht.
Er mußte England verlassen und kam schließlich als Professor für Naturkunde und Geographie in Kassel unter. Kassel
war, gemessen an Göttingen, eine langweilige Stadt; die Universität war schlecht, und das höfische Zeremoniell der Re-
sidenz des Landgrafen Friedrich von Hessen-Kassel war wie
ein feines, jedoch dichtes Netz, in dem man sich leicht verfing.
Forster wünschte sich in die kalten Nebelzonen des Südmee-
res zurück. Glücklicherweise war es nur ein Ritt von wenigen
Stunden nach Göttingen, der selbst im Winter keine unüber-
windlichen Schwierigkeiten bot.

Als Georg seinen Namensvetter nach Göttingen einlud,
wohl um selbst ein wenig von jener Meeresbrise in seinen
vier Wänden zu verspüren, die diesem jungen Mann immer
noch in den Haaren zu hängen schien, sagte Forster begei-

stert zu. Hatte er möglicherweise die umgekehrte Sehnsucht? Nämlich nach einem ruhigen, windgeschützten Platz, dessen Abenteuer aus Gesprächen und dessen Unwetter aus den Funken der Elektrisiermaschine bestanden?

Die beiden sehr gegensätzlichen Georgs kamen anfangs gut miteinander aus. Der eine träumte am Tage, der andere mehr in der Nacht. Der eine trug einen ausgedachten Harem von Weibern im Kopf herum, der andere hatte ein wirkliches, jedoch mit einiger Künstlichkeit erzogenes Mädchen im Haus.

Zum Ausklang des alten Jahres wurde Georg mitsamt seinem berühmten Gast in das Haus des großen Heyne, Professor für klassische Sprachen und Altertumswissenschaft, eingeladen. Niemand hatte so viel für den guten Ruf der Göttinger Universität getan wie dieser würdige Herr, den seine Frau betrog und dessen Tochter ein irrlichterndes Wesen von großem Reiz war, wiewohl ihr brünetter Hautton nicht dem Schönheitsideal der Zeit entsprach.

Sie sah ein wenig wie eine Zigeunerin aus oder vielleicht sogar wie eine Südseeinsulanerin. Natürlich bildete Forster den Mittelpunkt der angeregten Gespräche. Er hatte einige Stiche mitgebracht, auf denen die Wunder fernster Regionen abgebildet waren.

Da gab es seltsame Tiere und Pflanzen zu sehen, Eisberge und Wale, Südlichter und zerklüftete Berge. Nichts vermochte jedoch das Interesse der Anwesenden so zu erregen wie die Abbildungen und Erzählungen von Tahiti, diesem Paradies der Liebe und des Müßiggangs. Hatte Forster in seinem Reisebericht nicht geschrieben, daß es hier Gefahren für das Auge gab, die in beneidenswerter Weise den ganzen Körper in Mitleidenschaft zogen?

»Die ungekünstelte Einfalt der Landestracht, die den wohlgebildeten Busen und schöne Arme und Hände unbedeckt ließ, mochte freilich das ihrige beitragen, unsre Leute in Flammen zu setzen; und der Anblick verschiedener solcher Nymphen, davon die eine in dieser, jene in einer andern verführerischen Position behende um das Schiff herumschwammen, so nackt als die Natur sie gebildet hatte, war allerdings mehr denn hinreichend, das bißchen Vernunft zu blenden, das ein Matrose zur Beherrschung der Leidenschaft etwa noch übrig haben mag.«

Der junge Forster bestätigte auf entsprechende Fragen, daß viele dieser Mädchen sich für weniger als einen Nagel herschenkten und daß manche kaum zehn Jahre alt gewesen seien. Die Stimmen der Anwesenden schwankten und schlichen um diesen Punkt herum. Waren solche Gedanken und Bilder nicht ein probates Mittel gegen seelischen Skorbut und die Unbilden der Ehe?

»Was würde der gute Don Pomposa zu unseren Gesprächen sagen?« dachte Georg, »wahrscheinlich würde er sich heftig soulaschieren.«

Nach dem Essen – es gab unter anderem zarte Gänsebrust, deren hellbraune Haut beim Schneiden knisternd brach – wurde die Stimmung immer ausgelassener. Selbst der schüchterne Forster wurde nun eher seinem Ruf gerecht als zu Beginn des Festes.

Er stellte die körperlichen Vorzüge der bezaubernden Häuptlingstochter Marorai sehr bildhaft dar. Vor allem die Episode, wie sie sich für ein weißes Bettlaken hingeben wollte, wie aber das Auflaufen des Schiffes auf ein Riff den glücklichen Besitzer des Tuches mitten bei den Übergabemaßnahmen störte und der Ruf »all hands an Deck« ihn nach oben zwang, die Schöne aber mitsamt dem Laken verschwunden war, als er endlich wieder hinunter in das Logis kam, machte Furore bei den Zuhörern.

Beim Essen hatte der junge Forster neben der vierzehnjährigen Tochter des Gastgebers gesessen, und während er mit großem Eifer die Sitten der Griechen und sogar der Römer gegenüber den Verderbtheiten der Südseeinsulaner verteidigte, hatte sie ihn unverwandt angesehen, ja mit den Augen förmlich verschlungen.

»Gibson und Webb«, dachte der andere Georg. Hier bahnte sich wohl ein neues Südseedrama an.

Er selbst wurde immer ausgelassener. Nach den Salven der Champagnerkorken um Mitternacht gab er aus dem Stegreif eine Parodie auf die Lavatersche Physiognomie zum besten, indem er sie mit folgenden Worten auf den Ehrengast des Abends anwendete:

»Seht her, liebe Leute, die Miene des Gereisten, des Nord und Süd, Ost und West verbindenden Deutsch-Briten.«

Er unterbrach sich und bat Forster, sich, von einer Kerze beleuchtet, gegen den weißen Vorhang zu postieren.

Dann fuhr er fort: »Auf Blocksberge von Salzwasser sieht er herab, wie ich und du auf Champagnerschaum. Erkenne Neptunischen Trotz und Dreizack vom Augenwinkel bis zur Null der Unterlippe. Im ganzen Mund Südpol, Eisinseln, Feuerland und doch wieder süßes tahitisches, aromatisches, laues Elysium und Wollust und hinsterbendes oberonisches Entzücken im Unterkinn. Nährende Brotfrucht überall. Sprecht ihr, liebe Gäste, die Leine ist bodenlos und hat keine Balken, so sagt er: Der Ozean ist eine Tasse Tee. O gebt mir zehn von ihm und ich hänge euch Zürich und Saturn zusammen!«

Es wurde heftig nach dieser Einlage applaudiert. Niemandem war aufgefallen, welch groteske Silhouette die Kerzenflamme auf die Wand im Hintergrund geworfen hatte, vor der der Antiphysiognomist seine Rede gehalten hatte.

Georgs Lebenswandel, sein Aussehen, seine Fähigkeiten zur Satire beschäftigten das gebildete Publikum in Deutschland mehr als seine wissenschaftliche und pädagogische Arbeit. War er nicht ein Gnom? Ein Satyr? Ein lüsterner, bocksgestaltiger Waldgeist?

Es wurde Mode, diesen Menschen auf der Durchreise zu besuchen. Seine physikalische Sammlung zu inspizieren und sich einige Experimente vorführen zu lassen oder gar selber mit Luftpumpe, Elektrisiermaschine und Leidener Flaschen zu spielen. Georg genoß diese Rolle sogar, wobei er so tat, als würde er sie nicht durchschauen. Kam nicht alles im Leben auf den Unterhaltungswert an?

Er war im Grunde einsam, trotz seines Mädchens.

Der Umfang seiner Korrespondenz, der ständig zunahm, täuschte darüber hinweg. Auch die Geselligkeit im Rahmen der Familie Dieterich änderte an seiner Einsamkeit nichts. Er sank zwar oft und gerne in die weichen Kissen von Dieterichs Kanapee, er aß, trank und spielte Karten mit Vater, Frau und Töchtern. Doch er kam sich dabei wie ein Schauspieler vor, der sich auf der Bühne behaglicher Häuslichkeit perfekt zu bewegen verstand.

Bei einem dieser Abende heckte er mit Dieterich die Idee aus, neben dem Göttingischen Taschenkalender der interessierten Lesewelt ein größeres und häufiger erscheinendes Magazin zu schenken. Es sollte den neuen Geist der Zeit, Entdeckungen, Erfindungen, kleine und große Triumphe der Vernunft in leicht faßlicher Form präsentieren. Als zweiten Herausgeber wollte man Georg Forster gewinnen. Sein Name würde nicht nur Zug-, sondern auch Symbolkraft haben.

In diesem Magazin würden Reiseberichte und wissenschaftliche Erkenntnisse mit satirischen Beiträgen eine ungewöhnliche Ehe eingehen.

Georg stellte sich vor, daß sich auf diese Weise das Reisen durch Natur und Wissenschaft in der bequemen Kutsche eines Sessels genießen ließe. Er selbst wollte der geistige Postillion auf dem Kutschbock sein. Witz und trockenes Gelehrtenwissen sollten mit farbigen Schilderungen exotischer Welten so günstig abwechseln, daß nicht nur ein breites Publikum angesprochen würde, sondern auch die ganze Breite des modernen Daseins zum Thema werden konnte. Lebte man nicht in einer Zeit der Aufbrüche und der Neugier? Nebenbei galt es, die überall aufflackernden Feuer der Schwarmgeisterei mit scharfer Satire auszutreten.

Trotz der vielen Arbeit fand Georg noch Zeit, regelmäßig in einen nach englischem Muster eingerichteten Club zu gehen, über den Verlauf des amerikanischen Krieges zu debattieren, im Gartenhaus Dieterichs Wein zu trinken und auf den Kegelbahnen der Umgebung zu spielen. Und dann waren da noch die Liebe und der Streit mit seiner Jungfer, die neuerdings ungewöhnlich hohe Ansprüche stellte. Sie wollte am gesellschaftlichen Leben ihres Gönners beteiligt sein. War es möglich, daß man sie für seine Mätresse hielt?

Sie selbst brachte diesen Gedanken ins Spiel und bewarf ihn mit Kissen dabei. »Alle Welt denkt, ich sei deine dumme Mätresse.« Sie konnte keifen wie eine Alte.

Er versprach ihr, sie bei der nächsten Gelegenheit mitzunehmen.

Im übrigen war dieses Mädchen außerordentlich geschickt und ihm inzwischen eine große Hilfe bei der Durchführung schwieriger Experimente. Sein besonderes Interesse galt mittlerweile der berühmtesten Erfindung des großen Franklin, dem Blitzableiter. Er wollte den ersten in Göttingen installieren.

Von den Experten wurde eifrig diskutiert, ob Blitzableiter die Blitze ableiteten oder gar an sich zögen. Waren sie eventuell sogar gefährlich dadurch? Auch galt noch nicht als ausgemacht, ob Spitzen oder Kugeln den besseren Effekt hatten.

Um hier mehr Klarheit zu erhalten, baute Georg ein Gerät, mit dem Gewitter sich simulieren ließen – eine große Waage, an deren Balken auf der einen Seite eine isoliert an Seidenschnüren aufgehängte Metallplatte in Form einer Wolke hing. Unter ihr konnte man das hölzerne Modell eines Kirchturms aufstellen. Es stand auf einem mit Metallfolie bezogenen Tisch. Dieser Kirchturm war hohl und enthielt einen Blitzableiter mit wahlweise spitzem oder kugelförmigem Ende. Außerdem konnte man durch eine sinnreiche Einrichtung den Turm in Brand setzen. Sprang im Inneren vom Blitzableiter ein Funke auf eine geerdete Stange über, entzündete dieser ein mit Weingeist getränktes Stückchen Stoff. Elektrisierte man die künstliche Wolke, dann senkte sie sich durch die Anziehung der entgegengesetzten Elektrizität am Waagenbalken herab. War sie nahe genug am Blitzableiter, schlug ein Funke über.

Die Stechardin freute sich über die häufigen Kirchenbrände. Georg seinerseits dachte an seinen Vater und fand im übrigen heraus, daß spitze Ableiter die Wolke ohne Funkenbildung entluden und demnach wahrscheinlich günstiger waren.

Seit Mitte des Jahres beteiligte Forster sich an der Vorbereitung des neuen Magazins. Er machte eine Reihe von Titelvorschlägen, die witzig sein sollten:

»Göttingisches Penu (nicht penis)«
»Göttingisches Papperlapapp«
»Göttingische Hämorrhoiden«
»Göttingischer Nachtstuhl der Literatur und Wissenschaft«
Dies war nicht Georgs Humor. Er nannte das Projekt »Göt-

tingisches Magazin der Wissenschaft und Literatur«. Die erste Nummer erschien zu Beginn des Jahres 1780. Sie wurde sogleich ein großer Erfolg, obwohl die Erwartungen der Leser insofern enttäuscht wurden, als sich kein Wort zu der Physiognomieaffäre darin fand.

Forster schien sich immer weniger um seinen Anteil an der Arbeit zu kümmern. Für das erste Stück des Magazins hatte er nur einen recht belanglosen Artikel über Tahiti beigesteuert, der nicht einmal aus seiner Feder war, sondern von ihm aus dem Spanischen übersetzt wurde.

Er kam auch nicht mehr von Kassel herüber. Dafür erreichten Georg Gerüchte, sein Mitherausgeber sei ein Schwarmgeist geworden; er sei Mitglied des Geheimbundes der Rosenkreuzer und versuchte in nächtelangen Seancen, aus Quecksilber und Ziegenkot und anderen anrüchigen Substanzen Gold zu machen.

Georg selber dachte in dieser Zeit immer wieder darüber nach, was er eigentlich der Öffentlichkeit zu sagen hatte. Dabei half ihm die Erinnerung an die Gespräche mit zwei unerreichbaren Personen: Ljungberg war inzwischen in Kopenhagen, und Kunkel war auf dem Friedhof.

Beide sonst so verschiedenen Freunde waren sich in einem Punkt verblüffend ähnlich gewesen: Sie waren leidenschaftliche Skeptiker. Nichts war ihnen heilig; sie hatten die Sucht, Menschen und ihre Meinungen in Frage zu stellen.

Und dennoch waren sie nicht von kaltem Gemüt. Im Gegenteil, ihre Zweifelsucht schien einem Übermaß von Herzenswärme zu entspringen. Es war, als litten sie darunter, daß diese Wärme ständig von den kalten Täuschungsgebilden menschlicher Wirklichkeit abgeleitet wurde. War also ihre Kritik nicht sowohl Selbstschutz als auch der Versuch, die Verhältnisse zu bessern?

Georg wollte dies für sich übernehmen. Er war sich jedoch

klar darüber, daß es ihm an der nötigen Herzenswärme und Besessenheit fehlte. Dafür hatte er jedoch mehr Witz und ein spielerisches Interesse an neuen Ideen.

Auch er wollte die Menschen erziehen, aber möglichst so, daß sie es kaum bemerkten. Und er wollte ebenfalls Täuschungen und Lügen bekämpfen, indem er sie enthüllte. Doch sollten die Betroffenen dabei lachen können. Das würde sie vielleicht am ehesten bekehren.

So ging man in England vor. Witz und Wahrheit waren in diesem Land seit jeher vertrautere Brüder als auf dem Kontinent, wo der Biedersinn dem Humor mißtraute und der Humor dem Biedersinn.

Hier mußte noch viel getan werden. Sein Magazin würde den Experimentiertisch abgeben. Auf ihm würde man neben trockenen Untersuchungen wie zum Beispiel »Über die Rechtmäßigkeit der Lotterie, insonderheit der Zahlenlotterie« seine eigenen frechen Attacken gegen jedwede Schwarmgeisterei aufgebaut finden. Es würde ihm eine Lust sein, dieses Lavatern überall, diese Seuche mittelmäßiger Shakespearerei, die bei den zahlreichen dillettierenden Dichterlingen grassierte, zu bekämpfen. Ein gutes Mittel dazu war es, die Fenster aufzureißen und frische Luft hereinzulassen in das düstere, stickige Bildungshaus seiner Landsleute. Das war auch Kunkels und Ljungbergs Meinung: Nicht die wenigen Großen und die vielen Kleinen beherrschten die Welt, sondern die Mittelmäßigen.

Gegen sie ins Feld zu ziehen mit den Mitteln der Schriftstellerei und literarischen Kritik würde Kraft kosten. Und es bestand die Gefahr, daß man selbst in die Schußlinie der eigenen Truppen geriet, denn es war ja anzunehmen, daß man selber nicht frei war von den Eigenschaften, die man an anderen kritisierte.

Auch dies war ein Sonderfall des Petersburger Problems:

je schärfer die Kritik, desto höher das Risiko, daß die Klinge schartig wurde. Je stumpfer die Kritik, um so weniger würde das Messer in der Lage sein, faules Fleisch herauszuschneiden. Hier galt es, einen Mittelweg zu finden – und Mittelwege sind gefährlich.

Er wußte auch, daß er nicht mutig war und daß er sich den Bedingungen der Zensur unterwerfen würde, um nicht sein Kanapee, seine Kegelfreunde und sein Mädchen zu verlieren.

Das beste Mittel der Satire war das unverblümte Aussprechen der Wahrheit. Dieses Verfahren würde er jedoch nur in den Sudelbüchern gebrauchen. Was er von hier in seine Satiren übernahm, würde er so mit Witz umhüllen, daß er damit jederzeit an den Klippen der Zensur vorbeikommen konnte.

Dieterich ließ ihm freie Hand. Forster mischte sich sowieso nicht ein. Also machte er sich an die Arbeit. Er las und redigierte Beiträge, er schrieb, er korrespondierte, er trank, er nahm sein Mädchen auf den Schoß und betätigte das Reibzeug seiner Hände, bis die Funken sprangen. So ging es Tag für Tag. Nachts schlief er oft nur, wenn er genügend Schnaps getrunken hatte.

Er liebte seine Kleine auch deswegen so sehr, weil sie noch über eine unverbildete Bosheit verfügte. Ohne es zu ahnen oder sich gar Gedanken darüber zu machen, konnte sie Dinge sagen, die andere erheiterten, obwohl sie in Gegenden drangen, wo das schlechte Gewissen saß. Wie an einem geselligen Abend, als Georg einige Kollegen zu sich eingeladen hatte. Er scheute sich nicht mehr, die Jungfer Stechardin mit am Tisch Platz nehmen zu lassen, obwohl sogar einige Theologen dabei waren.

Jemand las nach dem Essen zur allgemeinen Unterhaltung aus dem Büchlein vor, das die Waisenkinder an Neujahr von Tür zu Tür tragen und in dem alle Gaben und Geschenke samt den Spendern verzeichnet sind, die ihnen im vergangenen Jahr zuteil geworden waren. Unter anderem hatte eine Frau Professorin sechs Flaschen Wein gestiftet und die Bitte an die Waisenkinder damit verbunden, dem Himmel für eine bestimmte Wohltat zu danken.

An dieser Stelle machte einer der Anwesenden die witzig gemeinte Bemerkung, es müsse sich wohl um eine Witwe handeln, denn sonst wäre im Büchlein die Spende sicherlich unter dem Titel ›Herr Professor‹ aufgeführt worden.

Niemand schien willens, über diesen Einwurf zu lachen, als plötzlich die Jungfer Stechardin sagte: »Es war vielleicht eine Wohltat, wovon ihr Mann nichts gewußt hat.«

Sofort erhob sich allgemeines Gelächter, vor allem von seiten der verheirateten Professoren. Diese Worte aus dem Mund eines unschuldigen Kindes gaben der Anekdote eine Würze, die allen zu gefallen schien.

Georg fiel es an diesem Abend so schwer, die Jungfer Stechardin zu ihrer Mutter gehen zu lassen, daß er sich vornahm, sie endlich ganz bei sich aufzunehmen.

Ostern 1780 war es so weit.

In der ersten Nacht, in der sie neben ihm schlief, war er traurig. Sie hatte es nicht leiden wollen, von ihm entjungfert zu werden. Sie hatte darauf bestanden, mit ihm zu spielen, wie sie es beide gewohnt waren.

Nun schlief sie, nachdem sie sich soulaschiert hatten – sie benutzten dieses Wort in ihrer Kosesprache –, neben ihm in seinem Bett wie der Ausleger eines Einbaumes. Sie hielt ihn im Schlaf mit dem ausgestreckten Arm auf Abstand und berührte ihn weit unten mit dem abgespreizten Fuß.

Er tat in dieser langen Nacht kein Auge zu. Er schwamm in seiner Zärtlichkeit hilflos wie in einer Schale voll durchsichtiger Flüssigkeit. Als sie am Morgen endlich erwachte, sich reckte und gähnte und wie eine Katze zu schnurren begann, fühlte er sich so zerschlagen und hilflos wie nie zuvor in seinem Leben.

Sie duldete auch weiterhin keinen normalen Geschlechtsverkehr. Lag es daran, daß sie sich einfach an ihre Liebespraktiken gewöhnt hatte? Sie lachte viel und neckte ihn. Aber immer, wenn er versuchte, richtig mit ihr zu schlafen, schob sie ihn zurück. Sie hatte einen erstaunlich festen Griff, mit dem sie ihn an den Oberarmen packte und zur Seite drückte.

Warum wollte sie nicht ganz seine Frau werden?

»Eines Tages mußt du mich richtig heiraten«, sagte sie. »Dann werden wir Kinder haben. Sie werden aussehen wie du und ich.«

»Wie stellst du dir das vor?« sagte er. »So schön und zugleich bucklig und verkrüppelt wie ich?«

»Sie werden so schön sein wie wir beide«, sagte sie mit ihrer trotzigen Stimme.

Die Uhr seines Lebens war nun wohl aufgezogen und auch der Pendelschlag seiner Tage und Nächte so gleichmäßig, daß James Cook ihn als Schiffschronometer hätte mit auf die Reise nehmen können.

Er verdiente gut, denn er hatte ausreichend zahlende Hörer in seinem Kolleg. Das Geld war höchstens deshalb knapp, weil er ständig neue Instrumente kaufte.

Eigentlich hätte er nun zufrieden sein können.

Sein einziges Problem waren im Grunde die Heiratswünsche seines Mädchens. Sie spielte inzwischen mit ihren sechzehn Jahren die Frau Professorin getreu und überzeugend. Sie hetzte die Dienstmädchen herum und empfing Besucher mit überraschender und selbstsicherer Herzlichkeit und erteilte Auskünfte über Georgs Aufenthalt oder seine Arbeiten.

Er amüsierte sich über diese Auftritte und fand, daß von der Kleinen eine manchmal etwas schrullige Poesie ausging. Wenn sie zornig war, liebte er sie fast noch mehr als in den Momenten der Heiterkeit.

Aber heiraten? Er hatte eine unbestimmte Scheu davor. Vielleicht sah er in einem Priester den Totengräber seiner Liebe und in einem Jawort die Leugnung aller Freuden, die mit ihr verbunden waren.

Sie weigerte sich nach wie vor standhaft, mit ihm zu schlafen. Er wußte genau, daß dies ihre beste Karte war und daß sie diesen Trumpf zurückhielt, um den letzten Stich zu machen, und das war für sie die Ehe.

Im Frühsommer 1780 errichtete er unter großer Anteilnahme der Göttinger einen Blitzableiter auf dem Dieterichschen Gartenhaus. Es gab eine große Aufregung, als ausgerechnet während seiner Installation ein Gewitter aufzog. Viele meinten, der Professor habe es mit seiner großen vergoldeten Kupferspitze angelockt.

Als es dunkel wurde und das Gewitter längst vorbeigezogen war, versammelte sich eine große Menschenmenge vor dem Gartenhaus, in der Erwartung, nun würde aus dem Ableiter ein gewaltiges Wetterleuchten schlagen.

Die Gewitter in seinen vier Wänden zogen fast jeden Tag auf, was Georg keineswegs unangenehm war. An der Vorliebe seines Mädchens, mitten aus dem größten Krach heraus in zärtlichste Maßnahmen zu verfallen, hatte sich in all den Jahren nichts geändert.

Am Ende des Jahres starb Georgs Schwester Clara Sophie. Damit riß der letzte Faden, der ihn noch mit Darmstadt und seiner Jugend verband. Sie war lange krank gewesen und dabei ganz allmählich in Stille und Dunkelheit versunken. Erst wurde sie auf dem einen, dann auf dem anderen Auge blind, dann wurde sie taub, und schließlich konnte sie auch nichts mehr riechen und schmecken. Einzig die Stimme war übrig geblieben, mit der sie ihn bis zum Schluß beim Namen rief. Immer nur ihn und nicht die anderen Brüder, wie ihm zugetragen wurde. Er träumte mehrmals schrecklich von ihrem Ende, bei dem sie ihn eng umschlang, bis sie schließlich gemeinsam erstickten. Wenn er aus solchen Träumen erwachte, hatte er einen Druck auf der Brust, der erst nach Stunden wich.

Im Dezember zeigte sich sehr schwach und undeutlich ein Komet im Sternbild des großen Bären. Georg gehörte zu den wenigen, die ihn mit ihrem Fernrohr identifizierten. Die Erscheinung des Himmelsvagabunden war so blaß, daß eine außerordentliche Erfahrung als Beobachter dazu gehörte, ihn von anderen Nebelsternen oder vielleicht auch den Schlieren der eigenen Augenhornhaut zu unterscheiden.

War dieser Komet ein böses Vorzeichen? Er ertappte sich bei dem Wunsch, seinem alten Hang zum Aberglauben nachzugeben. Seine Lebensverhältnisse waren nun so wohlgeordnet, daß er die Vernunft fast als ein überflüssiges Beiwerk empfand.

Im Februar des neuen Jahres erhielt Georg die Nachricht vom Tod Lessings.

Er war in seinem zweiundfünfzigsten Lebensjahr gestorben. Georg selbst hoffte, auch dieses Alter zu erreichen. Mehr gaben ihm die Ärzte bei seiner Konstitution nicht.

War Lessing auch ein Leibesverwandter gewesen?

Die Symptome seiner letzten Krankheit waren Georg sehr vertraut. Enge der Brust, Atemnot, Sprachschwierigkeiten und Mangel an Konzentrationsfähigkeit. Eine fast angenehme Mattigkeit.

Georg las den Obduktionsbericht, aus dem hervorging, daß Lessing an fast allen inneren Organen erkrankt war, wenn auch nicht schwer. Leber, Galle, Magen und Darm waren entzündet. Auch die Lunge. Sogar Veränderungen des Skelettes wurden gefunden, die Georg an die eigenen Schäden erinnerten. Starke Verknöcherungen und Auswüchse der Rippen hatten möglicherweise Lessings Organe gereizt. Georg veröffentlichte den kompletten Bericht in seinem Magazin. Danach war ihm ein wenig wohler.

Er stürzte sich weiter in die Arbeit, auch darin dem Toten verwandt. Immer noch versuchte er, seine Elektrisiermaschine zu verstärken. Für seine große Nairnsche Zylindermaschine bestellte er neues Reibzeug aus England. Warum holte er es eigentlich nicht selbst?

Er hätte nun Geld genug gehabt, um wieder in sein geliebtes Land zu reisen. Auch die Zeit hätte er sich nehmen können. Doch etwas hielt ihn ab. Er wußte selbst nicht genau, was es war. Er trank lieber englisches Bier zu Hause und las englische Zeitungen in seinem Lehnstuhl. Einladungen nach England hatte er genug. Immer noch kümmerte er sich um die Zöglinge englischer Lords. Aber er spielte nicht einmal mit dem Gedanken, dorthin zu reisen.

Mit Hilfe seines Mädchens untersuchte er lieber die Wirkung des Blitzes auf lebende Wesen. Seine stärksten Maschinen dienten dazu, Tiere zu töten. Tauben, Frösche, Mäuse, ja sogar einen ausgewachsenen Hasen. Er wollte auch eine Katze zwischen die Konduktoren bringen, aber in diesem Falle weigerte sich die Stechardin, die sonst die unheimlichen Versuche zu lieben schien. Sie fanden zumeist spät statt, wenn es draußen dunkel war und die zugezogenen Vorhänge auch noch den schwächsten Schimmer der Sterne aussperrten.

Sie banden das Tier fest und setzten es den Funken und Stromstößen solange aus, bis kein Leben mehr in ihm war. Es war vielleicht grausam, aber beide empfanden dies nicht so. Er wollte mit diesen Versuchen herausfinden, warum der

Blitz manchmal tödlich ist und dann wieder den Menschen, den er trifft, kaum verletzt.

Lag es an der Zusammensetzung der inneren Säfte? Gab es eine körpereigene Elektrizität? Waren vielleicht sogar die Gedanken elektrisch?

Alles, was er herausfand, war die seltsame Tatsache, daß alle Opfer dieser elektrischen Morde offene Augen hatten. Schlachtete man hingegen eine Maus oder eine Taube mit mechanischen Mitteln, waren die Augen der Leiche geschlossen.

Die Deutung dieses Phänomens war ihm nicht möglich. Viele Menschen starben mit offenen Augen. War dies eine Folge elektrischer Vorgänge im Körper, die durch Krankheiten entstanden? War nicht auch der Kopf beim Menschen vom Körper stärker getrennt, unabhängiger sozusagen, als bei Tieren?

Bei diesen Gedanken fühlte er sich unbehaglich. Er sah sein Mädchen an. Ihre Schönheit wurde von Tag zu Tag größer. Dennoch war er sich nicht sicher, ob er sie wirklich liebte.

Seit vielen Jahren unterhielt Georg mit der Frau des Göttinger Medizinprofessors Baldinger eine Brieffreundschaft. Fast war es so etwas wie eine Briefliebschaft.

Im Juni schrieb sie ihm wieder einen ihrer Liebesbriefe.

»So tanzte mir gestern das Herz im Leibe oder vielmehr die Seele im Kopfe vor Freuden, als Sie sich unter meinem Fenster so unerwartet meinen Augen auf einmal darstellten. Ihr Anblick schob mir, gleich einem Schattenspiele an der Wand, eine Menge Bilder vor, womit Ihr Witz meiner armen Seele sonst so manches Fest gegeben hatte – aber weg war der Professor wie ein süßer Traum.

Ich gönne Ihnen alles, was Ihnen Freude macht, denn das Leben ist kurz, sagte der weise Salomon, und genoß es.

Aber daß Ihre Freuden so schlechterdings auf den Schaden Ihrer Freunde gegründet sind, das ist doch unchristlich. Sonst gab es Hexen (erzählte mir immer meine Kindsmagd), die die Leute *ohne Kopf* darstellen konnten. Wenn ich dieses Kunststück noch lernen könnte, so sollten Sie bei *verriegelten Türen* immer ohne Kopf gehen. Ich würde mir aber für meine Mühe den Kopf ausbitten und einer anderen Hexe gerne das übrige lassen, weil ich glaube, nicht alle Hexen könnten Ihren Kopf so gut brauchen wie ich.«

Er hatte sich mit dem Brief eingeschlossen, denn seine Hexe, die Jungfer Stechardin, war von einer krankhaften Eifersucht.

Nun saß er da in dem Sessel mit dem Brief in der Hand und traute sich nicht, den Kopf zu bewegen. Er schluckte, denn der Hals tat ihm weh.

Das war die Stelle, wo der Schnitt hindurchgegangen war. Draußen fiel ein heftiger Regenschauer. Wenn er die Augen schloß, klang es wie fernes Meeresrauschen.

Er wünschte sich plötzlich nichts mehr, als Dolly noch einmal wiederzusehen. Und er wußte, daß dieser Wunsch unerfüllbar war. Wie hätte er sie auch suchen sollen. Sie war verheiratet. Er würde es nicht ertragen, ihr höflich die Hand zu geben.

Es dauerte eine Weile, bis er die Kraft fand, sich zu erheben. Er schloß den Brief ein und entriegelte die Tür, die ins Nebenzimmer führte.

Sie lag nackt auf dem Bett. Die Fenster waren verschlossen, und in der schwülwarmen Luft hörte man das Summen von Fliegen.

»Es sind zwei«, flüsterte sie und deutete zur Decke. »Manchmal treiben sie es miteinander. Immer wenn das Summen aufhört. Es sind zwei ganz verliebte unanständige Dinger.«

Er schlüpfte aus den Kleidern und legte sich neben sie. Sie nahm seine Hand und legte sie auf ihre Brust. Das Summen hörte plötzlich auf. »Dort«, sagte sie und kicherte, »siehst du, sie hocken aufeinander mit den Köpfen nach unten, die armen Dinger. Das kann ihnen doch gar nicht bequem sein.«

Er legte seine Wange an ihren Oberarm und visierte mit dem Auge ihren ausgestreckten Arm entlang. Da sah er sie auch. Einen kleinen häßlichen schwarzen Fleck an der weißen Decke.

Das Blumenmädchen und er verbrannten Phosphor oder Spulen von Eisendraht unter einem mit dephlogistisierter Luft gefüllten Glas. Es waren seine beliebtesten Experimente. Er mußte sie immer wieder im Kolleg vorführen oder vor Besuchern, die deshalb in seine Wohnung kamen. Er verbrauchte Unmengen von dieser wunderbaren Luft, die einem die Lungen mit blauen Himmelsfarben füllte, wenn man sie einatmete. Grüne Pflanzen stellten sie her. Ohne sie war kein Leben auf der Erde. Wenn man Phosphor in ihr entzündete oder Eisenteile geringer Stärke, dann ergaben sich herrliche Feuerwerke, und unter Funkensprühen und blendenden Lichtblitzen schmolzen eine Uhrenfeder und die Klinge eines Federmessers zu einer untrennbaren Einheit zusammen.

Sie half ihm immer beim Herstellen der dephlogistisierten Luft. Anschließend hantierten beide in einem ovalen Waschzuber, wenn es galt, das flüchtige Gas aus einer Flasche in die Glasglocke zu bringen, in der der Feuerzauber stattfinden sollte. Marias Arme färbten sich rot bei der Arbeit wie die Arme einer Wäscherin. Sie entkorkte die Flasche unter Wasser und führte sie mit der Öffnung nach unten zu dem Trichter, der die Blasen dephlogistisierter Luft sammelte und in die Glasglocke leitete.

Häufig legte sie danach ihre Arme um seinen Hals. Sie waren noch gerötet und naß und kühl, als hätten sie sich einen Rest ihrer Fischexistenz bewahrt.

In solch einer Situation war ihr zum erstenmal schlecht geworden. Sie hatte plötzlich erbrochen. In den Waschzuber hinein. Zu seinem Entsetzen sah er Spulwürmer, die sie mit den halbverdauten Speiseresten herausgewürgt hatte. Ihm selbst wurde fast schlecht. Er brachte sie zu Bett. Nachdem die Krämpfe aufgehört hatten, verließ er sie, nicht ohne ihr versprechen zu müssen, den Vorfall ihrer kranken Freundin, der Mamsell Dieterich, zu berichten. Es tröste nämlich immer eine Kranke, von einer anderen Kranken zu hören.

Während er hinüber ging in Dieterichs Wohnung, mußte er an die Spulwürmer denken. Hatte Zimmermann nicht in seinem schrecklichen Aufsatz über die weibliche Onanie die alte Theorie wieder aufgewärmt, daß kleine Mädchen, wenn sie Würmer haben, zur Masturbation gebracht werden, um sich zu soulaschieren?

Mamsell Dieterich lag an einer rätselhaften Krankheit darnieder, auf die sich die Ärzte keinen Reim machen konnten. Sie hatte Fieber und Krämpfe und schrie bisweilen so mörderisch, daß es durch das ganze Haus gellte.

Binnen einer Woche verwandelte sich das schönste Mädchen der Welt, die Jungfer Stechardin, in ein Monstrum an Häßlichkeit.

Erst rötete sich ihr Gesicht, dann spannte sich die Haut, wurde glänzend und entwickelte Blasen. Unaufhaltsam schwoll ihr Gesicht an und wurde zu einer schrecklichen Maske, in der die Augen und der Mund nur noch Schlitze waren.

Wenn er im Zimmer war, wandte er den Kopf ab, um sie nicht sehen zu müssen. Er fragte, ob sie ihn noch kenne, und sie nannte seinen Namen mit zitternder Stimme. Dann faselte sie von seinen Instrumenten und ob die Feuerbecken sicher stünden und ob es wieder einen Kometen gäbe.

Er sah ihre Finger auf dem weißen Bettzeug, wie sie sich umeinander knäulten und gegen die Schmerzen rangen. Wenn es ihr besser ging, schrieb sie kleine Botschaften auf Zettel, die sie ihrer kranken Freundin schickte. Die Mamsell Dieterich beantwortete sie ebenso. Es war eine ganz eigene Korrespondenz mit zittrig geschriebenen Wörtern, die der Zufall auf das Papier geweht zu haben schien.

»Wir wollen neue Tanzschuhe haben, wenn wir wieder wohl sind«, stand da einmal.

Sie wurden beide nicht wieder wohl.

Die Schreie der Mamsell Dieterich wurden durch ihre zunehmende Schwäche leiser. Im Falle der Stechardin hatten die Ärzte zwar keine Mühe mit der Diagnose. »Kopf- oder Gesichtsrose« nannte man die Krankheit, die vornehmlich bei jungen Leuten im Frühling oder Herbst auftrat, selten jedoch im Sommer wie in diesem Fall. Die üblichen Allerweltsmittel, die die Ärzte einsetzten, brachten keine Heilung, nicht einmal eine Besserung.

Man beklebte ihr Gesicht mit Zugpflastern und ließ sie zur Ader. Einmal, als Georg einen Blick durch die Tür ins Krankenzimmer warf, sah er sie auf dem Bauch liegen mit acht Schröpfköpfen auf ihrem bloßen Rücken. Er mußte bei diesen Gläsern an ihre Experimente mit dephlogistisierter Luft denken. Was war die Medizin nur für eine schlimme Kunst und ihre Vertreter für lächerliche Gaukler.

Am achten Tag ihrer Krankheit starb sie. Er hatte sich zum Schluß geweigert, ihren Anblick zu ertragen. Nun sah er sie wieder. Der Tod hatte ihre Krankheit mit ihr besiegt. Sie sah fast wie früher aus. Die Schwellung und Rötung war weg. Ihre Augen waren offen wie bei Tieren, die der elektrische Schlag getötet hat.

Zwei Stunden nachdem man die Jungfer Stechardin zum Friedhof gebracht hatte, starb ihre Freundin Frederike Dieterich in völliger Lautlosigkeit. Die beiden Männer zogen zusammen unters Dach und schliefen in einem Bett.

Es roch bald säuerlich nach Schweiß in dieser Stube, denn sie hielten Fenster und Vorhänge geschlossen und lebten in einem trüben Dämmerlicht.

Sie sprachen nicht über die beiden Toten. Wenn sie redeten, dann ging es über geschäftliche Dinge. Ein neues Stück des Göttingischen Magazins mußte in Angriff genommen werden. Georg erledigte die notwendige Korrespondenz. Er vermochte es, seinen Schmerz stundenweise in einen Käfig zu sperren. Dieser Käfig war sein Brustkorb mit den verdrehten Rippen.

Dieterich hatte es sich angewöhnt, vor einer Flasche Wein zu sitzen und mit dem Kopf zu nicken, als wäre er dabei, etwas Unbegreifliches zu begreifen. In den Nächten betranken sie sich, weinten viel und schliefen manchmal umschlungen wie ein Liebespaar.

Georg wurde krank. In einem seiner Fieberanfälle geschah es, daß er zwei Fliegen an der Decke sah, die miteinander kopulierten. Der kleine schwarze Fleck dehnte sich aus und wurde zu einem Abgrund, in den er hineinzustürzen meinte. Auf seine Schreie hin holte Dieterich ein feuchtes Handtuch und rieb seinem Freund den ganzen verunstalteten Körper ab.

Zwei Wochen nach dem Tod der Stechardin kam Georg wieder auf die Beine.

Er hielt wieder Vorlesungen.

Es dauerte jedoch lange, bis er die Versuche mit dephlogistisierter Luft wieder in sein Programm aufnahm.

IX. Das Gartenhaus

Die Münze war weder auf der Kante stehen geblieben, noch auf die falsche Seite gefallen. Sie war vom Spieltisch gerollt und in einer dunklen Ecke verschwunden. Er wußte, daß es sinnlos war, nach ihr zu suchen.

Wie jeder Spieler, der eine schwere Niederlage erlitten hat, gab er zwar nicht auf, doch er verminderte seinen Einsatz und damit sein Risiko erheblich.

Bald war er äußerlich wieder der Alte. Doch ein guter Beobachter hätte erkennen können, daß er in allem, selbst in Bewegungen, ein wenig vorsichtiger geworden war.

Nur selten kam der Schmerz über den Verlust in der alten Schärfe zurück. Es kam vor, wenn er zufällig auf Dinge ihres einstigen täglichen Lebens stieß, auf ihr Nähzeug etwa, oder ein Paar Schuhe, die sie tief unters Bett geschoben hatte.

Er fühlte dann eine plötzliche Erschöpfung, die so stark war, daß er zumeist schnell einschlief.

Am schlimmsten zu ertragen war die ungewohnte Stille in der Wohnung. Er schaffte sich zwar eine Katze an, die er Miß Abington nannte, aber Katzen sind bekanntlich leise Wesen.

Die richtige Miß Abington hatte er in London mehrfach auf der Bühne gesehen. Sie war schon fast vierzig und immer noch die beliebteste Komödiantin des englischen Theaters. Sie war eine Art weiblicher Garrik und verstand es, trotz ih-

346

rer Jahre Mädchen und sogar Kinder perfekt darzustellen. Sie war keine ausgesprochene Schönheit, aber sie verfügte über einen Geist, der ihren Körper mit unwiderstehlichen Reizen ausstattete. Sie war für Londoner Damen der besseren Gesellschaft die Autorität in allen Geschmacksfragen und verdiente riesige Summen allein dadurch, daß sie Tips für die Garderobe gab.

In ihrer Jugend war sie käuflich gewesen. Sie hatte auch als Blumenverkäuferin gearbeitet!

Einmal hatte Georg sie bei einem Liederabend der berühmten Sängerin Gabrielle getroffen. Sie war durch Kapuze und Federmuff bis zur Unkenntlichkeit maskiert. Ihm verriet sie sich jedoch durch ihren unverwechselbaren Blick. Sie saß zwei Plätze weiter, und er lieh ihr und ihren Begleitern sein Textbuch, das sie ihm nach der Veranstaltung mit einem huldvollen Kopfnicken zurückgab. Eine Geste, die Georg mehr berauschte, als er sich von einer Umarmung versprochen hätte.

Inzwischen trugen über hundertzwanzig Stiefelpaare den Winterschmutz in seinen Hörsaal. Der Hausmeister verlangte, eine Extraperson einzustellen. Georg kam ihm zuvor, indem er Anfang des neuen Jahres zwei junge Mädchen ins Haus holte. Die Ältere war eine fünfzehnjährige Erdbeerverkäuferin und Tochter eines Weißbinders. Sie übernahm das Kochen und Nähen und Bettenmachen. Die groben Arbeiten verrichtete ein ihr unterstelltes jüngeres Mädchen armer Leute, die nur für ihre Beköstigung arbeitete.

Nun habe er zwei Mätressen, hieß es in der Stadt. Georg kümmerte sich nicht um den Klatsch. Er machte auch nicht den Versuch, sich noch einmal eine Lebenspartnerin heranzuziehen, die für alle seine Bedürfnisse geeignet war.

Die Hauptaufwärterin hieß Margarethe Elisabeth Kellner. Sie war ein dunkles, kräftiges Mädchen. Ihre Hände packten zu, und ihr Blick war fest. Sie sprach nur Plattdeutsch und zeigte keinerlei Interesse an Georgs Instrumenten oder seinen Büchern, außer daß sie unter diesen Dingen, die er liebte, Ordnung zu halten verstand.

Sie kochte deftige Speisen, wie sie es aus ihrer Handwerksfamilie gewohnt war, und Georg, der sich bisher sein Essen fast immer aus den öffentlichen Garküchen hatte kommen lassen, liebte es nun, Margarete vor einem dampfenden Topf mit Kohl stehen zu sehen. Als er ihr bedeutete, daß er sie beim Bettenmachen nicht nur neben dem Bett, sondern auch in ihm zu sehen wünschte, erwies sie sich auch hierin als willfährig. Sie zog das Laken glatt, entledigte sich ihrer Kleider und begab sich auf die Wandseite des Bettes. Dann zog sie das Federbett über sich, so daß nur ihr Kopf mit den stark gezogenen Augenbrauen und dem schwarzen Haar sichtbar blieb. Ihre Augen selbst verharrten in der ihr eigenen Festigkeit des Blickes und waren dabei auf den Professor gerichtet, der sich schamhaft und ungeschickt entkleidete.

Als er unter das winterkühle Bettzeug schlüpfte, wurde ihm schnell warm. Ihr Körper war wie ein Feuerbecken.

Nachdem er mit ihr geschlafen hatte, schob sie ihn mit ihren kräftigen Händen aus dem Bett und stand auf. Sie wusch sich und ihn und zog das erdbeerrotbefleckte Bettzeug ab. Dann bezog sie das Bett neu und half ihm in sein Nachthemd. Auch sie trug jetzt eins aus Flanell. Sie lagen nebeneinander auf dem Rücken, und er hörte sie beten.

»Wofür betest du?« fragte er.

»För min Kind«, sagte sie. Sie erzählte ihm noch manches in ihrer Mundart, was er kaum verstand. Er lauschte diesem Gemurmel einer Frauenstimme, bis er friedlich einschlief.

Sein Freund Dieterich fand, daß Georg sich sehr schnell getröstet habe. Er hatte nichts gegen dessen Wahl, denn die neue Person hielt sich im Hause bescheiden zurück. Es schien auch deutlich, daß Georg die Betreuung durch dieses Mädchen, das mit ihren fünfzehn Jahren schon wie eine reife Matrone wirkte, sehr gut bekam.

Georg interessierte sich bei weitem nicht mehr so stark für die Phänomene und Rätsel der Elektrizität wie früher. Er nahm zwar seine sensationellen Drachenexperimente wieder auf und ließ im Kolleg nichts aus, was zum Thema gehörte. Seine Liebe galt jedoch einem neuen Gebiet, dem Unsichtbaren und Leichten: den Luftarten. Und besonders solchen, mit denen sich aerostatische Maschinen betreiben ließen.

Cavendish, ein von aller Erdschwere des Geldverdienens befreiter Adelssprößling, hatte 1766 eine neue Luftart entdeckt, die über ganz außergewöhnliche Eigenschaften verfügte. Sie war brennbar oder, wie man unter Fachleuten sagte, inflammabel. Sie explodierte sogar heftig, wenn man sie im richtigen Verhältnis mit dephlogistisierter Luft mischte, und sie war der leichteste Stoff, den die Schöpfung hervorgebracht hatte.

Joseph Black, Anatom in Glasgow, kam auf die Idee, daß dünne Blasen voller inflammabler Luft in der Atmosphäre aufsteigen müßten. Cavallo, ein aus Neapel stammender Privatgelehrter, machte 1772 in England die ersten Versuche, Papierkugeln und Schweinsblasen mit brennbarer Luft zu füllen. Das Papier erwies sich als zu durchlässig, die Schweinsblasen als zu schwer. Nur Seifenblasen waren tauglich. Sie stiegen, mit inflammabler Luft gefüllt, in geradezu atemberaubender Schnelligkeit zur Zimmerdecke empor und zerplatzten dort.

Georg hatte diesen Versuch bereits im Sommer 1782 mit

großem Erfolg in seiner Vorlesung zelebriert. Während der Krankheitstage der Stechardin hatte er für den Taschenkalender eine »kurze Geschichte einiger der merkwürdigsten Luftarten« verfaßt. Im Sommer 1783 las er ein Sonderkolleg zu diesem Thema. Und er machte Versuche, die sehr erfolgreich verliefen.

Es war nach einer Nacht, in der er geträumt hatte, mit seiner toten Freundin zu schlafen und sie zu schwängern. In Wirklichkeit hatte er während dieses Traumes Margarethe umschlungen, die wie durch einen Schleier hindurch seine Zärtlichkeit als etwas Fremdes zu spüren schien. Als er erwachte, verblaßte der Traum. Zurück blieb eine süße Traurigkeit und eine geniale Idee. Er wußte jetzt, wie er seine Ballons machen mußte.

Er beauftragte noch am selben Tag seine neue Aufwärterin und Geliebte, bei den Metzgern und Bauern nach Fruchtblasen von Kälbern, Ziegen, Fohlen und Lämmern zu fragen und sie, wenn möglich, zu kaufen.

Solche Fruchtblasen oder Embryohüllen bestehen aus zwei Teilen. Ihm kam es auf die innere Hülle, die sogenannte Schafshülle an, die sehr fein und fest ist und sich leicht von der äußeren Hülle abziehen läßt. Noch feucht spannte er sie über einen halbkugelförmigen, mit trockener Seife eingeriebenen Holzklotz und ließ sie trocknen. Die so gewonnenen Halbkugeln aus durchsichtiger Haut ließen sich bequem verleimen und zusätzlich firnissen.

Georg gelang es bald, Ballons anzufertigen, die weniger als eine Handbreit Durchmesser hatten. Er war stolz darauf, daß nirgendwo auf der Welt solche kleinen Luftmaschinen existierten, während größere nun auch in anderen Ländern zu steigen begannen.

Jacques Alexandre César Charles ließ am 28. August zum Beispiel eine mit elastischem Harz gefirniste große Taftkugel unter Anteilnahme von 200.000 Menschen in den Pariser Himmel steigen. In großer Höhe riß die Leinwand. Der Ballon fiel drei Meilen entfernt auf einen Acker und wurde von Bauern mit Dreschflegeln und Mistgabeln angegriffen und zerstört. Wenige Wochen später erhob sich der erste Mensch in die Lüfte, allerdings mit einer aerostatischen Maschine, die nicht mit inflammabler Luft, sondern mit den Dünsten erhitzter Luft flog. Das war eine Erfindung der Gebrüder Montgolfier, zweier französischer Papierfabrikanten, die sich die außergewöhnliche Frage gestellt hatten, was geschehen würde, wenn man eine Wolke mit einer dünnen Papierhülle umgäbe.

Von nun an überstürzten sich die spektakulären Ereignisse der Luftfahrt. Es wurde eine Modekrankheit, die sich sogar auf den Stil der Kleidung auswirkte.

Blanchard gelang mit der Überquerung des Ärmelkanals von England nach Frankreich der erste Zielflug. Es gab auch bald die ersten Katastrophen, die die Faszination der Sache nur erhöhten. Rozier, der den ersten Aufstieg mit einem Luftballon gewagt hatte, versuchte nun seinerseits Blanchard zu überbieten. Er konstruierte eine aerostatische Maschine, die das Prinzip der inflammablen Luft mit dem der erhitzten verband. Es war also eine Kombination aus Charliere und Montgolfiere. Unter einem mit inflammabler Luft gefüllten Ballon hing eine große, nach unten offene Wurst, die von einem Feuer mit Heißluft versorgt wurde. Mit diesem Monstrum wollte Rozier von Calais zur englischen Küste. Es war eine fliegende Bombe. Als sie von stürmischen Westwinden zur Küste zurückgetrieben wurde, versuchten die beiden Fahrer der Maschine eine Notlandung, die in einer Stichflamme mißlang und beiden den Tod brachte.

Die Luft war die Region der Zukunft. Hier lag der phantastische Kontinent, den Cook vergeblich im südlichen Meer gesucht hatte.

Auch im Salon des Göttinger Professors für Physik nahm man teil an diesem Abenteuer. Nur ging es hier erheblich gefahrloser und gemütlicher zu. Wenige Lampen brannten und verliehen dem Raum den Charakter eines Verschwörerverstecks.

Einige Herren saßen am Tisch und verspeisten eine köstliche, von der Köchin selbst servierte Mahlzeit. Sie verlieh den Gedanken eine Schwere, die so gar nicht zu dem Thema paßte, über das man sich unterhielt. Der Wein jedoch sorgte wieder für den Auftrieb.

Georg hielt den Moment für gekommen, seine neuesten Ballons vorzuführen. Er trug einen hölzernen Kasten herein und plazierte ihn auf dem in der Mitte freigeräumten Tisch. Dann öffnete er gleich einem Magier den Deckel. Wie Geistererscheinungen schwebten lautlos mehrere Blasen heraus und fuhren zur Decke, wo sie eine Weile ab und auf hüpften. Es waren keine besonders spektakulären Luftschiffe.

Für die Anwesenden war ihr Verhalten, in dem die Schwerkraft aufgehoben war, faszinierend genug, um Toasts auf die neue Epoche der Menschheit auszubringen. Nun endlich würde man ausbrechen aus den immer noch dunklen Regionen der alten Welt. In was für einem grandiosen Zeitalter sie lebten!

Die Feuermaschine aus England, die dampfend Räder drehte, die gewaltigen Elektrisiermaschinen, die Montgolfieren und Charlieren, was würde sich nicht alles mit diesen Entdeckungen erreichen lassen, wenn man ihre Wirkung nur zu kombinieren verstand!

Georg erwähnte beiläufig, daß er daran gedacht habe, elektrische Ströme zur Signalübertragung zu verwenden. Er verriet allerdings nicht den Anlaß zu dieser Idee. Sie war ihm gekommen, als die beiden sterbenden Mädchen versucht hatten, mit Briefchen ihren Kontakt aufrecht zu erhalten.

Die Gesellschaft geriet allmählich in Räusche und Visionen, die der Schwarmgeisterei in nichts nachstanden, deren erklärte Feinde sie waren.

»Wir werden eines Tages eine leichte Feuermaschine haben, die eine Charliere über den Atlantik treibt«, sagte der eine. »Wir werden die Luftelektrizität aus den Wolken ziehen und das Luftschiff mit gasgefüllten Röhren erleuchten.«

»Wir werden in der Lage sein, in den Lüften zu wohnen, auf riesigen Inseln voller inflammabler Luft. Wir werden in ewiger Sonne schwimmen und den köstlichsten Wein anbauen auf künstlichen Erdhängen.«

Sie hoben die Gläser, als seien es Tubi, mit denen man durch Wände sehen konnte, und begannen von Frauen zu sprechen.

Als Georg am nächsten Morgen in den Raum kam, auf dessen Tisch immer noch Schüsseln und Teller mit Essensresten standen und Gläser, die nicht alle geleert waren, blickte er zur Decke, um die schwebenden Kinder seiner Erfindungsgabe zu suchen. Sie waren nicht mehr dort.

Dann sah er sie in der Nähe des Dielenbodens. Sie waren geschrumpft und gerunzelt, als seien sie alt geworden. Sie ähnelten Göttinger Mettwürsten. Einige von ihnen schwebten immer noch ganz leicht über dem Boden. Als Georg in seinem weiten Morgenmantel in ihre Nähe kam, flogen sie auf im Sog des entstandenen Luftzugs und folgten ihm wie Küken der Mutter. Georg mußte lachen, obwohl er allein war und sein Kopf vom vielen Wein schmerzte.

Margarethe war schwanger. Beide redeten nicht davon. Sie würden ein Kind haben, ohne Aufhebens davon zu machen. Er freute sich nicht auf Nachkommenschaft, genausowenig wie er sie fürchtete.

Er nahm ab, so wie seine Frau zunahm, obwohl er mit gutem Appetit aß. Sein Kopf und sein Nacken aber schmerzten. Manchmal war es kaum zum Aushalten. Gottseidank ließen die Schmerzen in der zweiten Tageshälfte nach, so daß sie ihn bei der Vorlesung kaum behinderten.

Ein anderes bedenkliches Anzeichen war sein Gedächtnis. Es steigerte sich in einem abnormen Maß. Dies galt vor allem für alles Unwesentliche. Namen und Gesichter von Menschen waren ihm plötzlich gewärtig, die er vor Jahren oder gar Jahrzehnten beiläufig gekannt hatte. Auch nebensächliche Gegenstände und Situationen aus allen möglichen Epochen seines Lebens tauchten auf.

Vor allem, wenn er einschlafen wollte, war es kaum zu ertragen. Wenn er die Augen schloß, flimmerte es von Gestalten und Namen. Es kam ihm vor, als müsse er nun alle Augenblicke seines Lebens an sich vorbeiziehen lassen. Worauf lief dies hinaus? War er vielleicht ernstlich krank?

Ende September 1783 erhielt er unerwarteten Besuch von acht Adelspersonen, die ihn an einem Sonnabend überfielen. Der Anführer war der alte Graf von Hardenberg, der Vater seines ehemaligen Mitbewohners Karl August von Hardenberg.

Hardenberg kam mit seiner Frau, seiner Tochter, seiner Schwiegertochter, der sehr anziehenden und geheimnisvollen Gräfin Christiane Frederike Juliane zu Reventlow, seinem Schwiegersohn, zwei Grafen von Moltke und einem Menschen, der erst vor einem Jahr geadelt worden war. Dies war der Geheime Rath von Göthe aus Weimar, der berühmte Verfasser des Götz und des Werther.

Georg geriet in nicht geringe Aufregung. Er ließ seinen besten Wein kommen und begann, auf Drängen der illustren Gesellschaft, seine Geräte vorzuführen. Dann wollte man Georgs berühmten Versuch sehen, bei dem eine Uhrenfeder mit einer Messerklinge verschweißt wird.

Georg verbrauchte widerstrebend fast vierzig Liter dephlogistisierte Luft. Mehrfach mißlang es ihm, den Stahl in Brand zu setzen. Aber schließlich sprühten die Funken im Glas, und weißes Licht erhellte den Raum. Als sie erlosch, glaubte er im Nachbild die Stechardin zu sehen. Er erschrak, riß sich jedoch zusammen und stürzte sich eifrig in die Konversation.

Georg beobachtete den Geheimrat Göthe aus den Augenwinkeln. Ihm schien, daß er nie ein unbewegteres Antlitz gesehen hatte. In dem künstlichen Licht sah es wie von Gips gegossen aus. Die großen Augen schauten unbewegt in den Raum, als seien sie dort mit ihrem Blick befestigt. Georg war versucht, Ärger in ihnen zu lesen. Aber er mußte sich getäuscht haben, denn Göthe benahm sich konziliant und zuvorkommend. Jedoch war seine Freundlichkeit nicht ohne Zugluft, wie Georg schien. Er war sich nicht sicher, ob er es mit einer angelehnten Tür zu tun hatte, hinter der ein großer und weitläufiger Geist wohnte. Die klügsten Fragen stellte zweifellos der alte Hardenberg. Die Gräfin Reventlow schien an den Experimenten insofern Gefallen zu finden, als sie ihre Schönheit ins rechte, wenn auch unbarmherzig scharfe Licht setzte.

Als die Gäste gingen, war Georg sehr erschöpft. Sie hatten es an Komplimenten nicht fehlen lassen. Göthe hatte ihm eine kühle, marmorne Hand gereicht und einige wohlgeformte Sätze als Beigabe hinterlassen.

Spät in der Nacht, als er im Bett lag, brachte er, seiner alten Angewohnheit folgend, die ganze Gesellschaft Mitglied für Mitglied auf unterschiedliche Weise um. Für den Geheimen Rath von Göthe dachte er sich eine ungewöhnliche Todesart aus. Er überzog die ganze Gestalt mit einem Amnium oder Schafhäutchen. Dann blies er sie durch den After mit inflammabler Luft auf und ließ sie aus dem Fenster hinaus in den Nachthimmel schweben.

Im Frühling gebar Margarethe einen Knaben, den die Eltern Johann Georg Friedrich nannten. Das Kind kam bei den Großeltern zur Welt. Es wurde als uneheliches Kind ins Kirchenbuch eingetragen und starb bereits ein Jahr später.

Georg dachte an seine Ballonversuche. Der erste hatte auch nicht fliegen wollen. Er empfand keine rechte Trauer. Margarethe lebte weiter bei ihm, als sei nichts geschehen. Schon ein Jahr darauf, am fünften Februar 1786, gab es eine neue Eintragung ins Taufregister. Es war wieder ein Knabe. Er wurde Georg Christoph getauft, hatte also den vollen Vornamen des Erzeugers bekommen. Mehr Vaterliebe wurde ihm jedoch nicht zuteil. Als Nachnamen wurde der Mädchenname von Georgs Mutter gewählt. So war es bei unehelichen Kindern üblich. Man veröffentlichte sie unter einem Pseudonym. Aus Georgs Sicht mischte sich in seine Feigheit allerdings eine ganze Portion Anerkennung, denn seine Mutter war ihm eine heilige Instanz.

Ansonsten kümmerte sich Georg nicht weiter um seinen Sohn. Er überstand die kritischen ersten Monate und lebte die meiste Zeit bei seinen Großeltern. Vorerst war kein Platz für Kinder in Georgs Welt. Wahrscheinlich würde sich daran nie etwas ändern. Er kam sich in Gegenwart von Kindern immer ein wenig ertappt vor, als wüßten sie genau, was er ausgefressen hatte. Mit dem Kindern eigenen Instinkt spürten sie vielleicht, daß Georg nichts anderes war als ein notdürftig als Erwachsener verkleideter Altersgenosse.

Margarethe gebar ihm noch sechs weitere Kinder. Sie kamen im regelmäßigen Abstand von zwei Jahren zur Welt. Wenn er später durch seine Wohnung ging, kullerten sie ihm zuweilen nach, wie jene halb entleerten Ballons. Er blieb immer ein schlechter Vater, und er mußte später ein Übermaß an künstlicher Autorität aufbieten, um von seinen Kindern respektiert zu werden.

Noch aber war es nicht so weit mit dem Familienleben. Die Würfel waren noch nicht auf dem Tisch ausgerollt. Ihm schien, daß die folgenden Jahreszeiten vorbeiglitten wie einst die Ufer der Elbe, die ihn damals an die Glasbilder einer Laterna magica erinnert hatten.

Wenn er ehrlich zu sich war, mußte er eingestehen, daß er sich ein Leben aus Halbheiten aufgebaut hatte wie eine unzulängliche Versuchsanordnung in seinem physikalischen Kabinett. Er war halb Schriftsteller, halb Physiker, er war halb verheiratet und halb Vater. Er war halb krank und halb gesund. Auch sein Ruhm war nicht ohne Halbheiten. Andere, wie Franklin, waren weiter gekommen.

Vielleicht war es sinnvoll, sich zur Hälfte zu töten. Er wußte ein Mittel, das hierzu taugte. Das Trinken. Wenn er sich, was hin und wieder vorkam, so betrank, daß er von Sinnen war und später auch keine Erinnerung mehr an seinen Rausch hatte, dann glich dies einem halbherzigen Versuch, sich umzubringen.

Eine Hintertür hatte er sich allerdings offengelassen, um diesem gehälfteten Kabinettleben zu entkommen in eine Freiheit, in der die Zeit nicht mehr wie rasend verging. Es war der alte Plan, mit Ljungberg nach Italien zu reisen.

Nun, nach achtzehn Jahren, nahm das Vorhaben endlich Gestalt an. Ljungberg hielt sich derzeit in Aachen auf, nachdem er auf Kosten der königlich-dänischen Regierung eine Reise durch Deutschland unternommen hatte. Er war in Göttingen nicht vorbeigekommen, doch nun schrieben sich die Freunde per Brief in ihre alte Italienbegeisterung hinein.

Jöns hatte noch siebenhundert Taler. Das würde für ihn reichen, wenn sie ohne Bediensteten reisten. Er würde nun beim dänischen König um einen Urlaub ersuchen.

Georg schrieb ebenfalls sogleich an das Geheime Rats-

Kollegium der königlich-großbritannischen Kurfürstlich-Braunschweig-Lüneburgischen Landesregierung. Er beschrieb den Plan und hob hervor, daß sie die Reise in erster Linie »zur Erweiterung unserer Kenntnisse in Naturlehre und Mathematik« unternehmen wollten. Dies war zwar nicht ganz ehrlich, aber auch nicht völlig gelogen. Italien war durch Physiker wie Volta in der Tat eins der wichtigsten Länder für die Naturwissenschaften geworden.

In Wahrheit träumte Georg nun, wenn er an seinen Hyazinthenzwiebeln auf dem Fensterbrett vorbei in das verschneite Göttingen blickte, von den blühenden Aloe- und Apfelsinenbäumen, von der tiefen Bläue des Mittelmeeres und der feinen Rauchfahne, die aus dem Krater des Vesuvs stieg.

Er würde der Enge seines Alltags entfliehen. Die weiten Räume der Kunst und der antiken Philosophie würden sich öffnen und einen Duft und ein Licht in seine Seele dringen lassen, die sie für immer wappnen würden gegen die Ausdünstungen und trüben Tage einer Wirklichkeit, der er als Göttinger Professor für den Rest seines Lebens verhaftet bleiben mußte.

Die Antwort der Behörde kam bald. Man gewährte ihm ein halbes Jahr Urlaub und einen Vorschuß, der die gesamte Besoldung für das kommende Jahr umfaßte.

Aus Aachen kamen hinhaltende Nachrichten. Jöns schrieb, er habe sich verliebt, aber das solle der Reise nicht im Wege stehen. Aus Dänemark sei jedoch noch immer kein positiver Bescheid gekommen.

In diesen Tagen erhielt Georg ausgerechnet aus Italien hohen Besuch.

Allesandro Volta kam auf seiner großen Europareise durch Göttingen. Die meiste Zeit seines einwöchigen Aufenthaltes brachte er bei Georg zu.

Volta hatte einen Begleiter, der einiges Aufsehen machte. Man konnte sich keinen stärkeren Kontrast vorstellen als diese beiden Reisenden. Volta war ein großer, brünetter, schöner Mann von hoher Eleganz. Sein Begleiter war der berühmte Anatom Antonio Scarpa, ein kleiner Mann mit leichenhafter Gesichtsfarbe. Es war nicht zu übersehen, daß das Zerlegen von menschlichen Kadavern hier eine physiognomische Entsprechung gefunden hatte, die Georg für Lavaters Thesen ein wenig milder stimmte.

Volta hatte einige seiner Instrumente im Reisegepäck, unter anderem auch seine neueste Erfindung, einen elektrischen Kondensator, mit dem sich wie mit einer Leidener Flasche Elektrizität sammeln und verdichten ließ.

Volta und Georg waren sich vom ersten Augenblick ihrer Bekanntschaft an einig in der kindlichen Freude am Experimentieren. Wie kleine Jungen versuchten sie sich gegenseitig darin zu überbieten, der Natur mit ihren Spielgeräten auf die Schliche zu kommen. Stundenlang wetteiferten sie miteinander. Meistens stand Volta bereits um halb acht vor der Tür und stürzte sich, kaum hereingelassen, an den Labortisch, wo er begann, eine neue Versuchsanordnung aufzubauen.

Georgs größter Triumph waren seine Ballons. Er ließ einen solchen Luftball von achtzehn Zoll Durchmesser dreihundert Fuß in den windstillen Novemberhimmel steigen.

Voltas Begeisterung kannte keine Grenzen. Beide standen auf dem Balkon und blickten zu dem winzigen Himmelskörper empor. Er hing an einer Seidenschnur, in die ein Silberfaden eingewebt war. Quer über die Balkontür war ein seidenes Band gespannt, an dem die Ballonschnur festgemacht war. Auf diese Weise isoliert, konnten sie die Luftelektrizität bis zum Experimentiertisch leiten, wo Georg mit ihrer Hilfe auf dem Harzkuchen eines Elektrophors seine Figuren erzeugte.

Volta revanchierte sich mit eigenen Experimenten, die nicht alle gelangen. So versuchte er, den Nachweis zu erbringen, daß Wasserdampf positive Elektrizität mit sich fortreißt. Nur so konnte man sich schließlich Blitze aus den sich auftürmenden Gewitterwolken erklären.

Volta verband eins der eisernen Kohlenbecken über einen Draht mit einem empfindlichen Elektrometer. Dann warf er ein nasses Leinentuch auf die schwach glühenden Kohlen. Obwohl eine kräftige Wolkenbildung zustandekam, schlugen die Goldblättchen des Elektrometers nicht aus. Volta fluchte italienisch und französisch wie ein Bierkutscher.

Georg füllte darauf eine Windkugel, auch Äolsball genannt, halb mit Wasser und legte sie auf die Glut. Bald quoll Dampf aus der engen Öffnung wie aus dem Krater eines Vulkans. Diesmal zeigte sich eine Reaktion am Meßgerät. Volta schenkte Georg einen zornigen Blick der Anerkennung.

So ging es Tag für Tag. Abends trafen sie sich zum Wein. Es wurde heftig gestritten, welche elektrische Partei recht hatte: Unitarier oder Dualisten. Volta war Unitarier. Er vertrat seine Ansichten drastisch und nicht ohne den Schwung des Poeten.

»Herrscht nicht auch in der Liebe dies eine Prinzip des Einen?« Er blickte der Reihe nach Georg, Dieterich und Scarpa an.

Letzterer kannte solche Ausführungen seines Freundes bereits zu Genüge. Er lehnte sich wie eine zum Sezieren vorbereitete Leiche in seinem Stuhl zurück und gab keinen Laut von sich.

Volta fuhr fort, nachdem er einen Schluck Wein unter die Zunge gerollt und schnalzend in Genuß verwandelt hatte: »Vom Standpunkt der Elektrizität aus gesehen ist ein Mädchen ein Mangel an Männlichkeit. Ein Mann hingegen ist sein Überfluß. Jene ist das Negativ, die Öffnung, dieser füllt es positiv. Ist es nicht so meine Herren? Ist dies nicht ein schlagender Beweis für die Richtigkeit der unitarischen Theorie?«

Scarpa gab in einem gelangweilt flüsternden Ton eine ausführliche Beschreibung der Anatomie der weiblichen Geschlechtsorgane. Hierbei fanden sich einige Details, die Voltas Position zumindest abschwächten. So saßen sie bis in die späte Nacht hinein, eingehüllt in Tabakwolken und einen erotischen Dunst, der die Zecher aufs angenehmste miteinander verband.

Kurz nach der Abreise der Italiener befand sich Georg in einer Hochstimmung, wie er sie bisher kaum in seinem Leben gekannt hatte. Wenn ihm der größte Physikus neben Franklin mit soviel Interesse begegnete, wenn ihm eine Reise in das gelobte Land der Kultur bevorstand, wenn ihn eine einfache Person wie Margarethe so behutsam und unaufdringlich liebte, wenn er einen Freund wie Jöns hatte, dann mußte es gelingen, all die Halbheiten seines Lebens zu einem Bild zusammenzufügen, dessen er sich nicht zu schämen brauchte.

Den Absturz von dieser Höhe verursachte ein Brief, den er Anfang Dezember aus Aachen erhielt. In dürren Worten teilte Ljungberg ihm mit, daß sein Urlaubsgesuch abgelehnt worden sei und daß er in Aachen krank darniederläge. Sie müßten also ihre Reisepläne leider bis auf weiteres verschieben.

Er flog mit den Augen über diese Zeilen hin wie ein Feuerläufer, der sich die Sohlen nicht verbrennen will.

Als er ihren Inhalt endlich begriffen hatte, verfiel er in einen merkwürdigen Zustand. Er wurde so steif und starr, daß man ihn nur hätte anzutippen brauchen, und er wäre einer Porzellanfigur gleich umgefallen und zerbrochen.

In dieser schrecklichen Verfassung befand er sich minutenlang. Er hörte ein hohes Summen im Ohr, das immer näher kam. Er sah einen Riß in der Zimmerwand, der die Form eines Blitzes hatte. Er fühlte eine Taubheit und Kälte, die vom Herzen ausging und sich über seinen ganzen Körper verteilte.

Irgendwann gelang es ihm, die wenigen Schritte zum Sessel zu gehen und sich hineinfallen zu lassen.

»Ich bin wahnsinnig«, hörte er eine fremde Stimme sagen.

»Kein Zweifel, ich bin närrisch geworden.« Während er nach Luft rang und den Eisring zu sprengen versuchte, der sich um seine Brust gelegt hatte, hörte er immer wieder den gleichen Satz. »Ich bin närrisch geworden.«

So fand ihn schließlich Margarethe. Ihr wurde Angst, denn sie sah, daß sein Gesicht blau angelaufen war und Schaum an seinen Lippen hing. Sie rannte zu Dieterich hinunter.

Gemeinsam legten sie Georg aufs Bett. Sie zogen ihn aus und rieben seine Brust und seine Stirn mit Kampferöl ein.

Obwohl er sich schnell erholte, blieb seine Laune in den folgenden Wochen herzlich schlecht. Er war empfindlich und aufbrausend. Sicher, er hatte viel Geld verloren, denn zu seinen Reisevorbereitungen hatte gehört, das Winter-Kolleg aufzukündigen und die bereits gezahlten Hörgelder an die Studenten zurückzugeben.

Das allein war es jedoch nicht.

Es war vielleicht auch nicht das Scheitern seines Reisetraumes. Das Gefühl, einen Freund, wenn nicht den besten, verloren zu haben, wog wahrscheinlich schwerer.

Doch auch dies konnte nicht alles sein. Er selbst dachte nicht weiter darüber nach. Er versenkte sich in sein Leben. Er arbeitete mehr denn je. Er schlief mit seiner Aufwärterin, die wieder schwanger war. Er behielt seine Gewohnheiten bei und ging seinen Vergnügungen nach. Doch wirkte alles, als sei er ein genialer Kopist seiner selbst. Das Original schien verloren. Eins allerdings war anders, war völlig neu und paßte nicht ins Bild: er begann, einen Roman zu schreiben.

»Am Tag der Geburt gingen zwei Blitze gleichzeitig aus einer doppelten Gewitterwolke nieder, und das Grollen des Donners war ebenfalls zweigeteilt, verfloß aber in den Ohren zu einem einzigen Klang, was an der Natur des menschlichen Gehörs lag, das bekanntlich zwei getrennte Klänge nicht so deutlich zu unterscheiden vermag wie das Auge zwei getrennte Erscheinungen.

Überhaupt war über das kleine, wiewohl unermeßlich reiche asiatische Land eine wahre Sintflut an Doppeldingen hereingebrochen. Die Hofastronomen hatten bereits vor neun Monaten einen Kometen mit doppeltem Schweif am Himmel ausgemacht.

Die Bauern hatten eine Unzahl von doppelten Kartoffeln geerntet, und die Anatomen rätselten über den Umstand, daß alle Einäugigen im Staat doppelt einäugig waren, das heißt, sie hatten in beiden Gesichtshälften je ein Auge, was sie beinahe normal aussehen ließ.

Die beiden Hofärzte hatten die außerordentlich wichtige Tatsache ermittelt, daß im Bauch der schwangeren Königin zwei junge Herzen schlugen. Daraus schlossen sie, daß dem Land die Geburt zweier Thronfolger unmittelbar bevorstand.

Dies wiederum machte es nötig, Vorkehrungen zu treffen, durch die der Erstgeborene ermittelt und gekennzeichnet werden konnte, denn ihm gebührte ja das Recht, dereinst die Krone zu tragen.

Man umgab also das Bett der Schwangeren mit einer Balustrade, auf der die Hofastronomen ihre Tubi, die Landvermesser ihre Quadranten, die Mathematiker ihre Zählmaschinen, die Militärs ihre Lafetten und die Pastoren ihre Taufutensilien installierten. Das erste Körperteil, das in der königlichen Geburtspforte erscheinen würde, sollte auf diese Weise vermessen, beobachtet, gezählt, markiert und getauft werden in der sicheren Erwartung, daß sich daran der eigentliche Thronfolger befände.

Als der Augenblick gekommen war, taten sich draußen noch andere verrückte Dinge. So wehte der Wind gleichzeitig aus zwei Richtungen. Die Kirchturmuhr schlug Vier, obwohl die Zeiger auf Zwei standen. Alle starrten wie gebannt auf die entscheidende Stelle, in der sich jetzt das Wunder eines neuen Lebens zeigte. Man gewahrte bald zwei winzige, zarte Gliedmaßen. Die Astronomen sahen durch ihre Fernrohre und ermittelten als erste den Charakter dieses Doppelgestirns: es waren zwei Füßchen.

Die Leibärzte machten sich bereit, den Thronfolger durch Ziehen an selbigen vorsichtig ans Tageslicht zu geleiten, als sie zu ihrem Erstaunen bemerkten, daß es sich um zwei zwar wohlgeformte, jedoch völlig gleiche, genauer gesagt, linke Füße handelte. War der Prinz mißgebildet?

Ein Raunen ging durch den königlichen Entbindungssaal. Die Königin stöhnte vernehmlich unter den Qualen. Es war eine unerhört schwere Geburt. Jeder der beiden Medici hatte schließlich ein Bein in der Hand, dem zwei weitere beilagen. Kein Zweifel, ein vierfüßiges Wesen kam da zur Welt. Ein königliches Kalb mochte es sein. Die Köche wetzten schon die Messer, und die beiden Pfarrer begannen, laut und heftig über die Frage zu disputieren, ob man vierfüßige Wesen taufen könne, als endlich die Wahrheit zu Tage kam.

Zwei wunderschöne Knäblein waren völlig gleichzeitig zur Welt gekommen. Sie waren wohlgestaltet. Nichts fehlte ihnen. Nur eins wich ab von den Regeln der Natur: sie waren mit ihren Hinterteilen zusammengewachsen.

Nun hob ein allgemeines Jammern und Disputieren an, das die folgenden Wochen anhielt und das ganze Reich wie einen Bienenkorb summen ließ.

Der Magistrat schickte eine Deputation, die für die untertänigste und sanftmöglichste Erstickung des Monstrums plädierte, da ein doppelter König dem Vaterlande niemals zuträglich sein könne. Ihre Majestät beriet sich mit den Ministern und fand heraus, daß die Deputation sofort einer unsanften

Erstickung zuzuführen sei, welches auch alsbald im königlichen Ententeich geschah.

Nun herrschte großer Jubel im ganzen Land. Die Philosophen schrieben gelehrte Untersuchungen über den Wert und Nutzen alles Doppelten in der Welt. Die Dichter feierten den Thronfolger in Doppeloden »an Castor und Pollux in einem Stück« oder »An den Zweieinigen« im Klopstockschen Stil.

Die Kleider des Doppelprinzen begannen, Mode zu machen. Bald liefen alle in Doppelröcken und vierbeinigen Hosen herum, wobei die leeren Beinröhren mit Stroh gefüllt wurden und den Trägern wie zwei pralle Teufelschwänze nachschleiften.

Die beiden Parteien im Parlament, das dem englischen nachempfunden war, einigten sich zu einer Doppelpartei, die sozusagen an ihrem geistigen Hintern zusammengewachsen schien. Die Armee wurde mit Doppelflinten und Doppelkanonen bewaffnet, die nach vorne und hinten gleichzeitig losgingen. Sie war fortan unschlagbar, da ihre Soldaten immer schon tot waren, ehe sie erschossen werden konnten.

In den Kirchen tauchten sehr schön gearbeitete Doppelkruzifixe auf, wobei dem doppelten Heiland deutlich anzusehen war, daß auch für ihn das Sprichwort galt: Geteiltes Leid ist halbes Leid.

Per königlichem Dekret wurde die Bigamie oder Zweiweiberei zur einzig legalen Eheform erklärt.

Die allgemeine Hochstimmung, die nun im Lande herrschte, fand ihre erste Trübung, als sich herausstellte, daß die beiden Prinzen, die sich selber mit Li und On anredeten, denn sie waren des Chinesischen mächtig und liebten diese Sprache wegen der Kürze vieler ihrer Wörter, keineswegs ein Herz und eine Seele waren. Sie waren eben nur ein Hintern und zankten und stritten sich in einem fort.

Der Prinz, der sich Li nannte, hatte einen starken Hang zur

Spekulation und zum seßhaften Leben. Er benutzte das gemeinsame Hinterteil am liebsten, um damit in der königlichen Bibliothek zu sitzen oder am väterlichen Kamin, in dem gewöhnlich die Schriften oppositioneller Schwärmer brannten, die noch an der Tradition des *Einen* festhielten. Der andere Prinz, der sich On nannte, war der geborene Abenteurer und Weltreisende. Ihm gefiel nichts mehr, als bei jedem Wind und Wetter der Landesgrenze zuzustreben, in der Hoffnung, sie überschreiten zu können, um in der Ferne gefährliche Abenteuer zu erleben.

So gab es jeden Tag zwischen den beiden Knaben ein schreckliches Gezerre, das meistens damit endete, daß weder der eine die Ferne, noch der andere sein Zimmer erreichte, sondern beide im königlichen Vorgarten in den Dreck fielen, wo sie schreiend und mit zuckenden Gliedmaßen sich wie Rasende gebärdeten und schließlich von den zwei Pagen, den zwei Hofmeistern und zwei Mätressen, die man ihnen gegeben hatte, geborgen werden mußten.

So ging es einige Jahre weiter, und der König wurde trotz des Kummers über seine geliebten Söhne in guter Gesundheit grau und alt. Li hatte inzwischen eine Prinzessin geheiratet, während On eine Geliebte hatte. Dies führte zu mancherlei neuen Schwierigkeiten und Mißverständnissen. On versuchte, ein Verhältnis mit der Gattin Lis zu beginnen, Li verliebte sich in die Geliebte Ons und wollte sie ihm Rahmen des Bigamiegesetzes heiraten.

Wurden den beiden Damen Besucher vorgestellt, endete die Szene gewöhnlich in einer heillosen Verwirrung. »Dieses ist wohl Ihre Frau Liebste?« hieß es. »Ich bitte um Vergebung, es ist meine Frau«, sagte Li. »Seine Frau ist meine Liebste«, sagte On, der gerne übertrieb. Manchmal redeten beide so gleichzeitig, daß der Besucher vor Frau und Liebster und liebster Frau sein eigenes Wort nicht mehr verstand und sich beleidigt zurückzog, woraus hin und wieder ein Krieg entstand, der die gesamte königliche Armee vernichtete, noch ehe sie ins Feld gezogen war, denn schon beim Exerzieren hatte sie der tapfere Soldatentod ereilt.«

Weiter als bis hierher kam Georg nicht mit dem ersten Entwurf. Er warf ihn in den schwedischen Ofen und zog es vor, nur noch über sein Romanprojekt nachzudenken und sich hin und wieder Notizen dazu zu machen. Es kam ihm vor, daß er Phantasie und Wirklichkeit immer schwerer auseinanderhalten konnte.

Schrieb er nicht seinen Roman, indem er lebte? Die Idee, ihn auch mit Tinte zu schreiben, verließ ihn jedoch nicht mehr. »Es könnte eine entscheidende Befreiung werden von dem Gefühl, auf doppelte Weise in allem halb zu sein«, dachte er. Aber es blieb vorerst bei dieser Hoffnung.

So ging es eine Weile weiter.

Eine Weile, das konnten Sekunden, Tage, Monate oder Jahre sein. Dies schien nur davon abzuhängen, wie häufig er seine kostbare Taschenuhr zog, um die Zeit abzulesen.

Es geschah zu wenig. Das Wenige konnte jedoch schrecklich viel sein, zum Beispiel wenn er Zahnschmerzen hatte oder andere Krankheiten, die möglicherweise nichts anderes waren als Zeichen einer seelischen Ungeduld.

Mit Forster hatte er sich wieder versöhnt, seit der von seiner Freimaurerei geheilt war. Dennoch war ihr gemeinsames Kind, dem Forster allerdings nur seinen Namen zur Verfügung gestellt hatte, das Göttingische Magazin der Wissenschaften und Literatur, inzwischen nach fünf Lebensjahren gestorben. Es hatte einen zu großen Kopf gehabt auf einem zu kleinen Leib.

Georg sah sein eigenes Schicksal in diesem Projekt und seinem Untergang versinnbildlicht. Anfangs war da ein spielendes Kind, das die unterschiedlichsten Anlagen besaß. Dann siegte die Vernunft über das Spiel. Dies brachte Ruhm und Anerkennung, aber keine Liebe.

Manche Leute kauften das Magazin nur wegen Georgs Beiträgen. Doch der Verkauf ging zurück. Zu viel stumpfes Beiwerk gab es neben seiner spitzen Feder. Dieterich drängte auf Änderung. Georg solle mehr Satiren schreiben. Er wollte jedoch keine Maschine des Witzes sein.

Beim Taschenkalender war es anders. Hier stieg der Verkauf, und Dieterich mußte oft genug nachdrucken. Sogar die teuren, in Seide gebundenen Exemplare gingen reißend weg. Auch hier gab es die Mischung aus Wissenswertem, aus Kuriosem und aus Spott. Doch alles war unterhaltend. Alles war von seinem Geist. Selbst die Zahlen des Kalenderteils schienen ein wenig zu witzeln.

Daneben gab es viel zu sehen. Viele Stiche von Köpfen und Kopfzeug, die neuesten Frisuren, die neuesten Erfindungen und physikalischen Merkwürdigkeiten, Kriminalfälle, kurz alles, was eine Dame und ein Herr zum Bestreiten eines Salongesprächs nötig hatten.

Die Bändchen waren handtellergroß und paßten in jede Tasche. Sie erschienen nur einmal im Jahr. Dennoch machte Georg sich viel Arbeit mit ihnen. Immer noch verdienten sie seinen Mietzins. Aber auch seine Beliebtheit auf den Göttinger Straßen und in den Salons hatte hier ihren Ursprung.

Georg ging jedoch nicht mehr so oft aus wie früher. Je mehr er kränkelte, desto wichtiger wurde ihm die Nähe Margarethes. Wie sehr sie eigentlich schon seine richtige Frau war, zeigte sich an der zunehmenden Neigung des Paares, aus geringfügigen Störungen des Alltagslebens heftige Auseinandersetzungen zu entwickeln, die ihrerseits den Anlaß zu nicht minder heftigen Versöhnungsszenen abgaben. So ähnlich war es ihm auch mit der Stechardin gegangen, nur daß jetzt alles ein wenig grober war.

Margarethe war ihm in den Mitteln ihrer derben und einfachen Sprache und ihres natürlichen Gerechtigkeitssinns völlig gewachsen. Er aber litt unter ihrem Mangel an Poesie und brauchte zugleich genau diesen Mangel. Denn nur so kam er zuweilen weg von den kräftezehrenden Spannungen in seiner Person.

Im Sommer 1786 erhielt Georg überraschend Besuch von einem Mann, den alle Welt und auch er selbst für seinen geistigen Erbfeind und Hauptgegner hielt. Es war niemand anderes als Lavater selbst, der sich für einige Tage in Göttingen aufhielt.

Nun saß er leibhaftig da, dieser Hohe Priester aller Schwarmgeister, in seinem dunkelgrünen Justeaucorps mit dem schwarzen Samtkragen, seinen schwarzen Seidenstrümpfen, den spitzen Schnallenschuhen und dem schwarzen Käppi auf dem runden Schädel.

Er war altmodisch à la française gekleidet und überhaupt nicht dem Wetter entsprechend. Sein hageres Gesicht war von einem Schweißfilm überzogen, der am Ende der spitzen Nase einen Tropfen bildete.

Georg selbst war nervös, denn er fürchtete, von nicht endenwollendem tiefsinnigem Geschwätz behelligt zu werden. Sein Gegenüber schwieg jedoch.

Auch Georgs zweite Angst, nun Opfer des gestrengen Sezierblicks des Physiognomisten zu werden, erwies sich als unbegründet. Lavaters Blicke huschten hin und her, wenn sie nicht an seinen Schuhspitzen hingen.

So kam es, daß Georg redete. Ehe er es sich versah, befand er sich in einem umständlichen Monolog, in dem er den hilflosen Versuch unternahm, sein eigenes Glaubensbekenntnis zu formulieren. Gewöhnlich vermied er derlei fruchtlose Anstrengungen. Alle Welt war daher der Meinung, der Göttingische Professor der Physik habe überhaupt keine philosophische Position im engeren Sinne. Man hielt ihn einfach für einen exakten Beobachter und witzigen Kopf, der keinerlei spekulative Talente und Neigungen hatte.

Jetzt ertappte Georg sich dabei, wie er dem berühmten Schweizer auseinandersetzte, daß aller Wunder- und Gespensterglaube, alle Widersprüche der Naturdarstellung, alle Rätsel der Physik und Astronomie nur die Folge unzureichender Beobachtungs- und Erkenntnismittel, genauer gesagt, der historisch bedingten Blödigkeit der Menschen sei. Je weiter man in Zukunft käme, je besser die Instrumente würden, um so mehr würde man zum Gegenpol allen Schwärmens vorstoßen: zur Erkenntnis, daß es keine Dualismen gäbe, keinen Unterschied von Bewegung und Materie, von Mensch und Tier und Stein.

Man würde als wissenschaftlicher Kopf dort landen, wo der einfache Buschmann schon immer gewesen sei: bei der Gewißheit, daß alles eins sei.

Spinoza sei völlig auf dem richtigen Weg gewesen. Die fatale Trennung in Gott und Welt, in Leib und Seele, in Kraft und Materie sei nichts anderes als die Folge unserer Halbklugheit, die mit unserer Halbdummheit aufs Vollkommenste korrespondiere. Unum et omne. Eins und alles.

Georg rief diese Worte mehrfach wie ein Göttinger Marktschreier aus. Lavater hörte schweigend, und wie es schien, sehr aufmerksam und konzentriert zu. Plötzlich sagte er: »Das glaube ich auch!« Er wischte sich den Schweißtropfen von der Nase und stand auf, um Georg die Hand zu schütteln. »Was Sie sagen, ist auch meine Meinung«, wiederholte er. Dann verabschiedete er sich mit vielen Komplimenten.

Georg war von seinem Monolog völlig erschöpft. »Sieg und

Niederlage sind auch eins«, murmelte er. »Es besteht natürlich die Gefahr, daß sie sich bei ihrer Vereinigung zu Null, zu Nichts aufheben.« Er vermied es hinfort, an seinen ehemaligen Kontrahenten zu denken. Die Fehde war für ihn auf eine Weise beigelegt, die ihn an Beerdigungen erinnerte.

Die wichtigste Änderung der Lebensverhältnisse Georgs ergab sich aus einer Nebensache, die Dieterichs zunehmendem finanziellen Erfolg zu danken war. Sein Freund kaufte immer wieder Gartengrundstücke oder auch größere Objekte wie das Haus des inzwischen verzogenen Büttner, jenes Natur- und Sprachphilosophen, dessen Sammlung Georg einst die Erkenntnis eingebracht hatte, daß der Schöpfer dieser Welt auch nicht wenig von einem Satiriker und boshaften Kopf an sich gehabt haben mußte.

Büttner hatte seine Sammlung an die Landesregierung verkauft und war als Privatgelehrter nach Jena gezogen. Hier wurde sein von abstrusesten Kenntnissen vollgestopfter Kopf allmählich zu einem unzugänglichen Kabinett der kuriosesten Ungeheuerlichkeiten.

Das neue Gartenhaus, das Dieterich im Frühjahr 1787 erwarb, lag diesmal nicht innerhalb des Walls, sondern einen Flintenschuß weit südlich vom Weender Tor in offenem Gelände jenseits des Friedhofs.

Wie immer bot Dieterich seinem Freund generös das Wohn- und Lebensrecht in diesem neuen Domizil an.

Georg fuhr an einem warmen Tag im Mai zusammen mit Margarethe zu diesem Garten hinaus. Sie sahen das Haus schon von weitem, denn es war für ein Gartenhaus ungewöhnlich groß. Wie eine Bark lag es da, zwischen Bäumen festgemacht auf der Wiese. Georg war begeistert.

Während Margarethe die staubigen Räume sauberzumachen begann, stieg Georg die enge Treppe ins Obergeschoß empor. Von hier konnte man über Zäune und Hecken hinweg den Friedhof sehen mit seinen Grabstellen und Bäumen. Dahinter lag die Stadt, von deren Dächern und Türmen man nur Bruchstücke wahrnahm. Die Luft war warm. In den Spinnweben in allen Ecken hingen Fliegenleichen vom letzten Jahr.

Georg hatte eine Flasche Wein dabei. Er setzte sich in einen Stuhl und trank, während er die Geräusche von Margarethes Reinigungsmaßnahmen im unteren Stock hörte.

Er selbst befand sich ungewöhnlich wohl. Er träumte mit halb geschlossenen Augen, wieder mit dem Schiff nach England zu fahren.

Als Margarethe den oberen Stock zu reinigen begann, weckte sie ihren Herrn und Liebhaber aus tiefem Schlaf. Die Flasche, die neben ihm auf dem Boden stand, war leer. Sie schimpfte, und er schimpfte zurück. Aber der Moment war immer noch zu schön, um einen Ehekrach von langer Dauer zu vertragen. Sie umarmten sich und setzten sich nebeneinander auf ein altes Kanapee, das an der Rückwand stand.

Margarethe packte den Eßkorb aus. Zu kräftiger Göttinger Wurst und dunklem Brot tranken sie noch eine zweite Flasche Wein. Dann legten sie sich aneinander und schaukelten sich in einen Frühlingsnachmittag, der schon viel Sommer in sich hatte.

Von diesem Tag an war Georg regelmäßig hier draußen. Er kam oft allein.

Hier erholte er sich, hier schrieb er viele Briefe, hier trank er auch, wenn er alleine trinken wollte, um in seinem Erinnerungsarchiv arbeiten zu können.

Er ließ seine beiden Sessel hierherschaffen. Er selbst saß nun immer im roten, zerschlissenen Sessel. Warum, konnte er nicht sagen.

Am ehesten lag es vielleicht daran, daß er in diesem Sessel das Gefühl hatte, auf etwas zu warten, während der andere, der mit dem neuen festen Polster, die Stimmung vermittelte, angekommen zu sein.

Sein Ruhm als Gelehrter und Pädagoge war ungebrochen. Nicht nur waren seine Vorlesungen brechend voll. Sein Freund, der englische König, schickte ihm auch drei seiner Söhne ins Haus. Georg hatte sie als Kleinkinder in England gesehen. Nun waren es drei sanfte Burschen von 15, 13 und 12 Jahren. Die beiden älteren wohnten bei ihm im Haus. Der jüngste, das Gesinde und die Hofmeisterei hatten das Büttnersche Haus belegt.

Er vertrat nun Vaterstelle bei den Prinzen. Er unterrichtete sie und führte sie aus. Wenn alle vier zusammen waren, wirkten sie wie eine kuriose Jahrmarktsfamilie von Zwergen.

Es hätte Georg nun eigentlich gut gehen sollen. Er hatte jedoch die Rechnung ohne den Wirt gemacht. Denn sein Körper kam ihm inzwischen manchmal wie eine Büttnersche Raritätensammlung von Krankheiten vor.

In seinem Sudelbuch listete er vierzehn verschiedene Krankheiten auf, von denen er sich bedroht glaubte:

1. Krämpfe im Unterleib, 2. Vergreisung trotz eines Alters von 46, 3. Anfang einer Wassersucht, 4. konvulsivisches Asthma, 5. schleichendes Fieber, 6. Gelbsucht, 7. Brustwasser-Sucht, 8. drohender Gehirnschlag, 9. Lähmung der rechten Seite, 10. Verkalkung der großen Arterien und Venen, 11. fürchtete er, einen Polypen im Herzen zu haben, 12. Geschwür in der Leber, 13. Wasser im Kopf (an dieser Stelle setzte er selbstironisch hinzu, daß derjenige, der diesen Katalog lesen würde, diese Krankheitsfurcht als die einzig begründete ansehen müsse), 14. Diabetes.

Sollte etwa Hypochondrie als 15. Krankheit hinzugefügt werden? In der Tat, er liebäugelte mit dieser Modestimmung. Aber das war nur ein koketter Versuch, seine zerrüttete Gesundheit vor anderen zu verbergen.

Im Jahre 1789 häuften sich die Malaisen seines Körpers. Im nämlichen Jahr, als auch Frankreich in immer größeren Aufruhr geriet.

Georg war nie ein Freund der Franzosen gewesen. Diese Abneigung war naiv. Sie war nicht viel mehr als der Schatten, den seine leuchtende Anglophilie zu werfen beliebte.

Nun aber machte er sich Gedanken, die über die Schadenfreude hinausgingen. Es gab in Frankreich drei Stände: Geistlichkeit, Adel und das eigentliche Volk, das sich aus Bürgern und Bauern zusammensetzte. Dieser dritte Stand trug die Hauptlast der Steuern. Obwohl dieser Stand nur ein Viertel des Landes als Grundbesitz besaß, mußte er dreiviertel der Gesamtabgaben aufbringen.

Am 14. Juli hatte das Volk die Bastille gestürmt. Am 5. Oktober zog der Pariser Pöbel vors Versailler Schloß und zwang den König, mit seiner Familie in die Hauptstadt zu gehen und seinen Widerstand gegen die von der Nationalversammlung proklamierten Menschenrechte aufzugeben. Dies war der Anfang vom Ende des Ancien régime.

Georg verfolgte die Entwicklung der französischen Verhältnisse mit zwiespältigen Gefühlen.

Einerseits sympathisierte er mit den neuen Ideen, andererseits schockierte ihn die zunehmende Grausamkeit, mit der sie vertreten wurden. Er sah eine merkwürdige Parallele in der Entwicklung des französischen Staatskörpers und seines eigenen Leibes. Je mehr er vom Leben wußte und begriff, um so schlechter fühlte er sich gesundheitlich.

Am 5. Oktober erlebte er sein persönliches Versailles. Um fünf Uhr morgens erwachte Margarethe von einem eigenartigen Geräusch, das aus dem Nebenzimmer drang, wo Georg schlief. Es klang, als ob dessen Bett rhythmisch knarrte, und so war es nur natürlich, daß ihre erste Reaktion rasende Eifersucht war. Stimmte es etwa, was alle Welt vom Professor erzählte, daß er nämlich vielen Mamsells gut war?

Sie stand auf und schlich zur Tür. Da hörte sie noch anderes. Röcheln und Keuchen. Es klang ganz unanständig. Aber irgend etwas erinnerte sie an den Tod. Starb oder liebte da jemand?

Sie faßte sich ein Herz und öffnete die Tür einen Spalt. Sie sah, daß das Bettzeug am Boden lag und daß ihr Professor im Bett wie ein schrecklich verrenktes Wesen lag. Er war ganz dunkel im Gesicht, und seine Gliedmaßen schlugen hin und her. Der Mund stand weit offen, und die Zunge war herausgerollt wie ein Tabakblatt.

Erst wollte sie vor Angst weglaufen, dann faßte sie sich, beugte sich über ihn und legte ihre Hände sanft auf seinen Körper.

Er fühlte sich kalt an und zuckte wie ein verletztes Tier. Sein Blick war das Schlimmste. Die Augen standen vor. Sie waren kalt und trübe wie Schneckenaugen.

Sie schrie um Hilfe, denn sie wagte nicht, ihn zu verlassen. Bald hörte sie Schritte. Köpfe erschienen in der Tür. Dann begann ein Gerenne im ganzen Haus. Dieterich erschien. Später kam Professor Stromeyer, Georgs Hausarzt, hinzu.

Mittlerweile hatte die Morgendämmerung den Raum mit einem sanften blauen Licht gefüllt. Georg trieb unter ihm wie unter einer geschlossenen Eisdecke. Er bekam keine Luft mehr. Aber die Angst zu ersticken hatte sich in eine träge Bewegung seiner Gedanken verwandelt. Ganz langsam sprach er ein schwieriges Wort aus. Es klang wie ein scharfes Wispern, das Stromeyer veranlaßte, sein Ohr ganz nahe an den Mund des Sterbenden zu halten.

Plötzlich begriff der Arzt. Er stürzte zu einem Schrank, der im Hintergrund des Zimmers stand, und riß dessen Türen auf. In den Regalen standen viele bauchige Flaschen. Stromeyer ergriff eine von ihnen und entkorkte sie. Dann stützte er Georgs Kopf mit dem Arm und legte die Halsöffnung der Flasche an dessen Lippen. Er gab ihm zu trinken. Nur handelte es sich um keine Flüssigkeit, sondern um reine dephlogistisierte Luft.

Georg aber schien es, als ob das klare, blaue Eis über ihm endlich schmelze. Er durchstieß mit dem Gesicht die Eisdecke und spürte plötzlich den kühlen Wind eines klaren Wintertages. Die Wolken über ihm waren weich und schön geformt. Es dauerte eine ganzen Weile, bis er begriff, daß es sich um Gesichter handelte, die über ihn gebeugt waren. Er erkannte schließlich Margarethe, Dieterich und Stromeyer.

Er versuchte nun, etwas zu sagen. Mit großer Anstrengung brachte er einige Sätze zustande. »Ich will heute noch heiraten. Holt einen Pfarrer. Wer weiß, ob ich die Nacht überlebe.«

Den Tag über ging es ihm besser. Man ließ frische Luft ins Zimmer. Die Vorhänge wehten tief in den Raum hinein. Auf einem Tisch hatte man einen Altar improvisiert. Gegen Abend erschien Pastor Kahle. Zwei Leuchter wurden entzündet, das Paar getraut. Dieterich war ein wenig unbehaglich. Er fand diese Mesalliance ziemlich verwegen.

Margarethe brach nach dem Jawort in Tränen aus. Georgs Ja ging in einem Hustenanfall unter.

Er wußte genau, daß das Glücksspiel des Lebens für ihn in eine kritische Phase geraten war.

Nach fünf Tagen, in denen er zumeist regungslos im Bett gelegen und auf einen neuen Anfall gewartet hatte, zog Stromeyer seinen Kollegen Professor Richter hinzu. Beide stimmten in der Diagnose überein. Es war ein schweres konvulsivisches Asthma, von dem das Leben des Patienten bedroht war. Es gab hier wenig Mittel, die helfen konnten. Frische Luft war das Wichtigste. Sonnenlicht galt als schädlich. Also hielt man die Läden geschlossen. Auf den obligaten Aderlaß verzichteten die beiden Mediziner, in denen bereits moderne Zweifel an herkömmlichen Methoden aufgekommen waren. Aber Klistiere wurden verabreicht. Man mußte die schlechte Luft und Materie irgendwie aus dem Körper schaffen. Dann gab es immer wieder warme Fußbäder und Abreibungen mit eiskaltem Wasser.

Georg schwieg. Er spürte, daß jedes Wort einen Paroxysmus, einen neuen Gipfel der Krankheit auslösen konnte. Die Wörter, die pausenlos in seinem Hirn entstanden, sammelten sich unter der Schädeldecke. Es war ähnlich wie beim Erzeugen dephlogistisierter Luft, die man in einer umgekehrten Flasche sammelte. Er hatte das Gefühl, noch nie so vieldeutig und interessant gedacht zu haben.

Seine Empfindlichkeit für Geräusche, Gerüche und Gesichtseindrücke wuchs von Tag zu Tag. So war es auch mit der Empfindlichkeit der Haut. Wenn Margarethe ihm übers Haar streichelte, hätte er vergehen können vor Schmerz und Lust. Das entfernte Bellen eines Hundes oder Pferdegetrappel auf der Straße wurden zu dröhnenden Hammerschlägen mitten in seinem Kopf.

Im November hatte er noch zwei schwere Anfälle, die beide genügt hätten, sein Leben zu beenden.

Doch sein Herz setzte nicht aus. Wie ein Pendel behielt es seinen Schwung. Er lag fast acht Wochen im Bett. Ende November kam zu den Atembeschwerden eine starke Diarrhö hinzu. Er war zu schwach, um sich zu schämen. Margarethe wich nicht von seiner Seite.

Auch die Kinder waren inzwischen im Haus. Er hörte sie herumkriechen und spielen. Es klang wie Schlachtenlärm. Ein

Sohn war in diesem Jahr einen Tag nach seinem zweiten Geburtstag verstorben. Die Tochter war erst ein knappes halbes Jahr alt. Sie schien gesund und munter zu sein wie ihre Mutter. Der älteste Sohn war bereits vier.

Anfang Dezember hatte Georg auf Anraten Blumenbachs mit einer Selterswasserkur begonnen. Er trank Unmengen. In diesen Tagen, an denen es ihm ein wenig besser ging, entschloß er sich zu einem Experiment.

Zu Beginn des Jahres hatte er wie immer ein Exemplar des »Königlich Groß-Britannisch- und Churfürstl. Braunschweig-Lüneburgschen Staats-Kalenders« erhalten. Dessen Blätter würden sozusagen der Experimentiertisch sein. Eine Feder war immer zur Hand.

Hauptgegenstand des Experiments würde er selber sein. Er würde den Zustand seines Körpers protokollieren. Er würde in dürren Worten die Banalitäten des Alltags notieren. Er würde Verhältnisse und Vorgänge um seine Körperöffnungen registrieren. Sein Verstand würde dabei nicht mehr sein als ein geschliffenes, achromatisches Glas, durch das er den Gegenstand betrachten konnte, ohne ihn zu verzerren oder bunter zu sehen, als er war.

Es würde keine geistreichen Bemerkungen geben. Keine Deutungen. Keine Vergleiche. All das gehörte in die Sudelbücher, die er weiterführen würde. Der Staatskalender aber, das würde das Wichtigere sein. Das Skelett. Das andere war das Fleisch. Es würde faulen.

Gewiß, er schrieb die Sudelbücher so, daß kommende Generationen das eine oder andere Originelle oder Erhellende in ihnen finden könnten. Hier gab es ein imaginäres Publikum. Er war sich sicher, daß man die Handschriften, die man nach seinem Tode finden würde, auf Verwertbares durchsehen würde. Dabei würden die Kenner wahrscheinlich seine Gedankensplitter sammeln und als interessant herausgeben.

378

Für ihn aber hatte das keine Folgen. Seiner literarischen Existenz gegenüber lebte er inkognito.

Das, was er nun in den Staatskalender eintrug, das war sein eigentliches Kunstwerk. Es war sein Antiroman. Es war ein Text, der nun an die Stelle des gescheiterten Projektes seines Romanes »Der doppelte Prinz« trat.

Sein neues Tage- und Nachtbuch würde niemanden interessieren können. Er würde es nicht einmal nötig haben, es zu vernichten. Es war schon vernichtet durch seine Eigenschaft, jedes Wort von Bedeutung zu vermeiden. Das Banale, das bloße Faktum würde für ihn jedoch eine eigene Leuchtkraft erhalten. Es würden allmählich Sternbilder entstehen, in denen nur er allein sich auskannte. Wie bei Astronomen üblich, würde er sich Kürzel und Symbole ausdenken. Ein Kreis mit einem Punkt hieß Sonne. Ein Viereck mit einem Punkt in der Mitte hieß Verdauung. Das Symbol war das Bild eines von oben gesehenen Abtritts. Diese Klarheit machte ihm Spaß.

Am 7. Dezember schrieb er in den Staatskalender: »☐gut. Sehr lange und viel außer dem Bette, auch zum erstenmal auf dem Saal und in der kleinen Stube. Kaffee. Den Abend sehr schlecht und die Nacht bis um 3 Uhr des Morgens gewacht.«

So ging es weiter. Tag für Tag. Verdauung, Urin, Besuche, Schlaf. Streit mit der Frau, die bald nur noch m.l.F. heißen würde, »meine liebe Frau«. Die Abkürzung war die Quintessenz. Margarethe war nicht mehr als m.l.F., keine Poesie also, keine Verzückung, keine Obsession. Aber m.l.F. war auch nicht wenig in diesem kümmerlichen Leben. Ohne m.l..F würde er den Rest nicht überstehen.

Er protokollierte auch seine Pollutionen, seine Onanie, die das Kürzel »Lion« oder einfach Ø erhielt. Lion, der Löwe, so hatte er sich selbst oft genannt. Nun war aus dem Löwen die Bedeutung »Lichtenberg onaniert« geworden.

Es gab natürlich auch eine Löwin. Lioness. Das hieß, er

befriedigte seine Frau manuell. Es war nicht viel mehr als ein inkonsequent angewendetes Verhütungsmittel. Sie bekam die Kinder doch.

Der ordentliche eheliche Beischlaf bekam das Venuszeichen. Einen Kreis mit unter ihm hängenden Kreuz. Ein aufrechtes Kreuz allein hieß Streit, Ehekrach. Ein umgedrehtes Kreuz hieß Versöhnung. Anfangs zählte er die Fälle von Onanie jährlich durch und benotete sie zuweilen. War dies eine späte Verbeugung vor jenem Don Pomposo? Wollte er ihn praktisch widerlegen?

Den ehelichen Beischlaf begann er erst im dritten Jahr seines Protokolls zu verzeichnen, durchzuzählen und mit Bemerkungen wie »sehr heftig«, »sehr stark«, »gut«, »sehr schön heiter«, »brav«, »nicht sonderlich« zu versehen. Auch die Tageszeit wurde notiert, und es gab eine fortlaufende Durchzählung der Geschlechtsakte. Am Jahresende gab es den Kassensturz. 1793 kam er auf 35. Das war eine schlechte Ausbeute. Spiegel seiner Krankheit, möglicherweise auch seiner geringen Liebe.

Im Jahr darauf kam er fast auf die doppelte Zahl. Das Geschäft des Lebens florierte besser. Das hatte seine Gründe, wie er wußte.

War er sich selber gram? Wollte er zeigen, daß diese masochistische Buchhalterei das wiedergutmachen konnte, was die Schwärmerei an den Menschen verdarb?

Vorerst machte er sich keine weiteren Gedanken. Er schrieb: »Kalt und regnerisch.« Und es war kalt und regnerisch. Knapper konnte kein Kapitän ein Logbuch führen.

Sohn und Tochter nannte er nicht mit Namen.

Sie hießen »der kleine Junge« und »das kleine Mädchen«. Es war nicht Gefühllosigkeit, die ihn so schreiben ließ. Es war ihm danach, weil es überhaupt so war. Das Ich, das Subjekt mit seinem Arsenal von Aufgeregtheiten und Schwärmerei und Trauer und Melancholie war eine Illusion. Es war ein Schattenspiel, dessen Figuren verschwanden, wenn man Licht machte.

Es dauerte ein halbes Jahr, bis es ihm wirklich besser ging.

Für den 1. Mai 1790 trug er im Staatskalender ein: »Mit m.l.F. und dem Jungen im neuen Schlafrock auf den Garten gefahren, göttliche Baum-Blüte.« Hier war es wieder. »Göttliche Baum-Blüte« war kein poetischer Euphemismus. Es war eine göttliche Baum-Blüte, genauso wie ein Schlafrock ein Schlafrock war. Eine göttliche Baum-Blüte von der Warte eines Schlafrocks aus gesehen, die Nachtmütze auf dem Kopf, die liebe Frau neben sich, den kleinen Jungen hinter sich, so konnte man einen Frühlingstag erleben, ohne allzu sehr den Verführungskünsten der Situation auf den Leim zu gehen.

Er war kein Anhänger der realen Französischen Republik. Er war für die konstitutionelle Monarchie, den König und das Parlament.

Und er hatte auch ein Interesse, die Revolution seines Körpers, den Aufstand seines Gedärms, seiner Leber, seiner Lunge – Gott weiß was noch für Proletarier des inneren Leibes an der Revolte beteiligt waren – niederzuschlagen.

Um bei diesem Unterfangen erfolgreich zu sein, legte er sich strenge Regeln auf. Er organisierte seine Lebensführung wie ein Buchhalter:

Er zog allein aufs Gartenhaus. Dort stand er morgens um vier Uhr auf, trank um fünf im Freien (wenn es das Wetter erlaubte) eine Schale Bouillon, die ihm aus der Prinzenküche des Büttnerschen Hauses gebracht wurde, trank eine Stunde später Driburger Brunnen, ein schwefliges Wasser, ging um halb neun, wenn es heiß wurde, aufs Zimmer, las, lag auf dem Kanapee, ging auf und ab vor den Fenstern.

Gegen zwölf fuhr er in seine Stadtwohnung und bereitete das Kolleg vor, das er seit Anfang Mai wieder las. Er hatte über hundert Hörer, darunter vier Grafen. Er las nur eine Stunde, von vier bis fünf. Dann fuhr er mit der Kutsche, manchmal von Margarethe und dem kleinen Jungen begleitet, durch die Stadt zum Tor hinaus über die Felder. Um sieben Uhr war er wieder auf dem Garten, aß Salat und Kaltschale, las im Zimmer, ging auf und ab vor den Fenstern, bis er sich um neun oder halb zehn ins Bett legte.

Natürlich gab es Abweichungen, natürlich hatte er zuweilen Besuch. Manchmal blieb Margarethe auch die Nacht über bei ihm. Aber im großen und ganzen hielt er sich an sein Programm.

Der Arzt Professor Richter riet dringend zur Zurückhaltung im Ehebett. Dies fiel ihm nicht schwer. Wenn er allerdings auch die Masturbation unterließ, hatte er häufig Pollutionen. Schwerer fiel es ihm, auf geistige Getränke zu verzichten. Trotz der anhaltenden Diarrhö trank er Wein, englisches Bier und zuweilen Schnaps. Das geheime Codewort für dieses ihm von den Ärzten streng untersagte Getränk lautete im Staatskalender »Keras«, das griechische Wort für Trinkhorn.

Die Korrespondenz hatte er stark eingeschränkt. Auch das Schreiben überhaupt.

Er schaffte sich ein Uringlas an und begutachtete jeden Morgen Farbe und Geruch. Je besser es ihm ging, um so häufiger trank er Keras, um so häufiger onanierte er auch.

Manchmal, wenn er sich im Spiegel erblickte, glaubte er, das Gesicht eines Siebzigjährigen zu sehen. Er meinte auch, auf der rechten Seite schneller zu altern. Beim Spazierengehen hatte seine linke Seite die Neigung, schneller auszuschreiten, so daß er die Linie verzog, wie ein Krebs, der im Kreise geht.

Er richtete sich im Garten eine Kegelbahn ein. Es ging aufwärts, wenn auch in einer welligen Linie. Der Schlafrock blieb vorerst sein liebstes Gewand, seine wollene Rüstung gegen die Krankheit.

Die Bewohner von Göttingen hatten sich längst an den Anblick eines für den Schlaf gerüsteten kleinen buckligen Mannes gewöhnt, der auf dem Rücksitz einer Kutsche halb sitzend, halb liegend das Spalier der Häuser und Menschen und Bäume abfuhr.

Er war nun über fünfzig. Damit hatte er sein offizielles Soll an Lebenserwartung erfüllt. Das war die Meinung aller Ärzte über Individuen mit seinem Leibesschaden. Jeder Tag, jede Woche über diese Grenze hinaus war ein zusätzliches Geschenk. Fast hatte es den Anschein, daß er seine alte Fröhlichkeit wiedergewann. Dieser warmherzige Spott saß schon wieder in seinen Augen, wenn er lobte oder tadelte oder einfach nur beschrieb.

Eins aber war ihm klar. Auch wenn es mit dem Leben noch eine Weile weiterging, geschehen, wirklich geschehen würde nichts mehr von Bedeutung.

Das Jahrhundert ging dem Ende entgegen. Er würde es gerne das letzte Wegstück begleiten. Aber mit Ereignissen, die ihn nochmal ändern könnten und tief betreffen, rechnete er nicht mehr.

Er sah aus der Ferne zu, wie in Frankreich die Köpfe rollten. Er würde gerne noch einen großen literarischen Plan verwirklichen: den, eine Geschichte der Menschenschinderei zu schreiben. Auch seine Forschungen mochte er nicht vernachlässigen. Gerade hatte ihm der große Geheime Rath Göthe zwei Aufsätze seiner Farbenlehre geschickt. Es war alles Unsinn, alles Gefasel. Der Mann sollte doch lieber beim Dichten bleiben, als sich in die Wissenschaften einzumischen. Gegen Newton schreiben war so lächerlich, als wenn dieser ballistische Untersuchungen über Werthers Pistole anstellte.

Er antwortete Göthe ausführlich und höflich, beschrieb in einem langen Brief seine eigenen Beobachtungen mit farbigen Schatten. Er lieferte ein hübsches Stück Prosa, als er sein Zimmer beschrieb, die Farbe der Wände, das Abendlicht, den Blick aus dem Fenster:

»Ich schreibe jetzt einem Fenster gegenüber, das nach Mitternacht sieht. Der Himmel ist ziemlich heiter, und mehrere Dächer, die gegen Mittag und Abend gerichtet sind, werden von der Sonne etwas beschienen; mein Zimmer ist himmelblau tapeziert, die weiße Decke desselben wird beträchtlich durch die gegenüberstehenden Häuser erleuchtet. Was für mannigfaltiges Licht fällt nicht auf dieses Blatt! Daß aber alle die Farben dieser Gegenstände auf dem Papier liegen, bedarf, dünkt mich, keines Beweises. Denn wenn ich das Zimmer ganz verfinstern und nach Belieben ein Loch in die Wand stechen könnte, so würde sich auf ihm allemal die Farbe eines Gegenstandes an der Stelle zeigen, die mit dem Gegenstand und dem Loche in einer geraden Linie läge.«

Er war beim Schreiben mit den Gedanken ganz woanders, so sehr er sich auch um einen sachlichen Ton bemühte. Er dachte an den Badewagen, an sein Observatorium in Stade, an die Kutsche mit zugezogenen Seiten, in der er einst nach Göttingen gekommen war, an all die anderen Fälle in seinem Leben, in denen er sich in einer Camera obscura befunden hatte.

Wehmütig stellte er fest, daß er eigentlich doch gerne einen richtigen Roman geschrieben hätte. Göthe interessierte ihn nicht sonderlich. Aber er nutzte den Brief an ihn, um seiner Stimmung Ausdruck zu geben.

»Da ich seit dem Empfang Ihres Schreibens den bunten Schatten nachlaufe wie ehmals als Knabe den Schmetterlingen, so hatte ich neulich in einer meiner Kammern unvermutet einen herrlichen Anblick. Es herrschte in dieser Kammer, worin ich Bücher stehen habe, ein sonderbares, ungewisses, magisches Licht, dem man ansah, daß es das Produkt durcheinandergeworfener Bilder von gegenüber befindlichen und von der Sonne beschienenen Gegenständen war, denen ein halb herabgelassner weißer Vorhang den Eingang zum Teil erschwerte. Gleich stellte ich am entferntesten Ende vom Fenster einen Bogen Papier auf. Als ich meine Hand dagegen hielt, war der Schatten lila, und nah angehalten schwarz mit lila Einfassung, und zur Seite lagen zwei bis drei blaßgrüne Schatten. Ein dicker Bleistift, horizontal gehalten, zeigte nur einen lila Schatten; vertikal lila und blaßgrüne nebeneinander.

Ohne mich weiter in meine Erklärung einlassen zu dürfen, werden Ew. Exzellenz schon sehen, wo ich hinaus will, ich lasse also die Anwendung weg. Doch will ich damit gar nicht sagen, daß nicht irgend hierin etwas noch zurück sei, das anders erklärt werden muß. Es ist z.B. gewiß, daß wenn man lange durch ein rotes Glas sieht und zieht es plötzlich vor den Augen weg, so erscheinen die Gegenstände einen Augenblick grünlich; sieht man hingegen durch ein grünes Glas, so erscheinen sie alsdann anfangs rötlich...

Mit einem Wort, ich glaube, die Sache ist sehr wichtig, und ich verspreche mir von Ew. Exzellenz Bemühungen nach diesem herrlichen Anfange sehr viel. Ich werde gewiß so viel es die Umstände verstatten mitarbeiten und nicht versäumen, Denselben Nachricht zu geben.«

So war der ganze Brief, der über viele Seiten ging. Es war eine Frechheit. Der Absender redete mit dem Adressaten wie mit einem kleinen Kind, dem man behutsam das Märchen vom schwarzen Mann ausreden will. Das eingestreute Lob hatte die Eigenschaft von Zucker: es war süß und löste sich sehr schnell auf. Auch war es eine boshafte Ironie, den kosmischen

Dimensionen, in denen der Olympier dachte, die Welt eines Zimmers entgegenzustellen.

Göthe war wütend, obwohl er natürlich nicht zugab, daß er in einer raffinierten ironischen Aktion nicht nur als Wissenschaftler, sondern auch als Poet eine Lehre erteilt bekommen hatte. An Schiller schrieb er: »Eine Zeitlang antwortete er mir; als ich aber zuletzt dringender ward und das ekelhafte Newtonische Weiß mit Gewalt verfolgte, brach er ab über diese Dinge zu schreiben und zu antworten; ja er hatte nicht einmal die Freundlichkeit, ungeachtet eines so guten Verhältnisses, meine Beiträge in der letzten Ausgabe seines Erxlebens zu erwähnen.«

Dieses Standardwerk der Naturlehre war 1794 in der 6. Auflage erschienen. Georg hatte viel Kraft in die Überarbeitung investiert. Die fünfte Auflage hatte er im übrigen dem großen Kant geschickt. Göthe hatte also Grund genug zu der Empfindung, daß die Nichterwähnung seiner Farbenlehre in diesem hochgeschätzten Kompendium einem vernichtenden Urteil gleichkam.

Dies war Georgs letzte, ganz privat betriebene Literaturfehde. Eigentlich interessierte ihn der zeitgenössische Rummel der Meinungen und Eitelkeiten nicht mehr sonderlich.

In den Staatskalender trug er in diesen Tagen unter dem 27. April folgendes ein:

»Über die Maschmühle mit m.l.F. Oh Conscience, Conscience! kalte Füße. Sehr heiß. Nachmittag Mad. Dieterich lahm! und die übrige bei uns. Abends einer der fürchterlichsten + ohne allen Abschied. Große Verwirrung. She has some scent of the devil's matter, but nothing clear as yet.«

Ein Kreuz mit tiefliegendem Querbalken bedeutete Ehekrach. Seine Frau hatte Wind bekommen.

Es war etwas geschehen, mit dem er nicht mehr gerechnet hatte. Und das lag nun schon über vier Monate zurück.

X. Dollys Pull

An einem naßkalten Dezembernachmittag des Jahres 1793 hörte er Schritte im Treppenhaus klappern, die ihm bekannt, ja vertraut vorkamen. Es waren die schnellen Schritte einer Frau, vermutlich einer Angestellten. So läuft man nur, wenn man einen Auftrag hat.

Er nahm nicht weiter davon Notiz. Sein Zahnweh war schlimmer geworden, und es half ihm wenig, daß seine liebe Frau sich mit demselben Übel herumschlug.

Beim Abendessen erzählte Margarethe ihm, daß sie ein neues Hausmädchen eingestellt habe. Eigentlich kein Mädchen. Dafür sei sie schon zu alt. Aber sie mache einen tüchtigen Eindruck. Sie sei kräftig gebaut. Solche Hände können zupacken. Ihre Sprache sei allerdings komisch. Aber das läge daran, daß sie aus England käme. »Aus England? Bist du sicher?« fragte er.

»Jaja, aus England. Das gefällt dir doch wohl. Du bist doch ganz närrisch mit deinem England. Sie ist als Zofe von einem englischen Ehepaar mit herübergekommen. Sie konnte die besten Zeugnisse vorlegen. Sie hat sie mir selber vorgelesen.«

»Auf Englisch?«

»Sie hat sie in ihrem Deutsch vorgelesen. Es klingt wie Platt manchmal.«

»Wo ist sie jetzt?«

»Sie holt ihre Sachen.«

»Wie heißt sie?«

»Sie heißt Dorte. Wir werden sie Dortchen nennen.«

»Wo wird sie wohnen?«

»Im Hinterhaus.«

Er dachte nicht weiter daran. Dieses Zahnweh hatte die Eigenschaft, den Kopf zu entrümpeln, so daß er immer mehr einer leeren Wohnung glich.

Um schlafen zu können, trank er viel Wein. So bemerkte er die nächsten Tage nichts von Dortchen, denn er verschlief fast jeden Tag und verbrachte die meiste Zeit in seiner Stube auf dem Kanapee.

Seine Laune war so schlecht, daß er in Ruhe gelassen wurde.

Infolge des vielen Weintrinkens bekam er Diarrhö. Er mußte die Vorlesung ausfallen lassen. Da er fast ständig leicht betrunken war, verschwamm ihm sein Dasein zusammen mit den Schmerzen zu einem trüben Zustand, der zu dem grauen Wetter draußen paßte und den er als beinah angenehm empfand.

Die neue Angestellte hatte er noch nicht gesehen. Sie war hoffentlich jung und hübsch, auch wenn seine Frau das Gegenteil behauptete. Natürlich war sie hübsch wie alle englischen Mädchen und hatte jene weiße Haut, wie sie es nur in Nebelländern gibt.

Einmal hörte er sie nebenan putzen, als er am Fenster saß und in einem Buch, das ihn nicht interessierte, zu lesen versuchte. Er stand auf und öffnete leise einen Flügel der Tür.

Zuerst fiel ihm auf, daß die Stühle im Saal an der Wand zusammengeschoben waren. Das Mädchen war nirgends zu sehen. Er hörte jedoch Geräusche aus dem Verschlag, in dem seine kostbaren physikalischen Geräte aufbewahrt wurden.

Zu diesem Raum hatte niemand außer ihm Zutritt. Er ärgerte sich und wollte schon einschreiten. Aber etwas hielt ihn ab.

Er ging wieder ins andere Zimmer zurück und stellte sich ans Fenster. Er starrte auf die nassen Kopfsteine der Prinzenstraße hinab. »Es ist doch alles gleichgültig«, flüsterte er.

Er hörte jemand ins Zimmer kommen. Wieder kamen ihm die Schritte vertraut vor. Sein Herz klopfte. »Es kann nicht sein. Es kann nicht sein.«

Der Verdacht war zu verrückt. Warum drehte er sich dann nicht um?

Jetzt war die Frau ganz nahe. Er hörte ihren Atem. Dann spürte er ihre Hand. Sie schob sich in seinen Schritt und wölbte sich mit einem sanften Druck um sein Geschlecht.

Er kannte diesen Griff aus den Straßen von London. Nun war kein Zweifel mehr möglich. »Joan Sanderson«, flüsterte er.

In der Fensterscheibe spiegelte sich ihr Kopf neben dem seinen. Ihr Körper war hinter ihm verborgen.

»Dolly«, sagte er. »Du bist des Teufels. Welch eine Hölle bringst du mir.«

Er fragte Dolly später, warum sie gekommen sei. Sie wich seiner Frage aus. Sie erzählte ihm allerdings, daß sie damals, nachdem er Margate verlassen hatte, die Ehe nicht eingegangen sei. Das sei sie ihm schuldig gewesen. Sie lachte bei dieser Äußerung, und er glaubte ihr nicht.

Seine Zahnschmerzen waren verschwunden. Er nahm an, daß sie in diesem neuen Gefühl einfach untergegangen waren. Nach einigen Wochen kamen sie jedoch wieder, wenn auch nicht mehr in der alten Stärke. Das bestätigte ihn in der Überzeugung, kein Hypochonder zu sein.

Dolly oder Devil, wie er sie bald nannte, war jetzt Ende

dreißig. Seit Margate waren fast zwanzig Jahre vergangen. Sie hatte sich äußerlich wenig verändert. Sie gehörte zu den Frauen, die sich ihre Mädchenhaftigkeit bewahren. Sie altern in lauter winzigen Einzelheiten, ohne daß der Gesamteindruck sich sonderlich verändert.

Er ließ sich von Margate erzählen, von den Badekarren und dem Meer und dem englischen Leben. Dabei fiel ihm auf, daß das Wort Margate vollständig im Namen seiner Frau enthalten war.

Seit Dollys Rückkehr war sein Eheleben besser geworden. Er schlief wieder öfter mit Margarethe, und es war auch schöner als sonst. Mit Dolly schlief er selten. Meistens redeten sie. Sie flüsterten. Nicht nur, um von Außenstehenden nicht gehört zu werden, sondern um ihre innere Erregung zu dämpfen.

Sie flüsterten auf Englisch. Noch nie hatte er eine solche Lust an dieser Sprache verspürt. Manchmal küßten sie sich beim Sprechen und flüsterten sich gegenseitig in den Mund hinein.

Beide Frauen kamen ihm nun wie die zwei Seiten einer Münze vor. Sein Glück sollte jetzt darin bestehen, daß er die Münze warf und sie mit beiden Seiten nach oben zu liegen kam. Dies war das einzige stabile Gleichgewicht, das er sich denken konnte, aber er wußte, daß die Wirklichkeit solche Kunststücke nicht zuließ.

Dolly war Anfang Dezember gekommen. Nun ging es in den Frühling.

Wenn sie ungestört sein wollten, verabredeten sie sich im Gartenhaus. Hier sprachen sie laut. Manchmal schrien sie sich an.

Dolly saß immer im blauen Sessel, er im roten. Auch wenn er allein war, vermied er es, den blauen Sessel zu benutzen. Die Kräche mit Devil waren ganz anders als die mit seiner

Frau. Mit Margarethe zankte er sich immer um Lappalien, um einen verlorenen Ohrring, um ein verdorbenes Essen. Mit dem Teufel stritt er um große und wesentliche Themen.

Dolly warf ihm vor, inkonsequent zu sein. Sein Lebenskompromiß sei mehr als faul.

Er bot ihr immer wieder an, seine Frau zu verlassen und sie zu heiraten. Das wiederum wollte Dolly nicht. Das sei nicht die Konsequenz, die sie meine. Sie meine überhaupt nicht den Inhalt, sondern die Art. Er sei feige und genußsüchtig, ein lascher Egoist. Er brüllte sie an und goß das dritte oder vierte Glas Keras hinunter. Dann sank er oft in einer Art Demutshaltung zwischen ihren gespreizten Beinen am blauen Sessel auf die Knie und legte seinen Kopf in ihren Schoß. Sie hatte eine Art, seine kurzen, grauen Haare wie das Fell eines Hündchens zu streicheln.

Während der nächsten Monate wurde er immer matter. Es ging ihm zwar gut, jedoch erschöpfte ihn auch diese neue Lebensform. Wieder und wieder nahm er sich vor, etwas zu ändern. Doch Dolly kam ihm zuvor. Am 5. Juni 1794 verließ sie ihn ohne ein Wort der Erklärung.

Er rannte im Zimmer auf und ab, immer die gleiche Spur, diagonal von einer Ecke zur anderen, den längstmöglichen Weg in diesem Raum. Sein Schmerz verwandelte sich in ein unstillbares Gehbedürfnis. Jeder Schritt verschaffte ihm ein wenig Erleichterung, aber sofort strömte neuer Schmerz nach, so daß er weiterlaufen mußte.

Er war gezwungen hin- und herzugehen, ohne Sinn und Verstand, acht Schritte auf die eine Ecke zu, dann eine Kehrtwende und acht Schritte auf die andere Ecke zu, immer wieder. Nur während er lief, konnte er den Druck in seiner Brust einigermaßen ertragen. Warum hatte sie ein Ende gemacht?

Lag es an ihm? Hatte er ihr seine Liebe nicht richtig gezeigt? Hatte er sie erdrückt mit seinen Gefühlen? Gab es nicht noch einen Aufschub? Konnte er nicht immer noch hoffen?

Plötzlich begriff er, warum er wie ein gefangenes Tier hin- und herlief. Es war nicht nur, um seinen Schmerz zu stillen. Es war, weil er hinaus wollte aus dem Haus des Lebens.

Schließlich warf ihn ein Hustenanfall aufs Bett.

Es war erbärmlich, wie sein Körper geschüttelt wurde. Es war niederträchtig, daß sein seelisches Leid von dieser physischen Reaktion überdeckt, ja förmlich ausgelöscht wurde.

Solange der Anfall währte, schien alles gut zu sein. Aber als er dann auf dem Rücken lag und zur Decke starrte, bemerkte er mit Entsetzen, wie schnell der Schmerz zurückkam.

Er lag da mit vor Todesangst geweiteten Augen. Ein feiner Schweißfilm bedeckte sein Gesicht. Er rollte zur Seite, als wollte er wieder auf die Beine, um seine Wanderungen aufzunehmen, aber dann schob er eine Hand den Bauch hinunter und begann, sich die Qual aus dem Leib zu massieren.

Das Gefühl der Erleichterung währte nur wenige Sekunden, dann kamen die Qualen mit doppelter Stärke zurück.

Das Schlimme war, daß er ihr Bild durch den kläglichen Moment der Wollust in aller Deutlichkeit vor seine Augen gerufen hatte. Er sah wieder ihren schönen Mund, der immer halb offen gestanden hatte, wenn sie miteinander schliefen. Nie war ein Laut aus ihm gekommen.

Er nahm all seine verbliebene Kraft zusammen und stieß sich aus dem Bett. Dann nahm er seine Wanderung wieder auf, aber diesmal führte sie nicht mehr schräg durch den Raum, sondern parallel zur Wand vom Fenster zum Schrank und zurück zum Fenster. Mehrmals öffnete er die Schranktür und goß sich ein Glas Keras ein, das er hastig hinunterkippte. Als der Alkohol zu wirken begann, war es, als verdünnte sich sein Schmerz. Er wurde durchsichtig dabei und unterschied sich bald nicht mehr von dem Glas der Fensterscheibe, hinter der ein trüber, nebliger Tag begann.

Er unterbrach seine Reise am Fensterbrett und sah hinaus. Das Bild der Außenwelt war unscharf und verschwommen, wie damals in Margate auf der Mattscheibe der Camera obscura. Jetzt ging es ihm besser. Ja es ging ihm so gut, daß er nicht merkte, wie er die ganze Zeit tonlos weinte.

Später installierte er den Tubus am Fenster und beobachtete die Beerdigung. Er ließ das Fenster geschlossen. Dadurch war das Bild im Okular unscharf und verzerrt. Zugleich war die Luft so dunstig, daß er die Einzelheiten der Zeremonie nur schemenhaft sah. Er fand dies angemessen. Jede Art von Klarheit hätte seinen Schmerz wieder verstärkt.

Irgendwann mußte eine Ruhe in ihm entstanden sein, die es ihm ermöglichte, die Fensterflügel weit zu öffnen. Er lehnte sich hinaus. Dabei roch er den Nebel ganz deutlich. Er stank. Er hatte einen penetranten menschlichen Geruch, wie man ihn an jemandem riechen kann, zu dem man eine übergroße Nähe hat, ohne ihn zu lieben. »Devil, es ist alles aus«, flüsterte er. »Es ist endgültig und unwiederbringlich vorbei. Du bist so gegangen, daß eine Rückkehr unmöglich geworden ist.«

Er zog rasch den Kopf zurück, schloß das Fenster und ging hinunter zum Treppenverschlag. Er kam mit einem Schrubber, einem Eimer Wasser und einer Schaufel Scheuersand zurück und begann, seine Stube zu reinigen. Er goß Wasser über die Dielen und streute den Sand hinein, mit einer Bewegung wie Bauern beim Säen. Dann schrubbte er die Bodenbretter. Er brachte all seine Kräfte auf und sah, wie das Holz bleich wurde an den Stellen, an denen es zu trocknen begann.

Als er fertig war, brachte er sein Werkzeug zurück und setzte sich in den blauen Sessel. Er sah zu, wie der Boden trocknete, als käme das Watt bei ablaufendem Wasser zutage.

Als seine Frau von der Beerdigung des jungen Elberfeld zurückkehrte, zeigte er sein frisch gereinigtes Zimmer. »Du siehst, es geht auch ohne Dortchens feste Hand«, sagte er. Dann zog er seine Frau aufs Bett und schlief mit ihr, ein wenig hastig, jedoch mit ehelichem Wohlbehagen.

»Möglicherweise kommt sie wieder«, sagte seine Frau später. »Ich habe Dortchen bei der Beerdigung kurz gesprochen. Sie läßt dich herzlich grüßen und bittet uns, noch ein wenig zuzuwarten, bis wir ein neues Zimmermädchen einstellen.«

Er sagte nichts, nichts Hörbares. Er mochte es nicht, wenn seine Frau Dolly Dortchen nannte. Innerlich nahm er seine Wanderungen über den Zimmerboden wieder auf. »In weniger als vier Wochen werde ich 52«, dachte er dabei. »Wie lange wird es noch währen.«

Dolly kam vorerst nicht zurück. Seine Frau erwähnte das Thema ebensowenig wie er. Ob sie Verdacht geschöpft hatte?

Er nahm sein altes Leben wieder auf. Aber er trank mehr als vorher. Bei dem Geburtstag von Madame Dieterich zwei Tage nach Dollys Verschwinden war er so betrunken, daß sie ihn zum Gartenhaus brachten und aufs Kanapee legten.

Kaum war er allein, onanierte er. Er war betrunken, also dauerte es lange, bis er es schaffte. Er hatte dabei das Gefühl, in einen Abgrund zu fallen, der mit lauter weichen Händen angefüllt war, mit Händen, aus denen man das Knochengerüst entfernt hatte.

Als er am Morgen mit grausamen Kopfschmerzen erwachte, fühlte er, wie sein eines Bein am Laken klebte. Ihm wurde übel, und er schlich aus dem Bett und übergab sich in die Waschschüssel.

Später, als es ihm wieder besser ging, besah er sich das Bett. Es sah schlimm aus. Er begriff erst allmählich, was geschehen war. Die Katze Miß Abington hatte wie so oft neben ihm übernachtet. Sie hatte ihre Mahlzeit vom Vortage erbrochen. Ihn schauderte, denn er hatte selbst beobachtet, daß sie Kaninchengedärm von der Schlachtung für das Geburtstagsessen gefressen hatte. Er riß das Laken vom Bett und knüllte es zusammen. Dann reinigte er sich, so gut es ging.

Später kam seine Frau. Auch sie sah nicht gut aus. Sie hatte eine magere Fleischbrühe dabei.

Die Eheleute saßen sich gegenüber und löffelten die Suppe. Plötzlich mußten sie lachen. Es war ein ruhiger Augenblick.

Da es Pfingsttag war, kam später ein Barbier, um ihn zu rasieren. Er sah nun schon besser aus und trank bereits Kaffee. Ja, das Leben war doch gar nicht so schlecht, wenn man noch richtig Kummer haben konnte. Diese Traurigkeit, die ihn überwältigt hatte, war gebannt, aber sie würde wiederkommen, immer wieder.

Es blieb ein merkwürdiger Feiertag, denn abends, als bereits der Wein wieder schmeckte, erfuhr er, daß der gute Gottfried Bürger im Sterben lag.

Was war nur los mit der Welt. Was sollten diese Phasen, wo alles abrutschte und nach unten zeigte. Der arme Bürger, ausgerechnet nachdem er sich so einigermaßen etabliert hatte mit seiner Professur. Georg fühlte sich ihm verbunden. Er war ein Lebensverwandter, wenn auch kein Geistesverwandter.

Bürger hatte unglücklich zwei Frauen geliebt. Sein Weib und deren Schwester. Er hatte danach eine Kokotte geheiratet, und auch diese Ehe war schief gegangen. Als Dichter hatte er einiges Renommee, aber zweifellos würde er nie zu den Großen zählen. Natürlich, jeder kannte seine »Leonore«, diese Ballade aller Balladen, aber das war zu wenig.

Bürger war kein Kunkel. Bürger war kein Genie der Mittelmäßigkeit. Er war ein mittelmäßiges Genie, und das war unendlich schlimmer. Außerdem war er klein und häßlich und hatte diesen vergeistigten Gesichtsausdruck, der bei älteren Damen Anbetungsgelüste weckt. Nun starb er. Es konnte dabei schließlich herauskommen, daß dies für ihn dereinst bedeuten würde, gar nicht gelebt zu haben.

Am folgenden Tag fühlte sich Georg soweit erholt, daß er wieder mit Lust zu trinken begann. Er hatte seine liebe Frau zu Besuch. Beide tranken sie Keras. Es schien, als verstanden sie sich immer besser. Wahrscheinlich lag dies daran, daß sie sich endlich richtig fremd waren.

Zwei Tage später schloß er sich den Vormittag über ein, denn es war der Sterbetag seiner Mutter. Er versuchte, an sie zu denken, aber es gelang ihm schlecht. Das Bild zerfloß immer wieder, und er sah jene andere vor sich, die er zu vergessen suchte. Hatte sie nicht ihren Leib? War nicht die Ruhe, die er bei Dolly verspürte, wenn sie ihn anfaßte, jene alte Ruhe, die er mit dem Leib seiner Mutter verband?

Er ging in den Garten und kegelte. Er war nüchtern wie schon lange nicht mehr. Er traf gut mit der Kugel, und da die Sonne schien und es warm war, glaubte er, beinahe Frieden gefunden zu haben.

Tags darauf wurde Bürger beerdigt. Natürlich hatte Georg seinen Beobachtungsposten bezogen. Er beobachtete die Zeremonie unter Tränen. Das Bild verschwamm immer wieder. Als der Wagen in den Kirchhof hineinrollte, schwankte der Sarg wie ein Nachen auf unruhiger See. Dies war die letzte Form von Leben, das Bürger widerfuhr: Die Leiche wurde geschüttelt und hin und her geworfen. Als sie den Sarg herunterhoben, zog Georg sich von seinem Posten zurück. Er mochte das Versenken nicht mit ansehen. Heute war er zu empfindlich für jede Form der Endgültigkeit.

In der folgenden Woche fühlte er sich immer wohler. Er ging viel spazieren. Er traf sich mit seinem Freund Dieterich und fuhr zum Essen aus. Er lauschte der Nachtigall und dem

Kuckuck. Er unternahm mit seiner Frau eine Fahrt durch die Kornfelder. Seine Hand lag die ganze Zeit auf ihrem Schenkel, und sie hatte ihren Kopf an seine Schulter gelehnt.

Am zwanzigsten Juli hatte er einen Rückfall. Er war allein zum Gartenhaus gefahren. Er spazierte im Garten herum und schoß mit der Flinte auf Spatzen.

Dann kam ein Gewitter auf, und die Vögel verzogen sich. Es wurde düster, doch es donnerte nur ein einziges Mal. Die Wolkenwand verzog sich über den Hügeln, und die Sonne schien wieder. Sie stach jetzt viel mehr.

In diesem Moment kam der Schmerz zurück. Ihm fielen ihre heimlichen Spaziergänge im Wald ein. Er verstand einfach nicht, was sie von ihm gewollt hatte. Sie wollte wahrscheinlich nichts, und er wollte alles.

»Struensees Hand«, flüsterte er.

Er war wohl dabei, verrückt zu werden. Der Schmerz zerrte an seinen Gliedern, als ob er viergeteilt werden sollte. Er richtete die Flinte gegen seine Brust. Aber die Lächerlichkeit dieser Geste mit ihrem wertherschen Pathos führte dazu, daß er die Waffe von sich warf und ins Haus ging.

Er stieg die Treppe hoch bis unters Dach. In der einen Hand trug er eine Flasche Keras, in der anderen eine Flasche Hochheimer Wein.

Vielleicht konnte man sich durch bloßes Trinken umbringen. Vielleicht mußte nur der Schmerz groß genug sein, um aus seinem Leib die Lebensgeister auszutreiben.

Er hatte es sich angewöhnt, im obersten Stockwerk des Gartenhauses am Fenster zu sitzen und zu trinken, wenn schönes Wetter war.

Er ließ Schluck um Schluck die Blätter des Ahorns gegen den tiefblauen Himmel hervortreten. Es war so, als trank er sich jedes einzelne Blatt in seinen Umrissen und seiner mattgrünen Farbe zusammen. Die ganze Krone hatte er erst, wenn er fast betrunken war. Dann schimmerten alle Blätter gleichzeitig, während er sie zuvor nacheinander gesehen hatte. Sie glichen jetzt den Schuppen eines großen Tieres, das sich kaum merklich und träge im Wind bewegte. War dieser Zustand erreicht, konnte er in einen totenähnlichen Schlaf fallen.

An diesem Tag trank er sich wieder seinen Baum zusammen. Dabei ergab es sich, daß Vogelschwärme über den Himmel zogen. Er sah sie nicht. Er sah nur die Schatten. Es mußten Tauben sein, die sehr nahe über dem Baum vorbeiflogen. Jedes einzelne verdunkelte Blatt tat ihm weh. Es waren nur kurze Momente, aber sie kamen ihm vor wie kleine Ewigkeiten.

Er ging die schmale Treppe hinunter in den Wohnraum. Da sah er sie im hellblauen Sessel sitzen. Es war eine Vision, ein Nachbild. Sein Hirn arbeitete wie ein phorensischer Stein. Früher hatte sie oft wirklich dort gesessen. Jetzt war es ein Geisterbild.

Er ging hin und streckte seine Hand vor, in der Erwartung, durch die Erscheinung hindurch wie durch Luft zu greifen und den rauhen Stoff zu fühlen.

Aber seine Hände trafen auf ihre Brust. Sie war weich, aber keineswegs so durchlässig wie die Atmosphäre. Sie sah ihn an mit einem ihrer typischen Blicke. Augen, die nicht zugaben, daß sie etwas sahen. Vielleicht sahen sie mehr als die Formen und Farben der Dinge. Er hatte es aufgegeben, diesen Blick deuten zu wollen. Er sagte nur: »Was machst du hier. Ich denke, du bist gegangen.«

Dann nahm er seine Hand von ihrer Brust und ließ sich in den anderen Sessel fallen. Es war der dunkelrote. Himmel und Hölle, so wie es immer gewesen war.

In dieser Zeit nahm er seine Weltumsegelungen auf dem Kanapee wieder auf. Er hatte sich schon früher oft auf seinem Sofa in Seereisen hineingeträumt, wobei er schräg auf der Seite zu liegen pflegte wie ein Segelschiff bei günstigem Wind.

Er übernachtete, so oft es ging, allein im Gartenhaus, in der Hoffnung auf einen der seltenen Besuche Dollys.

Er war ein Wartekünstler geworden.

Dies führte dazu, daß Wachen und Schlaf oft unmerklich ineinander übergingen. Die bewußten und unbewußten Träume waren es, die beide Zustände miteinander verschmelzen ließen.

Natürlich war Dolly der Hauptgegenstand seiner Träume. Immer wieder spann er sich Möglichkeiten aus, mit ihr zusammenzuleben. Doch in den wirklichen Träumen nahmen seine Wünsche oft grauenvolle Formen der Erfüllung an.

Einmal lag Dolly neben ihm. Ihr schöner, herzförmiger Mund war offen, so daß er die ebenmäßigen Zähne sah. Er hatte grauenvolle Angst, in diesen Mund wie in einen endlosen Abgrund zu stürzen. Es war ihr Schweigen. Neuerdings sagte sie kaum mehr ein Wort bei ihren seltenen Besuchen.

Jemand beugte sich über ihn und richtete ihn auf. Er fühlte sich ganz zerschlagen.

»Du bist vom Sofa gefallen«, sagte seine Frau. Seine Hand lag zwischen seinen Schenkeln eingepreßt. Er zog sie hervor und ließ sie in einem Bogen durch die Luft schweben, bis sie die Schleife erreichte, mit der seine Frau ihre Spitzenhaube unter dem Kinn befestigt hatte. Er zerrte an einem Ende des Bandes und zog die Haube weg. Dann fuhr seine Hand weiter empor und schlüpfte in ihr dichtes Haar. Es war so schwer und stark wie Pferdehaar. Er drückte ihren Kopf zu sich herab, bis er sie küssen konnte. Sie löste sich und lachte.

»Du bist ein guter Kerl«, sagte sie. »Aber du solltest deine Zähne besser pflegen. Sie wackeln. Ich habe eine Suppe mitgebracht.«

Sie verschwand, und er hörte sie unten rumoren. Dann kam sie die Treppe hoch und stellte einen dampfenden Topf auf den Tisch.

Er lag immer noch auf dem Boden. Es bereitete ihm eine Art von Vergnügen, so hart und hingeworfen dazuliegen wie eine Münze auf dem Tisch. Sie schob ihre kräftigen Hände unter seine Achseln und zog ihn aufs Kanapee. Mit einem großen Kissen verhalf sie ihm zu einer halb sitzenden Lage. Anschließend fütterte sie ihn wie ein Kind, Löffel für Löffel. Kleine Schweißtröpfchen bildeten sich auf seiner Stirn. Er hörte das Ticken der Uhr überlaut.

Sie brachte den Topf nach unten und kam mit einer Wolldecke zurück, die sie über ihn breitete. »Mir ist warm«, flüsterte er. Sie tupfte die Schweißperlen von seiner Stirn und küßte ihn dort sanft. »Es ist gut, wenn du alles herausschwitzt«, sagte sie. »Bleib so ruhig liegen. Ich komme nach der Beerdigung wieder zu dir.«

Jetzt erst fiel ihm auf, daß sie schwarz gekleidet war. Er sah, wie sie vor dem Spiegel stand und ihr Haar ordnete. Statt der weißen Haube band sie jetzt eine schwarze um. »Sie wechselt die Rolle«, dachte er. »Als Liebende und Hausfrau, nein, eigentlich nur als Hausfrau ist sie gekommen, als trauernde Mitbürgerin geht sie jetzt.«

»Wer ist es denn!« rief er ihr nach.

Sie war schon auf der Treppe. Er hörte, wie sie einen Namen nannte, der ihm unbekannt war. »Ich kenne seine Frau von früher«, setzte sie hinzu. »Schlaf nur. Ich bin bald wieder zurück.«

Wenn der Verstorbene aus ihrem alten Milieu stammte, war es kein Wunder, daß er ihn nicht kannte. Für die Leute würde es eine Ehre sein, wenn die Frau Professor zum Kondolieren kam. Er warf die Decke von sich und ging zu einem der Fenster. Dort stand wie immer sein Reiserefraktor. Er rückte einen Stuhl heran und begann mit den Beobachtungen.

Weit über hundert Beerdigungen hatte er nun schon von dieser Sternwarte aus betrachtet. All diese Privatreisen in die Ewigkeit, die dort auf dem Friedhof der Johannisgemeinde in Särgen angetreten wurden, sie verdienten es durchaus, unter dem Aspekt der Astronomie betrachtet zu werden.

Diesmal hatte er es versäumt zu beobachten, wie die Grube ausgehoben wurde.

Er visierte jetzt den Friedhofseingang an und stellte die Schärfe nach. Er hatte den Ablauf richtig eingeschätzt. Seine Frau erschien. Er beobachtete, wie sie sich zu einer Gruppe schwarz gekleideter Menschen begab. Sie wurde von ihr verschluckt. Ihre eigene schwarze Kleidung ließ sie zu einem harmonischen Teil des Ganzen werden.

»Jaja«, dachte er. »Es tut gut, so etwas zu sehen. Dann verliert sich auch die eigene Todesangst ein wenig. Die Trauernden sind die wahren Toten.«

Er ging hinüber zu dem Schränkchen, in dem er neben anderen physikalischen Geräten auch einige Leidener Flaschen aufbewahrte. Eine von ihnen holte er hervor. Sie war mit Keras präpariert. Man sah den Inhalt wegen der Silberfolie nicht, mit der das Glas rund herum beklebt war.

Er mußte inzwischen solche Vorsichtsmaßnahmen ergreifen, denn obwohl Margarethe selbst immer noch gerne ein Gläschen trank, achtete sie mehr und mehr auf seine Gesundheit.

Ihre Fürsorge ging ihm auf die Nerven. Zugleich sah er einen Beweis darin, daß sie ihn liebte.

Er trank hintereinander drei Gläser und ging zum Fenster zurück.

Jetzt erkannte er seine Frau wieder. Sie stand ein wenig abseits und sprach mit einer Person, die von einem Baum fast ganz verdeckt war. Dann sah er, wie sie sich die Hände gaben. Es sah nicht nach Kondolieren aus. Der Händedruck war zu fröhlich.

Er trank noch einen Schnaps und legte sich schlafen.

Als er aufwachte, glaubte er sich wie ein Fisch in einem Netz gefangen.

Seine Frau hatte sich über ihn gebeugt und ihn geküßt. Dabei war ihr schwarzer Schleier, den sie ein wenig hochgezogen hatte, um ihren Mund freizulegen, über seine Augen gefallen.

»Du hast nach Atem gerungen«, sagte sie. »Es riecht hier seltsam. Hast du etwas getrunken?«

Sie ging zu einem der Fenster und öffnete es weit. Dann kam sie zurück, wobei sie Schleier und Haube ablegte. Sie schlüpfte zu ihm unter die Decke.

»Dortchen kommt wieder zu uns zurück. Ich habe eben bei der Beerdigung mit ihr gesprochen. Ich denke, daß es dir recht ist.«

Er wagte es nicht, sich zu rühren. Konnte nicht alles zerspringen wie dünnes Glas?

So, wie sie ihn zu streicheln verstand, war es immer noch schön, eine Frau zu haben. Sein Atem ging jetzt ruhiger, und der Druck auf der Brust ließ nach. Sie schmiegte sich an ihn und wartete, bis er mit ihr schlafen konnte.

So war es immer. Es war keine heftige Leidenschaft. Es war eine Rückkehr an die Stelle, wo einst seine Mutter gewesen war. Gleich neben dem Herd in der kleinen Küche. Er hatte auf einer Kiste gesessen, und sie hatte ihm die Nase geputzt. Mit Margarethe war es so ähnlich. Es hatte etwas von einem freundlichen Naseputzen an sich. Es befreite. Man konnte hinterher besser durchatmen.

Eigentlich war sie gekommen, um ihn in die Stadtwohnung

zu holen. Er jedoch bestand darauf, im Gartenhaus zu übernachten. Er wollte auch nicht, daß sie dablieb. »Wir haben einen Venusdurchgang zu erwarten«, sagte er. »Es ist möglich, daß sich die Wolkendecke verzieht und wir eine klare Nacht bekommen. Die Gelegenheit will ich mir nicht entgehen lassen.«

Es war eine grobe Lüge. Selbst eine ungebildete Frau wie Margarethe hätte inzwischen mitbekommen können, daß man einen Venusdurchgang nur bei Tage beobachten konnte. Außerdem trat dieses Phänomen nur ein- bis zweimal in einem Jahrhundert auf.

Er fragte sich, warum er so stümperhaft schwindelte. Beruhigte er sein schlechtes Gewissen, indem er ihr eine solch gute Chance gab, Verdacht zu schöpfen?

Er nahm Margarethe, einem plötzlichen Impuls folgend, heftig und zärtlich zugleich in die Arme. Sie lachte und sagte: »Du erdrückst mich.« Dann küßte sie ihn lange auf den Mund. »Trink nicht wieder so viel. Ich möchte wissen, wo du deinen Schnaps versteckt hältst!«

Als sie gegangen war, holte er den Staatskalender und trug eine Zahl ein. Dahinter malte er das Venussymbol. Wenn es so weiterging, würde er in diesem Jahr doppelt soviel mit seiner Frau geschlafen haben als im letzten. Es lag an Dolly. Sie hatte sein Lebenslicht so geputzt, daß es viel heller brannte.

Er trank noch einen Schnaps. Dann holte er eine Flasche süßen spanischen Wein aus dem Keller, füllte sich ein Glas und ließ sich in den roten Sessel fallen.

Er trank den Wein in kleinen Schlucken und sah dem Schwinden des Tageslichtes zu.

Die Dämmerung zog sich hin. Die neblige Luft schien das Tageslicht wie einen Schwamm aufgesogen zu haben, der sich nur langsam von der heraufziehenden Nacht auspressen ließ.

Endlich war es finster draußen. Keine Sterne waren zu sehen. Die Wolkendecke war geblieben. Es war kühl, und er entschloß sich, den Ofen anzuheizen.

Eine Weile ließ er die Ofentür offen und starrte in die kunstvollen Veranstaltungen des Feuers.

Wie gerne hätte er seine Natur verstanden. Im Feuer waren sowohl Wärme als auch Licht enthalten. Doch mußte beides ein eigenes Wesen haben. Denn es gab unsichtbare Wärme, und es gab kaltes Licht, wie das Polarlicht und das Meeresleuchten bewiesen. Aber im Feuer waren Wärme und Licht eine Ehe eingegangen.

»Wenn sich ein warmer und ein kalter Körper berühren«, dachte er, »dauert es nicht lange, und beide haben die gleiche mittlere Temperatur. Heißt dies nicht, daß der eine Körper dem anderen Wärme mitteilt? Ist Wärme also nicht eine Art Sprache? Wenn Dolly neben mir sitzt, empfinde ich es so. Doch gibt es auch Wärme, die durch Druck, durch Gewalt entsteht. Sie hat nichts mit Sprache zu tun. Es ist mechanische Wärme, wie sie Reibung hervorruft. Ist dies vielleicht so zwischen Margarethe und mir?«

Sein Blick streifte die beiden Sessel, die leer in der Nähe des Fensters standen. Er ging hin und rückte sie ein wenig zusammen, so daß sich ihre Armlehnen fast berührten.

Er ließ sich in den roten Sessel fallen und nippte am Wein. Er fühlte, daß das Warten in ihm stieg wie eine unsichtbare Flut.

Manchmal erhob er sich und zog den Vorhang zur Seite. Er lehnte die Stirn gegen die kalte Scheibe und sah in den Nebel. Das Glas hatte hier in Stirnhöhe immer Fettflecken, worüber sich Margarethe regelmäßig aufregte. Sie ahnte glücklicherweise nicht den wahren Hintergrund.

Warum konnte man sich nur so schlecht an Wärme erinnern? Auch dies war ein Rätsel. Farben, Gerüche und Klänge konnte er sich weitaus besser merken.

Nur einmal hatte er sich an warm und kalt erinnert. Das war damals gewesen, als er mit der Post nach Göttingen gekommen war, um ein neues Leben zu beginnen.

Wenn Liebe etwas mit Wärme zu tun hat, dann war dies vielleicht der Grund dafür, daß man sich auch an Liebe so schlecht erinnern konnte. Und darum mußte man sie immer wieder überprüfen. Man konnte sich nie deutlich genug an sie erinnern. Also wiederholte man sie, und dies zerstörte sie schließlich.

Er starrte wieder in den Nebel hinaus. Wenn er sich erhob, schwappte das Warten in ihm über den Rand.

Endlich sah er sie. Es war nur ein formloser Schatten im Nebel.

»Beldü«, sagte er leise. Diesen Kosenamen hatte er aus Dübel gemacht. Devil oder Teufel hätten sich nicht dazu geeignet.

Als er sich umwandte, saß sie bereits im blauen Sessel.

Er holte ein Glas, füllte es und stellte es vor sie auf die Fensterbank. Dann zündete er eine Kerze an und postierte sie so, daß Dollys Gesicht wie ein Schattenriß aussah.

Lange sagte keiner ein Wort. Das Schweigen kam ihm vor wie die Fortsetzung des Wartens.

»Ich werde wieder bei euch arbeiten«, sagte sie plötzlich. Sie sprach so laut, daß die Kerze flackerte. »Unter einer Bedingung. Wir werden nicht mehr miteinander schlafen.«

Es kam ihm vor, als rede sie in einer Fremdsprache, im Balnibarbischen zum Beispiel.

»Ich habe manchmal fast keine Luft bekommen, wenn ich mit dir geschlafen habe«, fuhr sie fort.

»Spanische Kreite«, flüsterte er.

Sie sah ihn an, als verstünde sie nicht. »Was hast du gesagt?«

»Spanische Kreite«, wiederholte er mit tonloser Stimme.

Sie erhob sich und ging. Er stand am Fenster und beobachtete, wie der Nebel ihre Gestalt verschlang.

»Spanische Kreite«, sagte er noch einmal. Diesmal laut, als befände er sich in seinem Hörsaal.

Dann trank er ihr Glas, das nicht angerührt worden war, in einem Zug aus.

Warum war ihm dieses Wort wieder eingefallen, und warum ging von ihm dieser Trost aus?

Er hatte über zwei Jahre nicht mehr daran gedacht. Es gab offenbar Wörter, die daraus ihre seltsame Kraft bezogen, daß sie in keinem erkennbaren Zusammenhang zur jeweiligen Situation standen. Sie trösteten durch ihre völlige Unbrauchbarkeit. Sie erklärten alles, indem sie nichts erklärten.

Er ging zum Schrank und holte das Heft heraus, das er in diesem Frühjahr abgeschlossen hatte. Eine Weile blätterte er darin. Dann hatte er die Stelle gefunden.

»Am 15ten Mai 91 sah ich mit dem Tubo an einem vortrefflichen Morgen um 3/4 auf 7 Uhre nach den Linden auf dem Kirchhofe und sagte dabei das Wort: spanische Kreite. Wie ich zu diesem Worte gekommen, kann ich nicht ausmachen, ich habe an dem Tage öfters viertelstundenlang darüber nachgedacht.«

Er schloß das Heft wieder ein und legte sich aufs Kanapee. Spanische Kreite war ein Mineral. Eine bestimmte Sorte Speckstein, die sich als Kreide eignete. Warum bewegte und tröstete ihn dieses Wort?

Als er aufwachte, fiel heller Sonnenschein ins Zimmer. Er war zugedeckt. Unten hörte er das Klappern und Klirren von Geschirr. Dann vernahm er das Geräusch von sprudelnd kochendem Wasser. Kaffeeduft stieg von der Treppe herauf. Schließlich rief ihn die Stimme seiner Frau beim Namen. Sie sprach das »Georg« so hart und scharf, wie es ihr niederdeutscher Dialekt verlangte.

Er stand auf und schlüpfte in seinen Hausmantel. Dann zog er das Uringlas unter dem Bett hervor und entleerte seine Blase. Er stellte es ans Fenster und legte ein Stück blindes Spiegelglas darauf.

Anschließend ging er hinunter.

Margarethe umarmte ihn sanft und doch genügend fest, daß er Gefallen daran fand. Der Tag fing gut an. Ihm schmeckte das Frühstück.

»Hast du was gesehen?« fragte seine Frau.

Er begriff nicht gleich, daß sie ihn offenbar nach seinen astronomischen Aktivitäten fragte.

»Ja«, sagte er, »aber nur ganz kurz. Es war nicht sehr erfolgreich. Es war nicht klar genug.« Während er sprach, fühlte er den Schmerz der Nacht wie eine Geldbörse durch das Kissen. Ihre Form war undeutlich, aber er war sich seines Reichtums sicher.

Er sagte seiner Frau, daß er sich heute kräftig genug fühle, um seine Vorlesung zu halten. Es sei höchste Zeit, die Arbeit wieder aufzunehmen.

Er ging hoch, um sich anzukleiden. Dann trat es ans Fenster. Es mußte immer noch kalt sein, denn die Scheiben waren beschlagen. Er hob den Deckel vom Uringlas und sah über der klaren Flüssigkeit die durchsichtigen Schlieren und Wirbel der Dämpfe. Die Sonnenstrahlen ließen den Urin farblos erscheinen, und sie weckten auch jenen Nebel, der ein gutes Zeichen war. Er zählte ihn zu seinen Lebensgeistern. Immer wenn es ihm schlecht ging, waren sie ausgeblieben.

Vor dem Spiegel band er sich sorgfältig mit rotem Zwirn die wackelnden Schneidezähne zusammen. Roter Zwirn war stärker als weißer. Er war auch günstiger, was den Anblick betraf, denn sein Zahnfleisch war rot und entzündet. Es blutete leicht.

Seine Perücke war neu. Er probierte sie an und fand,

daß sie den schlechten Eindruck verstärkte, den sein Äußeres machte. Er fand, daß er wie ein Siebzigjähriger aussah, und er fragte sich, wie Dolly dieses alte und von Krankheit gezeichnete Gesicht lieben konnte. Oder war dies eine Unterstellung?

Sie würde doch wohl nicht kommen, wenn sie nicht etwas an ihm fände.

In der Waschschüssel war noch ein wenig kaltes Wasser vom gestrigen Tag. Er schöpfte es mit der hohlen Hand und drückte seine Augen hinein. Es tat gut. Die Durchblutung straffte seine Haut. Er zwinkerte sich zu und lächelte mit seinen großen Zähnen.

Dann schenkte er sich einen spanischen Bitterschnaps ein und ging damit ans Fenster. Der Baum draußen hatte immer noch nicht alle Blätter verloren.

Er stellte sich vor, jedes Blatt, das noch in der Krone hing, war ein Besuch Dollys, der noch bevorstand.

Während seine Frau unten eine kräftige Suppe kochte, saß er den Vormittag über im roten Sessel und las. Zuweilen trank er in kleinen Schlucken. Er bemerkte, daß er dies immer tat, wenn sich eines der Blätter von den Zweigen löste und in kreiselnden Bewegungen zu Boden fiel.

Später rief seine Frau ihn zum Essen.

Zum Mittagsschlaf legten sie sich aufs Kanapee. Sie lagen eng beieinander, die Gesichter einander zugewandt, die Augen geschlossen. Sie hatten jeder die Hände in den Schoß des anderen gelegt, aber sie vermieden es, sie zu bewegen. Nach dem Aufwachen und einem starken Kaffee bat er Margarethe, ihn zu begleiten.

Er wollte diesmal nicht mit der Kutsche in die Stadt fahren, sondern wieder einmal zu Fuß gehen. Die kühle Herbstluft sei ein erfrischendes Bad für die Lungen.

Um zwei Uhr brachen sie auf. Seine Frau hielt ihn die ganze

Strecke am Arm. Er brauchte mehr als eine halbe Stunde für diesen Weg, den ein normaler Mensch in zehn Minuten ging. Immer wieder blieb das Paar stehen, damit Georgs Atem sich beruhigen konnte.

Wie immer bei schönem Wetter sah er schon von weitem den Bettler vor dem Weender Tor auf seinem Stuhl sitzen. Er trug schwarz gefärbte Augengläser. Aus der Ferne sahen sie wie leere Augenhöhlen aus. Mit dem einen Arm hielt er einen Hut von sich weg. Je näher Georg ihm kam, um so mehr fühlte er sich von dem Blinden observiert.

Als sie endlich durchs Tor waren, ging es ihm besser. Jedesmal noch war das Innere dieser Stadt für ihn wie ein Hafen, in den er gerne einlief.

Der Saal war voll. Über hundert Gesichter blickten ihn an, als er zum Katheder trat. Er kannte die meisten und las in ihnen wie in einem Text, der keinen Sinn ergab. Die einzelnen Wörter glichen sich zu sehr. Viele hockten auf dem Boden. Einige lehnten an den Wänden. Ganz vorne auf den Sesseln saßen die vier Grafen und die englischen Studenten. Es herrschte wie immer eine erwartungsvolle Stille, die er ebenso regelmäßig als Ruhe vor dem Sturm eines nicht endenwollenden, höhnischen Gelächters empfand.

Es war jedesmal der gleiche Alptraum. Würde er reden können? Sein Vater soll als junger Theologe die gleiche Angst gehabt haben. Auf das erste Wort kam es nun an. Auf den allererersten Laut. Er würde »Meine Herren...« sagen. Es war immer der gleiche Beginn. Aber dieses »M«, bei dem man die Lippen geschlossen halten mußte, jagte ihm die größten Schrecken ein. War es nicht vertrackt, eine Rede mit geschlossenem Mund zu beginnen? Konnten die Lippen nicht über diesem »M« zusammengepreßt bleiben, so daß er keinen Laut mehr zustande brachte außer dem unerträglichen Summen eines in der Brust eingeschlossenen Insekts?

Er sollte sich einen neuen Anfang zulegen, vielleicht einen mit einem Vokal als erstem Laut.

»Meine Herren, der hierzulande wenig bekannte Gelehrte John Mitchell veröffentlichte 1783 einen Artikel in den philosophischen Berichten der berühmten Londoner königlichen Gesellschaft, in dem er einer höchst merkwürdigen Ansicht über unsere Himmelskörper Ausdruck verleiht. Er behauptet nämlich das Ungeheuerliche, daß wir selbst in einer klaren Winternacht nur einen Bruchteil der Sterne sehen können, die in Wahrheit existieren.

Nun, dieser Gedanke wäre nicht ungeheuerlich, wenn er die Meinung enthielte, die Ursache für diesen Umstand läge in der Schwäche des Leuchtens und der übergroßen Entfernung vieler Sterne. Herr Mitchell offenbart uns in seinem Aufsatz jedoch die höchst ketzerische These, etliche Sterne blieben völlig unsichtbar, ja, zeigten sich höchstens als Flecken von besonders tiefer Schwärze, da sie selbst das in ihnen entstehende Licht zurückhielten. Herr Mitchell gibt als Begründung an, solche Himmelskörper seien so groß und schwer, daß die Anziehungskraft ihrer Masse die Lichtteilchen zurückhält. Sie stürzen auf die Oberfläche des Sternes, um dort – bildlich gesprochen – jämmerlich zu zerschellen, nachdem sie vielleicht nur einen kurzen Ausflug in die Nacht des Alls unternommen haben. Sollte es tatsächlich solche Schwerkraftriesen am Himmel geben, könnten wir sie in der Tat nicht sehen. Wir würden jedoch unter Umständen ihre Anziehungskraft bemerken, sollte sie Einfluß auf die Bahnen anderer Himmelskörper nehmen.

Wir können an dieser Stelle unmöglich ein Urteil über diese kühne Ansicht fällen, jedenfalls bezüglich ihres astronomischen Wahrheitsgehaltes. Wie soll man sich auch Klarheit über ein Ding verschaffen, dessen Wesen die Dunkelheit ist. Gestatten Sie mir jedoch einen kleinen Ausflug in die menschliche Psychologie, der die Theorie Mitchells in jedem Fall, wie mir scheint, ein brauchbares Gleichnis liefert, auch wenn sie sich schließlich als Phantasmagorie erweisen sollte.

Sie alle werden wie ich die Erfahrung gemacht haben, daß Menschen unterschiedlich mitteilsam sind. Manchen scheint es leicht zu fallen, sich zu äußern, manchen ist das nur selten möglich oder gar völlig verwehrt. Nehmen Sie bitte zur Kenntnis, daß ich unter den menschlichen Äußerungen keineswegs nur die Sprache, sondern auch Mimik, Gestik und andere Signale der Person verstehe. Es kann ein Lachen sein, es können Tränen sein. Ach, und wie unterschiedlich können letztere zum Beispiel reden. Tränen der Trauer, der Verzweiflung, des Unmuts, der Intrige. Es gibt noch zahllose andere stumme Formen der Mitteilung. Ein Augenaufschlag, ein leichtes Kopfschütteln. Die Art zu gehen, zu sitzen, zu liegen. Selbst schweigen kann beredt sein, wie jeder von Ihnen weiß.

Was aber ist, wenn wir mit Menschen zu tun haben, die sich kaum oder gar nicht mitzuteilen verstehen, nicht einmal durch beredtes Schweigen? Sind sie leer? Sind sie erloschen wie ein ausgebranntes Feuer? Haben sie nichts zu sagen? Oder aber gleichen einige von ihnen jenen rätselhaften Mitchellschen Sternen, die zu schwer sind, um es ihrem Licht zu erlauben, bis zu uns zu gelangen?

Ja, es könnte sein, daß jemand stumm bleibt, weil er zu viel zu sagen hat, weil das Gewicht seiner Seele wie eine Last ist, die ihn am Reden hindert. Es müßten Menschen von ungeheurer Anziehungskraft sein. Hätten wir einen Newton der Seele, er würde uns vielleicht zeigen können, daß es auch Gravitationskräfte gibt, die sich nicht mit einer Drehwaage messen oder jenen Apfel vom Baum fallen lassen, der den großen Sir Isaak angeblich zu seiner die Lehre von den Himmelskörpern revolutionierenden Theorie inspirierte. Ich selbst habe erst kürzlich neben einem solchen Menschen gesessen. Er sprach kein Wort, und auch seine Mimik redete nicht. Er war so stumm wie ein Stein, und er besaß zugleich die hunderttausendfache Attraktion von dessen Masse.«

Georg starrte nun eine ganze Zeit lang hilflos vor sich hin. Es war, als habe es ihm selbst die Sprache verschlagen.

Immer noch war es still im Raum, aber es schien, als sammle sich in seinem Boden jenes ungeheure Gelächter, das er schon anfangs erwartet hatte.

Er griff ein Stück Kreide und schrieb ein Wort hinter sich an die Tafel. Er besaß eine erstaunliche Fertigkeit darin, blind zu schreiben. Es war eine spiegelbildliche Umsetzung des Wortes, die er mit nach hinten ausgestrecktem Arm in gestochener Qualität fertigbrachte. So brauchte er sich nicht umzuwenden und seinen Buckel nicht unter aller Augen durch die Luft spazieren zu führen. Dann trat er zur Seite, und das Wort »Gravitation« wurde sichtbar.

»Es handelt sich bei der Gravitation um eine Kraft, die vielleicht noch größere Rätsel aufgibt als die des Magnetismus und der Elektrizität. Ich hoffe, Sie haben mir, meine Herren, den vorigen Ausflug in die Psychologie verziehen und sind nun bereit, sich der physikalischen Seite des Phänomens zuzuwenden.

Seit den Arbeiten des großen Newton wissen wir, daß es keine Kraft gibt, die zugleich schwächer und stärker ist als die der Gravitation. Sie hält das Universum zusammen. Ohne sie würden Sonnen und Planeten wie Blätter in alle Winde des leeren Weltalls zerstreut. Ohne sie würden auch wir den Boden unter den Füßen verlieren und durch die Abstoßungskraft unseres ersten Schrittes davonschweben wie jene aerostatischen Maschinen, die, mit inflammabler Luft gefüllt, der Schwerkraft zu entfliehen vermögen...«

An dieser Stelle des Vortrags erscholl ein Poltern, das auch die halb eingeschlafenen Zuhörer auffahren ließ wie in einem Kunststück von Philadelphia. Einige sahen jedoch einen Fuß neben dem Katheder hervorragen und sprangen hinzu.

Sie zogen Georg hervor und brachten ihn zu der Liege, die in der Instrumentenkammer stand. Es war nicht das erstemal, daß er während einer Vorlesung in Ohnmacht gefallen war.

Man holte den Diener Heinrich, der über seinen Herrn eine Decke breitete. Der hatte bereits wieder die Augen aufgeschlagen. Während der Saal sich geräuschvoll leerte, flüsterte der Professor immer wieder ein Wort, das der Diener nicht verstand. Deshalb neigte er seinen Kopf und brachte sein Ohr in einen nahen, jedoch die Sitte beachtenden Abstand zum Mund seines Herrn. Nun verstand er das Wort ganz deutlich, aber es war ihm ein Rätsel, was es in diesem Zusammenhang bedeuten sollte.

»Spanische Kreite«, sagte Georg. Und dabei lächelte er.

XI. Ein wichtiges Spiel

Der Zwiespalt, in den Dollys Anwesenheit ihn brachte, wirkte sich auf seine Schaffenskraft sehr günstig aus. Ruhe fand er nun nur, wenn er schrieb. So kam sein umfang- und erfolgreichstes Werk zustande: die »ausführliche Erklärung der Hogarthischen Kupferstiche«. Seinen Freunden gegenüber tat er so, als ob er seine witzigen Erläuterungen oder »Zerklärungen«, wie er abschätzig sagte, nur aus finanziellen Gründen und auf Drängen des Publikums schrieb. In Wahrheit flüchtete er sich nun zum ersten Mal in seinem Leben in die schriftstellerische Produktivität. Es war vorbei mit dem Kokettieren des schöpferischen Nichtschreibens. Er unterwarf sich – widerwillig zwar, aber zugleich erleichtert – den Gesetzen einer Seite um Seite füllenden Prosa. Es tat gut, sich zwischen Sätzen wie in einem weitläufigen Kornfeld zu bewegen. Man war verborgen und kam dennoch leidlich voran.

Hogarth war der Shakespeare des Grabstichels. Er bildete auf seinen Kupferplatten die Menschen ab, wie sie wirklich waren. Der Realismus war der gerade Weg zur Satire, denn die Menschen waren nun einmal von Natur aus hohl, verbogen und schief. Man mußte hier nichts künstlich verzerren. Hogarth wirkte resigniert und hatte dennoch seinen Humor nicht verloren. Georg fühlte sich dem englischen Künstler geistesverwandt. Seine »Zerklärungen« waren kongenial, und sie gefielen sogar dem Publikum überaus gut, das sich eigentlich hätte getroffen und ertappt fühlen müssen. Schon die erste Lieferung der »Ausführlichen Erklärungen« verkaufte sich zu Dieterichs Freude hervorragend.

Körperlich ging es deutlich abwärts mit Georg, doch das Wohlgefühl, das er zuweilen mitten in seinen Schmerzen empfand, war dem ähnlich, das er in seiner Kindheit erlebt hatte, wenn er aus einem Schatten in die Sonne getreten war.

Er liebte Dolly, und er liebte seine liebe Frau. Er hätte sich für keine der beiden entscheiden können. Sie lagen auf den beiden Waagschalen des Lebens und waren gleich schwer. Der Zeiger der Waage zeigte daher geradewegs nach unten.

Mit Dolly redete er mehr. Seine Frau war hauptsächlich seine Köchin und Mätresse; die Rollen waren also merkwürdig vertauscht.

Einmal erwischte Dolly ihn beinahe dabei, wie er mit seiner Frau auf dem Kanapee im physikalischen Kabinett schlief.

Kurze Zeit danach kündigte Dolly erneut ihren Dienst. Sie nahm eine Stelle bei den Engländern im Büttnerschen Haus an. Er sah sie nun seltener. Sie trafen sich hin und wieder heimlich und führten schwierige Gespräche. Es ging dabei um Liebe und Selbstmord. Auch um das Altern. Manchmal packte Dolly ihn mitten in einer kontroversen Diskussion zwischen den Beinen und drückte ihn in den Sessel. Sie griff nach seinem Hosengürtel und begann ihn auszuziehen. Er hatte Angst vor solchen Augenblicken, auch wenn sie besonders schön waren.

In dieser Zeit schrieb er in sein Tagebuch: »Sehr traurig. Viel Hogarth. Herrliches Wetter, aber alles tot bei mir.«

Margarethe glaubte er zu verstehen. Wenn sie sich zankten oder wenn sie sich liebten, immer gab es einen banalen Grund. Mit Dolly war es anders. In ihren schwierigen Gesprächen, die von langen Pausen des Schweigens unterbrochen wurden, vertrat seine Freundin einen radikalen Lebenspessimismus. Georg, der selbst nicht gerade vor Lebenslust überschäumte, war dieser Standpunkt verdächtig. Er bezichtigte Dolly der modischen Verallgemeinerung. »Das ist weiblicher Wertherismus«, sagte er. »Wieso lebst du dann überhaupt, wieso arbeitest, trinkst du und kommst du überhaupt her?«

Dolly schwieg. Er konnte rasend werden in solchen Momenten. Er spürte seine hilflose Liebe zu dieser Frau schlimmer denn je. Schließlich sagte Dolly: »Ich werde vielleicht wieder nach England zurückgehen und heiraten. Du hast doch auch dein häusliches Unglück. Es scheint der Sinnlosigkeit einen gewissen Geschmack zu verleihen.«

»Du bist überspannt! Du bist doch im Grunde nur ein dummes Stück!« Er schrie es fast.

Dolly lächelte. »Diese Komplimente gefallen mir besser als all deine Liebesschwüre. Deine Zuneigung hat etwas Erdrückendes.«

Er lag vor ihr auf den Knien und ließ sich über die grauen Stoppelhaare streicheln. Dabei weinte er. Es tat wohl, so heillos überspannt zu sein.

Nach solchen Auftritten sehnte er sich nach Ruhe. Am Sterbetag seines Vaters schloß er sich ein und trank Keras. Das gleiche tat er am Sterbetag seiner Mutter. Neuerdings tat er es auch am 4. August, dem Sterbetag des Blumenmädchens.

Er schloß sich im Gartenhaus ein. Jedesmal machte seine Frau ein fürchterliches Theater. Sie hatte den Grund für seinen Rückzug an diesem Tag herausgefunden. Sie war eifersüchtig auf eine Tote. Sie sprachen zuweilen tagelang kein Wort mehr nach einem solchen Krach. Es machte ihm nichts aus, denn es verlängerte seine Trauer um die Jungfer Stechardin.

Was er denn eigentlich auf dem Zimmer mache, wollte seine Frau wissen. Ob er heute oder Gedichte schreibe? Er wußte, was er machte. Er saß im blauen Sessel, in dem man nicht warten konnte, sondern angekommen war. Er trank Keras, und er soulaschierte sich, wobei er sich die Kleine vorstellte, so wie er ihren zarten und gedrechselten Wuchs vor Augen hatte. Dolly erzählte er von diesen Gedächtnisorgien. Sie bedauerte, die Jungfer Stechardin nicht gekannt zu haben. Dolly war nicht eifersüchtig. Sie war hart wie ein Spiegel, in dem er sich sah.

Früher hatte er streng darauf geachtet, daß in seinen Publikationen nichts von seinem wirklichen Leben spürbar wurde. Alles Zurschautragen privater Gefühle war ihm ekelhaft. Den jungen Poeten und Schwarmgeistern warf er Verliebtheit ins eigene Selbst vor. Nun aber begann er, in seine neuen literarischen Arbeiten geheime Signale aus seinem persönlichen Leben einzuflechten. Allerdings achtete er streng auf ihre Verschlüsselung.

Zum Beispiel schilderte Hogarth in einer Serie von sechs Stichen den schaudervollen Niedergang eines Mädchens aus Yorkshire namens Molly. Sie wird zur Buhlerin und stirbt schließlich im Gefängnis an einer Krankheit, die von Ärzten falsch behandelt wird. Es gehörte zum medizinischen Aberglauben der Zeit, Krankheiten für Umkehrungen des natürlichen Ganges der Körperfunktionen zu halten. Man mußte, um zu heilen, diese Umkehrung also wieder umkehren.

Keiner seiner Leser, die mit größtem Vergnügen die Erklärungen Georgs zum »Weg der Buhlerinnen« lasen, ahnte die Bitterkeit hinter seiner ironischen Schilderung der Behandlung, die Molly erfuhr:

»Was hat man also zu tun? Diese Frage beantwortet sich nun von selbst: Man muß mit dem Ende B anfangen zu essen, und die Ausgabe dem Ende A übertragen...«

Das Mittel zu einer solchen Umkehrung der Nahrungsaufnahme sind Klistier und Brechmittel. Auch die Stechardin mußte am Ende ihres Lebens diese grausame, schwächende Behandlung über sich ergehen lassen. Molly aber ist wie Dolly aus Yorkshire. Dies war ein Spiel, das ihm dazu verhalf, die beiden großen Lieben in eine gewisse Nähe zueinander zu bringen.

Er selbst weigerte sich, die Hilfe seiner beiden Hausärzte allzu oft in Anspruch zu nehmen. Wie wenig er ein Hypochonder war, zeigte sich darin, daß er so ungesund wie nur möglich lebte. Er aß und trank mehr denn je. Und er wurde fett dabei.

In sein Sudelbuch schrieb er: »Ich habe alles Verbotene wieder gegessen und befinde mich, gottlob, ebenso schlecht wie vorher; (Ich meine nicht schlechter.)«

Daß er dick wurde, betrachtete er zynisch als eine wirksame und stille Form des Übergangs vom Leben in den Tod.

Zu diesem Thema hinterließ er folgenden Dialog:

»A. Sie sind ja so fett geworden. B. Fett? A. Sie sind noch einmal so dick als sonst. B. Das ist die Arbeit der ermüdeten Natur, die nicht mehr Kraft hat, etwas anderes zu machen als Fett, das man allenfalls, ohne der Menschheit damit zu nahe zu treten, wegschneiden kann (auf Sperma Ceti anzuspielen). Fett, Fett ist weder Geist noch Körper, sondern bloß, was die müde Natur liegen läßt, für mich so gut wie für das Gras auf dem Kirchhofe. (In der Dämmerung geschrieben)«

Er erinnerte sich an die unglückliche dänische Königin Mathilde, wie sie als Gefangene von Celle in ihrer Körperfülle gesteckt hatte. Jetzt begriff er, daß ihr Fett nichts anderes war als die einzige Freiheit, die man ihr gelassen hatte. Wenn ein

Körper sich nicht mehr frei in der Welt bewegen konnte, dann sollte er selbst ausufern, dann sollte er selbst die Grenze seiner Haut erweitern. Dies war die Chance, die das Fressen bot. Mathilde hatte sich ihr bißchen Freiheit erfressen.

Die andere Frage war die nach dem Sperma Ceti. Zwei Rätsel hatten ihn schon früh fasziniert: das Nordlicht und Walrat, auch Sperma Ceti genannt. Vor kurzem erst hatte er im Taschenkalender einen recht verrückten Beitrag über eine »Walrat-Fabrik« drucken lassen. Walrat als Heilmittel, Walrat als »Zusatz zum Wachs bei Lichtern, die dadurch eine sehr schöne Weiße erhalten, nicht so brüchig sind als die Wachslichter, und dabei nicht allein heller, sondern auch ratsamer brennen«. Man fand Walrat im Kopf der Pottfische. Vielleicht würde man ihn einst auch in seinem Buckel finden.

In seinem Kalenderartikel erzählte er dem Publikum, wohl wissend, wie gerne es sich gruselte, ausführlich von dem eigenartigen Phänomen des Leichenfetts, einer Substanz, die dem Sperma Ceti oder Walrat offenbar ähnlich war.

Anläßlich einer Öffnung von Massengräbern auf dem »Kirchhof der unschuldigen Kinder« zu Paris hatte man Ungewöhnliches entdeckt.

Nicht alle Leichen waren verwest, wofür normalerweise sechs Jahre ins Land gehen mußten. In einer Gruft mit fünfzehn Jahre alten Särgen fand man »die Leichen auf dem Rücken liegend, und so platt und zusammengedrückt, als wenn sie einen starken Druck ausgestanden hätten. Das leinene Zeugs, was sie umgab, war an den Leichen gleichsam klebend, und ungeachtet der scheinbar erhaltenen Form der Teile fand man darunter nur unförmliche Massen von einer weichen, biegsamen, weißgrauen Materie, welche die Knochen von allen Seiten umgab. Sie hatte keine Festigkeit und zerbrach bei einer etwas harten Berührung und hatte selbst die Eindrücke der Leinwand angenommen. Sie gab dem

Druck der Finger nach und erweichte sich, wenn man sie etwas rieb. Die Leichen rochen nicht sehr widrig, und die Totengräber kannten diese Materie, die sie ganz treffend Fett nannten, recht wohl, und sie berührten sie ohne Widerwillen. Sie sagten, bei einzelnen Körpern fänden sie dieses Fett nie, sondern nur in den gemeinschaftlichen Gruben.

Nicht bei allen Leichen war der Übergang in dieses fette Wesen gleich weit gediehen, in einigen fand man noch kenntliche Stücke von Muskeln. Bei denen, wo diese Umwandlung vollkommen war, waren die Massen, welche die Knochen bedeckten, durchaus von derselben Art fettiger Materie. Die Bänder und Flechsen waren nicht mehr vorhanden; die Knochen-Gelenke waren ohne Verbindung, und jene ihrer eigenen Schwere überlassen; die geringste Gewalt trennte sie; deshalb pflegten auch die Totengräber die Leichen, welche die Herren nach Hause geschafft haben wollten, übereinander mit Leichtigkeit vom Kopf bis zum Fuß zusammen zu rollen.

In solchen Leichen findet sich die Höhle des Unterleibes nicht mehr. Seine Decken und Muskeln sind in Fett verwandelt und liegen auf dem Rückgrat. Der Bauch ist ganz platt und mehrenteils ohne Spur von Eingeweiden. Man fand weder Lunge noch Herz, statt dessen einige Klumpen von der weißen Materie, sowie zuweilen auch dergleichen in der Milz und der Leber. Die Brüste waren in eine sehr weiße und gleichförmige Fettmasse verwandelt, eben diese Masse umgab auch die Köpfe, die Ohren waren verwandelt, ja selbst das Haupthaar, doch fand sich auch immer welches noch unverändert.

Merkwürdig ist, daß beim Gehirn die Verwandlung nie fehlte. Die Masse hatte, wie man sich leicht vorstellen kann, nicht bei allen einerlei Konsistenz, welches wohl von der Zeit abhängt. Bei den älteren hatte sie, zumal in trockenem Erdreich, das Ansehen von Wachs und war halb durchsichtig.«

Dies war also die einzige Art zu überleben, die einzige Unsterblichkeit, die es gab. Bedingung war, man mußte zu vielen sein. Man durfte nicht allein sein. Allein sein kam immer auf schnelle Verwesung, auf baldige Skelettierung hinaus.

Hatte er genug Menschen um sich, um dereinst in dieser Walratfabrik des Lebens unsterblich zu sein?

Dolly, Margarethe, Mieken Tietermann, die Stechardin, Justine, seine Mutter, sein Vater, Jöns, Solander, Georg III., Sir Francis, Kunkel ... die Toten durfte er bereits mitrechnen. Sie waren ihm so nahe, daß sie zu den chemischen Bedingungen dieser Walratewigkeit zu zählen waren. Der Taschenkalender, dieses hübsche kleine sinnliche Damentaschending, wurde nun immer mehr zu seinem geheimen äußeren Tagebuch.

Er umgab sich mit einem ganzen System solcher Schriften. Das Sudelbuch, die naturwissenschaftlichen Notizen, der Staatskalender und der Göttinger Taschenkalender.

In letzterem erschienen im Jahre 1798 zwei sehr merkwürdige Beiträge, in denen er ebenfalls wieder Spuren auslegte, die kaum ein Zeitgenosse zu deuten verstand.

Der eine Artikel hieß »Rede der Ziffer 8 am jüngsten Tage des 1798ten Jahres im großen Rat der Ziffern gehalten (Die Nulle, wie gewöhnlich, im Präsidenten-Stuhl).«

Es war nicht nur eine witzige Einführung in die Eigenschaften des Dezimalsystems. Es ging nicht nur um historische Hinweise auf die verschiedenen Möglichkeiten kalendarischer Zählung. Es ging auch um anderes.

Zum Beispiel um die Lobpreisung der Null, dieser einzigen Zahl, die weder gerade noch ungerade war. Dabei dachte er an seinen toten Freund Kunkel, der ein Genie der unteren Ränge gewesen war, weil er im Dezimalsystem der Gesellschaft zur Kategorie der Einer gehört hatte.

»Erlaube mir also, erhabene Nulle, Präsidentin unseres

Rats, Kreis, Kugel, Bild der Ewigkeit, Schöpferin und Erbin des Chaos, oder wie du sonst genannt sein willst, daß ich, ehe ich zum Hauptvortrage meiner Angelegenheit komme, ein paar Augenblicke, einigen dieser Elenden zu Liebe, bei Deinem Verdienst verweile. Sagt, Spötterinnen, war es nicht die Nulle, die die Jahre zählte, ehe noch Zeit und Zahl waren, und dann wieder zählen wird, wenn diese nicht mehr sein werden? Fand nicht Shakespeare, der große Allfühler, selbst das Zeichen der Nulle so wichtig und so ehrwürdig, daß er sogar die Welt damit bezeichnete, und die Schaubühne, die seine Privat-Welt war? Wäre er ein Deutscher gewesen, so würde er sicherlich jetzt sein Vaterland dankbar ebenfalls damit bezeichnen. War sie es nicht, die den großen Gedanken faßte, die 1 zur 10, 100, 1000 etc. zu erheben, und dann, durch eine leichte Schwenkung, wiederum zu 0,1, 0,01, 0,001 etc. zu erniedrigen, wie man eine Hand umwendet.«

Bestand die Acht nicht aus zwei übereinandergestellten Nullen oder aus einem senkrecht gestellten Unendlichkeitszeichen? Sein tiefer Pessimismus ergötzte sich an dem Gedanken, daß die Null, das Nichts, alles war, daß es auch das mathematische Mittel war, das die Wertordnung unter den Menschen regierte.

Er war also wieder zurückgekehrt zur Metaphorik der Zahlen. Seit seinem Aufsatz über das Petersburger Problem waren achtundzwanzig Jahre vergangen. Er hatte damals die Null, diese leere Münze, die nur aus ihrem Rand bestand, übersehen als größte Macht im Spiel des Lebens. Sie unterbrach seinen Gang genauso wie der seltene Fall, bei dem die Münze auf der Kante stehen blieb. Aber sie tat es mit der größten denkbaren Wahrscheinlichkeit. Es war die Wahrscheinlichkeit, mit der am Ende des Lebens der Tod stand.

Er hatte sich vorgenommen, dieses Jahrhundert, sein Jahrhundert, dem man den Titel der Vernunft mit mehr oder weniger Recht zu verleihen begann, bis an die Ausgangspforte zu geleiten.

Wie lange würde sein Leib durchhalten, um ihm diese Höflichkeitsgeste zu erlauben?

In diesem Zusammenhang war es natürlich sehr wichtig, in die Streitfrage einzugreifen, wo die Grenzlinie zwischen achtzehntem und neunzehntem Jahrhundert zu ziehen sei.

»Ihr wißt, ich rede in der Gespensterstunde«, sagt die Acht. »Schlägt die Glocke zwölf – weg bin ich.«

Er wußte, daß es auch für ihn bald Zwölf schlagen würde. Seine Todesahnungen bildeten die seltsamsten Blüten in seinen Träumen.

In jenem Streit ging es um die Frage, »wann und an welchem Tage sollen Personen, die viel auf Geburtstags-Schmäuse halten, den Geburtstag des neunzehnten Jahrhunderts feiern? An dem Tage, an welchem ich auf die Bank der Hunderte trete, oder (nachdem ich diese ein Jahr besessen habe), an dem Tage, da die Eins das Geschäft der Einer übernimmt? Kürzer: am 1ten Jänner 1800 oder 1801? Ihr seht deutlich, daß mich dieser Streit notwendig sehr interessieren muß. Mein ganzes erstes Regierungsjahr mit Hunderter-Rang steht auf dem Spiel, und ist gerade die Strom-Breite, um welche gestritten wird. Keine Kleinigkeit für den, der zu Herzen nimmt, daß es hier auf die Frage ankömmt: ob jenes, mein erstes Jahr, den jämmerlichen Nachtrab eines *alten* Jahrhunderts machen, oder die Anführerin *eines neuen sein soll,* das mit verjüngter Glorie seinen Einzug in die staunende Welt nehmen wird. Bedenkt, Mitschwestern, die Anführerin des neunzehnten, also des Jahrhunderts, das vermutlich die Zahl der Planeten verdoppeln und die der Trabanten und Metalle vervierfachen wird; des Jahrhunderts, worin vermutlich die Luftschlachten der Völker sich zu den Land-

und Seeschlachten wie 580 zu 1 verhalten werden, so daß die Zeitungsschreiber, von Paris bis Hamburg, sie mit hundertfüßigen Teleskopen aus dem Comtoir selbst bevisieren, bephantasieren und als Augenzeugen beschreiben können; und worin man die hoch vorübersausenden Helden und ihre Sänger wie Raubvögel und Lerchen aus der Luft schießen wird!«

Der Streit blieb unentschieden. Es gab beide Möglichkeiten, das Jahrhundert nach *laufenden* Jahren wie die Christen oder nach *verstrichenen* Jahren zu zählen, wie es die Astronomen zu tun pflegen. Im zweiten Fall müßte er ein Jahr weniger leben, um dem Jahrhundert mit seiner Person den Abschied zu geben. Und war es da ein Wunder, daß er mit der Ziffer ›acht‹ zusammen für die zweite Möglichkeit war?

Denn wirklich, er fühlte sich schlecht. Die Revolution seines Körpers vor neun Jahren hatte nicht mehr gebracht als die wirkliche der Geschichte: eine Kette von Revolutionskriegen. Blut innerhalb und außerhalb der Landesgrenzen. Die Franzosen beanspruchten das linke Rheinufer, ein Streit, der an den um die Grenzlinie zwischen den Jahrhunderten erinnerte.

Nach außen wuchs sein Ruf langsam und beständig. Seit 1793 genoß er die für einen Gelehrten größte Ehre der Welt: Mitglied der königlichen Sozietät der Wissenschaften zu London zu sein.

1795 erhielt er einen Ruf an die berühmte Universität von Leiden. Die finanziellen Bedingungen waren weitaus besser als in Göttingen. Doch in Holland stand ein Übergreifen der französischen Revolution unmittelbar bevor. Georg war stolz, sowohl von den Kuratoren der königstreuen oranischen als auch von denen der revolutionären patriotischen Partei einstimmig gewählt worden zu sein.

Schon vierzehn Tage später war der Umsturz da. Der Erbstatthalter der Niederlande, Wilhelm V., floh nach England.

Georg fühlte sich bestätigt in seinem Willen, in Göttingen zu bleiben und die Franzosen notfalls am Schreibtisch zu erwarten. Doch auch in seiner privaten Festung stand nicht alles zum besten. Es drohte Gefahr, Rebellion.

Nicht nur die vielen kleinen Krankheitsrevolten seines Körpers bedrohten ihn. Da gab es noch anderes. Zum Beispiel wußte er nicht mehr, ob seine Frau ihm treu war.

Es war ein lächerlicher Verdacht, zu dem er keinerlei moralisches Recht besaß. Dennoch litt er darunter.

In letzter Zeit kam es häufiger vor, daß Margarethe allein ausging. War es ihr zu verdenken? Sie war siebenundzwanzig. Sie war halb so alt wie er. Auch war er physisch älter, als es der Zahl seiner Lebensjahre entsprach.

Margarethe besuchte Bälle. Er konnte und mochte nicht mehr tanzen. Er ging auch kaum mehr zu Fuß. Selbst bei kleineren Strecken benutzte er die Kutsche, die ein Diener lenkte.

Das Altwerden war nun seine Hauptkrankheit. Er hatte Angst, auch seine geistigen Kräfte einzubüßen. Wurde man nicht notwendig kindisch im Alter? Verlor man nicht die Kompliziertheit und Vielschichtigkeit der Person, die Voraussetzung war, um überhaupt noch etwas zu begreifen in innerer Diskussion? In sein Sudelbuch schrieb er: »Solange das Gedächtnis dauert, arbeiten eine Menge Menschen in Einem vereint zusammen, der zwanzigjährige, der dreißigjährige usw. Sobald aber dieses fehlt, so fängt man immer mehr und mehr an, allein zu stehen, und die ganze Generation von Ichs zieht sich zurück und lächelt über den alten Hülflosen. Dies spürte ich sehr stark im August 1795.«

Er hatte seitdem seine Gedächtnisübungen vor dem Einschlafen verstärkt. Er nahm sich auch vor, mehr zu schreiben, ohne auf den Publikumsgeschmack Rücksicht zu nehmen.

Einer dieser aus seinem inneren Gespräch entstandenen Texte erschien ebenfalls im Taschenkalender von 1798. Es war erneut ein Schlüsseltext, mit dem er sich Luft nach einem Alptraum verschaffte. Wer sollte ihn verstehen! Wer konnte ahnen, daß der Blocksberg oder Brocken sein eigener Buckel war!

Das Lesepublikum war weit über Göttingen hinaus begeistert.

Der Artikel hieß: »Daß du auf dem Blocksberg wärst. Ein Traum wie viele Träume.«

Unmittelbarer Anlaß zu diesem Text war einer der schlimmsten Kräche, den er mit Margarethe je gehabt hatte.

Es war nicht eine der alltäglichen Streitereien, die die Folge von Ungeschicklichkeiten oder Mißverständnissen waren, wenn er zum Beispiel sein Uringlas aus Versehen zerbrach und Inhalt samt Scherben auf den Dielen landeten.

Diesmal hatte Georg ihr mit groben Ausdrücken vorgeworfen, sie würde ihn betrügen.

Sie hatte so heftig reagiert, daß dies sein Mißtrauen nur verstärkte. Auch hatte sie ihn schließlich ausgelacht und verspottet und war dann türenschlagend mit dem Fluch davongerannt: »Daß du auf dem Blocksberg wärst!«

In der Nacht schlief er im Gartenhaus. Trotz mehrerer Gläser Keras ruhte er schlecht. Sein Traumapparat, wie er zu sagen pflegte, arbeitete in seltener Klarheit.

Noch vor dem Morgengrauen saß er am Schreibtisch und schrieb die Geschichte herunter. Sie war ein einziges Vexierspiel mit seinem Doppelgängertum. Es ging um ein geheimnisvolles grünes Buch, in das ein kürzlich verstorbener enger Freund seine Einfälle und Projekte eingetragen habe. Dieser vertraute Freund war natürlich niemand anderes als er selbst.

Der Verfasser des Taschenkalenderartikels gab zwei Geschichten aus dem grünen Buch zum besten. Die erste war die Zusammenfassung eines Romanprojekts mit dem Titel »Der doppelte Prinz«, die zweite war ein Traum, den jener verstorbene Autor des grünen Buches geträumt hatte, als er über dem Projekt, etwas über National-Flüche und Verwünschungen zu schreiben, eingeschlafen war.

Der Träumende fährt in der Kutsche und sieht auf einem Berg in der Ferne einen Schimmer, den er für das Nordlicht hält.

Der Kutscher lacht ihn aus, denn das Licht kommt aus südöstlicher Richtung. Er erklärt ihm, daß es sich um die Walpurgisnacht handele: »Diese Nacht stehet auf dem Blocksberge alles öffentlich aus, was in dem ganzen vergangenen Jahre hinauf ist gewünscht worden. Alles prächtig illuminiert, so helle wie am Tag.«

Ich: »O! lieber Herzens-Schwager, da laß uns hin. Das muß ich sehen. Aber ists nicht schon zu spät?«

Er: »Das nicht, aber haben Sie eine Frau?«

Der Kutscher erklärt ihm nun, daß dort alle Verwünschten einen Zettel auf dem Rücken trügen, auf dem in flammender Schrift zu lesen sei, wer sie dorthin verwünscht hätte. Als Verheirateter müsse er sich darauf gefaßt machen, sich selbst dort oben zu begegnen. »Denn man kann in einer sehr vergnügten Ehe leben, und dann doch zuweilen auf den Blocksberg gewünscht werden.«

Außerdem könne es sein, daß der geistige Doppelgänger einen speziellen Kopfputz trage, den man Hörner nenne.

Trotz dieser Warnungen läßt sich der Held des Traumes in einer schwebenden Fahrt, wie am Luftballon hängend, hinaufbringen. Tatsächlich begegnet der Held, oder wie er jetzt heißt »Er nicht Er«, seinem Abbild, dem »Ich nicht Ich«. Dieses ist sehr viel munterer als »Er nicht Er«, auch wenn dieser einiges an der Art seines Doppelgängers, Hut und Stock zu tragen und sich ständig umzusehen, auszusetzen hat. Allerdings liegt in diesen Fehlern eine Genauigkeit und Richtigkeit, die dem Beobachter die Idee eingibt, daß hier der Keim zu einer Theorie des Schauspiels liegt. »Ich nicht Ich« bewegt sich wie der große Garrik.

Zu seinem Schreck bemerkt der Beobachter jedoch nun, daß sein Echo-Wesen einen besonders hohen Hut trägt, der Hörner von beträchtlicher Größe verbergen könnte. Als »Ich nicht Ich« jedoch einem Bekannten begegnet und den Hut zieht, stellt sich heraus, daß er einen kahlen Scheitel hat, auf dem auch nicht der geringste Höcker zu sehen ist. Als »Er nicht Er« endlich den Zettel auf dem Buckel seines Doppelgängers lesen kann, stehen dort die Namen zweier unwesentlicher Personen und nicht der seiner Frau.

Zum Schluß seiner Traumbeschreibung wendet der Verstorbene sich an den Herausgeber mit folgenden Worten:

»Ich dachte an meine neue Theorie vom Schauspiele, und fand, daß alles längst bekannte Sachen waren; *längst gedachte* und *gesagte,* wenigstens aber zum erstenmal lebhaft *empfundene.* Das ist doch immer etwas wert. Ich kam hierbei auf deinen alten Satz, lieber Freund. Du sagtest einmal bei dem Sprichworte: *hierüber muß ich mich beschlafen,* es gelte bei verwickelten Angelegenheiten des Lebens, wo es gewöhnlich gebraucht werde, nicht vom Schlaf, sondern vom Wachen im Bette, und hauptsächlich dem *Erwachen* am Morgen; von Gegenständen der *schönen Künste* hingegen, in mehr eigentlichem Verstande, doch sollte man da lieber sagen: hierüber muß ich mich *beträumen.* Die größten Dichter und Künstler seien immer Menschen gewesen, die dieses *wachend* gekonnt, und immer in desto höherem Grade, je weniger sie sich auf das obige *Beschlafen* verstanden hätten.«

Worauf ihm sein Freund und Herausgeber des Artikels zuruft: »Schade nur, lieber Freund, daß deine Regel den traurigen Umstand mit dem besten gemein hat, daß sie der, der sie versteht und fühlt, nicht nötig hat, und der, der sie nötig hätte, vice versa usw.«

Als seine Geschichte geschrieben war, sah er zum Fenster hinaus. Er sah dort schnell ziehende Wolken, zwischen denen manchmal ein kalkweißer Mond erschien, dem das Tageslicht nichts anhaben konnte. Solch ein Anblick machte ihn auf eine sprachlose Weise glücklich. Er wollte eigentlich jetzt vom Leben nichts mehr als schnell ziehende Wolken. Sie waren die beste Hilfe, etwas zu beträumen.

Er zog sich um, denn er hatte den Diener bestellt.

Dieser kam jedoch nicht allein. Margarethe war dabei. Sie brachte einen Topf Bouillon mit und machte ihn in der Küche heiß. Später las er ihr seine Geschichte vor. Auch wenn sie nicht alles verstand, mußte sie doch herzlich lachen, vor allem, als sie begriff, daß von seiner Eifersucht die Rede war.

Sie herzte und drückte ihn und bewog ihn, sich zu ihr zu legen, um sich nun auch auf diese Weise überzeugen zu können, wie wenig Anlaß er zu seinem Verdacht hatte.

Das Jahr, in dem die Zahl 8 auf dem Platz der Einer saß, ging ohne besondere Ereignisse zu Ende. Es ging Georg nicht allzu schlecht, aber auch nicht wirklich gut.

Bei seinen Gedächtnisübungen war ihm jener Seemann wieder eingefallen, der ihn einst in Stade besucht hatte. Grell hieß er. Er erinnerte sich daran, wie diese mächtige Gestalt ihm imponiert hatte. Grell schien aus einem einzigen Stück gemacht zu sein. Er hatte von seinen Abenteuern erzählt, als seien es die harmlosesten Begebnisse in einem Hinterhof. Einmal war Grell in Gefangenschaft geraten. Alle wurden getötet außer ihm. Die schwarze Prinzessin hatte Gefallen an seinem muskulösen Körper gefunden. Grell hatte nackt vor ihr tanzen müssen.

Ach, er beneidete Grell! Ihn selbst hätten sie als einen der ersten umgebracht.

Sie hatten damals auf das Wohl der schwarzen Prinzessin getrunken, und er hatte Grell die gleiche Frage gestellt, wie einst dem alten Forster: ob er mit seinem Körper tauglich sei, eine Expedition wie die Cooksche mitzumachen. Auch Grell hatte genickt. Hatte er nicht gesagt: »Die Kleinen sind oft die Zähesten«? Aber er hatte dem Seemann nicht geglaubt. Es war wohl nur ein Kompliment gewesen.

Er saß im roten Sessel und wartete. Es war Januar. Draußen fegte ein kalter Wind die Wege und Felder. Der große Baum vor dem Fenster hatte genügend braune Blätter durch die Winterstürme gerettet. Eins von ihnen riß sich in diesem Augenblick los. Es schwebte und tänzelte auf einer Stelle wie eine Charliere.

Er sah fasziniert zu, wie dieses Blatt es verstand, der Schwerkraft zu widerstehen und auch dem Sog des Windes. Es hielt sich einige Handbreit von dem Zweig, von dem es losgerissen worden war, in der Luft.

Er merkte plötzlich an der Spannung in seinem Gesicht, daß er lächelte.

Er trank ein Glas Keras und nickte. Dies war das Einverständnis mit einer Ahnung, die ihn soeben befallen hatte. Er würde den nächsten Monat, diesen letzten Februar des 18. Jahrhunderts nicht überleben.

Dann ärgerte er sich wieder über diesen Gedanken. Immer wieder neigte er dazu, abergläubisch zu sein. Es war gegen seine Vernunft, mit der er nun schon so lange verheiratet war. Die Ehe war glücklich. Aber gerade deshalb glaubte er, eine Geliebte nötig zu haben. Dies war der Aberglaube. Auch die Träume, auch die Phantasiewelten, die Reisen, die er sich auf dem Sofa ausdachte. Ohne regelmäßigen Betrug an seiner Vernunft wäre er unglücklich geworden.

Gegen Ende des Monats begann es heftig zu schneien.

Er fuhr ein paarmal mit dem Schlitten aus, dann aber wurde der Schnee zu tief. Er konnte sich nicht entsinnen, je einen solchen Himmel erlebt zu haben. Er fiel groß und blaß auf die Erde und begrub alles unter sich. Dann taute es abwechselnd im warmen Westwind und fror im eisigen Nordwind. Das Schlittenfahren war wieder möglich.

Er, der sich immer wie ein lebendes Barometer vorgekommen war, machte die Wetterschwankungen mit. Die Kälte linderte seine Atembeschwerden.

Am 14. Februar ging seine Frau in den Club.

Sie würde lange dort bleiben. Er wußte, daß es an ihrer Stellung lag. Auch wenn Frau Dieterich oder Madame Richter, die Frau seines Leibarztes, gerne mit Margarethe zusammen waren, auch wenn sie vertraulich redeten, den neuesten Stadtklatsch tauschten, Karten spielten und ein Gläschen spanischen Wein dazu tranken, es war nicht zu übersehen und schon gar nicht zu überhören, daß es einen unsichtbaren Graben um seine Frau herum gab, über den hinweg die Komplimente und Neuigkeiten erst geleitet werden mußten.

Man hob ein wenig die Stimme, wenn man mit der ehemaligen Erdbeerverkäuferin sprach. Man verlieh den Worten einen künstlichen Nachdruck und vermied es, allzu rein Hochdeutsch zu sprechen.

Margarethe litt wohl darunter, aber sie gab es nie zu. Sie war besonders eifrig und ausdauernd im Betreiben ihrer gesellschaftlichen Kontakte. Er nutzte die Gelegenheit, um wieder einmal einen Zettel an Dolly zu schicken.

Er holte sie in der Dämmerung mit dem Schlitten ab. Es kümmerte ihn nicht, ob man die Szene beobachtete. Sie stand in einen schweren Mantel gehüllt an der Weender Straße. Das Wolltuch, das sie um ihren Kopf geschlungen hatte, machte sie unkenntlich. Sie stieg auf den Schlitten, und er legte die schwere Decke über sie und sich.

Sein Diener lenkte den Schlitten zum Tor hinaus. Er hatte befohlen, einen Umweg zu fahren.

Es ging über noch jungfräuliche Schneeflächen. Die Kufen erzeugten ein scharfes Geräusch in der verharschten Schnee- decke. Das Haus war ausgekühlt, da er wegen des Wetters länger nicht hier draußen gewesen war.

Dolly half ihm, den großen eisernen Ofen anzuheizen. Sie legten trockenes Birkenholz auf und ließen das Feuer so hoch brennen, daß der Ofen bald glühte und die Kälte von der Flut der Hitze zu den geöffneten Fenstern hinausgespült wurde.

Sie rückten die Sessel ein wenig näher zum Ofen heran und schlossen die Fenster wieder. Eine Kerze brannte. Sie lausch- ten dem Knistern und Rauschen der Flammen und blickten in die Nacht hinaus, deren tiefe Bläue jedes Gefühl für Ent- fernungen verloren gehen ließ.

Er kam sich vor, als säße er mit seiner Geliebten in ei- ner Montgolfiere, die von dem Feuer mit heißer Luft genährt durch das Weltall schwebte.

Selten war es so friedlich zwischen ihnen gewesen. Er er- zählte von seinen literarischen Plänen. Sollte er dieses Jahr überleben, würde er sich endlich an eine Geschichte der Men- schenschinderei machen. Auf diesem Gebiet vermute er die größte Kreativität des menschlichen Geistes. Auch habe er bereits begonnen, über verschiedene Arten von Wahnsinn zu schreiben. Der Wahnsinn komme gleich nach der Boshaftig- keit, was die Leistungen der Phantasie anbelangt.

Und drittens werde er seine eigene Farbenlehre schrei- ben. Bei diesem Göthe seien Farben die Leichen, die auf dem Schlachtfeld eines Kampfes zwischen Licht und Finsternis liegen blieben. Bei seinem Kontrahenten, dem großen New- ton, seien die Farben hingegen das Parlament, aus dem sich das Licht zusammensetzt, um die Welt der Schatten vernünf- tig zu regieren.

Er aber werde nun eine Farbenlehre der Gemütsarten schreiben. Auch das menschliche Wesen sei wie durch ein Prisma in die unterschiedlichsten Farben zu brechen, die alle etwas mit Stimmungen und Zuständen der Seele zu tun hätten. Er werde sich selber in die Nähe der schwarzen Seelenfarbe deuten. Seine Abtönung sei jedoch weder das Schwarz der schlechten Laune, noch das Eselsgrau der Langeweile. Zu ihm passe am ehesten der schwarzrötliche Ton der Furcht.

Er stand auf und ging zu einem Schrank. Er holte zwei Gläser und eine Flasche, stellte sie aufs Fensterbrett. Dann ging er noch einmal zurück und kam mit einigen beschriebenen Blättern wieder. Dolly schenkte ein. Sie stießen an, ehe sie tranken. Dann begann er vorzulesen.

»Über das Schwarzrötliche. Es gibt Leute, die einen geringen Anstrich dieser Farbe beständig an sich tragen. Diese Personen werden durch ein unbegrenztes Mißtrauen gegen sich selbst unaufhörlich gemartert. Sie glauben, überall lächerlich zu werden, wo ihnen der vernünftige Teil der Menschen mit der größten Achtung begegnet. Aus Furcht, etwas Anstößiges und Beleidigendes zu sagen, stottern sie und haspeln mühsam die Worte hervor. Ihre Komplimente sind gewöhnlich mit Verwüstungen für Kaffee- und Teetische begleitet. Eine unruhige Röte durchströmt in jedem Augenblick ihr Gesicht. Jede nur etwas zweideutige Frage setzt sie in Verwirrung, jede auch noch so geringe Arbeit gelingt ihnen nicht, weil sie ihr Mißlingen als eine Bestätigung der eigenen Unfähigkeit erwarten. Solche Menschen sind eine große Belastung für ihre Umwelt.

Sollte jemand durch eine unglückliche Verkettung von Umständen in die Lage geraten, solch einen Apostel der Furchtsamkeit lieben zu müssen, wird er unweigerlich in die Zweifel und Selbstskrupel dieser Person mit hineingezogen. Diese unglücklichen Anhänger der schwarzrötlichen Farbe gleichen ein wenig jenen Apparaten, mit deren Hilfe man die Luft verdünnt. Es hat den Anschein, daß sie ständig mehr ein- als ausatmen. Die Atmosphäre wird dünner in ihrer Nähe. Kerzenflammen erlöschen, auch der Schall wird beeinträchtigt und klingt nur noch leise und dumpf. Wenn man diese Unglücklichen flüstern zu hören meint, schreien sie in Wahrheit aus Leibeskräften. Sie schreien ihre Angst hinaus oder brüllen nach Liebe, aber es ist nicht viel mehr als ein leises und vorsichtiges Klagen, das dabei über ihre Lippen kommt.

Man kann den Menschen dieser Wesensart nicht helfen. Jede noch so große Liebe und Freundschaft, die ihnen zuteil wird, stärkt sie in ihrem Mißtrauen, derlei Zuwendungen allzusehr nötig zu haben und im übrigen keineswegs zu verdienen. Sie verzehren die Liebe, die man ihnen schenkt, augenblicks und verwandeln sie in kleine Portionen Erinnerung, die sie in ihren Köpfen trocknen und konservieren und so verwahren, daß sie sie bequem manchmal wieder hervorholen können, um sie mit Argwohn zu betrachten.

Es sind Unglückliche. Sie mögen über ein hohes Maß an Phantasie verfügen, da ihre beständige Furcht sie allmählich den Unterschied von Wirklichkeit und Traum vergessen läßt. Sie mögen auch deshalb besonders befähigt sein, der Kunst große Dienste zu erweisen oder auch der Wissenschaft. Sie mühen sich oft ihr Leben lang, der Natur Gesetze abzutrotzen oder hinter ihre Geheimnisse zu kommen, einzig und allein deshalb, weil sie meinen, sich dadurch weniger vor ihr fürchten zu müssen. Sie erfinden Blitzableiter gegen den Blitz, denn sie haben eine abgrundtiefe Angst, selbst bei schönstem Wetter aus einem heiteren Himmel erschlagen zu werden. Sie erfinden Luftschiffe, mit denen sie sich in den Himmel erheben, nur weil ihnen der feste Boden einer schönen Frühlingwiese unter den Füßen die panische

Furcht einjagt, er könnte sich plötzlich durch ein Erdbeben öffnen und sie verschlingen. Für das Unheil, ein Mitglied dieser Gilde der schwarzrötlichen Gemütsfarbe zu sein, gibt es nur einen einzigen Trost: diese Kerle sterben nicht ungern. Was den Anhängern der grauen Langeweile oder der ausgeglichen grünen Gemütsfarbe oder den Verfechtern roter Leidenschaft der größte Schrecken ist: nämlich von der Bühne ihres Daseins abzutreten, ist den Schwarzrötlichen ein angenehmer Vorgang, der sie kaum mehr interessiert als ein Geschehen bei den Antipoden ihrer Welt. Der Tod schreckt sie nicht, weil er ihnen vollkommen unwirklich erscheint. Dies deshalb, weil er bekanntlich ganz und gar real ist. Er geschieht einfach, und dieses tut er unwiderruflich. Deshalb läßt er sich so wenig beträumen, so wenig ausdenken, so wenig phantasieren, mit dem Ergebnis, daß er für den leidenschaftlichen Träumer aus Furcht einfach nicht existiert.«

Dolly hatte die ganze Zeit über ihre Hand auf dem Arm des Vorlesenden ruhen. Nun neigte sie sich zu ihm. Ihre Stirnen berührten sich. Hiermit mußte er nun endgültig zufrieden sein.

Sie ging spät in der Nacht. Wieder schien der Mond. In seinem fahlen Licht sah er ihren Schatten davonhuschen. Er hörte auch das Knirschen ihrer Schritte im gefrorenen Schnee. Es war eiskalt draußen. Sie hatte nicht bleiben wollen. Sie hatte auch nicht mehr zugelassen als das Berühren ihrer Hände und Stirnen.

Als er sie nach ihren Plänen fragte, hatte sie angedeutet, jetzt wirklich bald nach England zu gehen. Ihm klang dies wie eine Todesanzeige. Was sollte sie hier auch noch. Er würde dieses Jahr nicht mehr überleben.

Nachdem sie gegangen war, saß er zwar wie gelähmt im roten Sessel, den er ganz nahe ans Fenster herangerückt hatte. Er war jedoch nicht richtig traurig. Er kam sich vor wie ein Prisma, das dieses Mondlicht in alle möglichen Gemütsfarben brach. Sie hatten sich nicht endgültig verabschiedet, aber auch keine neue Verabredung getroffen. Beides schien nicht mehr nötig zu sein.

Plötzlich faßte er einen Entschluß. Er öffnete die Fensterflügel weit und ließ die Weltraumkälte herein. Ganz allmählich rang sie die überhitzte Luft im Zimmer nieder. Seine durchgeschwitzte Kleidung wurde klamm. Er spürte die Eisluft auf seiner Haut. Es war, als sei die Unendlichkeit des Alls ganz nahe. Die Sterne waren Punkte auf ihrem Kleid. Sie saß auf dem blauen Sessel und leistete ihm Gesellschaft.

Bis zum Morgengrauen saß er so mit offenem Hemd. Der Ofen war ausgegangen. Auf einigen Gegenständen im Zimmer hatte sich Rauhreif gebildet.

Er trank und trank, ohne etwas vom Alkohol zu merken. Jedenfalls bildete er sich dies ein. Einmal begann er zu lachen. Er lachte eine ganze Weile. Dann hörte er sich wie aus weiter Ferne reden: »Das war es also. Das ist es also gewesen, das Leben. Das ganze, sogenannte Leben. Ist es nicht ein Witz, wenn man es im Nachhinein betrachtet? Wo sind all die Tränen? Die großen Ideen, die Liebesräusche? Verflogen sind sie. Wenn man es nicht wüßte, daß es so etwas wie ein Leben gab, könnte man die ganze Geschichte für ein Trugbild halten. Besser, für viele Trugbilder ohne Zusammenhang.« Plötzlich sah er im Zwielicht, daß der Sessel neben ihm leer war.

Er lachte noch einmal und starrte dann vor sich hin.

Als er sich endlich erhob, hätte es ihn nicht verwundert, wenn er wie ein sprödes Gefäß zersprungen wäre. Er ging hinunter und holte ein Messer.

Er fühlte den Griff nicht in seinen ausgekühlten Händen,

benutzte es jedoch mit erstaunlicher Kraft und Gewandtheit. Immer wieder stach er zu, bis der rote Stoff in Fetzen hing und die Füllung herausquoll. Er mordete den roten Sessel. Erst als nur noch das nackte Holzgeripppe übrig war und alles Weiche am Boden umherlag, ließ er von seinem Opfer ab.

Am nächsten Tag schneite es wieder heftig.

Dann trat Tauwetter ein. Er hatte Fieber und mußte seine Lesung ausfallen lassen.

Obwohl er sich schwach fühlte, schrieb er ein wenig am »Hogarth«. Es ging um das sechste Blatt einer Folge, die den Titel »Fleiß und Faulheit« trug.

Der Fleißige hat die Tochter seines Prinzipals geheiratet. Die Szene zeigt die Straße vor dem Haus des glücklichen Paares. Sie zeigt die Gratulanten mit ihrer Musik. Die Neuvermählten stehen in ihren hochzeitlichen Nachtgewändern am Fenster und empfangen die Glückwünsche des Volkes.

Was Georg an dieser Szene jedoch plötzlich faszinierte, war ein nebensächliches Detail.

Wie alle Häuser hat auch das des glücklichen Paares ein Wappenschild über der Tür. Es zeigt einen »Lion rampant«, einen daherschreitenden Löwen. Der obere Rand des Stiches schneidet ihn jedoch mitten durch. Nur der Unterleib, Beine und Schwanz des Löwen sind zu sehen.

War dies Zufall?

Georg schrieb: »Ich muß aber gestehen, ich bin sehr geneigt, dieses... *nicht zu* glauben. Warum? Die Antwort ist nicht schwer. – Hogarth hat den halben Löwen angegeben, dazu paßt am besten eine halbe Erklärung, und so schneide ich die Note, so wie er den Text, hiermit mitten durch. –«

Er malte noch drei Kreuze unter diesen seltsamen Schluß und begab sich wieder zu Bett.

Das Fieber ging wieder zurück. Er fühlte sich jedoch so schwach und abgeschlagen wie nie zuvor.

Am 19. Februar glaubte er sich soweit hergestellt, daß er seine Lesung wieder aufnahm. Er las von zwei bis drei wie üblich und schloß von sieben bis acht Uhr eine zweite Lesung an, um Versäumtes nachzuholen.

Es war zuviel. In der Nacht kam das Fieber zurück.

Diesmal förderten seine Hustenanfälle Blut zutage. Atemnot und Stiche in der Brust waren so schlimm, daß Margarethe Dieterich alarmierte und dieser nach dem Hofrat Richter schickte. Der Arzt hatte nicht den Eindruck, daß die Krankheit diesmal schlimmer sei als gewöhnlich. Er veranlaßte, daß man dem Patienten eine Senfpackung auf die Brust legte. Außerdem wurde etwas Salpeterpapier im Raum verbrannt, um dem Kranken das Atmen zu erleichtern.

Gegen Morgen schlief er ein. Während des ganzen folgenden Tages kamen die Anfälle immer wieder, aber der Blutauswurf ging gegen Abend zurück.

Margarethe wich nicht von der Seite ihres Mannes. Wenn er sich in einem Erstickungsanfall krümmte und sein ganzer Leib sich schrecklich verzog und das in Schweiß gehüllte Antlitz unmenschlich wirkte, sprach sie leise auf ihn ein und berührte ihn sanft, bis er sich wieder beruhigte und sein röchelnder Atem gleichmäßiger ging.

Am 21. besserte sich Georgs Zustand. Am 22. stand er sogar für einige Minuten auf. Er bat darum, für eine Weile alleingelassen zu werden.

Während dieser Zeit, die nur einige Minuten währte, schrieb er in sein Sudelbuch:

»In der Nacht vom 9. auf den 10. Februar 99 träumte mir, ich speiste auf einer Reise in einem Wirtshause, eigentlich auf einer Straße in einer Bude, worin zugleich gewürfelt wurde. Mir gegenüber saß ein junger, gut angekleideter, etwas windig aussehender Mann, der, ohne auf die umher Sitzenden und Stehenden zu achten, seine Suppe aß, aber immer den zweiten oder dritten Löffel voll in die Höhe warf, wieder mit dem Löffel fing und dann ruhig verschluckte.

Was mir diesen Traum besonders merkwürdig machte, ist, daß ich dabei meine *gewöhnliche* Bemerkung machte, daß solche Dinge nicht könnten erfunden werden. Man müsse sie sehen (nämlich kein Romanschreiber würde darauf verfallen), und dennoch hatte ich dieses doch in dem Augenblick erfunden.

Bei dem Würfelspiel saß eine lange, hagere Frau und strickte. Ich frage, was man da gewinnen könnte: sie sagte: *Nichts,* und als ich fragte, ob man was verlieren könne, sagte sie: *Nein.* Dieses hielt ich für ein wichtiges Spiel.«

Am 23. morgens bat er Dieterich, ihre beiden Frauen mit der Kutsche ausfahren zu lassen. Das Wetter sei so schön, und seine liebe Frau habe es in den letzten Tagen und Nächten so schwer gehabt.

Wirklich, die Vorhänge bauschten sich in einem milden Wind, und man sah ein Stück blauen Himmels dort, wo sie aufklafften.

Die Pferde waren jedoch auf der Weide und sollten erst gegen Abend wiederkommen. Dieterich mußte dem Kranken versprechen, die Ausfahrt der Frauen für den folgenden Tag zu arrangieren.

In derselben Nacht kamen die Anfälle härter als je zurück. Dieterich wurde geholt. Er hörte schon im Flur, wie das Bettgestell ächzte und das Röcheln und Husten die äußerste Not des Patienten verriet.

Kaum hatte Dieterich den Raum betreten, fiel sein Freund in einen abrupten Schlaf. Dieterich dachte im ersten Moment, er sei bereits gestorben, aber als er seine breite Hand auf die

Brust des armen Menschen legte, spürte er dort ein leichtes Zittern und Pulsieren wie von einem Vogelherzen.

Um fünf Uhr in der Früh wachte Georg auf.

Er spürte den Hustenreiz wie ein kleines, haariges Insekt in sich. Aber es hielt vorerst still. Das Licht vor seinen Augen war gelblich. »Es ist, als sei ich in einem Stück Bernstein eingeschlossen«, dachte er.

Er sah auch die Gesichter einiger Menschen, die sich über ihn beugten. Sie waren durch die veränderte Lichtbrechung ein wenig verzerrt, in die Länge oder Breite verzogen, so daß sie an Hogarthsche Karikaturen erinnerten.

Er erkannte Dieterich, Margarethe, den Hofrat Richter, und einmal sah er auch kurz das Gesicht seines ältesten Sohnes.

Dieterich rief aus der bernsteinfarbenen Welt einen Text herüber. Georg brauchte eine Weile, bis er begriff, daß es sein Testament war: »Zu Erben meines sämtlichen Nachlasses ernenne und setze ich ein meine sechs Kinder: Georg, Louise, Wilhelm, Agnese, Frederike und Heinrich, und zugleich meine liebe Ehegattin, Margarethe Elisabeth, geborene Kellner; dergestalt, daß solche meinen Nachlaß unter sich zu gleichen Teilen teilen sollen. Zugleich verordne ich, daß nach meinem Ableben weder irgend eine Versiegelung noch Inventierung meines Nachlasses vorgenommen werden soll. Meine liebe Ehefrau soll Vormünderin über meine Kinder sein...«

Er hörte nicht weiter zu. Zum Erstaunen der Zeugen lächelte er wie ein Spitzbube. Sie ahnten nicht, daß er gerade überlegte, wie man, um dem Testament gerecht zu werden, seine vier Paar Hosen, sein Uringlas oder seine drei Schlafröcke in sieben Teile teilen wollte. Selbst bei seinen 18 Nachtmützen würde dies schwierig werden, ganz zu schweigen von seinen drei Spucknäpfen, zwei Nachtstühlen, seinen zwei Paar Schuhen und seinem geliebten Kanapee, das so weit in der Welt herumgekommen war.

Nicht einmal die 218 Servietten waren durch sieben teilbar. Er hatte das ganze Inventar im Kopf. Es war erstaunlich, wie arm er bei seinem Ruhm hatte bleiben können. Aber natürlich waren da die Bibliothek und vor allem seine Instrumente. Daraus ließe sich schon einiges Geld für die Hinterbliebenen machen.

Die Hinterbliebenen? Er mühte sich wieder, diese Leichengesichter durch den Bernstein zu betrachten. Es war doch sehr die Frage, wer hier eigentlich der Hinterbliebene war. Er mußte wieder lächeln, doch spürte er plötzlich, wie das Insekt in seiner Brust zu vibrieren begann. Er mußte still halten, um es zu besänftigen.

Er fühlte nun, wie man ihn mit dem Kissen hochhob und ihm eine Schreibfeder in die Hand steckte. Zweimal mußte er Anlauf nehmen, um seinen Namen in beinahe unleserlichen Zeichen unter das Testament zu kritzeln.

»So schlecht habe ich meinen Namen noch niemals geschrieben«, flüsterte er. Jemand hielt ein Ohr an seinen Mund. Natürlich wollten sie seine letzten Worte der Nachwelt bewahren.

Er sank wieder in die alte Lage zurück. Eigentlich wollte er sich ärgern über die ganze Umständlichkeit der Situation. Doch er hatte anscheinend vergessen, wie man sich ärgerte. Er kam sich eher beschwipst vor. Es ging also auch ohne Keras.

»Auf das Wohl der schwarzen Prinzessin«, sagte er laut und deutlich. Doch niemand schien es zu hören. Auch hatten sich seine Lippen nicht bewegt.

Der Himmel über ihm wurde lichter und weiter. »Nun sterbe ich also wirklich«, dachte er. »Es ist doch jammerschade, daß ich nicht die angemessenen Versuche mit diesem Phänomen machen kann. Hat man je einen Sterbenden elektrisiert? Oder die Luft seiner letzten Atemzüge auf Flaschen abgezogen?«

441

Er schloß die Augen. Dies wenigstens wollte er noch selbst bewerkstelligen. Es wurde jedoch nicht dunkel. Alles war voller grüner Schatten, zwischen denen Sonnenflecken tanzten. Es fiel ihm schwer, voranzukommen. Plötzlich sah er die Treppe. Diesmal war er von oben gekommen. Er ließ sich auf alle Viere nieder und überlegte. Er konnte sich entscheiden, das wußte er. Das Ende würde wie der Anfang sein. Diesmal würde es schwerer werden, da man beim Hinabkriechen leichter den Halt verliert. Er zögerte. Dann wählte er das rechte Knie, weil es das warme war und weil es noch nicht blutete.

NACHBEMERKUNG

Texte Lichtenbergs wurden geringfügig heutiger Schreibung angepaßt, wenn es für das Verständnis nötig schien. Zitate sind an inhaltlichen Hinweisen wie »Er schrieb in sein Merkheft...« zu erkennen.

Personennamen und Charaktere sind ebenso wie die Örtlichkeiten und die Chronologie der Ereignisse den Schriften Lichtenbergs, vor allem den Sudelbüchern und den Briefen, entnommen.

Auch die Erfindung von Gesprächen und Gedanken und die romanhafte Verdichtung und Ausgestaltung von Fakten geht von Formulierungen aus, die sich in diesen Quellen finden.

Fiktive Lichtenbergtexte sind der Aufsatz über den Selbstmord (S. 23f.), die Schulabschlußrede (S. 26f.), die Vorlesung (S. 159f.), der Romananfang (S. 362ff.), die Vorlesung (S. 410ff.) und die Farbenlehre der Gemütsarten ab dem Wörtchen »weil« (S. 434f.).

Eine Auflistung aller Zusammenhänge würde an dieser Stelle zu weit führen. Ich möchte mich lieber auf folgende Sudelbucheintragungen berufen:

»Ich beschwöre die Wahrheit dieser Erzählung gar nicht. Eine Versicherung ist nichts, ich berufe mich auf die inneren Zeichen der Übereinstimmung und die Merkmale der Aufrichtigkeit, die solange die Welt steht, gelten werden, dem allein kennbar, der Wahrheit aufrichtig sucht und Beobachtungsgeist hat.«

Eine unmögliche Liebe:
Caenis, die Sklavin
und der Kaiser Vespasian

Lindsey Davis
Die Gefährtin des Kaisers
Roman
Hc m. SU · 400 S. · DM 44,–
ISBN 3-8218-0346-0

Rom im 1. Jahrhundert nach Christus – eine der bewegendsten
Epochen des antiken Rom, die Zeit der Kaiser Tiberius, Caligula,
Claudius und Nero und der Aufstieg des mittellosen Vespasian:
Die Sklavin Caenis arbeitet als Privatsekretärin der »Mutter Roms«,
Antonia, als zwischen ihr und dem jungen Vespasian eine starke,
aber verbotene Liebe entbrennt. Eine Liebe, die 40 wechselvolle Jahre
überdauert: Caenis wird freigelassen, Vespasian heiratet eine Frau
von Stand, um für den Senat kanidieren zu können, und wird Wit-
wer. Als Held aus Britannien zurückgekehrt, macht er Caenis zur
»inoffiziellen Frau« an seiner Seite. Im Vierkaiserjahr, 69. nach Christus, wird er zum Hoffungsträger Roms – und kann seine lebenslange
Geliebte überzeugen, auch im Kaiserpalast bei ihm zu bleiben.

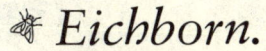 *Eichborn.*

Kaiserstraße 66
60329 Frankfurt
Telefon: 069 / 25 60 03-0
Fax: 069 / 25 60 03-30
http://www.eichborn.de

Wir schicken Ihnen gern ein Verlagsverzeichnis.

Walter Kempowski

Walter Kempowski, geboren 1929 in Rostock, zählt seit vielen Jahren zu den bedeutendsten und produktivsten Autoren der deutschen Gegenwartsliteratur. Er erhielt zahlreiche Preise und Auszeichnungen und wurde in viele Sprachen übersetzt. Walter Kempowski arbeitet an einer Fortsetzung des »Echolots«.

4 Bände in einer Kassette btb 72076

Aus einer Fülle von Briefen, Tagebüchern, Aufzeichnungen namenloser und prominenter Zeitgenossen, aus Bildern und Dokumenten hat Walter Kempowski ein einzigartiges Werk komponiert.

»Wenn die Welt noch Augen hat zu sehen, wird sie, um es mit einem Wort zu sagen, in diesem Werk eine der größten Leistungen der Literatur erblicken.« *Frank Schirrmacher, FAZ*